U0939735

航空大都市

我们未来的生活方式

AEROTROPOLIS

THE WAY WE'LL LIVE NEXT

（美）约翰·卡萨达（John D. Kasarda）
格雷格·林赛（Greg Lindsay） 著

曹允春 沈丹阳 译

河南科学技术出版社
·郑州·

著作权合同登记号：图字 16—2013—054

图书在版编目（CIP）数据

航空大都市：我们未来的生活方式 /（美）卡萨达（Kasarda, J.D.），（美）林赛（Lindsay, G.）著；曹允春，沈丹阳译．—郑州：河南科学技术出版社，2013.7 （2024.7重印）
ISBN 978-7-5349-6337-7

Ⅰ．①航… Ⅱ．①卡… ②林… ③曹… ④沈… Ⅲ．①经济管理－美国－现代 Ⅳ．① F56

中国版本图书馆 CIP 数据核字（2013）第 134850 号

出版发行：河南科学技术出版社
地　　址：郑州市经五路 66 号　　邮编：450002
电　　话：（0371）65737028　65788613
网　　址：www.hnstp.cn

总 策 划：汪林中
策划编辑：李喜婷　刘　欣
责任编辑：梁　娟　葛鹏程　张　培
责任校对：徐小刚　耿宝文
整体设计：张　伟
责任印制：张艳芳
印　　刷：三河市腾飞印务有限公司
经　　销：全国新华书店
幅面尺寸：170　mm×240　mm　　印张：28.25　　字数：600 千字
版　　次：2013 年 7 月第 1 版　　2024 年 7 月第 6 次印刷
定　　价：98.00 元

如发现印、装质量问题，影响阅读，请与出版社联系调换。

中文版序

中国把机场作为 21 世纪城市经济增长的中心。作为最具热情、将航空大都市模式应用得最广泛的国家，中国系统科学地协调了机场与周边地区的发展，以吸引高附加值产业、航空驱动型产业，从而提高产业竞争力，创造就业，促进区域经济发展。

据中国民航管理干部学院统计，截至 2013 年年初，中国共有 50 多个机场把航空大都市建设列为重要发展内容。同时，中国政府也为其发展提供了强有力的政策支持，包括土地供应政策、自由贸易区建设和各种各样的优惠财税政策等。与许多西方国家不同，中国没有把机场作为环境危害（噪声等）加以控制，而是将其当作速度驱动经济时代参与新的全球整合的重要基础设施予以发展。

约翰·卡萨达

格雷格·林赛

Foreword for Chinese Version

China is the most enthusiastic and extensive adopter of the aerotropolis model placing airports at the center of 21st century urban economic growth. The nation is systematically and intelligently coordinating its airport development with that of its surrounding areas to attract higher-value, aviation-oriented industries, boost business competitiveness, create jobs, and drive its regional economies.

According to the Civil Aviation Management Institute of China, as of early 2013 there were over 50 airports in the country implementing aerotropolis principles in their development and that of their surrounding zones. China's central government is strongly supporting aerotropolis development through land supply policies, free trade zones, and various financial and tax incentives. Unlike many governments in Western countries who treat their airports as environmental nuisances to be controlled, China recognizes that they are critical infrastructure assets to compete in the new globally-integrated, speed-driven economic era.

John D. Kasarda and Greg Lindsay

译者序

随着世界经济发展高效化、快速化、网络化、一体化进程的加快，都市中心区已开始主宰世界经济发展，仅仅 100 座城市就承载了全球经济总量的 1/3。在知识经济时代，科技创新成为推动国际经济发展的核心驱动力，温特主义和临空经济耦合培育出了全球科技创新网络和一批新的创新型、服务型的全球化城市，它们为世界边缘经济体的跨越式发展提供了机会与可能，这种城市模式即航空大都市。

如果说 20 世纪是国家的时代，那么 21 世纪就是城市的时代。航空大都市以国际化大型枢纽机场为核心，依靠通达的全球航空网络与世界各国相连，汇聚各国优势资源要素，成为国家或地区对外开放的窗口和融入全球产业体系的节点，成为新时期增强国际竞争力的战略选择。这种依托综合航空运输体系迅速崛起的未来城市形态，将成为城市化的新模式，是全球城市的未来。

许多国家和地区都已从全球战略高度进一步认识到了大力发展临空经济、建设航空大都市的重要性，并将此作为区域经济新引擎、城市发展新动力，借以在新的国际产业分工体系、世界城市创新体系中占据有利地位。

“十二五”时期，我国民航业快速发展，促进我国由城镇化向城市化方向发展，发挥民航业在加快转变经济发展方式和调整经济结构中的战略作用是成为“民航强国”的关键。航空大都市作为向世界开放的窗口，资金、人才、科技、创意都在向其集中，正逐渐成为区域社会经济发展的核心载体和重要推动力量，其发展模式正好切合这一战略性新契机。

《航空大都市——我们未来的生活方式》一书英文版出版于 2011 年 3 月。这本书描述了世界各地发展临空经济、建设航空大都市的背景、历程和现状，以颇具浪漫主义色彩的语言风格，通过 50 多位国际航空经济及相关领域专家的采访实录，结合众多实例，说明了航空大都市在人类未来生活中将扮演的重要角色，希望引起社会各界对该现象更广泛的探讨和关注。

《航空大都市——我们未来的生活方式》介绍了世界范围内 20 多个机场及机场周边地区的发展历史、开发建设情况、航空大都市的发展特点等内容。其中包括：从零开始建造的，绿色、智能的韩国仁川松岛新城；公交导向型航空大都市丹麦哥本哈根的 Ørestad；以重聚社区为代表的丹佛机场新城市主义航空大都市；被誉为真正的航空大都市的达拉斯－沃思堡国际机场；在不毛之地建设并创造上亿美元效益的菲律宾苏比克湾自由港区；以鲜花贸易和企业总部积聚为主要特点的荷兰阿姆斯特丹史基浦航空大都市；政局动荡下不断发展的泰国曼谷航空大都市；印度航空业的圣城——海得拉巴航空大都市；世界上著名的阿联酋航空大都市；在废弃的福特工厂上建造的亚特兰大航空大都市；在沙漠边缘建造的和旧金山一样大的亚利桑那梅莎航空大都市；期待可以使汽车城神话重现的美国底特律航空大都市以及电子商务、运输业和货物处理造就的孟菲斯和路易斯维尔航空大都市等。

希望各位读者看完本书之后，对航空大都市有较为清晰的认识和深刻的体会，并对航空大都市和我们未来的生活方式有更为深入的思考。

中国民航大学临空经济研究所的所有研究生都参加了本书的译校工作：郭颖婷、张祚铭负责第 1、2 章，于光妍、李楠负责第 3、4、5 章，苗田丰、李远、杜青芸负责第 6、7、8 章，张辰、武博、刁红利负责第 9、10、11 章，韩博负责前言与尾声。

在书稿翻译的过程中，特别感谢中国民航大学吴桐水校长、中国民航大学外国语学院有关领导和教师、郑州新郑国际机场有关领导。同时，也要感谢所有对本书的翻译、编校、出版工作给予帮助和支持的人。本书的翻译难免存在疏漏，恳请读者批评指正。

曹允春

2013 年 6 月于中国民航大学

致 Mary Ann，当我在空中飞行时，你是我地上的根基。

——约翰·卡萨达

致 Sophie，你总是等在航班抵达处。

——格雷格·林赛

我猜想机场将成为21世纪真正的城市。那些宏伟的机场已经是世界无形资本的郊区，是虚拟化的大都市，它们被命名为希思罗、肯尼迪、戴高乐、名古屋，是拥有强大向心力的城市，使人口一直向其中心集聚。

—— J.G.Ballard

速度造就卓越城市。

—— Le Corbusier

目录

3 直上云霄 / 095

4 欢迎回到机场 / 133

5 航空大都市之父 / 161

6 航空大都市或废墟城 / 181

Introduction

引言

长期以来，城市的轮廓和命运都取决于交通运输方式。

如今，是航空运输的时代。

斯坦·盖尔神采奕奕。这位盖尔国际集团的董事会主席松了松领带，提了提裤子，擦了擦额头上的汗，整理了一下松软而稀疏的头发。他犹如一位骄傲的初为人父者，神采飞扬，迅速从等候室里走了出来，逢人就递上一根雪茄烟。他示意我跟上他，愉快地穿过了 8 条车道向他的新生宝宝——松岛新城走去，就在前几天，这个宝宝提前诞生了。

10 年前，盖尔还是新泽西州办公园区的一名普通的建筑商。但在 2001 年，他接到了来自韩国的一个电话，从此他的命运便发生了变化。韩国政府在互联网上找到了他的公司，并且向他提出了一个其他任何人都会拒绝的提议：韩国银行将会借给盖尔 350 亿美元，与韩国最大的钢铁公司合伙，在位于黄海的一座泥泞的人造岛屿上，从零开始建造一座比波士顿城区的建筑更高、更密集的城市。当盖尔去看选址时，却发现那是方圆几英里[1]的水域，但他依然签了合同。

松岛新城最早要到 2015 年才能竣工。不过在 2009 年 8 月，盖尔为其几百英亩[2]大的中央公园进行了剪彩。如同这座新城的许多部分都是模仿曼哈顿建造的一样，这个公园模仿了纽约中央公园。公园外建满了低层建筑和豪华的尖顶建筑，如公寓大厦、写字楼，甚至包括韩国的最高建筑——305 米高的东北亚贸易大厦。

沿着公园的运河漫步，我们听见了蝉鸣声声，电锯嗡嗡作响，打桩机撞击着基岩。我问盖尔是不是已经在河里养了鱼。“都已经 4 天了！”他激动地告诉我，全然忘记了他至早在第 7 天才可以放养。

即便从上帝创造世界算起，松岛新城也是继 50 多年前的巴西利亚之后最壮观的速造城市。当然，巴西利亚也面临着一个因为速成而出现的灾难：规模过于宏伟、壮观，很快就被贫民区包围得严严实实。松岛新城必须做到更好，因为比起关心盖尔是否能偿还银行贷款来说，人们对新城有更多的期待。作为未来社区的试验性模型，这一理念从被提出之日起就引来了阵阵喝彩。

---

[1] 1 英里 =1.609 千米。

[2] 1 英亩≈0.4 公顷。

这座绿色城市，从一开始就获得了美国绿色能源与环境设计先锋奖[1]的认证，与相同规模城市的温室气体排放量相比，它的设计排放量只有它们的1/3。人们期望松岛新城是一个智能城市，充斥着相互对话的芯片，仅用遥控器就可以控制整个城市。这座新城的建筑师们借鉴了巴黎、悉尼、威尼斯和伦敦的设计蓝图，勾勒出了这座可能是韩国最漂亮的城市。（附近的首尔市就充满着极其丑陋的公寓楼群。）

松岛新城并不是一座典型的韩国城市，它更像是一座漂浮在近海的西方城市。除了拥有“智慧城市”名称和绿色证书外，松岛新城还被特许为“国际商业区”，因为对于在中国办公的许多公司而言，这是一个枢纽。松岛新城是韩国应对香港的竞争而做出的最慎重的尝试。为了让侨民们有家一样的感受，这里仿照比佛利山庄建造了购物中心，杰克·尼克劳斯设计了高尔夫球场。但松岛新城最显著的特征则是笼罩在重重雾霭中。雾霭中有世界上最长的桥梁之一——一座长达 19 千米的大桥。桥对面坐落着韩国仁川国际机场，该机场也建在一座人造岛屿上，2001 年投入使用伊始就成为世界上最繁忙的枢纽机场之一。

盖尔告诉我，“他们找到了我们，希望我们在海上建一座城市，但居然没有其他人对此感兴趣。大家都是怎么了？”他说这话时看上去依然十分困惑，“可能是他们的愿景吓跑了所有人。我也是直到看到了机场才理解了他们的意图。”那就是通往中国。他们对潜在客户的销售广告非常简单：搬来这里，您只需 2 小时航班就可到达上海或北京，最多 4 小时可以到达您或许从未耳闻的城市，如长沙。长沙是毛主席的故乡，是一座比亚特兰大或新加坡面积都要大的城市。将近 10 亿人距离这里只需一天的旅行。当斯坦·盖尔注视着离港时刻表时，他看到的是一张藏宝图；当他注视着他的杰作时，他预见到许许多多的新城市，一座紧挨一座布满了那张藏宝图。

那年夏天，盖尔说“我们已经有了一个可以复制的模式”。盖尔计划把松

---

〔1〕 是一个评价绿色建筑的工具。其宗旨是规范一个完整、准确的绿色建筑概念，在设计中有效地减少对环境和住户的负面影响，防止建筑的滥绿色化。

岛新城当作模板，在中国各地建造这样的城市。这一计划在当时使其他合作伙伴非常惊讶。每座城市都会比先前的城市建设得更快、更好、更省钱。盖尔承诺说："这将会是一座很酷、很有智慧的城市！""我们从这里起步，然后用这张蓝图建设20座这样的新城市。绿色！发展！出口！"他们都大为惊讶。盖尔告诉我："仅中国就需要500座像松岛新城这样规模的城市。"他正打算破土新建另外两座城市。有多少城市可以直接与机场紧密相连呢？答案是"所有的城市"。

在持有偏见的美国人眼中，松岛新城以及它的仿建城市看上去像是泡沫经济时代的海市蜃楼。但是，如果把它们作为亚洲迷恋所有宏大事物的产物而摒弃的话，就会错失其背后隐含的规律。当我们进入全球化的下一阶段，面临危机时，我们可能会忽视这一核心事实——世界中心正在从西方向东方转移，而某些点将在东西方贸易中抢占先机。这些点甚至还有名字，斯坦·盖尔炫耀着告诉我："它叫航空大都市。"

这个名字并不是盖尔想到的。把这个名字告诉盖尔的是一位来自北卡罗来纳大学、名叫约翰·卡萨达的教授。卡萨达按照自己对未来大胆的（有人甚至形容说是让人毛骨悚然的）构想提出了这个名字：我们不应该把机场推向城市边缘，然后想尽办法回避机场；相反，我们应该围绕着机场建设新世纪的城市。为什么？因为过去人们之所以选择住在城市，就是为了享受城市在社会、金融、精神等层面上的纽带性优势。但是在全球化进程中，我们会选择通过光纤和喷气式飞机把彼此联系得更紧密的城市。斯坦·盖尔简单地把这一想法归结为，建造一个用机场相互联结的快捷城市网络。

很多航空大都市要从我们已经称为家园的城市演化而来——只有通过高速公路和偏远小路，我们才能到达航站楼，而不是市中心。对于像松岛新城这样的速造城市，卡萨达教授已经规划了一系列蓝图，通过机场快速铁路和机场快速路把活动的居民区和商业区联系在一起。这些区域的居民从几千人到上百万人不等。按照卡萨达教授的想法所设计的航空大都市正在拔地而起，从中国到印度，从中东到非洲，从迫切发展的底特律城市边缘到古老的阿姆斯特丹城市边缘。在卡萨达教授看来，任何一座城市都可以，而且都应该建成一个航空大都市。

航空大都市代表着全球化的必然结果在城市上的体现。不管我们认为航空大都市的出现是好事，还是仅仅是不可避免的，地球村已经印证了这不言而喻的事实：远在地球另一端的顾客可能比住在隔壁的顾客更重要；在一切皆为市场份额之争的大战中，成本还是要不断地从每个公司的每个部门节省出来；做生意的步伐、生活的步伐总会越来越快，规模总会越来越大；如果想要得到 iPhone 手机、来自亚马逊商城的订单、肥美的金枪鱼、立普妥降胆固醇药物，还有第 2 天清早送到家门口的情人节玫瑰花，我们就必须以我们的信用做抵押。卡萨达教授认为，如果机场是将这一切付诸实现的机制，那么其他所有的一切，如我们的工厂、办公室、家园和学校都应该据此而建。卡萨达教授认为，航空大都市将会是一种新型城市，是我们这个欲望需要快速得到满足年代的产物。这个年代，我们称为速度经济时代。

胸怀蓝图的人

30 年前，如果卡萨达想建议某个市长在最近的机场周边修建城市，该市长肯定会说卡萨达疯了，而且当时的环境会证明市长的判断是正确的。然而，现在回顾起来，至少在我们停下来考虑什么是城市、我们想从城市中得到什么、居住在一座城市中我们可以获得什么等问题时，航空大都市的出现已势不可当。

我第一次见到卡萨达是在他的办公室，里面摆放了各国代表团作为礼物赠送的很多飞机模型。除此以外我只在机场见过他。我敢打赌，在你的脑海也会浮现出以下情景：他在香港机场延误，他在伦敦机场短暂停留，他在纽约肯尼迪机场缓慢地通过海关，他从曼谷返回或从北京参加完会议返回……他一般身着免熨的衬衣和平整的西装，脸上挂满了时差引起的疲劳不适。过去25年中，他的飞行里程超过了480万千米，超过了任何一个登月者的飞行里程。多年来每年他有两个月是在空中，飞行距离足以绕地球6圈。但是他的这些飞行数字仅仅是同类人的一半。他和其他中年男子混坐在头等舱里，你去经济舱时可能会从他旁边走过。因为他是那些中年人中的一个，旅行的销售人员会从职业或非职业的角度把他当作他们中的一员。而实质上，他们正是同类人。

卡萨达讲话的时候口中充满了行话术语，这是受到商业畅销书中行话的影响。和他在门口交谈，他会脱口而说一长串“空间摩擦”“可持续竞争力”及“物联网”等专业术语。但是，仔细倾听就会发现，这些术语组合起来，就成了他青年时期就十分着迷的命题：人的境遇由生活环境决定，人的命运不一定由自己选择。

在卡萨达成长的过程中，他本能地认识到了这一点。他在宾夕法尼亚州的威尔克斯－巴里长大，当时正值20世纪50年代，煤在燃料中占主导地位时期的结束。他13岁的时候，矿工们沿着塞斯奎汉纳的河床往上游挖掘，随后河床坍塌，12名矿工罹难，69名矿工逃生，他目睹了生还者对接踵而至的漩涡无可奈何的场景。“我们知道这一切结束了，”卡萨达回忆道，“无论他们做什么，都不能改变当时的情况。”他们的命运在洪水发生很早以前就已经注定了。

在康奈尔大学，本科阶段卡萨达主修经济学，同时获得了MBA（工商管理硕士）学位。他同教授们争论，因为比起预测事物的发展趋势，他更愿意去发现特殊情况。一位教员曾对他的叛逆嗤之以鼻，将他同阿莫斯·霍利相提并论，正是后者创建了“人类生态学”的研究领域，提出了关乎人类的全局性问题，而他的同事们根本不会触及此类问题。我们应该如何适应环境？这将影响我们建立家庭、修建城市、创建公司和设立研究机构的方式，而这些又如何反过来影响我们的世界观？所以，卡萨达跟着霍利到了北卡罗来纳大学，开始剖析日常生活的运行机制。1971年卡萨达成为芝加哥大学的教授。

但那时他脑海中丝毫没有闪过航空大都市的念头。直到两年后，弗雷德·史密斯将家连同他创建的联邦快递搬到了孟菲斯。孟菲斯机场是当时的典型机场，有两条短而粗糙的跑道，因为太短而不能满足新型 747 客机的起降。该机场的主要飞行员都隶属于田纳西空中国民警卫队，如果某一航空公司想飞芝加哥，必须得到政府批准。如果你想去，就需要致电旅行社，因为当时互联网还仅仅处于科学实验阶段。

20 年后，卡萨达已经是北卡罗来纳大学柯南 - 弗莱格勒商学院的教授，他对《北美自由贸易协定》了解甚深，知道众多工厂都在向海外转移，随后客户服务中心、分公司甚至总部也会移址海外。所有这些部门都需要以比之前更迅捷的方式重新连接起来。《全球航空货运——产业综合体》一文是他在 1991 年为解释其这一理念所做的首次尝试，他想象某一天工厂会沿着跑道的方向修建。联邦快递看到了他的这个蓝图后，便打电话向他寻求帮助——此时联邦快递正在竭力应对一种叫“电子商务”的东西所带来的困境。亚马逊及其同类网站在 20 世纪 90 年代初还不存在，但到 90 年代末它们已经改变了联邦快递和孟菲斯。新的商业模式带来了新的公司、新的工作机会，也为现在机场周边的 25 万居民（整个城市的居民总数为 100 万）带来了新的生活方式。

卡萨达脑中萌发的航空大都市计划在 2000 年完全形成，用以解释、控制、规划、最大化这种方式。他的机场建设规划方案——机场将不仅仅是一个机场——震惊世人，随后来自世界各地的人们都开始拜访他。孟菲斯的人来了，想加倍扩大规模，使其重新成为“美国的航空大都市”；底特律的人来了，想在美国三大都市之后寻求生存空间，考虑其机场是否蕴含着生机。卡萨达独创的观念使他成为商会午餐会的常客，随后他获邀主持会议，并与各国部长们会面。很快，他被邀请到中国、印度、泰国参加非正式会议，各国的官员谈的都是“航空大都市”。很少有他这样的学者，能够使自己的想法产生成果。他的观点会让政府把几十亿美元押在他的快捷城市策略上。他根据数十年有价值的数据做出判断，快捷城市的发展将呈现出稳步上升趋势。

目前市场对商业大师有着巨大的需求，不仅仅是总裁们认为卡萨达的观点是“有竞争力的概念”，甚至市长和总统也这么认为。基础经济学处理苹果（MAC）与一般笔记本电脑之争的方法已经站不住脚了。在任何市场上，近一半的战争都属于各供应商队伍之间无形的斗争，其中任何一个供应商都可能同时为竞争双方提供支持。卡萨达告诉我，“这不是单个公司在竞争，而是供应链在竞争，是网络和系统在竞争”。所以可想而知，当前被公司称之为家园的城市和国家也在竞争之列。

卡萨达现在可能正穿梭于台北和班加鲁鲁[1]之间，他的跟随者们正在追随他已经走过的道路。这个对贸易部长们预言我们将在空中生活的人，实际上并不情愿飞行，或许仅仅是因为他已经飞得太多、太多了。这不是在讽刺。他发现，在喷气式飞机时代，我们不是“应该”反复在空中飞行，而是“必须”飞行，我们所熟悉的这个平坦的世界将恢复它的原形。

你并不需要去参观松岛新城来了解这样的未来，你只需要去卡萨达在教堂山的家里拜访一下他。教堂山已经是城市三角区的一边，三角区也被用于命名一个三角科技园。该科技园于1959年开放，吸引了很多公司落户，这里也成为招徕高科技人才的“磁铁”。几年之后，IBM（国际商业机器公司）连同它第一批11 000名员工来到了这里，孟山都（美国农业生物技术公司）、葛兰素史克（英国制药公司）和其他数十家公司也随之而来。这些公司散布在烟草路两边。这条路距华盛顿的车程需要5小时，距亚特兰大约6小时，但从曼哈顿乘飞机来到这里仅需1小时。联想集团2004年收购IBM ThinkPad的生产线后，也将总部从中国搬到了这里。其首席执行官的办公室距机场仅3分钟车程（我亲自计算过），考虑到首席执行官会经常飞往新加坡和北京，车程必须这么短。

“尽管我们都在谈要把服务经济、医疗保健和软件作为我们的国家产业，但现在仍然是产品经济。”卡萨达有一次这样向我解释，“即使大多数的服务都关注产品的价格，但从事这些服务行业的人也需要消费iPod和电脑，这就在中国的一些地方创造了制造业的就业机会。除了教育、娱乐、医疗卫生业，我们几乎没有消费过纯粹的服务，而医疗保健也越来越多地和给病人提供的

---

[1] 旧称“班加罗尔”（Bangalore），2006年改称今名。印度南部经济、文化中心之一，卡纳塔克邦首府。

产品有关。

“作为现代供应链所带来的贸易结果，大量产品都在国际上流通，且数量越来越大。产品的零部件在 12 个国家生产，然后在第 13 个国家完成组装。它们通过航空来运输，或是因为紧急，或是因为太贵重而不宜存放在仓库里，或是因为属于鲜活易腐产品，例如鲜花、鱼类和医药品。所有这些都经过了物联网，即由集散中心和飞机组成的可用于交易货物、运输货物和人员的网络。它几乎和互联网一样迅捷，甚至更为重要，因为互联网并不能将你所需的货物从亚马逊网上搬送下来。

“航空大都市就是该物联网的都市版化身，航空运输的首要地位使机场与空港贸易区成为观察航空大都市的运行机制和运行成果的范例。房地产界的 3 条规则已经从‘位置，位置，还是位置’变成了‘可达性，可达性，还是可达性’。房地产的新衡量标准不再是空间的大小，而是时间和成本。如果你仔细观察航空大都市，就会发现它正在蔓延，实际上是逐渐演化为一套可以降低时间与成本的系统。在这里我们会看到全球化将如何重塑我们的城市、生活和文化。”

城市与速度

荷兰著名的建筑大师雷姆·库哈斯[1]早有预言，“20 世纪的城市发展模式乏善可陈，已走到尽头。我们能做的只是维持此模式”。他的观点不无道理，只是并未及时扩展开来。正当西方对城市发展一筹莫展时，上海、孟买和迪拜等众多新型城市如雨后春笋般涌现出来。

人类发展已正式进入城市化时代，如今世界上有超过一半的人口居住在城市。发达国家的城市人口比例更高，亚、非两洲也正在迎头赶上。到 2050

[1] 当代著名建筑师，OMA（大都会建筑事务所）的首席设计师，哈佛大学设计研究所的建筑与城市规划学教授，更被称作走在世界新现代建筑最前端的领军大师。2000 年获得第 22 届普利兹克奖。主要建筑作品有中央电视台新楼、Prada 专卖店室内设计、葡萄牙波多音乐厅等。

年，城市居住人口有望实现翻倍，将超过目前全球 60 亿人口这一总数。到 2025 年，人口过千万的特大城市将从 1950 年的 3 个增长到 27 个，大约容纳 4.5 亿人。“按照韩国松岛新城的规模大小，中国还需要发展 500 个城市；此外，人口过百万的城市还需要 100 个。”盖尔国际集团的董事会主席斯坦·盖尔的这一说法毫不夸张。

谁是城市的缔造者？未来 20 年间，各国政府对基础设施建设的投入将达 35 万亿美元，主要致力于交通和都市化的建设。人口和商品的巨大流通使得融资目标发生根本性变化，人类历史上规模最大的扩建将使全球固有的经济格局重新洗牌。在大力开发之前，我们首先必须确定新的城市形态，因为城市的地平线将会屹立上百年，或者被贫民窟所淹没。

选择住在城市是因为可以构筑各种网络——通过精心编织关系网和商业网，人们得以安息繁衍。对城市的这一向往从古雅典时期就没有改变过，但是城市的级别和规模发生了巨大的变化。一方面，城市在不断延伸；另一方面，城市内部以及城市之间的距离不断拉近。城市日新月异的发展得益于高科技的力量。

刘易斯·芒福德是城市研究的先驱，他通过识别城市的各种要素进行研究。很多在古希腊时期存在的要素至今还存在：“城墙高耸，街道纵横，房屋密集，集市喧嚣”，以及政府机关林立。但是芒福德混淆了局部和整体。如今城市已经发生巨变，而且只要时机成熟就会迅猛发展，特别是当新的交通工具诞生之时。

纵然时间无法改变，但是空间已变得不再难以逾越：速度拉近了遥远的距离，马克思称之为“时间消解空间”。距离遥远在生活中已经不是多大的障碍，只要我们为实现目标而付出努力，距离可以用来往两地的时间和困难程度来衡量。社会学家梅尔文·韦伯戏称为“可伸缩的距离”，因为我们来往的速度更快，主观上便会认为距离缩短了。阿莫斯·霍利更是写道：我们生活在以家为中心的 1 小时行程圈内。可能曾经走完 6 英里需要 1 小时，但如今 1 小时足够在巴塞罗那和伦敦之间来回。通过电子邮件可以马上联系到顾客服务，或与远在印度的同事交流。

《边缘城市》一书的作者约耳·加罗写道，“城市的发展总是依托当时最先进的交通方式”。如果当下最先进的运输方式是双腿和驴子，那么结果是可以到达的最远地方是耶路撒冷。在航海和马车时代，才得以出现里斯本、香港、波士顿这样的城市，以及威尼斯和阿姆斯特丹的运河。有了火车，便有了堪萨斯城和芝加哥。福特T型车的大量生产创建了洛杉矶和莱维敦[1]。如今，地面上汽车和互联网的新式结合诞生了加罗所说的“边缘城市”，其在美国乃至班加鲁鲁等地迅速发展起来。60年前喷气式客机初次投入使用，开启了喷气式客机时代；像互联网一样不费吹灰之力，飞机从空中呼啸而过拉近了达拉斯和迪拜的距离。加罗进一步讲道，“有了机场，在荒僻之处建造一座世界级城市极有可能——好比在极不可能的地方另建一座洛杉矶或达拉斯，例如曼谷”。

各个时代的大都市通常由本土城市发展而来。威尼斯舰队掌控地中海，“海上马车夫”荷兰独霸海上时，它们迅速地从港口码头发展成为西方文明的中心所在。19世纪后半期，火车大行其道，车站周围的工厂凭借交通优势迅速吸纳了200万居民，不计其数的人赶往美国西部淘金，芝加哥也迅速崛起。洛杉矶四通八达的公路网络，揭开了郊区美好生活的序幕，此时硅谷造就的宽带引来了互联网时代，累积了前所未有的财富。每座城市的发展都离不开能源的推动，无论是风力、泥煤、煤炭还是石油，尤其是石油。无油可用将成为城市发展的灭顶之灾。如果没有石油，也没有可替代的清洁能源，城市发展有可能就要一下子回到牛车时代了。

通常情况下，因为空间变得越来越近，城市不会像从前那么密集，一个紧挨着一个，而是会逐渐变得稀疏、网络化，有流动性。在网络时代，来往频繁的程度有望达到极致：理论上，依靠网络生存的人们的居住完全不受地

---

〔1〕 指的是莱维特父子建造的郊区城镇。这种城镇的发展引起了美国城市化格局的重大转变，大大促进了美国城市的郊区化。

域限制。没有人比乔治·吉尔德[1]在传播自己的远见时更加热情洋溢了。在他设想的“通信革命”和无限宽带的乌托邦里，我们会回到杰弗逊时期，三三两两地居住在郊区，登录脸谱网（Facebook）等不同的网站将成为生活的主流。

但是，绝对意义上的疏散尚未发生，而且不管 iPhone 的联络多么便捷，将来也不可能发生。实际上，原本旨在疏散人们的高科技却导致了程度更高的集中。随着视角变得更加全球化，我们将更具有城市特色。人们可以边走路边打电话，做到兼顾两地。宏观层面亦是如此。例如，洛杉矶的腹地代替不了加利福尼亚的中部峡谷或者莫哈韦沙漠，但却能成为首尔、香港、墨西哥城市的外滩。韦伯的“可伸缩的距离”伸展得如此之遥，人们可以从市区搬到郊区聚集，但一声令下人们又可以返回到五湖四海。如今既是喷气式客机时代又是网络时代，这让人们的聚集和疏散变得随心所欲。

卡萨达的想法就此产生，他用航空大都市给人们展现这个时代的城市该是什么样子，当最先进的交通工具是无所不在的无线网络和穿梭于纽约与伦敦之间的喷气式客机时，城市应该具备怎样的形状和存在目的。他隐约地描绘了一个世界：人口快速增长，各方对资源和利润的竞争日趋激烈。美国人对全球化中钢筋水泥、无人机构建的文明甚是担心，他的这一预见可能会让这些担心再次甚嚣尘上。卡萨达的逻辑表面晦涩，如果你同意他的观点，你需要扪心自问：这些城市为谁构建？是运营日趋精简、盈利颇丰的大公司，还是借创建“竞争力”之名、享有全权委任权而随心所欲的规划师、建筑师、大哲人？

城市往往诞生在商业和工业的汇集地，随着聚集的人越来越多，城市之间也出现联合。没人能仅凭纸上谈兵就成功地构建一座城市。卡萨达和他的追随者认为航空大都市的发展会独辟蹊径，而作为未来城市的居住者，无论他们将来是否成功，我们都应该为之做好准备。

---

[1] 美国作家、思想家、未来学家、技术预测家、产业分析家、经济学家，数字时代的三大思想家之一。

本书旨在解答上述疑问，同时启发人们思考：城市值得向往吗？因为在全球化时代，住在城市就选择了千丝万缕的联系，而且城市承担着多样的功能：工业区、农业区、办公区、医疗区和交通枢纽。卡萨达认为，人们应该居住在城市，否则必将承受一定后果。中国和迪拜把所有赌注都押在全球化上，而且它们的发展也回应了这一争论。但是我们对此心存疑虑。

希思罗难题："我们的繁荣依赖于此"

视频网站上有一段关于伦敦希思罗机场的视频，其标题为"世界上最长的非官方排队"。短片以歌曲《500 英里》为背景音乐，拍摄了人们排队等待进入安检入口的情景，然后镜头穿过候机大厅，拐下一段楼梯，顺着弯弯曲曲的回廊，再拐上楼梯，在队列的终点处出现的竟然是另外一个候机厅。这一令人赞叹的表现，可与美国电影大师奥森·威尔斯的杰作相媲美，但这才仅仅是整个视频的开篇。整个视频中，每个片段都隐含着相同的警告：只要你进入了这里，就要放弃一切希望。

1982 年，希思罗机场被乘客选为世上最糟糕的机场，2009 年依然如此。而与此同时，机场飞机跑道下的土地则成了世界上最价值连城的地产。航空公司要花费数不清多少亿的资金，只为获得在这里起降的权利。即使他们痛下狠手地讨价还价，也只能减掉几百万英镑的费用。这是因为希思罗是离真正的全球中心最近的机场，他们别无他选，只能付款。但即便这样，希思罗机场也几近崩溃。

和大多数城市一样，伦敦的机场成了城市自身成功发展的受害者。希思罗机场航站楼不但未因忽视拥堵而衰落，相反却出现了一度让人难以想象的增长。每年几乎 7 000 万的乘客量超出机场设计容量 2 500 万人次，因此乘客要容忍拥挤的排队。令人瞩目的第五航站楼缓解了一定压力，但它是在第一次被提出之后 20 年方才落成的。

“希思罗难题”长期以来一直是英国人生活中的痛处。2007 年，一个最不可思议的角落里传来了有史以来对此最为严厉的谴责：议会议员兼城市部长基蒂·厄谢尔在她上任第一天，便警告说希思罗难题不但让人无法忍受，而且还是整个英国经济的威胁。她还暗示那些将伦敦打造为世界金融之都的银行家宁愿收拾包裹走人，也不要在这里忍受如此可怕的机场。经济危机之后，银行家们放弃乘坐飞机，开始成群结队地离开英国。

“希思罗让伦敦蒙羞，”当时的伦敦市市长肯·利文斯通责备道，“缺乏远见与规划，投资不足是典型的英国通病。”利文斯通梦想着伦敦能成为世界多元文化之都，英国真正的城邦。他将其称为“西方的新加坡”。想想新加坡，这个东南亚的航空枢纽曾经还是英国的殖民地，而现在已经准备好代替英国成为世界金融中心，不免有些讽刺意味。

除了嘲笑航站楼以外，利文斯通更应该去嘲笑拥堵的高速公路，嘲笑向希思罗四周不断延伸的郊区。真正威胁到伦敦竞争力的并不是安检入口那世上最长的非官方排队，而是“希思罗现象”（它已经使伦敦西部和泰晤士河流域开始在经济发展中起到发动机作用）所受到的无法挽回的伤害。科幻小说作家巴拉德已在该流域居住 49 年，他曾写道：“这片风景为多数人所厌恶，而我却将其视为英伦三岛上最先进、最令人钦佩的地方和未来赐予我们的最好的典范。我能够欣然接受这幅景象的短暂性、独特性和间断性，以及它在速度、任意性和瞬间冲动压力下的泰然自若。”

该经济增长的发动机也给自身带来了问题。机场的缓慢窒息是显而易见的——它所服务的通航城市的数目在过去 20 年里已经下滑了 20%，而且在衰退期间没有一家欧洲机场出钱开辟新航线。将总部建于希思罗的跨国公司纷纷暗示他们打算离去。2008 年，英国政府计划修建第 3 条跑道，不曾想引来抗议声一片。时任英国首相的戈登·布朗却没有因此而动摇，他说道：“应对现状的当务之急是我们必须提升机场容量。民族的繁荣取决于此：作为世界金融中心，英国必须为让全球各地四通八达做好准备。”拥有国际门户地位的伦敦仅有两条跑道这一想法与挖掘一条宽度仅能容纳单条车道的隧道一样荒谬不堪。

2009年1月，布朗政府的交通秘书长最后通过了此项规划。西普森周边的整个村庄都将消失于一英里的机场柏油碎石跑道下，与1944年就被掩埋的附近小村庄遭受同样的命运。一位居民痛惜道："我在当地的教堂结婚，孩子们也出生于此。我们的家园就在这儿，而今我的整个家族史将被埋于一片混凝土之下。"

绿色和平组织誓不妥协，在提议建造的跑道中间买下了一片土地。曾为政府提供财力支持的名流之一、女演员艾玛·汤普森抨击道："我无法理解的是一个一丝不苟地致力于气候改造的政府，如何会考虑这样荒唐的方案。"布朗的支持者们也对同样的事感到惊奇：党内一大部分人都站在环境保护的立场上反对机场扩建。在决议宣告当天，代表西普森的下议院议员被拽出国会大楼时大喊道："这是我们国家民主的耻辱！"

一年后，英国高级法院宣布该规划方案在气候变化方面"站不住脚"，西普森收到了一纸延期执行书。随着2010年5月的大选中戈登·布朗的工党失利而保守党和自由民主党的联合受青睐，这个小镇最终获救。新任首相卡梅伦在上任短短几天内便废止了修建第3条跑道的方案，并取消了对伦敦其他机场——盖特威克和斯坦斯特的扩建。新一届政府誓言以新的税收制度遏制"无节制飞行"，并承诺在全英国修建一套新的高速铁路网络作为替代。与此同时，头发蓬乱的保守党人鲍里斯·约翰逊取代社会党党员利文斯通继任伦敦市长，几乎没有考虑到新政府的强硬立场，他竟然大谈斥资800亿美元在泰晤士河河口处的人工岛屿上建造机场跑道，最终因新政府的阻止而化为泡影。

英国无党派城镇与乡村规划协会曾恳求托尼·布莱尔政府让希思罗机场彻底"退休"，并在远离郊区的某些地方规划新机场。该组织宣称："希思罗的历史是一系列小规划灾难共同构成的一场国家的规划大祸。"从1946年希思罗成为军队过剩营地的那一刻起，它便沦为未考虑到后果的受害者。

而这一切皆是马后炮，属于后知后觉。随着希思罗的启动和运行，在任何人包括航空公司、建筑师、市长和首相意识到城市可以有机发展而机场却不能的时候，几十年已悄然逝去。人们应当从尝试和错误中吸取教训。人们学会与之共处的机场正挤满波音747飞机，而在跑道设计之初，这样的飞机并未出现在设计蓝图中。要在贝尔最初设计的铜线上接入无线网络，想想就知道有多么困难了。

希思罗棘手的情况也促成了英国航空公司同西班牙国有航空公司伊比利亚的合并，因为尽管希思罗只有两条跑道，而伊比利亚在马德里的总部却有4条跑道作为补充。英国航空公司若无法通过自身在伦敦的中心运送乘客，将通过合作伙伴的中心进行转运。航空公司主管威利·沃尔什争辩说，限制扩建不会终止增长或减少碳排放量，只会将众多航班和机遇转移给欧洲大陆的其他竞争中心。我们不应当对希思罗不管不顾。可惜其对手不为所动。

就在希思罗的第3条跑道刚刚通过初审，法兰克福机场宣告了修建第4条跑道的计划，以减轻舆论压力与抗议。“此次扩建是为了让法兰克福机场的航线未来能够持续保有竞争力。”其航空公司董事长解释说，“全球化的趋势不仅会继续，而且一旦经济危机结束，这种趋势还会愈演愈烈。”那时我们将面临抉择：我们是要将城市改进为未来的航空大都市还是要拯救人们的家园？而每一种抉择的后果都同样严酷：要么冒险地将竞争不利因素纳入城市结构中，要么瓦解城市这种结构本身。

未来事物的样子

毫无疑问，水果全球化以后，以前许多人从未见过的荔枝、山竹果和百香果，现在通过空运可以到达世界各个角落。从1975年到2005年，全球GDP增长了154%，世界贸易增长了355%。与此同时，航空货运额的增长速度更是迅猛，达到惊人的1 395%。全球范围内，流通货物价值的1/3，约3万亿美元是通过航空运输的，但重量却不到总重量的1%。截至2010年夏，航空客运和货运已从经济衰退中恢复过来，并且正加速发展，领跑全球经济。越来越多的货物从一个地方被空运到另外一个十分陌生的地方。用飞机运输那些我们即时需要的、独创的产品，是这个速度经济时代的需求。这种即时效应给世界创造了大量的财富，重整了许多公司，甚至改变了某些行业的运营模式。这说明，只有在面临困境，无从选择的时候，我们才开始对形势警惕起来。

冰岛埃亚菲亚德拉火山 2010 年 4 月突然爆发，大量火山灰进入大气层并向南飘浮，导致欧洲的空域被关闭。该事件持续时间超过了一周，每天有成千上万的航班被取消，600 万旅客被滞留，另有数百万人无法出行。打开脸谱网，似乎每个人的好友栏里都有朋友因火山灰而滞留。成千上万的人重新选择乘坐火车出行。歌剧演唱家以及音乐家错过了演出，职业摔跤选手、长跑运动员错过了比赛。演员约翰·克里斯租了一辆出租车，从奥斯陆驱车赶往布鲁塞尔，花费了 5 000 美元。波兰总统卡钦斯基所乘坐的专机于该事件前一周坠毁，而美国总统奥巴马、英国首相戈登·布朗以及法国总统尼古拉·萨科齐全部缺席了他的葬礼。

随着火山灰影响时间的延长，超市货架上的时鲜产品，如加纳的凤梨、塞浦路斯的罗勒、埃及的黄豆和辣椒，以及加利福尼亚的芦笋，已被销售一空，但补给更新却迟迟不到位。在英国，零售业巨头特斯科的泰国兰花和肯尼亚玫瑰供应日渐短缺。在肯尼亚，3 000 吨的玫瑰花在采摘后因无法出售而腐烂。成千上万的农民领不到工资，被遣散回家。他们一天损失 200 万美元；全球航空公司每天总共损失 4.5 亿美元。

没人知道这场火山爆发将持续多长时间：数日？数周？数月？随着危机的持续蔓延，我们习以为常的航空影响范围正不断地扩大。甚至连欧洲一体化的理念也是航空旅行的影响效果之一。就如《华盛顿邮报》专栏作家安妮·阿普勒鲍姆所注意到的：“在过去的 20 年当中——几乎是没人留意到——欧洲人，至少是在狭义上讲，开始像美国人那样生活：他们到国外上班，在某个国家住上一段时间，然后前往另一个国家，最后回家或也有可能不回。他们到一些国家做生意，但并不通晓这些国家的语言；他们到地中海和波罗的海度假，在周末拜访他们的母亲。怀疑论者曾认为，单凭欧洲市场很难有所作为，因为欧洲没有流动劳动力，现在这种观点已被证实是错误的。”

但问题是，这种观点反过来一定正确吗？我们是否真的需要重新规划我们的生活，以便更好地服务我们的自身利益？卡萨达认为我们必须这样做。“我认为有组织的竞争、策略和机构是构建人类生活的主要力量，而不是那些个体的活动。”他表示，“我不相信所谓的‘部门’（一种为社会自由意愿服务的机构）”，“部门将不可避免地被机构所取代”。绝大多数人是受其成长的家庭和社区环境影响的。从表面上看，他的观点是一个还原主义的世界观，但他的基本观点是：我们一些微小的构思，在经过无数次发展增强后，终将被市场所注意、接受，并且产生影响，在你最意想不到的地方，建起了航空大都市，并改变着它们所能辐射到的每个人和事物。

发展中国家，如中国和印度，是最迫切地想建造航空大都市的国家。他们将航空大都市视为参与世界贸易竞争不可或缺的手段。中国的计划可能比人们所想的更宏大——中国将继续增加工厂数量，借助绿色能源技术垄断市场，大幅度改变依靠出口带动经济发展的策略，制定通往非洲和中东的“新丝绸之路”。其目标是帮助6亿人口脱离贫困，防止贫富差距过大。其实施的计划是将散落在东部沿海地区的工业企业集中迁往内陆。该计划的关键是目前在建的航空运输网络，该运输网络位于内陆，由100个新机场组成。建成后，该网络将促使各个省会城市，以及各城市与海外客户之间建立更紧密的联系。目前有2万家工厂已关闭，而位于上海以西800千米的一座城市——重庆，则被中国政府选中作为中国的“芝加哥”。重庆目前的经济发展速度，是处于镀金时代的“风城芝加哥”发展速度的8倍，每年新增居民人口为30万。但在此之前，重庆这座城市并未在世界上引起人们的关注。

不仅仅是廉价笔记本电脑业正处于危急关头。联合国预计，截至2020年，中国每年将有1.15亿人出国旅游。这个历史上最封闭的国度，正泰然自若地向世人展示自己——在我们国家的城市，在我们国家的海滩，在我们国家的Magic kingdom（神奇王国）排队。他们报名参加海外购房团，购买那些我们无力支付的房子。

这种城市化的速度和规模正颠覆着我们曾经历过的建造城市的每一种模

式。建筑师和城市规划者对于像重庆这样的城市（或者是中国和印度的任何城市，甚至可以说那些已建成的，但目前仍在向外扩展的城市，如曼谷和首尔）感到束手无策。雷姆·库哈斯提出了“通用城市”一词，用于描述那些将触角向四处伸展的特大都市，这些特大都市无论在城市形式还是功能上都和我们传统概念上的城市有所不同。对此，卡萨达认为，航空大都市提供了一种校正方法，对每个城市赋予需求等级，使得这些城市以公开、直率的方式标示它们的目标：为城市居民提供就业机会，为国家赢得竞争力。

对于曼谷，卡萨达起草了草案，计划将该城市沼泽蔓延的东部变成一个环绕苏凡纳布新机场的理想航空大都市。在他的草案中，机场外环区域从跑道向村落方向延伸了近 20 千米。这个区域将修建成片的公寓楼和房屋用于居住，前者服务对象是位于内环区装配线和货运中心的泰国工人，后者服务对象是计划在新机场四周开设分店的各跨国公司所招募的外国工人。各类高尔夫球场将会使这些外国工人感到舒适、惬意，同样使生活变得有趣味的还有各类大商场、电影院、院校等，都好像直接从南加利福尼亚州直接空运过来似的。

从住宅区继续往里走，是准备说服各跨国公司入驻的新基地——丰田汽车公司和诺基亚公司已被吸引，准备将其后台管理系统、研发实验室以及地区总部迁至这里。在这里，也同样可以找到旅馆、大商场、会展中心——所有能让工人们坚持在机场的背景下工作的事物。内环区域，特别是紧挨着跑道栅栏的一片区域，是自由贸易区、工厂、仓库以及为联邦快递、联合包裹服务公司、敦豪速递公司而设计的物流枢纽——使得对于准时制生产商和供应商来说，从任何一架波音 747 飞机腹舱开始算起的时间、距离、成本都是一样的。新建的 6 车道高速公路将连接内外环区域，牵引车可在此拖曳专用飞机，附近居民则可漫步在连接水道的大马路上。

但这种规划并未成为现实。现在，一条总耗资超过 5 亿美元的高铁连接着素旺纳普机场和曼谷。卡萨达规划中的其他部分则随着两次政变、支持他的两任总理下台而被迫流产。曼谷不受规划制约的城市扩张，则像葛藤一样，持续向外延伸着。

阿姆斯特丹是世界上第一个根据设计而发展起来的航空大都市，在这里，荷兰的规划师们流传着这样一种说法：

机场迁出城市；城市紧跟着机场的步伐；机场最后变成了城市。

卡萨达的规划详尽细致，遵循着一个不变的事实：航空大都市是一个有中心的城市。基于此，这种规划模式代表了城市建设模式向传统的回归，以及对传统模式曾取得的伟大业绩的推崇。自从20世纪末，我们已不再按照曼哈顿模式那样，建设高楼林立的城市。纽约中央铁路公司的老板，在埋设于派克大街之下的中央火车站轨道上，监督建造了一个辉煌的“候车厅城市”——曼哈顿广场30个楼群和几个世上最负盛名的房地产楼盘。自那以后，城市建设模式沿用了加利福尼亚的银河系模式和其僵化的高速公路模式。航空大都市提供了一种新的交通范式的选择，这种范式具有很强的竞争力，足以确保航空大都市所在区域虽远离海岸线，但仍可变成城市商业的繁华中心地带。“看一看曾经最繁忙的火车站，你会发现它们都变成了繁华的城市中心区。展望现在的繁忙机场，你将会发现它们都将是未来繁华的城市中心区。这是城市规划、机场规划以及商业策略三位一体的联合。”卡萨达接着告诉我，“一个有机的整体明显不同于简单的个体之和。”

但是如果该中心无法形成怎么办？如果全球化四分五裂又将何去何从？希腊人一再告诫我们航空旅行的时代已经结束，油价飞涨和气候变化产生的双重灾难终止了航空旅行时代。在过去的10年间石油的价格增加了两倍，从纽约飞往伦敦的航班向平流层上游排放的温室气体要多于高油耗的悍马一年的尾气排放量。人们迫切的环保愿望与跨国或跨洲的长途旅行之间的矛盾是不可调和的——这也是英国要控制机场扩建的原因所在。幸运的是，廉价的石油即将用尽，这将会为我们解决这一问题。

然而，现在下结论还为时过早。一方面，飞机的良性和弹性要远超出你的想象。中国的机场并不是有害空气的来源，火力发电厂才是真正的源头（有关机构称，中国燃烧的煤炭要超过美国、欧洲和日本的总和）。在美国，一般的有害气体排放来自于“建筑环境”，来自于建筑和服务扩张中消耗的能源。住在豪宅中的人们排放出了更多的碳。

另一方面，航空运输带来的碳排放量仅占所有碳排放量的3%，而且这个数字还在不断下降（至少在美国是这样）。此外还有一系列可能具有革命性的技术发展将取消航空运输的碳排放罪名。新一代以波音787梦想飞机为代表的飞机，与20世纪的机型相比重量更轻、更省油，并配备了新型发动机，它燃烧时噪声低且更清洁。航空公司渴望寻找到持续低价、经济又环保的燃料，他们现在开始关注从藻类植物中提炼的高辛烷值生物燃料。英国维珍大西洋航空公司的总裁理查德·布兰森承诺把公司2016年全年的利润（预计将有30亿美元）全部用于高辛烷值生物燃料的研发。绿色原油的可靠成本为80美元一桶，据我们所知这足以挽救这一行业，尽管这还不会很快到来。“大幅度地削减航班或者完全为了气候变化的目的而关闭机场——这是环保主义者经常开出的处方——此做法其实是一种社会和经济的自杀。”卡萨达这样说道。在该处方中为了消除疾病、治好癌症而切除了健康的肌肉、骨头和动脉，这种做法是残忍的。

在过去的10年，尽管有来自高油价、恐怖主义的担忧以及航空公司无穷无尽的琐事，航班却从未像今天这样飞得如此之远和载客如此之多。就在1999年（油价当时是每加仑[1]1美元），捷蓝航空开始飞行，瑞安航空当时没有网站，当时在中国和印度开设民营航空公司并不合法。耶路撒冷以西的人从未听说过迪拜，想乘坐由纽约飞往新德里或北京的直达航班是不可能的。从那时起，世界开始或多或少地不断平坦，人们转机的次数少了很多。

我们不会停止飞行，很简单的一个原因是我们现在放弃飞行有悖于人类喜欢四处漫游的冲动。你会是那个告诉一亿中国人（和另一亿印度人）他们只能待在家中的人吗？

我住在布鲁克林最老的街区，那里有很多绿荫大道和赤褐色的砂石建筑，我觉得简·雅各布斯也会觉得这里属于她。我经常在一个小公园里看报纸，那里有小桌子、长凳、一片草地和操场，但是这个公园位于一个由乔治·华盛顿的部队守卫的堡垒旁边，其中一位士兵告诉邻居这个地方的名字是：科布尔山。

---

[1] 1加仑（英）=4.55升，1加仑（美）=3.79升。

大多数的早晨，在七点半时，这里的常客是一些睡眼惺忪的遛狗人，或者是那些急切想学走路的小孩和他们的父母。但是此刻我已经可以听到飞机的声音。它们在空中放下起落架准备降落到拉瓜迪亚机场，此刻飞机距离机场 8 千米，它发出沉闷的轰鸣声，声音清晰可辨但还不足以吵醒睡梦中的儿童，尽管在机场附近住着很多儿童。但是对于住在公园的坡路上的邻居来说，这轰鸣声就太响了，他们住在公园以东的另一片赤褐色的砂石建筑里，在那里可以看到飞机在缓慢地俯冲，甚至飞机两侧印着的“Delta（达美航空）”也清晰可辨。这片赤褐色的砂石建筑设计得并不成功，因为有些不幸的住户刚好住在航线的下方。住在这里的那些律师、作家和金融家就像我的邻居。在松岛新城人们习惯称这些人为“知识工作者”，在那儿斯坦 · 盖尔要做的头等大事就是争取吸引更多的“知识工作者”。

此地向西走几个街区就是红钩码头，在那里船舶白天会卸下集装箱，晚上会吹响雾号。那隆隆的响声犹如喷气流一样让人震惊，然而又有几分浪漫，因为它们的时代毕竟已经离我们远去了。沃尔特 · 惠特曼曾住在此处，他早上乘轮渡去市区，晚上再回来。每次他都会面对一个既简单又快乐的事实，即城市里的生命线就是商业。他曾写道：

> 向着港湾望去，看着即将靠岸的船只，
> 看着船只一点点靠近，看着船上的人离我越来越近，
> 看着大篷船和小帆船的白帆点点，看着停泊的船只，
> 看着水手在收拾索具或跨在帆桅杆上，
> 圆形的桅杆，晃动的船体和细长弯曲的信号旗，
> 运转中的大大小小的轮船，和驾驶舱里的舵手……

这些已经有 150 多年的历史，但是在第一批华尔街家族和中产阶级未出现的几百年间，港口工人从早到晚走在这条街道上。这片区域是因商业而产生的，商业和这些码头结合在一起，就如同松岛新城把后代的命运与跑道联系在一起一样。

某天清晨，当达美航空的航班从天空飞过时，我开始考虑这座新诞生的城市以及跨越黄海的 19 千米的大桥。和我与拉瓜迪亚的距离相比，松岛新城

和机场的距离显得更近。或许两者最大的区别在于，我田园般的生活和卡萨达的航空大都市的梦想之间更多的是哲学上的差别而非物质上的不同。这对于与机场有关的日常生活有何意义？我们在心理上是否做好了准备？

这些对于我们而言是很迫切的问题，郊区的生活时代已经远去，正如经济的驱动一般——经济发展带来了廉价的汽车、天然气、按揭贷款和免费的高速公路。取代郊区时代的是速度经济时代，它是有关人的全球化经济理念——对这些想法无限配置的表达：iPhone 手机、太阳能电池板以及在上海的人力资源办公室。这些都是时不我待的事情，我们需要付出沉重代价，哪怕就在此刻它们远在世界的另一端开始崛起。

卡萨达将历史的进程看作波浪引起的涨潮。海港被内河港口所代替，铁路火车站代替了内河港口，接着公路和郊区又取代了铁路。交通的发展就如同命运变化一般。如今第五个浪潮已经到来，我们目前还不能用乔治·杰特森的方式上下班（尽管，确信无疑的是的确有未来学家在从事这方面的研究），我们衡量和计算自己速度的方式已经发生了改变。

在布鲁克林的长凳上，每当联邦快递的卡车轰隆而过的时候，或者当我看到邻居穿好衣服拉着带轮子的行李箱从赤褐色的建筑中走出准备去商务旅行的时候，我都可以感觉到拉瓜迪亚机场的牵引车。一年中，我多半的时间是拉着行李箱在外生活的，跟随着这些拖车去位于孟菲斯的仓库、阿姆斯特丹的温室和香港外面的工业城。我甚至连续几周睡在水磨石的地板上，就是为了与聚集在那里的“旅途勇士”们会面。也是在那里，我遇见了卡萨达，他提出了宏大而完整的航空大都市理论体系。在那时候，我已经很清楚地知道他所说的必将会成为现实，尽管作为美国人，我不愿意承认这一结果。继在《快速公司》杂志上为他写传记之后，我们达成了共同撰写本书的合作意向。书的文字是由我——格雷格·林赛——写的，但是卡萨达为这些都归属于“全球化”，但又看似无关的现象提供了一个框架。

当我穿梭在各航站楼之间时，我突然想到这些航站楼为我提供了一幅过去 50 年的地图，从喷气式飞机的产生到网络时代的到来，又发展到如今诞生于亚洲的速度时代。我从位于阳光地带的诸如洛杉矶和达拉斯追寻到路易斯维尔和孟菲斯——电子商务为这两个衰落的河畔小城带来新的活力，然后继续前进到北卡罗来纳，在那里遇见了卡萨达。在那时，他已经说服底特律市的领导人相信航空大都市将是这座城市未来最好的出路。在阿姆斯特丹，我领略到了花卉怎样预示着食品空运的未来。我也遇到了穿行在横贯印度、中国和迪拜的新丝绸之路上的商人。这本书就是要为读者展示这些看似不可能的事情如何演变成为时代的必然。

A Tale of Three Cities

1 三城记

洛杉矶、华盛顿和芝加哥这三座城市都得益于各自的机场，如果没有空间继续扩大机场的规模，这三座城市的发展就会受到限制。

洛杉矶：邻居、噪声和“反对盲目开发社区联合会”

1926 年是一个历史分水岭。在这之前一年，查尔斯·林德伯格乘单桨飞机飞越大西洋，1929 年第一届奥斯卡金像奖产生，洛杉矶市民们还在为本市没有机场而忧心忡忡。事实上，当时他们已经拥有很多机场。那时候洛杉矶共有 52 条飞机跑道，大多数都很脏，只有一个风向标和一个可以兼做机库的仓房。但其中 47 条跑道归私人所有，当时还没有对公众开放的市立机场。商会于是开始游说市政府修建一座公立机场。并且为了加快进度，还聘请气象学家福特·卡朋特对 26 个各具不同潜力的选址方案进行了考察。

其中有一个备选方案就是一块被称为“迈因斯田园”的 1 平方英里[1]的空地。福特·卡朋特谐称此地为“英格尔伍德遗址”，他在报告中描述道：“就无障碍物空域而言，这是一个很理想的选址…… 但没有机库，没有机场标志，也没有电话、油料和其他必需品。”在他的评估总结中附有一张照片，从中可以看到在宽阔泥泞的道路中间有一个大的 T 字模型，两边是空旷的菜豆地。未来的洛杉矶国际机场就坐落在这里。

当然也有其他实际的考虑，鉴于航空邮件的及时性，卡朋特发现迈因斯田园距洛杉矶中心邮局 22. 4 千米。他还略有讲究地在报告中附上了一张该地区的地图，比较了搭乘飞机和火车的相对速度和距离。丹佛（位于美国西部的科罗拉多州的首府）很远，但搭乘火车前往丹佛的时间与乘飞机飞往缅因州（位于美国东海岸最北端）的时间是一样的。现在乘火车去纽约也只要 28 小时。“正如底特律可以成为汽车工业基地一样，加利福尼亚州南部没有理由不成为航空工业基地，”他在报告旁边批注道，“首要因素是要有一个可以承接飞机起降的空港。”

洛杉矶国际机场是一个很好的案例，可以说明机场是怎样变成了贸易的

---

〔1〕 1 平方英里 =2. 59 平方千米。

孵化器，而城市又是如何突然认识到要对此充分利用的。当然，机场也会产生其他的边际效应。例如，在航空旅行出现之前，布鲁克林道奇队从未离开艾比特球场而去往道奇体育馆；1958 年之前，棒球运动最靠西的球场是圣路易斯，也就是乘火车最后一个方便停靠的车站。如果没有跨各大洲和太平洋的航班，几乎很难想象洛杉矶会成为匹敌纽约、香港及东京的文化中心；没有这些洲际和跨洋航线，洛杉矶只会是一座既干燥又尘土飞扬的农业和工业城市，就像另一个弗雷斯诺（美国加利福尼亚州中部城市），或者萨克拉门托（美国加利福尼亚州首府）一样，当然好莱坞除外。

机场战胜了时间和空间，人们很快消除了对机场的心理抗拒，敬畏和惊叹随即变成了熟悉，继而是轻视和贬责。这就是洛杉矶、华盛顿和芝加哥等大都市机场的普遍遭遇。在美国，人们在还没想到要用机场做什么之前就修建了它们。人们计划是为起降双翼飞机和做巡回演说之用，而没有考虑每小时起降一班飞往纽约的航班或每晚一班飞往中国的航班。没有人能预见到芝加哥机场的旅客吞吐量从 1928 年的 4.1 万人次激增到 80 年后的 7 600 万人次，增长了 1 853 倍。然而，尽管受到种种限制，发展面临诸多困难，机场还是改变了当地城市的面貌和特点。在洛杉矶和芝加哥，机场成了城市政治的棋子与工具，而华盛顿的机场则得益于人们的善意忽视。在卡萨达眼中，这些都不是合格的航空大都市，主要是因为这些机场在初始规划时并未与城市规划通盘考虑，因此受到当地居民的阻止。随着时间的推移，人们对那些促成现代城市生活的事物又慢慢开始怀疑和排斥。

1928 年，迈因斯田园击败了其他两个候选地址，成为洛杉矶市立机场的最终定址，至此洛杉矶人和机场之间长期、艰难的“联姻”终成正果，臻于圆满。那些落选城市的支持者们愤愤不平，甚至带有讽刺意味地说，那个选址离市区太远了，不利于使用。他们这一论点的正确性持续了 20 年。当时的航空公司都喜欢驻在伯班克（位于美国加利福尼亚州洛杉矶县，毗邻好莱坞）。军方在二战期间控制了机场，休斯飞机公司便在伯班克以北 1.6 千米处开办飞机制造厂，制造 H-4 Herculs（大力神）军用运输机，即声名狼藉的“史普鲁斯之鹅”木质机型。休斯公司并不是唯一一个在此开厂的公司。1920

年，麦道公司的联合创立人唐纳德·道格拉斯也开始在圣莫尼卡（美国加利福尼亚州西南部城市）制造飞机。道格拉斯手下有一名工程师叫杰克·诺斯洛普，此人曾在埃尔塞贡多机场的南部负责道格拉斯飞机公司的一个分部，之后他在旁边创建了与道格拉斯齐名的诺斯洛普公司。几年之后，艾伦·洛克希德和马尔科姆·洛克希德兄弟在好莱坞的车库外建立了洛克希德公司。他们的继承人在休斯飞机公司的要求下，继续为环球航空公司制造能够跨洋飞行的“星座”飞机，即世界上第一款现代客机。

这些人和房地产开发商哈利·卡尔佛联手，一道向市政府施加压力，要求当地为他们修建飞机场，最后他们成功地用纳税人的钱达到了目的。正是他们的这一举动为加利福尼亚二战后的繁荣奠定了基础。这些年中，洛杉矶典型的特点并不是好莱坞和汽车，而是航空业。随着休斯、道格拉斯、诺斯洛普以及洛克希德公司开始获得大量战斗机、轰炸机、加油机和运输机的订单合同，迪士尼和麦当劳逐渐退到了次要地位。1939 年，这些新兴公司一共雇用了 1.3 万名技术人员，4 年后，这个数字增加到了 19 万。休斯公司开始只有 4 名全职员工，而后来达到了 8 万人。

二战后，它们的运气稍走下坡路，但是继之而来的冷战给了它们一次更大的获利机会。每一个用于超音速战斗机或大型空运机的委托研究项目都被大量用于民用和航空客户。1959 年，波音公司以 707 系列飞机开启了喷气式飞机时代，当时空军是第一个购买者。然而十载之后情形却完全相反，波音公司拿着 747 系列图纸去五角大楼竞标却遭到拒绝。在空中客车公司成立之前，除波音飞机以外，几乎所有大型客机均出产于洛杉矶周边地区，而且在飞机上印有“Made in California（加利福尼亚制造）”的字样。麦道公司也制造了 DC－8s，DC －9s，DC－10s 等系列飞机，并且最近在其长滩的工厂里推出了 MD－80s 系列。如果你在过去 30 年间曾搭乘美利坚航空公司的班机，你会惊奇地发现所乘坐的飞机可能都是在加利福尼亚生产的。号称“西部的莱维敦”的莱克伍德（美国科罗拉多州城市），则是道格拉斯的厂房所在地。洛克希德公司在伯班克拥有其三星宽体客机的总装厂，也曾在此完成了 U－2 和 SR－71 间谍机的装配。

航空业带动了一切它所涉及领域的长足发展。在军方将其喷气推进实验室捐赠给加州理工学院之后，该校便成为可以与麻省理工学院一较高下的高等院校。在圣莫尼卡，兰德公司的斯特基拉夫博士计划在短短的、仅够喝几杯玛格丽特鸡尾酒的时间内，便取得高热原子核反应竞争的胜利。到 1960 年，福特·卡朋特所预言的“空中底特律”变成了现实，在加利福尼亚南部，三分之一的工作都直接或间接与航空业有关，使其获得了一个别称——“福利州”。

航空业向北一直延伸了 480 千米，到达了帕罗奥图，在那里，用硅制作的晶体管也进一步得到了完善。早在英特尔出现之前，在人们尚未形成“硅谷”的概念之前，航空业的企业联盟就已经计划：只要制造商能够蚀刻集成电路板，他们就一定会购买。1967 年，每 10 块微芯片中有 7 块用于“民兵”洲际弹道导弹和月球登陆者，而不是用于计算机的中央处理器。据此，一些经济学家认为，在计算机发展的初期，若没有军方的帮助，这一行业将推迟几十年。直到冷战结束和互联网青春来临之际，人们才能先于将军们拿到顶级的器件或配件。

当时，已经开始制造飞机的公司早已转而生产导弹、间谍卫星和宇宙飞船。乔治·卢卡斯的《星球大战》对加利福尼亚财富的影响要小于几年之后罗纳德·里根总统发起的现实版星球大战。现在你依然可以看到这些公司在洛杉矶国际机场南端遗留下来的东西。蓝领郊区埃尔塞贡多是休斯公司、波音公司、雷神公司、洛克希德公司和 DirecTV（休斯公司下属的）的总部所在地。

韦斯特切斯特是与机场毗邻最近的街区，在战争期间用来给休斯公司的员工居住。1940 年，韦斯特切斯特的人口仅为 353 人，但 10 年后已经达到了 3.3 万人。田地和养猪场几乎是在一夜间建好的，一个开发商每天就可盖好 4 个组合式预制房，这和加利福尼亚历史学家凯里·麦克威廉姆斯描述的在最初淘金热期间建造露营地的速度不相上下。随后不久，韦斯特切斯特也成为美国第一个遭受发动机噪声影响的街区。到 20 世纪 60 年代，当活塞驱动的低频螺旋桨被早期喷气式发动机刺耳的轰鸣声取代时，当地的居民便开始搬离。“韦斯特切斯特私家房主协会”随后很快和东部、南部和西部（在英格尔伍德、埃尔塞贡多和普利阿德雷）的兄弟组织“反对盲目开发社区联合会[1]”联合起来。第一宗与噪声有关的诉讼在1964年提出，由代表765名财产拥有者的艾伦起诉洛杉矶市。他们声称噪声给他们造成了280万美元的损失。该诉讼持续了9年才结束。此时，机场又面临了来自当地校区和天主教堂的每一个居民提交的诉讼，赔偿金达30亿美元。

洛杉矶国际机场要比最初的迈因斯田园大5倍，为了支付延长跑道带来的诉讼成本，机场已经支付了近1.5亿美元，而另外2 000万美元则用来为当地居民安装隔音设施。因此，机场开始购买房屋并立即将其推倒。大约有3 500座房屋被推倒。于是，韦斯特切斯特便开始逐街、逐区地消失。

当市区发展到逐渐接近机场时，最初对洛杉矶国际机场距离市区太远的担忧随之消失。机场周围区域的道路已经僵化，州际主要交通干线，特别是405号公路是区内最为拥堵的道路。然而，在此之前，韦斯特切斯特是井然有序的，没有人计划修建零售商店和英格尔伍德的快餐街，也没有人这样描述这里：巨大的雪佛龙炼油厂以及其地下蕴藏的2.5亿加仑石油。

尽管面临着诸多障碍，但洛杉矶国际机场在过去30年间，却促进了洛杉矶的发展，使其成为全美首要的贸易货物集散地。也正是在这几十年间，加利福尼亚的工业支点首先向北转移（搬出了休斯飞机公司的机库）到了硅谷，之后向西，一路向中国而去。我们应该感谢洛杉矶国际机场，现在苹果的iPhone和iPod都印着“Designed by Apple in California，Assembled in China（加利福尼亚苹果公司设计，中国组装）”的字样。不单是苹果一家，所有凭晶体管起家的硅谷公司，例如英特尔、惠普、太阳和思科等公司，很早以前就将其业务从其散乱的、效益不断下滑的工厂里转出，外包给了太平洋彼岸国家的工厂。它们现在可以等待货机降落在洛杉矶机场，然后拿到它们极其成功的最新假日产品的首批样品。

在香港和洛杉矶，机场位于城市边缘的角上，处于所谓“微笑曲线”（20

---

〔1〕 当地居民成立的组织，强烈反对在自己住处附近设立任何有危险性、不好看或有其他不宜情形的事物，反对在本社区准备开展的、可能危及其利益的新项目等。

世纪 70 年代用表现卡通人物快乐笑脸来指代 U 形曲线）的拐角处。微笑曲线图是由中国制造商提出的，曲线图解释了像 iPod 产品的价值和利润产生的过程。曲线笑脸的左上方是产品的构思，即产品的概念、设计和品牌；右端是经销商、销售、零售以及客户支持。笑脸的底部中间正是辛苦工作的生产商，他们要组装生产、发货。微笑曲线的拐角处就是产生利润的地方，这同时也解释了，到目前为止将整个产业转移到中国对所有参与方（特别是加利福尼亚方面）是共赢的。以售价 299 美元的 iPod 为例，苹果的智慧、商标商店产生了总价值中的 155 美元。由东芝、三星和其他不知名的公司生产的部件价值 144 美元，这些公司的利润是微乎其微的，因它们只是某样产品的制造者，而不是该产品的发明者。

苹果公司的继承人显然并不掩饰其对发明产品的兴趣。其中一次尝试就是 Chumby 公司制造了一个价值 99 美元的装置，这个装置可以附在 iPod 上作为闹钟收音机。总部位于圣迭戈的 Chumby 公司拥有员工 37 人，“其中可能只有 2 到 3 个人的工作重心是硬件，”其首席执行官史蒂夫 · 汤姆林直言不讳，但他并不是其中一个，他曾在美国在线和迪士尼做过见习生。“外人看起来，我们好像是一个消费者电子公司，但其实我们不是。”他解释说。他们试图通过销售纯粹数字化的“小产品”来获利，但 Chumby 的小产品只有使用了之后才能证明其效用。这面临着一个“鸡生蛋还是蛋生鸡”的两难困境——如果不能找到一个装置来播放该产品，就无法将该产品销售出去——他们坐下来经过冷静思考，终于找到了苹果的 iPod。

现在他们已经有了一个工厂，但他们并不满足于现状。汤姆林曾说：“我们在此之前从没有人在中国工作过。”但他们还是在香港附近修建了一个工厂，生产了几百个产品，随后又修建了另一工厂，具备在必要时生产几百万个产品的能力。他们的货物就降落在洛杉矶机场，遵守了最初对于航空邮政的承诺。其实，若没有航空邮政，他们将何去何从呢？基于这个原因，可以说，要量化机场对洛杉矶的意义是不可能的。但是，互联网到来之前的一份估算表明，机场每年可以给洛杉矶市带来的收入从 1970 年的 33 亿美元，增长到 1995 年的 610 亿美元，并创造了 40 万个就业岗位。

逃离洛杉矶国际机场

洛杉矶是应该将唯一的重点放置在洛杉矶国际机场的扩展上（遭到机场附近居民的愤怒反击），还是应该通过修建地区机场来缓解压力，围绕着这个问题已经有长达 10 年之久的争论。2015 年，洛杉矶国际机场的旅客吞吐量预计将达到一亿。面对客流量不断增加的前景，机场当局对上述两种选择都进行了调研。20 世纪 90 年代中期，最大胆的建议是将机场直接修进圣莫尼卡海湾，向海中修建几条延伸 3.2 千米长的新跑道。支持者称，一个不受限制的机场，随着它的成长将会在经济上带来 600 亿美元的收益，这相当于汉堡和都柏林两个城市经济总量之和。加利福尼亚州议员汤姆·海德支持环境论者的反对意见，他认为这一计划是“疯狂的”。洛杉矶国际机场的官员最终放弃了这一计划。

截至 2001 年，他们已经否定了其他 30 个提议，市府政治的动荡、社会的压力和“9·11”事件共同导致了任何有关机场扩建的计划的搁置。支持建立地区机场的“反对盲目开发社区联合会”组织和想要达到这一目的的人似乎获胜了。但长滩、伯班克和奥兰治的约翰·韦恩都已经发展到了极限，只有洛杉矶东部的安大略湖尚有发展空间，或许有可能会在以前的埃尔托罗的海军陆战队机场原址上，修建新的奥兰治国际机场。或许洛杉矶市会盘活加利福尼亚州东南部的帕姆代尔市，成为洛杉矶国际机场未来的灵魂。

跨越洛杉矶北部 88 千米外的莫哈韦沙漠，帕姆代尔市位于圣加布里埃尔山的另一边，这里是美国空军 42 号工厂和爱德华兹空军基地的所在地。前者曾是航天飞机的组装地，也是航天飞机返回地球的着陆地。受到航天飞机预示的新世界的启示，在 20 世纪 70 年代初期，洛杉矶在毗邻 42 号工厂的地方买了 68 平方千米的约书亚树和沙地，这里某天也许会成为第二个洛杉矶国际机场。其创建者描绘了这样一个未来：喷气式飞机像直升机一样垂直起降，巡航速度可以达到12马赫[1]；高速列车穿梭于洛杉矶国际机场和帕姆代尔之间，甚至还有"星际旅行"，可能搭乘电影《2001：太空漫游》中泛美航空的宇宙飞船。这些都还没有实现。当然，不排除地震后会出现穿梭于山间的动车。

尽管原先的洛杉矶国际机场已经在明显地超负荷运转，但对于洛杉矶国际机场的取代、承接和补充都尚未出现。几年前，臆想中的机场坍塌出现了，当时机场主体大楼蜘蛛网般的柱子开始脱落混凝土，露出了里面几十年累积的铁锈。之后，将柱子上的混凝土剥落、露出钢筋、对其打磨抛光并再次用水泥覆盖后，洛杉矶国际机场本身已经没有再改造的必要了。我曾经看到麦克·迪吉罗拉莫当时站在脚手架下方。他邀请我去他的木板式办公室。他的办公室位于老旧的控制塔台顶部。在那里，他向我讲述了洛杉矶机场的悲惨状态。麦克·迪吉罗拉莫负责洛杉矶国际机场的运营，这使他处于航空公司、附近居民和市政厅的多方责难之下。他完全明白自己处境的荒谬性：他是为几百万人守护南加利福尼亚梦想——iPhone、手提包和百忧解处方（一种生产于美国的抗抑郁药物）——的人，但人们也因此忽视了他。"我们能改变基础设施吗？我不知道，"他告诉我说，"这是一个政治问题。我们很想去做，但是我们失败了。我们给了这里社区居民太多的权力，他们以为是自己在运营机场，这才是问题所在。"

对此，洛杉矶市政委员会也没有把工作做好，他们甚至不知道他们在做什么。"城市管理者因为思维定式介入了机场的业务，他们想：'我们有了火车站，那我们为什么不去运营机场呢？'这是一个谬误。"他借此介绍了他所面临的混乱处境。"想象一个来自拉尔夫（一家连锁超市）的人去市政厅说，'我想请你们按照我们的规格建一个超市。我们会卖杂货，并在未来60年中回报你们的投资。但你们会受到环境方面和噪声的困扰。而且我们会因为你们抬高价格、没有足够的结账通道等理由而埋怨你们。你们还愿意签下这份合同吗？'市长会说，'当然要签。我们已经有一个像那样的机场了，所以为

---

[1] 1马赫=1 225.08千米/时。

什么不进入零售业呢!’”

我们都笑了，但这并不是那样好笑。美国的机场对其公民而言是一个玩笑，但外国游客会把它们看作美国萎靡不振的表现。洛杉矶国际机场已经很糟糕了，但纽约的机场比它更糟糕。托马斯·弗莱德曼在《纽约时报》上质询他的读者:“从苏黎世的现代化机场飞到了拉瓜迪亚机场，难道不像是从摩登时代飞到了原始时代吗?”《金融时报》的约翰·加普也讽刺纽约其他机场道:“如果有人不相信美国基础设施方面存在问题，我建议他飞一趟约翰·肯尼迪机场（勇敢地面对航班延误、推迟降落的情况)，然后在拥堵的、坑坑洼洼的布鲁克林王后高速路上拦个出租车，再试试在途中打个移动电话。”

可怕的是，不只是洛杉矶而是整个美国西部，某种程度上甚至是全美都十分依赖于像洛杉矶这样运转不良的机场。迪吉罗拉莫告诉我:“去年圣诞节，市面上出售的 iPod 中有 80% 都经由这里，大约有 5 000 万部是由国泰航空的波音 747 从香港运来的，且绝大多数都是由一家航空公司的一条航线运来的。”

他说:“美国西部的 10 个州里，所有消费品中的 50% 都经过了南加利福尼亚州，这里是拉斯韦加斯、图森和菲尼克斯的入口，且直通阿尔布开克。当把海港和空港结合起来，比较经过洛杉矶国际机场的货物总吨量和经过海港的货物总吨量时，你会发现机场方面占到 10%，而海港方面占到 90%。但是如果你注意货物的价值，则机场方面占到了 80%。”

洛杉矶港的码头上成排堆放着汽车（进口货量第二)、服装（第四)、油(第五)、玩具（第七)。而降落在洛杉矶国际机场的是各种不同的电子产品(进口货量第一)，MP3、CD 和 DVD 播放机（第三)，以及其他非电子产品(第六、第八)，药物、照相机和纺织品。以往的统计数据摘要却不能反映出所运输的具体内容。

如果谁足够幸运，可以登上货机或见到货物押运员，他们可以告诉你从新加坡到洛杉矶的 18 小时飞行过程中发生的故事。任何时候，在空中都有不计其数的货物，一个人曾目睹过货机装载 72 吨的玫瑰运离阿姆斯特丹，2. 5 万条导线束运往底特律周边的汽车工厂，2 250 千克的侠盗猎车手游戏光盘运往了洛杉矶国际机场。另一个作家曾照顾了一群从奥黑尔飞往东京的马，包括 12 匹飞往北海道牧场的阿巴鲁萨马。一名飞行员曾见到一个保价百万美元的神秘小冰柜，后来他才知道那是用来盛放第一个艾滋病药物的器皿。

货物押运员的工作就是无论运送什么，每次都要按时送达，特别是在圣诞季前期。一个名叫托尼·巴萨的货机机长曾说道："如果你只是个普通人，谁会关心你的航班起飞了没有呢？搭下个航班吧，没有关系啊。但是当我运送 100 吨的任天堂公司的家庭视频游戏时，就有关系了。那可是几百万美元的收入，会有人在目的站机场等候。有一次，我运送了 130 吨的麦当劳开心乐园餐的玩具，那是因为原本负责运送的集装箱货轮在太平洋中沉了。这个时候就不会再派另一艘货轮运输啦。所以就会用波音 747 来运送。"

但是，并不是说必须要轮船沉没才能迎来喷气式飞机需求的激增。迪吉罗拉莫自己有很多关于供应链混乱的故事，但这并不是他的错。"几年前，我们就曾在港口碰到过很棘手的问题，轮船不能卸货，货物就不能被送至商店"。当时是 2002 年，罢工持续了 10 天，这使得来自中国的 100 多艘货船绝望地在岸边抛锚，而此时距圣诞节仅剩下 1 个月。"很多人想方设法按时完成了递送任务，但也有很多人没能做到。分货商只能打电话给商店说'我不能给你送货，因为货现在还在北太平洋的一艘船上'。但他们的顾客回答，'你最好想个办法赶紧给我送到'。"

那些依赖假日进行销售的公司，如哈斯布罗，已经竞相实施了应急计划，空运价值几百万美元的货物来补充商店的存货。两年后，他们又再次使用了空运，当时是 10 月份，因为发生了一次海洋拥堵，这迫使 50 艘货船在岸边停靠了几周。有些情况下，港口会变得比洛杉矶国际机场的沥青跑道更加堵塞。

那些雇用被困货船的公司是在时间/成本方程式上进行赌博，他们宁愿在货船上浪费几个月的时间，只为在每件商品上节省出几美分的成本。这是薄利行业的典型特点，但是在当前的速度时代，海运也越来越是一种奢侈，因为顾客的耐心已经不能从低成本中获得抚慰，况且这所谓低成本也只是生产商们从供应链中攫取而得的。

“这几天我们看到很多即时货运。”迪吉罗拉莫说，这暗示这些公司已经吸取教训了，正用空运来代替海运。根据一项调查，海运的危机正在增长。从中国来的航空货运业务中，有大约1/3是由于海运时间延迟转而选择空运的。最普遍的原因是，产品的高附加值、多变的顾客需求、生产过程的高速度需求。

上述的最后一个原因也导致洛杉矶港成为货物运输中被有意避开的经停点。亚洲的航空公司已经学会了绕过洛杉矶国际机场的跑道与高速路，而直飞达拉斯卸下他们的笔记本电脑。这也是尤吉·贝拉的逻辑：因为太拥堵，没有人愿意再降落在那儿。

奥兰治：埃尔托罗之争

雷姆·库哈斯曾写道：“修建机场会出现两个极端，要么太大，要么太小。”但是紧靠奥兰治的约翰·韦恩机场却刚刚合适。占地面积充足，可以满足当地人的出行，也因为规模小而没给人们的生活带来干扰，它刚好适合奥兰治。

20世纪80年代，约翰·韦恩机场促使周围三个城市兴起，即纽波特比奇、科斯塔梅萨和欧文。但这三个城市都未能使这个机场再扩建。1985年，当地的“反对盲目开发社区联合会”组织从县府得到了一项严格承诺，限制航班的数量，以免打扰纽波特比奇的夜间宗教仪式。迄今为止，比起奥黑尔机场，约翰·韦恩国际机场与巴格达国际机场的航班有更多的相似之处：飞行员必须锁住刹车闸，将发动机油门加至最大，随后松开，以最高速度冲过该机场的短跑道，然后沿最大的坡度爬升。接着，在爬升至150米之后，必须将马力减到最小，避免扰醒机场周围的居民。直到他们飞至太平洋上空之后，飞行员才可以恢复正常的驾驶。

对于飞往美国拉斯韦加斯和其他中心城市的短途航班而言，约翰·韦恩机场是个完美机场。如果你需要搭乘飞机飞往东京，你只需沿405公路开车前往洛杉矶国际机场即可。奥兰治的300万居民，他们宁愿拥向临近的超负荷机场，却不愿意支持家门口的机场发展。

1993年，美国国防部宣布将关闭埃尔托罗海军陆战队空军基地，并将其移交县府管理。这一行为意味着冷战的结束，也是为了改善冷战后的加利福尼亚州数以万计的失业状况，但却引发了奥兰治的内部争论，再次使南北对立。新机场的支持者散布谣言说，奥兰治的国际机场将和纽约的拉瓜迪亚国际机场及华盛顿的杜勒斯国际机场一样繁忙。他们计划用埃尔托罗机场取代约翰·韦恩机场，它具有洛杉矶国际机场所没有的发展空间。新建机场比扩建现有机场的成本要少很多，因为机场扩大引发的诉讼成本将不可避免地增加。从长远来看，新建机场将使奥兰治成为一个高科技的地方，会吸引海外公司到本地发展，从而促进现有行业的发展。但是计划的缺点也很明显：噪声、污染、交通拥堵以及当地居民不能容忍的事情——产值降低。随之而至的是，埃尔托罗之争暴露了奥兰治现存的困境：或者成为新的“硅谷”，或者保持美国所想象的奥兰治镀金乡村俱乐部。

斗争的结果是：北方的9座城市支持新建机场，而南方的7座城市则坚决反对。(房地产的价格就是分界线。）双方都拉拢了一群奇怪的同盟者。支持新建机场的一方包括西班牙移民、奥兰治商务委员会和长滩的上层资产阶级，因为他们看到了永远摆脱约翰·韦恩机场的机会。反对新建机场的一方，则是沿海岸线的“反对盲目开发社区联合会”的顽固成员和警觉的环保主义者组成的不稳定联盟。随着斗争的拖延，围绕埃尔托罗的斗争转向了针对洛杉矶机场战略的全民投票。洛杉矶市市长将此视为解决洛杉矶国际机场危机的契机。

卡萨达通过发表一系列文章加入了这场辩论，表示支持新建机场。经过计算，他总结道：奥兰治国际机场将把该县提升为洛杉矶市的劲敌。他在一篇文章中写道：“根据奥兰治对洛杉矶国际机场的依赖程度，它的经济发展前景是不确定的，至少掌握在洛杉矶市决策者的手中，但还有一个选择，即独立发展。”

双方都邀请了大量律师、咨询师和民意测验专家来拟订投票方案、争取支持和提出诉讼。法律斗争持续了8年，花费了纳税人9 000万美元，且都用在了投票者计划和环境审查上。随后世贸中心被撞毁，新机场似乎变成了人们抨击的中心话题。它的反对者采取了新策略，即不是让居民来投票决定是支持还是反对，而是让他们在机场和一个占地面积约18平方千米的大公园之间做出选择。人们在终于有了选择的机会时，选择了公园。于是，1年后埃尔托罗被拍卖给了开发商。

人们选择了公园，即抛弃了城市繁华的本源。20世纪80年代，在约翰·韦恩机场旁边，欧文商务楼群的24座大楼拔地而起，但在此之前奥兰治还只是一个朴素的郊区居民区。现在这里周边的蓝筹股公司的数量已经超过了圣迭戈的闹市区，而且后者的办公空间仅为奥兰治的一半。在它远郊的奢华购物中心南海岸广场，每天的商品交易量堪比旧金山市区的所有商店。

奥兰治国际机场的失败对像西部数据这样的公司的打击尤为严重，它是世界上第二大硬盘驱动器生产商，个人电脑和硬盘录像机中的光盘就是用该公司在亚洲工厂生产的组件制作而成的。这些组件通过飞机运至奥兰治进行最后组装，然后再空运出去。西部数据的生产输出是美国在速度经济时代典型的出口制造模式。很大程度上来说，出口才是他们的支柱，年出口额约5 440亿美元。

随着美国的无形资产缩水——12万亿美元的家庭财富轻而易举地蒸发了，商品和服务的出口是保持经济发展的唯一支柱（其他方面是政府的刺激政策）。总统奥巴马的“新经济基础”政策实际就是“增加出口，减少消费”，这是他在第一次国情咨文中就明确提出的目标，他还称在5年内使出口量翻番。2009年春天，他在视察一座加利福尼亚州太阳能电池板工厂时说，我们必须回去生产东西了，我们必须重新出口。无论我们在国外生产和销售什么，都将会造成价格上升，已经涨到可以坐飞机去谈判合同了。而更多的出口则意味着更多的跑道。

奥兰治国际机场仅仅是一个开始，但是问题出在奥兰治自身。或者说是奥兰治的理念问题：一座建立在不断提高的家庭公平基础之上的山区中的阳光城市，奥兰治政府特许了一批债权人进行开发。如果奥兰治任由他们决策，其结果将是一个大灾难，特别是洛杉矶，那里的房主淹没在贷款中，却仍然顽固地坚持着自己的梦想。

建设新机场提议的失败，使南加利福尼亚州没有了真正意义上的选择，除非你可以将机场建在圣迭戈市区外的海上。当地的一位律师有一种独特的想法，他认为海上机场将修建在离海岸19千米的地方，其建筑顶部是跑道，下面是比圣迭戈还要大的航空大都市。其创建者需要的只是获得许可和200亿美元的借款。

无论发生什么，洛杉矶国际机场都会变得更加繁忙。发展过程中的某些错误可以弥补，但无法得到修正，损坏的基础设施将继续恶化，直到最终崩盘。卡塔尔航空公司和新加坡航空公司已经威胁说，如果洛杉矶机场不采取措施改善条件，他们将更改其A380的航线。

为了避免这些公司改变航线，2009年10月洛杉矶市政委员会拨款13亿美元用于改善"面子"。这是该市对于单一项目所批的最大数额的资金，将完全通过债券来募集。奥巴马的计划是投资500亿美元用于基础设施建设，也包括他承诺的总长240千米的跑道，但这一切都太晚了。

航站楼的改建、扩建应该在2013年完成。届时，旧金山、菲尼克斯和拉斯韦加斯都将会有全新或改建后的机场。防止洛杉矶沦为被飞越的、不经停的地方，现在是不是太晚了？一位女市政委员说："飞机并不一定非要在洛杉矶降落，航空业内人士告诉我他们可以绕过我们。所以，在未来航空市场中，洛杉矶国际机场将失去应得的市场份额。"

杜勒斯：美国最富裕的隐形城市

艾森豪威尔总统手指着连绵起伏的弗吉尼亚乡村地图，选择了他第二次"大入侵"的地点。和诺曼底一样，他选择的战场很偏远：一个不知名的地方的中部，白宫正西40千米处的一片约44平方千米的树林，且没有公路直接到达。1958年，在洛杉矶机场在最初的菜豆地上修建跑道30年后，杜勒斯国际机场也以同样的模式建成。

杜勒斯国际机场在喷气时代的初期开放，此后一直闲置了20年，因为司机可以沿着环形公路行驶到更加方便的波托马克河西岸的华盛顿国家机场（现在的里根机场）处就止步了。下午，旅客能听到他们的脚步声在埃罗·沙里宁所设计的拱形顶部的主航站楼内回响。但仍然没有人制定条款来规定在机场周边什么应该修，什么不应该修。因为即使在苏联的人造卫星上天之后，依然没有人能够预测出接下来会发生什么：罗纳德·里根为星球大战开出了空白支票，那些兑换了现金的承包商便一起商议在山坡下开路，建设典型的边缘城市，它将重新定义我们的城市风貌。此时，杜勒斯国际机场便是一个支撑点。

杜勒斯国际机场的可取之处是它的规模，其占地面积是洛杉矶国际机场的4倍，比洛杉矶其他较大机场的总和还要大。没有人能够在机场临近处修建牧马场或新型房屋，所以也就没有对机场噪声的抱怨，机场也可以在安定和相对安静的环境中运行。直到1981年里根总统执政之前该机场还安静地运行着。里根旨在打赢星球大战的计划（迫使苏联因超支而沉寂），使大量的国防合同涌出国防部，并在20世纪80年代蔓延到弗吉尼亚。在新世界秩序形成后，第二轮的联邦采购资金没有减少，到“9·11”事件后依然持续增加，并将资金和职责重新分配给国土安全部和哈利伯顿公司，并再次分给波音公司。1980年联邦政府的外包支票为42亿美元，2006年则达到了540亿美元。里根宣誓就职后，5 000亿美元便流出了国防部的大门，随后，其中一半的数额，约2 230亿美元流向了驻在临近的费尔法克斯县的公司，该县位于国防部与杜勒斯国际机场之间。

和软件合同相比，现在这些合同中的多数已经和军事应用没有太多关系。在星球大战中，国防部已经依靠高科技的提供者来购买、修建、改建和整合完全网络化的战场，所谓的“强盗公司”获得了慷慨资助。在有记录的较大数额的合同中，电子数据系统公司（EDS，现在是惠普的一部分）被承诺给予100亿美元来管理海军的信息科技部。

在伴随着这些合同的大量文字条款中，其中一条要求中标者必须驻在国防部周围48千米以内，或30分钟的车程以内，以便于和高级军官一起参加临时会议。作为对其所付资金的回报，国防部让自身变成了这些公司的中心。典型的公司安置只有两个选择：整理总部搬至费尔法克斯，或将承包商迁至那儿，让其首席执行官搭乘飞机参加会议。无论采取哪种方式，乘飞机在短时间内飞往华盛顿都是必需的。而巴尔的摩机场便不能做到（太远），国家机场也不能做到，它虽然距国防部仅1.6千米，但却不能运营洲际航班。这使得机场对于从西雅图飞来的波音高管人员和飞离洛杉矶国际机场的洛克希德团队而言变得毫无用处。

所以杜勒斯国际机场就是可以从联邦政府获得资金的地方。很快所有公司都从国防部搬到了街道上，联席委员会在路的这边，而公司门面在路对面。侦察过周边地形后，他们发现了好的学校、廉价的土地、宽松的市区划分，还有比马里兰州和哥伦比亚特区稍低的税收。不久以后，他们便开始劝说区域划分委员会指责牧马场和奶牛场，说他们在跑道的喷溅距离内抛掷烟灰色玻璃物品。

国防部及其附属机构持续注资160亿美元给临近他们的公司，数额比给加利福尼亚州注资的总和还要多。一小部分大型承包商，比如总部在圣迭戈的科学应用国际公司在杜勒斯国际机场周围的员工数量比在总部的还要多（屈服于这个现实，诺斯洛普·格鲁曼公司2010年将其总部迁到了弗吉尼亚）。1990～2005年，在费尔法克斯县，政府的外包计划覆盖了1万个私营领域的白领职位，比政府在特区创造的就业岗位还多两倍。随后，杜勒斯国际机场周边居民的数量也达到了100万（是华盛顿人口的两倍），而且被认为是美国最富有的地方，中等家庭的年收入在历史上首次超过了10万美元。费尔法克斯是最初的边缘城市的产生地，其中主要包括泰森斯角。费尔法克斯现在是美国的第二大富有县，而其近邻劳登县是第一，它也共享了杜勒斯国际机场。在官方看来，费尔法克斯并不是一个城市，它甚至没有自己的邮政编码，但如果按照购物中心和办公室空间的规模来衡量，它却是美国的第六大城市。

今天的费尔法克斯比早期的曼谷和新德里还要富有，并且还没有停止发展。为了应对美国两位数的失业压力，奥巴马政府在华盛顿周边地区增加了几十万个就业岗位。

如何依靠政治来理解和解释费尔法克斯现象呢？带有地方偏见和保守倾向的不切实际的社会学家们，比如约耳·加罗和《纽约时报》的专栏作家大卫·布鲁克斯，看到了一座闪亮的、私有的但却由公众资助的城市出现在一座山上。另一方面，自由辩证主义者，比如托马斯·弗兰克，却发现了一片僵硬刻板的和受压制的罪恶之城索多玛——

> 当你在这些神奇之地驾车而行，弗吉尼亚北部就像是一组具有美国风格的繁荣的彩色影像，蒸馏之后保留下来的是美国绝对权力的强大和正义：由埃罗·沙里宁设计的机场，大型的购物中心使其他城市的繁华城区相形见绌，高性能的汽车行驶在整洁的专用公路上，大簇的鲜花在路边的花床里开放，以及带有殖民地威廉斯堡的圆屋顶的加油站。街道的名字也会使我们想起值得珍惜的美国价值，比如“自由”“市场”“民主”“传统”和“签名”路，“遗产”路，“奠基人”路，“进取”“繁荣”和“行政公园”大道，还有通往“勇气”法庭的“骑士”路。

所有一切都很好，但事实上它是集体的福利。杜勒斯国际机场对于该县下一步的议案尤为关键。首先，费尔法克斯希望摆脱对国防部的依赖，避免某天遭受和另一个公司聚居地——底特律一样的命运。接着，费尔法克斯打算以纳税人的钱为诱饵，吸引新一代高科技企业家前来咨询商机。

这种方法曾经管用。军方有能力把科技项目变成黄金，这空前伟大的能力就像直接流经杜勒斯国际机场和大部分费尔法克斯县地下的一条河流，连绵不断。MAE-East（华盛顿互联网交换中心）是埋于地下的一束光纤，是最早和最大的互联网连接干线。它于1992年根据政府命令装配，是现有的最有效的单一数字连接的网络节点。1995年，网景公司股票上市，对域名的狂热也已开始，人们可以用事实证明杜勒斯，而非帕罗奥图，才是互联网的首都。三分之一的网络传输都要经过杜勒斯，这吸引了各地渴望带宽的公司都来利用这里的高速互联网。

从那时起，有两家大型企业在这里落户，即世通公司和美国在线。两家企业听起来像是政府机构，这算不上巧合。1997 年世通公司斥资 370 亿美元兼并 MCI 通信公司，一跃成为美国业内最大的企业。那时，美国在线刚从费尔法克斯搬到位于弗吉尼亚州的杜勒斯总部，办公室比原来宽敞多了。杜勒斯是劳登县的一个地方，这里甚至连邮政编码都没有。实际上，“杜勒斯”就是斯特灵镇。美国在线舍弃“斯特灵镇”而用“杜勒斯”来指称总部的所在地，这样做有两个原因。首先，对传媒企业来说，地理标志很重要，“杜勒斯”这个名字听起来像那么回事。其次，2000 年，美国在线的决策层头脑一热，要组建世界上最大的传媒集团，不过没有成功。以“杜勒斯”作为总部所在地的名字也方便美国在线的高层针对那时的失策展开穿梭外交。可是没过几年，美国在线的高层起了内讧，公司股价暴跌，这些高层下台。世通公司也爆出了像安然公司那样的审计丑闻。即便如此，他们至少证实了那些想大力发展郊区县市的人的观点：费尔法克斯成了中心，传统的中心城区却成了郊区。

现在，费尔法克斯较为出名的几家公司就运作方式而言更像 Netezza 公司，而不像美国在线或者网景公司。Netezza 公司销售“电器”——服务器软件套装。公司利用这项产品打破各类纪录的速度比竞争对手快了 10 倍。它制胜的法宝隐藏在那些不易察觉的资料中——肉眼也好，电脑里的空白表格程序也好，都发现不了。比如，亚马逊公司想调查一下顾客的购物倾向，内曼·马库斯公司想知道顾客的购物喜好和成因。IBM 更干脆——2010 年秋天，它直接买下了 Netezza 公司。Netezza 公司 2002 年在波士顿开张，给顾客省了不少上网查资料的麻烦。该公司发展快速，涉及很多领域，相继在东京、悉尼、多伦多和伦敦郊区设立了办公室。过了几年，公司在泰森斯角开设了“联邦分部”。Netezza 公司的老总吉特·赛克希那不方便谈论这个分部。

我就想知道一家不到 100 人的小公司如何在一夜之间成为真正的跨国公司。“联络和交通上的障碍消失了，”他说，“我们的投资流向了基于市场机遇兴起的新领域，这完全取决于市场的规模。如果仅仅是一家 Web 2.0 的公司，这些新领域不见得有多重要。但我们这个行业里，你要和顾客面对面地交流，只发电子邮件是不够的，你得亲自去。费尔法克斯市场大，我们需要到这儿来。”Netezza 公司在印度设立的分部也以这种模式为主，分担了很多研发工作。这些工作仅凭电子邮件开展不了。为什么不行？赛克希那听起来有些困惑，他不明白依托网络虚拟世界进行贸易的公司何以要依赖航空运输来运转。

“网络不仅没有将传统的运输方式淘汰掉，”他说，“还大大促进了它们的发展，因为网络凸显了成本和流通的紧密关系。建立研发中心和销售点的时候，我们会考虑‘这些地方交通便利吗？要不要换机才能到那里？’想到这些，费尔法克斯这个地方再好不过。”

在这方面对赛克希那影响最大的是格里·戈登。他是费尔法克斯县经济发展所的一把手，也是当地数得着的人物——尤其擅长替公司挖人。他在位于泰森斯角的办公室里接待我——就在 Netezza 公司的大楼附近。戈登看上去对自己的成就很满意，他清楚自己作为一家常胜公司的一把手是多么让人羡慕。戈登把泰森斯角当作家乡。他来之前人们就泰森斯角在新世纪的发展方向进行过讨论：是把它建成深水港还是大力开发当地的铁矿石？那时，泰森斯角的未来就确定了——它成了物流枢纽，而且占地面积很大。“一方是快速发展的国际机场，另一方是联邦政府，想不搞砸都难。”他开玩笑说。

他的公司也像 Netezza 公司一样在国外有很多分部，如伦敦、法兰克福、特拉维夫、首尔和班加鲁鲁。“我们的海外分支机构比一般城市要多，”他说道，“实际上比很多州的外设分支机构还要多。”其所以有这么多，原因已不仅仅是经济方面的了。劳登县的这些公司招聘能为公司发展出力的新职员，例如特拉维夫的职员就在寻求能在软件、安保和生物技术上接替他们的员工，因此，让劳登县与国际接轨的呼声很高。这些地方曾是美国内战的战场，现在住满了社会地位逐步提高的移民。在费尔法克斯出生的孩子中，父母至少有一方是移民的超过了 1/3。这一比例还在上升。费尔法克斯有 100 万居民，其中就有 4 万印度移民和 5 万韩国人。费尔法克斯还有 358 家外资企业。继京畿强盗（华盛顿周边吸引的大批高价咨询公司）之后寻求发展的关键是吸引更多的外资企业。因为这些关系，费尔法克斯将来与北京或班加鲁鲁的联系要比它和临近的华盛顿特区的联系还要紧密。

20 世纪 90 年代早期美国和加拿大签订了一项开放天空协议，这项协议使加拿大的许多城市和杜勒斯之间实现了不着陆飞行。戈登那时就察觉到了机场的力量。也就是在那时候，“去多伦多或蒙特利尔，你得飞经底特律、波士顿或匹兹堡。那些原来要亲自走一趟才能赚钱的行当，现在就算减少了见面时间也没关系。这我从没想过。真的，就一站！”然而，一旦不着陆飞行开通，“你可以看到马上就有很多加拿大的公司涌来。相应的，机场发展迅速，运输能力也提高了。一句话，影响太大了。”

你只需看看杜勒斯和北京之间一天的航班就知道他说的话是什么意思了。第一班往返于北京和华盛顿的不着陆飞行于 2007 年 3 月开通，从开通就全部飞满。每次都有一些使节、商人和游客乘坐，但戈登所关注的是那些在办公室工作的人。据乔治梅森大学的统计，他们每年为华盛顿特区带来 2.5 亿美元的收益。仅这一条航线就能创造 1 760 个工作岗位，这些岗位的平均年薪是 8.1 万美元，折合总工资为 1.4 亿美元。这些工资消费之后能带动其他行业的发展，在涓滴效应[1]下产生 1 亿美元的效益。以上这些均来自中国的公司，他们在物色程序员和顾问，以便在当前的速度时代获得更好的发展。

“中国是发展中国家，正快速成长，因此需要大量信息和高科技产品。”乔治梅森大学的研究报告中写道，“这些行业的工人经常乘坐飞机，平均起来，他们乘坐的次数比传统行业的从业者多了 60%。”他们还没有在费尔法克斯下过飞机，起码很多人没有来过。

“中国电信北美总部设在费尔法克斯县。”戈登告诉我，“也就这家企业还值得关注，现在它到这儿来了。所以我们在中国会更加积极。”这个势头很惊人——杜勒斯将成为中国公司进军弗吉尼亚州并且将公司的需求外包给美国人的通道。有人认为我们应该关闭设在国外的厂家（除了那些生产用作贺卡的数码相机的厂家），再不会看到，也再不会听到有关这些厂家的消息。我们已经习惯了这一观点。中国要把软件业作为重点，这很让人惊讶。“我们对这

---

[1] 又作渗漏效应、滴漏效应、滴入论、利益均沾论等，指在经济发展过程中并不给予贫困阶层、弱势群体或贫困地区特别的优待，而是由优先发展起来的群体或地区通过消费、就业等方面惠及贫困阶层或地区，带动其发展和富裕，或认为政府财政津贴可经过大企业再陆续流入小企业和消费者之手，从而更好地促进经济增长。

个很有兴趣。”他补充道，“因为我们不制造产品。我们只从事服务业和做策划。”

新来的人比本地人更能认清杜勒斯和费尔法克斯为什么会取得今天的成功：成熟（或许出于偶然）的航空大都市。当地有很多轶事可以说明本地人甚至不知道或者根本不关心杜勒斯收费公路的另一端有一座耸立着巨大方尖碑的城市。谈话快结束的时候，戈登也证实了这一点：“我们和来自首尔或班加鲁鲁的人谈话的时候会问：‘你们有多少人去过费尔法克斯县？’有两三个人举手。‘有多少人从杜勒斯下飞机，沿杜勒斯收费公路开车去华盛顿？’每个人都会说，‘当然，当然，那是个技术园。’那就是他们眼中的费尔法克斯县。这就是很多公司都想在杜勒斯收费公路两旁打广告的原因了。我见过一张单子，那上面列着在路两旁打广告的公司。”

谈话结束后几个小时，我在方向盘上摊开笔记本，匆匆写着路两边快速晃过的公司的标志：诺斯洛普·格鲁曼、Cybertrust、博思艾伦、ITT、Verizon、赛门铁克、RCN 等。再往前，还有优利系统有限公司、甲骨文、Sprint、XO 通信等。在这些网络、线路和电信公司的广告附近往往分布着公司的分部。杜勒斯收费公路实际上是高科技产业集聚区的样板，我随后在迪拜、多哈、广州甚至达拉斯见到了类似的高科技产业集聚区。

半路上，我看到很多高层公寓，那就是华盛顿吗？那我在哪里？我开着租来的车朝那个方向驶过去，不一会儿便穿行在一排排房子间，像伦敦，只不过规模更大些。那些房子刚建好不久，像刚出炉的饼干。不经意间，我来到了雷斯顿镇中心的外围地区。“中心地段应该是这样子的”，大概就是周围的标志想要表达的意思。虽然是外围，这里和市中心很像——自由广场设计为步行街，居于中心位置，四周是办公楼，入驻了像埃森哲和 Sallie Mae 这样的公司。自由广场中间则是人造的 Beaux Arts Mercury 喷泉。总体上来看，这里像是有人将华盛顿的一部分打乱然后西迁了 32 千米，移植到这片新翻过的土地上。而很多人确实想在这里工作生活：因为这里紧邻机场。

费尔法克斯过去 20 年的移民潮并没有因为杜勒斯这块石头散向两边，而是最终稳定在了这里。从这里溢出的居民区、商用和民居两用楼盘以及其他设计精良的建筑（如雷斯顿镇上的）则拥入了劳登县。劳登县辟出土地来接纳还没有定型的杜勒斯航空大都市，以上这些区域不得不混在了一起。尽管劳登县和费尔法克斯一直在争当全美最富有的县城，劳登县的居民还是会把农场和房产留在本县的辖区内，坐通勤车去邻近的费尔法克斯工作。

然而，建造了雷斯顿和泰森斯角的开发商们却没有这些便利。再往西的话土地就没什么开发价值了，他们决定不再流转机场和波托马克之间的土地。航空大都市慢慢成熟起来，在华盛顿特区周边建起来的居民区给人一种错觉——它看起来像是华盛顿特区的一部分，实际上是属于杜勒斯的。这里人口稠密，你一眼就能认出这里是市区，至少从这里去雷斯顿比去那些被苜蓿叶围住的不知名的郊区近。去年春天，费尔法克斯县通过一项“40 年规划”，目的是将泰森斯角的规模和人口密度扩大一倍，增加 20 万个工作岗位和 10 万左右的居民，将脏乱的城市边缘改造成整洁宜居的地方。华盛顿市内的地铁也延伸到城市边缘，专门为机场留一个出口。杜勒斯带来了希望：一旦有了存在的空间，航空大都市将前景广阔，仅靠市场这只“看不见的手”就能产生。但它同时也暴露出了局限：缺乏计划性和目标性，仅靠私人力量，航空大都市是很难实现的。

芝加哥：为了保护机场而推平它

芝加哥市原市长理查德 · J. 戴利是该市最后一位“大老板”。他当了一辈子市长，1976 年在任时去世。1960 年肯尼迪竞选总统时他投靠在肯尼迪门下，获得了这个城市的支持，继而伊利诺伊州和全国都肯定了他作为市长的能力。他为获得选票更改了辖区的范围，将位于郊区的奥黑尔机场划到芝加哥市。他还征用了一条通向机场的路，有 8 千米长，以此来加强处于沼泽地带的罗斯蒙特村。作为交换，他将这条路靠近罗斯蒙特村的那几百米让了出去。由此，罗斯蒙特成为奥黑尔机场的大门。现在，罗斯蒙特村所拥有的旅馆比居民的房子还多，办公楼的数目超过了堪萨斯城的商业区。从卢普区

（美国芝加哥闹市区）通往机场的公路极其便利。

伴随着杜勒斯将市中心和郊区的角色易位而取得成功，奥黑尔机场作为世界上最繁忙的机场几乎贯穿了整个喷气式飞机时代。“理查德一世”（理查德·J. 戴利的外号）对此不会有什么意见，前提是他还掌控着机场、来自机场的收入和人事举荐权。然而，在贯穿芝加哥西北郊的“黄金走廊”上，有一座可称作样板的航空大都市正紧锣密鼓地修建着。早在 1972 年，抵达奥黑尔机场的旅客中，有超过一半的人选择待在凯悦和希尔顿，因为周围经常堵车。很多本土的跨国公司，如摩托罗拉、西尔斯、麦当劳等只好也这么做，把总部搬出市中心的繁华地段，迁到了这附近。1991 年，西尔斯搬出以公司名字命名的 110 层高的西尔斯塔。1974 年刚建成时，西尔斯塔是世界上最高的建筑。西尔斯公司看中了沿收费公路铺开的低矮建筑，而那条收费公路的起点和终点都是奥黑尔机场。公司高层为了新址远远近近地察看了不少地方，后来认识到要是在离这儿 48 千米的霍夫曼房产公司设立商店，公司的影响会很广泛，想要造成这种影响就像他们察看新址那样容易。好事达、AC 尼尔森公司以及美国无线服务运营商公司随后跟进。这些公司的办公室原来位于底特律、迈阿密、坦帕的繁华地带，现在也搬来了，这里看起来像是原来办公室的复制品，而且更宽敞了。实际上，就办公室的空间来说，这里比整个美国中西部（除了芝加哥卢普区）的市中心都宽绰。

奥黑尔机场是这里的关键，但却不是核心。戴利只掌控着奥黑尔机场，但同他的邻居——如德普莱恩斯、艾尔克格罗夫村以及本森维尔分歧很大。他的邻居们像洛杉矶国际机场附近的居民一样，厌恶机场的污染和噪声。戴利和他洛杉矶的同行们不同，无论是向居民让步还是加强对奥黑尔机场的控制，他都没有什么政治动力，因为在运送旅客的数量上，奥黑尔机场每年都在刷新纪录。对芝加哥来说，这些都不是问题。对那些在芝加哥期货交易所大喊着“秩序”的商人，还有飞赴位于橡树溪占地约 32 公顷的美国汉堡大学的数千麦当劳经理来说，奥黑尔机场所提供的直达航班尤为重要。

解决奥黑尔机场日益拥堵问题的方法自然是再建一座机场。奥黑尔机场就是这种思维模式催生出来的。原来的机场在芝加哥的南边，即芝加哥中途机场。让人无奈的是，现在这种想法又占了上风。但理查德一世不愿意，因为他没把握。实际上，他是第一个提出要建第3座机场的人，他1967年发表就职演说时就说过。他设想在离密歇根湖8千米远的地方建几条跑道（应该是建在芝加哥征来的土地上），并征询大家的意见。不过他后来又放弃了这个想法，并说奥黑尔机场2000年之前不会拥堵。

理查德·M. 戴利（理查德二世）是理查德·J. 戴利的孩子，于1989年就任芝加哥市市长。20世纪80年代理查德·M. 戴利还没就职时出现了一波修建新机场的呼声。那时伊利诺伊州的官员在芝加哥南面的农田里测量了几个地方。他们看中了一块离卢普区72千米的豆地，这块地离一个名叫皮厄通的小镇不远。要不是皮厄通的镇郊紧挨着奥黑尔机场，那些官员会把机场扩建到这里。而且他们也没有说服国会拨款——兴建机场要花费数十亿美元。

1989年理查德·M. 戴利当选的时候，上台没几天他就宣布了在芝加哥东南边修建机场的计划，地点选在那些已被废弃的炼钢厂和满是毒气的垃圾填埋场上。所有费用，包括用来重新安置6万居民和征用数千英亩土地的花销都可以计算出来。理查德·M. 戴利要面对伊利诺伊州南部的反对者——他们由州长詹姆斯（昵称是“大吉姆”）领导，他正是戴利唯一真正的对手。詹姆斯拒绝拨款，这严重影响了接下来的10年。戴利不顾一切保证芝加哥市对奥黑尔机场的经营权，《芝加哥论坛报》调查了事情的来龙去脉，抖出政治献金等外人几乎无法了解的内幕。这家报纸也因此在2001年获得了普利策奖。

这些内幕中比较醒目的是戴利和美国联合航空公司以及美国航空公司结盟。两家公司是奥黑尔机场最大的主顾，也是世界上数得上的大航空公司。这样做可以消除来自皮厄通机场的竞争。（美国联合航空公司做得更绝，直接雇戴利的弟弟和他原来的“军师”当说客；美国航空公司能攀到伊利诺伊州原州长汤普森就很满意了。）戴利和他的助手仅在芝加哥市的航空部就雇了1 000多个新员工，其中就有这些结了盟的公司的职工家属，有些后来就安插在了美国联邦航空局，他们尽力阻挠在皮厄通建机场；接着以合同的形式向

29 家建筑工程公司支付了 3.56 亿美元，其中每年有 1 200 万美元给了航空顾问兰德隆与布朗公司。《芝加哥论坛报》指责以上公司故意篡改发展项目，误导大众，让大家觉得没有必要再建第三座机场，或者没有必要扩建奥黑尔机场。（戴利的第一位航空专员说："事先放出的消息是为以后下命令做准备的。"这位专员后来被人赶下了台。）其实，真实的数字一直在增长。

洛杉矶以邻为壑的做法是出于担心，而芝加哥则是出于对现实的否定。戴利宁愿限制住整个地区的发展，也不愿看到政府从政策和资金上扶持了芝加哥地区，却没有给这座城市带来什么好处。从一份泄了密的备忘录来看，戴利压根儿就不想建第三座机场。备忘录还评论说戴利在芝加哥南边的发展上所要的那些花招是很成功的游击战术。2000 年，参议员约翰·麦凯恩曾说："芝加哥是全国交通最拥堵的城市之一，也是重要的交通枢纽。我们不能扩建奥黑尔机场，也不能再兴建另外一座机场。可是，要解决交通问题，我们只有这两个选择。"

实际上还有第三个选择：联邦政府的介入。美国联邦航空局早就对奥黑尔机场的航班延误不满意了，因此在 2004 年给每小时进场的航班数设了个上限。无论是离场还是进场的航班数都减少了，这样一来，奥黑尔机场就不好过了：一年后，它就把世界上最繁忙机场的名号拱手让给了亚特兰大机场，结束了长达 40 年的世界第一。（从那以后它一路下滑到第四，排在前面的是亚特兰大机场、希思罗机场和北京机场。）机场面临的危机正好能够让戴利加速实施他改进奥黑尔机场的计划。这引起了一位来自伊利诺伊州的参议员的注意，他觉得这有点像阴谋，并指责戴利胁迫美国联邦航空局。

奥黑尔机场现代化项目（OMP）计划斥资 150 亿美元，用 20 年的时间在原来机场上建一座新的机场，且其间不能取消航班。其核心就是增加新跑道的同时重排现有的跑道，让更多的飞机能够同时起飞和降落。完工的时候，机场看起来和达拉斯－沃思堡机场差不多，那个机场现有的 7 条跑道，大部分是在 1972 年铺成的。沃思堡机场的收费现在还没定下来，它的利润也不怎么好，它耗费了美国历史上最大的工程量，却不过增加了 20% 的运力。现代化项目足以让奥黑尔机场重新夺回世界第一的位置，但能否以最小的花费取得最大的效益就值得商榷了。机场的布局复杂得像魔方，得花很大一部分时间、人力和财力来改善。纳税人不想买单，至少本地的纳税人不愿意。戴利承诺用债券、市政收缴的各类费用、联邦基金、航空公司的支票等来支付这些费用。而航空公司在油价还没突破 150 美元一桶，经济也没有衰退时就已经在哭穷了。

首批资金 30 亿美元到位后，跑道工程在 2007 年的夏天动工了。这比原计划推迟了一年，而且多花了 10 亿美元。2007 年的春天我去过一次项目组的总部，那里不乏聪明、工作态度端正的工程师，他们忙着处理堆了一地的手册，得有 30 厘米厚。墙上钉着几张地图，我得用三维甚至四维的眼镜才能看懂这些地图——工程的进度用不同的颜色一层层标出来。大厅里，来自数十家建筑公司的承包商来来去去，他们有的负责平整路面，有的负责铺路，还有的负责规划。

那次我碰到一个顾问，他所在的团队曾帮忙开发奥黑尔机场现代化项目，现在也参与到这个长期（可以说是非常长）项目中。我向他请教了几个问题：当项目完工后，如戴利所承诺的，当地会涌现出 19.5 万个新的就业岗位吗？那时奥黑尔机场周边的城市会变成什么样子？有没有制订出应对以上情况的计划？新机场能带动起一座航空大都市，还是反过来在芝加哥的西北郊建设一座新机场？

他回答："这个不用说，这地方本来就是依托机场发展起来的，机场都建起来了，你还有什么办法？我们在解决以下问题：城市在周边地区的发展中起什么作用？是芝加哥市，还是机场，还是该地区对周边地区发展有影响？该如何对这种影响进行规划？"他没有回答的问题是：能否有人对此做出规划？如果没有规划会怎样？

奥黑尔机场现代化项目的执行董事是罗斯玛丽·安多利诺。她坚定乐观，戴利很照顾她，让她连任了芝加哥市的航空专员。不管这个项目在其他方面有多么符合芝加哥的利益，安多利诺都深知其中的风险。她在办公室里一边喝咖啡一边和我聊天："这个机场不景气，它被设了上限，没有更多的发展空间了。接下来会有什么事？企业自会做出选择。他们可以来这里，因为这里有劳动力、文化活动、地理位置等优势，他们也可以去其他更有发展前途的地方。”她很无奈地看了我一眼，那意思是说，即使有湖边公园和顶级大学，这对芝加哥能够承受的底线意义也不大。

安多利诺在奥黑尔机场西边长大，她的家乡就在今天的机场货运区艾尔克格罗夫村。她告诉我：“33 年前，我上小学一年级的时候我们家搬到那里。我们那个区也是刚建成，周围都是农场。奥黑尔原来是果园，现在仍然叫这个名字不是因为它好听，而是因为这里原来是苹果园。现在，艾尔克格罗夫村建起了沃尔玛、凯玛特、家得宝，一块农田都见不到了。”

安多利诺当前面临的尴尬就是为了保护村子，她不得不先推平它。为了配合 6 条新跑道的扩建，奥黑尔机场现代化项目计划征用机场周边约 173 公顷的土地。奥黑尔机场在征地问题上向来和它的邻居有仇，且矛盾越积越大。开始双方还互相指责对方的不是，再后来就是不打招呼直接征用土地，当然接下来就是拆除非法征用的土地上的建筑。安多利诺整天都要面对芝加哥周边城市的市长们，那些市长从来不给她好脸色看。其中受指责最多的一个市长，他辖区有 600 多户人家要为修建机场腾出位置，因此他着手发表诸如“司法部门不允许芝加哥为扩建奥黑尔机场而破坏一大片本森维尔土地”的政府公报。后来司法部门的这些禁令被取消了。有一天当机场的工人前去清理树木时，村里的一把手就指使警察去抓工人了。（不过最后他们在庭外和解了。）

芝加哥市想把活人和死者都迁走，后者长眠在划入机场扩建范围的两个公墓里。圣若望公墓和雷斯特黑文公墓的修建比奥黑尔机场早 100 多年，最早安葬在那里的是内战中遇难的老兵。计划是直接推平圣若望公墓，将雷斯特黑文公墓改建成绿地，圈在机场的围墙外面，从地图上看，一条出租车道沿着它展开。那天的晚些时候，我去瞻仰了这两个公墓。圣若望公墓大一些，里面竖立着方尖碑、纪念碑等，紧靠着 1 300 座坟茔。教区的居民挖了深坑，嚷着就算告到最高法院他们也不怕。“坦白地说，还有什么比保护处于危险境地的、当地居民亲属的灵魂更重要的呢？”村民请来的律师说。“迁走这些坟墓从道德上讲是对的吗?”另外一个律师问道,“那只能到末日审判的时候才知道了。”

又有谁愿意住在联邦快递的机库和世界上最繁忙的跑道之间呢?过不了多久,那些埋葬在雷斯特黑文公墓中的逝者就会听到普惠发动机的轰鸣声。黄昏时,飞机的声浪盖过了鸟鸣。即便是好几代之前的坟墓,现在还有人来献花。推土机绕过这些坟墓,隆起的泥土堆成了小山,再往前就是一条3 350米的跑道。就在那天早些时候,当地的考古学家小心翼翼地查看了雷斯特黑文公墓的周边,看看有没有无名墓,担心人们一不小心就把这些墓推到那堆泥里面去。

150亿美元的投资再加上20年的工期(算上平时的延误、超期交工和通货膨胀,还得多花几十亿美元),可以让奥黑尔机场夺回世界上最繁忙机场的名号(这还得看北京机场的发展情况)。现在比较尴尬的是,众多进场的波音787降落时不得不绕着公墓盘旋。奥黑尔机场现代化项目部也没什么办法,又不能迁走公墓,只好反复强调只要公墓还在,奥黑尔机场就不可能实现现代化。

有些人(尤其是那些支持在皮厄通修建机场的人)还举证说奥黑尔机场现代化项目本身就是沉没成本,很难控制住。他们列举了历史、政治等方面的原因,还有些原因根本就不着调。比如,戴利和航空公司在出现坏账之后还在追加投资,而那些坏账吓得航空公司都不怎么敢开支票了。150亿美元够买好几个机场了——就算理查德一世在密歇根湖的岛上建机场的计划也用不了这么多钱——这些投资无法弥补奥黑尔机场(你理解成洛杉矶机场或者杜勒斯机场也可以)的规划者们在修建过程中不知不觉犯下的错误。这还不算离谱,保守派甚至说奥黑尔机场是芝加哥的主节点,如果机场现代化项目的定位是让奥黑尔机场将来也能保持枢纽地位,那机场就要给芝加哥带来效益,机场的收费再高也没关系。黄昏时我乘飞机离开了那里,飞机爬升时我看着下面的公墓想:皮厄通这次又在搞什么名堂?

保守派说戴利使皮厄通机场失去了活力。当权者的所作所为让人费解:伊利诺伊州买下了一半的土地,却没了下文;州长的支持变成了走秀;那些曾嚷着“就要开工了，只是时间和方式的问题”的官员有好几个月甚至好几年都不再提及这事。

我个人也觉得这机场建不起来，可我还想看看那片地里的大豆。毕竟，我的家乡离这儿还不到 16 千米，那是临近国道的一个镇。1984 年修建机场的计划第一次公布时，我父母很担心。我记得很清楚，我 7 岁那年，父亲嚷嚷着要是机场建起来了，我们就要搬家。我吓得不轻，他安慰我说，“没有 20 年时间建不起来。”现在 25 年过去了，他还没搬家。我的叔父们曾在那里耕种。现在你还能看到些风吹日晒后变得破旧的牌子：红色圆圈里画着个飞机轮廓，一条红线贯穿了圆圈——这表明了当地居民对机场的抵制。

戴利之后还对修建机场念念不忘的要数小杰西·杰克逊议员了。这位国会代表来自位于机场北面的伊利诺伊州第二区。他提议修建一座“亚伯拉罕·林肯国家机场”，由芝加哥市的郊区县城联合经营。美国联邦航空局曾认真考虑过该提议。耐人寻味的是，他提交的场址名单中既没有皮厄通，也没有威尔县任何一个镇（芝加哥市区就在临近的库克郡），最赞成他提议的是奥黑尔机场的两个老朋友：本森维尔和艾尔克格罗夫村。（卡萨达在奥兰治发现，只要机场不建在伊利诺伊州，谁都不反对。）

为了搞清楚杰克逊议员的想法，我和里克·布莱恩特一同去了解那个实际上并不存在的“亚伯拉罕·林肯国家机场”。里克·布莱恩特是机场的执行董事。那天早上我们在 57 号公路的一家汽车站见了面。看得出来他是在汽车站过的夜。他穿了件黑色翻领毛衣，头发乱蓬蓬的，头发和毛衣的颜色非常接近。布莱恩特连当了两任杰克逊议员的新闻秘书。他原来在报社工作，后来投靠了这位国会议员，当上了“机场经理”，但实际上只不过是个志愿者而已，连薪水都没有。布莱恩特在揭露一起伊利诺伊州有案可查的轰动性丑闻时起了很大作用：对州长劳德·布拉戈耶维奇提起诉讼，随后布拉戈耶维奇遭到弹劾，有人控告他售卖奥巴马就任总统后空出来的参议院议员职位。

从监听记录来看，美国联邦调查局的证词显示杰克逊议员在购买这一空缺职位的那些人里排第5位，布拉戈耶维奇觉得杰克逊议员是真想买这个空缺。联邦调查员想约谈杰克逊议员，而杰克逊议员说，从2006年布莱恩特向公众透露有关皮厄通秘密会谈的细节之后，他就一直很配合联邦调查局的调查。两个人还赶到芝加哥的一家宾馆，准备同州长的助手商量，接待他们的却是托尼·雷兹科——他替布拉戈耶维奇筹款，后来有人告他受贿。雷兹科答应替两人争取到州长对皮厄通的支持，条件是州长得亲自挑选董事会的成员。杰克逊议员没出什么事，之后不久雷兹科自己倒是被起诉了，导致布拉戈耶维奇被捕的引线终于被点燃了。

布莱恩特垂着头待在汽车里，向我介绍了他最近的计划。亚伯拉罕·林肯机场投入使用（谁知道是哪天）的时候有一条跑道，几个登机门，还有几家低价的航空公司，比如美国西南航空公司或捷蓝航空。工程从动工到投入使用怎么也得花10亿美元，机场筹建的时候还不能损害纳税人的利益。估计还没等机场开张，杰克逊议员和公司就会把它卖掉。实际上他们已经同开发商LCOR以及加拿大建筑业巨头兰万灵集团结成了公私合作关系。LCOR和兰万灵集团收购、建造以及运营机场。（两家都有经营航空货站的经验，但还没有管理过整个机场。）布莱恩特的工作就是把支票兑成钱，然后分给有幸进入杰克逊议员名单的那些市镇。不管怎样，他们都会屯地，因为如果一切都按计划来，亚伯拉罕·林肯机场将来的占地面积会达到约96平方千米，会覆盖很多道路和豆地，它的面积是奥黑尔机场的3倍。"所以我们不会落到修建的跑道被推平的境地，大家不会闲下来。"他说。

我们从高速路拐到伊格尔·莱克路。这条路和另外一条路都是柏油路，把周围的田地分成了若干格子。前面不远有新翻出来的泥土，可以看出这里的土壤一旦破坏就很难恢复。路两边满是农舍，里面有牲口棚、联合收割机、谷仓等。布莱恩特把车停在路边，从座位上的文件夹里拿出一张纸来。要是有谁想不通为什么他和杰克逊议员顶着那么大的政治压力提出修建机场的议案，看一下这张纸就明白了：杰克逊议员想在芝加哥南边建一座新的航空大都市，这个设想一旦实现，回报非常丰厚。

那上面是五幅小地图，分别描述了芝加哥周边县市的各个发展阶段。

每幅地图上都用不同颜色的方块标出工作岗位和人口密度。颜色由粉红慢慢过渡到猩红，最后是深蓝色，粉红色表示办公区和摩天大楼。从地图上还能看到三座机场：奥黑尔机场、芝加哥中途机场和还没什么着落的亚伯拉罕·林肯机场。第一幅地图标着“1960”，可以看出除了加里和印第安纳的炼钢厂开始走下坡路之外，城市的商业区还在市中心。地图上用来表示奥黑尔机场的粉红色非常淡，芝加哥中途机场和亚伯拉罕·林肯机场几乎看不出来。

第二张地图标着“1980”，可以看出卢普区流失了一半的工作岗位。加里几乎都看不到了。相比之下，表示奥黑尔机场的红颜色扩展迅猛。第三幅图标着“1990”。奥黑尔机场的红颜色又加深了，就像地图上标出的那样，它那时成了芝加哥的生活中心。布莱恩特说，“这些是根据人口统计得出的数据。现在奥黑尔机场附近的工作岗位比芝加哥市中心的还多。这里有 50 万个岗位，市中心才不过 40 万。市中心当然也挺好，但很多人都迁到这儿了。”这五幅地图上，杰克逊议员的规划区到现在都是一片空白。“大家要么去奥黑尔机场，要么去芝加哥市区。坐班车来上班所花的平均时间是全国最长的，因为这地方的很多工作岗位现在都搬到奥黑尔机场附近了。”

最后两张地图分别标着“2020 Build(2020 已建)”和“2020 No-Build(2020 未建)”，指的都是亚伯拉罕·林肯机场。标着“2020 Build”的地图显示芝加哥南部地区恢复了活力，亚伯拉罕·林肯机场的位置标着一个猩红色的点，有向周边农村发散的趋势；而标着“2020 No-Build”这幅地图上就没有这些。无论是哪一幅图，奥黑尔机场的优势都没变。

图示很简单，却透露了一些信息。芝加哥市中心从没有停止发展。芝加哥的“国际大都市”地位很大程度上是奥黑尔机场的功劳——世界上也就 6 座金融城市能获得这个称号，它们是世界上最富有的城市。过去 20 年，市中心和周边地区 46.5 万位居民的年人均可支配收入增加了 62%~640%。“在市中心工作的人，如律师、顾问、商人、传媒工作者等，其收入都增长了。”《克莱恩芝加哥商业报》写道，“他们供职于一些流动性很强的大公司。”其所以会选择芝加哥而不是世界上其他城市，就是因为奥黑尔机场。这样你就清楚为什么戴利会铁了心扩建奥黑尔机场。芝加哥不屑于和圣路易斯比，也看不上密尔沃基，它的眼光更长远，那就是半个地球之外的超级城市孟买和圣保罗。

但杰克逊议员的规划区历来就是芝加哥最穷、最脏、税务负担最重的地方，与它周边的地区和西北偏北方向上的繁华城镇根本就没法比。“芝加哥发展很不平衡。”杰克逊议员曾说道，“市中心一片大好，而有些地方60个人抢一个工作岗位。旅游业不景气，工业也不行，没什么钱可赚。”视野的尽头就是所谓的“黄金走廊”，这条走廊影响了布莱恩特的想法。最后总会有工作吧，“有那么多饭店、旅馆、汽车租赁店、加油站、新建的仓库、新公司，还有很多技术工人想在这片新兴的土地上大干一场。”布莱恩特如数家珍——这片热土遍地是黄金。亚伯拉罕·林肯机场能建在邻近的威尔县再好不过，杰克逊议员规划区的成员都能受益，也不招人诟病（当然不影响选票）。

我指着地图问他邻近的比彻镇会怎样。比彻是一个小镇，就在我们东面，从我爷爷的农场往北不远就是。“比彻会成为下一个罗斯蒙特！”他喊道，“那里有很多企业，当地人却不知怎么利用。他们自身也有问题，有时，这不见得是坏事。”布莱恩特老是用最后这句话结尾，但我总怀疑比彻镇那些老实巴交的居民是不是也这么想。他们的父辈像我的父母一样都是农民，有些人甚至从上一代就因为机场失去了土地。

我们开车继续往前走，一路上都能看到那些抵制机场的牌子：有的挂在树上，有的挂在电话线杆子上。布莱恩特翻来覆去地说他的计划有多英明，奥黑尔机场有多不划算：“算上公关费用，怎么也得300亿美元，这能买15万个新航班了。要不是腐败和贿赂，我们10亿美元就能轻松拿到这么多航班。”

这让我想起迈克·迪吉劳拉摩的话：“航空公司不是为机场服务的，而是为市场服务的。”他的意思是他们不在乎奥黑尔机场或者洛杉矶机场有多挤。市场在哪里，他们就在哪里。航空公司即使嗅到一点儿市场的气息，杜勒斯机场也会很快忙得不得了。美国西南航空公司和捷蓝航空公司都不会放弃他们在其他地方的机会，就是因为亚伯拉罕·林肯机场还有戏。证据就是加里的那座横跨州界的机场。尽管投了5 000万美元的联邦基金，而且还有很多空位置，那座机场还是满足不了需求。最后一个赶上那机场末班车的是经营了没几年的猫头鹰航空公司，这家航空公司是一家低价餐饮连锁店发展过程中衍生出的拙劣的副产品。

那么，这样做的结果是什么呢？“我们失去了土地。”农民不愿意卖地，州长原来就不同意征用农民的土地。真正的威胁来自戴利，他把奥黑尔机场的工程许给了芝加哥的建筑公司，买通了他们。“想想吧，和这些公司签订的合同总额为300亿美元。你很长时间都不用担心失业了。要是杰克逊议员参与到芝加哥的政治事务中去，机场早就开建了，因为所有的事都离不开贿赂。是不是由我们来修建机场我说不准，但有一点是确定的，机场早晚得建。”

梦中的机场

第二天早上，我和母亲一起重寻旧迹，看到查克叔叔正开着拖拉机耕地。他以我的名义打了很多电话，呼吁找个领头的人，带着大家抵制修建机场。上面提到的那些抵制机场的牌子就是他们的旗号。他让我去找一个叫吉姆·伯丁的农民。那个人彬彬有礼，一说起土地来就有一股宗教般的狂热。

我们把车停在路边时，伯丁正在院子里干活。他倒了一杯汽水给我，边喝边聊。母亲和查克叔叔在车上等着。伯丁和里克·布莱恩特很熟，但不怎么认同他的想法。伯丁说新机场派不上用场，航空公司从来不赞同所谓的亚伯拉罕·林肯机场，更别提飞这儿了。航空公司也不愿看到他们给奥黑尔机场投资了数十亿美元，却发现皮厄通在建机场。戴利的弟弟和大吉姆·汤普森代表联合航空公司和美国航空公司到州议会大厦去游说伊利诺伊州州长的时候，伯丁就在场。他告诉我：“那些人已经从奥黑尔机场得到了他们想要的东西。再过50年，他们可能还需要奥黑尔机场，但到那时候芝加哥周边地区早就发展起来了。”

至于这件事该怎么收尾，伯丁有自己的猜测：“我觉得杰克逊议员坚信自己能成为芝加哥市的下一任市长。要是戴利得了心脏病辞职的话，杰克逊议员有戏。”杰克逊议员还真可能如愿：2010 年秋天，戴利告诉大家他不打算再连任，大家都觉得不可思议。他留给芝加哥 6.55 亿美元的赤字，而且也没能为芝加哥争取到 2016 年夏季奥运会的主办权。（“奥委会不来这儿是有原因的。”杰克逊议员说过。）不管有没有丑闻，杰克逊议员还是很有希望当上芝加哥市市长的。大家读到这本书时，芝加哥很可能已经换新市长了，20 多年来换的第一个市长。“杰克逊议员当上市长的话，奥黑尔机场就是他的了。那他还想在皮厄通建机场吗？当然不会。他会放弃这个想法吗？肯定会。”

布莱恩特有一件事儿说准了：他们想要的就是土地。布拉戈耶维奇倒台前，伊利诺伊州就差不多快成功拿到土地了。他的继任者顶着 115 亿美元的财政赤字，拿出 1 亿美元从农民手里买地，这让大家很惊奇。伯丁想了个对策：他把农场连起来，划成一个个的正方形。“一块都不能卖，我已经把地锁死了。”他狡猾地笑着说。

我起身告辞的时候，他给了我最后一条中肯的建议。这建议和那座计划从他家院子穿过的机场有关，而且很切题：“有个说法——‘房子盖好了，不愁没人来’，这块地可以建成棒球场，但不能建机场。”伊利诺伊州的农民凭经验就能得出这样的结论。几百千米外位于西南方向的皮厄通就是个例子。1997 年，密西西比河以东的美国中部圣路易斯机场投入使用，机场四周都是玉米地。这座机场缓解了芝加哥枢纽的压力。交通压力是没了，环球航空公司在机场投入使用之后不久就倒闭了。圣路易斯机场造价 3.13 亿美元，号称“通往世界的门户”，但这“门户”很少有人用。NBC（美国全国广播公司）有一档名叫《敲诈美国》的晚间新闻节目，主持人汤姆·布罗考在节目里嘲笑圣路易斯机场是“哪儿也去不了的门户”。

伯丁有个观点：只铺沥青路是远远不够的，现在需要的是发展所需的催化促进因素，无论是对抗状态、五角大楼、网络干线，还是像奥黑尔机场这样交通连接的枢纽保障（奥黑尔机场仅 1960 年发送的旅客人数就比埃利斯岛从开始到关闭发送的旅客还多)。当初建机场时我们并不清楚它的影响和作用。好在我们给机场很大的空间，让它自己去定位。当然成本高得离谱，超出了我们的预期。洛杉矶国际机场、奥黑尔机场以及杜勒斯机场是成功的例子。表面看起来这些机场为当地的城市服务，但它们能够成功并不是因为这些城市。我们拒绝很好地利用现有的机场，已经付出了代价。

Just in Time

2 及时制造

联邦快递和联合包裹服务公司是如何重塑贸易，拯救了两个衰落的沿河城市的呢？现在，孟菲斯和路易斯维尔提升着亚马逊商品的价值。

孟菲斯： 从棉花之都到货物之都

在前大街和联合大道的街角处，坐落着孟菲斯棉花交易中心，从这里可以鸟瞰密西西比河的河岸和码头。棉花种植园主和他们的销售员划着小舟，顺着河流，穿过三角洲到达码头，然后将大包的棉花拖过马路，直至交易大厅。交易中心的拱形窗下，商人们把柔软的棉花团扯成碎片，然后将它们搓成长蛇绳。他们举起长蛇绳，对着阳光检查棉花的色泽、质量，并衡量当时的籽粒状况。在这里他们主要进行的是现货交易，就是用现钱购买已经采摘并打好包的棉花。与芝加哥和新奥尔良的交易中心不同，那里进行的是期货交易，在棉花收获之前签订合同、确定收购价格，待棉花丰收之后再以约定的价格交易。

前大街是孟菲斯市棉花交易的地理中心和文化中心。20 世纪 70 年代以前，它一直是世界棉花的交易中心。一排排的仓库、干货店、烧烤店和餐馆挤满了商人、银行家、货车司机，衣架上挂满了交易杂物，地上到处扔着废弃的长蛇绳。交易中心的付费会员们担心交易中心与他们的公司离得太远（其实只隔了几个街区而已），于是他们在 1922 年决定将交易中心迁回“棉花街”，并建造了一座装饰派艺术风格的塔，将其底层作为交易中心。

如今，孟菲斯棉花交易中心已经变成了孟菲斯棉花博物馆，交易大厅仍保持着原来的样子，就像 1939 年平凡的一天。不久前一个春天的下午，我参观了交易中心，当时交易中心里已经没有了商人和游客。铜质的吊扇下，一块早期行情大盘放在玻璃展示柜上，这块大盘有 15 米长、3 米高，直抵天花板，覆盖了整面墙。一般都是敏捷熟练的年轻人，沿着高架走廊走来走去，在大盘上写行情，不停地改写从纽约和利物浦发到西部联合电报公司办公室的价格。当交易中心会员看到存在套利交易，或是看中一个十分诱人的交易时，他们就会走向挂在远处墙上的四个电话亭之一。

今天，装在每个电话亭里的是一个小屏幕，播放着一组讲述孟菲斯“棉花之都”历史的电视采访短片。其中有一位是已过退休年龄的南部绅士，名叫威廉·比利·杜纳万特，同行们都称他为“棉花界的迈克尔·乔丹”。

杜纳万特用他富有磁性的嗓音缓慢地说：“我们过去每年要消费 1 100 万包棉花，现在是 600 万包。而中国过去一年要消耗 1 500 万包，现在是 4 000 万包。”

20 世纪 70 年代早期，杜纳万特将位于前大街的公司搬到了孟菲斯国际机场边上宽敞而低矮的仓库。那时，这种仓库在机场东部，沿着街道如雨后春笋般兴起。他遣散了员工中“一群爱说长道短的老家伙”。除了几个人在交易大厦徒然伤感，许多人都追随杜纳万特去了东孟菲斯。机场、公路和铁路，使得整片整片的白色多层仓库拔地而起，装点仓库的不是华丽的艺术装饰，而是卡车卸货时用的桩子。这些仓库都是 27 岁的小伙子弗雷德·史密斯的杰作，他曾经是一名海军陆战队飞行员，后来带着自己的新公司从小石城迁到了这儿，这个新公司就是联邦快递。

1966 年，当史密斯还在耶鲁大学的时候，他就曾写过一篇论文。他自称，除了文中提出的假设，论文在其他各个方面都低于一般论文的水平。他认为，如果 IBM 不说服那些有顾虑的客户，并向他们保证一旦计算机出现故障，公司能立即修好，那么信息时代就不会到来；如果公司不能说服有顾虑的客户，它就不能用大批性能不稳的电路板来取代活生生的雇员。

因此，史密斯制订了终极备用计划，就是使用一队喷气式飞机来运输计算机配件，以及其他承担得起运费的货物，这些飞机只在夜里飞行，而且只飞经一个机场，这个机杨可以很快地完成飞机装载，并在中午之前将包裹运送出去。最终这篇论文也只得到了一个“C”的成绩。

6 年之后，史密斯在孟菲斯国际机场的一个机库里，将其所构想的商业计划投入实际运营中。据说他曾要求过小石城的机场为其提供一点空间，却遭到拒绝。如果这是真的，那么当你知道接下来发生了什么，一定会觉得这是小石城犯下的最严重的经济错误之一。

史密斯迫不及待地为我解开这个谜，他告诉我：“我从没有和他们接触过，它的位置太靠西部了！如果你想用一个体系，将美国的每一个点都连接起来，这个枢纽就必须位于由西南部的孟菲斯、西北部伊利诺伊州的尚佩恩、俄亥俄州的代顿和查塔努加构成的梯形的某一点上，这是必需的。”

为什么？因为航空地理的缘故。不仅仅是孟菲斯因为坐落在三角洲的中心而具有的连接交易中心、运输棉花的船舶和铁路的枢纽作用，良好的气候和时区条件也使得史密斯无法抗拒这座城市。他所拥有的法国制小型猎鹰喷气式飞机，能在天亮前极速往返于沿海地区和孟菲斯。

我听说过不同规模的“货运村”，就是那些货物运输过程中形成的带状区域，它们的情况各有不同。空闲的空域可以在一夜之间为整个美国提供服务。孟菲斯能提供的最有价值的商品不是棉花，而是速度，这不能用包或吨来衡量，而应该用每天的每工时红利来衡量。《快捷》一书中，詹姆斯·格雷克指出：“然而，在这一时代之前，速度远远没有这么昂贵。当联邦快递进入市场时，他提议要高收费，旧形式的货物运输服务被难住了。传统的价格模式仅基于两个变量：重量和尺寸。谁会考虑到速度这个变量?”如果能够保证速度，就能要更高的价格，弗雷德·史密斯理解这一理念，但他的教授不理解。今天，联邦快递及其隔夜速递的竞争对手，一起承运着美国75%的航空货运量，尽管价钱比一般运输公司要高出三四倍。

在首航失败地运送了6个包裹后，恐慌的员工立即将这次运输行为改称为“系统试运行”。1973年4月17日晚上，联邦快递接到了第一单生意。6架猎鹰喷气式飞机将185个包裹运回孟菲斯，工人们将信件和盒子散放在桌上，并手工将它们分类装袋。早期运送的货物包括微芯片、政府文件等，联邦快递也由此得名。史密斯的一位投资者问道：“它要去哪儿?”“想去哪儿就去哪儿。”就像每天晚上，飞机在重新装载后飞到目的地一样，现在，每晚都有300多架飞机起飞，而且每天都有330万件包裹要穿过机场里迷宫似的传送带。孟菲斯国际机场连续18年都是世界上最繁忙的货运机场，而它得此殊荣有95%的功劳应归于联邦快递。

现今，这个城市标志性的出口商品是一些只比笔记本大一点的白色箱子，里面或是一件男式衬衫，或是一叠DVD，它们和隔夜信件一起被送至这里，然后乘上飞机再次离开。从飞行时间和燃油方面计算，航行每小时需要花费数千美元。尽管运输价格较高，但对于货主来说，这些货物却是无价的。每天晚上都有成千上万的货物从宽体飞机的腹舱中被卸下。

联邦快递的卡车、飞机、拖车，以及它的紫色标志，遍布整个孟菲斯，孟菲斯实际上就是联邦快递公司之都。2008 年，孟菲斯大学的研究者们想要评估孟菲斯国际机场对这个城市的影响力。他们发现，该机场间接地影响着此地近一半的经济，相当于 286 亿美元和 220 154 个工作岗位，占该地区工作岗位的 1/3。孟菲斯市的就业员工数超过百万，联邦快递是这个城市里最大的私营企业，而且还是一个由仓库、运输公司、工厂以及办公区构成的经济体系的中心，这些办公区与渐渐远去的棉花时代有着渊源关系。

一些公司为了寻求联邦快递的帮助而迁到了孟菲斯，这样的故事有很多。孟菲斯国际机场建成之时，格雷斯兰还只是一个小镇，距离机场只有几千米。而现在，机场已彻底改变了这个小镇，它也以联邦快递为核心，成为孟菲斯真正的中心。孟菲斯曾被称为“南部最不活跃的城市之一”，现在孟菲斯国际机场使它变成了大孟菲斯商会的“美国的航空大都市”。它就是速度经济时代的匹兹堡或底特律。实际上，孟菲斯就是底特律现在的发展目标。

历史上，城市的存在就是为了在彼此的腹地之间交换货物。以孟菲斯为例，交易的商品是密西西比的棉花。联邦快递通过一个能一夜间服务全美各个城市的枢纽改变了这个观点。每天晚上，该枢纽将整个国家变成了它的腹地，水路、铁路和公路突然间就被废弃，所有城市进行贸易活动都要通过孟菲斯国际机场和联邦快递的飞机来实现。孟菲斯市变成了美国所有货物的中转站，而不仅仅是棉花。支持城市铁路和公路运输的人们，仍然夸耀着那些运输方式，但它们只是更大的运输网络中的一小部分。联邦快递具有革新意识，因为它就是这个网络，这个网络的规模只受到飞机最大飞行距离的限制。通过种种措施，孟菲斯的腹地几乎延伸到了全球，同时，华尔街将联邦快递看作是经济的终极领导者。

弗雷德·史密斯为孟菲斯走向世界舞台而自豪，他对我说：“并不是每个城市都能成为航空大都市，但成为航空大都市的城市都将是伟大的城市。纽约作为一个伟大的港口城市已成为历史，但它仍是伟大的金融中心。有很多因素可以造就一个伟大的城市，那些碰巧有机场的城市都会产生大量的经济活动。这就是孟菲斯和伯明翰的区别。”

在炼钢业极其繁荣的时期，伯明翰被称为“南部的匹兹堡”，后来伯明翰的后工业化财富减少了，而联邦快递的到来促使孟菲斯开始复兴。孟菲斯成为亚洲商品抵达的内陆港口，上百家外国公司在联邦快递转运中心周围开办了商铺。联邦快递从一个小的航空公司，发展成理查德·史盖瑞《不断变化中的汽车、卡车以及一切》中所描述的飞速发展的公司，周边的客户数量也跟着翻倍，这促使其不得不重新定位和发展业务，在过去的 20 年里联邦快递增加了上万个工作岗位。

在联邦快递第一个分拣区建成 9 年之后，联合包裹服务公司带着位于路易斯维尔的分拣中心进驻了这块梯形区域的对角处。在随后的几年里，美国放松航空管制，允许客货运航空公司在任何时间使用其偏好的任何机型飞往任何地点。此时联邦快递已经占据了航空运输的领先位置，地面网络比联邦快递大数倍的联合包裹服务公司便抓住放松管制的时机，开始与联邦快递竞争。

在联合包裹服务公司将其早期的业务成功外包出去之后，疯狂地构建了规模达数百架飞机的机队，其中包括自有的 12 架波音 747。到 20 世纪 90 年代，联合包裹服务公司以其夜间飞往欧洲的航班，使路易斯维尔机场变成国际机场。比起孟菲斯与联邦快递的关系，路易斯维尔及其机场对联合包裹服务公司的依赖更大。肯塔基也是如此，联合包裹服务公司是该州最大的私营企业，员工超过了 2 万人。

这或许可以解释当地政府为什么愿意改造机场，用一组平行跑道取代了二战时期留下来的十字形跑道，为了允许大型飞机同时着陆。他们在跑道之间留有 2.2 平方千米的空地，供联合包裹服务公司使用。由于飞机噪声和工程建设需要，地方政府利用金钱和土地征用权，征用了 1 500 多座房屋，并关闭了 150 家企业，沿着机场边缘重新安置了 4 000 多个居民。整个居民区都消失了，另一个居民区在这个城镇边缘的空地上拔地而起，这就是航空大都市出现的第一个附属郊区：海瑞迪切克。

为了回报这样的支持，联合包裹服务公司于 2002 年在此建立了世界港，以此与联邦快递相抗衡。两个从轮船时代发展而来的城市，已演变成我们这个时代最重要的交通枢纽。30 多年来，这两个物流运营商都吸引了众多企业围绕着各自的枢纽布局，其中包括电子零售商、技术维修企业、整形外科医院甚至是毒枭。这些公司的总裁会告诉你，他们不是由于地处丘吉尔高地或者比尔大街，或者是生活和学校质量的缘故来到这儿，而是为了依靠联合包裹服务公司和联邦快递才搬到这儿的。不管两家公司中的哪一家搬走，他们都会跟着离开。

路易斯维尔： 迷失在分拣区中

午夜来临，夜空中繁星点点。在柏油碎石铺就的停机坪上，经过长时间的等待，我才渐渐看清那是波音 727、747、757、767、777，空客 A300 以及 MD－11 飞机。这些飞机灯光闪烁，平行进近，每隔 90 秒就有一架在机场的双跑道上着陆。在我看来，它们最大的差异在于：联邦快递的机群就像北部天空中一群忙碌的飞虫，看起来似乎每个都在努力着陆；而在路易斯维尔机场，那些即将到达的飞机尾翼都涂成了棕色，从南方飞来，一架接着一架，从北面进场着陆。它们排成一列，在管制员看来，就像项链上的珍珠一样紧紧地连在一起。

我觉得这两家公司中，联合包裹服务公司的世界港更有趣一些。联邦快递在孟菲斯的枢纽规模要更大，但是联合包裹服务公司不甘第二，为了超过联邦快递，不得不付出更多努力。联合包裹服务公司在路易斯维尔的巨大作用，意味着它将更容易形成航空大都市。我发现路易斯维尔机场外有一大片空地，房屋已经拆除，树木也已砍伐，仅留下树根，这里留给了联合包裹服务公司规划者，用于那些还未想到的未来之需。

世界港扩建前的那个春天，我参观了联合包裹服务公司。扩建后，它又增加了 9.3 公顷的区域。在这个巨大的白盒子里，面积已经有 37.2 公顷大，大致是路易斯维尔市区的一半。晚上，尽管大片的地方尚未投入使用且灯光昏暗，但这里实际消耗的电量，仍比路易斯维尔市整个滨水区的耗电量要大。

要看分拣作业就必须熬夜。世界港每天都要处理上百万份包裹，而大部分都是在晚上 11 点至次日凌晨 4 点进行的。在孟菲斯，联邦快递的电脑每晚都要估测分类工作要在什么时候结束。在快到估测的时间点时，中心所有的屏幕都会闪烁红光。在路易斯维尔机场，尽管倒计时提醒没有这么明显，但紧迫感并不亚于孟菲斯。

午夜 12 点半，一串珍珠般的飞机逐渐变得稀疏了，停机坪上飞机滑向登机口，或在远机位进行卸货，一下子变得拥挤了。将飞机上的包裹运至分拣区需要 45 分钟，这也就是为什么在每次分拣操作过程中，每一分钟都要计算好，并且对于飞机在停机坪上的位置也有明确的规定。那些来自美国西海岸的飞机位置最好，由于飞行距离的缘故，它们最后进港，却必须最先离港。（夜里几乎没有隔天到达的包裹，那些一般都是通过日间航班运送的。）分拣包裹和匹配飞机，所有这些都依托于联合包裹服务公司的智能软件进行计算，系统比任何忙碌的计算员都更加熟练。

飞机里装的不是散装的包裹，而是一列铝制集装器，停机坪上的工作人员将这些铝制集装器称为“罐子”。扇形或半圆形的罐状容器对于航空运输，就像标准的集装箱对于轮船和铁路运输一样重要。根据形状的不同，它们大概有 U 型牵引车或面包车那么大。在世界各地的空港货站里，你都可以看到这些印有航空公司标志已磨损的集装器。它们的形状与货机的椭圆形内舱十分吻合，和客机不同的是，货物在飞机里可以被叠加排列而紧贴舱壁，也没有座位头顶上方的行李箱。虽然每个集装器重达 2 吨，但是那些工人一个人或几个人一起可以很轻松地搬运这些集装器，这多亏了世界港地板和入口处那长达数千米的倒置万向轮和滚珠轴承。工人们只需稍用力推动，这些集装器就可以在倒置万向轮和滚珠轴承上滑动，从而进入世界港内或装到正等待的拖车上。

如果一切都顺利，每个工人会对每一个包裹进行两次处理：一次是“罐子”到达后将包裹拿出，另一次是将包裹装入第二个“罐子”以备离港。每个包裹的处理流程，都根据开始时被贴上的“智能标签”进行。标签上包含邮政编码以及用来描述物品的“联合包裹服务公司独有的一串符号”。换言之，这些符号就是一个追踪号码。我的向导用词很小心，因为追踪号码碰巧是孟菲斯发明的。

追踪号码源于一种历史更为久远且更具基础性作用的技术。这种技术不仅促进了隔夜速递及电子商务的发展，也是回收一叠叠堆放的品牌服装所必需的，这项技术就是条形码。如同20世纪70年代以来，在百货店里看见的通用商品代码一样，这些条形码起初并不起眼。随后，条形码发展为最快捷、最便宜、最普遍的东西，它能将包裹从毫无生气的箱子，转换成可由电脑识别的一些字节。这是仓储管理者处理更多货物的电子信息基础。第二天早晨，我来到了美捷步公司的仓库，看见通道另一侧的扫描仪正在运转。我绕了半个地球，来到深圳的电子工厂，还是能够看到它们的身影。但是，联邦快递重新改造了它们，联合包裹服务公司进一步完善了它们，后者将技术最大限度地应用到了实际操作中。

卸罐子的工人只有两项任务：将每个包裹放在对应的传送带上，并使包裹贴有标签的一面朝上。事实上，比起第一项工作，第二项工作出现的错误更难纠正，因为世界港的电脑会自动将放错传送带的箱子再次分类。然而，快速翻转箱子则需要人力干预，因为软件只有在看到箱子标签后才能发挥作用。每个包裹在进入分拣区时，都要经过一个监测相机和一个红外线探测器，它们能识别包裹上的符号，并正确估测包裹的尺寸和重量。一旦未来无线射频识别芯片被安放在包裹上，并报告包裹里物品的主要特征，那么这些操作就都不需要了。这些无线射频识别标签现在的费用仍比其节约的成本要高。标签没有朝下，或者是邮政编码中一个潦草的数字，导致标签丢失关键信息，这样的标签都会被拍照，然后传到一间机房，在那里，操作人员会填补丢失的信息。

凌晨2点，这项工作通常由差不多大学生年龄的男女操作人员负责，他们沉默地低着头，耳朵里塞着 iPod 耳机，不断地点击、拖拉图片，以放大查看是哪儿出了问题。因为包裹不停地在传送带上移动，所以操作人员只有30

秒时间输入必要的信息。如果他们超过了最后的时限，包裹就会被转运到“例外区”，实际上这就成了其他人的工作。

走过一片柱子之后，我能够从顶层的高架上看到世界港里所有的一切。这些柱子仅是世界港里 17 000 条盘旋的传送带的部分支撑。在分拣作业区，穿过这些柱子，就像漫步在老式过山车支架之间一样，只不过断断续续的尖叫声和移动声被大片的瀑布般的噪声所取代。

分拣区的中心是一个直通底层的天井，那里形成了一个横断面，可以看到分拣区被分成一层一层的。从天井向下望去，你能将整个格子架尽收眼底：传送带和滑槽组成一个三层楼高的矩阵，纵向跨 16 层，横向跨 16 条传送带。每条传送带依次设有 364 个包裹位，这一数目已经超过了联合包裹服务公司在世界范围内拥有的办事处的数量，可以轻松应对包裹信息的高度多样性。在任何时刻，包裹都将停留足够的时间，以供厚实的黑橡胶滑块从传送带的一边滑过，然后将包裹从另一边撞下长长的传送带。撞击的力量和时间由第一个红外线扫描仪决定。追踪号码则决定了哪一系列的传送带和传送圈可以将包裹送上飞机，而包裹的尺寸和重量则决定了橡胶滑块撞击包裹所需的力度。

分拣区的物理结构，反映了世界港的技术中所包含的逻辑：一系列的“如果……那么……”，然后做出决定，将包裹有条不紊地运送到合适的罐子或包裹袋中，其处理速度超过任何人工所能达到的速度。如果不是在此项技术中投入了几十亿美元，所有这些都不可能实现。这些资金不仅用来追踪包裹，也用于在飞机、货车上安装 GPS 收发器，还要用在枢纽运行系统、司机携带的电话大小的掌上电脑和很多实验仪器上。联合包裹服务公司正在尝试着运行联邦航空局所期望实现的新一代空中交通管理体系。它的驾驶员每天按指定的路线行驶，这些路线通过秘密的算法得出，能够使左转弯的次数最小化，从而使其车队一年累计少行驶 4 500 万千米，大致节省 1 140 万升的燃料。联合包裹服务公司还在进行“体积、位置及航线网络优化”，可以计算出 6 个月的最佳飞行计划、飞机与设备的 10 年最佳组合，并找到了长期存在的圣诞节高峰期交通拥堵问题的解决办法。

这个软件主要在世界港内部使用，它每小时的运算次数相当于纽约证券交易所繁忙交易日一天运算次数的2倍。毫无疑问，现在联合包裹服务公司对嵌入到每一条传送带、黑橡胶滑块和包裹上的机械智能信息都感到自豪，这正符合该公司想要突出效率、尽可能减少枢纽工作人员数量的期望。公司将此称为“去技术化”，该术语可追溯至亨利·福特时代，他首次发明了T型车流水线。不同的是，现在搬运商品比制造商品更能获利。

这也就意味着虽然联合包裹服务公司夜间雇用上万人到分拣区工作，但大部分人都是兼职。联邦快递在孟菲斯雇用了1.5万名员工，在国内其他枢纽还分散有数千名员工，也是按兼职的方式支付员工的薪酬。但即使提供各种丰厚的福利待遇和培训费，也掩盖不了这样一个事实：公司需要的只是一群忠心的劳动力，而非技术型工人。

现在联合包裹服务公司在世界港的去技术化做得很彻底，以至于连沙漠里的游牧民也能在这里工作。近几年，几百名索马里班图部落族人已在路易斯维尔定居，他们中的绝大多数都在世界港内及其周围工作。被吸引至此的公司为满足生产需要，招募那些蜂拥而至的移民，班图人就是其中的一部分。虽然他们不懂英语，但联合包裹服务公司依然雇用他们。

我从世界港出来的时候不到凌晨3点，这些班图人还在忙着将集装器装载到飞机上。已经很晚了，飞行签派员开始清点货舱，并引导MD-11和其他飞往西海岸的重型飞机依次向北起飞。它们快速爬升，然后很快消失在天幕中，成为众多星星中的一个。

运输业和货物处理造就的城市

跑道以南3.2千米处是另一片无窗的白色建筑，比世界港的面积还大。它们是联合包裹服务公司供应链方案业务部的阵地，主要是深入研究和解决客户运作中存在的问题。这个干净整洁的区域，掩映在铁丝网和围墙内，这是所有人可以涉足的最靠近世界港的位置，联合包裹服务公司也是按照离世界港中心距离的远近收费的。至于多少钱，他们没告诉我。实际上，关于这个区域，不论是对外人还是对自己的客户，联合包裹服务公司都不会说太多，因为它的主要竞争对手很有可能就潜藏在一两栋楼外。任何时候来到这里的人，几乎都是为了接近或进入世界港的。

现在，这已经是一个公开的秘密了：如果你的东芝笔记本电脑需要维修，联合包裹服务公司的技师会为你服务。同样，如果你的万事达信用卡丢失了，联合包裹服务公司工作人员会给你打印临时信用卡，然后连夜送至分拣区。如果世界港是路易斯维尔航空大都市的一个发动机，那么供应链方案综合楼就是该发动机最清晰的标志，是最核心的一个圈层。大约有 70 家联合包裹服务公司的客户再次迁至此处，其原因与这里的建筑和设施没什么关系，与正对着路易斯维尔市区的位置更无关系；住在联合包裹服务公司的枢纽旁边，会给公司 CEO 们带来安全感，这方面的价值清晰地显示在合同里，那就是他们签名旁边的数字。

那些不愿意花钱在枢纽核心圈层布局的人，可以有第二个选择，位于肯塔基的伊丽莎白镇上有相对便宜的仓库，沿州际公路开车行驶半小时即可到达。宾利和劳斯莱斯都在那儿存放发动机，宾利生产小轿车的发动机，而劳斯莱斯生产喷气式飞机的发动机。从谢泼兹维尔之前的几个出口，下了 I-65 州际公路，你就能看到美捷步公司巨大的仓库，我没有长途跋涉去那里。有着 800 万客户的美捷步，是鞋业里的亚马逊，它与亚马逊公司竞争着这一非正式的头衔，贴有它们标识的货物经常在分拣区中快速流动。这两者的竞争其实是一种内部竞争，因为亚马逊在 2009 年 7 月以 8.5 亿美元收购了美捷步，这是迄今为止规模最大的一次并购。人们很好奇，亚马逊究竟能从这个年轻而更具活力的同行那儿学到什么，但是作为一个聪明的同行，亚马逊至今仍让其独立运营。

美捷步还一直被称为鞋业的“长尾”，该专有名词是从诸如易趣或苹果的 iTunes 播放器商店的电子零售商处引用来的。美捷步 1999 年开业时，主要依靠长尾理论来吸引那些在鞋店里难以挑到合适鞋子的客户，如穿 13 码（女鞋中的特大号）鞋的女性。美捷步因为总是拥有现货，很早就创出了自己的名声。我曾经打电话给匡威公司，想订购一双杰克·普尔赛斯鞋，接电话的服务员说："我们现在没货，但是您可以去美捷步网站试试。"

从那时起，美捷步通过提升客户服务质量来包装自己，它将服务提升到了近乎完美的地步。如果新员工不能全身心地投身于客户服务，美捷步就会付给他们多达2 000美元的薪水，然后让他们辞职。坚持提供良好服务的员工，可以免费享受全方位的医疗保险，并会把这种理念从开始的被动接受转变为自我约束。美捷步核心价值观的第一条是"让顾客称心如意"，最后一条是"谦卑恭顺"，中间一条是"通过交流建立开放而诚信的关系"。美捷步总裁托尼·谢将此牢记于心，并持续通过脸谱网和推特网传递给他的50万粉丝。在宣告并购之后，托尼·谢将销售员的自责之言贴到了美捷步的博客中。

这种理念使托尼·谢成为中层管理者的领袖，也让美捷步成为美国最开明的公司之一。虽然其客户服务的黄金标准都是一些看似平凡的工作——免费的连夜送货和退货业务，但是已经胜过了其他任何标准。例如，虽然亚马逊公司送货的速度通常比它宣传的速度更快捷，但它不愿做出任何保证。当我来到谢泼兹维尔时，美捷步执行生产部的董事克雷格·艾德金斯对我说："我们不与网上零售商竞争，我们和鞋店竞争。与它们竞争的唯一经验就是尽快将鞋运送给顾客。因此，如果某位客户晚上8点订货，那么商品会在第二天上午9点送到他家门口，这几乎和去店铺马上拿到鞋一样，你很有可能立刻就会拿到所订购的东西。"

美捷步希望客户将自己的起居室当成商铺，在将他们不需要的鞋退回之前，毫无愧疚感地随意试穿各种颜色、尺寸的鞋，这就是为什么它提供免费的、无限期的退货服务，而客户也非常喜欢这样的方式。2009年上半年，零售业萧条时期，时尚鞋业的买主比上一年多花了近20%的钱用于网上购物，而传统商铺的销售额则下降了11%。托尼·谢对我说："从长远来看，我们希望公司打出的品牌是最佳服务。我们通过连夜送货和免费退货的方式，来宣传公司的服务品牌。就像亚马逊公司碰巧是从卖书开始的一样，我们碰巧是从卖鞋开始的。"

虽然短期看，这一理念得到了很好的实施，但美捷步那些关键客户的退货也是最多的。2008 年，美捷步的销售总额第一次超过 10 亿美元，比计划提前了一年。但由于其宽松的退货政策，它的盈利额只有 6.35 亿美元。要是再将运营和送货成本考虑进去，包括支付给联合包裹服务公司一年超过 1 亿美元的费用，净盈利只剩下 1 080 万美元。这大概就是美捷步投资者想要出售公司的原因，同时很有可能也说明了公司为什么悄无声息地将其免费的连夜送货服务限定在贵宾客户群里，这些客户一直享受着终生免费送货的服务。尽管正如“贵宾”所暗含的意思：任何人只要申请就能成为贵宾，但招募会员的窗口是由托尼·谢来掌控的。(2009 年，会员招募窗口确实开放了 4 天，从黑色星期五到网络星期一，以此来拉开当年假期购物季的序幕。)

2002 年，美捷步迁至路易斯维尔，逐渐从联合包裹服务公司供应链方案综合楼搬到更大的仓库中。现在这个仓库占地 7.76 万平方米，是该州最大的仓库之一。在路上，艾德金斯告诉我，一旦仓库存满货，“我们就将建造另一栋楼”。

亚马逊的长尾可能要比美捷步的更长，但美捷步完全都是长尾。亚马逊在美国 15 个城市有处理中心，包括在路易斯维尔的 1 个和在肯塔基的另外 5 个。美捷步有 1 个执行中心，有 400 万种商品，平均每种货物有 4 件存货。美捷步老板将他的仓库看作是有盖的培养皿，并打算在其中储存一些最畅销的商品。

仓库中的作业情况，取决于客户购买情况。比如客户浏览了美捷步网上的甩卖品，看中了一双价格十分诱人的雪地靴。美捷步仓库的一角堆着叠成多层的大货架，上面摆放了许多不太有名且销售较慢的商品。电脑生成的商品列表引导着“手选工”成群地上下楼梯，从鞋架上手工挑选出快被遗忘的鞋子。

或者，假如你是我，订了一双常年畅销的杰克·普尔赛斯鞋。在艾德金斯的术语库中被称作“具有较高销售速度的”商品，被保存在传送带上的拣选机中。笼状的结构，就像旋转着的转盘干洗机，夹着叠放在六个隔间的鞋盒绕着圈盘旋。美捷步的计算机确定下一轮是哪双鞋，然后将绕着手选工旋转的合适的鞋运送出去。安装在传送带上的液晶显示器，列出了该鞋所在的货架和货位号，从而减少了寻找和搬运的工作量，同时也大幅度提高了工作效率。当手选工找到所需的鞋时，不管是匡威鞋、卡洛驰鞋还是马丁鞋，他们会扫描鞋标签上的条形码，以供电脑确认。一旦系统确认，鞋就会由传送带运到楼下，然后准备发货。

或许你并不是为了购买鞋子，而是想买太阳镜、牛仔裤、手提包或者是睡衣之类的商品。就像亚马逊先从售书开始一样，美捷步最先从卖鞋开始，然后再销售其他商品。服装是网络销售中最主要的一部分，其销售量远比电子产品和书籍大得多，销售额也在短短的 10 年内从 0 攀升到 230 亿美元。公司预计，服装将会在未来 5 年超过鞋子成为最大的销售类别。

如果你碰巧准备买一件迈克・柯尔牌的裙子，一个机器人会拿着你的订单继而消失在与仓库一样高和宽的墙后面。这儿一共有 70 个机器人，它们是橙色的立方体，高 0.9 米，特别像加大版的自动吸尘器。它们在架子间快速地移动，然后滑到架子下面用力将架子托起，推给手选工。从上往下看，就好像仓库本身在移动，因为货架看起来就像自己震动着往前滑动一般。仓库的组织原则被颠倒了，手选工不用再跑到架子中寻找商品，架子现在主动出现在他们面前了。

这些机器人是由基瓦系统公司提供的，该公司由一批麻省理工学院的工程师创办，公司客户还包括斯特普尔斯公司和盖普公司，它们都在使用上百个机器人。在美捷步，机器人仅用于那些不适合放在鞋架上的存货，大约有 50 万件商品。随着公司提供的商品增多，机器人的队伍也随之扩大，它们仅需消耗一半的资源就能实现两倍的高效率，这使得公司节约了 40% 的劳动力。

不管是谁接到了你的订单，所有的传送带都通往同一个地方。和世界港不同，这儿的传送带都是开放式的，用钢铁柱支撑着向上伸至仓库的上方。艾德金斯和我从传送带拣选机爬下来，到了一个起重台上。我们看到一些箱子慢悠悠地盘旋着下去。它们将被包装好，并在 1 小时内装上卡车，然后在今晚送往世界港的分拣区。他说："我们总是努力及时地处理订单。"

在进入包装和运送区之前，这些箱子会经过一个装在传送带上方的条形码扫描仪。每个进入仓库的商品，都会在第二条传送带上经过同样的扫描仪。三个扫描仪（包括商品被挑选出之后经过的扫描仪）都有其各自的作用。它们按先后顺序安装，会在美捷步的数据库中显示出商品的品类，以及在仓库中的储存位置，以便确定是不是订单需求的商品，并可以再次检查商品的订单。如果没有它们，就没有人能找到我想要的杰克·普尔赛斯鞋，因为没有人知道该怎么去查找。

这儿没有杜威十进制系统，到达的存货商品仅仅是进入到下一个存储空间（越来越多地由机器人来做），然后随机地存放在货架上。存货商品的位置由美捷步无所不知的存货商品系统来记录，该系统叫成吉斯，而其他人都不记得库存的具体地点。随机拣选系统，正如它的名字，已经被断断续续随意地使用了 20 年。在艾德金斯从美捷步的一个竞争公司跳槽过来前，这个系统就已经安装在美捷步了。托尼·谢是如何想出这个办法的呢？只要把他的仓库想象成成吉斯系统，一切就都能明白了，假设仓库是一台巨大的计算机，硬盘驱动器将各种信息随机储存起来，计算机记录下了每件商品的位置，如果有必要只需检索即可。成吉斯系统也是这样处理鞋子的。机器人名义上是听从系统的命令，但实际上它们却根据自己的习惯，悄悄地重新整理架子，以让自己的工作能更轻松一些。最畅销的商品最终排在前面或周边区域，而不畅销的商品则逐渐堆成了堆。

这些创意不是单凭点击鼠标就能实现的，是电子商务中真正的神话。这一软件的安装，要比苹果公司的任何虚拟商铺界面软件的安装更困难。美捷步的竞争优势不是它的网站，而是它从基瓦系统公司雇用的机器人，这些机器人能在 12 分钟内拣选、包装订购的商品并将其送至待运区。

在网络公司刚刚风靡世界时，马尔科姆·格拉德威尔参观了兰兹角公司的仓库，并发表了类似的观点。这位目录商人是当时世界上最大的电子零售商。格拉德威尔发现，互联网革命尽管取得了一定的进步，但还没有改变商业模式。但它是四大根本性变革之一。他写道：“第一个变革是 1978 年出现的 800 号码，第二个变革是 1994 年出现的快递，第三个变革就是 1995 年创办的网站。前两个创新缩短了平均交易时间，订货与收货所花费的时间从 3 周减少到 4 天。第三个创新后的交易时间，从 4 天到……好吧，还是 4 天。”

格拉德威尔总结道：“电子商务就是特快专递。”真正的改革已经于 20 年前开始，那时开始大范围地使用条形码。兰兹角公司停止采用单指敲击键盘的拣选方法，转而采用更加有效的办法，后者能将生产效率提高为原来的 4 倍，从原来的每小时 175 件商品提高到每小时 600 ~ 700 件。美捷步公司的传送带拣选机比兰兹角公司的方法要快 3 倍，而基瓦系统公司的机器人还能再快 2 倍。卡萨达相信，当无线射频识别技术芯片取代条形码之后，装在芯片内的“智能代理”在引导包裹、机器人和传送带到达目的地时，速度将在不需要人力的情况下再提高 2 倍。

美捷步的网络装备可以在任何地方安装，托尼・谢也知道这一点。几年前，他将总部从洛杉矶迁到拉斯韦加斯，以寻求更低廉的劳动力。但是他从没有想过要将仓库迁址，因为这里“开车到世界港仅需 15 分钟。如果需要 1 小时的话，我可能会考虑到交通的问题而搬迁仓库。我也没有必要在联合包裹服务公司内设一间仓库，我们只是需要保持较近的距离。”较近的距离意味着：午夜填写订单，次日上午 9 点前送出。美捷步比从路易斯维尔到大西洋沿岸之间的任何一家鞋店的保退时间都长、选择都多，这就是它每年销售量都能增长 20% 的原因。

托尼・谢解释道：“如果我们的货物运输量低于我们能负担得起的次日送达规模，我们就使用地面运输，但我们的目标一直是次日送达。回想 1999 年我读过的一篇关于韩国的文章，当时，韩国的网上销售已经占到零售业的 30%。”从那以后，网络变得更加普遍了。美国零售商看到这个契机，觉得他们需要更好的网站。托尼・谢还发现了其他一些现象：“所有人都住在四个主要城市之一，因此，当日配送货物相当简单。我认为这也是这里未来的商业模式。”事实如此却又并非如此。孟菲斯和路易斯维尔基于韩国这个模式表现得淋漓尽致，它们在小飞机的机库中集中货物，而不是在建有 60 层公寓的街区上巩固与客户的关系。

大约在托尼・谢顿悟的同时，管理学大师彼得・德鲁克调查了网络公司的情况。对于这种新经济，德鲁克印象最为深刻的便是它的革命性作用。他在《大西洋》杂志上写道："电子商务之于信息改革，如同铁路之于工业改革，它是一个崭新的、史无前例的、完全让人意想不到的发展。"

> 在铁路创造的心智地理中，人类掌控了距离，而在电子商务创造的心智地理中，距离已经消失，只有一个经济体，一个市场。由此产生的一个结果就是：即使只是在本地或区域市场生产或销售，每一项贸易也都会在全球范围内存在竞争。事实上，竞争已不再是局部性的，它已经没有了国界。每个公司都不得不以跨国公司的方式来经营。传统的跨国公司已经过时。在数个截然不同的地区进行生产和分销的公司，都可能称为本地公司。电子商务既没有本地公司的特征，也不具备独特的地理位置。何处生产、何处销售、如何销售现在还是重要的商业决策。然而20年后，公司生产什么、如何生产和在哪里生产都将不再重要。

换言之，所有的公司都会采取亚马逊的发展模式。将这个世界最大的图书销售商看作一种技术甚至是一个媒体公司，已经成为最近的一种趋势。这儿有Kindle电子书阅读器，与苹果公司相竞争的数字音乐，占用着服务器的多余空间和计算周期。零售仍是该公司250亿美元交易的核心，美捷步公司的交易进一步证实了这个事实。这就是亚马逊优选了800万客户，参加亚马逊金牌服务项目的原因。

2005年，亚马逊金牌服务项目推介给了全世界，尤其是那些持怀疑态度的人，亚马逊的客户每年只需花79美元，就可享受大部分商品次日免费送货的优惠，或是再多花3.99美元就可升级为当日送货。和美捷步的贵宾客户一样，一旦签约，再无后顾之忧。法尔哈德·曼约奥，美国知名网络杂志《石板》(*Slate*)的科技专栏作家，他就是一个金牌会员。"现在，不管什么时候，只要我临时需要买一些应该到商店去买的东西，比如浴室挂钩、新无线路由器或者一叠打折的厨房海绵抹布，我会先去亚马逊看看。通常，比起先列个购物清单，然后再去购买，我能更快地在亚马逊订到货，并可以免运费。加入亚马逊金牌服务项目，你根本就不再需要购物清单。"

亚马逊并没有透露这个项目的会员人数，也没有透露免费送货的成本。2009年，派杰公司的分析家吉恩·蒙斯特认为，亚马逊这个项目的会员应该有 200 万人，这一数字每年在以 24% 的速度高速增长。他们的购买量在价值上与他们入会的第一年相比已翻番，从平均 400 美元增长到 900 美元，而更新速度则稳定在大约 90%。购物体验没变，价格也还是一样，只是免费送货触发了一个巴甫洛夫条件反射而已。蒙斯特估计，仅将 1/4 的客户转变为重要会员，就会增加 90 亿美元的收益，效益增长近 50%。亚马逊长期以来成功的秘诀，可能不是增加更多的客户，而是说服当前的客户购买更多、更贵的东西。（美捷步的平均订单数量比亚马逊多 6 倍。）促成这一切的最佳杠杆似乎就是免费送货。亚马逊的创始人兼首席执行官杰夫·贝索斯告诉分析家：促进亚马逊会员增长的是公司的第三方服务，这个第三方服务给在线客户提供送货服务。或按他的一个投资人的说法："亚马逊的物流是它成功的秘诀。"

重要会员的销售额增长得越来越快，这表明亚马逊在运营方面的一个重要转变。贝索斯不再使用长尾理论。和美捷步不同的是，他将重新启用他最初的营销策略，将选择和速度作为销售主张。亚马逊是网络时代的典型代表，贝索斯被评为 1999 年《时代》周刊年度风云人物。但培养重要客户这种销售方式，已经使亚马逊进化成一个为速度经济时代量身定制的零售商。像美捷步那样，它快捷的送货速度模糊了线上与线下的界线，从店里直接带着商品回家，不再是零售店的优势了。

电子商务 1995 年时还不存在，4 年之后，第一批电子商务零售商的总体销售额达到了 70 亿美元，2009 年达到了 1 550 亿美元。从现在起的几年内，电子商务零售商的销售额可能会达到 2 500 亿美元。整个一键式购物行业应运而生，亚马逊有望成为华尔街经济学家眼中的下一个沃尔玛。由芝加哥大学的 4 名经济学家主持的最近一项研究发现：价格降低，更大、更有效率的零售商发展得更有规模，亚马逊和电子商务击垮了中小图书销售商。

每年有 20 亿个箱子需要送货上门，其中的 3/4 是连夜或次日通过航空送达的。电子商务（为什么把它称为电子商务？现在它还仅仅是一种商务吗?）目前占所有零售业销售额的 5% ~6%。大约有一半的美国人在网上购物，每年人均消费 1 006 美元。杰夫·贝索斯曾估计，在数万亿美元的零售业中，电子商务的销售额将最终占到15%，这个目标马上就要实现了。

互联网带给零售业的影响，不是长尾理论和周到的货比三家，而是购物冲动的加速。我们越来越乐于接受数字化的自我，包括谷歌搜索、脸谱网上的朋友、优客上的视频和推特社交网络。这让我们相信：数字字节和电磁波一样，都能以光速移动。真正的突破是我们集体适应了这一新的速度。无论我们速度表上的实际读数是多少，我们都留在了快车道，减速一秒都是非常痛苦的。这听起来似乎违反常理，但是曾经的次日信已经过时，被电子邮件所取代。人们不顾一切地挣扎着，想把其他东西提升到相同的速度，这使得我们更加依赖类似的速度。所以我们的冲动购物越来越多，随之会冲动地选择再多花几美元，转为航空速递。如果冲动错了，可以立即把商品退掉，让卖家付钞票。

孟菲斯和路易斯维尔周围的航空大都市就是用“运费和处理费”建成的。在业内，这些钱被称为“附加值”，这是一个会计学术语，指的是在恰当的时间和恰当的地点，通过改进货物品质赚到的钱。至少在美国，孟菲斯和路易斯维尔就是给货物做轻微改动，从而获得附加值的地方。类似的城市是由各种中心构成的，每个行业在这里有一个中心或多个中心。

沿着公路，从美捷步公司向北就是“奇客电脑特工公司城”，这里有600人。这是肯塔基硅谷的重要组成部分，里面有很多受过培训的当地工程师，他们都穿着短袖上衣，打着细窄的领带，为百思买的顾客迅速地修理并组装好电脑。10多年前，该公司始建于明尼阿波利斯，从一个精英团队逐渐发展成为一个多达1.2万人的奇客军团。几年前，奇客军团把它的连夜维修中心搬到了这里，和美捷步选择这里的原因一样。现在，这里成了电脑维修中心。

“奇客电脑特工公司城”的“市长”韦斯·斯奈德说：“我们必须待在机场跑道边上，这样每天能多出来7小时工作时间。以芝加哥的服务中心为例，上午11点收货，下午7点交付最后一批货物。而在这里，收付货时间是凌晨5点和晚上10点，所以我们有更多时间用来修理东西。”当你看到每天几百个电脑高手需要修理几千台电脑的时候，你就会感到额外的时间是多么宝贵了。网络时代的所有公司，内部都配有乒乓球桌、电子游戏机和日间小睡的沙发，其实都是实现目标的方式，就是为了保障残酷的效率。

每个人的眼睛都盯着时间，但并不一定是因为他们也需要更多的时间来修电脑。一些人是在焦虑，他们希望货物不要在运输过程中损坏。从世界港出来，穿过小镇，紧邻着俄亥俄河，有几百公顷的白色厂房，这是基因泰克生物技术公司的仓库。这里是抗癌药物的转运中心，该公司储存着成千上万剂最新药物，用来治疗肺癌、胰腺癌、结肠癌、直肠癌和乳腺癌，这些药物对时间和温度都很敏感，它们被储存在一个冷库里。冷库有报告厅那么大，这些药物的四周都是制冷冰砖，可以使温度保持在 -9 ℃。大多数公司对供应链存有担心，那么基因泰克的担心就是双倍的，该公司关注的是“冷链”，一个由冷藏车组成的无缝网络，保证了乳腺癌药剂的安全性和有效性。在我参观的那天晚上，这一药物就挽救了南达科他州某个人的母亲。

这使我想起了美国国家眼库，它紧挨着孟菲斯市一个牙医的办公室。它是一个眼角膜中转站，每年有 3 500 个人类角膜，从已故的捐献者转给失明的受捐者。道理是相同的：在这里建立实验室，因为可以更快、更容易地把眼角膜空运进来和空运出去。我用拇指和食指拿起一个小瓶子，里面漂浮着一个眼角膜，感觉它就像一个救生圈，某种意义上讲它就是生命的拯救者。

眼角膜、抗癌药物、笔记本电脑、总装线有很多相似之处，所有这些都需要及时制造。航空大都市就是这样一个机器，旨在以任何形式生产各种鲜活易腐产品，满足当今社会的迫切需要。这种鲜活易腐的商品，可能是 2011 年早些时候尚未出品的苹果手机模型，或是某种定制的、会慢慢自动分解的特效药。所有销售强时效性商品的人，都应该搬到这里，从而节省时间和金钱。在转运中心附近，他们所体现出的特性是一样的。

美国所有的高速公路两侧，都排列着白色库房，但区别转运中心和这些地方的是，转运中心附近的库房装卸台里面是威利·旺卡工厂，里面充满了珍贵奇妙的货物，像可以够终身使用的吗啡和奥施康定。

这个特别的仓库，隐藏在孟菲斯某处的一个没有标记的大楼里（具体的地点，我不能告诉你），仓库由退休警察看守着。仓库的后门用钢罩锁着，里面是足以让所有卡特尔成员厂商倒闭的药片、针剂和各种各样的麻醉药品，这是世界上最大的合法仓储中心。excelleRx 公司全权拥有这个仓库，该公司是专业从事临终关怀市场医疗管理的供应商。为护理垂死的患者，这里每天需要运送 6.5 万剂强力止痛药，这些药物错过一个航班，不一定关乎生死，但这可能意味着某人要在生命的最后几小时里咬牙忍受巨大的痛苦。鉴于麻醉药品的巨大诱惑，这里使用机器人来装瓶、数药片，在瓶子被封入联邦快递的信封之前，还需要再数一遍。

这个仓储中心是联邦快递的高管乔·费雷拉建立的，带我做简短参观的时候，她像所有的一流房地产经纪人那样满心自豪。她是转运中心业务发展的常务理事，也就是说，在任何时候她都要同时应对多达四五十家公司的用地请求，这些公司争抢着孟菲斯转运中心和印第安纳波利斯、奥克兰、沃思堡格林斯伯勒等区域转运中心周边的土地。她说："对这些公司来说，离中心越近越好，而促使这一切发生的最大的驱动力是人们的需求越来越急迫，也就是说我们一旦需要某些东西，就想要马上得到。一旦一家公司迁到孟菲斯，或迁到我们在其他地方的某个中心，它的三四个竞争对手紧接着就会给我们打电话。"

也是她最早给了我一个提示，解释了为什么孟菲斯和路易斯维尔是真正的航空大都市，而纽约和芝加哥还算不上，那里的航空大都市还没出现。航空大都市不是天然就有的，也不是简简单单地冒出来，就取代了众多的城市中心。当航空大都市出现时，要么会出现洛杉矶国际机场那样的混乱，要么会像杜勒斯收费公路那样充满交通事故。在与其他城市、州和地区的竞争中，一些城市太晚才意识到机场是他们竞争的利器，这也使得这些城市之间拉开了差距。虽然差距在一开始时并不那么明显，但是现在，最大的两个隔夜速递承运人加速了这种差距的形成。

例如 2006 年，在卡萨达告诉孟菲斯它能成为"美国航空大都市"之前，孟菲斯都不知道它有这样的潜力。卡萨达对这座城市并不陌生，在联邦快递海外转运中心的选址和运作方面，他早先曾经给过弗雷德·史密斯建议。10 年之后，孟菲斯地区商会又一次采纳了卡萨达的建议，用相似的思路改进整个城市。几个月之内，他们就成立了一个航空大都市督导委员会，来实施卡萨达的建议，该委员会由联邦快递的高管担任主席。后来，来自该市的国会众议员史蒂夫·科恩起草了一项法案，要求成立一个隶属于美国交通部的航空大都市发展委员会。该委员会除了为最有发展前途的城市提供联邦政府拨款之外，还要负责在全国范围内推行卡萨达的航空大都市理论。

同时为了把孟菲斯打造成一个完善的航空大都市，必须为那些打算迁到这里的公司做好配套服务，这一责任落到了一些公务员和私人顾问的身上。乔·费雷拉就是其中之一，但她肯定不是唯一的。城市规划师、猎头、商会、市长、州长甚至像众议员科恩这样的国会议员们，都被纳入到支持体系中提供公共服务（和税收资金），但在《福布斯》和《财富》的人物专访中，从来没有提到过他们。

把这些人称为航空大都市的“建筑师”或者任何传统意义上的规划师，都不太准确，因为他们的特定技能和传统观念上的规划没有关系。另外，被区域规划法和开发商拖着后腿，他们只能把客户放在各自想要的位置上，即离停机坪尽可能接近。这种方法有一个最大的缺陷，就是区域发展无条理、不可持续。

无独有偶，路易斯维尔和孟菲斯都曾衰落过，直到它们主动欢迎隔夜速递商，并让他们把这里称为家园，城市才得以复苏。令人吃惊的是，两个城市的过去、现在和未来是如此相似，就像联邦快递和联合包裹服务公司一样，都想战胜对方，但又都只是在进行徒劳的尝试。

孟菲斯曾经是棉花之都，路易斯维尔曾经是俄亥俄河南岸的烟草库，由于河水凶猛，蒸汽船船长不得不把货物拖到岸上，从而避开激流。仓库、批发商和搬运工大量拥入以抢占先机，19 世纪 30 年代，蒸汽船带来了造船厂和铸造厂。

和孟菲斯一样，大萧条时期，路易斯维尔的经济作物贬值到了最低点，之后两个城市都试图把自己打造成蓝领城市。孟菲斯为费尔斯通制造轮胎，为国际收割机公司制造采棉机。路易斯维尔为通用电气公司制造家电，为福特汽车公司制造汽车，为布朗福尔曼公司生产瓶装威士忌。几乎所有这些工厂都在20世纪七八十年代迁走了，两个城市的悲惨经历极其相似。

在路易斯维尔：波旁威士忌酒、烟草、铝、农业、制造业、五金器具以及各种工具，所有这些构成了城市的经济，而今天这些都不重要了。21世纪，联合包裹服务公司将对路易斯维尔产生深远的影响，就像20世纪的铁路和19世纪的河流一样。

在孟菲斯：当费尔斯通公司和国际收割机公司迁走后，带走了优秀的蓝领工人和就业机会。一个尚未解决的问题就是——现在，我们要建设一个什么样的城市？

这个问题是德克斯特·穆勒提出的，他在孟菲斯大商会办公，办公室楼上便是前大街棉花交易中心。从他办公室的窗户看出去，你可以看到一幅描述这个城市交通发展史的快照：最近的是棉花路，旁边是混浊的密西西比河，远处是跨度很大的6车道埃尔南多－德索托桥，上面行驶着卡车。

德克斯特·穆勒说话慢条斯理，梳着朴素的后梳发型，一眼就能看出他是一个成长于猫王时代的当地人。他是第三代孟菲斯人，他的外祖父是一个棉花商人，母亲是当地的美女，父亲是1937年为了给金佰利公司建一个造纸厂，从纽约迁到这里来的，结果是眼睁睁地看着建好的工厂被一场洪水卷走了。

德克斯特·穆勒在商海中已经摸爬滚打了30多年，他清晰地记得，1979年该市做出回归陆地经济这一重大决定的那一天。回归陆地经济不是全部回归到棉花业和木材业（另一个丢弃的支柱产业），而是回归到发展河运和铁路上来，此时河运和铁路已经开始快速发展，并可以支持其他产业的发展了；该市还提出要重新发展货运线，也就是环绕孟菲斯的州际公路，并突然提出要发展机场，于是联邦快递终于在这里占得了先机。

德克斯特·穆勒回忆说："对于孟菲斯，这是一个巨大的策略转变，回到这座城市的发展根基上来，就是地理和物流。在那个时期，位于中部狭长地带的印第安纳波利斯、路易斯维尔、亚特兰大和孟菲斯都看到了即将到来的巨大机遇，面对机遇孟菲斯是第一个说'我们要它'的人。

"在那个时候，'配送'并不怎么受欢迎，工资低，投资少，个人所得税低，也就是说没什么税收贡献。所以纳什维尔和其他城市都说：‘好吧，如果你们这些人想要做配送，那我们不介意。’”

他们为什么不在乎呢？尽管这些仓库要比轧钢厂和炼油厂干净、安静，但发展充满了不确定性，空无一物，无人居住，而且属于无效房产。这些仓库聚集在一起，破坏了美好的景色，稀释了城市人口密度，不论是在就业岗位的数量上，还是在工资水平上，都是一个不太好的替代品。

德克斯特·穆勒继续说道：“我们的策略是把配送引进来，然后再建设其他部分，那就是它们的总部。辉瑞制药公司就是一个很好的例子，该公司以配送为出发点选择了这里，‘这里对我们来说是一个经营的好地方，成本低，地理位置优越，能够雇到优秀的员工’，所以他们把后台的金融运营操作部门也搬到了这里。你只需要做好某个行业的配送环节，这些公司的其他部门也会来。”某种程度上讲，的确是这样。

当德克斯特·穆勒驾车驶过破旧的工业园区时，看到这片园区犹如藤壶（一种甲壳虫）一样紧贴着机场的西边。他解释了这些仓库是如何演变为配送中心的，那些迫切需要降低成本的公司，用几家物流中心取代了数十个仓库，这些配送中心为整个大区域服务，而不仅是为城市和国家服务。配送中心这个词有运输和周转的意思，正如速度和范围取代了纯粹的地理成为关键因素一样，联邦快递承诺可以隔夜将任何物品运往任何地方。

孟菲斯市航空大都市的建设过程，和一株北美红杉的生长过程像极了，将雨水和干旱一圈圈地记录在了年轮上。孟菲斯从最初的仓库，到配送中心，再到物流中心，这一演变过程用了不到20年的时间。孟菲斯从一场不可避免的灾祸，冲到了关于成本和竞争的战争最前线。当地的一个顾问说：“你能够通过职位名称的改变看到这种转变的痕迹。20世纪80年代中期，我开始从事这项工作的时候叫‘仓库经理’，后来叫‘物流经理助理’，现在叫‘全球供应链高级副总裁’，也许还能进入董事会。”一些人就是因为在物流方面比其他人做得更好，所以获得了进入集团董事会的机会。沃尔玛为了实现“天天低价”，像巨蟒一样挤压着它的供应商们。似乎任何企业迁到孟菲斯或路易斯维尔的目的都是一样的，就是为了让联邦快递和联合包裹服务公司为他们处理物流业务。

配送中心的繁荣发展，也为这两座城市带来了无法预见的后果。尤其是在孟菲斯，20 世纪 80 年代末，在转运中心周边铺好了大片的砖面土地，没几年就荒废了。这是因为南边和东边的土地更便宜，现有的和新来的公司都宁愿在外围建厂，而不愿去原来那片相对混乱的地方。他们放弃了空间直接接近，而选择了通过公路连接机场，就像美捷步和奇客军团在路易斯维尔那样。两个航空大都市的形状都不规整，它们沿着道路曲线式蔓生，涉及肯塔基的I－65 州际公路和跨越田纳西河和密西西比河的 I－55、I－40 州际公路，以及 72 号、78 号国道。在数百平方千米的范围内，散布着许多小片区，它们之间仅仅通过道路相连，已经逐渐成为布鲁金斯学会的罗伯特·朗所说的“无边缘城市”。这个概念是对约耳·加罗边缘城市概念的调侃，而且罗伯特·朗自己也没有信心将仓库区域归为社会文明的产物。罗伯特·朗写道：“工业工人和仓库工人都很少需要专业的零售店、高端服务、高档餐厅、旅馆和书店。”

在孟菲斯，物流方面的优势引发了一场哲学辩论：该城市应该只满足于成为一个货物集散中心，而不是成为生产制造和创新中心吗？卡萨达和他的同行们的答案是肯定的，而当地的“创意阶层”却反对这个想法。《创意阶层的兴起》一书的作者理查德·佛罗里达就是该阶层的代言人。他将经济发展的原因总结为三个词语，即技术、人才和包容。他认为，如果孟菲斯市能够吸引来设计师、音乐家以及生物医药研究者，并改善小酒吧的食品，那么各家公司不久以后就会因为需要这些人才而搬到这里。这座城市的未来在于人的智慧，而非仓库。

货物不需要生活质量，也不需要人口密度或居住社区，甚至不需要地面上的街道，它们需要的只是一条畅通无阻的笔直公路。这使得孟菲斯航空大都市从第一天开始就是无序扩张，从西边的吸血鬼公园，到东边的比利·杜纳万特草坪，再到机场南边的轧钢厂，它越过了围栏一直延伸到密西西比河，不受任何约束，一直扩张到 I－55 州际公路的入口匝道。航空大都市的核心区在萎缩，外围越来越活跃，而且还在被动地向外扩散。

这一切都是要付出代价的，猫王的家乡“白色天堂”就已领教过。由于白人的不断搬走和物流区域的不断扩张，在两代人时间里，曾经紧挨着机场西边的牧草地，从一个富人区演变成了一个充满暴力的非洲裔美国人集聚区（“黑色天堂”）。当地的抵押品无法赎回率是全国平均水平的 2 倍。居民们过去 20 年的积蓄随着他们的家一起消失了。先前的住户先是涌向了城市的东郊，后来又穿越了城市的边界。为了维护区域的整体性及维持税收基础，城市也随之向东移，将边远县城零零星星的土地合并了进来，但在密西西比州德索托县的周界线问题上碰了钉子（在这个问题上，路易斯维尔做得相对较好，2003 年所有的县城完全融为一体）。

沿着 I－55 州际公路，我驾车向南行驶，想去亲眼看一看曾经的棉花地是怎样被重新划分的。这片棉花地紧挨着庞大的物流中心，中心用了不到半年的时间就建成了。德索托县是全美发展最快的县之一，从 1990 年起，人口增长了 1 倍多，占孟菲斯总人口的比例接近 1/4。德索托超过一半的居民是因为工作来到这里的，并且最终选择住在这里，部分原因是密西西比州不收个人所得税。

我幻想着，剩下的工作就是在道路两旁的明亮牌子上面喷上：好莱坞、富昌电子、艾默生汽车和美康雅等。埃尔南多县府席位中，福克纳和梅伯里仍然是各占一半。仅仅几千米之外就是德索托贸易中心，也是这个地区唯一的自由贸易区，在转运中心以南 16 千米的地方。

开车回到孟菲斯，就像是看电影回放一样，物流中心在缩小、消失，随后又一次陷入仓库群之中，那些用来招徕顾客的标语消失了，取而代之的是实实在在的房屋，然后是庭院。在市域线上，人的肤色突然由白变黑，一点儿过渡都没有。

在布鲁克斯路和猫王大道的交会处，我拐下了州际公路，发现本来应该是孟菲斯航空大都市中心区的地方却空荡荡的：一个空的工业园区，一片空地。一个无家可归的人站在隔离带上，举着一个牌子，上面写着：“请帮帮我，一个无家可归的老兵。”

杰克·索登是猫王实业公司的总裁，他的办公室就在这条路稍北的地方，他叹了口气说："那是我们的欢迎标语车。站在那里是因为有条潜规则，如果他离开了，另外一个人就必须去代替他的位置。"

随后我继续让"电影"向前快进，这次由布赖恩·佩孔"保驾护航"。布赖恩·佩孔是老资历的联邦快递高管，他搬到这里来，投身于孟菲斯周边的经济发展已超过10年。现在他已经退休，曾经负责航空器的维修，一个关乎生死的行业，使他形成了一种实话实说的严谨风格，听了那么多啦啦队式的口号之后，他的风格让我耳目一新。

在机场南边的仓库区参观的时候，我们经过了一个灰色的库房，前门外墙上挂着特艺集团的牌子，布赖恩·佩孔解释说："每年有无数的DVD从那扇门运出去。"事实上，几乎有一半在美国销售的唱片是从这里运出去的，每天有120多万张。在孟菲斯的奥克斯，我们右转，看到一个宽大的棕色楼房，边上有一个空旷的停车场，门前是一个很小的白色广告牌，上面写着"出租"。十字路口处登着一则广告："80公顷，34.4万平方米有待开发。"他摇了摇头说："现在我想问你一个问题：要是你，对于这样的无序扩张该怎么办?"其实这还隐含了一个问题，就是：怎样才能避免这样的事反反复复地发生?

事实上，你无能为力。这里的三个州、两个县和一个城市，都在不断地给出更低的税收标准和更多的土地，区域没有任何控制扩张的规划，甚至没有一个能起草规划的机构，航空大都市督导委员会没有具体的权力。相反，委员会的成员们却组织起来，从裂缝最多的干道布鲁克斯路开始，改善通往机场的道路。

制作陶瓷人工髋关节模具的医疗器械制造商施乐辉的雇员们，抬起头来向窗外望，他们看到的布鲁克斯路上的景象是：带刺的铁丝网，脱衣舞夜总会，街头拉客的妓女和嫖客。施乐辉的一位高管给我们看了一段监视录像，监控器拍摄了最近一笔交易的几张照片。他面无表情地说："想拍到这个很容易，只需要等上10分钟。"这个街区往北是黑尾俱乐部，它在当地臭名昭著，俱乐部入口是一个两层楼高的胶合板，上面画着女人的大腿。

布鲁克斯路削弱了卡萨达理论的力量："机场是城市的名片，是人们来到这里看到的第一样东西，也是人们离开时看到的最后一样东西。”因此这个城市花费了数百万美元来种树。

每年会有 60 万的游客沿着这条路，驾车从汽车租赁站去格雷斯兰。杰克·索登的公司拥有猫王的房产和他身后的现金流，索登花了 4 000 万美元买下了猫王房产周围一片片小块的土地，慢慢地积累了大约 40 公顷的带状区域。他的梦想是把经典三小时游变为无所不包的三日游，都集中在格雷斯兰的综合性旅游胜地。目前这个综合性旅游胜地还仅存在于项目顾问的脑海中，该项目的顾问是一位迪士尼的幻想工程师。他告诉我：“在世界范围内，除屈指可数的几个偏远地区外，猫王比迪士尼更受欢迎。”沃尔特对迪士尼周边城市的分化很失望，与迪士尼不同的是，猫王居住的社区在重生。索登说：“1. 6 千米范围内，4/5 的社区完全是丑陋至极的。”

海瑞迪切克：转运中心阴影下的生活

孟菲斯市在寂静中深受机场噪声的折磨，但是与洛杉矶不同的是，尽管 35 年来，飞机一天 24 小时都在起飞着陆，却从来没有任何严重的投诉，更别说诉讼了。一天晚上，我和布赖恩·佩孔正一起开车沿着机场的边缘行驶，又听到了波音 727 划破长空呼啸而过。佩孔曾参与了联邦快递的创建，他坦言：“如果有人投诉凌晨两点半、三点、三点半的噪声，那我们就得搬回小石城了。”但是，人们对此没有丝毫的怨言。30 年来，这里已经变成了一个企业之城。弗雷德·史密斯对此简明扼要的解释是：“我想孟菲斯市的人们都能理解，因为我们在这里雇用了大量的劳动力。”

而联合包裹服务公司却需要路易斯维尔更多的帮助。1987 年的耶稣受难日，联合包裹服务公司的一位高管致电路易斯维尔的市长杰里·艾布拉姆森。市长回忆说：“他们说：‘我们要离开。’但他们没有告诉我他们要去哪里，他们也没有说他们为什么要离开。但他们确实要离开。他们还说：‘不要说了，我们下周就要发布这一消息。’然后就挂断了电话。我关上办公室的门就哭了。”

市长补充说：“他们发誓说这和我们的工作没关系。”但很可能还是因为路易斯维尔市没有把机场问题解决好。路易斯维尔的机场建于二战期间，对于波音747飞机而言，这里交叉的跑道太短了。市长继续说：“三天之后，我接了个电话，是当时联合包裹服务公司的首席执行官杰克·罗杰斯打来的，他说：‘市长，我改主意了，我们不走了。’我不知道其间发生了什么，直到今天也没人告诉我。”是不是联合包裹服务公司想通过威胁得到好处呢？他回答说：“如果要是联合包裹服务公司走了，我们就要少1.2万份该公司的工作，还可能要少2万份由它衍生出来的工作。”这也就是卡萨达所说的：城市是就业派生出来的。

一年后，在1988年6月22日，该市和该州宣布了一个耗资7亿美元的计划，要在现有的机场之上建一个新机场，有长长的平行跑道，跑道之间为枢纽中心的最佳位置，在机场的中心点两侧都预留出了发展空间。第二天，当地的官员宣布了机场提升改造项目，项目以城市更新为名征地，征用分布在6个社区的3 760个房屋所占之地。从悬挂在机场管理局办公室里的前后对比图上我们可以看出，整个居住区从地图上被抹去了。但没有人是空着手走的，政府拨出近4亿美元补偿给拆迁的家庭和企业，其中包括麦纳莱恩高地，现在这里是一个“复兴区”。

路易斯维尔这么做是为了让联合包裹服务公司高兴，要不没人做这种傻事。转运中心既然能搬来，也就能搬走。20年后，俄亥俄州威尔明顿的居民们才十分艰难地明白了这一点。2003年，德国邮政敦豪快递公司的所有人，用几十亿美元买下安邦快递公司，敦豪快递公司还将美国其他失败的公共承运人收拢于自己的品牌之下，来对抗本土的重量级竞争对手。德国邮政又花了13亿美元买下了威尔明顿整个机场的空运中心，俄亥俄州又花了5亿美元来促成这件事。一夜之间，德国邮政成了该州的一位最大雇主。接下来，该公司开始接二连三地亏损。5年后，敦豪快递公司又亏损了10亿美元（这一亏损是在经济危机以前），该公司的德国波恩总部提出要中止相关业务。2008年5月，该公司宣布停止美国业务，将剩下的业务外包给联合包裹服务公司。很显然，安邦快递公司的所有人都将失去工作。一个劳动力多达 1.2 万人的小镇，失业人口竟多达 1 万人。威尔明顿市面临着完全的崩溃。

工会发誓要斗争到底，州长也站在反垄断的立场上发誓要斗争，这甚至被纳入了总统的竞选活动。在一次市政会议上，一位泪流满面的女人请求参议员麦凯恩帮忙。麦凯恩称这件事为“致命的一击”，但同时也承认，他没有能力阻止此事。总统大选之后的一周，敦豪快递在全美国范围内解雇了 9 000 名雇员，威尔明顿占了 7 000 名。一个受害者说：“如果你留下，你就没有工作，但如果你走，那么你该怎么卖掉你的房子呢？很多小公司都倒闭了，到处是招租的牌子，没人买房子或租房子，这真的很令人痛心。”这位受害者是个叉车司机，从 4 岁起就住在这里。一年之后，这里的失业率翻了一番，达到了 15%，房子贬值了一半，抵押品无法赎回率上升到 30%。威尔明顿市的中产阶级遭到了致命的一击。

为了避免遭遇同样的命运，路易斯维尔必须重建机场，这对所有人都好。不过，也不能说是所有人。在路易斯维尔，通过别人介绍，我认识了伯特·德驰和琳达·索利·坎尼普，他们受该市指派负责居民和企业安置项目。在耶稣受难日电话事件发生的时候，伯特是这里的副市长，从那以后，他与琳达一起花了近 20 年的时间，安置机场重建中涉及的居民和企业。他们工作很努力，关系也很好，一起面对偶尔出现的痛苦情形。在琳达敲居民门的时候，她面前曾经晃动着好几支枪。两人的做事方式表明，他们不仅是一对夫妻，而且是一对表演歌舞杂耍的夫妻，伯特是优雅的魔术师，琳达是他不辞辛苦的助手。

在描述房主们对提升改造项目的反应时，伯特还能流露出愤怒。房主们的反应大多是咆哮和要提起法律诉讼。“城区改造”的条款，是造成这个问题的部分原因，该条款写进了人们抵押品赎回权的契约里。尽管伯特努力让他们相信，政府给出的价格要比房子的实际价格更高，但是一点点额外的现金对他们的自尊来说不算什么，还有就是他们的房屋完好无损。他们提起了诉讼，把相关机构告上了法庭，并赢了这场官司。伯特和琳达叹了口气，他们找到了可以完成工作的另一种方法。

20年过去了，那些像楔子一样夹在高速公路和机场之间的居住区，如埃奇伍德和海蓝帕克，好像人类文明消失了一样，土地已经变成了荒原。某种意义上，这确实就是发生的一切。当我们路过这片荒芜的土地时，看见到处都是废弃的教堂和最后一批流浪者的简陋小屋。对于批发商大量减少的原因，伯特解释说："我们始终要想在联合包裹服务公司的前面，但联合包裹服务公司并不知道自己需要什么。"随着联合包裹服务公司正在把它的全球运营中心和几百个停车位迁到这些长满野草的空地上，新的安置又开始了。

到20世纪90年代初期，机场开始出钱搬迁任何被噪声影响的个人房屋。有超过2 000户居民符合条件，买方如洪水般涌入市场，使得价格扶摇直上。当时，麦纳莱恩高地的市民正在考虑提起诉讼，因为他们住在新机场附近的航道之下。联合包裹服务公司的飞机从他们头顶上呼啸而过，他们还不习惯，也不想养成这个习惯。

他们最终没有起诉，而是发出了最后通牒：我们会安静地离开，但我们所有人必须一起走。这意味着所有人和所有东西——一辈子的朋友和邻居、市长、9个人组成的警察局甚至连同一辆热狗摊档车，都要一起搬到位于城市边缘的某个新居住区。伯特、琳达和机场很快同意了条款，于是机场围拢了东南方向相距16千米的115公顷土地。这里现在是海瑞迪切克的核心，海瑞迪切克是航空大都市第一个有意建造的区域。

这里的环境是田园风格。我们走在乡间小路上，经过行政区，上面写着像伍德里奇克罗星和锡达布鲁克这样的名字，最后来到一段刻着"HC"纹章的白色尖桩篱栅前。伯特说："我们以他们想要的方式设计了这个区域，规划委员会的主席说：'这个区域看起来像是20世纪50年代的一部分！'好吧，这些人来自20世纪50年代，他们也只想要这些！"

的确如此，他们用搬迁的补偿款买了地，从一摞说明书里挑选房子。按美国中西部的标准，他们的房子很漂亮，仿殖民地风格，砖头建造，装饰着小石柱走廊和门廊，像是一个无名的伊利诺伊州近郊区的一部分，如同我长大的地方一样。

除了房屋，海瑞迪切克远没有达到城镇的规格，这里没有单排商业区。除了居民房，社区中心是目前唯一的其他建筑物，这里集城镇大厅、警察局和中心广场于一体。

我们来到这里的时候，人们正在为一场葬礼守夜。某人20岁的儿子在一场车祸中丧生，满屋的邻居都处于悲痛之中，他们勉强吃了点冰淇淋和巧克力蛋糕。在后面等着我们的是海瑞迪切克的市长，也就是麦纳莱恩高地的前市长——弗雷德·威廉姆斯。他的肤色永远是晒出的古铜色，戴着一副太阳镜，在室内穿着一件老式的红毛衣，人们可能会把他误认为是退休后的猫王。

威廉姆斯说："在机场宣布要出钱把我们迁出去的时候，我开始不断地接到电话，'我该怎么办啊？我已经和他们做了很多年的邻居'，等等。所以我们调查了人们是不是还想住在一起，这是我们唯一能做的。有85%的人说'是的，我们想保持原状'，事情就是这样开始的。但这是一条艰难的路，以前从来没有人走过。"

威廉姆斯接着说："我在麦纳莱恩住了37年了。1966年，我花了9 030美元买了房子，离开时我以9.5万美元把它卖给了机场。有这样的结局，大家该满足了。"他现在的房子就在街对面，是1999年第一座破土动工的房子。他的私人车道里停着一辆赛车，证明了他在20年的环路比赛中是多么英勇。现在他的房子周围已经有了几百所房屋，一边紧靠着国家公园，另一边是一条小溪。

威廉姆斯在搬到这里之前，对机场了解吗？他接着说："我认识很多在联合包裹服务公司工作的人。在他们换跑道之前也不是一点儿问题没有，但换跑道让一切都乱了套。只要你一抬头，就能看见一架飞机在你头上。我下周才第一次坐飞机。"我问："真的？你要去哪里？""拉斯韦加斯。从没去过那儿。"即使对于他来说，开车去也觉得太远了。

威廉姆斯又说："我是个技工，但我永远也不明白那些玩意儿是怎么飞在天上却掉不下来的。我曾经把车开得比那些飞机还快，但车也没离开地面。我禁不住想：能飞上天的东西有时候也是会掉下来的，如果它掉下来了，那就糟了。"

威廉姆斯让我想起了在洛杉矶流传的一句名言："人们可能会抱怨噪声，但他们真正害怕的是飞机掉下来，重几百吨呢！"

后来，我站在停车场上的时候，一架联合包裹服务公司的飞机远远地从头顶飞过，我没听见任何声音。

Up in the Air

3 直上云霄

货物未动，人先行。如果从公司出发，几分钟就能到达一个大型机场，那公司具体在什么地方就不再重要。这也就是达拉斯的远郊区正在蓬勃发展的原因，即所谓“扩张从天空开始”。

汤加人是如何迁徙到得克萨斯的

海螺奏出了嘹亮而清澈的号声，号声响彻整个得克萨斯大草原，尤勒斯三一教会高中的橄榄球馆里座无虚席，看台上顿时静了下来。听到号声后，17 岁的亚历克斯·考泰脱掉头盔，露出乌黑的卷发。他挥舞着胳膊，操着外国口音，向身后的近 100 名队友大喊着。在他的指挥下，大家都自然而然地俯下身，有节奏地拍打着大腿、胳膊和胸膛，同时不停地前后跺脚，就像在用力推倒并攻击一个隐形的敌人，嘴里还唱着“卡梅特，卡梅特”（意思是“我会死，我会死”）和“卡欧拉，卡欧拉”（意思是“我会生，我会生”）。

球场的另一端，客队冷冷地盯着他们的背影。奥德萨市 Permian 高中黑豹橄榄球队已经被杂志、电影和电视英雄化了，他们也自视为电影《胜利之光》的现实版。他们似乎没什么心情去花时间看波利尼西亚人跳的这种战斗舞。

尤勒斯三一教会高中队的球星们是汤加人，他们来自边远的犹太人集聚区，定期到紧靠国际日期变更线的与之同名的南太平洋岛国上进行朝拜。尤勒斯是一个拥有 5.4 万人的郊区，位于达拉斯 - 沃思堡都会区的中心。4 000 名汤加人定居于此，也许这个数字不算多，但当你知道汤加国内一共才 10 万人时，你就不会这么认为了。个子高、速度快、身体强壮的汤加人，击败了诸如奥德萨和南湖卡罗尔的传统力量型四分卫（橄榄球中的一个战术位置）。奥德萨是一个经济繁荣与萧条不断更迭的石油城市，而南湖卡罗尔是一个出产橄榄球队的地方，就在尤勒斯的北边，它被《福布斯》吹捧为“美国最富饶的地方”。三一教会高中队事半功倍，获得了两次州冠军，还为佳得乐拍了广告。自此，他们的战斗哈卡舞就成了橄榄球盛事的重要看点之一。

达拉斯 - 沃思堡大都会区，是美国最大的都市群，周围没有水域，但几千名汤加人——世界上最勇敢水手的后裔，却迁徙定居于此，这是什么因素促成的呢?

简单地回答，就是飞机。详细说就是，尤勒斯的边缘紧挨着达拉斯 - 沃思堡国际机场的巨大停机坪。达拉斯－沃思堡国际机场是世界上最大、最繁忙的客运枢纽之一。30 年前，汤加人的父辈们被这里的工作机会和新建机场提供的航班所吸引，便开始在此定居。他们离开了盐湖城和洛杉矶的汤加人聚居地，来这里做了美国航空公司的行李搬运工或者航空厨师。这里的工资对他们的吸引力并不太大，吸引力最大的是公司提供给员工及家人的免费或者打折机票。他们给家里姑姨侄儿寄的钱，才使汤加这个国家得以生存下来。但按照习俗，他们必须随时做好回家的准备，坐 18 小时的飞机，回去参加长达几天甚至几周的葬礼或其他仪式。也正因为此，他们定居在达拉斯－沃思堡国际机场地区，每个家庭都千方百计地确保至少一个家庭成员能成为美国人的雇员。

依莱阿西·奥法是当地有线电视台《汤加之声》的主持人，他说："纵观历史，波利尼西亚人一直注重彼此之间的联系，珍视自己的小家庭和大家庭。无论他们走到哪里，都会找到一条回家的路。"

达拉斯－沃思堡国际机场是世界最早的航空枢纽。现代航空时代中，机场的地位就如同高速公路在二战后汽车文化中的地位一样。简言之就是"创新让一切事物变得皆有可能"。中枢辐射式的航线网络和通往世界各地的航班创造了一个巨大的联系网络，大到让指导我们如何生活、如何工作、去多远的地方旅行的自然法则被颠覆。几千名汤加人出现在了机场，这是一个意想不到的结果。另一个意想不到的结果是，189 厘米高、135 千克重的前锋每次击倒某个黄头发后卫时，都会呐喊"梅特马汤加"，意思就是"我要为汤加而死"。在同胞的强大影响下，他们是第一批，但绝不是最后一批寻找避难所的飞行达人。

新生的虚无世界

机场建设理念和如何对待机场的观念在转变，达拉斯－沃思堡国际机场就是代表。达拉斯－沃思堡国际机场对一代人来说，是美国最后一个大都市的新机场，因此也是最具有纪念意义的机场。机场占地 72 平方千米，原来是灌木丛，面积是洛杉矶国际机场的 5 倍，也是改扩建后的奥黑尔国际机场的 2 倍。达拉斯 - 沃思堡国际机场的设计师们最先成功地解决了波音 747 大机型的问题，以及从波音 747 中涌出的大量乘客的问题。按照现行的新建机场惯例，机场设计师们的最大财富就是，这片土地可以容下 7 条跑道，10 座半圆形、周长超过 1.6 千米的航站楼（如果必要的话），以及一个 36 球洞的高尔夫球场，当然这对于现在新建的任何一座机场来说都是必需的。

为了做好机场建设的准备，达拉斯 - 沃思堡机场聘请了景观艺术家罗伯特·史密森，实际上罗伯特·史密森从机场那里了解的艺术比机场从他那里获取的更多。罗伯特·史密森习惯于按照画廊空间模式进行景观设计，这个机场的规模让他十分震惊。现在他面对的是 4 200 米长的飞机跑道，他认为“这大约相当于中央公园的长度”，整个机场的面积甚至比曼哈顿还要大。他指出，无论是机场还是艺术作品，这么大规模不太可能永久地固定不变，它肯定会像冰川穿越平原一样不可逆转地无限扩张下去。

螺旋形防波堤是罗伯特·史密森最有名的作品，那是一个浸没在大盐湖里的黑色玄武岩雕塑，它的实际大小只有在空中才能看得出来。他从其中得到想法，打算创造一个同样巨大的艺术作品，“整个机场可以容纳得下、在飞机起降时都可以看得到”，一个螺旋式前进的三角形雕塑。这个雕塑与机场的航站楼和旋转坡道交相辉映。但是后来他改变了想法。

史密森有生之年未能见到达拉斯 - 沃思堡国际机场投入使用。机场落成的前一年，他在一次空难中丧生，但是他的远见卓识得到了印证。机场建设尚未完工时，达拉斯和沃思堡的边缘地带已经开始不知不觉地向彼此靠拢了。在美国联邦航空管理局拒绝为这两个存在竞争关系的城市出资各建一座机场后，两个城市被迫开始从区域发展的角度考虑彼此共同的利益。达拉斯 - 沃思堡机场就是他们相互妥协的产物。借此契机，机场的执行董事抓住机会，与一群雄心勃勃的总裁和城市的官员于 1971 年聚在一起，成立了北得克萨斯委员会。他们创造出“大都会区”这一新词来指代更大的聚集区。如今，这个大都会区已经发展成为一座拥有 600 万人口的城市。机场位于大都会区的中心地带，并且偶尔也会使用“大都会”这个名字。不止一个官员很肯定地对我说，是这座国际机场创造了这座实实在在的大都会区。在过去的10年中，没有哪座美国城市的发展速度比它更快，即便在经济萧条的时候亦是如此。

达拉斯－沃思堡国际机场是喷气式飞机向大型客机过渡的产物。就某些方面来说，它并不是一座完全意义上的现代化机场，在投入使用的时候机场在某些方面就已经过时了。机场航站楼的布局灵感来自《赫兹租了辆汽车》这样一则商业广告。在这则广告中，一个商人几乎可以说从飞机飘到了敞篷跑车上。达拉斯－沃思堡国际机场的总裁要求设计师们采用类似的设计，即把机场设计成从飞机到汽车的无障碍对接。遵照这一要求，设计师们将半圆形的航站楼沿中心高速路排列，乘客可以将车直接停放在门口，然后轻松自如地走进航站楼。机场向顾客承诺提供“没有拥挤的人群，没有丝毫的混乱，也没有任何烦躁不安”的登机体验。

但是从1973年开始，达拉斯－沃思堡机场违背了上面的承诺，因为国会强烈要求所有机场设置行李检查和安检关卡。在商业航班的头50年和喷气式飞机时代的头10年中，乘客可以携带任何行李登机，这其中不乏大量重型武器。从1969年至1978年，全球共发生了400多起国际劫机事件，致使7.5万乘客被劫为人质。单单就美国来说，在仅仅4年的时间里就发生了154起企图劫机的事件。针对这些劫机事件的解决办法，就是使用X光机和磁探测器进行安检，这就造成了我们所熟悉和唾弃的人为拥堵的场景。达拉斯－沃思堡机场随来随走，“泊车－起飞”的构想从未实现。

他们未能预见到的是前总统吉米·卡特于1978年10月24日签署了美国放松管制法案。航空公司的商业模式一夜之间就发生了变化，政府将不再决定机票价格或安排航线，该法案还一并消除了所有阻碍航空公司间竞争的法律障碍。立竿见影的效果就是压低了机票价格，新兴的航空公司迫使老牌航空公司竞相打折。即便在今天，伴随着燃油价格暴涨、行李运费增加以及几百架飞机地面维护费用的升高，在考虑了通货膨胀因素后，每英里的飞行成本也不过是当年的一半。据估计，乘客每年在这方面节省的费用高达200亿美元。

放松管制使得航空业在与其他各类长途旅行方式的竞争中大获全胜。从1960年开始，与乘火车和驾车相比，航空旅行的价格一直在稳步下降，尽管其成本是另外两种出行方式的2倍。然而，到2000年的时候，航空旅行在每英里的费用标准上彻底击败了另两种出行方式。我们的旅行偏好正在被改写：在美国，任何两个地方之间最近的距离就是通往最近的机场的距离。

布兰尼夫国际航空公司的命运见证了航空业的竞争。成立于1928年的布兰尼夫，作为达拉斯的本土航空公司，在放松管制之前一直是美国发展最快的航空公司。放松管制之后的第4年，该公司倒闭了，10年内陆续倒闭的还有包括东方航空和泛美航空在内的其他100多家航空公司。在面对航空业的第一场真正的风暴时，幸存的几家主要航空公司被迫变得更加强大（类似的风暴在接下来的几年中还会接踵而至）。

忽然之间，航班能够在城市间往返飞行，但是航空公司却发现这样的点对点航线很难盈利。美国航空公司是第一家尝试放弃直飞航线，转向中枢辐射式航线结构的航空公司。辐射式航线网络的优势是显著的：随着所服务城市数量的线性增长，航线数量呈指数增长，飞经枢纽机场的30架飞机可以飞500条不同的航线。可以想象的是，倘若有足够数量的飞机和跑道，一家航空公司就可以将全美所有城市联系起来，围绕达拉斯这样一个枢纽机场，就可以结成5万个城市对。对于城市而言，枢纽机场意味着许多新的目的地，以及针对它们提供的各种常规服务，可以提供比这些城市依靠自己的力量所能提供的数量多得多的航班。在互联网走出实验室之前很久，航空公司就开始研究"网络效应"和"先发优势"。在放松管制法案颁布后，美国航空公司就立即将总部搬到了达拉斯，并且在两年之后将达拉斯机场选定为其枢纽基地机场，从而填补了布兰尼夫国际航空公司留下的空白。集聚带来了巨大的规模经济效益。时至今日，美国航空公司是大都会区比沃尔玛还要大的私人雇主。

能与达拉斯竞争的枢纽机场，包括奥黑尔国际机场、亚特兰大国际机场、底特律国际机场以及丹佛国际机场。第一个意想不到的结果是乘客不习惯在机场进行短暂停留，直到达拉斯－沃思堡机场把强制停机时间包含在机票价格中时，乘客才习惯了航班延误和拥堵。枢纽功能给航站楼带来了难以想象的压力。过境旅客与其说是像潮汐那样涌入或涌出机场，还不如说是像一阵风似的从一个登机口转到另一个登机口。达拉斯－沃思堡机场的登机口无法承担这样的任务，因此要求到港乘客在两个登机口之间，步行1.6千米长的弧线路程或是乘坐狭窄的“机场快线”。为已经终结的喷气式飞机时代所建设的以“泊车－起飞”为布局特点的机场，在新时代需要一场深刻的变革。

乘客的短期停留带来了身体状态的变化，因为在这个混凝土构成的、能剥夺感觉的密闭空间里，一待就是几小时，时差的煎熬会加重这种感觉（人类在1959年才首次诊断出飞行时差问题）。枢纽机场提供了一个与此类似的环境，在那里人们的物理经验和人生经验都派不上用场。机场是记忆缺失的地方，没有过去，也没有未来，有的只是持续的当前状态，日复一日不断地提供着相同的选择，即航班、免税商品和快餐。在机场有很棒的购物中心，配有西装、连锁零售商店、连锁书店，以及出售纪念品的便利商店，为滞留在机场的乘客提供服务。在美国，最繁忙的枢纽机场每平方英尺[1]的销售额，与销售最火爆的购物中心不相上下。

这些商家做的是消磨时光的生意。道格拉斯·柯普兰是《X一代》的作者，他在奥黑尔机场经历过一次航班延误，他精练地描写了这种状态：

> 这是一次旅途中的短暂停留，前不着村，后不着店，是一个“虚无世界”。“虚无世界”指的是不情愿地闯入了远程运输的没有间断的无缝梦境，即洲际喷气式客机飞行……枢纽机场本质上说就是一种反经验，这完全是由技术上的要求以及燃油、航班时刻表、地球曲率和某地理位置上的事故等强制要求所造成的。枢纽机场是虚无世界，你与世界的联系只会发生在目的地，不会在枢纽机场。现在奥黑尔机场发生的一切就好像是在你刚刚死去之后，灵魂还没送到该送达的地方之前的状态，也好像是你的最终目的地还没有被决定之前的状态。这确切地说不是末日

〔1〕 1平方英尺≈0.093平方米。

审判，而是一种短暂的提纯状态，像是一种断裂、一种纯粹的中间状态，只是现在变得很具体，特别地具体了。

“虚无世界”这个词的发明为现代哲学家和学者提供了等待他们去挖掘的一丝隐喻。“9·11”事件之后，枢纽机场成了反恐的国内前线，成了我们对于流动性、匿名化、全球化焦虑的节点，以及对后者的不满。机场已经取代了公路，这代表国民性格中固有的不甘寂寞的特点。看到搬迁通知后，我们甚至不用费力去叫搬家卡车，未来我们需要的只是可携带登机的行李。

但是如果航班代表着自由、创新、自我更新（除了坐飞机逃跑），那么航站楼就已经演变成与归宿类似的东西了。枢纽机场不会永远是一片贫瘠的土地。金钱、无趣、“滞留时间”、数目庞大的人群，这些加在一起就是爱丽丝梦游仙境了：一个微缩版的镜中世界，那里有主题公园、购物中心、酒店。一旦通过安检，你就不需要离开机场，或者说你被允许留在那里。这就是汤姆·汉克斯在电影《幸福终点站》中所扮演的角色遇到的困境，一个没有国籍的人被困在一个官僚主义的“虚无世界”。

或者你可以从容地游走于各个枢纽机场，就像乔治·克鲁尼在电影《在云端》中饰演的瑞安·宾厄姆那样。他是一个人力资源外包公司的员工，帮助其他企业解聘员工，经常搭乘飞机，几乎每天往返于头等舱、机场贵宾室、酒店公寓、汽车租赁柜台和散布在枢纽机场周围的快餐店之间。在沃尔特·肯的原著小说里，宾厄姆把机场看成他的私人地盘：

> 我把这种场景、这种地方和这种风格称为航空世界。《今日美国》和《华尔街日报》是我家乡的报纸。机场贵宾室里的超大屏幕松下电视，报道我所需要的所有新闻，特别是那些有关市场和天气的新闻。我读的书是（我猜你读的也是）畅销书或是即将畅销的书，这些书都围绕着间谍、高端金融界或是小镇居民美德善行的主题。在航空世界中，我发现人们对外围社会的激情和热情先是被集中，随后又像泡沫一样消失掉。当剧院里或运动场上诞生了一位新秀时，巨大的报刊架上就开始上演各种各样的故事，就好像是为公众人物和美丽的脸蛋儿准备的交易大厅一样。我发现这里像其他任何地方一样，可以把自己想象成这些群体的一部分，

> 我可以把自己设想成是影响长期债券定价的一部分因素，管辖着只有领带宽度大小的集团，其他地方也是如此。航空世界是一个国中之国，有自己的语言、建筑、情感甚至货币，我觉得航空公司的里程积分代币比美元还要值钱。里程积分代币不用上税，通货膨胀也不会使其贬值，是最纯粹的私有财产。

航空世界也有自己的民众、风俗习惯、移民以及部落。航空世界的GDP远高于泰国和土耳其。它就是整个世界，同时又什么地方都不是，完全密封，同时又与自己的其他部分相连。如果航空大都市指的是在枢纽机场周围形成的城市，那么航空世界就是卡萨达所说的航空大都市新的市中心，而市中心的中心区就是日益城市化的航站楼。

我曾经踏上旅途去考察这些航空世界，我花了大半个月的时间流连其中，从一个机场飞到另一个机场，不停歇地周游世界。在戴高乐机场的一楼，我遇到了梅罕·纳塞瑞。这个在转机过程中迷失的人，给了斯蒂芬·斯皮尔伯格灵感，继而创作了电影《幸福终点站》。至此，他已经在航站楼的椅子上坐了17年，是世界的难民。

20亿人口的航空世界

谁会把航空世界称为家？传统意义上讲，没有人住在这儿，即便是纳塞瑞先生，现在也不住在这儿了，他几年前终于被人拉走了。我们只不过偶尔在此小憩一下，一般也就是一连待上2小时，所以也很难做一次精确的人口统计。

不管怎么测算，总数都是令人震惊的。2009年，世界各航空公司共运载了20多亿名乘客，这又创造了一项新的纪录。该数字相当于中国、美国和欧盟人口的总和。这个数字仅在20年内就翻了一番，在此前的10年里已经翻了一番（此后大量的飞机失事和法律问题接二连三地出现）。

2011年美国旅客量在7亿左右，离峰值还差10%，但仍为1980年的3

倍。乘客的增长比1980年以来的人口增长速度快5倍。在过去的30年里，此次金融危机之前，美国人乘飞机的英里数，只有在“9·11”事件之后下降过一次，20世纪80年代的石油短缺冲击和第一次海湾战争，都不曾使我们放慢脚步。航空旅行需要花费大量金钱，它是经济健康发展的主要指标之一。时局好的时候，人们乘飞机旅行的次数就增多，反之则减少。正因为如此，一周可能会有60万美国人搭飞机旅行，这个数字比密尔沃基的总人口数还多。

枢纽机场很容易成为世界最中心的地带，没有别处更能把我们集结起来。达拉斯-沃思堡机场每年大约运送6 000万乘客，相当于美国人口的1/5。希思罗机场的年客运量比英国的公民还多。世界最繁忙的枢纽机场——亚特兰大的哈特斯菲尔德-杰克逊机场，其日间旅客数比奥兰多的总人口数还多，该机场的年旅客吞吐量相当于一个世界排名第12的人口大国（该机场同时还是佐治亚州最大的雇主）。

这些数字不一定完全准确，存在重复统计的风险。媒体调查公司阿比创几年前做了一次比较准确的测算。该公司估计，在最近的12个月里，至少有9 200万美国人（这几乎是全美人口的1/3）至少搭乘过一次飞机。有一个标准，可以明白区分坐过和没坐过飞机的人：前者中有两成人的年收入可能在10万美元以上，一半以上的人年收入在5万美元以上；相比之下，后者年收入不足5万美元的占1/3。经常搭飞机的人（指一年乘坐4次或4次以上的人）非常有可能挣到6位数字的年薪。研究证实了一个在各国都得到验证的经验法则：越有钱的人搭飞机的次数越多。20世纪70年代，以色列经济学家雅科夫·扎卡维注意到，人们往往将可自由支配收入中的13%花在旅游上，这个比例在不同国家和地区都是相同的。当我们在人均国内生产总值基础上标注我们的旅行倾向的时候，我们就得到了如下页所示的图表。

全球中产阶级的迅速崛起表明在图表左侧的国家可以平稳地向右侧攀升，恰如美国在1980年至2000年的做法一样，当时美国可支配的收入增长了21%，我们在空中飞行的英里数翻了一番。原因是：时间就是金钱，我们越有钱，就越珍惜时间，越珍惜时间，搭飞机出行的可能性就越大。这就是为什么即使油价上涨，乘客的数量也会随着经济的发展而继续增长。飞机票价

旅游倾向增长潜力巨大

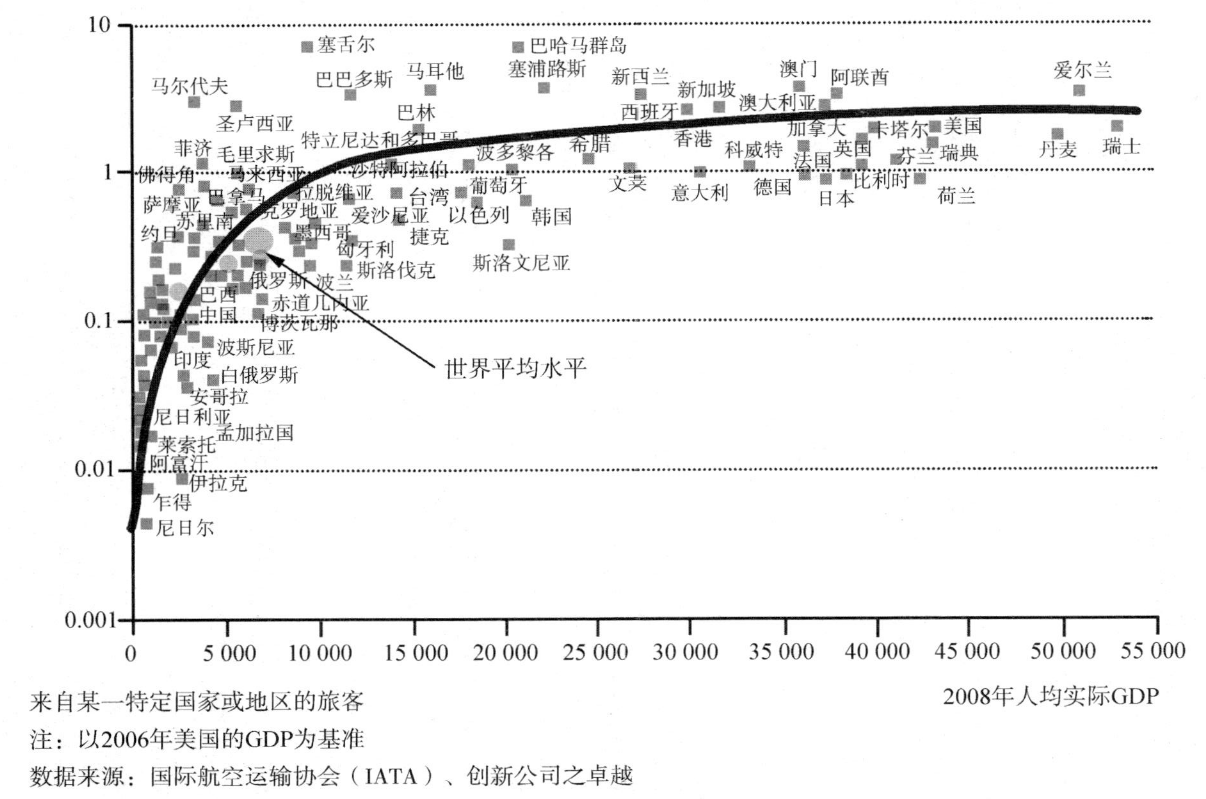

来自某一特定国家或地区的旅客

注：以2006年美国的GDP为基准

数据来源：国际航空运输协会（IATA）、创新公司之卓越先导行动计划（PAXIS）、环球透视（Global Insight）、空客（AIRBUS）

的上涨同样导致需求量的下降，但是 GDP 的上涨，可导致需求量以双倍的速度上升。按照这种标准，普通美国人（还有丹麦人、瑞士人和爱尔兰人）已成为乘飞机的常客。一年搭飞机旅行 4 次的人都不能算作是在航空世界里定居的人，航空世界的人口实际上是指像瑞安·宾厄姆那样的人，他们一年乘飞机旅行超过 40 次，这一社会阶层常被称为“商旅达人”。

周一早上他们乘飞机去上班，而不是开车去上班，早餐前很偶然地颠覆了一万年以来的文明。飞机诞生前，人类总是权衡流动性和家庭生活，后来，当流动速度加快的时候，尽管没有偏离家庭生活太多，颠覆的程度却越来越深。城市的规模和特点相应地发生着改变，但是我们的日常生活习惯已经根深蒂固。“商旅达人”对所有的这些进行了颠覆，他们在飞往全国各地的旅途中吃午餐，晚上又及时赶回家里吃晚餐。这种时空的割裂起初让人惊讶，社会学家阿尔文·托夫勒评论道：“历史上，距离从未变得如此接近。人与人之间的地理关系从未如此繁杂、脆弱和瞬时……我们正在培育新一代的游牧民族。”

在这个新的游牧民族中，绝大多数是中年男子，已婚，没有孩子，平均年收入是 7.87 万美元。据布鲁金斯学会计算，考虑通货膨胀后，这些人的时间价值是每小时 67 美元，这看起来很不错。除纽约和洛杉矶以外，达拉斯－沃思堡机场附近的居民最多，他们每小时的时间价值是 88 美元。据估计，大约有 30 万人在一生中会有 160 万千米或者更多的飞行里程，这相当于人类两次往返地球和月球的距离。他们是全球化进程中的红细胞，在航空世界这个大动脉里穿行。他们的每一次握手，都会把这个世界联系起来，他们不断地在谈天说地间结成新的群体。对于这些常年乘坐飞机往来的“商旅达人”来说，他们的目的地可能有所不同，但是对于枢纽机场的偏爱都是一样的。

为数不多的人，像电影《在云端》中的瑞恩·宾厄姆一样，可以实现遁逃，可以把家庭和世俗的财产远远地抛在身后。还有一个比较极端的例子，是关于管理学大师拉姆·查兰的，他最有名的著作是《执行力》一书。他的工作就像《木偶奇遇记》中陪伴匹诺曹的小蟋蟀杰米尼一样，他为了给通用电气公司原董事长杰克·韦尔奇以及花旗银行前主席约翰·里德那样的大客户服务，尽管每天的报酬可以达到两万美元，但是他却居无定所，每晚住在酒店或是飞机的头等舱里，假期也只能和客户的家人一起度过。他把脏衣服送到位于达拉斯的一间办公室，由一位他从来没见过的助手打理。每隔 3 天，助手们就会通过联邦快递给他邮寄干净的衬衫和西装，并且一定会根据他的行程提前几天到达目的站。这听起来很疯狂，但是 CEO 们愿意为他的光临买单。在他的书和大量客户（如杜邦、通用电气、威瑞森通信）之间，他轻声的几句建议就很有可能关系到你的入职或解雇。（《财富》杂志在随访一周后，把他称为“在世的最具影响力的管理咨询大师”。）他唯一的遗憾就是，在 30 年前，曾拒绝了美国航空公司给出的价值 10 万美元、终身有效的可以升级到头等舱的承诺。

任何像查兰这样常年乘坐飞机的人，都会痴迷于航空公司的客户忠诚计划。自从美国航空公司突发奇想地与经常搭乘他们飞机的乘客签订合同，该公司又增加了 6 000 万乘客。现在，航空公司的里程数也成为像货币一样的通货，这类现象不仅存在于航空世界，也存在于平板电视、洗衣机甚至钻戒市场。据估计，目前正在流通的航空代币有 17 万亿英里（约 27 万亿千米），这相当于去半人马座阿尔法星球 2/3 的路程。如果按照 1 美分 1 英里的比率象征性兑换，那就是1 700 亿美元（这比美国或德国的外汇储备还要多）。一年大约 6 400 万千米的旅行中，仅有一小部分真正实现了兑换。频繁乘机的乘客可获得精英级待遇，可以升级到头等舱或进入 VIP 旅客候机厅。随着时间的推移，飞机和航站楼已经进化成比过去更为独立的一系列的拥有门禁系统的社区；机场像连锁酒店和汽车租赁公司一样，乘客们可以频繁地进出。飞机和航站楼起到的作用是，让像宾厄姆一样崭露头角的人们，在这片贫瘠的土地上，从生活和狂欢中暂时脱离出来。如果剥去航空公司和机场的标识，人们会发现他们不过是坐在金属管道中飞行，在钢制的通道中穿行，开着别人的车，睡在别人刚刚腾空的房间里。这就不奇怪他们为什么钟情于这些地方的品牌，因为如果不是这样，他们就无法感觉到自己的存在。

“商旅达人”们曾经代表着各种各样的联系。公司总部派他们专门去从事比如帮助销售人员完成交易、到处求人或者清扫房间一类的脏活累活。在通信技术出现之前，由他们来负责传递信息，他们的身体在努力赶上数字信息的速度。我们大多数人那时都还太年轻，不记得喷气式飞机本身就是现代社会、生产线、动态事物的试金石。当我们适应了事物的新速度时，当旅途探险被商务出差和休闲旅行所取代时，当我们变成全球化大机器中一个啮合的齿轮时，喷气式飞机时代就结束了。《时代》周刊曾经预测，喷气式飞机的到来把世界缩小了40%，世界好像是平的。过去，航空旅行的速度让人炫目，现在，对于永远在旅行的我们来说，那还是太慢了。颇具讽刺意味的是，飞机客舱曾一度成为我们远离黑莓手机的最大避难所，但是后来我们又屈服于客舱的无线网络。我们如此怀念逝去的时代，是因为对于我们的速度情结来说，喷气式飞机时代曾经是那样鲜活的繁荣时期。后来，我们又迷恋上了没有分离的无缝世界，放弃了随时去往他处的自由，因为我们具备了一直停留在“虚无世界”的能力。换句话说，我们生活在一个“速度时代”。

马修·凯利是阿利克斯伙伴咨询公司负责处理通用汽车配件方面业务的咨询顾问，他每周都会出差。凯利30多岁，已婚，住在布鲁克林的一套公寓里。每周一凌晨4点起床，淋浴、穿好衣服后，4点半坐进等在外面的出租车，5点到达纽约拉瓜迪亚机场，快速通过安检，5点半登机，8点半降落在亚特兰大机场或堪萨斯威奇托机场，1小时后走进客户的办公室。他随身携带的行李很轻便，只有一台笔记本电脑，在去酒店的路上才去干洗店取干净的衣服。3天后，他搭乘下午4点40分的飞机回家。周四夜里的航班通常被称作“咨询师特快航班”，登机时总是没有足够的头等舱座位。如果航班不出现延误，他7点就可以落地，30分钟后就可以到家（如果仍把这称为家的话）。周五在曼哈顿上班，周末他就窝在沙发里。

在纽约拉瓜迪亚机场，大多数的周一，达美航空公司航站楼里的气氛就像是电影《革命之路》中展现的格林尼治火车站的站台一样。如果偶然遇到大家都在争先使用咖啡机，凯利会点头并且向他的同事问好，然而他们的老板“只是埋头在《华尔街日报》或者《时代》周刊中”。凯利告诉我，“他们一直忙于这些事，没有人知道要持续多久。这里有一个通用电气集团的高工，他在这里已经做了10年了，和我们其他人一起往返于空中”，也包括他们公司重组团队的领导。“底特律是咨询师灭亡的地方”，然后就会有其他人飞过去给他们收拾残局。这些做苦差事的咨询师们戏称早上 7 点 29 分的航班为“苦难客车”，每周都运载着一批银行家、咨询师和处理破产诉讼的律师（每一次经济萧条都能在通勤车的旅客类型上有所体现：曾经有一段时间，搭乘这个航班的都是去华盛顿法院出庭诉讼的银行家们，一时间飞机上人满为患）。不管哪儿的场景，“都是一群三四十岁的人，蓝衬衫、灰裤子、短发，看上去很干净，但是由于此前的飞行和工作，个个看上去都疲惫不堪”。要么一直奔波在路上，要么就在办公室里，思考再三才能想起来他们的家庭生活。

咨询师们是完美的“商旅达人”。他们是天才的化身，将专业知识或者是新鲜的视角和最佳的实践，转化在可以操作的幻灯片上。这些幻灯片是由咨询师单独演示给总裁的。他们的工作就是在客户办公室做一系列“约定的事情”，可能持续几个月，也可能持续几年。支付他们薪水的标准不是要他们只是简单地参与到已有业务中，而是要去搞定公司做不到的事。

凯利 8 年前在伦敦开始从事这一行，范围延伸到很远的地方（就像波兰人和罗马人在苏联时代建的钢材厂房一样远）。从那以后，他又去过德国的杜塞尔多夫和慕尼黑，然后又被派回美国本土的底特律和印第安纳波利斯，最后长期派驻达拉斯和亚特兰大。

在一次飞行前，凯利打电话跟我说：“坐在办公桌前，日复一日地去同一间办公室，然后就能赚大钱的想法已经成为历史了。我的同事也要先去欧洲一周，再去巴西。如果你任职于一家全球化的公司（很有可能是），那么从公司的中层主管往上，当你有任何职责在身时，你就得去‘旅行’。”他的观点与以前参加《哈佛商业评论》问卷调查的 2 000 名“商旅达人”不谋而合。首席执行官、小企业主、销售人员都预计在接下来的几个月中会搭乘更多的航班。

凯利补充道：“如果你的老板或客户想看到你在办公室工作，你可以这么应对：‘我的工作地点在莫林，而且最重要的是我的工作业绩。’虽然这样说也很好，但是老板们都希望自己支付给你的工资没有白付，而且希望看到你一直坐在办公室里努力地工作。”凯利发现在没有先建立起信任和现场说服力之前，身处外地工作的你就很难应付这种事情。“你得待在办公室，一直跟他们谈。很多时候，唯一奏效的方法就是站在他们身后，一直问‘这样可以吗？这样可以吗?’很多时候，我就是一直跟他们谈，直到他们自己完成需要的工作。”

花旗集团在曼哈顿的主管吉姆·塔姆，花了16年时间通过远程通信给员工喋喋不休地布置工作。花旗集团这个金融巨头拥有众多的收购项目，塔姆被派到了其中一个比较遥远的收购项目处工作，后来就开始在达拉斯和新泽西之间来回通勤，他说“我终于发现了一种更好的生活方式”。他辞职去了达拉斯，过起了“在云端”的生活。他在休斯敦的卡斯特尔银行系统公司工作，负责销售房屋抵押债券，每周二和周四都要在两地之间往返。“这跟搭乘长岛列车差不多，我住在长岛的时候，是在站台上等火车；现在我在智利餐厅或地铁上等飞机，在登机前随便吃个三明治。我一半时间都待在达拉斯，另一半时间待在其他地方。”在新奥尔良或阿尔伯克基（或客户所在的其他任何地方），网上销售产品是不行的。

塔姆和太太住在南湖市，这个地方是他太太在网上搜出来的地点。南湖是美国最富裕的郊区，坐落在葡萄藤湖的南岸，离最近机场的跑道不到1.6千米。进近航道之下有一个城市广场（环绕市政厅的露天购物中心），还有一座耗资1 500万美元的巨龙球场，南湖卡罗尔高中占据主场优势，这个队是尤勒斯三一教会高中汤加队的主要对手。

他们也是达拉斯－沃思堡的孩子。50多年前，这里还是一片牧场。在计划开建新机场的那一年，南湖聘了第一位警长。今天，这里有2.5万名居民。自1990年以来，该地区的人口增长了257%，尤勒斯则增长了3倍之多。他们是典型的新南湖奋斗者。不久前，某杂志就“为什么你应该恨南湖”给出了答案：“因为与你们的孩子相比，这些孩子越来越强壮，越来越聪明，并且越来越好看。”当尤勒斯的父母们从事着行李搬运这样辛苦的工作时，其最大的雇主是萨柏瑞控股公司。萨柏瑞搬运公司是这里最大的雇主，起初还经营着航空公司订票业务，以及最早的在线旅游公司。

塔姆说：“纽约人仍旧认为这里是西部荒原，在我所在的街区，10个人里有9个不是得克萨斯人。”他的一个邻居从外地出差飞回城镇，就是为了看儿子的棒球比赛，然后再飞回去。这全靠他拥有的那三架喷气式飞机。另一个是房地产开发商，名叫罗恩·皮迪考德，他把家从多伦多搬回美国。他妻子是一个高管教练，他和妻子到处寻找一个合适的城市安家，他们要考虑如下问题：学校、气候、住宅、距离最近机场有多远、机场有多少航班、航班延误情况如何。最佳的选址方案都是在枢纽机场，如辛辛那提、亚特兰大、夏洛特。罗恩·皮迪考德需要每周往返于得克萨斯和在加拿大的工作地，以便周四晚上能及时飞回家给他儿子的篮球队当教练。

罗恩·皮迪考德对《商业周刊》的记者说："你会认为我住在达拉斯，在多伦多上班是天方夜谭，其实这不算什么。在我儿子的篮球队里，有一个孩子的爸爸，其公司总部在马萨诸塞州，而他大部分时间都在法国。这虽然不太正常，但也已经不是什么奇怪的事儿了。"

最起码在这儿是不足为奇的。南湖的发展就像是一个教科书式的"勒罗维尔"。勒罗维尔是大师设计的小区，居民是"勒罗人"，这些有组织的男男女女定期地被老板重新分配并且派出去工作。勒罗人属于中产阶级中少数享有特权的人，这些中产阶级仍然抱有爬上更高层的信心。他们的记录者彼得·奇伯把他们描述为"国家和世界商业的突击队，追踪并且收集市场信息的被迫入伍者"。他补充道："美国对外贸易额从1970年的3 740亿美元，攀升至2007年的3.3万亿美元。这就得有人来买卖商品及服务、谈判合同、运作市场以及进行广告活动，并且对公司财务进行管理。"

现代流动工作者起源于IBM的基层员工，这些人曾经被认为是几个单词的首字母组成的，这几个单词的意思是"我是流动的"。比起他们身着灰色法兰绒套装的前辈来说，这些管理人员是流动性较大的群体。例如塔姆和罗恩，他们常常刚刚去了一个地方，又得马上去另一个地方（通常是自己主动去的）。他们的共同点是他们都是外地人。奇伯写道："这些管理人才没有方言，不管他们去哪儿，都没有归属感。他们的孩子也不知道他们算是哪儿的人。"他们得到的补偿是6位数字的薪金和低息抵押贷款，他们上的是排行前12位的大学，但不是常青藤盟校，以2:1的比例投票给共和党人。这些管理人员与"商旅达人"有些地方是相同的，"靠从事管理工作养家糊口，绝大多数年龄在30~50岁，白人"。奇伯估计有1 000万这样疲于奔命的管理人员，在美国每25个勒罗人中就有6个住在大都会区，这比任何一个城市都要多。

流动性工作者组成的城市，例如南湖，居民们聚集在封闭的社区里，家庭人口和开支是全国平均水平的2倍多，他们开的租赁车被用来抵付更大车的一部分价钱。当吉姆·塔姆看着自己在达拉斯和休斯敦之间追逐美国梦的时候，不利的一面是公司债券走低，还有社区和家庭生活水平的下降，住宅、分公司、办公室甚至城市都变成了闲置资本。生活的持久性就像一张机票，在航空大都市，这不足为奇，甚至是很正常的。

奇怪的是，有时候他们都没有固定往返的地方，当大卫·陶普斯需要新客户时，他就会往返于各地。作为“咨询师、培训师和教练”，他在所提供的服务中打造“个人品牌”。为了招揽生意，陶普斯坐头等舱。他对《纽约时报》解释道，“我可以把1.5万美元花在网络营销上，或者把1 000美元花在乘飞机旅行上，乘坐有很多经停点的飞机，然后带着许多商业名片和商务联系满载而归”。

会议、商业中心和市场

在航空世界里旅行，总能看到些怪事。机场宾馆为满足转机乘客的需要，变成了一流的会议中心和集会场所。航空世界的重大意义不只是每年接待3.2亿人乘飞机去参加商务会议（这个客流量多于美国的人口总和），商务旅行给美国创汇2 610亿美元，就全世界而言，应该有上万亿美元。我在达拉斯－沃思堡机场的君悦酒店（这座酒店就像是镶嵌在新国际航站楼外的一块黑色缟玛瑙石）住了一周。其间，会议室被美国AB人工耳蜗公司、美国心脏协会、美国电话电报公司和高仪雅欧等公司和机构预订，这还仅是以A字母开头的公司的预订情况。

我每天早晨在大厅里喝着咖啡，无意识地听到那些招聘面试谈话，面试官在标准的记录簿上草草地记下求职者所谓坦诚的自身缺点（比如“如果说我有什么缺点，那就是工作太努力了”）。令人费解的是，在这一两个小时里，双方是否清楚地知道面试的目的呢？周围环境嘈杂，就像是在网上的聊天室。

母亲告诉我，“宾馆是会议策划者的梦想之地”。她也明白这一点，所以常把会议安排在那里。我母亲是国际注册商业房地产投资师协会（CCIM）的常务理事，这些经纪人大多是男性，她说：“这些男性买卖办公大楼、高尔夫球场、购物中心和带状商业区，这些都在类似达拉斯这样的阳光地带的城市中建成、转手、再筹资金和被迫关门。”

对于长达 24 小时的预算委员会峰会来说，君悦酒店十分理想。成员们下午两点下飞机，直到晚餐时都在工作，在第二天早餐时解决一些细节问题，到午餐时顺利完成所有工作，会议及时完成，好去赶下午的航班。（这些秘密会议你也可以在大厅里听到，我在丹佛曾偷偷看过一次这样的会议，看见一个小头目站在那里用衬衫袖子挡着脸低吼着告诫部下：“我们去年被折磨惨了！”）

我问：为什么一定要费力亲临会议呢？就不能安排电话会议吗？我母亲回答说：“这倒是一个合理的问题，但是大多数委员会都是由 25 人组成的，很难将他们都集结在线，最有效的做法就是将他们集中在同一间屋子里。”

母亲刚刚从达拉斯完成调查任务飞回家，春季会议又临近了，届时会有三四百人在此停留一周，召开研讨会、提供免费酒水、举办宴会。她选定大都会区作为枢纽机场，而君悦酒店不再接单，代表们为此变得焦躁不安。他们很想通过打高尔夫球、观光游览等纯粹消磨时间和花费金钱的活动来抵消长时间商务工作的疲惫（这些都包括在宾馆登记费用中了），因此他们会挤满沃思堡商业区一家新开的奥尼酒店，这里有足够的酒吧和美食，每个人都会开心的。

母亲对我说：“这些人要聚在一起，最大原因是为了拉近关系。”CCIM 在 33 个国家和 50 个州有 1.9 万名会员。“他们想面对面地接触，研讨会本身不那么重要。研讨会期间，他们查收电子邮件、接电话（回到家都忙着谈生意，彼此不甚关注）。在他们看来，最重要的就是在那儿见个面。”

当她签合同时，奥尼酒店的进展还只是在选址层面，为小心起见，她仔细观察着达拉斯-沃思堡机场周边地区的其他可用酒店，先看到了盖洛德-得州酒店，来宾们可能会误认为它是一座有穹顶的体育场。该酒店紧挨着机场北边的防护栏，它是世界上最大、最奢华的酒店之一，2004 年建成，耗资近 5 亿美元。在酒店的玻璃天窗下有一个主题公园，布满按比例缩小的阿拉莫和潘汉德尔的帕洛杜若峡谷国家公园复制品，酒吧、舞厅和小型会议室散布在公园各处。酒店几乎只向参加会议的人群提供服务，这些设施在 1 500 个房间中占去了 1 200 个。在一个典型的工作日，你可以看到汉瑞祥公司（一个有着 500 名批发商的牙科设备供货商）的几千名雇员，他们都戴着印有“007 团结起来”的体育徽章。

盖洛德娱乐公司在纳什维尔、奥兰多和华盛顿郊外都拥有众多的旅游资源，公司长期战略是在全美各地，为企业定期会议遍布足够的网点。为了这个目标，公司在亚利桑那州靠近菲尼克斯的一个叫梅萨的地方，建起了一座世界上第 5 个造价达到 10 亿美元的酒店，成为该地区航空大都市最引人注目的建筑。除拉斯韦加斯以外，菲尼克斯是该州和阳光地带各州中最大的城市。鉴于盖洛德公司已经借用了赌场的经营模式，那么建设该酒店的巨额花费也就似乎没什么不妥了。

这不是博彩业，罪恶之城最龌龊的秘诀是慢慢地洗刷掉罪名。“赌博”与拉斯韦加斯的关联越来越少，2010 年博彩业在拉斯韦加斯商业总收入中还未占到一半。韦恩、米高梅和金沙等赌场酒店拿着从老虎机里赚的钱，在它们的娱乐场所里摆满了奢侈品牌：阿玛尼、美国第一厨具品牌 Wolfgang Puck，索拉奇艺坊以及 Canyon Ranch 温泉会所等。为了取悦股东，这里成为酒店的贸易中心，酒店里每周能住进 14 万人，很自然，他们都是参加会议的代表。

自 20 多年前依托超大度假胜地的第一次会议召开后，游客的数量紧随航空旅客数量的增长而翻了一番，与会者数量达到了之前的 4 倍，会议数量增加了 7 倍。拉斯韦加斯主办了全美 200 个最大的贸易展览会中的近 1/4，年产值 80 亿美元，超过了拉斯韦加斯大道上所有赌场的收入（卡萨达在关注拉斯韦加斯大道的同时，还注意到了邻近机场跑道延长线上一条已经铺设好的道路）。各个行业经常聚集在这里，为一笔生意而疯狂工作几天。最引人注目的一次是无线技术展览会，有 4 万名带着手机的幻想家来到这里，他们都认为地理位置不再重要。他们与会是因为即使最偶然的相遇，也会产生一个潜在的合作伙伴、投资者或者需求方，但这些联系必须通过面对面才能实现。交易的成功需要依托于相互信任，必须同处一室，才能建立这种信任。拉斯韦加斯可以提供很多这样的房间。

拉斯韦加斯最有意义的城市纪念不是卢克索酒店的黑曜石金字塔，也不是韦恩酒店的青铜弯塔，而是霍华德·休斯时代会议中心，它正在进行第14次扩建。此次扩建将耗资8.9亿美元，超过了纽约、芝加哥和奥兰多的会议中心造价，这里机场的美好前景指日可待。麦卡伦国际机场已经被拉斯韦加斯大道环绕，正在考虑建设第二机场，麦卡伦国际机场被这片地带包围着。拉斯韦加斯或许已经因为是沙漠中的绿洲而出名，但它未来的发展要完全依靠自身的枢纽角色。

达拉斯有自己独特的魅力。在达拉斯－沃思堡机场和市中心之间，史蒂蒙斯高速公路旁，赫然耸立着达拉斯世贸中心，外观看上去像一个倒置的婚礼蛋糕，其内部结构像蜂巢一样，每个“巢室”里都塞满了布料、餐具、小装饰品、玩具、首饰、床、浴盆等商品。有的店铺只卖香味蜡烛，有的卖男士润肤露，还有的卖茶道用品。楼层越高产品越精致，适合的场合越多，从婚礼长袍、波洛领带，一直到令人眼花缭乱的粗布纹棉布。达拉斯世贸中心共有15层，其中包括2 300个陈列室，存放着3.5万个产品系列。但与美国摩尔相比，达拉斯世贸中心相形见绌，它一年中有4/5的时间停业，只有当来自全国各地的5万名职业买家齐聚于此时，这儿才能繁荣起来，这些买家看上去就像希区柯克的电影《鸟》中那些疯狂的麻雀一样。

达拉斯世贸中心位于达拉斯博览中心的核心区，是世界上最大的批发市场。与芝加哥的商品市场一样（前者无论在规模还是在重要性上都超过了后者），它平时不对公众开放，只在贸易展览时开放，从而把全世界零售连锁业的买家吸引过来。与巴黎和纽约不同，这里的T形台上展示的服装都是普通人日常穿的。买家不是来自纽约的巴尼斯精品店、伦敦的哈洛德百货公司或者高岛屋百货商店这类高级商场，而是来自山姆会员店、潘尼百货公司以及迪德拉百货商店这类普通商店。这些买家不会争抢前排座位，他们更愿意在展览间隙的午饭时间扫视一下展示的商品。模特们走着猫步穿梭于美食广场的各张桌子，这里就是1963年11月22日肯尼迪总统的车队出发赴午宴的地方。

除了世贸中心，这里还有国际花卉和礼品中心，被誉为“世界上最大的永久植物园”。在厚厚的玻璃后面，是一个大约占 4.65 公顷的北方气候带森林，由电子圣诞老人看守。我的导游开玩笑地问道：“圣诞树是从哪里来的?”“从这儿来的。”这里的照明灯工业也很发达，自称为“国际家居照明中心”。当沃尔玛、家得宝、亚马逊和全食超市决定在货架上储存商品时，就会在“家居和礼品交易会”期间到这里来采购。

达拉斯先决定生产什么、生产多少，之后才在中国制造，并经过孟菲斯国际机场、路易斯维尔国际机场进行运输。那些悄悄地进出小镇的代理商，在由设计、营销、制造、分销、零售渠道构成的全球供应链中，是无形但十分重要的环节，他们决定了怎么买、买什么以及为什么买。人们日常使用的，类似玫瑰花图案的丝质手机套、乐器贝斯、舞会礼服等商品都来自博览中心。每年大约有 40 万人经过这里的展览馆，签下 80 亿美元的订单，预订 30 万张机票，在邻近酒店住 72 万个夜晚。货物未动，人先行，来去都乘飞机。

在工厂迁往中国之前，北卡罗来纳的高点市（High Point）是“世界家具之都”。现在半年一次的高点市场仍能吸引 10 万游客，但交易会已经转移到了达拉斯。达拉斯市博览中心提供了高点市提供不了的——可以“更快、更高效地整合规模、密度和可达性”的枢纽机场。

这是 1953 年达拉斯的室内装潢设计师和批发商所想的。当时他们接触了当地的一家房地产开发商崔梅尔·克罗，想建设一个足以媲美高点市场和丹佛商品市场的项目。崔梅尔·克罗两天后拿出了达拉斯装饰中心的设计草图，作为商业综合体的第一个板块。随后的 30 年里，崔梅尔·克罗和他的合伙人约翰·M. 史蒂蒙斯一起，建设了 93 万平方米的会展空间，还有一座大都会区最大的酒店，也就是盖洛德 - 得州酒店。

早在联邦快递和如今的拉斯韦加斯之前，克罗就洞悉了一切：在枢纽机场附近，人们可以像包裹一样被分类、运送和储存。为了节省时间和金钱，一定会这样做的。在克罗的一系列项目中，最核心的是仓库和批发市场（二者都是商业运行的基础）。克罗把资产视作商品，该公司成了最大的房地产投机商，在还没找到租客之前，就匆忙投入建设，他也是第一个全球化房地产商。20 世纪 70 年代早期，在其鼎盛时期，凭借他不富足的财产，令人难以置信地掌控着 5 100 万平方米的机场酒店、办公大楼、购物广场和购物中心，这是一个比曼哈顿商业空间还要庞大的商业帝国。1974 年，他买下了合伙人史蒂蒙斯的股份，因为后者在世贸中心（博览中心规划中的最后一个板块）的造价面前犹豫了。克罗勇往直前，将他的事业全部押在了那年刚运营的达拉斯 - 沃思堡国际机场上，然后他赢了。

克罗 2009 年去世的时候，《达拉斯早报》评论道："单枪匹马，他造就了达拉斯。"但是他最伟大的传奇是在亚特兰大实现的，在那里，他后来的合伙人约翰 · 波特曼推出了世界上第一个中庭酒店，也就是第一个凯悦酒店（酒店创始人杰 · 普利兹克在咖啡馆里等飞机时买下了洛杉矶国际机场边上的老凯悦旅馆）。波特曼的创新得到了同行们的高度赞扬，虽然现在已经是陈词滥调了。你肯定知道这种类型的酒店，"房屋沿着边缘建造，中间是一块空地，装饰着空中花园和观光电梯"。现在还一直以那样的方式在建设。上海金茂君悦大酒店，位于浦东的金茂大厦高层最后的 30 层，一直是世界上最高的酒店。

有克罗强大的资金支持，波特曼在亚特兰大市中心建了一个又一个街区，建设了一系列类似的酒店、会议中心，一个"美国商品交易中心"和一些小咖啡吧，所有的建筑都通过过街天桥和前厅连接在一起。他在 1976 年完成了桃树中心的建设，这是一个完全密闭的"中心"，被世界各地广泛克隆。他把市区建成了一个枢纽，这可以在任何地方无限重复建设且有利可图。凭借这些，以波特曼为标志的街区建设方案成为航空世界这个虚无世界地理空间中的通用语言。

卡萨达原理和马切提常量

事情的发展似乎不应该如此。科技正在通过连接和缩小世界包裹着我们，从而解救我们。世界变平了，"商旅达人"似乎可以把他们的白金勋章改成犁头了。不过，这还尚未发生。

过去的20年里，电子邮件和视频会议将取代面对面的会议需求，这一观点我们听了无数次。美国电话电报公司曾承诺，我们可以在海滩参加这种会议，但我们没有。最近，思科公司登出了广告展示网络会议，那感觉就像是中国在玻璃的另一侧向我们挥手一样。当出差预算削减、报销账单冻结的时候，这是很有诱惑力的幻想。但是新科技也是问题的一部分，而不是解决方案。

联系是人们永恒的需要，这本身是一个悖论。姑且将此称为卡萨达连接理论：从最为原始的“商务神经系统”——电报开始，每一种技术都试图通过电子的方式来缩短距离，并激发人类不断地自我超越。互联网是终极范例。互联网发展的过程中，如果说前10年受到了电子商务的影响，产生了任何人都想不到的更多的商品空运，那么接着的10年则受到了社交网络Web 2.0的驱动。脸谱网是社交网络Web 2.0的代表，在5年内增加了5亿用户，这一数字相当于整个网络用户的1/3，这些人累计在网站上消磨掉了230亿分钟，大约是4.4万年。如果你添加涂鸦墙、状态更新、每日新鲜事等应用，那么链接数量会很快蹿至万亿。几年前，这些微弱的联系并不存在，那时大家还扯不上什么关系。

脸谱网是首个（或可能是最后一个）用来关注你所遇到的每一个人的工具。就目前它所提供的方便、免费的远程视频而言，脸谱网是无与伦比的。同时它也增强了我们的旅游偏好。在网络盛行的岁月里，全球航空游客的数量已经上升了83%。在面对恐怖主义以及全球经济受损时，数量才短暂地稳定下来。由于网络的发明，每年上亿人喜欢上了飞行。这并不是巧合，而是必然联系。对于远距离关系而言，技术不过是出发点，它激发了我们的好奇心，但并未能满足我们的好奇心，相反却使得我们更想去乘飞机旅行。

卡萨达理论有一个结论：无论是通过电话或者邮件，或者两者在手持通信工具上发出信息，都将会产生面对面的见面机会。脸谱网上造访的朋友，会成为现实中的朋友。推特网鸟鸣般的信号召来了跟帖者，促进了联系和商务旅行。万亿次的联系导致了百亿次的空中飞行。我们联系得越多，飞行的次数不会减少，只会更多。那么按照目前的速度，互联网将以代替纸张的速度让商务旅行过时。

然而，没人测算过准确的速度，但常出差的人肯定对此深信不疑。互联网使人们在任何地方都能做生意，但是最后你还必须当面敲定，而且你也更想知道真相。彼得·山克曼是一位期刊的主办人，也是社交网络的布道客，他说，“因为我愿意在最后时刻花10小时飞过去，所以我有很多工作要做。”他刷爆了脸谱网上的朋友，在推特网上有8.8万名粉丝。如果他愿意，他可以待在家中做礼拜，但是“如果你们邀请我的话，我更愿意出去走走，网络区分了男人和男孩”。他期待可以突破在空中飞行64万千米的纪录，而且作为康奈尔大学的老教授，他很支持卡萨达的理念：“直到你看见对方，这笔交易才会完成。因为只有这样，你才知道你做的是不是一件正确的事情。”

对于卡萨达的理论，没人比科技管理者更了解，但最具讽刺意味的是，他们这些人几乎是最活跃的飞机乘客。卡萨达的研究表明，高科技员工的乘飞机出行率比普通人高出400%，尤其是像硅谷、奥斯丁、波士顿以及罗利－德罕等行业孵化中心之间。20世纪90年代早期，加利福尼亚州赛普拉斯半导体公司的创始人罗杰斯，每周都要在达拉斯－沃思堡国际机场坐飞机，他对机场的连通性大为抱怨。为此，美国航空公司开始运营“Nerd Birds”航班。后来他游说议会，希望在圣约瑟和奥斯丁之间设立直飞航班。航空公司很不情愿地给他开了一条航线，当一个航班的客票销售一空之后，不得不再给他开通一班。不久以后，他的竞争对手超微半导体公司（也是英特尔的最大竞争对手），在这条航线上每年进行了约2万次飞行。在一项乘客调查中，1/3被调查者确认曾经乘坐过这一航班，另外的1/3被调查者认为自己可能乘坐过类似航班。

航空公司毫不犹豫地开通了到达纽约、西雅图和杜勒斯的直达航班。考虑到在空中飞行的时间，许多高科技从业者心甘情愿地搬到了枢纽机场附近。交通运输分析师肯尼斯·巴顿和罗杰·斯托的研究表明，在美国56个有类似枢纽机场的城市里，高科技员工总数平均增加了1.2万。城市的连通性，给当地的人才库增加了诸如雅虎、易趣以及超微半导体公司所雇用的高科技人才。有一些枢纽更大一些，如达拉斯，拥有将近2万名高科技人员，这相当于达拉斯－沃思堡国际机场开放前谷歌或亚马逊公司的全部员工数。

为什么这些员工会飞得这么频繁？因为他们在这些不断新生的行业里辛苦劳作。高科技就是流血的刀刃，在这个领域内，突破是刹那间的，但是随即就会被超越。即便是高科技人员，他们也不可能使用邮件沟通一切。创新依赖于合作，高科技依赖于更高程度的联络和面对面的沟通。同时，激烈的竞争要求他们在全世界范围内追逐一流精英和寻求最好的价格。促使全球运作更为容易的那些工具，也促使他们必须踏上飞机出行。

松岛新城是韩国海滨崛起不久的航空大都市，在那里我遇到一位行政主管维姆·艾尔弗雷克，他是思科公司全球化首席总裁，主要负责在班加鲁鲁开发新市场和新客户。通过公司的远程视频屏幕，这位荷兰人在家中主持大多数的会议。他的座右铭之一是“不要为了计算一些数据来回跑”，可是他还是来到了松岛新城，每周一次与人见面交流。没有任何商务旅行的远程视频会怎样呢？

艾尔弗雷克认为：“旅行量是不会减少的，但必须变得更加高效。每周我通过远程视频检查数据和项目（此类事情就不需要我的人为此而飞往那里）。但是，如果举行战略性会议，我们必须在一起参加晚宴、散步、休息，保持创造力。人们认为远程视频的出现会促使出差这件事淡出我们的生活，其实不然，远程视频的出现只会增加出差，并代替部分出差。”

软件行业被城市规划者梅尔文·韦伯称为“虚拟社区”，或者称为没有地域感的社区。20世纪60年代初期，也就是喷气式飞机时代的蓬勃期，那时出版的一系列报纸上，提出了对“社区”定义的重新思考。当时他在伯克利大学教书，目睹了高速公路、长途电话和飞机这些被称作“可免费支出的账户”，是如何降低了城市人口密度和削弱了历史传统意义上城市存在的理由，并如何为城市扩张铺平了道路的。他认为这是一件好事。

流动性为我们提供了选择，包括可以有机会为自己选择和地理位置无关的社区。虚拟社区由专业、家族和娱乐等纽带促成，他们是通过嗜好而不是区位联系在一起的。韦伯所处的虚拟社区的建设标准，是像他一样飞来飞去的专业人员，他们在不同国家的会议间穿梭。现在最鲜明的虚拟社区是无处不在的脸谱网。

韦伯是第一个意识到远程通信和航空飞行扩大了全球交往范围的人物。人们可以通过乘坐飞机四处流动，并通过飞行再度聚合。他发现在航线密集的国家：

> 当人们可以远距离保持交流，当他们可以在需要时很容易地处于面对面的位置，那么他们之间的一切障碍物都变得微不足道，不管这障碍物是绿地还是房屋，抑或是工厂。尽管洛杉矶与纽约之间相隔4 000千米，它依然是美国的整个城市系统中必不可少的一部分。在洛斯阿拉莫斯的研究者，同样是全球原子物理学家社区的一部分，这就像有些物理学家恰好住在伯克利或阿尔贡一样。

事实上，10年后互联网的发明也正是由于有这样一群拥有同样爱好的人。无论在哪里，已经习惯于紧密联系的他们，无法忍受等待直到召开会议才能分享数据和新发现。他们建立了首个在线社区，取代了广泛分散的社区。

韦伯关于这种社区的理论就是：在线社区要比由从未谋面的邻居构成的社区更加生动和紧密，更能找到自我。按照这种理念，批发商、购物中心的开发者、拉斯韦加斯的游客和高技术工人都形成了他们各自的社区，不需要飞机将他们聚集在一起，他们自己就可以有机地运行。

鉴于此，韦伯想要摒弃陈旧的城市规划模式，开创全新模式。他坚持认为，一个城市的时空连续性是相对的，但规划者把时空连续性看成是绝对的。他想要以“弹性距离”的概念来纠正规划者的这一观点，这是一种更灵活的空间思考方式。所在的位置不是最重要的，连通性才更胜一筹，后者拓展了人们日常生活的范围和机会。解决不均衡的第一步是增加流动性，汽车和四通八达的高速公路是一个很好的体现。扩张是一种进步的象征。

关于“弹性距离”的观点，韦伯是正确的。数十年后，他的理论得到了意大利物理学家塞萨雷·马切提的支持，此人提出了人类活动的1小时规则，即“当走路成为我们唯一的选择，一个人每小时步行可能不到3英里（4.8千米）”。他兴奋地注意到，这正是古代城市的直径距离，古代城市的宽度就是1小时内从城市边缘往返市中心的距离。他借用经济学家雅科夫·扎卡维的经验主义著作，证明所展示的城市模式是着眼于历史的。我们花费在交通上的时间从没有改变，改变的只是我们的交通模式。1800 年的柏林是一个紧凑、适宜步行的城市，但是随着马车甚至是电车、汽车和地铁的出现，这个城市从启蒙运动时期开始迅速扩张。1950 年，柏林的直径就是 150 年前的 10 倍了，但横穿整个城市仍然只需要 1 小时。从此这个规则被称为马切提常量。

马切提坚持认为，“世界统一原则”是交通而不是交流。他同意卡萨达所说的，“在过去 20 年中的交流爆炸、交通扩张从来没有减少，从另一方面说，人们有向一起聚合的趋势”。例如在法国，自从拿破仑战争后，每年信息的发送量与出行距离呈现出高度相关的同步增长态势。

如果遵守马切提常量，那么城市大小似乎并没有上限。墨西哥城是一个拥有约 2 000 万人口的大都市，人口密度达到了哈德良在位时期的罗马。作为一个畅想性实验，马切提构想了连接东京和大阪的单向距离都是不到 1 小时的磁悬浮新干线火车，这有点类似于纽约典型的通勤交通。从功能上而言，这种模式能够创造出 1 亿人口的城市。

为了应对爱尔兰的瑞安航空的竞争，易捷航空 1995 年成立，一年后从前昂贵的机票费用变得十分廉价。用不了多久，一旦一批低成本航空公司加入，穿过欧洲大陆的航班费用只需 1 便士或 1 英镑（含税）。几小时就可以穿越大陆，每年会有数百万人因此受益。瑞安航空公司以及他们的竞争者的飞机，被旅客们当作公共汽车一样的交通工具，千奇百怪的乘客开始陆续出现。例如，巡回在英国足球看台的是一群丹麦人，爱沙尼亚人是英国单身俱乐部的投资人，波兰的外科医生每周乘坐不经停的飞机往返于弗洛兹拉夫和诺丁汉之间，一位医生甚至说“只要 3 小时，我就可以在家吃午餐了”。未来学派预测，截至 2016 年，将有 150 万人在英国工作，但居住在英国以外，每天或每周往返于伦敦与巴塞罗那、马拉喀什、杜布洛尼、维罗纳、帕尔马、普拉和巴伦西亚。

达拉斯的居民很了解这种模式。1973 年成立的西南航空公司恰恰正是瑞安航空和此后出现的低成本承运人的样板。专业人士认为放松管制、低价机票和可免费支出的账户三者相结合，使得航空旅行刚好符合马切提常量理论，因此吉姆·塔姆穿行于得克萨斯。

安琪拉·吉姆，她女儿是个医生，每周都要倒班，上夜班的时候就得她照顾外孙几天，因此安琪拉每周二常往返于休斯敦和达拉斯之间。偶尔，她女儿在休斯敦下飞机后，在路边喂喂儿子，然后再乘坐 55 分钟的航班，飞 400 千米返回达拉斯。社会学家约翰斯·霍普金斯对这种现状并不感到惊讶，他解释道："在低收入家庭中，很可能是由住在临街的外祖母帮助她们；而在高收入家庭，则是由居住在附近城市的外祖母提供帮助。"

安琪拉的往返通勤对她的家庭来说非常重要。比起把儿子送往托儿所，安琪拉的女儿宁愿辞掉医生的工作，同时安琪拉也不打算搬去达拉斯定居，因此大量购买机票是最划算的。

空勤航空带来的流动性使得我们保持了原住地，而不需要总是离开所在城市和改变家庭住址。社会学家克劳德·费歇尔认为，尽管人口从"老工业区"转移到了"阳光地带"，尽管有楼市泡沫的破灭，不考虑勒罗群体的话，美国人已经不像半世纪以前那样到处迁徙了。房屋所有权、年龄、种族或者阶层（最底层排除在外）都不是此问题的影响因素。费歇尔认为原因"一定是深刻和广泛的"，具体说就是"人们更加长寿、富足和拥有安全感，以及更为广泛的日常流动"。

当然，通勤往返于休斯敦和大都市区外的地点是不可能的。如果从艾伦或旧金山出发，可能在陆地上花费的时间比空中的还要多很多。怨气冲天地穿越几个美国最拥堵的城市，然后以每小时 920 千米的速度飞抵目的地，随后再次停滞不前，这有什么意义呢？难怪吉姆·塔姆和往返频繁的邻居们都居住在紧邻机场的南湖附近。比较一下每周或每天早晨节省的时间，住在达拉斯比住在其他地方显然更值得。到底有多值得，这要视情况而定。

卡萨达提出了如何计算枢纽机场对周边城市的价值，这或许是最好的估算工具，但也不甚精确。简单的公式就是：规模大小 × 航空连接 × 本地通达性，可以用和金钱相关的多种方式衡量。例如可通过市中心周边的房地产价值来反映，也可以用办公室和仓库空间的租金和入住率来测算。通过当地居民的年家庭平均收入就可以看出，南湖附近是 17.3 万美元，弗吉尼亚的劳登和费尔法克斯则是 10.5 万美元。

航空大都市代表着卡萨达所描绘的新经济地理，他考虑到了区域的连接性并据此定价。但是也有人因为卡萨达没能把该理论用于达拉斯而对他进行了抨击。

建在山上的航空大都市

几个熠熠生辉的高楼出现在了达拉斯东侧，而不在达拉斯的商业中心，对面是南湖和尤勒斯，这里是拉斯科琳娜。这里之前的主人是约翰·卡朋特。

为了供养母亲和妹妹们，卡朋特 19 岁离开了家中的农场，中年后，他拥有了州中最大的保险公司。牧场是他周末度假的地方，但是为了更大的目标，他不断扩展土地。1959 年他去世时，他将他的职位和 48 平方千米的土地留给了儿子。当时在不到 10 年间，约翰·卡朋特就选择与达拉斯作为近邻，并花费一生去实现。

儿子本·卡朋特成为父亲的继承人，继续实现着家族的梦想：完全拥有和经营这个被豆科灌木覆盖的山中城市。1973 年，卡朋特在经过 5 年的考察后，公开了他在拉斯科琳娜的宏伟计划，这是这个国家最大的城市发展计划。在每块土地被卖之前，他下令挖掘湖泊和运河，让小船在河上行驶，并且铺设了高架铁路。他的设计风格属于旧世界和展览会风格的融合，以人造塔楼来代替办公楼的尖顶。数年后，游客就可以驱车从机场沿着 114 州际高速公路来回穿行（这是约翰·卡朋特的高速公路），穿越在波希风格的风景区中，该风景区拥有平整过的土地、铺好的路、挖好的洞以及种好的树。

卡朋特投入数亿美元来建设翡翠城。人工草坪上种满了绿草，四季酒店也被绿草环绕，每年春天高尔夫王子泰格·伍兹都会漫步其中。周边到处是价值百万美元的古宅，大门套着二门。卡朋特认为这里之所以吸引人，原因不来自“你看到的”，而来自“你看不到的”。你所看不到的是垃圾、标志牌或者是生活标识。拉斯科琳娜执行着严厉的盟约，这也强化了它的风格。《得克萨斯月报》报道称："这里是富人的迪士尼乐园。事实上，几年前迪士尼主管们参观这里时，其中有一位说道，老怀特生前未能看到现今这里鲜活的景象真是太遗憾了。"

卡朋特认为高于一切的品质来自掌控。在 80 个房地产楼盘崩盘后，他失去了控制权，丧失了所拥有的一切。控制权交给了有着相同品位的企业租客。拉斯科琳娜是由公司总裁们设计的一座城市，2 000 个公司和 3.5 万名员工（上班期间人数将增加 3 倍）把这里当作家。山旁矗立着传统知名公司的广告牌，如微软、诺基亚、美国电话电报公司和维珍公司。黑莓的研发总部就在这里，日本的计算机巨头 NEC 也在其中。

戒备最森严的公司当属埃克森 - 美孚——世界史上最赚钱的公司。站在树上，也难看到它全球总部的石质塔状建筑物，其实它的主要部分就掩藏在电网后。若想了解情况，必须联系物业经理兰迪·兰德巴格，他通过电话做了简短的回应。除了总裁和最亲密的助理们，员工们都在绰号为"上帝的外壳"的行政大楼中办公，这里没有不相干的人。钻井由休斯敦操控，冶炼属于弗吉尼亚的费尔法克斯，每天灌装的 400 万桶原油分别来自分布在沙漠和深海中的钻井。石油行业要想幸存下来，需要对于行业的起伏波动有长远眼光，所以每天都要派人出去。兰德巴格解释道：总裁在此，可以保证他能够飞往世界各地，当然也可以随时传唤下属。

北侧的福陆公司也是如此。此公司以铺设纵贯阿拉斯加的管道而著名，这个工程公司一个世纪前将排名前 200 的管理人员从加利福尼亚迁至达拉斯。他们的理由是：能够更接近他们在华盛顿的客户。他们也曾考虑过杜勒斯，但是最后定址于达拉斯，因为此地可以一天内到达海岸线。福陆公司的行政总裁 80% 的时间花在路上，他的同事则每年平均飞行 50 ~ 100 次。

拉斯科琳娜起步比较慢。这里的人选择了机场，而不是市场，在石油禁运和经济滞涨时，它开始崭露头角。3 年后尚未动工。卡朋特的投资人问：拥有清晰头脑的人会将总部搬迁到靠近机场的地方吗？1973 年时，没有人听到过这种事情。咨询师建议卡朋特投建仓库，但是他坚持己见，认为拉斯科琳娜应该是白领的大都会中心，如果他投建，他们就会来到这里。他是正确的，现代化的拉斯科琳娜和四通八达的高速公路，比达拉斯和沃思堡市中心拥有更多的办公空间、更高额的租金和更高密度的房屋。从这里一直到芝加哥，拉斯科琳娜都是最大的商业区。

卡朋特凭着直觉理解了卡萨达理论，他在当地商会的追随者也是如此。这里的行政主任告诉我："我们销售三种东西：地段、便利和速度。"尽管听起来非常空泛，但拉斯科琳娜就是全新经济地理区域的最好证明。福陆公司到处飞来飞去的管理人员是个例外。大多数居民穿梭于办公室和家中，改变的只是优质租户们去往机场的潜在费用。如果需要的话，去机场只需 10 分钟。基于上述原因，机场和航空大都市成为全世界白领的工作中心，正在逐渐替代商业中心和有竞争力的边缘城市。

有一个例子：根据卡萨达的研究，1/6 的美国人都要花费 25 分钟来穿越闹市中心上班。机场航站楼辐射半径 8 千米范围内，达拉斯有 40 万个工作岗位，奥黑尔有 50 万个，杜勒斯有 20 万个。这些工作岗位集聚区没有一个靠近传统的商业区。达拉斯机场距离市中心有 19 千米，奥黑尔机场距离卢普 27 千米，杜勒斯机场则位于距行政区 19 千米的西边。如果在费城、夏洛特和旧金山，分别以机场和商业区为圆心，画出半径 8 千米的圆圈，你会发现这些崭露头角的航空大都市是原先市中心的 1/3 大小。它们在 16 千米范围内大致相同，同时这些航空大都市发展速度越来越快。卡萨达注意到，"从机场出发，在不超过 15 分钟路程的范围内，远程观光者和当地居民就可以进行购物、见面、交流信息、做生意、吃饭、睡觉和娱乐等活动。"

卡萨达在分析美国 2002 年人口普查数据后发现，由航空大都市引发的工作岗位是商业中心的 7 倍，是周边地带的 1.5 倍。比起空旷贫瘠的孟菲斯南部，在拉斯科琳娜更容易找到白领类的工作。根据人口普查的数据，25 个航空大都市成为全美 1/5 的 IT、金融、保险、咨询、管理、科学和技术工作人员的家园。在过去的 30 年里，一批边缘城市开始出现，航空大都市绝对是与我们关系最为密切的一类新兴中心。

在枢纽形成之前，航空公司也是在各个城市中进行选择。根据 1950 年到 1980 年（也就是航空业从大众运输的朝阳时期到放松管制前的这段时间）的航线网络，卡萨达发现航空公司走着从“老工业区”到“阳光地带”的道路。更改航线，在以牺牲底特律和克利夫兰为代价的同时，成就了达拉斯和洛杉矶的崛起。增加航班就可以增加阳光地带的工作机会，尤其是那些需要经常收拾行装到处走的工作机会，从而导致白领们放弃曼哈顿街区的工作，转移到有着乡间公园的拉斯科琳娜地区。卡萨达的研究表明，就像广泛设想的那样，航空大都市在航线网络中的区位条件决定着就业的增长量。

放松管制后，卡萨达建议：国际航线将会成为工作岗位和促进投资的新催化剂。他的设想已经被其他人的研究所证明。最近针对洛杉矶机场国际航线的研究发现，欧洲航班和穿越太平洋的航班创造了 3 126 个工作岗位，创造的薪水达 1.56 亿美元，连锁效应则是 6.23 亿美元。通过研究美国和日本之间的航班也发现，日本公司更愿意在由日本本土承运人服务的美国城市开设商店。为什么？因为他们可以接触到更多的机会。金钱会随着航班的流动而流动。

交通运输分析师肯尼斯·巴顿在网络泡沫期间出版了同样类似的研究成果。在分析从美国 41 个城市出发的欧洲航班的催化作用后，他发现如果飞往欧洲大陆的航班每天由 3 趟增加到 4 趟，就会增加 3 000 个新的工作岗位。总之，他计算出，穿越大西洋的每千位乘客就可以创造出 44 ~ 73 个围绕着枢纽机场的工作岗位。

有这样一个公式可以应用到所有的空中交通分析中。经济学家简·布鲁克诺在对阿尔伯克基到威奇托的 91 个机场核算时发现，乘客数量每增长 10%，就会使就业增长 1%。对于类似于奥黑尔和芝加哥规模大小的枢纽，这种影响是巨大的。如果按照这种扩张趋势，试想 50% 的乘客增长就会相应地增加 5% 的就业，得到大约 18.5 万个工作岗位（超过小石城或盐湖城的人口）。往前推算，他估计奥黑尔每增加 1 000 名乘客，无论这些乘客是飞往托莱多还是东京，就会创造出 24 个工作岗位。有趣的是，这些工作都是白领或粉领，包括公司总经理、保险推销员、房地产经纪人以及给快餐柜台配备人员的年轻人。

是什么使得拉斯科琳娜能在芝加哥和美国的其他城市中脱颖而出呢？原因在于这里吸引来的都是公司总部，在此工作的是公司的高层管理人员，是无论闭市时股票的价格是多少时间都很值钱的一群人。聚集区是他们推销的核心地带，这里提供了“机场值机柜就在你门前”的服务，此地比在普莱诺通勤方便多了，3 小时的飞行就可以到达美国 48 个州的任何地区。拉斯科琳娜在它的宣传小册子中的宣传口号就是“便捷”，也可解释为快速反应、无可替代。可以第一时间获得产品和员工的企业才是赢家。人们不可能单靠邮件达成协议，他们需要真诚的微笑、诚恳的握手和一个私人承诺。换句话说，你需要去客户所在地，亲自且准时，这是置身于拉斯科琳娜的最大好处。

福陆公司也是这样认为的，这是最后一个将总部设置于此的世界 500 强企业。拉斯科琳娜的其他优势都可以被复制，例如友好的公司税收法规、乡村俱乐部和无限的激励政策，但是在我们的一生中，美国没有人可以建造另一个像达拉斯这样的枢纽。莲妮・魏茅斯是拉斯科琳娜的顶级推销员，她感叹道：“我们可以招来这些公司，我们也很容易失去它们。如果没有了机场，我们就都卷铺盖回家算了。”

并非邻近的公司

拉斯科琳娜很有可能把这些公司丢在机场，因为我们不准备减缓发展。为了不受经济衰退的影响，我们能做的只有不停地加速。枢纽的离心力以及对竞争优势不懈的追求，驱使我们前进。首先，“商旅达人”往返于公司和顾客之间，以及总公司和驻外办事处之间。那么受电子邮件的影响，我们越来越多的人变成了次等“商旅达人”。察觉到这种转变，将公司设置在枢纽，是为了与公司的经济规模相匹配，使联系更加高效。这种趋势将愈演愈烈，驱使我们去往更远的空间，直到我们完全分散于各处，形成韦伯所指的“并非邻近的公司”（这或许是公司发展的下一步骤）。

亨利・福特在底特律建立了世界上最大的工厂，随后他改变想法，开始对公司进行拆解，各个公司都只关注自身的那部分业务。1937 年，在《公司的本质》一文中，经济学家罗纳德・科斯剖析了像福特这样的垂直一体化的公司应该有多大规模。他认为，公司不应该太大，因为超过一定临界点，远距离管理一个庞大组织的负担会抵消规模经济效益。然而只要交通、交流和管理技巧的优势能够缩短距离、弥补损失，规模也是需要的。事实也确实如此。

受到喷气式飞机时代的激发，公司开始进行分解，在全世界范围内寻求比较优势。只要有足够的电话、飞机和计算机主机，就可以把公司的总部设在一个地方，分公司设在另一个地方，研发实验室在第三个地方，后勤支持部门的档案柜在第四个地方，呼叫中心在第五个地方。一旦他们可以用联邦快递提供的服务来交换计算机主机，公司就可以将主机交给墨西哥，呼叫中心交给印度，研发交给北京。现实情况使得公司必须不断地进行自我调整，从而使得公司分布得更远。下一件事就是设置总部，全球化的企业应该且必须由一个地方的一个人来运营。

联想公司在这一点上走到了前面。2005 年，通过对 IBM 个人计算机的整体收购，它已成为世界第三大计算机公司，造就了众所周知的最为奇特的管理结构。总裁离开中国到了罗利和北卡罗来纳州，美国的总裁则在新加坡和北京之间奔波。前总裁比尔·阿梅利奥解释说："联想已经放弃了总部的概念，因此我的大部分时间在世界各地飞行。"

不管联想是一家中国公司还是一家美国公司，它都是一个由分布在世界各地的主管们所掌管的品牌团队。没有人可以通过 Skype 的电话、邮件以及偶尔在巴黎的见面，来经营一个 1 600 亿美元的公司。公司将其称为"世界资源配置，也就是充分利用全世界的精英、加工过程、成本等"。在新加坡经营着全球供应链的盖瑞·史密斯（他是一位美国人）说："我在深圳、罗利、印度巴迪和巴西都有员工，在新加坡我也不是孤身作战，选择这里，是因为这里有世界上最好的机场，我们不需要一个实体的总部来做决策。"

有些公司就不太一样了。像麦肯锡和埃森哲这样的咨询公司，早就没有总部了，数十个和他们一样的跨国公司也是如此经营。例如，思爱普（SAP）是世界上最大的软件公司，但很少有人听说过它，公司的生意就像你自己做的小买卖一样运转自如。从理论上讲，该公司对于如何选址应该很清楚，总部位于德国的瓦尔多夫，这个小镇从法兰克福机场驱车 40 分钟就可到达。思爱普的美国公司位于费城外围，这个位置在 2003 年之前是绝对不可想象的，因为在此之前，这里到法兰克福并未开通直达航班。它的市场营销部在纽约，实验室则设在帕罗奥图、以色列、上海和班加鲁鲁等地方。

也有离群的，像斯科特·鲁茨的公司，为中小型企业提供全球市场营销业务。当思爱普成为他的竞争对手时，他还是拒绝搬迁。他通过电话告诉我："此时此刻，透过窗户，我就可以看到派克峰。坐 1 个半小时的飞机，我就可以到达最好的滑雪场。我有 4 000 平方英尺（约 370 平方米）的房子，每平方英尺价值 80 美元。我能放弃哪一部分呢？从丹佛国际机场到此地只需 28 分钟。与此同时，在 24 小时内，我可以到达世界各地。如果我搬到法兰克福或巴黎，我将把所有时间花在飞机上。"

当发生经济衰退时，思爱普的会计师们开始开源节流。公司取消了企业内部会议以便削减旅行预算，培训课程和团队管理也改在网上进行。鲁茨谈道："此时正是 35 年来行业最不稳定的时期，公司的开支一直是个无底洞。如果能够支付得起面对面的会谈和飞行资金，那么无论如何都要进行。没有办法阻止人们的接触，特别是当你身处竞争激烈的行业，这里会有许多你无法通过电话解释的事情。我说过软件行业正在经历重新洗牌，变得越来越商业化了。尽管我们依然聚集在瓦尔多夫、巴黎和帕罗奥图，但在某种程度上，这些地点开始影响盈亏。所有的软件公司在全世界都有大型的实体工厂，但我认为这些要开始消失了，拉斯科琳娜也包含在内。"

鲁茨怀疑所有行业都会受到软件行业的影响，只有在必要的时候才坐飞机联系。这和卡萨达的理论是一致的，卡萨达预测到鲁茨和他的团队最终的选择还是空中。如果 Skype、推特、上网本和智能电话加强了我们日常接触的需要，那么空中飞行将满足这种需求，使得专门团队聚集在一起。它们的任务就是抓住这次难得的机会，而新近崛起的航空公司早已经把握住了这次机会。

鉴于经济学起到的作用，非邻近的公司开始起步，只要你知道如何寻找以及在何处寻找。网络宽带变得越来越便宜，人才也越来越多。鉴于此，相比于办公室租赁，机票则是更为明智的投资。思爱普的一个还不是很强大的竞争者就是爱特缪斯，该公司坐落于罗利附近的三角研究园。随着公司的不断发展成熟，需要聘任一位新总裁，公司在波士顿找到了一位，但是这位先生并不愿意搬家，就像鲁茨，其实他也不需要搬家。

爱特缪斯并不是一家虚拟公司，它有 11 个办公室，240 名员工。理查德·戴维斯并不是一位航空通勤者，会议期间，他需要穿梭于在德国、巴基斯坦和中国台湾的公司据点。他认为，居住在波士顿是最佳选择，因为这里的机场比罗利－德罕的国际航班要多。基于相同的原因，他的总裁也住在这附近。他 3/10 的工作是在总部完成的。戴维斯第一个月需要在北卡罗来纳州工作，他说，"但是之后每月我只需要有 6 到 8 天在这里，其余的时间我在到处飞行"。

如果是这样的话，其实他可以把办公室搬到航站楼（但这比较不靠谱）。虽然鲁茨对于软件行业并不看好，但是这个行业在 10 年的蓬勃发展中收入了数十亿美元。赛捷软件公司是思爱普的另一个竞争对手，是最干净的非邻近公司。在一个月内，它的 8 位主管可以飞往世界各地——坦帕、欧文、亚特兰大和温哥华，最后到达拉斯，在那里他们可以入住凯悦大酒店两天。前总裁 Ron Verni 被问到为何做这种安排时，他解释道，"做生意不仅仅事关位置，还有天分。如果你想找到合适的人选，你必须要灵活"。当他需要总部时，就应该是在机场酒店里。

大多数公司喜欢更为实际的东西，而达拉斯机场有充足的空间。它的 72 平方千米土地，很少一部分被铺设成跑道，大多数覆盖着可以阻挡噪声的树林。如果世界 500 强愿意临近机场的围栏来布局，那么机场为什么不邀请他们去呢？

这取决于枢纽机场在它们自己的航空大都市中是否有发言权。机场已经使得周边地带富裕起来，机场是否有权利按照自己的成功模式来建设呢？杰夫·福根是机场的总裁，很赞赏这种模式，"机场是否允许招揽机场外的住客？这是公共政策的焦点"。换句话说，这是航空业的生意，还是房地产开发抑或是城市商务经营计划？答案是三者都有。

并不是只有本·卡朋特和崔梅尔·克罗两人抓住了达拉斯机场的机会。1965 年机场的位置通告激发了南湖、尤勒斯、欧文和其他一半牧场城镇的狂热投机，现在这些社区的人口都已经过了百万。拉斯科琳娜其余的土地已经在拍卖，大都市区已经没有空间，最后可以建设的地方就是达拉斯机场内部了。机场准备建设自己的单排商业区、超人气商店和会议型酒店，使其成为小型的拉斯科琳娜，地点就在拉斯科琳娜高尔夫球场的球道旁。

当北得克萨斯州大学的5年研究完成的时候，尤勒斯的居民就会了解到它的价值。乔·亨宁是市里退休的管理者，当我们在他的办公室聊天时曾随意提到过此事。他慢吞吞地说道："所有东西都发现了有毒致癌物苯，包括泡沫塑料杯、牙膏、软饮料、香烟和航空燃料。"他苦笑着，然后由坐在他旁边的奥法岔开话题。

《汤加之声》栏目说，汤加人离开他们的岛屿，拖着行李、吃着飞机上的食品来到这里。这是一个典型的移民故事，只要他们愿意，可以在任何时间回到他们原来的国家。他们变得很节省，从事粗活和体力劳动，为的就是换取免费航班和退休金。在得到大学教育的同时，他们的下一代长得比当地的橄榄球四分卫魁梧。当他们回到自己的国家时，他们已经完全是美国人了，更适合在拉斯科琳娜的格子间内工作，而不是像他们的父母那样在登机客梯边工作。现在，当他们乘飞机外出时，可能是去拜访在盐湖城和洛杉矶的家人和朋友或找工作。汤加人越来越难弄到免费机票了。

几年前，在尤勒斯三一教会高中的橄榄球比赛前，汤加的表演者带领团队表演哈卡舞。奥法为他的长辈们放映了这场演出视频，看到本族前排的白人跳舞者的表演，他们惊呆了。他们后来双眼含泪地告诉奥法："看到那些后，我们知道我们的后代将会被这里所接纳。"

对于并排坐在一起的奥法和亨宁（一个是双下巴的得克萨斯州人，一个是波利尼西亚人）来说这是司空见惯的，两个社区官员因为机场走到一起。亨宁当时说："我无法想象我们住得不再彼此相近的那一天。我们每天都在一起工作，我在后院坐着可以看着飞机起飞，当然这有些噪声。当我准备走时，我可以在10分钟内到达机场；而当我回家时，也就只需要10分钟。"

Welcome Home to the Airport

4 欢迎回到机场

丹佛的斯特普尔顿机场扼杀了自己的成功之路。尽管我们尽力阻止，但是新来的人还是想住在机场周围。我们该如何做才能让机场与居民都满意呢？

斯特普尔顿：扼杀了自己的成功

在布莱恩·泰林惠森10岁的时候，他全家搬到了一所棕褐色的砖房里，街道对面就是斯特普尔顿国际机场。这座房子正对着400米外的一条跑道，中间隔着一片干草地。从每天早上6点左右开始，布莱恩就能看到那些波音727和DC-8飞机似乎以他们家的窗户为起跑线开始起飞。引擎发出震耳欲聋的噪声，几乎可以把窗格上的每一块玻璃都震碎，以至于布莱恩都没法儿专心看他的《星际迷航》。像这样的情况要持续十几个小时，飞机一架接一架地起飞，一直到机场宵禁为止。他干脆关掉电视，和他的兄弟姐妹们躺在航道下的野地上，朝正在降落的飞机挥手。有时，飞机上的乘客也会朝他们挥手。毫无疑问，这儿十分嘈杂，但时隔40年后，他却坦言："我们一点也不嫌这儿烦。这儿是我们的后花园，给了我们一个与众不同的童年。孩提时的我喜欢这个地方。"

这一点上，也许只有布莱恩这样认为。到1984年，布莱恩一家已经在此生活了15年，斯特普尔顿也成了美国国内最繁忙的机场之一，而且是三家航空公司连接枢纽机场的运营基地，但同时这里也是噪声最大的地方之一。斯特普尔顿完全符合传统机场的发展模式：市政管辖，位于城市的郊区。机场早在1929年就已开始运营，在那个时候有用不完的地，那时的机场对自己未来的命运却一无所知。就像洛杉矶机场一样，斯特普尔顿机场也经历了断断续续改扩建的发展过程，一直到扩张空间受限为止。每一次改扩建都刺激了潜在需求的产生，因此都让事态变得更糟。

巧合的是，在同一时期，丹佛的城郊边界线也经历了变化。位于城市东侧，与机场毗邻的奥罗拉小镇是美国发展最快的城镇之一。在斯特普尔顿的巅峰时期，它的人口比过去的10年翻了一番，当时有望在千禧年再翻一番，在30年内人口从7.5万升至27.6万（丹佛人口在这段时间增长了8%）。奥罗拉成了郊区肆意蔓延的极端例子，那些由活动房构成的死胡同，以及大片设计相同的地区性住宅，与被取代的大草原上的拾荒者的聚居地相比，在建设理念上明智不了多少。巨型飞机在头顶上飞过，那些曾经对此感到愤怒的居民，很快住满了机场外的三个方向，而机场外的另一个方向则是生产化学武器的落基山兵工厂。

斯特普尔顿自然急需扩张。空运枢纽容量过于饱和、跑道间隔狭窄以及不适宜飞行的山区气候，严重阻碍了机场的发展，这意味着航班延误成了家常便饭，也影响到了全国范围内的空域和航班衔接。有人开玩笑说，如果要在亚特兰大转机去天堂，那斯特普尔顿就是炼狱。听来颇有约翰尼·卡森的深夜脱口秀的味道。

布莱恩的邻居们也有同感。尽管布莱恩的母亲对噪声没什么意见，但他的邻居们却向法院提起了诉讼。接着，相邻城市也威胁机场说，如果斯特普尔顿机场的跑道延伸到兵工厂的毒物堆的话，他们也要控告。由此，机场面临着空运堵塞、无目的拓展、官司、嘲弄等问题，四面楚歌。于是，在1985年，丹佛市市长和州立法机构敲定了一项洛杉矶和芝加哥都没有胆量做的事情：清理场地，重新开始。

说斯特普尔顿扼杀了自己的成功，原因很简单：像许多城市一样，关闭原有机场，在市区界线之外新建一个更大的机场。丹佛的方案主张建立一个新机场，以关闭所有其他机场。帐篷型的丹佛国际机场作为斯特普尔顿的替代者，于1995年开放。近20年来，至少在美国，丹佛国际机场是第一座，也可能会是最后一座绿色机场。它位于市中心东北40千米远的高地平原，距斯特普尔顿机场32千米，面积是原机场的7倍。丹佛国际机场还有128平方千米的土地以备将来续建跑道、航站楼和其他任何所需设施，因此它可以安然无恙地岿然屹立在围栏里。即使将来事态突变，城市再花50年将闹市区延伸到城市的大门，也不会蔓延至这个机场，使它受堵而停滞发展。况且，就为了再次抵抗一个机场，谁会跑到距城市边缘十几千米远的地方来呢？

丹佛国际机场和斯特普尔顿拆穿了一个谎言，这个谎言就是：任何神智正常的人都不会选择到机场附近居住。布莱恩一家在斯特普尔顿机场附近一住就是30多年，现在又搬至丹佛国际机场附近。没有人能设想关闭一个旧机场，然后在某处建设一个新机场是多么精彩的体验。旧机场周围的那些家庭是会争先恐后地追随新机场而去，还是会像他们当时信誓旦旦地表态时所说的那样，选择远离机场呢？答案是，他们成群结队地奔向了新机场，在一个原本满是灰土的地方创建了一个全新的城市住宅区。

至少在美国，不存在把新机场放在哪里的问题，如何清理旧机场周围的烂摊子才是问题所在。我们该如何缓解那种能将孟菲斯古城吞噬的无序扩张呢？或是如何创建一个比拉斯科琳娜更井然有序的社区？这些问题只会在美国引发更多尚无满意答案的争论——我们应当住在哪儿？住在城市还是住在郊区？住在远郊的梦想已经像肥皂泡一样在调查中被人戳破了，因为有人相信那儿注定会成为贫民窟。事实上，有证据显示10年以来城市人口在不断向郊区流动，但是这种趋势可能会被颠覆，或者至少有所减缓。那么，无论是出于选择还是必需，人潮开始向城内回涌，该怎么办呢？20世纪50年代，人们开始离开市区，向郊区流动，现在美国人口已经翻了一番，已没有足够的由赤褐色砂石房组成的街区供人们居住了。我们不得不选择一些片区进行再度开发，如果卡萨达的理论正确的话，那么机场周围的荒芜之地正是最佳选择。出人意料的是，成为美国最大的新城镇居住区的斯特普尔顿案例，暗示了一个解决方案。

丹佛与其说是一个山区城镇，倒不如说是一个铁路城镇，它坐落在落基山脉的山脚下，当年许多先驱者从这儿离开了平原。此外，它还是个矿业城镇，那些开采金银矿的富人集聚于此，然后坐火车东去。但是，这里并不是一个很起眼的枢纽站。1869年当“金钉子”（太平洋铁路合龙时钉下的最后一枚道钉）将横贯美洲大陆的中央太平洋铁路和联合太平洋铁路连接起来时，这个地方被完全忽略掉了。联合太平洋铁路公司的总裁曾宣称，丹佛“已沉寂太久，以至于不用理会”，但是那些丹佛的支持者却奋不顾身地以短距冲刺之势修建了一条新铁路，将丹佛与太平洋铁路连接，确保了丹佛这一落基山脉重要城市的地位。

这时候，那些纳税人更加表示怀疑。他们对新机场感到了恼怒而不是宽慰，对噪声的抱怨不但没有减弱反而与日俱增。一群新社区居民对这个“庞然大物”发动猛烈攻击。但是他们不能向法院起诉要求撤销丹佛国际机场，因为他们不在联邦航空管理局规定的“噪声等值线”内。噪声等值线是一道看不见的音波围障，在这个围障里喷气式飞机起飞的声音可以震耳欲聋。噪声等值线划出了开发者们可以建房的区域极限，因奥罗拉房价过高而无法买房的年轻家庭，却争相在此处购房。

机场曾认为自己会在野草中与世隔绝半个世纪，事实上这种状态只持续了不到5年时间。2001年春天，一位名叫卡尔·弗伦伟德的当地房地产富商宣布，将建造一个占地12平方千米的精致规划的家庭社区，名叫Reunion（重聚），可容纳4万名居民。弗伦伟德家族在丹佛国际机场周围拥有大量土地。

从那时起，计划中的近10个远郊项目也不断加入了“重聚社区项目”建设规划中。丹佛东北部1/4的扇形区，原来是一片贫瘠之地，用一个开发商的话说“该城镇是人们最后的选择”，而现在却是这个城市发展最快的地方。由奥罗拉、城郊、丹佛东端（包括以前的和将来的斯特普尔顿）组成的“航空大都市”（当地拥护者曾叫它“Aeropolitan”），人口已高达35万，人口密度直逼新泽西城郊。据估计，该地区的就业增长率是丹佛市区的2倍，到2030年还有望再增加20万居民。到那时，它的人口规模将与丹佛市区相当。斯特普尔顿机场曾有过的激情故事现在以更大规模、更快速度、更费周折的方式在丹佛国际机场重新上演着，这次，机场没有因过错而关闭。它能成为好邻居，这是斯特普尔顿无法做到的。

丹佛机场经历了吸引、拥堵、扼杀、死亡、重生再到吸引的轮回，它奉行的是一条简单的原则：“机场离开城市，城市追随机场，机场变成城市。”这种情况在杜勒斯和达拉斯都发生过，在丹佛也应验了，从而讽刺了那些以城市发展紧缩原则为荣耀的看法。

除了与城市隔绝，丹佛航空大都市的一个更大特色是，它是一个纯粹的居民住宅区，没有货运枢纽也没有拉斯科琳娜的商务酒店。丹佛市的发展模式并没有限制丹佛国际机场周边的发展。这片区域在机场建起之前还不存在，而现在已经是丹佛最受欢迎的区域之一。要知道从古至今，城区才是各项发展的聚集地。丹佛城郊的迅速发展是对开发商传统观念的一次挑战，传统观念认为机场是“当地最不受欢迎的土地”，可与矿区和监狱地区平分秋色，都是些没人愿意居住的地方。在此建设一个国家最大的机场会成为当地发展的最大阻碍，而不是催化剂。

一个开发商曾肯定地说：“虽然要等很长的一段时间，但是这儿的土地只会变得越来越有价值。纵观美国每一个机场的历史，你就会发现这一定会实现。真有人想住在机场附近吗？是的，确实有这样的人，全国各地都有先例。有些人经常出差，或者不管他是干什么的，某种程度上讲，他们总是以某种方式或形式与机场有联系。”他花了 2 年时间向联邦航空管理局申请，想拿到机场近围的建筑权。

这里显然出现了不一致的认知。我们一方面大声谴责噪声、污染、航班拥堵，一方面又以近便原则为基础，来决定居住在哪里和如何居住。我们需要一个近在咫尺的机场，即使我们平时很少乘坐飞机。于是，像丹佛国际机场和达拉斯－沃思堡国际机场那样的大型机场的规模翻番了。同时，对基础设施的巨大公共资产投资激发了个体开发商，此番景象颇似 20 世纪七八十年代，I－70 和 I－225 州际公路给鼎盛时期的奥罗拉带来福祉的故事一样。紧随航站楼和跑道而至的，是 29 千米长的天然气管道和排水管道，此外还包括城市新修的一段环形公路，甚至还有耗资 70 亿美元、直接连接市中心和机场（以及许多其他地方）的快速轻轨服务线。

无论反对声有多么强烈，我们仍很真实、疯狂、深切地渴望靠近机场。在贸易繁荣的机场周围，直升机式的增长证明了这种渴望，也让那种低密度的无规划的蔓延像扼制经济一样，来扼制这一片地区变得毫无意义。丹佛国际机场能经受得住任何单一家庭的涌入浪潮，但也正是由于幅员辽阔，给丹佛带来了建立一个更好社区的机遇，而不至于像奥罗拉那样变成废墟。

每个城市的历史都与它的地理相关，也与某个时期该地交通运输方式所发挥的作用有关。城市如何被利用，人们如何在市内和周围迁徙，决定了城市的形象。船运＋棉花贸易＝19 世纪的孟菲斯；准时制货运＋波音 777 飞机＝孟菲斯航空大都市。地理学家大卫·哈维把这称作每个时代的“空间修复[1]”。“修复”一词有多种意义。其中一种意义是，城市在时间和空间上是固定的，一旦成形城市将极难改变，就像孟菲斯市周围的扩张一样。“修复”还代表解决问题，将一捆捆棉花送到密西西比河下游，或者是把一个盒子送到全国各地。每一项修复都创造了一幅适合这个时代的风景。郊区是工业时代的“空间修复”。当工业时代有许多车辆被生产和销售，工人们便想在他们的家庭和工厂之间有一定的距离。当工作地点转向办公室时，人们开始进行非实体交易，不再介意离工作地点的远近，于是像拉斯科琳娜那样的边缘城市就开始涌现。这个速度经济时代是喷气式飞机时代和网络时代的产物，是全球性覆盖和永不中断连接的产物，是分散和聚集的产物。就像理查德·弗罗里达和其他一些人所说的，在我们的日常生活中，无论是对思想和物质的生产还是传播，都既需要速度，也需要密度。后经济衰退时代，我们需要一种新型的“空间修复”，使当地格局更密集，与全球联系更紧密。

卡萨达相信，他所持有的航空大都市蓝图将会是一个美丽、高效、可持续发展的修复空间。这个空间与传统意义上令人厌恶的、无规划的、脏乱的城市模式大相径庭。他要为机场周围荒芜的地理环境赋予新的地理意义，他已把这当成他的使命。丹佛国际机场是最干净的一片区域，再没有其他地方比这儿更适合修建航空大都市了。这些城市将以何种面貌出现？我们去哪儿寻求模式？我发现答案在于斯特普尔顿的救赎。

你是否属于我？你能否属于我？难道你不是我的邻居？

确定关闭斯特普尔顿，并推出替代机场的计划耗时长达10年。这10年间，经历了州、市、县的审批，还出现了公民投票、债券发行、成本超支，以及新秀丽的自动化系统。在这一切得以解决之前，还有一个更基本的问题需要解决：如

[1] 指资本总是在空间地理层面上向高利润、低成本的位置移动。

何确定场址。一个模糊的共识是不够的，在开始一系列的筹建计划之前，需要购买并封闭土地。

我们考虑了6种方案，其中5种方案涉及的土地都是由丹佛的弗伦伟德男爵掌握的。他的孙子卡尔·弗伦伟德负责打理博克斯·埃尔德农庄。这片农庄曾一度占地160平方千米，在经济大萧条最厉害的时期，其中大部分土地是按每公顷2.5美元的价格购入的。这个家族擅长灌溉，这种灌溉技术在种植冬麦及相关品种方面非常有用。弗伦伟德的后裔由此从农夫发展成了土地巨亨，卡尔·弗伦伟德继承了祖先朴实、率直的风格，同时又继承了赚取大量金钱的急躁。

在机场合约签订时，丹佛航空大都市的创建者，正忙着构建由共管公寓构成的中心城区。一个名叫罗伯特·奥唐奈尔德的开发商就曾拥有一套这样的公寓。奥唐奈尔德在城市土地协会任职，该协会是开发商们的智囊团成员，也是他们的业务引擎。（15年之后，卡萨达在《城市土地》杂志中介绍了航空大都市。）弗伦伟德家族的一个成员曾焦急地找到奥唐奈尔德，求他帮忙找到如何阻止即将到来的灾难（他的4 000公顷土地将被剥夺），同时抓住随之而来的机遇。奥唐奈尔德提出：在城市土地协会的保护伞下，组成一个一流的专家小组。鉴于他选定的这群精英力量和已出台的计划，他承诺，弗伦伟德将凭自己的方案逃过这一劫。

奥唐奈尔德花了两年时间，从每个重要机场、环城高速路、城市大规模发展专家那儿寻找智慧与灵感。拉斯科琳娜的本·卡朋特的构想成就了弗伦伟德的修复观念。他们还与唐纳德·布伦会晤。唐纳德·布伦是位亿万富翁，他曾购下欧文公司，并单枪匹马地在约翰·韦恩地区开发了半个奥兰治。弗伦伟德还与阿维达公司联合起来，该公司是迪士尼高尔夫片区的设计者。10年后，它将参与建造不久前决定的未来社区的实验性模型。

弗伦伟德的工作就是把那些争执不休的地方政府官员带回到谈判桌前。有一天上午，在办公室喝咖啡的时候，当聊到斯特普尔顿会变成什么样时，他告诉我："这个工作听起来像是项极大的任务，但其实是小事一桩，因为没人知道接下来事情会怎样，也没人愿意被落下。他们都说'我们终于加入进来了'。"

依照他花费两年时间精心打造的计划，机场被甩到了军火库的东边（清理工作一开始，这儿就被命名为“野生动物避难所”)，中间是E－470收费环形公路，紧靠着弗伦伟德地产的边缘。相对于休斯敦中国城狂妄的企业大亨来说，弗伦伟德把自己看作算不上太坏的当地人。但是如果不让他像他的祖父那样把水库的水用来灌溉他的土地，他就会打机场的坏主意。机场的广阔前景让他着迷。他能最快想到的是亚特兰大老机场和新机场扩建时期日本公司的例子。1980年在达美航空枢纽开通之前，公司大致有4.6万平方米的办公空间。10年内，公司的占地呈指数扩张。“就是因为机场，这一切才发生的！”弗伦伟德总结道。

他的梦想不是按威廉·马尔霍兰的方式建立一个新的圣费尔南多谷，而是在大草原上建立一个属于自己的拉斯科琳娜。当他眯着眼睛看太阳时，他看到的是一幅由停车场、修剪过的草坪和前面饰有青铜艺术贴砖马赛克图案的区域。他解释说：“我们基于0.25的容积率[1]，为那69平方千米可供开发的土地构思了一个总平面图，不论你是打算建住宅区、商业区，还是做其他用途，每公顷土地只能开发出25%。算上露天场地、道路、设施等也不会亏损。那是非常合算的容积率，考虑到机场，还有城铁高速，当把在达拉斯和亚特兰大机场学到的东西都植入我们的理论计划时，我们就有2 500万平方米土地可供使用了。这真是不可思议！”

事实上，把芝加哥每平方米的办公空间都吸收进来，结果就会像郊区壮丽大道上零零落落的百货商场一样。一个还算保守的计划是让90%的土地休耕，剩下837万平方米可用面积，如果仅计算企业占地的话，这面积比丹佛市区还大。当他最后把发现的结果在会议上宣布给股东们时，他说：“他们不相信我们能够建造机场或公路，他们只是笑话我们。他们说，‘大家知道，得克萨斯州人雄心勃勃，但是你们科罗拉多州人把他们都给比下去了’。”

在机场选址问题上，弗伦伟德胜利了。机场建在了他所希望的地方。但是事实证明，并不是他的游说起到了作用，用他自己的话说就是“纯粹是傻人有傻福”。他开始建造新的丹佛。要克隆出一个拉斯科琳娜，他需要承租人，要想

[1] 又称建筑面积密度。一定用地范围内单位面积上所有建筑物各层建筑面积的总和，单位为米^2/万米^2，或以其商表示。是土地利用效率及开发强度的指标之一。

吸引承租人，就得有一批有保障的“可操作性住房”供应，即那些首席执行官都憧憬能够住上的耗资亿万美元的房产。弗伦伟德说：“如果你想成功地打造一个商业胜地，你必须建造一个最先进、最完备的社区。当《财富》500强企业的首席执行官参观丹佛国际机场，到这儿住的时候，执行官的夫人才是真正的决策人，得看她喜不喜欢，因为这也是她的生活。别太自欺欺人了，如果她不喜欢这儿，他们也不会来的。”

城市人类学家威廉·怀特在1988年也证明了相似的论点。那时，为了更好地满足公司员工对生活质量的要求，38个公司迁出纽约。怀特勾画了一幅地图，以描绘他们最终的目的地。其中，31个公司迁往康涅狄格州，环绕在格林尼治周围。在怀特的地图上，黑圈表示CEO们居住的地方；白圈表示接下来新的总部将落址的地方，距离CEO的家平均距离都是13千米。怀特指出，“靶心是一个直径大约6.5千米的圈，东至焦树乡村高尔夫俱乐部，西至费尔菲尔德村高尔夫俱乐部。”他猜测，总裁是在打完高尔夫球后，进行了一番“调查”，最终得出了选址结果的。

弗伦伟德从中学到了一课。他长达20年航空大都市计划中的第一步就是要建立一个CEO们愿意生活的社区。他曾轻松地许诺，不会把他的地产分割成火柴杆那么细小的片区，为此，他得到了作为航空大都市主动脉的环形公路地段。不久后，他邀请雅奕国际的董事长来参观他幅员辽阔的“领土”，习惯于把沼泽变为良田的弗伦伟德回忆起了当时的谈话：“董事长说，‘首先你要确定这是一个冠军级的高尔夫球场。’于是我说，‘嗯，我也是这样想的。’”1997年，鹅卵石沙滩环拥的高尔夫球场开放了。此后，高尔夫球场的专业等级达到了顶峰。这时候，只需找一个更精于整体城市规划的专家，而不需要想得更多。那一年，美国西部著名房地产开发商西霍姆斯公司，在收购了位于城市南部边缘绵延61平方千米的伊恩和高原牧场后，迁到丹佛。西霍姆斯公司是J. F. Shea的公司，它是美国历史最悠久、规模最大的私有土地开发者，也是金门桥和胡佛大坝的建造者。弗伦伟德看上的正是它的私营性质，没有华尔街的大起大落，也不会像这次经济危机中那些房产商那样吃够苦头。当时西霍姆斯公司也需要在丹佛开始第二个动作。

2001年6月，重聚社区项目的合作者们开辟了一片新天地——“永远幸福的新家园”，这就是它的标志，一块布满刻痕、饱经风雨的标记牌，好像是从66号公路旁搜罗来的。尽管12平方千米的土地足以安置下将来的整个微软园区，但重聚社区项目显然还是一个郊区。它的第一批居民于2002年抵达，这时的房产抵押率降至历史最低，此时也正是国外贷款和恶性贷款萌生的时候。没过多久，这片空荡荡的地方就满是标语了，一个比一个微妙。重聚社区项目周围的土地被清空、标级，分成可随时启用的小块地，其中几处已经盖上了房子，这个未来之家的主体规划已实现。如果这还不够清楚，他们会写出：“怀尔德霍斯山销售中心，140美元起价”“朱庇特山的沃克伍德家园，最大面积355平方米，200美元起价。”

当重聚社区项目计划刚刚宣布兴建时，它仅仅是一个漂浮在丹佛国际机场、军火库以及北部湖泊之间的湖心岛。从那时起，这片肥沃的“岛屿”就成了“群岛”。有朝一日，或许某些有远见的开发商会将“岛屿”间的空隙填补上，从而变成一片“大陆”。这都是些仿造的社区，它们的名字有波多马克农庄、弗农特拉村庄和巴伐洛平顶山，最后这个名字就是从重聚社区项目的人行道得来的。在东南部的南侧，聚集着另一个正在开发的片区，这里的核心项目是“制高点”，紧靠弗伦伟德所有的名为“奥罗拉800”的项目。也许那儿就是弗伦伟德结束建造水晶城的地方。

重聚社区项目入口处的设计胜过其他任何地方：道路两侧是红色栅栏，饱经风霜的标志牌写着“欢迎回家”。栅栏选择红色（而不是田园风格常用的白色）是为了呼应中心设计：一个巨大的红色谷仓，旁边是3.2公顷的人工湖。在红色谷仓中是这个小镇（如果我可以这么称呼它的话）的娱乐中心，包括体育馆、球场、游泳池等的综合体，甚至还有水滑梯。

重聚社区项目还通过已经消逝的乡村风格来吸引游客。尽管没人能清楚地记起那些岁月（除了弗伦伟德，他在10多岁的时候曾开着拖拉机经过这儿），但是当地的人们还是为之激动。就像宣传手册里简述的那样：“这是个不错的点子，选择‘重聚’这个名字，就是为了表示对过去的赞赏，对未来的渴望，以及充分享受现在的每一刻美好时光。随着时间的流逝，‘重聚’将通过持久的友谊将人们联系在一起。在此过程中，我们将创建一个人人都能以他自己的方式追求幸福的地方。这让重聚社区作为一个为追求幸福特意建设的社区，显得与众不同。”这恰恰是最难实现的。

宣传手册中还提出了四个概念。第一个也是最重要的一个，就是“新郊区主义”，这是对最早由建筑家安德斯·杜安尼和伊丽莎白·普拉特·兹伯克率先提出的“新城市主义[1]”的一种呼应。如果走进他们规划的城市，你会看到这里学校和商店、公园和办公室、家庭和公寓都融合在一起，连接它们的是落叶缤纷的林荫大道，而不是那些弯曲小路和停车场。在单一用途、分区的体系里完成这项工作需要手工记下它们自己的智能编码，编码不仅包含对密度的指导原则，还有对街道宽度、屋顶线、门廊、门阶高度，甚至街灯风格的规划。

事实上，结果出人意料的好，好得让人感觉这一切都不真实。他们的第一项，也是最著名的实验项目是佛罗里达的海滨镇。潘汉德勒海滨村庄是靠电影《楚门的世界》而出名的，这是一个平静得近乎不真实的城镇。但是新城市主义成功地从平地，甚至是从待拆的房子中建立了一个全新的社区。任何溢美之词不过是种推销手段，是取巧的做法，以劝说那些疑窦重重的郊区居民，使他们相信居住在重建的都市村庄，将会让人感觉到既安全又人性化，还充满乐趣。

西霍姆斯公司采取了与获得新城市主义专利的先辈们相反的策略：他们一方面婉转地承诺建设新型城市，一方面又显得很怀旧。在沿湖一线的街区，街道两旁的住宅让艺术家弗兰克·劳埃德·赖特的建筑风格黯然失色，一些家庭仍以拥有两三个车库作为他们的标志性特色，让那些长满草木和装饰性小麦的庭院相形见绌。在我到那里的时候，1 000 多幢楼已经建造起来了，这只是预计最终完成的1万、1.2万或1.5万幢中的一小部分。

接待标志上写着“永远的快乐从这里开始”。房子内部会让你想起你祖母的房子。等待我的是重聚社区项目的服务员特里·科什斯尼克和马蒂·赞母

〔1〕 20世纪90年代初提出的城市规划一个新的城市设计运动。主张借鉴二战前美国小城镇和城镇规划优秀传统，塑造具有城镇生活氛围、紧凑的社区，取代郊区蔓延的发展模式。

西克。特里是西霍姆斯在丹佛指定的重要女性职员，主管高原牧场长达23年。她有着母亲对付自己叛逆孩子（或像孩子般的大人）时所体现的母爱风范和钢铁般的决断能力。马蒂是重聚社区项目的开发经理，主要负责营造一种整体的社区感觉，使其保持持续畅销。

四周都是西方图像资料里的环境，我问他们为什么选择在一个属于过去的时代上如此大费周折。特里解释道："因为这样奏效。就是要这样试着回到从前，让人们觉得我们在这里做的是历史的一部分，这儿不是全新的，也不是他们或我们不得不创造的东西，这儿不是那么不同寻常，这儿不是迪拜，也不是香港或迪士尼，因为这是当地历史的一部分，是弗伦伟德家族的历史被重新包装和放大了。"仿佛航空大都市已经在这儿等了他们很久一样。

马蒂说："我们创造了一个这里的牧场和农场专属的背景故事，当你驶入重聚社区时，你自己会误以为正在穿过一个历史中的农庄。墙壁体现了不复存在的农户的基本特色，树木绘画代表果园，甚至街灯都有鹅颈的装饰，让人联想到北科罗拉多农村家家户户都有的那种装饰。我们这样做还因为这方面没人做过。"这片地方很快就住满了人，快得以至于他们都无法适应接下来发生的一切。事实证明，让人们做好准备迎接将来的最好办法，就是让他们相信他们住在过去。

从市政制度上来说，重聚社区项目属于商业项目。几个月以前，一个长期居住在这里的移民请求将城市更名为"重聚"，以激发市民的自豪感和提升商业价值。这条建议没能得到通过。当航空大都市住满人的时候，不难设想在10或20年后，会再一次出现全民投票。到那时，重聚社区将有它自己的学校，它已经为小学、初中和高中分别留出了片区，此外它已经开始为维护它的公园和道路基础设施支付费用了。整个重聚社区，或者更宽泛地讲，整个航空大都市正在怀念的东西就是弗伦伟德所许诺的市中心了。

马蒂说："按照弗伦伟德的构想，我们预留了30公顷地，用来建造整个办公区，这片地就留在那儿，等着下一步行动。"说实话，重聚社区仅有不到一半的地方被用于建造房屋，20%的地方被划为公园，大于1/3的地方被规划为商务和商业区，其中包括高速公路旁边的沃尔玛和位于主街道的"城市中心”。这就是城市规划师们在谈到新城市化的“城市村庄”时，在脑中的构思。用重聚社区自己的描绘，就是实现“商业、教育、文明、文化和娱乐的大融合”。换句话说，这是一个可以邮寄包裹，可以随手抓到一杯冰咖啡，可以接送孩子，还可以在路上碰到邻居的地方。

当我问到为什么选择了新郊区主义的时候，马蒂表示异议：“我们的片区划分非常灵活，完全可以做到一个完整的新城市的设计，但是我们在一定程度上认为这是一个自动化的郊区式社区。”他说，他老板的智慧早在规划时就体现出来了：“没有人骑自行车去家得宝，只为带回一块胶合板。”言外之意是，重聚社区将吸引那些人，他们认为去家庭百货之旅是不可侵犯的权利。

郊区主义受老一辈的青睐，但是它能否给20万新居民提供密集型的居住条件，而不让这种发展成为无规划的蔓延？可能做不到。即便重聚社区是弗伦伟德原始计划密度的3倍，但它忽略了这片草原正忙着从“上帝之城”转化成麦迪逊、威斯康星，或奥古斯塔、佐治亚那样规模的城市。丹佛本身的密度是重聚社区的5倍。当你的目光转而盯住你那些千篇一律的邻里社区时，风景会变得更糟。弗伦伟德得出的悲观结论是：“事实是，没有足够的大街区可供人们尽享不同，这样将会导致无规划的蔓延。”

马蒂告诉我：“令人忧虑的是这个城市南部和东部的居民区开发，虽然那部分地区不在噪声等值线内，但他们想要预留更多的土地，以备将来的商业开发。我确信，肯定有人研究了居民住宅开发和商业开发之间的最佳比例，绝大多数开发商倾向于商业开发，因为更为简单些。”

特里插话说：“也可以赚到更多的钱，但是他们也需要有居民住宅的基础才能把商家吸引到这儿来。”

马蒂接着说：“不幸的是，在科罗拉多已经有了足够多的商业区域，以至于居民住宅的开发成了当务之急，这也影响着其他的总体规划方案。”他的手掠过一张展示竞争者们的布局地图，接着说：“我认为不是区域地图创建了社区。我从重聚社区中学会的一点是，你必须保证所做事情的质量，而不是把你能做到的都一股脑儿全塞进去。那些最简单的经营，犹如最劣质的果实，你必须有所节制，而不是见了就要。”如果什么都要，麻烦就会来了。

由于机场所处的地方是丹佛最荒芜的区域，所以地价最低。这个简单的事实，让这个赚钱轻松的时代催生了一种颇为普遍的开发方式。重聚社区因为相对低廉的土地成本，包括西霍姆斯在内的地产开发商，他们的房子要比城镇周围类似的房屋便宜近 7 万美元。于是，这又吸引了一批在其他地区买不起房的购买者。通过向他们提供难以置信的贷款，掠夺成性的放贷者把他们变成了他的成熟客户。

在这些放贷者之中就有西霍姆斯的按揭贷款部门。该部的一位总经理说："我们本来应当快速收手，停止向他们放贷，但是这太难了。"重聚社区的主要项目是一处名为拉·格蓝迪·堪诺里的托斯卡纳风格农舍，价值 220 万美元。该房产的建筑商拒绝将其出售给无力支付首付款和没有稳定收入的投机者。重聚社区及其仿建者最先受金融危机影响，也是受打击最严重的地区，是房屋止赎率最高的地方之一，抵押品无法赎回的风险率在当地最高。新城市主义像为这场经济危机量身定做的一样。

人口学将最终拯救重聚社区，帮助它实现最初的梦想。机场不仅是丹佛的枢纽，也是贯穿科罗拉多、途经落基山脉整个东部山坡一线的城镇枢纽。沿着 I－25 公路绵延 280 千米，从北部的佛特科林斯至南部的普厄布罗，中间是丹佛和科罗拉多，这一片 40 千米宽的狭长区域被称作弗兰特山脉，这里居住着整个州 80% 的人口，大约 400 万人。在层层山峦和广阔天空的掩映下，科罗拉多是美国人口密度最大的州之一。

科罗拉多也是美国净移民人口数最多的州。自 1990 年以来，弗兰特山脉已新增大约 130 万人，主要集中在丹佛城郊。据国际调研机构 2008 年进行的一项民意调查显示，在经济衰退最严重的时期，丹佛是美国人最想居住的城市。预计到 2040 年，弗兰特山脉有望再增加 200 万人口，也就是增长 50%。人口统计学家通过发明新的词语，来描述这一场正在进行中的、惊天动地的人口迁移。

布鲁金斯学会的罗伯特·朗将之戏称为"百万大都市"，它是包括亚利桑那州的阳光地带、内华达州的大拉斯韦加斯和北部新墨西哥在内的、为数不多的"山区百万城市"之一。然而不利的是，朗发现全球的联系阻碍了他们除旅游和房地产外的多元化发展。在20世纪60年代初，从海岸出发的直达飞机将那些一度是矿业区的重镇，如维尔、阿斯彭、特鲁莱德和帕克城提升为国际著名的滑雪胜地，但那时，丹佛、阿尔布开克和菲尼克斯尚未充分挖掘出其潜能。他在报告中写道："如果西部百万都市地区要成为世界级的城市，它们需要加强国际联系。"至少与达拉斯－沃思堡国际机场或亚特兰大机场平分秋色。但是，它们却似乎满足于机场现有的旅客运输量，而不去提升洛杉矶等机场的吸引力。唯一的例外是拉斯韦加斯，作为传统首府的"独一无二的世界级城市"，它有通往亚洲和欧洲的航班。

条件恶劣地区，比如干旱的高原或是沙漠中的城市，它们严重地依赖空运将自身与沿海地区联系起来。1950年，菲尼克斯大约有10万人，而拉斯韦加斯却只有5万人，现在这两个城市的人口都已比那时增长了40倍。在最近20年里，这些山区百万都市机场增加了4 000万乘客。这就是丹佛被迫新建丹佛国际机场、拉斯韦加斯和菲尼克斯都在筹建第二机场的原因。

丹佛面临的一个更大威胁是移民潮，而朗担心的是没有直达航班。即使在经济衰退最严重的时期，这些航空大都市也在以超乎预料的速度接纳更多的移民，但是航空大都市数目较少，且最初的航空大都市投资过度。重聚社区和周围迅速发展的郊区被划分成了许多区域，以安置4.4万个家庭、大约15万人口。发展初期的航空大都市正在犯着与绍姆堡和费尔法克斯同样的错误，尽管没它们那样致命，但是却波及了许多的城市、县和各式各样的市政实体，这些城市、县和市政实体无一能够在其版图上再增添任何一个地方。这也是卡尔·弗伦伟德得以率先推销自己地产的原因。

没有在市区南部重复这种都市扩张计划，这是丹佛失去的一个最可惜的机会。大卫·布鲁克斯曾写道："我们甚至无法描述这些地方，在过去的几十年里，有几十个学者曾研究过阿拉珀霍县这样的地方，其中包括远郊的樱桃山、森特尼尔和奥罗拉的大部分地方。他们发明了许多新的术语来形容在这些快速发展地区发现的多样化生活方式：无边界城市、多元化大中心、多中心网络、乡村都市、激增城镇、扩展城市、技术城镇、郊区发展长廊、散布城市等。"这些地方以无所谓的态度开始，又以无所谓的态度结束。它们就像模糊而不规则的碎片，毫无规划地增多，却又缺乏持续性，不断消失又不断产生。丹佛国际机场为一种新型的城市奠定了基础，这种城市把土地、道路和社区视为珍贵的商品，而不是免费的物品，并创建了相应的都市形态。

毗邻丹佛机场居住有着独特的意义。与斯特普尔顿不同的是，这儿的居民并没有住在离机场仅仅几百米远的地方。弗伦伟德说："当你看着照片，你会想，'哦，太近了。'但大部分重聚社区的居民都住在离最近的跑道有六七英里（10 千米左右）远的地方，这是因为地盘足够大。"丹佛国际机场表明，尽管飞行不可避免会发出噪声和喧嚣，人们仍然能够住在附近。问题在于，我们如何能够最大限度地利用这个环境？

弗伦伟德并没有冒险。对将来的居民而言，机场可能产生一些副作用。他曾写道："你正住在机场附近吗？对，这片地方在发展吗？它将扩大一倍。在你做出决定之前，你必须知道这一点。如果你是因为经常旅行而想住在毗邻机场的地方，那么你也要选择住在有进一步发展计划的机场附近，因为你不会希望和家人享受天伦之乐的时候，头顶有飞机掠过。"

重聚社区已不再是离机场最近的社区了，已经有另一个集团购下了它与机场之间 2.4 千米的土地，计划创建一片直抵机场围栏的城镇住宅区。

斯特普尔顿的兴衰

2002 年，布莱恩·泰林惠森搬回了斯特普尔顿。但他并没搬回自己的老房子，而是搬到了一座建在往日机场跑道上的新房子，当他还是个孩子的时候，就常常透过老屋起居室的窗户看那些跑道。他的新住处离他妈妈家很近，挥手便能看到。他是第一个返乡的人，在其返乡的同一年，就有几百户人家落户斯特普尔顿，随后是几千户，最近 10 年又搬来有一万多户。他从未想过他能再次回到家乡，他说："我想融入家乡，成为它不可或缺的一部分。这是全新的斯特普尔顿，城市化的斯特普尔顿，在其他地方，你见证不了这种变化。"

在他离开家乡的这段时间里，建筑工人拆毁了跑道，将这些柏油路面粉碎成了600万吨重的砾石，并将其堆放在了商业城，这成了现在坐落在丹佛东部唯一的山。这些砾石将被用于修建人行道、大街，甚至可能是布莱恩家的地基。人们将这些砾石戏称为“斯特普之石”。航站楼和机库已被推倒，只剩下停车场和老塔台。老塔台孤零零在那儿服役了7年，斯特普尔顿则彻底地蜕变成美国最大的新城市主义社区。当新社区建成时，斯特普尔顿将能容纳3万居民，市中心面积为丹佛的一半。

在斯特普尔顿项目刚启动时，它是美国最宏伟的城市试验项目或新城市主义项目。但是，该项目是否足够宏大，大到能够为今后的城市建设提供一种有效的模式？作为过去10年规划成果的一个结晶，斯特普尔顿项目在关闭旧机场的决议投票通过之后就立即启动了。但当该项目遭遇破产危机时，斯特普尔顿基金会发布了一个绿皮书，公开呼吁人们的支持，希望加快建设一个“密集型、多功能、适于步行并以公交为本的社区”，一个能给居民提供足够多的就业岗位和公园面积（占地4平方千米）的社区。该基金会在1998年举办了一场规划设计大赛，以甄选一个合作开发商，在拒绝了出价最高的4家企业之后，该基金会最终挑选了丛林城市公司。该企业中标的原因在于其有足够的诚意，保证愿意为该项目投入20年的时间，并且提前支付了资金。最后，该基金会选派了新城市主义理论的奠基人彼得·卡尔索普负责基础设施建设，协助修补遭受破坏和环境污染的城市。

卡尔索普按照自己的规划，将斯特普尔顿划分成密度不一的活动地带。机场的南面（也就是前文提到的布莱恩曾住过的地方）被划分成社区和学校；机场中心则是绿色公园和办公公园；机场北面则被分割成如下几个区域：一个中心购物商场，多个办公区域，以及I－70公路的缓冲仓库。

用林荫大道和自行车道将各片区连接起来是一个好主意，但房屋建造者却未能抓住机遇新建一些住宅设施，只是简单地重复一些旧式户型，如10年前的3居室3车库，使得这个项目最终成为新郊区主义的翻版，或者更糟。斯特普尔顿在同一街区建造了融合几种建筑特点的房屋：时髦的公寓、新维多利亚式房屋、楠塔基特式村舍和结实的联邦联排住宅。近4个世纪以来，这片大陆上的各种建筑风格被和谐地融合在一起，彼此互相映衬，错落有致；低收入者和高收入人群的住房穿插分布，在人口和区域分布上达到了一种和谐的多样性。这种布局也同时解释了屋顶上那数量众多的太阳能电池板。

斯特普尔顿基金会发布的绿皮书中表示，建成后的斯特普尔顿也应成为可持续发展的样板住宅区，该项目的开发商丛林城市公司也尽最大努力达到这一要求。第一批经绿色能源与环境设计先锋奖认证的房屋于2007年落成，这批房屋以自然的通风设备、密封的绝缘材料和配备了屋顶太阳能电池的热水器而备受关注。迄今为止，美国只有4家建造商通过了绿色能源与环境设计先锋奖的登记注册，该认证被称为"绿色环保的黄金标准"。斯特普尔顿项目对地面回收的混凝土循环再利用，清除在湿地铺设的管道，同时计划植树2.1万棵，利用回收的雨水进行浇灌，而回收的雨水主要取自人行道和公园的地下。

斯特普尔顿是一块典型的棕色地带[1]，是一块饱受污染的工业区，迫切需要整顿和重新规划开发。几乎所有的机场都被严重污染的工业区环绕，但这些污染区都因为产生巨大噪声的机场而被人们忽视了。比如洛杉矶机场附近的雪佛龙石油厂及其地下石油泄漏，又如位于路易斯维尔的世界港旁边的福特"探险者"汽车厂。这些地区的土地价格都不菲，让这些极具污染性的工业实体继续留在这些地方，实在是痴人说梦。作为消费者，我们不会居住在这些地区（因为这些地方受到的污染太重或离跑道太近），但我们可以把这片土地另作他用。斯特普尔顿项目给了我们答案，这些地方可以被重新开发。

对此抱有疑虑的人，可以去亚特兰大哈特斯菲尔德－杰克逊国际机场看看。当地的一个开发商吉姆·雅各比购买了一个位于机场围栏旁的废弃的福特汽车厂。直到2006年工厂关闭，Fairlane系列和Thunderbird系列车型在这里装配了足足60年。结果是，3 000名工人失去了工作，而哈皮维利地区则失去了它最大的税收来源。雅各比以这片49公顷的土地为基础建造起了"亚特兰大航空大都市"，包括一个55.8万平方米的综合商业区，面积大小接近孟菲斯和纳什维尔的市区。这个能提供1万个新就业岗位的项目造价高达15亿美元，这并不包括雅各比当年拆除汽车厂的花费，以及处理4万吨废弃金

[1] 指被弃置的工业或商业用地，虽然或许受到污染，但仍具有再开发利用的价值。也指旧房被拆除后可建新房的区域。

属和10万吨可回收利用的混凝土的花费。

开发改造汽车厂地区对于雅各比来说较为简单，尤其是在他成功开发改造钢铁厂之后。钢铁厂位于亚特兰大市中心，雅各比将其改造为大西洋站[1]。在那片55公顷的土地上，现在已经盖满了高楼大厦、现代公寓、连栋住宅、大型商店。那些从亚特兰大钢铁厂挖掘出的污土足足装满了9 000车，取而代之的是2 800棵新栽的树和伫立在东南角的第一个通过绿色能源与环境设计先锋奖银级认证的高塔。（具有讽刺性的是，美国一些最绿色环保的建筑偏偏是建在污染最严重的地方。）要完成这些工作，雅各比需要联邦政府、州政府和地方政府的支持和资金援助。他需要对1.86平方千米的土地再分区，建造一座跨越两条高速公路（注意不是一条）的大桥，将这片荒芜之地同城市文明连接起来。等到这个项目10年后完工的时候，这儿将成为近万人的家园。雅各比告诉我："20世纪90年代初，当我们开始留意到像这样的机遇时，人们正逐渐离开亚特兰大，但是现在因为城市的扩张，人们开始搬回来了。为什么不开发这些地方呢？建造一个像福特汽车厂那样大的工程，光是获得许可就要两年时间，但是我们能在6个月之内将对它以其他方式进行再开发。当我们买下亚特兰大钢铁厂时，它一年上缴的税收是30万美元，但改造完成之后，它的税收达到了1亿美元。还有多少其他巨大的机遇有待开发呢？不多，但斯特普尔顿算是其中之一。"

斯特普尔顿的主要入口朝西，坐落在旧的工厂区。我曾从后门溜进去观察了一番。这里的重建工作正循序渐进、有条不紊地进行着。多数的地区当时仍然是荒地，尚未修建起来。马丁·路德·金大道，也就是原来的主干道，变成了广阔的沙地，只留下纵横交错的空旷街道，这时的街景就像海滩等待着浪潮冲刷。

一个街区里的房屋建设进度各有不同：其中一栋房子已经打好了地基；另一栋只有光秃秃的几根木头；第三栋已经建成，房子外层包绕蓝色的绝缘材料，屋顶上的太阳能电池板也已装好；第四栋只差一块儿新鲜草皮。

塔台立在远处，映衬在群山之下。一架飞往丹佛国际机场的喷气式飞机

[1] 一个综合性项目，包括娱乐、餐饮、购物、办公场所及公寓住宅等。

正带着轰鸣声穿云而去。尽管不喜欢，但当地人已经慢慢接受并把这个塔台视为斯特普尔顿的标志性建筑。漫步时，我发现了布莱恩的房子。他的房子坐落于一片仿西班牙教会风格的房屋群中，由泥瓦片盖成，灰泥粉刷的墙，门前有一条走廊。与他的房子隔街相对的，是一个绿草葱葱的犹如邮票般精美的院子，院子两旁分别是一些小别墅和维多利亚式房屋，这些别墅和房屋的走廊一直延伸到人行道边上，中间用白色的尖桩篱栅隔着。沿着街区往下走，我看到一个看起来很普通的、白色走廊环绕的大楼，楼前挂着一个标语牌，说明这是一个绿色能源与环境设计先锋奖样板工程。

离此不远处是令我觉得最惊奇的景象。转了一个弯，我看到了一排褐砂石房屋，全长400米，整齐地坐落在斯特普尔顿大马路边上。这和我家乡布鲁克林的情形一模一样。这些房屋都是新建的，它们是那么干净，显然从未有鸽子光顾过这里。但假以时日，这里必将人声鼎沸，就像我的家乡那样：行人摩肩接踵，在窗下的街道上跳着简·雅各布斯口中的“人行道芭蕾”。遛狗的人在草丛中散步，几个跑步的人正在大步慢跑，斯特普尔顿的居民正在向这种生活方式学习。但这还不是典型的卵石山（布鲁克林的高档住宅区）生活方式。

对这种几乎复制了布鲁克林生活景象的画面，我震惊无比。当震惊逐渐消失之后，我想到了一点：哪个生活在布鲁克林的人愿意搬到丹佛居住？他们将为此花费多少钱？第二个问题很容易回答，因为我看到一个房子的窗户上贴着一个标语，标示该房售价为90万美元。这个售价可能只有布鲁克林地区价格的1/3，但比起重聚社区，或城镇里大部分的住宅区，这已是同样面积房屋价格的3倍了。房屋售价好像从该项目开发时起就已开始增长，在房市旺盛时期，斯特普尔顿的房价实际已上升了20个百分点。第一个问题则相对棘手些，我必须亲自去寻找答案。

对于我的问题，第一个回答的人是位漂亮的50岁出头的金发女人，她叫凯西·霍姆斯。她看起来很愉悦，似乎在门廊上看到任何人都很开心。她是最近从华盛顿特区搬过来的。她告诉我：“这种住宅和人口密度对于我来说很舒适。”她的邻居或者那些她在这儿见过面的人，是从马里兰或波士顿搬过来的。为了追求喜欢的生活方式，她搬到这里；但作为一名高管教练，她需要经常往返于各地。因此，前往丹佛国际机场仅需要18分钟的高速车程，对她而言意义重大。斯特普尔顿的褐砂石房子似乎聚集了一大批富有自我激励精神和充满激情的人。和霍姆斯生活在同一个街区的邻居，还有在长岛长大的推销员、居家软件工程师、平面设计师等。这名设计师曾骄傲地告诉我，她曾是一位美国西部航空公司的空姐，工作了25年。

霍姆斯的一个邻居曾说："这是美好而非俗气的迪士尼乐园。"如果非要问霍姆斯女士对这里有什么不满的话，她与她的这位邻居有着不同的看法。霍姆斯说："我去过位于佛罗里达州迪士尼的一个名叫'Celebration'的小镇，对我来说那儿的感觉很不真实，但无论你何时实施计划，每件事总会圆满结束，所有的一切都是那么干净和崭新，但同时也让人感觉不是那么真实。"她是从经历中得出这个判断的，因为她早先曾参与了雷斯顿城市中心项目的建设。这个项目坐落于华盛顿杜勒斯国际机场附近，在当时极具争议。颇具讽刺意味的是：该项目的开发商是美孚石油公司。当地居民努力地让她感觉在这个地方很受"欢迎"，他们打破她的汽车挡风玻璃，扎破她的汽车轮胎，留下写着"凯西·霍姆斯不配享受生活"的字条。因此，她对斯特普尔顿项目抱有怀疑，是完全可以理解的。

霍姆斯的困扰在于这座城市其实缺乏多样性，无论是年龄、肤色，还是阶层。虽然新项目的计划很周详，考虑到了各个年龄段家庭的多样性，但事实上最终的结果却是年轻的家庭四处蔓延。人口数据的增长是不可避免的，就像在雷斯顿这种被抑制的需求最终爆发出来一样，同样的问题逐渐在斯特普尔顿出现。从雷斯顿到斯特普尔顿项目，霍姆斯老了20岁，还是独居，显然她很难适应这种生活。

新城市主义航空大都市

第二天下午，汤姆·格里森手拿着冰拿铁，和我在一个街区外的星巴克门前见面。我抱怨说：每一个市中心的致命缺陷，就是只有单一的连锁店，缺乏零售店。听后他咯咯地笑了，然后说道："在这里有两类人：一类人常说，'说真的，我们这里应该开一家星巴克'；而另一类人则反驳说，'说真的，我们需要点别的东西'。"

格里森身材健壮结实，头发花白，说话时而激昂，时而平缓，抑扬顿挫，就像一个很有经验的宣传员。他见证了斯特普尔顿的失败和之后的复兴。第一次是作为市长费德里科·佩纳的新闻秘书，第二次是作为斯特普尔顿发展公司和丛林城市公司丹佛运营部的发言人。时光流转，支票上的抬头发生了改变，但他却没变。他心不在焉地说道，就像是想起一位老朋友的生日一样，他清楚地记得，6 年前的这个星期，布莱恩的新家开始动工了。

我们开始谈论是什么使这个地方充满魔力，以至于有人愿意着手在别处克隆这个地方。格里森在拜访国会议员，讨论怎样着手修复希思罗机场的问题时，就已经考虑过这些问题了。他说："新城市主义是一个有趣的术语，因为它事实上仍是旧的都市生活。新城市主义可以在任何地方推行。"

格里森的老板乔恩·拉特纳也赞同这句话。他是他家族企业里最年轻的一个，同时也可能是最激进的那个。20 多岁的时候，他已经是斯特普尔顿发展公司的员工了，之后又升任了可持续发展部的总监，主要负责公司的三条生命线：人员、环境和利润。他告诉我："我们希望使用私营部门的创造力，以及公众的财源来创造一个新的城市。这种方法往往有争议，特别是将此用于讨论那些已经形成发展构想的城市，例如布鲁克林。但这还是很有希望的，毕竟人们承认这座城市还没有发展到它理当达到的高度。"

斯特普尔顿的设想是每一个房子的屋顶都装上太阳能电池板，不远处就有一所学校。相对那些改造旧城的城市规划项目，这个项目显得较为温和。更为紧迫的问题是：航空大都市能否取代机场周围的棕色地带？是否有可能开发孟菲斯的猫王大道两侧的犹太人聚集区？或者开发路易斯维尔已经荒废的住宅小区？如果可以，这些航空大都市的面积该有多大？中国目前正蓬勃发展的机场是否可借鉴斯特普尔顿的模式？

格里森说："航空大都市的规模可以依据你的需要而规划，这是一个无限的可复制模式，因为它是一个节点模式，每一个节点下都有住宅区、商业区和学校，只要理清关系，你就可以一直复制这种节点。我想，中国和印度的新城市主义社区规模，将会比我们所见过的任何一个都要大。”

他们将更多的资金投入到梅萨开发区的项目了，那是一片51平方千米的沙漠。梅萨开发区位于阿尔布开克市南边的高原之上，这是美国最后一片规模巨大，且如此临近机场和闹市区的土地。彼得·卡尔索普为斯特普尔顿项目后续发展做出了规划：其一，将城市面积扩大到原来的3倍，为这个人口不到100万的城市再吸引10万人。其二，利用任何市长（或州长）都会做的事——招商引资，促进本地区的经济发展。比如这里引入了一家电影公司，还建成了一家总投资为1亿美元的太阳能电池制造厂。通过效仿斯特普尔顿的经验，拉特纳家族希望这里的每个人都实现本地就业。就如《商业周刊》所说的，梅萨开发区“将会是第一个从无到有、白手起家的城市，并且它的目标市场是那些富有创造性的阶层”。

在巨大的市场推动下，沿海地区的知识工作者，为寻求收支平衡而搬到远离家乡的内地工作。小别墅的标价将高达40万美元，基本达到曼哈顿工作室的价位。梅萨开发区将以家庭办公室为特色，免除了上下班以及错综复杂的国际互联所带来的麻烦。商务中心将辐射整个社区，步行或者骑一小会儿电动车就可到达。在那里将提供按小时计费的后勤服务，以及最先进的会议厅。通过它，可以连接中国和印度的企业，进行无缝隙视频会议。加上一个等红灯的时间，从此处到达新墨西哥州阿尔布开克机场也只需6分钟时间。因此，过去那种因大都市机场人流过多而滞留的现象一去不复返了。现在他们可以在吃完早餐之后到另外一个城市开会，当天再回到家吃中餐或晚餐。

梅萨开发区是根据理查德·佛罗里达的“无白领蓝领区分的工作环境”的设计理念建设的航空大都市：它模糊了一个知识工作者在家、在咖啡厅、在机场与客户开会之间的界限。在佛罗里达州，拉特纳家族曾将自己的研究室搬到更靠近杜勒斯机场的地方。他们相信未来的工作属于那些比其他人更认真、更努力，能够在喜欢的任何时间和地点工作的人。拉特纳家族致力于为我们建造一座值得拥有的城市，一个可以把我们分散到世界各地的交通枢纽。卡萨达“没人可以永远只待在家里工作”的理念现在仍然适用，但至少我们可以尝试去打破这一点。IBM 公司 40% 的雇员都没有属于他们自己的办公室，他们要么在家里工作，要么在客户那里办公。60% 的安捷伦科技有限公司员工，都会有部分时间在家办公。在美国电话电报公司里，1/3 的经理已达到“岗位地区化”。

人口学家称这种现象为“分散式劳动力”。如果梅尔文·韦伯还活着的话，他可能会去尝试“不接触员工”的模式，因为我们和我们的公司表现的一样，寻求生存、娱乐，只要出现更有优势的地方，就毫不犹豫地从这儿搬到那儿。约耳·加罗称这种模式为“圣达非式世界”（Santa Fe-ing of the World），“在这里，最重要的是面对面的接触。”加罗对这一模式在 96 千米范围内进行了验证。

在目前有关航空大都市规模上限的讨论中，人们发现梅萨开发区其实算不上最大的工程。在附近一座更大的山后，亚利桑那正在建造一个环菲尼克斯 - 梅萨关口机场的航空大都市。从这个名字上，我们可以看出梅萨到底是什么性质的一个城市。尽管梅萨只是菲尼克斯的另一个繁荣郊区，它却比华盛顿特区的面积还要大一倍，人口超过了克利夫兰或迈阿密。它简直就是另一个飞越太阳谷的菲尼克斯近郊大城镇。20 世纪 40 年代以来，梅萨每 10 年的增长速度一直保持在 100% 以上。尽管唯一的增长型产业遭受重创，梅萨也只是处于其余波之中，但梅萨已经立志要加强发展而不是被淘汰出局。

根据卡萨达的建议，市议会通过了一项在沙漠边缘建造一个面积与旧金山一样大的航空大都市的计划。核心区占地 12.8 平方千米，选址定于美国通用汽车公司之前的一片试验场，该片土地于 2006 年转卖给了一个当地的开发商。在市政府同意对这片土地进行重新规划之后，该开发商承诺将建造一个梅萨从未有过的市中心，这是“21 世纪沙漠城市化”的创举，是对新城市主义一次锦上添花的尝试。这项规划的关键在于机场能否不负众望地将菲尼克斯天港国际机场的航班成功争取过来。《经济学人》杂志对这项规划很感兴趣，称该项目的航空大都市为“未来城市”，并将卡萨达称为“未来城市之父”。

我们想住在机场附近，但哪怕是面对自己，我们也不屑于承认这点。斯特普尔顿、重聚社区和梅萨已经给我们提供了最具说服力的例证。我们竞相拥入这些新城市里，是因为这里有各种工作岗位，是因为这里的工作靠近我们的生活区和购物区，是因为去上班也只是一趟航班的距离。那么，我们该如何去建造一座比现在更好的航空大都市呢？

我们的最佳解决方法之一是“以公交为导向的开发模式（TOD）[1]”。TOD 模式是彼得·卡尔索普于 20 世纪 90 年代提出来的。在提出该理念的同一年，他帮助建立了新城市主义代表大会。这个模式的名字就说明了一切：社区和城市应沿着城市公共交通轨道而建，公交站点将成为区域内的交通枢纽。这里的公交可以指公交车，但大多数情况下都是指火车。丹佛也采取了同样的做法，在快速轻轨服务线项目上斥资 70 亿美元。该项目一旦建成，全长 190 千米的铁轨上将建设 57 个站点。也就是说，有 57 个新的热点将会发展起来（卡尔索普也对这些站点的发展做出了详尽规划）。该项目里的一条线路的终点是一个机场，这超出了所有人的意料。

美国的很多城市都未用火车将机场与市中心连接在一起（或是被证实这样做不可行），这一被动的局面将会逐渐得到改善。丹佛机场是美国第五大繁忙机场，迄今为止也才修建了一条通往市中心的铁路。类似丹佛这种情况的城市不在少数。比如排名第四的达拉斯－沃思堡国际机场，直到拉斯科琳娜线建好才摆脱了这一困境。拉斯韦加斯机场（第七大繁忙机场）、休斯敦机场（第八大繁忙机场）以及菲尼克斯机场（第九大繁忙机场）到目前为止，一条轨道尚未修建。洛杉矶地铁虽然在洛杉矶机场有一个停靠站，但它却从不在这儿停车（原因是公交车覆盖了最后一段从地铁到机场的行程）。最雪上加霜的做法来自纽约的建筑大师罗伯特·摩斯。摩斯是一个狂热的汽车出行爱好者。早在 20 世纪 40 年代，就有城市规划者告诫他应该沿着范威克快速路的模式，规划出足够的公共交通运输空间，用于连接市中心与菲茨杰拉德国际机场（后来的肯尼迪国际机场）。令人遗憾的是，摩斯拒绝了这一建议，导致了现在肯尼迪国际机场每年 5 000 万乘客中的大部分都需驾车到机场。（具有讽刺意义的是，摩斯一生从未开过车，他有自

---

〔1〕 主要指以公共交通枢纽为核心的同时倡导高效、混合的土地利用，如商业、住宅、办公等。此外环境设计于行人是友好的，可有效控制步行空间。

己的专职司机。)

在欧洲，这种境况恰恰相反。几乎每个主要机场的地下都建有一个火车站，但它们不仅仅是车站，无论是巴黎、法兰克福，还是阿姆斯特丹机场，都坐落在横跨欧洲大陆的高速铁路线上。从苏黎世机场到市中心车站的火车非常快捷高效，我曾连夜坐飞机从布鲁克林飞往苏黎世，在第二天早上游览这个古老的城市，几小时后，我搭乘当天的航班回到了家。香港发展得更快，跨越岛屿和桥梁的特快列车 22 分钟就可以行驶 35 千米，使得香港市区与其航空大都市之间的距离几乎可以忽略不计。世界上最有发展潜力的 TOD 开发模式当属丹麦的 Ørestad，这是丹麦版本的斯特普尔顿。Ørestad 虽然不是在机场的旧址上进行重建的，但其大片翻新的荒废土地，几乎是在同一时间动工修建的。将哥本哈根市中心和航空大都市联系起来的火车是 Ørestad 的命脉和存在理由。通过轨道交通的连接，乘客可在 7 分钟内到达西侧的哥本哈根中心车站，5 分钟内到达东侧的哥本哈根国际机场。现在每天有 2 万名学生往返在该火车或新近建成的地铁上，他们要么前往哥本哈根大学，要么前往刚成立不久的哥本哈根信息技术大学，这些大学吸引了诸如爱立信、埃森哲以及英国葛兰素史克等公司进驻 Ørestad 的办公大楼。丹尼尔·李博斯金负责设计了新的中心区，让·努维尔负责设计了音乐会大厅。Ørestad 的总体规划将在未来 20 年内完成，竣工后可供 2 万人居住，并提供 8 万个就业岗位，这些人绝大部分都可以通过乘坐火车上班。

我曾就建造新城市主义航空大都市的可能性，咨询过伊丽莎白·普莱特·伊贝克，她在回答的时候一开始就提及了 Ørestad。她和她丈夫都是新城市主义运动的积极倡导者。我问她，如果建造航空大都市可行，我们将如何去实现这个目标呢？她的回答是：“你要做的第一件事，就是开通一列通向该地区的火车。一旦你做到了，你就可以开始思考那里将会接着发生什么，应该如何组织等问题。如果是像丹佛机场那样，从零开始建设航空大都市，你可能需要规划好，将工业区规划在偏远地区，以便多功能区域可以更靠近中心，为整个航空大都市所利用。你可以按照上述方法带动一个社区，但你必须要意识到一个中央公交枢纽的重要性。”她所描述的这种情形已在丹佛、杜勒斯和达拉斯出现。在达拉斯这个拥有600万人口的地区，达拉斯－沃思堡国际机场将建造唯一的铁路运输枢纽。

但也有人提出不同的意见。卡尔索普的一个合作伙伴德汉·格兰兹说："仅靠密度是不能解决问题的，在交通线附近或者市中心附近，设置人口高密度区域才是合适的，此时拥有将此高密度人群连接到更大范围内的交通运输系统是非常重要的。应该在机场附近加强公共设施的混合使用，建造更多的住房，加强社区内部以及社区与市中心的公交联络网点，而不是简单地在机场旁边建一家工厂。"

我听到的第三个不同的声音来自萨夫迪，他曾有过设计、建设城市和机场的经历。他因在学生时代构想的一个建筑模型，而成为以色列迄今为止最出名的建筑师，这个模型像搭积木游戏那样，将不规则方块体错落有致地码放在一起，组合成一座混凝土建筑。这个名为"栖息地"的建筑，在1967年蒙特利尔世博会面世之后，引起了世人的关注。这是对以往建筑理念的一个突破，将经济适用房的原型变成了该市最理想的住房之一。从那时起，萨夫迪开始为特拉维夫和多伦多机场设计航站楼。他的最新任务是在耶路撒冷之外，设计一个能容纳25万人的新城市。他说："人们将学会如何更好地与机场和谐共生，但是当你尚未做到这一点时，你将会面临混乱和困难。"

在他看过卡萨达有关航空大都市的模型之后，表示高度赞同，他认为，航空大都市就是"你踏上火车那一刻起就已经在脑袋里浮现的事物。如果你能开发出一个非常便捷高效的中转系统，并且把它与机场相连，那么每一个中转站都将有被建为机场的机会。当机场可以打破其边界限制，与机场范围以外的地方进行连接时，机场便开始向外围扩展。机场与城市连接得越紧密、越协调，它就越向航空大都市的方向发展，直到机场与城市彼此融合，互为一体。"

The Aerotropolist

5 航空大都市之父

30 年前，卡萨达预见到了城市的未来取决于机场的发展。他毕生致力于该项研究及其成果的推广，现在，政府也开始重视这种发展趋势了。

人类生态学和枢纽

如果航空大都市是全球化的具象体现，那么卡萨达本人就是进入 20 世纪以来，走在人类最前列的智者。他的研究成果，是他对城市如何产生、繁荣并消亡等问题的多方面探索的总结。他曾说："我从未想过要当一名领航者，我更热衷于竞争。"

1968 年，23 岁的卡萨达考入北卡罗来纳大学，攻读博士学位。在那里，他找到了一片属于社会学家的学术天地。社会学家通常不愿在实验室的显微镜下研究人类行为。他们坚持用全面结构分析的方法研究人类社会，该方法由罗伯特·帕克和欧内斯特·伯吉斯于 20 世纪 20 年代在芝加哥大学提出。这对搭档把"第二大城"作为主要对象，探索其在镀金时代的各种形态，目的在于找出城市生活的基本要素。数十年后，卡萨达提出了航空大都市概念模型，即机场位于同心圆的圆心，随着机场辐射范围的扩大，同心圆辐射的范围也随之扩大。该理念和罗伯特·帕克与欧内斯特·伯吉斯有关卢普区以及该地区的铁路和摩天大楼的研究不谋而合。

在一次回教堂山的路上，卡萨达巧遇了阿莫斯·霍利，这个人成了他日后的导师。当时阿莫斯·霍利刚辞去在密歇根大学的职务，正和几个志同道合的人一起从事相关研究。这些人中有统计学家休伯特·布莱洛克，他提出的许多技术方法被芝加哥的彼得·布劳和奥迪斯·戴德里·邓肯所使用。布劳和邓肯关于社会流动性的研究巨著《美国职业结构》在这之前一年已出版面世。几年后，应卡萨达的邀请，布劳来到北卡罗来纳。另外一位杰出的人物是格尔哈斯·伦斯基。他的专著《权力与特权》于 1966 年面世，书中他提出了一个重要的统一理论——"宏观社会学"，该理论阐释了整个人类文明的发展。这些学者的研究成果为卡萨达的模型提供了宝贵的理论基础。

这个团队的试金石是霍利于 1950 年出版的《人类生态学》。在书中，他将城市和社会比喻为生物体，为了生存与繁衍壮大而不断竞争。他以诗人的眼光看待生活，他将人口、组织、环境、技术这些连锁变量的首字母组合为“POET”（诗人）。之后不久，他提出了一套理论，新的机构与技术的演变要利用它们所处的环境；当出现如下情形时，自然资源和地理环境将被人们最大幅度地加以开发利用：人类文明变得更复杂，消费及能源使用增加，人口也大幅增长，并呈现出多样化特点。他注意到，交通和通信是导致城市蔓延和变化的最佳催化剂。虽然霍利疑虑城市的过度扩张，但他不是灾难预言者，事实依然证明事物总是向更好的方向发展。

卡萨达说：“我非常感激霍利，是他让我深刻地明白了世界为何是以某种形式存在的，以及世界将如何发展。他不曾研究过社会问题和社会行为，但他研究的重点是导致这些问题和行为的社会结构。他研究的对象是‘动力’。我则从中意识到：真正的动力不来自个体，而是贯穿于整个体系之中。”

在转入商学院之前，卡萨达成为当时所在学院的院长，并在学院里开展了关于竞争与贸易的调查研究。霍利退休后仍长期坚持活跃于教学活动之中。霍利于2009年去世，享年98岁。在他去世前不久，他还在位于教堂山的家中接待了我，向我讲授了有关自然选择法则的知识。正是这些思想，给了卡萨达有关航空大都市的灵感。

在《人类生态学》一书中，在所有首次提出的概念里，最重要的要数“空间摩擦”概念。距离不是固定的，而是可变的，是跨越其所必需的时间与能量的函数。人类进步的标志之一就是空间摩擦系数越来越接近零。书中写道：“人类生存的世界，应该更多以交通和通信手段所能达到的极限进行定义，而不是以地理知识来定义。”通过轮船、火车、波音747，人们打破了以往交通和通信的限制，他们的视野也随之变得更为宽广。城市的建立，不应以距离来计量范围，而应以时间来计量。它们拔地而起，横空出世，人们只是试着去寻找更好的模式、形式以及开发目的去发展它们。

霍利提出，人类日常生活范围的半径应在60分钟行程内。这个提法比马尔凯蒂所提出的类似的理论早了几十年，马歇尔·麦克卢汉在其专著《理解媒介》一书中，实际上也盗用了霍利的这一思想。麦克卢汉在其书中写道：“铁路并不是将移动、交通或轮子、公路引进人类社会，而是扩大了人类的活动范围，创造了新的城市、新的岗位和新的娱乐方式。”而这些作用，如今已被飞机所取代。“从另一方面说，飞机加快了人类交通的速度，也使得铁路逐步被我们的城市、政治与社交团体淡化，仅被用于飞机无法涉足的领域。”

霍利告诉我们：“城市的发展是建立在其潜在的通达性之上的，这就是为什么空间、时间和经济组织是一张密不可分的网。”他在他的空间－时间方程式中发现了一个规律，即当空间摩擦系数下降时，原本用于克服距离所消耗的时间和能量将被投入到商品和信息的交换中。“城市在拥有最大流量的人口、产品、资本和知识时，发展速度最快。”在这种情况下，拥有最高连通性的城市就会变成枢纽。

霍利还说：“纵观历史，商业总是聚集于交通枢纽处，因为这些地方通达性最好。尤其是那些拥有综合交通运输体系的城市备受青睐，运输方式越多越好。”

“那些聚集在交通枢纽的企业，产生外部经济，吸引那些它服务和为它提供供应的企业在周边集聚”，例如拉斯科琳娜或路易斯维尔的卫星城。“商业聚集规模的扩大会促进交通基础设施改进，如修建新的高速公路、轨道交通，增加空中服务，这些基础设施的改进反过来又促进地区发展。这一过程自我强化”，直到这些枢纽达到它的临界规模，像历史上的巴比伦、拜占庭、威尼斯和新奥尔良。

在新科技历史的兴衰变迁中，这些交通枢纽是非常脆弱的，它们都有可能会被新兴的竞争势力所取代。例如大篷车先后被轻快帆船、飞剪船所取代，最后发展成泛美飞剪船。哈佛大学城市经济学家爱德华·格莱泽已经证明了汽车的发明是如何消除了滨水城市所具备的地理位置优势的，如布法罗、底特律和克利夫兰。

霍利在其《人类生态学》中还写道：“关于交通枢纽的盛衰变迁，研究历史的学生对此并不感到陌生。交通枢纽的变迁，无论出于何种原因，都将带来两种结果：要么削弱现有枢纽的地理优势，并最终导致一批枢纽的边缘化，甚至消亡；要么促进新的枢纽的出现和发展。”

城市的发展也遵循自然选择规律。底特律是建立在铁路轨道枢纽之上的城市，但在福特T型汽车带来的城市郊区化的不断扩散中，其城市中心也未能幸免。早在20世纪30年代，霍利就已预测到，市中心核心区的向外扩散是不可避免的。很显然，遍布大街小巷的汽车，取代了火车和有轨电车的轮辐网络通往郊区。

随着城市的变迁，经济的发展也发生了改变。规模经济让位于速度经济。例如，大规模的福特汽车就在与以灵活著称的丰田汽车的竞争中甘拜下风。人们将工厂搬到郊区，员工也随着来到郊区上班。人们对此并不是很担心，因为便利的交通可以确保紧密的联系。这就是霍利理论终止的地方，也恰恰是卡萨达理论开始的地方。霍利“适者生存”的理念在卡萨达的理论中得到了传承，卡萨达提出了“快者生存”的理念。当其他经济学家还在关注规模经济和范围经济时，卡萨达便已经开始关注速度经济问题了。

目前最先进的技术产物是互联网和波音787飞机，通过二者，我们可以在全球范围内保持联系。卡萨达在20年前就曾预测：航空旅行将会在全球生态系统内，创造一个全新的且极有可能是终极的枢纽网络。每个城市、地区，甚至国家，不管其是否意识到，都已面临着一场优胜劣汰的竞争。通过这场竞争，将形成新的世界秩序。今天，人们将这个过程称为全球化。

美国城市的兴衰

卡萨达是在二战后的宾夕法尼亚州的威尔克斯－巴里长大的，而简·雅各布斯[1]出生于威尔克斯－巴里的近邻——斯克兰顿。后来，这两座城市获得阿巴拉契亚山脉煤炭王国双子城的美誉。简·雅各布斯说：“两座城市的人口自20世纪20年代以来减少了很多。甚至一些在那个时候想在城市里谋职的人也准备离开了。”卡萨达出生于1945年。那时，戴蒙德城那闪闪发光的无烟煤资源已渐趋枯竭。

---

〔1〕 过去半个世纪中对美国乃至世界城市规划发展影响最大的人士之一，他出版于1961年的《美国大城市的死与生》震撼了当时的美国建筑界，该书的出版是美国城市规划转向的重要标志。

不像那些老工业区城镇的发展轨迹，威尔克斯－巴里从两个方向走向了衰败，这个过程是循序渐进的，而最终导火索为1959年1月22日萨斯魁汉纳河下的矿井突然塌方，洪水灌入山坡下绵延数千米的狭长坑道中。直径30米的漩涡卷起了地下大约3 700万立方米的水与冰。卡萨达和他的哥哥见证了一排排的货车被推进漩涡，接着用翻斗卡车运送灰土填埋的情形，但结果都是徒劳的。眼睁睁看到这一景象的每个人都明白这就意味着灭亡，当然矿工们自己也心知肚明。正是由于矿主的贪婪与不顾一切，矿藏挖掘的深度远远超出河床下的警戒线，而当灾难发生时人们已无法控制。矿工们和煤矿一起被淹没了。

13年后，飓风阿格尼丝袭击了宾夕法尼亚州东北部，萨斯魁汉纳河再次发出致命一击。近3米高的萨斯魁汉纳河洪水在城市的商业区肆虐，破坏了25 000间房屋以及绝无仅有的历史街区，残留下寥寥无几的零售店。城市繁荣时，衣着光鲜的男男女女们流连于琳琅满目的店铺间，如今这城市的繁荣则同洪水一起消失殆尽。

洪水席卷了卡萨达的家，所幸的是家人没有受到伤害。他父亲是一个汽车销售员，需要每天驱车到纽约，再到费城，现在选择了一条新的跨州高速公路，先前的通勤距离缩减了一半。卡萨达也和一些濒临倒闭的工厂略有接触，这些工厂随着煤老大的消失一起不复存在了。有一年夏天，他的工作是为运往越南的枪榴弹投射装置进行总装，离开时让他感到有所收获的就是学到了满嘴脏话。

不像他的同事，卡萨达考入了康奈尔大学，以优异的成绩获得了一个经济学学士学位和一个MBA学位。但他始终不放弃自己对社会学的喜好。他对社会的组织结构十分着迷，但教授们对他的行为感到迷惑不解。教授们更关注“使然作用”，即人们塑造世界的内在能力。似乎在他们看来，人是在真空的环境中做出选择的，也就是说环境并不重要。

这在卡萨达看来根本说不通。回想他自己的成长经历，他忍不住自问，矿井坍塌后，煤炭市场也就不复存在了，那些矿工们还能有什么选择？那么“使然作用”如何解释这悲剧是上帝的安排，还是产业的灭亡？没有人谴责威尔克斯－巴里，但也没有人能拯救这座城市。城市的命运决定了市民的命运，他们已经向这里的环境屈服了。

由于卡萨达与本科导师们的思想有分歧，后来他师从霍利教授攻读研究生。作为一名年轻学者，他满脑子是他的导师所做的结构分析与最新的战略思想。竞争与结构是人类生活的主要动力，并非个人力量。“竞争力”成为他的格言，但不是指企业的竞争力，而是指区位的竞争力。类似于机构组织，国家与地区之间的竞争也极为激烈。从经济的角度而言，两者面临着类似的发展压力。国家或地区各有各的特点，表现为人类活动区位选择时所需考虑的因素，就是本地劳动力、犯罪率、教育水平、交通设施情况、气候、手续办理烦琐程度以及税收等。以上提到的这些因素只是冰山一角。将所有因素考虑在一起，这就构成了某个区位吸引人们考虑在此安家的特性了。由于公司是霍利教授结构框架理论中唯一的组织形式，卡萨达尤其乐于倾听企业的心声。

明确指出这一发展趋势的战略家对卡萨达形成了深远的影响。哈佛大学经济学家雷蒙德·弗农被誉为全球化的“发现者”，但他实际上是构建全球化的众多“建筑师”之一，他参与制订了马歇尔计划，组建了国际货币基金组织和关税及贸易总协定（WTO 的前身）。1968 年，当时还是学生的卡萨达就提出了在别人看来很非主流的思想，即国际贸易与跨国公司的规模和范围已经超出了任何国家的可控范围。国家间的势力均衡被颠覆，从现在起企业说了算。这一点在当今世界尤为突出。我们了解到汤姆·弗里德曼的“戴尔冲突防范理论”，即只要两者都在戴尔的供应链中，比如中国大陆、台湾地区和戴尔的其他厂商所在地，那么它们之间永远不会展开自杀性的竞争。

跨国公司的兴起以及弗农“全球互相依赖论”背后的主要驱动力便是航空旅行，他写道：“航空运输将跨大西洋旅行从 4 天缩短到 7 小时。这使跨大西洋旅行从富人的奢侈行为变为中产阶级的工作需要，也使得日常的国际咨询服务不再仅限于服务政府官员，还可以惠及私人企业的工程师、审计员、销售员和策略师。”在电子邮件出现之前的 30 年，这些面对面接触拉平了这个世界。

对此更详细的阐释在他对“产品生命周期理论”的描述中。产品生命周期理论实际上是对19世纪大卫·李嘉图的比较优势和贸易理论的现代阐释。弗农的理论模型遵循着任何最新、最伟大的发明都要经历从产生到衰老的发展轨迹。新产品的产生来源于价格昂贵的创新，美国公司研发出产品并在国内市场销售。在不断增长的海外需求下，跨国工厂诞生，用来为当地市场服务。随着海外需求的增加，为更好地服务于当地市场，公司开始在海外建厂。航空运输从根本上改变着全球连通性，这使得公司的海外分部之间可以形成统一的低成本网络。不可避免，国外类似的产品开始出现，并由于低廉的价格获得市场，美国公司只有全面展开海外生产才能应对价格冲击。原本依托航空运输的美国出口业务，最终变成了同样经由航空运输的外国进口。就业机会自然流向海外，一切都只能寄托于下一个新产品的产生了。弗农所不知道的是，该模型里所描述的恰在40年后的中美之间发生了。

弗农写道，这种新型企业有着“战略性的眼光，认为应该在最好的市场上开展业务，采用最先进的技术，选择最佳的融资渠道，而不考虑所处的地理环境”。该企业需要深知供应链上每个环节的价值所在，并知道未来的发展方向。这就需要创造一个可以精确回答上述问题的计算器，将成本、准入、智力、生活质量和大量其他的标准都考虑在内。企业处在供应链的什么环节，取决于企业自身的价值，可能是日本新宿区的玻璃幕墙大厦，也可能是深圳的工厂车间，或是其他。卡萨达理解了该模型所蕴含的深层内涵，他主张任何企业都应该嵌入供应链体系，否则就会像威尔克斯－巴里一样毁灭。卡萨达是第一批认识到这些的人，即企业生产什么并不重要，重要的是企业如何组织生产。

这一点是他在10年前访问乌拉圭的时候顿悟出来的。20世纪初，一些大农场的经营者定居在自称是“南美瑞士”的乌拉圭（阿根廷与巴西之间），他们的富有程度在世界范围内屈指可数。这就像那些酋长把经济建立在石油这一单一商品之上一样，乌拉圭的经济增长主要靠羊毛、肉、奶的出口，而几乎没有其他可依托的产业，在二战后的物价暴跌期间，这直接导致乌拉圭的经济体系几近崩溃。经历过几十年的迷茫之后，卡萨达来到南美洲大草原，带来了他的航空大都市概念，以及即将建立起来的高科技产业。

卡萨达回忆说，有一位反对者打断了他的演讲，并直接质疑他之前的论点。卡萨达说："这位反对者说：'有没有高科技并不重要，重要的是如果我们仅仅是进行手机或者手提电脑的组装，这有意义吗？这可以在中国实现，我们没必要做，我们可以回家制鞋了。'他说的完全正确。中国工人组装了全球2/3的iPod，但拿到的工资还不到工资总额的1/3。而剩下的都被加利福尼亚苹果公司的设计者与工程师们攫取了。'高科技'本身并无意义。我在很早就懂得了，产业并不决定利润分配，而在产业中所处的位置才决定价值。也就是说，在产品生产过程中，你是负责研发创新，还是负责组装，这决定了你的价值。上述观点，我们在世界上最大的戴尔工厂温斯顿-塞勒姆得到了验证，该工厂已于2010年关闭。工人们做的是组装机箱的工作，每小时报酬为12美元。也许他们已经回家组装家具去了。这些工厂很不幸都倒闭了。"

"他讲的没错，但我所说的是一个更广泛的问题。"他补充道。就像达拉斯证明的那样，即使是石油这样的行业也需要找到合适的区域来设立总部。比起在福陆和金百利-克拉克附近做钻井业务的同行们，在拉斯科琳娜的埃克森-美孚高管们有更多的共同点。乌拉圭最终还是成为南美的高科技业务外包中心。这里拥有高技能、低成本的人力资源，即使是印度公司都想派程序员到这里来，按照美国人的作息时间工作。

卡萨达很耐心地解释道，航空大都市的基本原则就是，"要认识到你在产品生产周期中所处的位置，你赋予了产品多少附加值，你是如何利用速度来提高生产率、降低成本的"。一个追求高技能、高收入就业的城市或者地区，应该更关注产业的资源配置能力（如设计、销售、研发），而不仅仅关注某个具体的产品或企业，即使这个产品或企业的技术含量很高，或者非常环保。

除了霍利和弗农以外，对卡萨达的思想影响较大的另外一个人是宏观社会学家格哈特·伦斯基。伦斯基花费了大量精力，试图解释社会是怎样以及为什么从捕猎采集者的集合进化成为后工业时代的超级大国的。他的答案是，社会转型起源于上层社会。由于资源集聚到创新者身上，富人越来越富，而剩下的人只能苦苦挣扎，追随其后。公司、城市和国家也都会这样。

卡萨达将伦斯基的观点与弗农的产品生命周期理论、霍利的枢纽历史观进行了比较研究，并深入到了经济地理学的新领域。世界上许多学者也在从事该项研究。随着柏林墙的倒塌和 WTO 的建立，国与国之间的边界变得越来越不重要。供应链被重新定义为价值链，链上的每个环节都在力图为最终产品增加附加值。随着跨国公司规模的增大和话语权的增加，其对供应链分布的决策从总部一直延伸到原材料出产地，而这些决定了世界城市与地区的等级和地位，并重新定位了财富的流动。各地区为了生存与发展，不得不竞相吸引那些最有价值的创新和培育环节，同时最大限度地避免承担简单的外包业务。

卡萨达推论道，这些企业最看重的一个优势就是“无摩擦”，即可以不受阻碍地迅速调配人力、物力和改变思想。要做到这一点，第一步就要像霍利所说的那样，占有最先进的连接工具。如果这种工具是互联网和波音 747 飞机，那么城市若想要拥有这种优势就必须将两者结合起来，就必须拥有宽带设施和枢纽机场。无论处于竞争的哪个阶段，是在忙于 iPod 设计，还是在忙于装配都不重要，即使是重工业也对速度有所要求，这意味着必须有充足的航空服务。在确定了企业发展的关键影响因素后，卡萨达设计了一个区域参与竞争的利器，以使像威尔克斯 - 巴里这样的城市比竞争对手更具有吸引力。于是他提出了航空大都市的概念。

本质上，他所设想的航空大都市并不一定是一座城市，更像是一个超导体，可以保证为那些希望在这里从商的人提供零阻力的基础设施。仔细研究他的原始模型，白色模块和办公室模型以波浪状排开，是一个精细规划的城市，专注于那些将要在这里选址的企业。航空大都市也不是机场，不一定拥有最长的跑道或者最大的地盘。无摩擦是一系列特质共同作用的产物，而且其中很多是隐形的，如自由贸易区、便捷的旅客清关手续、简便的审批手续、充足的劳动力等。卡萨达认为：“这就是节约时间、降低成本、节省空间的途径，航空大都市结合了英里弹性（elastic mile）、空间摩擦、虚拟社区以及商路的所有优势。”

整合这些优势需要不惜牺牲员工和纳税人的利益，来为企业降低成本、减少繁文缛节，但理论上在未来能换来更大收益。企业一直希望政府可以坚持不懈地满足它们的要求，卡萨达的航空大都市就可以满足所有这些。

大多数人在20世纪90年代时都是反对全球化的，当罗斯·佩洛非常雄辩地声称他反对《北美自由贸易协定》时，我们频频点头以示赞同，或者在1999年走上西雅图大街，开展反世贸组织活动。一旦人们赞同了全球化，他们便开始充分挖掘全球化对家乡和城市的影响，重建周边的服务设施，如医疗与教育，因为这两项实在是无法外包出去。近10年，卡萨达得出了一个结论，城市规划必须遵从竞争、创新和过时这一铁定的规律。但这并不会造成与全球化脱节，反而会加快城市的全球化步伐。

这是他和航空大都市所面临的挑战。他强调说："真正的问题并不是航空大都市是否一定围绕机场，因为答案是一定会。真正的问题在于航空大都市是否会以智能的方式最大限度地减少问题，并给机场、机场使用者、企业、周边社区以及所服务的更大区域带来最大化的收益。"

卡萨达并没有对像迪拜那样的高效独裁统治感到困惑。与其他地方相比，如果有区别的话，也仅仅是它们发展得相对较快而已。卡萨达指出："生活是一系列取舍的集合。一个城市需要做出战略性抉择，城市之间也有胜负之分。事实上，一旦出现动态变化，某些人和地区就会占据上风，其他人和地区则江河日下。"速度决定一切，它可以毁灭一个城市，当然也可以让其重生。

枢纽港及其原型

萌生航空大都市这一想法后，卡萨达近30年间一直在不断深入思考。从20世纪80年代初造访曼谷和香港开始，直到2000年他的理论得以成书出版，该理论也趋于成熟。而此时，他已错过在美国从零开始兴建航空枢纽的最后一次机会——建设丹佛机场；已经建成的那些机场，无论是奥黑尔、孟菲斯、路易斯维尔还是达拉斯，在卡萨达有机会拯救它们之前，它们已经建设完成。因此当时卡萨达不得不另觅他处。

很长一段时间，卡萨达认为航空大都市如果不是一个城市，就应该是一个设备完善的工业城镇。那里有一条条组装生产线，直接通往等待起飞的飞机腹舱。他的这个想法似乎简单得有点可笑，这些被他称作“枢纽港”的地方可以建设在任何地方，甚至是丛林的最深处，因为它们可以凭借航空运输通达世界。他想象着在世界范围内建造十几个这样的枢纽港，相互之间来回运送各种备件，在人们需要的时候承担任何组装工作。

1990 年秋，卡萨达把他构建十几个枢纽港的想法告诉了北卡罗来纳州政府议员詹姆士·马丁（后来马丁当上了州长）。那时，卡萨达已经从北卡罗来纳大学社会学院转到商学院就职了。马丁议员仔细倾听了卡萨达的想法，当卡萨达指出如果建立枢纽港，可以给当地提供 3 万个就业岗位时，马丁议员当下就表示他们想要建设一个。马丁议员对卡萨达的想法评价很高：“在我看来这个想法富有挑战性，但当你意识到了某些激进的想法并深入思考时，那就很可行了。”研究报告给出了令人乐观的数据：在这样一个烟草、家具和纺织等传统工业日益萎靡的地区，如果现在马上动工修建枢纽港，那么在 1998 年将可以带来 5.5 万个新的就业机会。

州政府对枢纽港的选址进行了公开竞标，一共有 11 个社区参与竞标，涉及了所有的 3 个城市群，其中包括夏洛特、罗利 - 德罕和由格林斯伯勒、海波因特及温斯顿 - 塞勒姆构成的三方共同体。当顾问们就哪里有最好的跑道、公路和铁路争论不休时，政治因素凌驾于一切标准之上。哪里最需要枢纽港就建设在哪里，最好也不要离基蒂霍克的烟叶种植地太远，因为那里是莱特兄弟在 1903 年第一次驾驶飞机征服蓝天的地方。最终，选址委员会（简称选委会）选定距罗利东南 128 千米的小镇金斯顿，到距离这里最近的州际公路要 1 小时车程，到达最近的城市也要驱车 1 个半小时。那里的机场，除了大片大片空旷的场地和短跑道之外再无他物。就如许多经济学家曾经告诫过的一样，政府在刺激经济方面常犯的典型错误是：在给经济受重创地区投资而未见成效时，政府宁愿继续加大投资力度，犹如向一个无底洞里不停地投钱，却不愿把钱投给能让资金发挥最大作用的地方。

卡萨达惊讶地发现选委会套用了他的话：地点并不重要。然而他的本意是，选址在不毛之地不是问题，但可达性还是十分重要的。而金斯顿既没有高速公路，也没有干道，也不是任何地方的交会处，可以说是个前不着村后不着店的地方。这一切都困扰着卡萨达。一次，当他给一个备选场址进行第一次也是唯一一次推荐的时候，选委会主席拍了拍他的肩膀说："你最好不要参与进来。你是个想法很大的人，但我告诉你，你有一个很大的性格缺陷，跟马丁州长一样。你们总是太过乐观，每次搬开一块大石头都想着能找到一颗钻石，而事实上大多时候只会发现一条蛇。"

卡萨达曾提醒过州政府，成功取决于速度，谁动作最快，谁就能赢得未来，而这个所谓的枢纽港历经 10 年仍未见起步。用了 1 年的时间决定选址金斯顿，之后耗了 3 年起草一份总规划图，又花了 5 年的时间（卡萨达说这已经是联邦航空局认为的最快速度了）完成了联邦航空局要求的环评报告。直到 2001 年，也就是"9 · 11"事件发生的那一年，枢纽港尚未建成就已经过时了。

其间，卡萨达一直在不断尝试将理论付诸实践。如果金斯顿跟不上他的步伐，他就另觅别处，这个别处不是州政府或市政府，而是一家公司。联邦快递公司借鉴了卡萨达的枢纽港蓝图，建造了菲律宾亚太转运中心。转运中心位于距菲律宾首都马尼拉超过 112 千米处的前美国海军基地旧址，需要跨越崎岖险峻的山路才能抵达。转运中心于 1995 年对外开放，是苏比克湾自由港区的中心。短短两年之后，多家台湾企业在这里开办了十几个工厂，他们的货物可以直接运送到联邦快递的飞机上，然后送往亚洲各地。主板、光盘驱动器、数以亿万计的英特尔奔腾处理器被运送到台北和中国大陆，继而进一步组装成电脑。后来有一个韩国公司仅凭借一个工厂就胜过此前的所有工厂，该工厂生产的微型集成电路芯片，相当于当时韩国国内出口微芯片总量的一半。转运中心开始运营的头 10 年，有超过 100 家外资企业总计投入 25 亿美元建厂。这些企业设备完善，雇用了近 7 万当地居民，与外部世界的连接完全依托于转运中心机械化且准时的运转。转运中心建成后，出口额从第一年的2 400 万美元猛增至 13 亿美元。

苏比克湾是卡萨达构想的现实验证，证明他那在不毛之地建厂、最后创造出上亿美元经济效益的构想是切实可行的。卡萨达想把他在菲律宾的成功复制到泰国。在那儿有一个叫乌塔帕的前美国空军基地。同时在中国，他把目标定位于澳门边界上。在美国，卡萨达忙于在内陆帝国加利福尼亚州参与机场建设，在沃思堡市他忙于给总统候选人的儿子罗斯·佩罗介绍航空大都市。受亚洲金融危机和其他各种因素的影响，泰国和中国的两个枢纽港并未建立。而达拉斯这个离家比较近的枢纽港的命运就相对好多了，城市周边催生了很多机场附属品，这也激励了卡萨达进一步向航空大都市迈进。

回头再看看金斯顿，各种问题开始浮现出来。1998 年，联邦快递公司宣布要在美国某个地方新建一个枢纽港。金斯顿的支持者们认为他们一定会获得这个项目，但是他们大错而特错了。最终枢纽港建在了格林斯伯勒市的机场。这里地处三大城市中心，比金斯顿更具竞争力。这也为接下来的 10 年奠定了一个发展基调。较之偏远地区，那些潜在的工作人员多会选择通勤便利的地方。2003 年，波音公司考虑要将 787 梦想飞机的总装线设立在金斯顿，枢纽港差一点就因此而火了。但在华盛顿州抛出了 30 亿美元挽留波音公司后，这个航空业巨头还是留在了它的家乡。（此前，考虑到奥黑尔机场的高连通性，波音公司想要把其总部迁往芝加哥，华盛顿州已经因此十分恼火了。波音总部选址方案中还包括达拉斯 - 沃思堡和丹佛。）

在卡萨达提出枢纽港构想 18 年后，金斯顿枢纽港最终宣告失败。经过多番恳请，波音公司旗下的史皮特航空系统公司最终同意在金斯顿附近建厂，公司以雇用 1 000 名当地居民，获得了近 2 亿美元的补贴奖励，而这笔钱足以支付这些人 4 年的平均工资。该公司的产品是空客 A350 的巨大机身，这不是空运到法国的，而是取道水路。

即便如此，金斯顿枢纽港的支持者依然希望它能蓬勃发展，可以提供数以千计的工作岗位。但是他们的希望在 2009 年再次落空。那一年，波音公司选址南卡罗来纳的北查尔斯顿作为波音 787 的第二个总装线。这些支持者对基础设施的推动作用深信不疑，但现在看来好像什么作用都没起到。

在美国北卡罗来纳州首府罗利、德罕和教堂山（卡萨达在此教书）三个城市之间，掩映在 2 800 公顷松树林里的三角科技园是美国最古老和规模最大的研发中心。共有150多个公司在此办公，约3.7万名员工，其中IBM和联想就占了近1/3，并且联想的全球总部就在园区边上。阿斯特罗草皮（用绿色尼龙等材料制成，用来铺设运动场等）、条形码、超声波和艾滋病防护药齐多夫定都诞生于此。在园区里，中等水平的年薪约为5.6万美元，几乎是周边地区平均收入的1.5倍。

1959年起，三角科技园就是当时的全球枢纽港，这得归功于雄心勃勃的州长决心在全美最贫困、教育水平最低的州解决人才流失问题。三角科技园有着一般全球枢纽港所没有的优势：世界一流的高等学府，100万居民，被约翰·肯尼迪提拔为商务部长的州长，以及州长为吸引国家级研究院而提供的便利条件。即便如此，还是花费了10年的时间，才等来第一家厂商安家落户。其他企业落户与否难以确定。到底这是在坚守信念还是在赔钱赚吆喝呢？时至今日，枢纽港的支持者指出，三角科技园有朝一日定会大发展。前州长马丁曾断言："当我听到卡萨达的想法时，我就知道这一定又是一个激进的想法。但北卡罗来纳有采用激进的想法而获得成功的先例。面对批评家的指责，只要我们能长时间地坚持下去，我们就有机会成功。"

后来卡萨达才明白，世界枢纽港和三角科技园是不同的，后者得益于高速公路和周围城市的崛起。（更何况距离机场也不过10分钟的车程。）三角科技园是经济增长的引擎，只不过它晚上会休息。它的发展需要借助连通性和社区。

灵丹妙药

不久前，一个寒冷的11月的早晨，卡萨达飞到北部，在费城给新听众做关于航空大都市的演讲。这只不过是他众多受邀讲座中很普通的一个，卡萨达已习以为常。9年前他发起了第一次"航空城"大会，现在每年举行一次。他在迪拜、香港、法兰克福和北京相继进行过关于航空大都市最新发展情况的演讲。在美国，他是底特律、印第安纳波利斯、密尔沃基和孟菲斯等市政府的顾问。这些城市之间也在互相竞争。

卡萨达到费城后，瑞娜·卡特邀请他共进工作早餐。这位政界巾帼平步青云，提拔速度令其他政界同仁望尘莫及。瑞娜·卡特是该市主管交通和公共设施的副市长。但机场的建设项目使她的升迁停滞不前。费城国际机场是全美最繁忙的机场之一，但是一边是野生动物保护区，一边是蜿蜒的特拉华河，这样的境况让费城国际机场实难发展。

卡萨达对会议的题目“构想大费城国际机场”颇感失望。他小声说道，题目应该是“构想费城航空大都市”才对。因为航空大都市并不是机场；总是惦记着跑道和飞机延误就会误解航空大都市的真正含义。会场设置在一个木板会议室内，里面的十几张桌子特意为头脑风暴而摆放成了碟形。与会人员形形色色，有政府官员，有研究学者，还有建筑师和城市规划师。

这是卡萨达的舞台，但他不是一个善于表演的人。他避开光鲜耀眼的舞台，与听众们站在一起。他穿着商务人士常穿的深色西服，打着浅色领带。他的头发从额头梳向脑后，就好像隐形轰炸机的双翼。他的双眼随着演讲幻灯片的进程而规律性地眨动。当陈述完某一个观点后，他常会笑笑，偶尔打个寒战。多数情况下，他看上去很累。多年来他一直在空中往返，现今乘飞机时机翼上闪烁的灯光，再也激不起他的热情了。这些都是他长期倒时差的典型后遗症。

卡萨达开始了他的演讲：“请允许我给你们一个非常非常简单的定义。航空大都市就是机场综合区域，从由宾馆、写字楼、产品分销和物流设施构成的产业集群向外延伸 96 千米。”对于一个门外汉来说，随后的 1 小时演讲是十分专业的。比起一些十分具体的小例子，卡萨达更喜欢将案例归类处理，这更适合那些经过训练、具有系统思维的听众。“所有的活动都因机场的运作而加强。不论它是供应链，是企业网络，是生物医药，还是时间敏感性强的新材料，机场本身就是整个新经济体系中的功能核心。它的终极目标就是提高城市的竞争力，提供就业机会，提高人们的生活水平。”

卡萨达的语言风格兼容了浅显的咨询派语言和深奥的学术派术语。两者交替运用，效果相辅相成。他就像一个优秀的实践先驱，常常引经据典，给人印象深刻："互联网挪不动箱子""做生意就是一种人与人的接触运动""绝不要从循环的角度做战略决策"，还有引自阿尔文·托夫勒的"快者生存"。

卡萨达告诉与会者："我最喜欢的书是1990年出版的《政权更替》。里面有585页论述了未来什么将决定国家、公司、地区和社区的等级。最后浓缩成三个词就是：速度，速度，还是速度。不再是大鱼吃小鱼了，而是快鱼吃慢鱼。21世纪初，决定竞争优势的唯一法则就是：快者生存。"

卡萨达继续说道："到20世纪90年代中期，我们发现自己生活在一个可以用两个词概括的环境中：动荡与不稳定。你是怎么适应没有任何预兆且不断变化的环境的呢？不论是公司还是社区、地区，只要有竞争优势，就能适应。"卡萨达解释道，竞争不再是单个公司的竞争，而是整个供应链的竞争。戴尔和联想的竞争不只是两家公司的竞争，而是成百上千分散在世界各地的人们之间的竞争。这些供应链上的节点可能会中断或转移，有些也许要从一个城市搬到另一个城市，从一个国家转到另一个国家，抑或跨洲。全球化模糊了这些企业的边界。他们其中一些公司可能同时隶属于多条供应链。

供应链上，各环节之间的地理距离越来越远，这更加需要在尽可能短的时间内跨越这一距离。即使商业活动范围加速扩大，准时制生产系统的速度仍在不断提升，反应速度从几秒不断缩短。这就是为什么托夫勒称"时间本身就是昂贵的产品"。

在距离消失和准时制共同作用的世界里，改变的不仅仅是企业之间的竞争方式，还有城市之间的竞争方式。在这样一个速度经济时代，城市和它们的边远地区，为了在供应链中获得最大利益不惜针锋相对。为了打破贸易壁垒、构建跨境联合企业、实现资金快速流动以及对速度的无限渴望而进行竞争时，民族自豪感、国家遗产和行政部门的威信等都立刻显得不那么重要了。卡萨达认为，一个城市的最后王牌就是速度，速度快过对手，你就是赢家。有了好的基础设施，边远地区也可取代首都而成为中心。正如房地产业的基本法则"位置、位置、位置"已经被新的词语所替代，那就是"可达性、可达性、可达性"。

在这一点上，卡萨达的框架和我们已经了解的全球经济一体化相吻合。世界是一个网络。城市间的连接速度，甚至超过城市与其周边村、镇之间的连接速度。这就是为什么珠江三角洲地区的诸多城市发展成为“世界工厂”，并将其命运与你从“百思买”运回家的平板电视密切相连。这也是为什么拉斯韦加斯和澳门，一个是沙漠中的绿洲，一个是四面环海的小岛，远隔1.1万千米，却能双双成为世界赌城。这也是为什么在班加鲁鲁，印孚瑟斯公司大门内是修剪得整整齐齐的草坪，而大门外却依旧是脏乱的市区。这家印度的微软公司的全球化思维、本土化行动已经与农村毫无共同之处。

这一切是如何发生的呢？简言之皆因互联网。过去40年间，互联网的网线几乎覆盖全球，带来了翻天覆地的变化。依照互联网那集线器和节点的结构，起先是企业改革，后来是城市的重建。

卡萨达对此满怀希望。他对提出的应对不稳定和动荡情况的方案坚信不疑，他的信念在市场波动面前也从未动摇。在不断变化的世界里，他的构想应该是最好的。以往的结果一定会给未来的成就提供保证，当城市扩张来临时，我们会走得更远、更快。

“世界越来越平坦，各种商业活动在世界范围内进行。他们必须保持联系，而且是比过去更紧密的联系。航空运输是一种方式，是物联网，机场就是网络节点。”卡萨达问道：“还有什么能连接我们？”他双手紧扣，演讲达到了高潮，“你必须明白，我们现在讨论的是一种新型的商业模式。机场不再是交通基础设施，它也不再是城市的机场，机场本身就是城市。机场是航空城。”

正如所有的城市一样，航空大都市必须有政府。虽然在诸多现有的例证中，我们还无法清晰地看到究竟应该由谁来负责管理更科学。费城国际机场正处于一种微妙的境地，充当着城市的中介，它分属于两个城市与县，辐射范围更覆盖了三个州。早餐时，有来自上述区域的代表，更不用说宾夕法尼亚东南运输局（负责运营到航站楼的火车和汽车）、大费城商会以及特拉华流域地区规划委员会了，没有一个能单独掌管机场，但是它们的联盟合作对于促成机场周边区域的发展是必要的。

在此之前，没有人想到要在机场周边修建一座城市，尤其是当这个地方的土地分属于十几个不同的政府时。希思罗、奥黑尔以及洛杉矶等国际机场都证明，简单的摸索前进是不可取的。新形式的管理体制是必要的。卡萨达认为至少应该设置一个区域性的航空大都市管理部门，它可以掌控自身的命运，并对外围区域有一定的话语权。最好是像阿姆斯特丹那样，采取公私合营的模式进行管理。这种模式关系错综复杂，环环相扣，表面上看是以营利为目的的公司凌驾于当地政府之上，替他们管理该区域，但实际上当地政府是这些公司的股东。托夫勒曾经在一次采访中提到，在速度经济时代，正值衰败的公司和垂死挣扎的区域之间的共同点是缺乏想象力。他解释道："21 世纪的文盲不是不会读写的人，而是不会学习、不能抛弃旧观念、不懂得持续学习的人。"

中国和中东的航空大都市是通过行政干预建立的，当局不容异议，要是在其他地方，把城市的整体构造拆开重建，再想达到让每个人都满意的程度，至少得花费 10 年时间。这也解释了为什么卡萨达要以接下来的这段话结束他的演讲。

"经济转型中，没什么灵丹妙药。当跨行业、跨部门的人们（政府、教育部门、工商业、非营利部门、艺术和文化部门）都聚集起来，为了共同的利益而真诚地合作时，当所有的办事流程得到改善时，当官僚障碍得以摒弃时，当为数不多的几项大胆试验开始着手进行时，当公共、私营事业部门共同向各类资源投资以刺激经济转型时，真正的经济转型才能实现。"

一片热烈的掌声中，卡萨达落座，主持人站起来。瑞娜 · 卡特激动得上气不接下气地说："你听到欢呼声了吗？"如果卡萨达"是《圣诞颂歌》中的过去之灵，那我就是未来之灵。在我看来，未来这里的区域经济涉及 3 个州和许多县，这是我对未来的憧憬"。6 个月前，卡萨达给该市各大公司的总裁做了一次小型演讲，之后她便萌生了这个想法。当时卡特就被说服了，于是想尽一切办法改造城市那些难以应对的基础设施。卡萨达在早餐时的真实目的仅仅是打个伏笔，这次思想灌输仅是众多次中的一次而已。

后来她告诉卡萨达："我不止一次听到'干这个要花费几十亿美元''涉

及的政府机构太多了'‘你永远也不会得到支持!'‘资金从哪里来?'等诸如此类的问题。我则告诉他们，给 I-95 公路增铺 6 千米就要花费我 20 亿美元。我对于几十亿美元的资金并不感到紧张。在运输类基础设施中，就没有便宜的东西。如果他们能打得起仗，能给工业几十亿美元的经济支援，就完全能够为这个计划买单。我并不是要求明天或者下周就能实现，而是怀揣着这个梦。您已将这个梦讲得如此透彻了。”

Aerotropolis or Bust

6 航空大都市或废墟城

20 世纪，底特律打造了汽车城神话。如今，底特律复兴之路在于打造一座航空大都市。但航空大都市真的能给汽车城插上翅膀吗？

淘汰这座城市

没有人敢妄言成为航空界的“亨利·福特”，因为该头衔已属于福特本人。早在1925年，亨利·福特就以福特T型车为模型设计了代号为“铁皮鹅”的福特三引擎飞机。很快，他在迪尔伯恩修建了飞机制造厂和机场。福特机场是世界上最早配备探照灯、铺砌跑道、使用双向无线电设备以及建立航站楼的机场，甚至还有一个机场酒店。为了能销售飞机并起降，他成立了福特航空公司，也是历史上第一个航空公司。

1933年，福特关闭了他的航空公司和飞机制造厂。在此之前，他的福特三引擎飞机舰队一直往返于迪尔伯恩和芝加哥，运送旅客、汽车零配件和航空邮件。作为一名先驱者，他几乎没有盈利。1929年，环球航空公司运营的三引擎飞机开拓跨国业务时，查尔斯·林德伯格和艾米莉亚·埃尔哈特还是乘客。后来，该机场改建跑道，用来进行汽车试验和校验，机场跑道依然清晰可辨，驾驶时仍然需要小心谨慎。

但福特的故事远未结束。“铁皮鹅”从未像老爷车那样被大规模生产。在二战期间，他迎来了第二次机遇，美军要求福特建造轰炸机无敌舰队。在珍珠港事件之前，他的竞争对手加利福尼亚工厂一天都很难生产出一架轰炸机。一天一架？福特想要的是一小时一架！

在距底特律西部40千米的威洛伦，一座庞大的工厂拔地而起。工厂的主建筑占地约23万平方米，比二战前的波音、道格拉斯和联合飞机公司的面积总和还大。林德伯格在一次参观时，将其称为“工业世界的奇迹”。到1944年，这里每小时就有一架B－24解放者号总装下线，隔壁新建机场上飞行员排队起飞的景象也颇为壮观。工厂吸纳了4万名工人，生产的飞机比当时任何一家飞机制造厂都要多，富兰克林·罗斯福总统更将其称为“民主党的兵工厂”。

二战结束后，福特家族撤出了航空业，重新投入到了利润丰厚的汽车制造业。而威洛伦最终由通用汽车公司接手，此后的数十年间这里一直是雪佛兰车型的生产基地，现在缩小了生产规模，只生产6速变速器。因为通用公司进行内部破产重组，该工厂在2011年被永久关闭。如今大部分客户和员工都来自中国或泰国等地，美国本土或密歇根当地已没有多少业务，所以工厂倒闭前生产的变速器也无须远程运送。

从威洛伦驱车前往底特律，可以体会到城市的百年沧桑：从无限繁荣到军火工厂再到没落荒凉。福特的成就源于批量生产的盛行，但同时也预示了城市无法逆转的衰落。底特律与汽车制造密不可分，而重树汽车业在底特律地位的想法只是一厢情愿。"福特主义"旨在打造工业帝国，这一理论很快就被国外更敏锐的对手超越，他们根据效率来决定规模。在福特打造底特律神话之前，第一条从底特律到威洛伦的公路干线及其附属道路将周围的城市消耗殆尽，而底特律首当其冲。福特写道："要解决城市问题，除非淘汰这座城市。"他只说对了一半。当福特在洛杉矶的对手渴望打造"空中底特律"时，他们也未曾想到"底特律"会一语成谶。

"谋事在人"

代表团步履蹒跚地走进喜来登豪华餐厅，一个个显得无精打采。在卡萨达的安排下，他们提前几小时到达了阿姆斯特丹。代表团来此并非是向德高望重的大师求学取经，而是为了考察史基浦国际机场。航站楼就坐落在酒店的对面。按照安排，第二天卡萨达将带大家到功能齐全的航空大都市内部游览。在场的所有人都怀疑，他们将要建造的第一个美国航空城，会从胡乱涂鸦中构思出来。

代表团成员大多来自比底特律更大的城市：韦恩、沃什特诺，偏远的罗穆卢斯、贝尔维尔和泰勒，还有休伦小镇和范布伦小镇，以及名目繁杂的机构，例如，东南密歇根州政府理事会和底特律地区商会。唯一缺席的是底特律城。当时的底特律市长夸梅·基尔帕特里克对此构想嗤之以鼻，不屑一顾。当这位嘻哈市长最终因作伪证、妨碍司法等指控离任后，他的观点变得不再有分量。但这并不是说他的观点没道理，因为所有聚集于此的掌舵人，也都怀疑在原本的城市废墟之外打造一座新城市的可行性。

建造航空大都市就能挽救底特律于水火吗？目前最重要的是，底特律要意识到自己的处境已万劫不复。从20世纪70年代开始，这些自封的“复兴城市”已经成了城市复兴潮流中的试验品和殉葬品。底特律自我标榜的“复兴城”就是城市复兴潮的前沿阵地。也许底特律复兴受阻，最令人扼腕叹息的要数旅客捷运系统了，这种穿越市中心的高架单轨列车，夹杂在废弃了几十年的高楼里，愈发显得无人问津、空空如也。

卡萨达提出的理念是城市建设要依托公司、服务公司，通过满足顾客的需求，确保城市屹立不倒，一切应该从机场建设开始。但是底特律的现实情况是：在重新发展时，需要充分考虑政治、经济和地理因素以满足三巨头（福特、通用和克莱斯勒）的需求。卡萨达认为城市应该是全球网络的节点，通过不断重组、不断发展以满足企业的需要。据此看来，亨利·福特打造的底特律是当时的“汽车大都市”。底特律神话的终结让我们在发展航空大都市时，必须考虑一个核心问题：如果寡头企业倒闭或搬迁，城市前景将会怎样？

无论是亨利·福特个人，还是底特律三巨头，都已成为过去时。倾力打造航空大都市十分冒险，虽然能带来其他效益，但谁也没有十足的把握。考虑到与许多城市相比，无论是吸引人才的能力，或是生活水平，乃至几乎每一个可以计量的领域，底特律都已经远远落后，修建航空大都市的前景不容乐观。但如果成功了，他们毫无疑问地将成为英雄；而航空大都市将成为新的城市中心，拥有占地102平方千米的土地，道路两旁绿树成荫，有专用的自行车道、火车道，研究院内有当地大学毕业生日夜攻坚，为2035型雪佛兰伏特电动车设计电池。到那时，许多城市会争相效仿，复制汽车城的奇迹——底特律市中心将成为一群中产阶级的栖息之地，他们乘车上下班的方向正好与机场相反，这与住在旧金山的谷歌员工有些相似。

穿旅行夹克、脸色浅灰的高个子男人是玛鲁吉特·布鲁博士，韦恩经济发展局局长。布鲁在几年前从匹兹堡来到韦恩时，就被人们赞誉为神奇的员工，他接受新事物的能力非同一般。那个秃顶的是道格·罗斯威尔，所有的人都竭力与其攀谈，希望留下好的印象。身为底特律复兴计划的总负责人，他相当于整个底特律的CEO。作为代理人，他可以发号施令，而且财权在手。若有人能将罗斯威尔说服，便不虚此行。

第二天将领队参观的卡萨达现在还没有到场。在他缺席的情况下，韦恩的首席行政长官罗伯特·费卡诺将主持仪式。这位资深政客每逢大会必参加，而且言行谦卑，成功掩饰了他的真实身份以及上任时的经济窘境。尽管不是市长也不是州长，他介于两者之间的管理权限却远远不局限于底特律。韦恩对于底特律来说，就好比库克对于芝加哥，达德对于迈阿密。韦恩的面积是底特律的4倍，拥有的人口是底特律的2倍，比菲尼克斯城或费城都要大。它的管辖地北至第八迈尔大道，这是一道划分城市和郊区的无形铁幕。这道铁幕南达格罗斯岛，东临圣克莱尔湖和加拿大，西至绵延不绝的草地。市郊拥有两个机场：威洛伦机场（继续承担三巨头的货运）和底特律大都市韦恩机场。

不可思议的是，作为一个正在崩溃边缘挣扎的城市，底特律拥有美国最好的机场之一：崭新的航站楼，繁忙的航空枢纽，在连通亚洲方面更是全美其他城市无法比拟的，当然这要归功于西北航空公司的影响和丰田公司高层的频繁活动。在两个机场中间是州际高速和近256平方千米的空地。和汽车城其他事物一样，三巨头的厂房从机场一直向北绵延，旗下工厂布局零零散散，这与底特律的发达程度相悖。尚未开发的土地属于韦恩和已经搬到阿姆斯特丹的地方政府。当初费卡诺和他离开意大利去福特工作的祖父一起参加全美汽车工人联合会游行时，还是个小孩，但在如今的后工会、后汽车、后工业化时代里，费卡诺成为能影响底特律未来发展的人之一。他不敢想象如果他们没把握住机会，后果将会怎样。

如果说在贝尔斯登公司（原美国华尔街第五大投资银行）和雷曼兄弟公司的影响下，有什么地区会对其政策变动十分敏感的话，那非底特律莫属，因为它在经济泡沫时期减少了60万个工作岗位。甚至在没有本金就没有赚头的按揭时代，该市人口都数以万计地向外流失。也难怪代表团还在倒时差的时候，就开始不假思索地口吐真言了。

晚宴时，费卡诺先生坐我右手边，我左边是一个名叫沃尔特·梅耶斯的年轻人。他是贝尔维尔市的执行长官——那里曾经是亨利·福特在湖边度假的小村庄，讲话有点盛气凌人，“昨天凌晨2点，飞机一起飞我就开始处理事务了”，他对大伙的构想很感兴趣。不过其他倡议，比如詹妮弗·格兰霍姆州长提出，建构“酷城”吸引艺术家和构建嬉皮社区来复兴兰辛和弗林特，就让他提不起兴趣了。州长解释道：“打造一座炫酷之城，有文化的年轻人和创意一族也会纷至沓来。”其他人都不以为然。梅耶斯说：“航空大都市是为数不多的、较切实可行的方法之一。这一想法首尾兼顾，不像其他提议那样只是抓住救命稻草，虽不能说是轻率，但多少有点大胆虚无。”

梅耶斯对当地政客们相当恼火，他抱怨说：“当地政客心甘情愿地看着我们的商业区衰落下去，宣称天要塌了，却拒绝采取任何能挽回现状的计划。万事万物总是一样，每项大胆的提议在起初总会招来怀疑，但是我们只有冒险才能生存。我的父亲和祖父都曾经在福特企业里兢兢业业地工作。我还清晰地记得，当全球化真正到来的时候，父亲和祖父是多么恐慌。现在在座的各位都已发现，航空大都市会给世人及子孙后代带来巨大的福祉。”

桌子对面，费卡诺、布鲁正在和罗斯威尔畅谈物流运输。但是对于怎样修建，费卡诺和布鲁产生了分歧。在底特律郊区打造一座航空大都市的诱人之处在于，底特律不仅生产车辆，而且组装业务可以充分利用周围的物流业，盈利将更加丰厚。就目前看，底特律三巨头经由芝加哥转移了最盈利的业务，包括最核心的GPS收发器业务（例如，通用安吉星系统）。从中国进口飞抵美国后，最后约483千米需要卡车运输。

费卡诺说：“如果将这些业务转给货运代理商，我们就可以把他们从芝加哥吸引过来。我们是美国最大的进口运输港，若从芝加哥出发做到及时交付谈何容易，但是我们这里却四通八达。这一切多亏了横穿加拿大的公路网络。虽然三巨头日渐低迷，经营维艰，但我们仍能从中获利。”

我们认为此观点是他高瞻远瞩的第一步，其他成员更是纷纷担保：新城从韦恩机场到威洛伦机场，绵延11千米，可吸纳10万到50万的新居民，比目前的底特律人更年轻、聪明。他们不再需要乘坐汽车上下班，而是开始改成乘坐飞机或火车，往返于当地或千里之外的电子汽车供应商、生物科技公司、生物燃料提炼厂等所有你能想到的科技密集型行业。换句话说，新的城市形态将会与汽车制造渐行渐远。吃饭间隙，费卡诺告诉我说："只有给我们的子孙以希望，他们才会继续待在这里，如果他们看到的只是通用、福特和克莱斯勒一直在裁员、不招工，他们将无法看到自己的未来。"

甜点上来时，费卡诺起身祝酒。正是他的激励让大家不远千里聚集于此，并从一盘散沙变成了合作伙伴。在场的10家机构已经签署了"谅解备忘录"，旨在共同发展。必须在如何共同管理这座城市的观念上达成一致，才能构建新的城市。

大家都安静了下来，费卡诺说："这代表了我们未来20年的努力方向，如果我们做得好，我们的经济将得到大力振兴。这件事关系重大，它将决定我们的子孙后代是否能够在自己居住的城市挣钱养家。密歇根正遇到类似的危机。大都市要一转颓势，引领我们的未来。一切都靠我们了！"

工业机器时代的乌托邦

汽车城是如何颓败的？细数一下：汽车公司或倒闭或迁往郊区，市区只剩下废弃的高楼大厦；市区的街道已改成高速公路，居民也纷纷搬离；1967年暴乱之后，白人、黑人都往外迁移；对大规模搬迁的敌视；局势不稳，腐败不断；丰田、本田、尼桑、现代等公司相继陷入危机。

有些人把汽车城的衰败归因于不可逆转的历史潮流，对于斯宾格勒或汤因比之类的历史学家来讲，底特律具有重要的研究价值。这些人将自己身上的责任推得一干二净。作为费卡诺的对手，共和党人布鲁克斯·帕特森负责管理郊区奥克兰，他与阿莫斯·霍利的观点不谋而合。他也认为，底特律与罗马、雅典以及伊斯坦布尔有着一样的发展史，这些都是历史使然。历史的车轮滚滚前行，走过了古巴比伦，走过了古埃及……底特律已定格在历史中，但永远无法和上述城市相提并论。

目前在美国，底特律失业率最高，2011 年已达到 27%，是 2000 年的 4 倍。自此大约 17.5 万人离开底特律（只统计搬迁的人）。搬迁时，人们还会带走已故的亲人。底特律的抵押品无法赎回率是美国平均水平的 3 倍；在所有重要城市中，底特律还有着最高的犯罪率、贫困率、谋杀率和汽车保险率。在过去 10 年里，只有新奥尔良比底特律更让人痛心，但新奥尔良是天灾，而底特律是人为使然。

底特律正在衰亡，这一事实毫无争议，因为造就底特律神话的汽车工业正在衰败。推卸责任的人如此寻找借口：如果底特律城没有随着 T 型车的出现而诞生，也就不会随着 SUV（运动型多功能车）的出现而衰败。其实在 1913 年，当亨利·福特发明了无可挑剔的装配线时，汽车工业就开始衰败了。只是在那时候，人们并未意识到。

一个世纪以前，底特律（法语是“海峡之河”的意思）还是位于两大湖中间的一片荒野。因为魁北克人的皮毛生意，底特律作为贸易枢纽开始活跃起来。1825 年，伊利运河开通以后，到纽约的时间和运费降到以前的 1/10。1848 年，连接底特律和芝加哥的铁路开通，这使得两地之间的行程时间缩短了 2/3。19 世纪中叶，从底特律到利物浦，要比 50 年前到辛辛那提花的时间还要短。

此时，底特律的经济已经从农业时代走向了工业时代，开始大量制造船只，穿越五大湖运送面粉。这引起了一系列连锁反应，人们开始制造航海的蒸汽轮船，并衍生出了一大批发动机制造者和机械师。由于他们需要源源不断的金属供应，到了 19 世纪 60 年代，炼铜成为城市最大的产业，以至于当地的矿石在短短 20 年内就被用完，但此时底特律还在不停地制造蒸汽机、工具、油漆、水泵、火炉以及车厢，远远超出自己所需。

简·雅各布斯在 1969 年出版的《城市经济》中写道，“在 20 年之后，繁荣多样的工业生产催生了汽车产业。事实证明，汽车也成为底特律出口的最后商品，这将城市的发展带进了死胡同。中国人对‘危机’的理解是危险与机遇并存。同样，大行其道的产业也会为城市发展带来危险。如果产业一枝独秀，就会牺牲其他行业，导致供应商聚集效应，使资源无法合理利用，劳动力无法向其他行业转移，无法实现人尽其能、物尽其用。所有这一切都促使城市转变成了企业小镇。”对于底特律而言，它曾经可能是有3 000个小公司的大城市，后来却成了只有3个公司的小镇。正如简·雅各布斯的家乡斯克兰顿或卡萨达的家乡威尔克斯-巴里一样。

底特律的未来，早在美国二战后的汽车时代就被抵押了。亨利·福特和其自创的大宗生产、大宗市场以及中产阶级蓝领的大宗消费体系，改变了所触及的每个城市和工厂的面貌。到了20世纪50年代末期，我们需要担心的不是军工，而是汽车工业。三巨头和它们催生的石油、钢铁、采矿、融资、保险、销售、维修、公路以及仅供汽车利用的巨额城郊运输网等产业，占到GDP总量的1/3。即使在现在，也能占到1/10。发起人兼推动者克里斯托弗·莱因博格曾写道：“1953年，当通用总裁坐在参议院聆听美国国防部长的发言时，他就曾说道，‘对美国有利就对通用公司有利，反之亦然，对通用公司有利，就对美国有利’。事实证明这是正确的。”

如今世道变了，美国人购买的汽车数量和驾驶的里程数每年都在下降，地球政策研究所的莱斯特·布朗做过相应统计，认为美国汽车的私人拥有量呈稳定的下降趋势，这和日本很相似，原因可能比经济衰退复杂得多。布朗把其归咎为汽油价格提升、市场饱和以及交通阻塞。每年交通阻塞的代价，从阻塞时间长短和心情沮丧程度方面衡量，由25年前的170亿美元，增长到了870亿美元，增长了4倍。长此以往，拯救三巨头将没有任何意义，他们永远无法再在美国国内畅销汽车，而且会面临扩大的、激烈竞争的海外市场。

有一点毋庸置疑，那就是底特律将继续生产大量的汽车。但是否应该这样做呢？二三十年前，人们对匹兹堡也提出了同样的问题。20世纪70年代，以伯利恒钢铁公司、共和钢铁公司和美国钢铁公司为首，美国比其他任何国家生产的钢铁都要多。但工厂向现代化转型的失败、日本商品对美国市场的冲击和劳动力价格的上涨（听着耳熟吗?），都制约了这三大企业的发展命运，导致了兼并和破产的出现。破坏是毁灭性的：在1974年至2005年，美国93%的钢铁工人失业了，工人数量从50万下降到了3.7万人。匹兹堡原本是没有希望走出这一低谷的，但是在随后的环保运动中，城市管理者将当地高校发展为高科技孵化器；重建城市重点围绕衰落地带工业区的医疗保健和教育；同时，老的工厂供应商也扩大了业务范围，涉足一些更清洁的产业，像玻璃制造、核能、机器人技术和生物技术。这些使匹兹堡的就业机会比安德鲁·卡耐基时代还要多。汽车城带给人们的启发是显而易见的，但是匹兹堡的自救之路不能用于底特律。

但底特律能先学习，然后忘记，再接着学习吗？20 世纪 30 年代，一位参观过福特机场的游客曾说过，可以想象将来建一座航空大都市，但是难以想象没有福特会是什么样子。这位游客说："底特律是现代工业快速发展 30 年的产物，是企业巨无霸所构建的属于自己的城市，它是一种产业有意或是无意地塑造了一个城市的最典型的例子……我看到了令人振奋的情景，底特律实现了舒适和实用的完美统一，人们生活在井然有序的世界里，这里是工业机器时代的乌托邦。"

10 年前，卡萨达在描绘航空大都市时，被认为是夸大其词。韦恩买下机场航道下的闲置土地，让卡萨达来设计，以平息在机场周围居住的人们对噪声的抱怨。费卡诺的大都市计划继承了卡萨达的多功能城市原型。

底特律需要利用每一寸土地，以吸引知识渊博的有识之士。除了机场和荒地，还有横贯密歇根东西的 I－94 公路，以及从得克萨斯到安大略的"北美自由贸易协定走廊"。这是所有物流专家的梦想。绵延 48 千米的高速公路，串联了密歇根大学、东密歇根大学和韦恩州立大学，这三所大学共拥有 10 万名学生。密歇根大学在基础研究上已经投入近 10 亿美元，新的校园设备先进，学校正忙于招聘 2 000 位科学家，而这个新校区是由美国辉瑞制药公司整修，然后又弃之不用的。这所学校正在制订计划，修建通往机场的火车和轻轨线路，为以后的物流发展打下基础。一路上可以看到河流、湖泊和田园小径，是私人住宅的理想选择。

问题是修建什么？建在哪里？由谁来建？应该达到什么目的？该区域拥有众多管辖方。虽然机场处于费卡诺的管辖之下，但是费卡诺不得不听取多方意见，任人指责。州际公路、铁路轨道都不归他管，韦恩归底特律管，密歇根和东密歇根归沃什特瑙县管。而且还有 7 个较穷的县，都想知道航空大都市能给他们带来什么好处。作为费卡诺在安娜堡市的对手，罗伯特·冈佐说：“这里的人还比较穷，我们需要更多的地方自治权，但是密歇根是有所欠缺的，我对这些乡镇和山村了如指掌，他们只有荒地而已。”

土地争夺与航空大都市的发展相左。戴利一家从来没有放松过对奥黑尔的控制，因为担心夸梅·基尔帕特里克所担心的事情重现。这的确给他们一家带来了巨大利益。费卡诺说，“下次坐飞机时，你往下看看奥黑尔便知道了。必须充分利用每寸土地。”

城市功能也很重要，不能只注重外形设计。咨询专家实事求是地说，如果底特律想要建设比奥黑尔、达拉斯或丹佛更好的航空城，那么土地之争就应让位于“最充分地利用”每一寸土地，确保物尽其用。在卡萨达的蓝图里，是这样体现的：罗姆鲁斯市沙砾小巷环绕机场，大学城围绕伊普西兰蒂炫目的科研中心。猜猜更适合罗姆鲁斯市的布局是什么？究竟什么阻碍了罗姆鲁斯市奋力一搏，又是什么使他们不能“最充分地利用”每一寸土地呢？

这些都不是那份已签署的“谅解备忘录”所能够做到的。这份备忘录是在7个社区、2个县城和机场管理方的积极努力下，于2006年6月共同签署的，但并不具有法律约束力。说得更直接一点，就是没有吸引或获得私人投资的保证，而私人投资者是否给予支持将决定这一计划能否成功。但是在行动之前，需要费卡诺与自己的同伴结成同盟。如果想建造一座城市，所有人必须思想一致、速度一致，行动果断，并付诸实施；他们必须更加快捷，能够冲破官僚作风的阻碍，无论对手是谁，都要战胜他们，虽然他们不是一个城市。至于底特律是否会有更好的城市形态，关键在于能否确定理想的发展模式。

以速度求生存

第二天上课时，马鲁特斯·斯卡福斯玛给出一句“顺口溜”。他的报告的第一张幻灯片赫然写着：

"机场远离城市。

城市追随机场。

最终机场变成了城市。"

大声朗读完后，他耸耸肩，手指屏幕，好像在说，"看见了吧，就是这么容易。"

可以说斯卡福斯玛是荷兰的卡萨达：建筑大师，知识渊博，谋略过人。他一袭黑衣，戴着棱角分明的眼镜，短发蓬松有致，形象稳重可嘉。在一味求快的年代，斯卡福斯玛的都市理念更显得具有动人的说服力。与迪拜高耸的大厦相比，他更愿意看到的是透着曼哈顿气息的航空大都市。

斯卡福斯玛也是史基浦不动产公司的资深策划人，负责勾勒航空大都市的内部轮廓。在探索史基浦航空大都市的发展模式时，斯卡福斯玛决定打破常规，不做严谨的保守者。因此，史基浦航空大都市由两个机构并行负责：在规划航空大都市的内部结构时，史基浦不动产公司拥有绝对的话语权，而史基浦地区开发公司则负责开发周围土地。史基浦航空大都市将不仅是机场，还将是一座"机场城市"；除了具有飞机机库、机坪功能之外，它还会是第一个探索如何最大程度地利用机场的城市。按照设计，跑道附近可以运送货物，贸易中心大楼可设公司总部；必要时，还可以改变布局。买进、卖出、拆迁、重建等诸如此类的麻烦，在这里都不需要担心；相反，他们手上握着极为稀有、最终能转换为珍贵商品的要素：时间。

与芝加哥或洛杉矶相比，这个机场的成功运营证明了史基浦机场集团的睿智稳健。作为一个深受公众信赖的私营企业，史基浦机场集团充分考虑了机场和租户的利益。执行股东有阿姆斯特丹、鹿特丹及荷兰联邦政府。同时，团队成员、上述城市及南荷兰省都享有对史基浦地区开发公司的控制权。环环相扣的股东分配制度，很大程度上参考了400多年前的荷兰东印度公司。该开发公司的启动资金由6个城市提供，其中阿姆斯特丹和鹿特丹位列其中，而巨额的分红也得以合理分配。在成为全球最大的跨国联合公司之前，它已经是第一家典型的公私合营企业了。

就史基浦航空大都市而言，所有人都想分得一杯羹。在1994年，他们成立了阿姆斯特丹机场地区委员会（AAA），旨在打造航空大都市中的巨无霸，机场、海港、阿姆斯特丹及附近地区都在规划区域之内。史基浦机场已不仅是一座城市，从某种意义上来讲，它已是荷兰最大的城市。阿姆斯特丹机场地区委员会招商引资的大部分企业都涉足航空：航空电子、航空规划、花卉、高端品牌时装以及那些为了进军欧洲寻找立足点的中国公司。从那个时候开始，就有1 000多家公司在这里安营扎寨，创造了20万个工作岗位。史基浦航空大都市白天的人口总数，在不包括游客的情况下，就已经达到了6.2万人，相当于整个底特律市区的人口总数。世贸中心内外需求巨大，以至于史基浦航空大都市的办公租金在荷兰最高，比阿姆斯特丹甚至全世界城市中律师最多的海牙还高。因为坚持管理多样化、社区多样化、合作机制多样化，史基浦航空大都市已不仅仅是窗口，更成为荷兰的商业中心。

泽伊达斯地区是荷兰的拉斯科琳娜，计划斥资200亿美元、花20年建成一个城市。泽伊达斯地区位于沿城南的环路，到达史基浦机场仅6分钟车程。这里积聚了包括飞利浦、荷兰国际集团、阿克苏诺贝尔公司在内的大多数荷兰籍跨国公司。泽伊达斯地区在建设选址时曾有人提议选在城市的北侧，但是由于荷兰银行巨头（例如ABN、AMRO）反对而取消，它们提出，如果该区域不邻近机场，它们有可能会选择搬离。

斯卡福斯玛一手打造的传奇，堪称典型的荷兰神话，其中饱含的诚意和道理令人不禁怀疑是否还有其他人能做得到。费卡诺打断了他的讲话，问他是如何做到让愤愤不平、互不相让的各方坐到谈判桌前，耐心沟通的。他很淡定地回答："除非有人完全没有兴趣，我们的原则是各抒己见，但通常情况下，我们会达成一致的。"在座的美国代表都不置可否地摇摇头，诙谐地微笑着，回想他们自己常以争执告终的谈话。

那天是待在阿姆斯特丹的最后一天。夜里，他们摈弃分歧，一起来到当地一家有名的酒吧。当我赶到时，每个人都已喝光两瓶了。酒精作用下，他们反倒成了无话不谈的朋友。费卡诺说："我厌倦了空谈目标，我想要一张路线图，然后告诉我先做这、后做那，而且一旦我们付诸行动，就能看到胜利。"看来，史基浦已经征服了众人，让大家相信航空大都市大有作为，即便为此等上数十年也心甘情愿。他们一直在喝酒，并成为真正意义上的知己。这次的经历成为一个转折点；在此之前，大家各自为政，互不信任，甚至没人相信大家可以同舟共济，重新让私营企业热衷于公共事业。

一个已经喝得有些醉意的成员反复地告诉布鲁："我刚才向罗斯威尔借 1 亿美元，他说没问题，虽然在喝酒，但他说没问题。"

罗斯威尔清醒地回答："就我个人经验而言，如果你的想法够好，那么资金也将手到擒来，钱从来都不是问题。"

事情发展出乎意料。几周后，罗斯威尔开始着手实施彻底复兴底特律的六步计划。虽然此前"航空大都市"在振兴地区经济上被寄予厚望，但最后得到的创业资金只有 7 500 万美元。罗斯威尔也点头默认。

费卡诺没费什么力气就委任了一个攻关小组，委托他们研究支撑性的战略计划，大概是在一年之后，也就是 2008 年 4 月，该计划公布了。人们无不对该计划的落实速度感到惊叹，因为政府工作历来都是烦琐冗长。卡萨达粗略估计了一下形势，认为抓紧时间的话，成功概率应该有五成以上。总体规划被分包给了不动产公司，他们负责为 259 平方千米的停机坪和泥土地，筛选出最高效和最有利的使用方式。

趁着第一次胜仗的喜悦还没退却，我拜访了费卡诺先生。他狭窄的木板办公室位于市中心一座偏僻的巴洛克建筑里。平铺在桌面上的是一张航空大都市的蓝图，边界处还空着。费卡诺略显臃肿，下巴宽平，手里摆弄着两个木块，时不时地把一块放在另一块的上面。尽管可以像卡萨达一样高谈阔论（"新型经济中，速度决定成败"），但他很明显重实践轻理论。

他对机场举足轻重的作用深信不疑，这让我想起了一位意大利裔美国籍政治家菲奥雷洛·拉瓜迪亚。大萧条时，拉瓜迪亚在强大的竞选运动中提出要在市郊修建机场。他说："航空业已箭在弦上，这一潮流不可阻挡。"关于拉瓜迪亚还有一件趣闻：他乘坐飞机回纽瓦克，但是飞机到了纽瓦克的时候，他拒绝下机，因为他手握的机票上打印着"纽约"。最后机组无奈之下，在皇后区的一个小机场中转，将他放下。拉瓜迪亚修建的机场，起初取名"市政机场"，甚至在运营之前，就把从纽瓦克起飞的航线都抢了过来。机场开始运营时正赶上1939年的纽约世博会（巧合的是，当年通用的“企业馆”成为世博会的热门，向世人展示的正是“未来汽车城”）。

如果你付诸行动，最后大获成功，那么，谁又是失败的一方？复兴的底特律会打败芝加哥吗？这是双赢，还是一场博弈？

费卡诺强调说：“竞争无处不在，总之并非只有芝加哥，还有北京、上海、迪拜、纽约，我们的优势还未真正得到挖掘，机场就是其中之一。虽然他们也有机场，但航空大都市将成为未来竞技中的决定因素。我们与芝加哥势均力敌，与纽约锋芒相向，不同之处在于我们的机场四通八达。之前，汽车制造业一统天下，现在我们必须要注入新的元素。”

对于打造航空大都市，费卡诺的竞争对手也迫不及待。克里夫兰正在进行调研，安大略省的哈密尔顿市也正与对手拼得你死我活。但他们都有巨大的不足。作为加拿大曾经最大的钢铁城，哈密尔顿日薄西山，正力图寻求变革之路以再现繁荣。但这一切希望的前提是，多伦多不会再建第二座机场。与此同时，克里夫兰也不得不力争成为大陆航空公司所有交通枢纽中最小的一个。但是美国大陆航空和联合航空的合并，可能会导致他们放弃奥黑尔机场，也就不能使城市真正复兴。

在彻底摸清国外对手的战术后，费卡诺多次到国外游说，从波斯湾筹集资金，到中国寻找商机。这些地方具备的优势在美国从“镀金年代”之后就极为鲜见：税费优惠，劳工充足，决策过程雷厉风行。他们需要修建更多的公路、铁路和机场，也不缺资金。他们从不犹豫不决，从不一味求证或反反复复，而且政治高于一切。他们可以为了畅通无阻而花费巨资，这种超导体广泛应用的巨大优势使得这些城市着实飘浮在半空，例如花费数十亿美元连通上海市区和浦东机场的磁悬浮列车。费卡诺认为，密歇根的唯一出路，就是向他们学习。

他说：“我们要向迪拜和北京学习，做决策时快刀斩乱麻，绝不能因无休止的争论而浪费一年甚至更长的时间，那样就相当于直接把上门的开发商和商业公司拱手让给他人。你知道的，如今全球经济一体化，我们希望能用价格优势吸引更多的商家。”

事实恰恰相反：密歇根是节奏最缓慢，而且代价最昂贵的城市之一，在福布斯“美国最佳商业州环境”排行榜上倒数第二。南部的一些州，像田纳西州，在竞争时不惜血本，抛出各种激励措施，并公开劝说三巨头关门大吉。综合考虑工资水平、能源价格和税收优惠，在底特律和其周边做生意的成本和芝加哥不相上下。不包括那些流散的人口和回收的空房，列出的已可超过四位数。这些症状预示着汽车制造业末日的到来。所有人都想在灭亡到来之前分一杯羹：管理层、工会，甚至政府也制定了两败俱伤的企业所得税政策。

一份接一份的调查表明，费卡诺对工会无计可施，这是造成外籍公司搬离的首要原因。但是他必须阻止密歇根的人才流失。有一份统计数据令人感慨：底特律的大学生比旧金山湾区、烟草路或波士顿更多，但没有大学生愿意留在这里。该地区仅有 1/4 的居民有学士学位，这比全国的平均水平还要低，而波士顿有近半数的居民有大学学历。一个来自阿姆斯特丹的代表曾经告诉我说：“有一件事，密歇根比其他地区做得都要好，那就是教育，但我们留不住人才，这让我们很沮丧。”与那些与之竞争的田纳西河谷的工厂城市相比，底特律的工程师是它们的三倍，在科研上的花费也比三角科技园或 128 线路要多。但是这些优势似乎都没起作用。“底特律复兴”（自从改成“密歇根商业领袖”，关注的领域更加广泛）提出，要采取大幅度降低商业活动成本的措施，其中税费改革是核心。

修建航空大都市也是出于这个目的。航空大都市不仅仅是门户或单纯的口号，还将是不受税费、势力范围和历史羁绊的新型管理模式的试验场。如果不刻意进行比较，现在的城市和郊区没有太大差别。自相残杀的内讧摧毁了底特律。也许听起来不可思议，但作为衰败城市代名词的底特律，或许是我们重新阐释“速度时代”的城市定义的最好机会。作为传统城市，底特律已经衰败，它周围的郊区都比它更胜一筹。

拯救底特律，需要从大局着眼。虽然密歇根东南部管辖混乱，但它仍是经济发展的不竭动力。如果说考察有所收获的话，那就是费卡诺意识到了区位优势在商业竞争中的绝对重要性。奥巴马总统甚至公开谴责“过时的城市理念”，因为这些理念只关注城市内的问题，却忽视了迅速扩张的大都市。奥巴马呼吁，制定政策时，应把南佛罗里达州等同于迈阿密，梅萨和斯科茨代尔等同于菲尼克斯，韦恩和沃什特诺等同于底特律。城市政策办公室想敲定日程继续商谈，但费卡诺不愿再多等待，他为了坚持完成航空大都市建设，2010 年决定放弃竞选州长。

为了使新城市在法律上得到承认，费卡诺不遗余力，这招致了附近其他城镇的不满，甚至连底特律市长戴夫·宾都抱怨说："航空大都市的优势无可比拟，将威胁到自己的地位。"费卡诺辩解道，航空大都市旨在和美国其他州甚至其他国家竞争，不会危及底特律。与此同时，戴夫·宾正在拟订计划拆除 1 万座废墟房、关闭 54 所学校。卡萨达认为戴夫·宾的担心有点多余，他说："正在考虑迁往航空大都市的公司与底特律市中心关系不大。"费卡诺和同伴口中的"底特律区域航空大都市"将会改写地图。

可以说，他们勾勒的不是城市，而是仿照史基浦机场模式打造出的一个航空大都市开发公司。负责这个公司的不是市长，而是首席执行总监。总监对董事会负责，而董事会成员便是所有的租户。此外，它还不具备城市的设施，它没有警局、学校、市政大厅。但是它可以征税，必要时也可以决定免税，例如，用税收减免 20 年来吸引 MEGA 和 TURBO。（美国众议院前任议长纽特·金里奇，曾郑重建议整个底特律都应成为免税区。）该公司的首要任务就是策划，即策划出如何在航空大都市区域内做出合理的规划，以实现对这一地区的最有效利用。新城市形态的指导方针，将决定建造怎样的建筑物和如何建造这些建筑物，以及在此开设商店的资格，购物广场、赌场或体育场不需要自己申请。这样一来，事情将变得更为简单。费卡诺承诺，申请者可在 60 天内开始动工，相对于往常的 6 个月来说，这是一个巨大的进步。从多方面考虑，动工之前漫长的等待和税收相比，收益更容易受影响。这样一来，航空大都市将实现一站式办公。

公私合营日渐盛行，航空大都市是典型的代表。虽然具有行政级别，但是它是由上级立法机构管理，相互制衡旨在限制权力滥用。执行委员会的三分之一是私营公司，但是机场管理层比其他任何地区（除韦恩外）都享有更多的选举权。但在税收真正带来收益之前，前期私人投资需要源源不断地进行（假设当时还没有实施全民免税）。如此，公共领域就可以吸引私人投资，建设从下水道到轻轨的各种基础设施，但投资意向可以由个人把握，这样做会提高工作效率。与传统的政府相比，航空大都市开发公司运作成本低，但速度更加快捷，而且任何情况下都需要同心协力。这就是费卡诺工作的一部分。

软件业有一术语：中间件。中间件是夹在尖端程序和原始程序这两个不兼容程序之间的编码，它实现了两个程序的互通。它可以从破旧的主机获取数据，用于解决最新的问题。无论是谈论软件业还是市政学，目的都是一样的：改变一成不变的机构来应对实际问题，而不是竭力让现实一味地迎合政策。

正如费卡诺引用卡萨达的那句话，问题的关键在于速度。他们要挽救三巨头免于彻底瓦解，要与国外的对手争分夺秒，并且要振兴已衰退一个世纪的底特律，更不能浪费时间。因为没有更好的出路，只能计划把城市空地改成农场，但郊区可以给城市白领无限机会。这种策略被称为“经济吞噬”。

十字路口

航空大都市将会是什么样子，又将具备什么功能，也许没有人真正知道，或者没有人能给你一个确切的答案。先来考虑一个简单点的问题，毕竟美学对每个人来说都不是最重要的。唯一已经获得认可的草图来自一个旧模型，这个旧模型就是皮纳克航空园区。在这里，镶嵌着图案玻璃的岗亭在白杨树间若隐若现，飞机在头顶盘旋，像是拉斯科琳娜在1982年左右的宣传册。几年前，一个更有灵感的图景出现在了费卡诺的脑海中。

2006年1月，密歇根建筑学院的院长道格拉斯·克尔布邀请50名学生，封闭在伊斯兰提万豪酒店设计他们自己的航空大都市。这种马拉松式的头脑风暴，在业内被称为专家研讨会。他们工作的原则是：如果最后期限的压力足够大，咖啡因足够多，并剥夺他们睡觉的权利，他们可以解决任何难题。

参与者被分为三个团队，每个团队负责绘制一整片地的规划草图。其中一个团队由道格拉斯·克尔布领导，他是彼得·卡尔索普的前合伙人，他们合作创建了公共交通导向开发模式。他带来的智囊团包括教师、学生、建筑师以及城市设计者，智囊团中包括两位后来真正承担起草总体规划图任务的顾问。此外还有卡萨达，他专门飞到这儿来，负责给众人介绍他们正在建设的到底是个什么样的设施。而后大家开始分头工作。8 小时后，累得头昏眼花的团队摇摇晃晃回到会议室，展示他们提出的方案。

细节并不重要，因为这只是个概念性的实践，尽管在实践中有成员具备费卡诺工作组不曾设想的热情和严谨。但将所有方案放在一起，就是总规划图的全景。

首先是火车。几十年来，市郊往返列车首次在安阿伯市和底特律间穿梭，轻轨从底特律市中心直通航站楼，而公交车连接起轨道交通。很明显，这里并不涉及汽车。

机场只是在火车站附近建造一座城市的借口。机场北部狭小的发展走廊，已经被一个比底特律（或是印第安纳波利斯或是辛辛那提）的市中心规模更大、人口更稠密的新商业区所取代。这里有赛马道、俱乐部、湖边度假村和一个运行中的艺术中心。（这些都是事实。麦格纳国际集团，也是三巨头最大的供应商之一，在客户突然流失前已经做好修筑赛道和俱乐部的准备。）机场周边 800 米的辐射范围内是适宜步行的村庄，遍布着狭窄的街道和多层楼房。楼内设有超市、托儿所、商店、办公室以及公寓。镇外较远处是一片平房以及一个空巢老人社区，这样他们就省去了拥有汽车的麻烦，可以周末乘飞机探望他们的孙子孙女。

航空大都市与干道广场一端紧连。干道横穿机场，两旁绿树成荫，还设有自行车道，更适合大学校园的雄伟建筑陈列两侧。这是以安阿伯市的形象建造的城市。当考虑到大学城是密歇根创意一族的聚集地时，你就不会感到惊讶了。克尔布叹口气说："那是最好的方案了，但是我们还是没能使政府部门在这里实施这个方案。"

一条绿化带将航空大都市一分为二，并用公园、铁轨和湿地将罗格河与休伦河连接起来。在他们的草图中一切都是绿色，包括屋顶。太阳能电池板间的草皮能够吸收雨水并将其重复利用。整座城市达到碳中和[1]的水平，可以将多余的电卖给电网。主干道沿途的温室里生长的农作物，可以供应给当地自助餐厅，而餐厅将剩饭剩菜交还给温室作为肥料。

无论如何，这只是个梦想。这些因素是否能够进入航空大都市开发公司的指导方针还有待观察。但已经出现了一个良好的迹象：密歇根已经开始恢复铁路方面的建设。2008 年年底，寄希望于即将上任的奥巴马总统的经济刺激计划，该州通过了 25 年投入 105 亿美元的大底特律交通战略，并要再铺设 640 千米的铁轨和新的公交线路。轨道铺设从 2010 年开始，第一条轨道连接市中心和机场。安阿伯的市郊线路在花费了 5 亿美元大修后，于 2011 年秋天再次运行。过去 50 年中，已经有 23 个类似提案遭到了压制。不同的是，这一次的终极目标是航空大都市。

尽管没有总体规划蓝图，那里的建设也已经开始了。由于费卡诺渴望看到进展，他批准了一些县属土地项目。其中的一些项目意义重大，一个是密歇根航空技术研究所，这是一所研究喷气式发动机的研究所；另一个是平纳克尔赛马场，它会吸引赛马骑师、马夫以及铁匠等来这里工作。众所周知，纯种良马在竞赛时所需要的“除了速度，还是速度”，这也是费卡诺在赛马场开幕那天所吟诵的。这些项目完成得很快，只用了 3 个月的时间，验证了他要省去繁文缛节的观点。此后他又公布了一些附属建筑的建设计划，都很切合实际：仓库、酒店、放化疗实验室（此前被搁置的）、有机农业园。这对纳税人而言当然是好的，但是如果底特律要打败所有蜂拥而来的竞争对手，赢得这场战争，就又得回到这个无法回避的问题：航空大都市是要建设什么？

由费卡诺开始，从上至下，每个人给出的答案都不同：包括电池、生物原料、风力发电以及智能电网构筑软件咨询机构。两年前，费卡诺宣布将在韦恩建立一个干细胞商业化中心，现在这个中心的清单上又加入了基因工程。

---

〔1〕 又称碳中性，意即先计算二氧化碳的排放总量，然后通过再生能源和植树等方式把这些排放量吸收掉，以达到环保的目的。

我们见面时，他说的第一个词实际上就是电影《毕业生》[1]中的绝妙台词“塑料”，不过在这里是指从小麦中获取的生物可以分解的种类。想象一下三巨头被环保巨头所代替，这听起来毫无希望，却是很现实的。底特律上一次就确切地知道他们需要的是什么，但其领导者还是陷入了绝境。这些领导者包括亨利·福特、阿尔佛雷德·斯隆和沃尔特·克莱斯勒。费卡诺和开发公司不会犯同样的错误。

他们将从物流业开始，但是物流业为谁服务呢？当丘吉尔·唐斯被罢免的时候，底特律有机会从路易斯维尔把联合包裹服务公司挖过来，但是他们知道不应当去尝试。很明显，候选的就是汽车制造商及其供应商，但他们比你想象的要顽固守旧。一直以来，他们都力图做到零库存，他们庞大的供应链只能在陆地上铺展。发动机重约227千克，使得重量成为一个问题，他们脆弱的财政又是另一个问题。明年的模型装满了各种系统和传感器，利润非常微薄，生产需要严加管理，即便是电路板都要比计划的提前几个月装上慢船。物流占用了赛马跑道，但更好的选择是用飞机运送汽车行业的人们。也许他们在摸索的时候，答案已经昭然若揭，那就是在湖边，那个前人足迹消失之处的伟世通公司。

伟世通公司是一家你从没听说过的大公司，比易趣和柯达公司还要大，拥有3万名雇员。它10年前从福特公司分离出来，为汽车总装提供零部件，是一家举足轻重的公司。成立之初，其雇员分散于迪尔伯恩，与之前的同事在小套间中工作。一些员工虽然合作了几年，却从未谋面或交流。由于厌倦了游牧般的生活，管理部门于2002年确定了固定的本部。他们的标准很简单：接近国际机场，贴近员工。于是他们选择了两州交界处一家废弃的采石场，距航站楼约8千米，15分钟的车程。

由于已经把工厂交还给福特公司，伟世通公司在密歇根并不制造任何产

[1] 《毕业生》是一部好莱坞经典电影，影片开始后不久便出现了“塑料”（plastics）这个词，前后文是：Mr. McQuire：Come along with me，I want to talk to you. …I just want to say one word to you，just one word. …Plastics. Ben：Exactly how do you mean？Mr. McQuire：There is a great future in plastics. Think about it. Will you think about it？影片的背景是，当时塑料行业是一个新兴的产业。每天都会吸纳大量的资金，创造大量的财富。作为Ben家的朋友、罗宾逊太太的丈夫，McQuire建议Ben去投身塑料业。

品。它的公司办事处和创新中心是总部和研发设计中心规模的两倍。设计工作室和“创新实验室”分布在有着9栋楼的园区，这里是1 500名白领工作的本部，这些白领占了伟世通公司受薪雇员总数的1/3。

该公司的不动产负责人说：“当到了产品开发阶段，一切都准备就绪了。我们的样机一直都靠飞机运输，研发是我们企业的核心，销售团队在这里也很重要，他们要向研发部门提供从客户那里得到的反馈，再在反馈中了解到客户们需要哪些导航器材、新款的仪表板和音响系统。这些反馈集中在一起就有了意义，我们再把这些反馈加入到生产操作中去，所以现在生产、研发、销售都在同一屋檐下进行。当然，我们需要有效率地工作，所以我们将全球的质量管理、财务管理和人力资源管理的员工也安排在这里。这样整家公司就都在这里了，从最初概念的提出到最后货物的发送都在这里完成。”

事实上，这就是伟世通公司想要成为一个耗资3亿美元、获得低能电子衍射认证的工业园区的原因。所有的建筑都是露天阁楼，这样既可以看到同事们又可以吸收阳光。所有建筑都不高于四层，所以你与同事们的距离很近。你可能与他们在园区的“主街”上相遇，也可能在熟食店或银行排队时碰到他们。伟世通公司村的村民们为底特律带来了一种新的工作方式，就像硅谷或曼哈顿的工作模式。伟世通公司做这些并不是为了已经与他们一同工作的人们，而是为了他们将要招聘的员工。这些有关未来的、开放式的楼面设计意味着开放式的思维。

虽然伟世通公司在这里并不制造任何产品，但它在这里确实发明了一些东西。以公司在英特尔帮助下研发的汽车仪表板为例，它可以从互联网上下载乐声悠扬的音乐，可以与谷歌地图的交通摄像同步，并提供前方拥堵的实时画面。这里的工程师获得了来自海外的一些帮助。伟世通公司在全世界拥有18家研发中心，其中美国3家，墨西哥1家，欧洲9家，亚洲5家。这种分布反映了客户数量的走势：亚洲的客户在上涨，欧洲的在下滑，美国的几乎跌到谷底。

和底特律一样，伟世通公司正尽最大努力实施多元化发展战略。首先，他们开始在海外建立研发中心。例如，在2005年，只有19%的工程设计在海外进行；两年后，这个比例上涨到了35%。工程师们赶往中国、印度、巴西等新驾驶员诞生的地方。中国不仅超越美国成为世界上最大的汽车销售国，也成为世界上最大的汽车研发进口国。中国汽车制造商挖走人才的速度要比伟世通公司把他们加为客户的速度快得多。曾经生产仿制汽车的公司，例如吉利和奇瑞，都已经决定自行创新研发。

正如任何一个在十字路口建立的村庄一样，伟世通公司村已经成为一个中心。在每一个特定的日子里，他们都可能要接待乘航班从东京、巴黎、慕尼黑、斯图加特和首尔到来的上百位来访者。这些来访者在大厅里与将飞往上海、北京的销售人员擦肩而过；这些销售人员又与将乘航班到墨西哥或是斯洛伐克、泰国、西班牙的工程师们同乘一辆汽车。今年，1/5的村民都有可能要乘坐远距离的航班。伟世通公司在这里发明的东西也越来越少，很快这里将只剩下最核心的部分指导海外的重要工作。

乍一看，伟世通村就是航空大都市应该有的样子：三巨头人才的本部，一座为汽车研发的光明未来而减掉生产负担的城市。但这只是个幻想。村庄是真实的，但伟世通公司不是。伟世通公司供应商破产了，因为他们和底特律一样，无法逃离三巨头的回流。即便能有机会不受密歇根工会的束缚，到处寻找成本最低的合伙人，但还是失败了。伟世通公司从来没有赢利过。

“寒冬已至， 春天将临”

美国轮轴制造公司主席两年前宣称：“美国汽车工业已经被推到了崩溃的边缘。”密歇根仅仅在10年间就裁掉了2/3的工人。如果底特律想要有未来，它的居民就必须放弃沉湎于过去的春秋大梦，那个亨利·福特日薪5美元，以及在罗格河10万名工人曾经将原煤、沙子、铁锻造成T型福特汽车的美梦。底特律的梦想是以极高的、单调的效率为支柱建造一座城市，摒弃简·雅各布斯视为生命力的富足及创造性的低效率。因为如果航空大都市要成功重新启动底特律的发展，就必须抛弃福特的那些传统理念。

城市真正的优势并不是汽车产业，而是留下来的工程人才，是一个世纪以来负责制造更结实、更安全、更智能以及更快速的优秀汽车的男性和女性。汽车产业的不良信用和更糟的合同已经成了一团乱麻。他们制造不受腐蚀的钢材，用于宇宙空间的塑料，他们用几百万更便宜、更轻便、更好用的小装置替换掉原来的装置。他们中无所事事的人就足够储备一个第四大巨头了。所以，如何将他们重组？

2009 年 6 月，在园区因为一轮接一轮的裁员而元气大伤的时候，通用电气宣布将在航空大都市范围内，即在伟世通村，建立高级生产软件技术中心。这个中心将成为全世界五家中心之一，与班加鲁鲁、上海、慕尼黑和电灯泡发明地纽约斯克内克塔迪组成一个网络。通用电气承诺将以 6 位数的薪水雇用 1 000 多名工程师。这些幸运儿将利用其在复合材料、锻造以及机械加工方面的知识，参与制造下一代的风力涡轮机、智能电网、计算机化 X 线轴向分层造影扫描仪以及喷气式发动机。这是技术工作中最实质的形式：他们在那里不会制造喷气式发动机，但他们会发现如何制造更好、更清洁的发动机。

令人惊讶的是，费卡诺的构想变为了现实，他承诺创造的工作岗位和薪酬也有了眉目。通用电气选择底特律是因为这里浪费了太多的人才，选择航空大都市是因为它想坐落于机场与密歇根大学之间。更令人惊讶的是，通用电气的首席执行官杰弗里·伊梅尔特利用这个机会提出了“美国复兴”。

伊梅尔特指责城市的企业领导们说：“许多人都认为美国可以从一个以技术为基础、出口为导向的强国转变为以服务业为主导、消费为基础的经济体，虽然大家仍然希望其能够繁荣，但这个想法是完全错误的。”

没有哪一个城市比底特律遭受的损失更大。它的制造业受到了经济衰退的严重冲击。尽管工厂产量与 10 年前几乎持平，就业率却急剧下降。事实上，在 2001 年的上一次经济衰退中，制造业损失的工作岗位一直未能全部恢复，从那时起裁员600万，占总就业人数的1/3。就出口而言，美国在全球15大制造业强国中名列末位。应该把这归咎于业务外包还是生产率上升取决于你的政治见解，但答案是二者皆有。

伊梅尔特认为美国在研发方面花费太少，在清洁能源与医疗保健的可负担性方面已经落后了。他呼吁制造业的复兴，认为制造业在美国工作岗位中所占份额应当翻倍，达到20%，这样就会使得美国的出口更有竞争力，并且能够战胜其他国家。在伊梅尔特的前任杰克·韦尔奇的带领下，通用电气在业务外包方面走在了前面。但现在，伊梅尔特承认他们外包的业务太多了。

伊梅尔特补充道："我让员工给我解释市场的进化论本质，他们告诉我美国见证了从农业到制造业，再到服务业的自然进化。他们说其他成熟经济体的情况也是如此。但是，如果我们作为国民准备好逆转这种情况，美国工业的衰落并不是注定和不可避免的。我们应该更好地观察中国的例子。他们之所以发展得很快，是因为他们在技术方面投资，并且制造出产品。他们并没有为了发展成为服务业经济而终止制造业的发展。他们知道利润在哪里，并且想要优先得到。他们已经把通用电气逼到了底特律。"

伊梅尔特说出了一个不合时宜的事实，但这一切可能已经太迟了。底特律想要作为一个航空大都市有所作为可能已经落后太多，进度太慢，而且状况不佳。最糟糕的情况可能并不是没有达到预期的效果，即建造了航空大都市却没有人来，而是可能产生反作用，无意中把人才和机会都推到别处去了。例如通用电气就计划带走底特律工程师取得的所有突破，放到成本更低的上海和班加鲁鲁。对于剩下的人，理查德·佛罗里达很慎重地建议他们，如果他们不直接离开，必须愿意到遥远的城市工作，每天乘坐飞机上下班，才能保住自己的工作。

如今与亨利·福特时代相比，底特律参与竞争的范围与规模都不同了，在这场新的竞赛中到底落后了多远也未可知。航空大都市规划要利用的竞争逻辑包括：集群、创造性生态系统以及价值链，这些因素共同作用，已经使汽车和清洁能源工业中心迁到了其他地方。航空大都市为了对底特律有利，将它们联系了起来，却并不能保证能将它们再争取回来。

以雪佛兰伏特为例。伏特的存在靠的是其动力传动器，一个重 181 千克的 T 型锂电池组，这也正是通用汽车公司花费几年的时间，通过举行比赛来选择最优产品的原因。胜出的产品是由简法动力公司制造的。这是一家 LG 化学公司的子公司，也就是韩国第三大企业集团的分支。而来自美国的参赛者并没有把握住机会，它是一家新成立的公司，叫 A123。它制造的电池虽然对电动工具有益，但 LG 化学公司想得更长远。通用汽车公司健谈的副主席鲍勃·鲁兹认为，出现这样的结果是由于 LG 化学公司多年来在锂电池业务上的投入，再加上韩国巨大的财政技术支持，使得它领先了几年的时间。通用汽车公司已经在密歇根建立了自己的工厂（如 A123，它在中国还有 5 家），但其研发部门还仍然保留在首尔。

反过来，韩国人又落后于中国人。世界上首辆大规模生产的电动汽车是比亚迪 F3DM，它是一款插入式混合动力汽车，价值 2.1 万美元。比亚迪的寓意是“成就你的梦想”，它从 2003 年才开始制造汽车。公司盈利的业务是电池，它是中国最大的电池制造厂。如果你有手机、iPod、照相机或是兼具这三种功能的设备，那它的电池很可能就是在 F3DM 隔壁生产的。

沃伦·巴菲特非常喜欢这款车，他以 2.3 亿美元的价格买下了比亚迪 10% 的股份。看起来挺孩子气的比亚迪总裁王传福运气不错，作为中国的史蒂夫·乔布斯式的人物，他很可能会被载入史册。他掌握了汽车产业的方向盘，就好比苹果公司“挟持”了音乐，F3DM 就是他的 iPod。王传福已经明确表示，他对汽车制造本身并不在意，他所在意的只有电。汽车是一种商品，一种好的电池却不是。这也是戴姆勒与比亚迪合作，创造电力模型的原因。王传福的目标是到 2015 年，比亚迪成为中国最大的汽车制造商，到 2025 年成为全世界最大的汽车制造商。在 2009 年，天然气动力版的 F3 是中国最畅销的汽车。由于巴菲特的支持，比亚迪股价上涨，使王传福成为中国最富有的人。王传福告诉《大西洋月刊》的詹姆斯·法洛斯说：“100 年来，底特律没有发生任何改变，我认为他们应当重新考虑他们的生产线。”

可能在底特律曲折的故事里，最具有讽刺意味的曲解，就是从全球的角度来看，汽车工业的黄金时代还在前方。作为在机动性方面更广泛革命的一部分，在世界范围内，汽车持有率保持快速增长的势头。由于收入增加，使得几百万的中国人、印度人、土耳其人、泰国人、巴西人和伊朗人终于可以买得起车了。据博斯咨询管理公司顾问何德高和约翰·朱伦斯预测，公路上车辆的数量将很快从 2008 年的 6.72 亿辆实现翻番，到 2018 年将达到 15 亿辆。但这帮不了底特律多大的忙，因为受益者将是海外的汽车制造商。甚至连通用汽车公司在中国销售的汽车数量都已经超过了在美国的销售量。

比亚迪也并非解决了所有问题。一方面，F3DM 的质量不高。在 2009 年底特律汽车展上，比亚迪展台的参观者就对汽车塑料内饰散发出的气味嗤之以鼻。当 F3DM 还在准备美国的首次亮相时，人们的关注就已经转向全电能、价格高出一倍的 e6。在车展上，大家都觉得两款车都还没有为迎接其在美国的黄金时期做好准备。比亚迪可能电池造得很好，但要制造人们喜欢开的汽车，还必须寻求更多的帮助。而现在这种帮助恰巧使得奥本·山和沃伦提早退出了汽车行业的版图。

博斯咨询管理公司顾问何德高和约翰·朱伦斯写道：一些中国制造商，比如比亚迪公司，立志成为这个行业的全球领导者，但都会面临人才匮乏和跨国管理经验不足的问题。这就促使他们在不久的将来，收购部分或全部陷入困境的西方汽车公司，或是从看中的制造商和供应商那里雇用一些有经验的管理人员。中国计划赶在通用或其他公司前抢到他们。

底特律的未来也可能与天宝集团的创始人周天宝的一样，前程似锦。2005 年，费卡诺第一次访问中国。在那次访问中，他曾途经南京旁的蚌埠，在那里结识了周天宝。当时的天宝集团开始生产转向装置、驱动装置和刹车装置，是通用汽车公司的中国合作伙伴，但周天宝有着更高的抱负。他告诉费卡诺说："我们想要成为像福特一样的公司。"费卡诺告诉他应当到密歇根来，后来他也这样做了。一年后，天宝集团在底特律航空大都市北部边缘的坎顿小镇建立了工程中心。一夜之间，它成为密歇根最大的中国汽车制造商。

起初，天宝集团雇用了 20 名工程师，而后变成 30 名，最终达到了几百名。他们的工作是测试刹车和转向装置，然后将结果和建议传到网上，供蚌埠的同事处理校正。所有人都为三巨头工作，但除了从北京飞来的总经理赵杰夫，没有一个是中国人。

周天宝对我说："我们建立了研发中心，以支持我们在中国的工厂，这里能够把我们的员工与底特律的工程师联系起来，将我们的资源与他们的人才和服务联合起来。所有我们需要的东西几乎都能在这里得到。"他所说的"所有东西"是指无所事事的工人和空置的建筑。当我问他关于物流的问题时，他打断了我："我们来回流动的是员工，有的时候是许多人。"

中国的五大汽车制造商也加入了天宝集团的行列，加速向三巨头的汽车零件方向发展。其中一家与通用汽车公司的悍马达成了协议，但中国政府阻止了这项交易。福特的运气就要好一些，把沃尔沃的担子甩给了当时还不是那么有名的吉利。他们的供应商贪婪地围绕在伟世通公司和特尔斐周围。2005 年，福特收回在伟世通公司的 17 家工厂后，立刻宣布要卖掉它们，但发现除了中国人很少有人愿意购买。2008 年，福特将其中一家工厂卖给了中国第二大民营企业万向集团的一个分公司。这家工厂立刻就打包搬到了底特律航空大都市，距离伟世通村不到 1.6 千米。当时万向集团也宣布要生产电动汽车。

与万向集团和比亚迪相比，天宝集团就很微不足道了。在曲折的供应链中，它是第一个环节，断开与三巨头的联系后，再与中国重新联系起来。汽车工业不可避免地转向东部发展，底特律航空大都市将成为中国公司勇敢跨越、继而攻城略地的空中桥梁，而费卡诺将张开双臂迎接他们。

2009 年汽车展的前一天，天宝集团邀请底特律政府和三巨头的客人们在福特汽车博物馆见面会晤。博物馆沿着 I－94 公路，坐落在城市与机场之间，与福特在迪尔伯恩的试验场和测试中心相邻，罗格河的遗迹也距此不远。博物馆的核心是一座与费城独立厅尺寸相同的复制品。莱特兄弟的自行车车间、托马斯·爱迪生的门帕洛克实验室都在这里被还原了。后者是世界上第一个工业研发实验室，后来成为通用电气公司。

作为东道主，赵杰夫和北京市副市长一起传达了这样一个信息：在分类整理了美国财政危机的残骸之后，中国开始了疯狂的购买行动。为了强调这一点，赵杰夫大声说出了在他的计划名单上的客人的名字。零售的模具制造公司？有可能。无力偿还债务的小型公司？当然！伟世通公司？如果价格合适的话，为什么不呢？他认为天宝公司可以做得更好，并且他有来自北京的资金供天宝公司使用。

副市长告诉客人们说："我们做好了准备来投资、购买公司，或是与供应商做合资公司。我们可以带来资金，你们有设备、人力和技术，我们希望可以进行投资。"后来天宝集团确实也这样做了。他们以低价买下了特尔斐的刹车和悬挂系统的业务，后来又以 4.5 亿美元买下了通用汽车公司转向装置的业务。

费卡诺觉得这是一项公平的交易。他当时说："中国人将在美国投资，我们总的目的，就是给这里带来就业机会。"他读了很多托马斯·霍布斯和托马斯·弗里德曼的书，知道北京正在赢得这场竞争。但如果航空大都市将它与北京紧紧连接在一起，底特律也可以胜出。尽管密歇根可能无法摆脱汽车工业的传统，但也许它可以摆脱三巨头。不出口汽车，但是可以输出制造汽车所需的稀有人才；作为交换，这些人必须在密歇根工作，至少现在是这样。底特律的生命线曾经是穿过五大湖，装载着粮食、铜和汽车的轮船，而现在是每天飞往上海、香港的航班，它们通过航空的、数字化的以及其他的一些连接方式向前一直横跨中国。

2008 年年底，航班载着一个底特律代表团前往北京，参加中国国际汽车零部件博览会。地球的另一端，三巨头的首席执行官们正在给国会点头哈腰，而同时，费卡诺正在宽阔的展览中心的展台前，邀请每一个到场的人参观密歇根展区。和他一同坐在台上的还有赵杰夫，以及底特律周围几家中国公司代表，展台上方的旗子上用英文写着："Chinese auto parts enterprises to enter into the world market against the background of world economic crisis（中国汽车零部件企业在世界经济危机中逆袭，进入全球市场）."他们一个接一个地挑选汽车城的瓦砾，绘制着一座准备好重新接纳数以千计失业的工程师、大声喊着“中国价格”的汽车制造商，以及拥有大量废弃房屋的城市的蓝图。赵杰夫说：“人们已经改变了，他们现在已经开始接受中国公司了。”

最后一位发言者，也是会议组织者之一，邀请费卡诺再次到中国去。他提醒听众：“这是勇敢的中国企业进入美国市场的最佳时机。阳光总在风雨后，寒冬已至，春天将临。”

The Cool Chain

7 冷链

阿姆斯特丹的鲜花拍卖市场，和机场一起把当地特产转变为全球产业，也为食品的全球化创造了条件。

花都

1593 年，一位名叫卡洛斯·克鲁索斯的植物学家来到了荷兰莱顿大学，为学校的植物园栽培植物。他的工具包里收集了很多植物球茎，其中有一株非同寻常的野花球茎，有时候人们会把它当成洋葱吃掉，这种植物就是郁金香。郁金香已经被人们传播了好几个世纪，它最初盛开在中国大草原和长江之间的山谷中，后来被带到了西方。土耳其人把郁金香带到了伊斯坦布尔后，苏莱曼大帝想尽一切办法培育它们（为了培育出鲜红的花朵，他的园丁们还把葡萄酒倒进了花床）。之后的一个世纪，郁金香又向荷兰迈进。尽管克鲁索斯培育的郁金香球茎躲过了被人们误食的风险，但是由于郁金香名扬在外，花季过后，所有的郁金香都被偷抢一空了。

不久郁金香便成了欧洲最年轻的，能在寒冷、阴湿、遍地枯黄的冬季开放的花，成为最富有的荷兰共和国的国家象征。荷兰共和国在很短时间内就成为世界上经济最强大的国家，它的经济完全建立在全球贸易的基础之上。创办于 1602 年的荷兰东印度公司，通过最原始的贸易方式成为世界上首家跨国公司，也成为第一家发行股票的公司。即使底特律三大汽车制造商联合起来，也不能与之匹敌。在鼎盛时期，荷兰东印度公司曾拥有 200 条船只的舰队，并拥有自己的独立军队和 5 万名员工。荷兰东印度公司的舰队不断扩大运营范围，发动战争，铸造钱币，并建立殖民地。该公司则凭借武力垄断了全球的肉桂粉贸易，之后又垄断了咖啡、丁香和肉豆蔻贸易。然而，就像三大汽车制造商一样，荷兰东印度公司在发展壮大之后，利润增幅开始放缓，市场份额也逐渐被更加灵活、更具竞争力的英国东印度公司瓜分。英国东印度公司的壮大犹如后来的日本丰田。

当时阿姆斯特丹的交易市场共有 360 种商品，没有郁金香。但在香料贸易巨额利润的推动下，郁金香球茎的拍卖也开始如火如荼。在 17 世纪 30 年代，人们对郁金香的狂热达到顶点，一株郁金香球茎可以买下阿姆斯特丹运河旁边的一排房子。郁金香泡沫成为接下来出现的泡沫经济的模板——从1720年的南海泡沫事件[1]到1847年的铁路投机大破产[2]，从兴旺的二十年代[3]到随后的经济大萧条[4]。说到底，每一次经济泡沫都是人们在为可能出现更大的全球一体化浪潮而下的赌注，不管人们是凭借贸易或者铁路发展来判断的，还是凭借兴盛的汽车行业和无线电股票来判断的。近年来，互联网的飞速发展让我们无须大费周折，只需轻轻点击鼠标就可以与世界连通。同时，在中国储蓄资金和购买力的刺激下，美国的房地产泡沫也愈演愈烈。在最开始的时候，荷兰东印度公司的郁金香拍卖从本质上讲是一场赌博，是一场能够让自己持续攫取利益的赌博，它希望可以一直维持自己的垄断地位和荷兰的黄金时期。

在1637年的一次拍卖中，有一磅普通的高价郁金香球茎找不到买主，自此这种狂热就开始急剧降温。此事传得沸沸扬扬，没过几天这些郁金香球茎的价值便一落千丈。为了终止这件事引发的连锁破产效应，法院判决这实际上是一起赌博失败，而不是债务，败诉的人们几乎没有什么损失。现在，随着铁路泡沫和互联网泡沫的出现，大量资金被投入到基础设施建设中，这些资金使得荷兰在鲜花产业中确立了主导地位。荷兰人凭借着对郁金香的狂热，从土耳其人手中继承了这一产业，并在郁金香的培育、种植、交易中成为毫无争议的欧洲霸主。

250年后，加热型温室的出现使花农们雄心勃勃，希望能培育出更多四季常开的花卉。一旦花农们能够控制鲜花的开花时间，令其一年四季都可以开花，那么花卉的日生产量就能够满足其日需求量。玫瑰取代郁金香成为主要的经济作物，同时花茎也取代了球茎。鲜花仍然是荷兰的主要产业，人们通

---

[1] 南海泡沫事件（South Sea Bubble）：是英国在1720年春天到秋天之间发生的一次经济泡沫，事件起因源于南海公司。它与密西西比泡沫事件及郁金香泡沫并称欧洲早期的三大经济泡沫。

[2] 铁路投机大破产（Railroad Bust）：19世纪40年代，美国铁路事业蓬勃发展，但生铁产量长期停滞不前，棉纺织业的增长速度也不快。随着世界贸易的急剧增加，爆发了世界性的普遍生产过剩危机。

[3] 兴旺的二十年代（Roaring Twenties）：是指北美地区（含美国和加拿大）20世纪20年代经济发展迅速。

[4] 经济大萧条（Depression）：是指1929年至1933年全球性的经济大衰退。

过船只或者小轮车将这些花卉运送到阿姆斯特丹，再通过火车运送到鹿特丹或者海牙。这些鲜活易腐货物的运输则成为多年来一直困扰着商家们的一大难题。

冷藏车的出现，使得花卉连夜从荷兰运送到巴黎和法兰克福成为可能，但是如果运输距离更远，就只能采取空运了。1928 年，荷兰皇家航空公司开创了鲜活易腐货物的运送业务，他们把 7 500 吨的鲜花、水果和蔬菜空运到了伦敦。那年冬天，当荷兰航空可以全年提供草莓和浓缩奶油后，整个城市的贵妇们都欢呼雀跃。从种植者的温室到布鲁斯贝利的门到门服务只需要 5 小时。考虑到希思罗机场的问题，这个纪录将永远不可能被打破。直到二战之后，种植者们才开始积极地出口花卉。1969 年，加利福尼亚欧文的工厂推出了世界上首个冷藏集装箱。该冷藏箱可以装在墙上也可以放置在波音 747 的机舱里，自此这个链条缺失的一环也被补全了。冷藏集装箱实行有安全保障的温度和湿度控制，它的活性炭罐储藏技术可以使包装成本降低 50%，损耗率降低 25%。在随后的 10 年里，荷兰的花卉种植商们从欧洲的花卉生产霸主一跃成为全球花卉生产商。截至 1973 年，荷兰的花卉出口量占全球花卉出口量的将近 3/4。之后，荷兰人引进了绚丽的黄玫瑰，并由以色列花农进行种植和培育，从此结束了玫瑰生产的外包业务。在克鲁索斯将郁金香带到荷兰 4 个世纪之后，花卉开始向东方迈进。

荷兰人从未放弃过他们的拍卖市场。拍卖作为一种地方行为被严格地保存下来，荷兰人不断巩固和加强拍卖市场的范围和规模，以满足种植商的需求。迄今为止，最大规模的拍卖市场是阿斯米尔鲜花拍卖市场，在这里，每天早晨当拍卖市场的邻居们还没来得及品尝第一杯咖啡的时候，2 000 万株玫瑰花、菊花、满天星和郁金香就已经交易完毕了。荷兰的阿斯米尔是每一朵刚刚采摘到的花朵在欧洲交易的第一站，之后成千上万的花朵被运往美国、日本以及世界其他角落。因此，欧洲最繁忙的史基浦国际机场坐落在距其 9. 6 千米外的地方一点儿也不足为奇。阿斯米尔是世界的绿色中心，它坐落于荷兰再合适不过了，而且 4 个世纪之前，郁金香狂热就源于此地。

阿姆斯特丹和史基浦机场就是卡萨达心目中底特律航空大都市的范本，它不仅仅起到了蓝图的作用。史基浦机场和阿斯米尔的结合，还为每一个担心受到全球化进程影响的城市和行业带来了希望。与三大汽车制造商最终被外国竞争者挤垮不同，荷兰种植商们利用史基浦机场，把他们的国内产业融入全球花卉种植网络中，同时牢牢地掌控着发展方向。正如荷兰东印度公司通过港口和运河来为其舰队服务一样，荷兰人也创建了一条“冷链”，即由冷藏箱和金属罐组成的无缝网络，把鲜花运往世界各地。如此一来，他们不仅再一次巩固了在花卉市场的霸主地位，而且为食品全球化创造了条件。然而，在气候变化面前，我们必须考虑在肯尼亚种植玫瑰是否运输起来太遥远了，这不仅仅是一场关于英里数的争论。

世界绿色枢纽

对于郁金香狂潮而言，最大的讽刺莫过于这种被极度推崇的植物悄悄生病了。“患病”的郁金香长出了杂乱的式样和条纹。后来这种病毒得到了控制，并且可以从基因上控制这种情况的发生。有一年春天，笔者在芝加哥就看到了这种类型的郁金香。它们是橘黄色的，每一个花瓣中间是紫色的，并像火焰一样向外发散。这些郁金香被包在玻璃纸内，一束束地摆放在杰森商场的地板上，这是一家位于芝加哥城北的家具商场。在郁金香旁边，是密密麻麻被插在花瓶中的牡丹花、丁香花和马蹄莲。一般来讲，这些花在室温下是不可以这么摆放的，但是那天是母亲节前的星期五，是花店的大忙日。尽管情人节是更加繁忙的节日，但那时人们主要是忙着抢购玫瑰花。母亲节则是花束的海洋，因为丈夫、儿女们会争相购买这些花。一位花商向我推荐了一束花，然后 1 小时后，这些花就会出现在我母亲的手里。此时，距离这些花在荷兰被采摘仅有 4 天的时间。在这 4 天里，它们被运送了约 6 500 千米。

然而在那里，这仅仅是成千上万花朵中的一束。凡・高笔下绚丽的田野是这个产业的副产品，因为大部分花蕾都是为了得到球茎而培育的，而这些球茎要在花园里进行移栽。荷兰人就是通过这种方式，在田里种满了鲜花，从而占据了世界2/3的市场。他们还开拓了成千上万公顷的土地来种植风信子、水仙花，尤其是玫瑰花。我买的这一束可能来自一个装有阳光传感器和计算机模拟施肥器的温室。这些花在星期二被采摘后，经过分级、分类、包装以及及时的冷藏装载，星期三就到达了阿斯米尔鲜花拍卖市场。

午夜刚过鲜花就到了，然后黎明之前就开始竞拍。为了确保百合花和风信子能够及时到达拍卖区，种植商们一大早就把这些花从冷藏箱搬到车上，或者在半夜里就匆匆从史基浦机场把从基多、内罗毕和特拉维夫运来的鲜花搬到这里。我们用肉眼根本看不到，更不可能看清楚阿斯米尔的全貌，因为中央仓库的地板上堆放着装满了鲜花的推车，这些推车都在等着自己竞拍的顺序。这座世界上最大的商业大楼建筑面积93万平方米，比芝加哥威利斯大厦或者芝加哥商品市场的两倍还要大（而超过这座大楼建筑面积的是位于北京和迪拜的两座航站楼）。

从仓库中的小路走过，放眼望去，你可以看到由郁金香、向日葵、杜鹃以及绣球花汇成的鲜花海洋。随着粗壮的荷兰人拉着单车前进，这片花海便不停地变换着颜色和形状。阿斯米尔的仓库看上去比孟菲斯和美国路易斯维尔的仓库简陋多了。这里的仓库没有条形码，没有传送带，也没有盘旋上升的起重架（但这里却有一列机器操纵的货运车）。排成长龙的推车就像电网一样，每个上面都挂着号码和字母，清清楚楚地一字排开，在其中往来穿梭。

然而，这里的净生产力却会让联邦快递公司的弗雷德·史密斯大吃一惊：阿斯米尔每年交易的花卉数量达到50亿株，交易次数达到1 000万次，而且每次交易都是在中午之前完成的。世界上有将近1/4的鲜切花要经过这里交易，而另外1/4的鲜切花则是在其旗下的6个规模稍小的拍卖市场进行交易。它们是坐拥400亿美元全球产业链的强大枢纽，是比音乐产业规模更大的一个枢纽。

拍卖厅是由大学讲堂、游戏表演大厅和场外赌博大厅构成的奇怪组合（从脏乱不堪、充满男人味的环境中就能略见一斑）。购买商们有的受雇于荷兰鲜花集团这样的批发商，有的则是为自己工作。他们看上去像是凌晨4点半就从床上爬起来，在路上抽一盒烟，再喝上三四杯咖啡让自己保持清醒，当然这一切早已成为惯例，因为他们承担不起由于在竞拍过程中精力不济而造成损失的责任。

每个房间里都有两个或两个以上安装在巨大显示屏上的钟表，这样就可以同时进行不同的拍卖。阿斯米尔不愿花费时间等待竞拍者抬高价钱。这些拍卖使用的都是倒计时钟表，价格在一开始被人为地抬到很高，然后几秒内就会降到零。购买商们彼此竞争，拍卖大钟的蜂鸣器会确定他们的订单。出价太快你可能会多付钱，但是出价太慢就有可能被别人抢先拍走。如果没人竞拍，鲜花就会被切碎做成肥料。这样看的话，拍卖大钟就像是一块秒表，当购买商们紧握着蜂鸣器的时候，会有一圈红色的光线在他们脸上闪现，催他们在最后一秒做决定。

价格不是购买商考虑的唯一因素。在屏幕上同时出现的还有参与拍卖的花茎的数量、花茎的质量等级（A1 代表最高等级，也是这里最常见的等级）、鲜花和种植商的家谱以及购买商即将要购买的花的照片。鲜花也会呈现在大家面前，它们从讲台左侧或右侧进入，经过定时器下面的通道缓慢穿过大厅，最后从中间的门离开。会有一位拍卖人从每一批商品中拿出一株花茎，然后举高了让大家看清楚，但是购买商都全神贯注于手中的竞拍，基本都没有时间看。就这样，鲜花在离开这个屋子之前就被拍卖了。

荷兰拍卖市场的优势就是它的速度。阿斯米尔平均每小时每台定时器可以完成1 000 次交易，差不多每 3 秒完成一次。这样的拍卖大厅一共有 5 间：其中一间用于盆栽花卉拍卖，其他的用于园艺花卉和玫瑰拍卖，拍卖玫瑰的大厅是其中最大的一间。每年有 20 亿株玫瑰花经过这里，然后再根据每株玫瑰花的价钱高低，或被送往莫斯科统治者的宅邸，或被送到某家埃塞克斯特易购超市的产品通道中。

乍一看，对一株寿命短暂的植物而言，牺牲掉两三天的时间只是为了换取在定时钟下面的几秒，似乎有点奇怪，但是阿斯米尔可以为购买商和销售商提供价格公平、全额付款、确保产品产地和质量的承诺。对于这个行业而言，在鲜花枯萎前就收到收据并不常见，因此这并不是一件小事情。这里的花卉拍卖始于1911年，并一直是各种花卉的信息中心，如今这里成了制定全球花卉价格、判定花卉质量的地方，关于新品种和新产商的各种创新层出不穷。从物流方面来说，全世界的鲜花都汇集在史基浦机场，与你的行李连夜经过孟菲斯的原因是一样的，因为这里完善的基础设施所带来的高效率，可以抵消把花卉运送到这里所耽误的时间。

我购买的这束花由荷兰希尔维达得波尔花卉出口公司（荷兰最大的出口商之一）赢得了竞拍。他们是在最后一秒赢得竞拍的，因为他们的客户杰森商场的花商指名就要有紫色花纹的郁金香。我的“艾文公主”郁金香离开拍卖大厅后，就被运到阿斯米尔的运输火车上。自动火车连接着购买商远处侧厅的仓库。班车由16千米长的通道和自动货车构成，自动火车每小时可以发送2 600次，运送量相当于下面公路上120辆半拖车的载货量。火车的轨道沿着屋顶向前延伸，车厢就像悬挂在头顶行驶一样。这种设计更像是缆车，而不像货运车。橘黄色的花束取代了缆车的车座，中间是铝制的架子，满载着一堆堆的玫瑰花、杜鹃花、兰花，甚至还有随风摇摆的竹子。

火车一列接一列地沿着铁路驶向目的地。载有我的花束的货车最终停下来，然后被停放在希尔维达得波尔公司的门口。公司里面是一个接一个的冷藏箱，外面放着熟悉的传送带、扫描仪、鲜花分拣机。希尔维达得波尔公司每天要运输100万株花茎。开往柏林和波尔多的卡车已经出发了，工人们现在正在给发往史基浦机场的货物打板装箱。在货架之间行走，你可能会看见绣球花上打着去往日本的标志，旁边的柳条筐里装着满天星、香豌豆和百合花。在后面，制作花束的工人们剪下玫瑰、荚莲花和丁香花的叶子和花茎，并把它们包装在放有冰块的箱子里。

200箱郁金香、泰国兰花和肯尼亚玫瑰即将运往芝加哥。这批花是个例外。（每年只有5%的花是在拍卖会上卖出的，大约有2.5亿株花。）这些花朵一定要上保险，这样才能体现出这次旅行的价值。它们被装在奶白色的约翰梵德尔公司的卡车里，这些卡车在忙碌高峰期到处可见辊道式输送系统。对于全球的鲜花贸易而言，这种输送系统的真空冷藏箱和滚动的冰柜要比阿斯米尔重要多了。

就在联邦快递和联合包裹还在为供应链担忧的时候，阿斯米尔的物流人员们已经对冷链着迷了。这是一条建在冰块上的供应链，里面的一切东西都被冷藏，在被拿出来之前，最好是在被装进购物袋之前都保持冷藏状态，并一直保持这种低温。链条中任何一环出现差错，都会导致商品的腐烂和损毁。在这个时候，速度要比以往任何时候都显得重要，但是适当的温度也是必须的，这个温度确切地说是最稳定的3℃。

对于那些以运送花卉、鱼类或者新鲜水果为生的人而言，冷链绝对是他们关注的焦点。在这些产品还未“增值”之前，他们必须保证这些产品在运输途中不受到损害。因为不论是玫瑰花朵、金枪鱼还是草莓，它们在被剪断、捕捞或者采摘的那一刻起，就开始慢慢死亡了。我们称这些商品为“鲜活易腐货物”，从这里也可以看出其生命之短暂。在阿斯米尔，每过一天鲜花就会损失 15% 的价值，这已经是众所周知的了，因为这些花在被完好无损地运走之前最多有 7 天的寿命。但是有了冷链，那些沿着肯尼亚奈瓦沙湖畔种植的玫瑰花在被运到的时候，还与当天早晨在街边采摘的玫瑰花一样新鲜。而且，这些花儿再被转运到大阪或者洛杉矶时还能保持新鲜。顾客们花钱使用约翰梵德尔公司的辊道式输送系统的服务，就是看中了这套系统冷藏条件的稳定性，能保证准时把鲜花运送到市场上。

每天早晨 5 点半，当荷兰皇家航空公司的 566 次航班从内罗毕飞回的时候，卡车早已在机场等候着，整个行程大约 8 小时，途经非洲大草原和撒哈拉沙漠。这些鲜花落地后，不需再辗转跋涉，约翰梵德尔公司大大小小的冷藏车已经停在了两条跑道中间。这些玫瑰花被迅速运到 8 个“冷藏柜”中为其降温。如果遇到极端情况，比如花朵从冬眠中醒来开始呼吸，导致温度上升，我们就可以使用真空冷藏柜。真空冷藏柜的大小和传送车厢差不多，花卉可以被储藏在冷藏柜中。把冷藏柜的空气抽走并将温度调到 2℃，将这些花卉冷冻起来。数分钟之后，花卉就恢复到冬眠状态。

这些花卉顶多在这里存放一个晚上，等待着第二天的航班或是在阿斯米尔鲜花拍卖市场上亮相。那里有许多花架，上面簇拥着成百上千包装整齐的玫瑰。具有讽刺意味的是，冷链中最薄弱的一环，竟然是在拍卖市场的定时钟下向世人展示这些花卉的那 3 秒。一旦交易达成，这些花卉就再次被新主人送回冷藏室中。进行交易的花卉 90% 会在当天下午离开。因此每一架驶离史基浦机场的飞机都至少载有一箱花。

美国航空公司的飞机载着我购买的这一束花在周四下午到达奥黑尔机场。随后美国农业部的检查人员会仔细检查这些花茎的样本，以确定是否有枯萎和感染的现象。在获得他们的批准之后，这些郁金香就会回到荷兰希尔维达得波尔公司的进口商手中，然后这些进口商会把这些花卉分类并储藏在他们机场周围的仓库里。第二天早晨，这些花儿就在杰森商场的门口等候销售了，再过几小时，我的母亲就可以欣赏到手中的这束鲜花。我试图给母亲讲这束花的来历，但是母亲根本不关心，她认为最重要的是这束花很漂亮，而且是她儿子送的。

古老的霸主： 荷兰人是如何占领花卉市场的

艾米·斯图尔特在其《花卉机密》一书中提到：“只要你接触到花卉行业，就不可能不遇到荷兰人。荷兰人无处不在……无论是在拉丁美洲、迈阿密，还是在加利福尼亚的种植商那里，你总能听见屋内某处传来的荷兰口音。从很多方面来说，花卉行业就是他们的工业，他们将花卉出口到世界其他地方，并一直牢牢掌控着整个行业，就像聪明而又无所不知的企业创始人一样，好像永远都不会退休。”

艾米可能描述的是亨克·德·格鲁特。一天早晨在拍卖结束后，我跟这位阿斯米尔鲜花拍卖市场刚退休的规划师一块参观了这里。如今的阿斯米尔鲜花拍卖市场是在他的手中一步步建立起来的。1968 年，跨城的两大竞争对手布罗门路斯特和阿斯米尔合并之后，需要建立一个更大的拍卖市场，也就逐渐形成了今天的阿斯米尔鲜花拍卖市场。为了满足新鲜花卉实时交易的需求，人们在这里发明了一套包括定时钟、铝制推车和自动火车在内的拍卖系统，这也是该集团的核心部分。在亨克·德·格鲁特任职期间，阿斯米尔鲜花拍卖市场扩大了13倍。想象一下，美捷步在路易斯维尔增加了一个又一个仓库，直至达到13个。阿斯米尔鲜花拍卖市场面积巨大，要想有个总体印象，最好的方法就是从空中俯瞰。而且它的扩建工程还没有结束，当我们开车沿着花市外围蜿蜒的道路往前参观的时候，德·格鲁特向我们介绍了接下来准备设计修建的温室。这个温室的修建会使整个花市的面积翻番。

在这里可以看到史基浦机场的塔台。我很好奇阿斯米尔鲜花拍卖市场是否是有意建在机场旁边的。德·格鲁特摇了摇头，蒙眬的睡眼和突起的山羊胡子使他看起来很有学究气质，他说道："这只是一个令人欣喜的巧合，史基浦机场是1919年开始运营的，距拍卖市场建成使用将近10年，而且当时周围只有安东尼·福克在造飞机。"

多亏了荷兰人的聪明才智，阿姆斯特丹的机场才得以浮出水面。被填平之前，这里完全被哈莱姆米尔湖泊覆盖。哈莱姆米尔湖的一角对于航行非常危险，以致被称为史基浦之洞，即"船之洞"。1917年，在这片泥泞、低洼的土地边上，人们开始动工修建史基浦机场，两年后安东尼·福克来到这里，之后一年，荷兰皇家航空公司开通了飞往伦敦的航班。通往飞机跑道的路非常泥泞，乘客需要雇用搬运工背着他们走过泥泞不堪的区域。然而，这也使得乘客们成了当地农民的活靶子，农民们用大头菜扔砸乘客，以宣泄他们对入侵者的不满。

安东尼·福克是荷兰的莱特兄弟。在第一次世界大战期间，他在德国制造战斗机，包括红色男爵标志性的三翼战斗机。这个机场开始运营后，安东尼·福克回到了祖国。在《凡尔赛合约》的庇护之下，他从德国边境运来一火车的飞机和零部件，并很快在史基浦机场开设了车间。在战争期间，安东尼·福克的公司就像今天的空客，为运往伦敦的花卉和草莓提供飞机，几乎占了美国民用飞机总量的一半。二战中，同盟国的轰炸将他的公司夷为平地，从此再也没有恢复。史基浦机场的第一次兴盛也随它们一起消失了。

德·格鲁特说："当时，谁也不知道一百年后会发生什么事情，后来我们选择这里作为新址就是因为这里临近公路。"阿斯米尔鲜花拍卖市场坐落在两条高速公路的交会处，其中一条公路连着史基浦机场和通往欧洲的高速公路。但是这条高速公路并没有随着拍卖市场扩大 13 倍而增宽 13 倍，因此每到中午，花卉的运输几乎总是处于拥堵状态。

尽管阿斯米尔鲜花拍卖市场坐落在史基浦机场旁边纯属偶然，但是它能够主宰花卉贸易绝非偶然。冷链的产生和生产的全球化使得空运和地面快速运输变得异常重要。当花卉拍卖市场开始运营的时候，拍卖市场中还没有在荷兰以外种植的花卉，可是现在却几乎占据了拍卖总量的 1/3。同样，西欧以外地区的出口量（主要是通过空运）也从原来的零上升到了世界第六位。在此期间，其他的花卉拍卖市场或是合并，或是倒闭，数量从 1950 年的 16 家下降到 2003 年的 4 家。阿斯米尔鲜花拍卖市场能够占据花卉市场的霸主地位，史基浦机场功不可没。阿斯米尔鲜花拍卖市场在 2007 年与荷兰花市合并之后，有效地控制了荷兰 98% 的花卉出口。管理者对此结果并未进行干涉，主要是认为现在真正的竞争是荷兰和世界的竞争。

德·格鲁特肯定了史基浦机场产生的影响，他的事业巅峰起始于一条地下铁轨的修建。这条 12. 8 千米长的铁轨连接着拍卖钟和停机坪，从此花卉的运输不再需要货车、卡车或是公路。当初有人认为修建地下铁轨的成本过高且不实用，但是它却为阿斯米尔鲜花拍卖市场的班车运输绘制了蓝图。当我们沿着路轨前行的时候，德·格鲁特还谈到了他的退休计划。但实际上，他的日程却安排得更加繁忙了。他发现自己在追踪空运花卉的源头，并准备随时提供服务。当我见到他时，他正忙着在中国、墨西哥、埃塞俄比亚、越南建立农场和花卉拍卖市场。10 年前，他在印度修护冷链中的薄弱环节时，曾劝说当地人尝试种植玫瑰以外的花卉，因为当地的玫瑰品种的确不怎么样。

对此我很吃惊，这难道不是在帮助竞争对手吗？“完全不是”，他的声音很大，像是旁边有一辆火车驶过，他说，“我们并没有把这当作是竞争，如果我们帮助他们在当地发展花卉业，那就不需要在阿斯米尔完成花卉交易。与其把所有的花卉都聚集到一个地方，不如在迪拜和迈阿密建立类似的拍卖市场，从而形成花卉行业的新关系网”。这种设想的前提是荷兰的公司能控制这些枢纽。他说：“在中国也是一样，我们想在中国开拓市场，而不用把中国的玫瑰带回阿斯米尔。与把所有东西都运到荷兰相比，我认为建立一个当地的物流枢纽和花卉拍卖中心会更好一些。我们要思维全球化，行动全球化。”

玫瑰依旧

另一位控制这个行业的重量级人物就是维达·得·波尔。他总是穿着塔特萨尔花格工作衫，总有一缕白发披在肩膀上。10 年前，他的出口公司与希尔维达公司合并，两个被大公司打压的中等规模公司联合起来变成了行业巨头，即希尔维达得波尔花卉出口公司。得·波尔在美国和太平洋沿岸销售花卉已经有 30 年的时间。而希尔维达公司的起源可以追溯到 1909 年，其最早的航空货运主顾竟然是俄国的最后一个沙皇。合并之后，其花卉的市场份额仅次于荷兰花卉集团和 Florimex。

荷兰花卉集团拥有 21 家公司，Florimex 在 9 个国家拥有 15 家公司。希尔维达集团旗下有 3 家公司，其中一家是希尔维达得波尔花卉出口公司，另一家培育非洲菊和安祖花，第三家则加工康乃馨。其余的花卉公司填补花卉市场的空缺，这些公司包括荷兰和印度的研发实验室以及肯尼亚种植几百万作物的大农场。花卉交易市场已逐渐全球化，地位与其产品一样愈加稳固。从 20 世纪 70 年代以来，阿斯米尔的种植商减少了 30%，而进口数量却有望在 2005 年至 2015 年翻番，这主要归功于史基浦机场。荷兰的农场主发现他们遭到了本地跨国公司的追赶、合并甚至挤压。

当被问及从事这个行业这么多年来，最大的改变是什么的时候，得·波尔说：“是花卉的购买和生产更加全球化。”坐在他的办公室里俯视仓库时，他开始在一张纸上描绘一幅世界地图，画了好几个箭头，一个箭头由南美洲指向美国，另一个箭头由非洲指向欧洲，一个双箭头则分别指向亚洲北部和东南亚。

他解释说：“当今世界有三大花卉生产区域。美国曾经一度从荷兰购买花卉，或者在本土种植。现在美国市场的供货商主要是哥伦比亚、厄瓜多尔、墨西哥等其他美洲国家。然而在欧洲，我们把撒哈拉以南的非洲地区作为主要的生产地，肯尼亚是最大的，其次是津巴布韦、乌干达、赞比亚以及发展势头迅猛的埃塞俄比亚。”

得·波尔指出：“第三大市场是日本、马来西亚、新西兰和新加坡。至少对于主流花卉来说，那里占据将近一半的生产和消费。有利可图的市场已经从东方转移到了西方。”这里的市场是指由荷兰妥善保管的在温室里栽培的花卉品种，因为这些花卉的栽培和销售都是在发达国家。

得·波尔说：“30 年前，美国本土会生产很多花卉，现在加利福尼亚州情况依然如此，但是像玫瑰、康乃馨等花卉的栽培已经转移到了南美。荷兰的情况也是如此。”他说着，画了一条从荷兰指向肯尼亚的线：“由于我们的劳动力和土地变得越来越昂贵，所有的球根生产都已经向南移动，在湿冷的荷兰修建温室种植根本无法与那些本来就阳光充足的地区相比。”

起初，冷链使荷兰种植商在全球市场上占有绝对优势，但同时也是他们走向衰落的根源。其他的种植商可以不受历史、地理、劳动力、气候的限制，选择任何他们喜欢的地点，寻找有着充足阳光、温和气候、廉价劳动力以及有机场的地区。因此他们来到哥伦比亚、肯尼亚、泰国以及马来西亚。所有这些地区都靠近赤道并且经济不发达。就像其他行业一样，世界范围内的竞争使花卉业的发展变得更加合理。

美国花卉业过去从未在其国民经济中占有一席之地，这次它们却一马当先。哥伦比亚于 1969 年开始建立花卉中心，并在 6 个月内开始向美国空运产品。30 年后，它已经发展为价值 5 000 万美元的大规模企业。后来美国的创建者将其出售给都乐食品公司，自此其规模扩大了 3 倍。现在它已经成为西半球最大的生产商。该公司的年报显示，它的花卉基地的总部“战略性”地坐落在离迈阿密国际机场很近的位置（美国 88% 的花卉都是由迈阿密国际机场运输的）。

这些花卉分别从哥伦比亚和厄瓜多尔的首都波哥大和基多空运到美国，这两个地方共同垄断了美国的花卉供给。与荷兰不同的是，荷兰本地生产的花卉仍然占据阿斯米尔 2/3 的市场，而美国几乎将整个市场的花卉生产外包。在过去的 10 年里，美国本土花卉产量已经下降了 80%，从 5 亿株下降到不足 1 亿株；而与此同时，每年的花卉进口量却达到了 13 亿株。

因此，那些过于脆弱而不能满足冷链运输和空运要求的花卉就会逐渐淡出人们的视野。正如艾米·斯图尔特所说：“玫瑰、康乃馨和菊花成为当今最受欢迎的花卉并非巧合，而是因为它们是寿命最长的花卉。花卉业试图为我们提供所需要的商品，但它同时也限制了我们的选择，因为它们只能为我们提供那些符合它们行业体系的花卉。”其他的品种都逐渐淡出了市场。在美国只剩下一个销售紫罗兰花的农场，而这里的紫罗兰也只在 160 千米内销售。

一旦花卉过了海关，它们就被装上卡车，经过一系列的配送中心之后，最终到达花店或超市。在美国大约有 5.5 万这样的花店或超市，每年大约有 30 亿株花卉是通过这种渠道销售的，占到了美国人花卉购买总量的 80%。对于那些稀有而又昂贵的品种，比如有 1.8 米高、花朵有排球大小的玫瑰，将被运往阿斯米尔鲜花拍卖市场，然后在那里拍卖给喜欢这种花的俄罗斯富人。

厄瓜多尔的花卉产量还远远落后于哥伦比亚。它最大的瓶颈是基多的机场。玫瑰喜欢在凉爽的气候下生长，但是稀薄的空气和周围环绕的山脉却对大型客机波音 747 相当不利。更不利的是，基多机场的占地面积太小。始建于 1960 年的基多机场坐落于城镇边缘，周围环绕着首都的各种建筑物。2010 年，坐落于城郊的一个新机场开始运营了。新机场建在空旷的高原和自由贸易区之间。即使算上史基浦机场和迈阿密机场，这座新机场也是世界上首个为花卉贸易而建立的机场。

尽管没有中心拍卖市场，迈阿密也敢与史基浦机场和阿斯米尔鲜花拍卖市场竞争。鲜花一卸下就被抢购一空，就像它们在往返机场与大沼泽之间的仓库中陈列一样。这座城市在迈阿密机场有比中心城区更多的办公地点，因为城市中心的空间都被公寓式楼房占据了。这里为进口商预留出相当大的空间。他们中的一小部分人有些我行我素，不太在意荷兰人的品位是什么。

得·波尔说："我们这里保证每天销售掉所有的花卉，确保花卉能够尽可能快地流通。这就意味着我们不会把花卉放在冷藏室里投机，赌它们明天的价格会更高。在迈阿密人们可能会这么做，但是对于我们来说，这是十分不诚实的做法。"

他的供应商主要在非洲。美国外包业务的成功大大地刺激了荷兰种植商，他们纷纷效仿美国的做法。到 20 世纪 90 年代早期，他们就在奈瓦沙等地建立了大片农场。翠鸟农场曾经种植了 1 800 公顷的康乃馨、玫瑰、百合等植物，每年生产 2 亿株花卉。尽管现在这个农场已经渐渐被本土公司和奥瑟利安两家农场超越，奥瑟利安农场曾经在数月之内为情人节筹备了 600 万株玫瑰。在 2008 年，肯尼亚选举期间爆发了激烈的种族冲突，但是奥瑟利安地区的5 000 名工人还是每天尽职尽责地工作。和被暴徒袭击相比，他们更担心每个月 80 美元的薪酬。伦敦小报曾经呼吁英国人在情人节购买肯尼亚玫瑰来帮助这些灾民。

正如其他的破坏性创新一样，肯尼亚的玫瑰只能进入低端市场，因为这些花卉虽然便宜但质量不好。与荷兰严格控制光照和温度的温室相比，肯尼亚的农场（哥伦比亚的农场亦是如此）毫无疑问技术含量低，资金投入少。肯尼亚的花卉是在塑料薄膜下生长的，或者直接在户外种植。这些玫瑰和填料花会在欧洲特易购那样的超市里进行现金交易。当然售货员不会告诉你的是，荷兰的农场一般会为花卉贴上荷兰种植的标签。花卉种植可能是肯尼亚的第三大产业（产业规模超过了咖啡、旅游业和茶），但是你在希思罗永远不会知道这一切。

这些花卉根本没必要送去拍卖会。特易购超市的顾客们可没有耐心等候，尤其是特易购的2 000 家连锁店都推出了“八天保鲜、无效退款”的服务，这迫使希尔维达得波尔公司不得不以增加便利性为由省去了冷链中的一些环节。在这种情形下，种植商与出口商之间的界限就变得很模糊了，种植商们在农场上打包未包装且未贴商标的花束，而出口商们却忙着寻找可靠、稳定的供应商。得·波尔告诉我说：“我们与埃塞俄比亚和肯尼亚的种植商们有密切的联系，我们对他们种植的品种和相应的市场价格给出建议，然后我们达成协议，在世界市场上，我们就代表他们的形象。因此，他们依然是种植商，我们依然是进口商。”

玫瑰花是从非洲走出的第一种花卉，但并不是唯一的一种。一旦花卉生产有了立足之地，像亨克·德·格鲁特这样的咨询商就会蜂拥而至。非洲的花卉已经占据了一席之地，并在逐步提高自身质量。于是，这一处于产业链底端的行业就离开了希尔维达得波尔的市场，这也迫使该公司不断提升自己在产业链上的价值。得·波尔感慨地说：“过去我们向美国供应的大批花卉，如今已经向南迁移了，我们也无力挽回。我们曾经向美国运送了大批低价值、高成本的产品，比如菊花，但是那个时代已经结束了。我们以前也向日本大量出口过。比如说，50 年以前，当时可能每周运输两次，一次运输 1 000 箱。现在却只有 100 箱，而这也正是全部的贸易量。同时，利基产品[1]的范围变得越来越广。最初只有 100 种变异品种，现在增加到了 1 000 种。”这是基因工程的奇观。

当荷兰的高端市场受到排挤的时候，埃塞俄比亚正想尽一切办法在低端市场挤压肯尼亚。以 2011 年为例，8 年前，埃塞俄比亚的花卉种植商从花卉出口中只赚到了 15. 9 万美元，4 年前则上升到了 6 350 万美元，整整增加了400 倍。2 年后，其外贸业务额上升到 1. 66 亿美元。在不久以后，玫瑰就能超越咖啡成为埃塞俄比亚主要的出口商品，这是自这个国家 1 000 年以前培育出咖啡豆以来的巨大进步。

---

[1] 指该产品表现出来的许多独特利益有别于其他产品，同时也能得到消费者的认同。

埃塞俄比亚商务部部长认为：“玫瑰就是一个奇迹。”在这个闹饥荒的国家，花卉农场已经创造了 5 万个就业岗位。埃塞俄比亚之所以能够如此迅速地取得成功，关键在于减税政策、巨额贷款和廉价的土地。当然还有埃塞俄比亚航空公司的功劳，他们自称拥有非洲最先进的机队。加上必不可少的荷兰航空公司的货运航班，亚的斯亚贝巴有足够的优势争夺内罗毕的市场份额。没有种植商会仅仅因为忠诚而停留。有一位种植商告诉《经济学人》杂志的编辑说：“我们就是私营业主，我们只会在非洲挑选更合适的，然后转移到那里。”

当我离开希尔维达得波尔公司的时候，我在其交易处停了下来，这是一间有玻璃幕墙的会议室，里面放了一排笔记本电脑。在互联网兴起的影响下，阿斯米尔在 20 世纪 90 年代末就开始进行电子贸易。几年之后，管理部门设立了库存系统，让买家可以在当天看到第二天的产品供应情况。目前，每天有 15% 的交易是通过在线拍卖这种虚拟形式进行的，在线拍卖与现场拍卖同步进行。

最初，购买商们很抵触这种交易方式，就好像华尔街的大亨们曾经回避电子商务一样。但是传统方式终究是要被取代的。大部分早晨，每天会有 25 个买家聚集在希尔维达得波尔公司的定时钟下，每一个人都是一些特定品种的专家，包括郁金香。他们曾经每天早上端着咖啡，吸着烟卷，无精打采地穿过街道；现在几乎有一半人每天早上坐在那里的电脑前点击鼠标完成交易。剩下的同行早晚也会加入他们的行列。

在线拍卖和冷链的结合，在阿斯米尔引发了一起认同危机。这曾经是一个高度集中的产业，从他们坚持制定的“植物保护令”中就能有所反映：在拍卖大钟下面进行交割。但是花卉行业急速分散化的趋势（借助于航空运输和比较优势）使大家对这个花卉模范机构产生了怀疑。为什么要为了 3 秒的展示时间而打破冷链，把本来可以安全存放在冷藏室中的鲜花拿出来？为什么要大费周折地把全世界一半的花卉运到阿斯米尔来？正如亨克·德·格鲁特所言，拍卖的现代模式难道就是把他的退休时间用于在中国建立前哨站吗？

这只会引起人们更多的疑问：尽管荷兰为这一产业提供了完善的服务，这一点毫无疑问，但是为什么不多增加几个中心枢纽呢？为什么不把冷链同拍卖中心分开？荷兰阿斯米尔和荷兰花卉拍卖市场合并的意图是什么？难道真如合并策划者杰克斯·提伦所描述的“把商业与物流相分离”？

阿斯米尔对未来已经有一个规划：最后一次实体拍卖将在2017年结束。到时候，这些拍卖大厅会像纳斯达克交易市场[1]一样，一天之中错开不同的时区进行3次拍卖，而综合的“物流建议系统”不仅可以计算价格，还可以计算每次交易的运输成本。现在世界上已经有四个交易中心：波兰、中国、美国和荷兰。荷兰拍卖大厅的面积已经扩大了一倍，直接连接史基浦机场。因此，再也没有必要修建隧道了，花卉交易完成45分钟后，一列快速列车就能载着这些货物到达机场等候飞机。

与未来的前景相比，阿斯米尔鲜花拍卖市场能够以现在的形式存活下来简直是个奇迹。阿斯米尔的独特之处在于它代表着人们最终的、也是最强大的一种尝试，他们试图以和电子交易相媲美的速度和步调来交易花卉。如果当初没有建立纳斯达克或者电子交易所的话，华尔街就会像现在的阿斯米尔鲜花拍卖市场一样，仍然在交换着实际股票。但是如果以便利为由取消阿斯米尔作为花卉行业中心和枢纽的功能，那一定是一件非常令人痛心的事情，我似乎能听到得·波尔和他同事辞职的消息以及语气中的悲伤。他们正在一点点、一株株地把花卉产业外包到非洲，看着它展翅高飞。

空运鱼

冷链有一种力量，能够创造或毁灭一个物种，不管是玫瑰还是更加稀有的物种，比如蓝鳍金枪鱼。50年前，寿司还是一种在酱油和醋里腌制的作为零食的饭团，当时金枪鱼根本就不值什么钱，加拿大渔民定期把他们捕到的

---

[1] 纳斯达克（NASDAQ）是美国的一个电子证券交易机构。该市场允许市场期票出票人通过电话或互联网直接交易，而不拘束在交易大厅进行。

这种鱼倒在坑里，然后再填平。寿司之所以会成为新鲜事物的典范，并成为雅皮士[1]们的象征，其根源可以追溯至一位名叫阿基拉冈崎的人。他是日本航空公司的经理。在 20 世纪 70 年代初，冈崎在日航的货运部上班，他的工作就是为返回东京的日航波音 747 航班装载货物。那时日本本岛已经捕捞过度，而且污染对海床产生了很大的负面影响。冈崎突然想到了一个办法，那就是利用冷链来运输金枪鱼，把新斯科舍省人们讨厌的东西转变为大阪的美味。

1972 年 8 月 14 日，人们把这天称作“空运鱼日”。那天早晨，冈崎将 5 条加拿大蓝鳍金枪鱼带到了位于东京中心的筑地鱼市。这些空运过来的鱼已经被捕获 4 天了，拍卖时要卖到每千克 8.8 美元，这是一个利润丰厚的价格。在接下来的 20 年里，这一价格要上涨 100 倍，因为全球性的市场需求使寿司从街边小吃一跃成为全民食物。在 20 世纪 80 年代的一股郁金香狂潮中，金枪鱼的价格同日本的房地产泡沫一起疯长。在筑地鱼市，一条约 180 千克的鱼卖到 17.5 万美元是很常见的事。从空运金枪鱼的那一天起，寿司就成为全球饮食，它因为新鲜，在任何地方都能买到、吃到而受到追捧。今天，有 3 000 万美国人定期吃寿司，这在上一代人看来是一个无法想象的数字，而且同时还有 5 000 万中国的中产阶级加入了这个行列。

冷链成就了筑地鱼市的发展，如同阿斯米尔鲜花拍卖市场一样。“东京的储藏室”占据了 23 公顷的滨水区域，相当于 6 个东京巨蛋[2]那么大。这里的鱼贩每天要运送 2 000 吨新鲜海产品，与之相比，世界第二大鱼市纽约福尔顿鱼市每天只有不到半吨。那天早晨我去了拍卖市场，那里有直接从挪威运来的泛光的三文鱼，从华盛顿运来的海胆，还有来自世界各地的金枪鱼。当筑地鱼市从狭窄的闹市区搬到东京湾对面的新地址时，它将离成田国际机场更近，也更容易抵达。

---

[1] 指那些受过高等教育、住在大城市、有较好的职业和明确的生活目标，并追求高层次物质享受的年轻人。

[2] 位于日本东京文京区，是一座有 55 000 个座位的多功能体育馆，也是日本第一座巨蛋型球场。

所有这些变化中唯一失败的只有蓝鳍金枪鱼。尽管被广泛种植的玫瑰花风采依旧，但是被大肆捕获的金枪鱼种群却不容易恢复。从 20 世纪 70 年代渔业开始发展以来，蓝鳍金枪鱼在地中海和墨西哥湾的数量已下降了 80%，而且正面临着种族灭绝的危险。现在每年的捕鱼量超过了可持续渔业发展限制的 4 倍，各种法令禁止根本就没有用，因为地中海沿岸有多达半数的捕捞是非法的。2010 年，日本还取消了一项国际捕捞蓝鳍金枪鱼的禁令。无意间，冷链引发了人们对于金枪鱼的无限需求，可能直到它完全灭绝了，人们的这种需求才能得到满足吧。

相对来说，三文鱼的情况要好一些，而这也仅仅是以绝对数量而言。自从鱼类空运以来，大西洋野生三文鱼的数量就急剧下降了。然而与金枪鱼不同的是，三文鱼可以在盐水养殖场里人工养殖。在 20 世纪 80 年代，人工养殖的挪威三文鱼开始出现在美国的餐桌上，而且其数量在数年内翻了几番。尽管没有渔业养殖的经验，一些精明的智利人还是雄心勃勃地投入到这一行业中，希望依靠冷链以及低廉的劳动力与斯堪的纳维亚人竞争。他们保证要以比阿拉斯加更快的捕捞速度将鱼类带入市场。他们果然成功了，随之而来的是三文鱼急剧下跌的价格和不断提高的产量。到 2005 年，沃尔玛每磅智利鱼片的价格是 4. 84 美元。30 年前，大西洋三文鱼的养殖量只有 1. 3 万吨，但是到了 2008 年，这一数目却达到了 150 万吨。

人工养殖的三文鱼像是海里的饲养动物，它们被养殖在类似饲养场的水中围栏里，唯一的区别在于海底是它们的肥料供应地。这些三文鱼每天固定食用抗生素来抵抗疾病，但这种做法并不总是奏效。2008 年智利渔民意识到了这一点。当时一种具有传染性的三文鱼贫血症暴发，有 75% 的三文鱼都死了。但这并不表示他们会放弃努力。与此同时，挪威已经通过扩大生产量来填补智利渔场受损所造成的市场空白。人工养殖也有可能拯救蓝鳍金枪鱼。有人已经试图在夏威夷海域培育一种可持续养殖的替代品种。人工培育出来的夏威夷金枪鱼是与黄鳍短须石首鱼具有亲缘关系的一种鱼，这些鱼可以在露天海洋渔场养殖，不需要投喂抗生素或激素。但是仍有一个问题，就是它的产量能否达到每年 100 万吨。运输显然不是问题，因为冷链能够把它运送到任何地方。

如今空运鱼数量很大。从技术上说，德国最大的“港口”是法兰克福，离海岸有几百千米。它的“码头”是机场里9 000平方米的冷冻仓库，在那里有真正的冰上伊甸园：对于喜欢吃肉的人来说，这里有新西兰羔羊、阿根廷牛肉和尼罗河鲈鱼；来自肯尼亚和哥伦比亚的玫瑰与印度尼西亚的兰花被摆放在一起，一起运来的还有红毛丹果和山竹果；三个巨大的银色箱子里放着来自加拿大的剑鱼、金枪鱼以及几扇马肋肉；在那些板条箱里则放着西班牙鳄梨、巴西芒果、法国卷心菜和泰国白菜；人们手里拿的是肯尼亚制造的不加任何防腐剂的有机水果沙拉，这些沙拉在货架上仅能摆放三四天的时间。在24小时之内，所有这一切都会被运走，取而代之的是更多的此类货物。

新鲜水果或者鱼类像花一样不易保存，而人们对于新鲜货物的需求，使得冷链要覆盖到我们需要的任何产品。这意味着美国需要冷藏车。在那里，每棵莴苣平均要运送2 900千米才能到达芝加哥的牛排餐厅，做成冰镇楔形莴苣沙拉。2010年4月英国发生了火山灰事件，航班停飞导致运力不足，这时候人们才意识到他们的农产品有多少是从其他国家空运过来的。希思罗机场上看不见芦笋、葡萄、绿洋葱和莴苣的影子。自1992年以来，英国的食品空运里程已是原来的3倍，在总的进口量几乎不变的情况下空运里程平均每年增长9%。这一现象也引发了人们对于食品未来的激烈讨论：食品是应该本地种植，还是全球化生产？究竟哪种做法是正确的？

鲜花和食品的运输里程

2007年1月，英国最大的零售商特易购的总裁特里·莱希发表了一次关于气候变化的演讲。他以前从来没有公开谈论过这个问题，但是因为消费者不断地给食品杂货连锁店施加压力，要求他们降低碳排放量，而从广义的角度来说，这也就是降低这些顾客自己的碳排放量，因此他有责任发表看法。

他说："我不是科学家，但是在科学家讲解的时候，我认真地听了，如果我们不能缓解气候变化，一系列严重的环境、社会以及经济问题将会凸现出来……我认为在这方面，特易购应该成为低碳经济建设的领军者。虽然说起来比较轻松，但是我并没有低估这项任务的艰巨程度。在当今的经济体制下，人类的幸福安康、各种活动和收入增加都不可避免地与碳排放联系在一起。要将经济体制转变为不依靠排放碳就能繁荣发展的模式，那是一个重大挑战。这不仅需要科学技术的变革，还需要思维方式的变革。我们必须反省一下我们的工作和生活方式。"

如果这个号召是由有机食品超市[1]的创始人阿尔·戈尔发出的，那我们还会有所期待。但换成是莱希发出这个号召，就有点让人吃惊了。在英国，特易购的销售量占食品杂货总销售量的1/4，而特易购在全球还拥有2 000个分店（包括在美国的100家）。在覆盖率和收入方面，特易购仅次于沃尔玛和法国的家乐福。和沃尔玛一样，特易购给其供应商带来了很大的压力。在这些全球连锁商的坚持下，荷兰种植商已经将玫瑰种植转移到非洲以降低成本。他们别无选择，因为特易购是他们最大的客户。

但是特易购改变了他们的想法。在演讲中，莱希列举了一系列旨在控制其公司碳排放的措施。他承诺到2010年，他的公司会削减一半的能耗，而其出售的空运货物亦将减半，并将留下来出售的空运货物贴上标签。（玛莎百货积极效仿，它的标签上写着"空运"。）同时他也意识到了他这一系列举措无疑是给了肯尼亚玫瑰和农产品当头一棒。

他说："我们无法回避这个事实，即空运所产生的碳排放量远远超过其他任何运输方式。另外，那就是碳排放量问题和世界上最贫穷的人的需求之间存在矛盾，因为这些人只能通过把商品空运到这里销售而提高生活水平。与发展中国家进行贸易有合理又有力的理由：这有利于国际发展。所以问题是：

〔1〕有机食品超市（Whole Foods Market）：是一家连锁超市，建于1980年，现已有187家商店，分布于全美各地。该超市提倡销售加工处理较少，生产过程不使用农药和化肥，不含有转基因、人造色素和防腐剂的食物。

我们是应该切断与东非的花卉交易去减少碳排放量，还是应该继续交易下去，把它当作是消除贫困的一项重大贡献?”

莱希能够提出这样的问题确实令人敬佩，但是东非的种植商们能够猜出问题的答案。肯尼亚新鲜农产品出口商协会会长说：“特易购的这项声明是毁灭性的。”运往英国的花卉、水果和蔬菜占据了该国出口额的1/3，是其经济总量的1/5。他说：“我想，如果事情继续这样单方面发展下去，单单针对空运，并为我们空运的产品贴上标签，而看不到我们的产品在其他方面作用的话，肯尼亚将会遭受重大打击，这会击垮肯尼亚的经济。”

面对双方的困境，特易购陷入了两难境地。现在温室气体的排放量比历史上的任何时候都要高，其增长速度甚至比政府间气候变化专门委员会[1]所做的最坏的预测还要快。在美国犹豫不决时，英国率先做出了回应。英国是第一个通过并实施碳排放量与交易法规的国家，并努力将这一机制在欧盟范围内推行。在奥巴马当选三周之后，英国议会通过了《气候变化法案》。该法案规定，以1990年的碳排放量为基准，到2050年英国碳排放量要降低80%。在1995年，人类每人每年平均产生1吨的碳排放量；现在英国每人每年平均达到10吨，而美国已经接近20吨。

目前航空业不受此法案限制，然而这种豁免权只在立法者对英国碳排放量进行责任评估之前有效。众所周知，航空运输应该为大多数有关碳排放的谴责负责。人们之所以如此愤怒，其原因之一就是关于希思罗事件的讨论。此外，另一个原因即莱希的演讲中所提到的“食品里程”。“食品里程”是指产品从农场或海洋到达餐桌的距离。目前，食品里程已经成了估算食品碳排放量的简易指标。

我们认为经过成千上万千米运来的食品或花卉比在本地种植或生产的要产生更大的碳排放量，这似乎是符合逻辑的。但我们通常对两方面的考虑都不够符合逻辑。是我们自己食用了那些食物，消费了那些商品，并明目张胆地挥霍。现在，食物运输距离和碳排放量已经与全球食物链紧密相关。人们

---

〔1〕 政府间气候变化专门委员会（IPCC）：是一个政府间机构，它的作用是在全面、客观、公开和透明的基础上，对世界上有关全球气候变化的最新的科学、技术和社会经济信息进行评估。

已经找到食物运输距离和口味之间的联系，虽然这并不符合科学规律。“土食者[1]”热衷于这一理念，只要有其他选择他们就不食用运输来的美味，而在没有其他选择的时候他们也只吃当季的食品。

他们的这种观点与人们长达几个世纪的探险史和帝国发展史相悖甚远，那时最贵重的商品不是金银，而是撒哈拉的盐和印度的胡椒。葡萄牙的水手曾经跑遍非洲寻找椒盐，荷兰东印度公司则试图用大炮垄断交易。英国人最喜欢的午后茶点时刻，也是茶贩们在中国用鸦片交换来的。装有冷藏设施的轮船把香蕉变成了美国最受欢迎的水果（并把美洲中部变成了“香蕉共和国”）。拒绝食品进口就相当于拒绝全球一体化，哪一种才更重要？

在美国也是如此。爱荷华州立大学的研究者们发现：种植相同的莴苣或西红柿，从外国运来的食物的运输里程是本地种植食物运输里程的27倍。在到达我们的餐桌之前，西兰花、胡萝卜、菠菜和草莓平均都要运输2 900千米。毫无疑问，它们产生的碳排放量要比当地农民生产的产品要高。任何地方的工业产品都要消耗能量，并产生相应的碳排放量，而且与距离的远近似乎没有关系。爱荷华的里奇·皮罗格说：“食品里程是衡量食品运输距离长短的一个很好的指标，但它并不能全面衡量食品对环境所产生的影响。”

对于这种说法，最好的例子就是最近一项对于肯尼亚玫瑰和荷兰玫瑰碳排放量的比较研究。英国菲尔德大学的科学家艾德里安·威廉姆斯对2月份采摘并运往伦敦的1.2万株花卉做了详细研究，对每一环节所产生的碳排放量都进行了测量。为了以最大燃油量计算，他把来自内罗毕航班的排放量放大到3倍。但是结果仍令他吃惊：荷兰玫瑰的碳排放量是肯尼亚玫瑰的6倍。因为空运花朵不需要温室和施肥器，而非洲的玫瑰因为直接种植在土里，并在赤道阳光的照耀下自然开花，因此整个过程碳排放量并不大。威廉姆斯告诉《纽约客》的麦克·斯佩克特：“每个人在吃食物和买东西的时候，总想做出符合公众道德的选择。当然他们确实应该这样做，但是一些看起来很明显

[1] “土食者”（locavore）一词来自英语，由“本地”（local）和“吃”（vore）两部分组合而成。“土食者”是指那些热衷于食用住所附近出产的食物的人。

的道理往往是不正确的。我们应该让人们明白这个道理，这样他们才能够更好地做出选择。”

我们真正想要的是遵守道德。因为人们习惯了通过购买的商品、购买的原因和购买的方式来表达自己的观念，所以我们决定通过我们的一次购买来改变这个世界，或者至少是对世界不造成伤害。我们希望在实现公平贸易与自由贸易的同时也实现低碳排放或无碳排放；我们希望支持当地的企业与当地的农民，与此同时我们也拒绝了非洲贫困者的商品；我们希望通过拒绝食用蓝鳍金枪鱼来拯救它们，让它们免遭灭绝；我们希望有一种西红柿，从来没有被孟山都公司[1]改良，却拥有被改良后的美味。这些要求是相互矛盾的。正因为如此，我们渴望有人能向我们证明某个事物是非常符合社会道德的，这样我们就可以去购买，比如一种能够满足所有这些要求的西红柿。

就碳排放而言，特易购承诺为我们提供数据。这家全球连锁公司会把它的7万种商品全部算出综合碳排放量，而不仅仅只是食物里程。莱希在演讲中说：“这将会是一个能够被大家广泛接受和理解的、适用于每种产品的碳排放量指标，我们会从每个商品的整个生命周期考虑，包括从配送到消费。我们会把碳排放量贴在商品上，这样顾客就能像比较商品价格和营养含量一样轻松地比较碳排放量。”

说时容易做时难。研究者们要分析每一种商品从生产到最终被消费这期间所有的影响因素。他们很快就发现了问题，那就是关于羔羊肉和莴苣的生命周期从何而始、从何而终，人们无法达成统一意见。需要追溯到食物链的哪一个环节？包不包括肥料、农具和饲料呢？如何种植、在哪里种植以及种植何物这些因素都会对碳排放量产生影响，而且至少和运输里程所产生的碳排放量是差不多的。

生长方式对能源消耗有很大的影响。荷兰西红柿的碳排放量大，因为它们与玫瑰一样，都生长在机械自动化的温室里，培育过程中会使用杀虫剂和

---

〔1〕 孟山都公司（Monsanto Company）是一家跨国农业生物技术公司，该公司目前也是转基因（GE）种子的领先生产商。

肥料。即使考虑到空运里程，从肯尼亚或乌干达进口的农产品碳排放量也很少，更具优势，因为那里的农场小，拖拉机都比较少见，而且使用的都是有机肥料。基督城林肯大学的经济学家发现，由于牧场所使用的肥料不同，英国羔羊肉的碳排放量是新西兰羔羊肉的4倍，尽管后者是在1.7万千米以外屠杀并空运过来的。同时由于新西兰使用可再生能源的电网，使得万里迢迢从新西兰运来的牛奶的碳排放量仅为英国牛奶的一半。

胀气的牛会排出毒气，在这一点上，食物运输里程根本无法与之相比。读过《杂食动物的悖论》一书的人，都能背下有关饲养场强迫牲畜吃玉米这一段。牛消化食物时能产生甲烷，这是一种比二氧化碳危害性大30倍的温室气体。为了满足一个中产阶级家庭对牛肉的需求，就必须饲养大量的牛。一个巨无霸汉堡有将近1/3的碳排放量来自饲养过程，另外1/3来源于仓储过程，其余大部分源于屠宰、油炸和烘焙过程，而食物运输所产生的碳排放量仅占3%。

一项关于英国食物供应链的研究显示：英国碳排放量中有将近一半是由牲畜产生的。据联合国估计，全球大约有18%的温室气体来自牲畜，这比地球上所有运输方式加起来产生的碳排放量还要多。如果我们成为素食主义者，就能在一定程度上消除食物运输甚至是所有运输产生的碳排放量。甚至我们只要每周少食用一次牛肉和奶制品，就能够实现这一目标。

卡内基梅隆大学的工程师克里斯托弗·韦伯和H. 司各特·马修在调查过美国食物供应链后说："要想降低一个家庭和食物有关的碳排放量，改变饮食结构似乎比'购买当地食物'更加有效。"他们发现食物里程产生的碳排放量只占总量的4%，从这个角度看，巨无霸汉堡似乎比家里做的饭更有利于保护环境。但是从哪个角度来看才更有道理呢？

空运里程与公平里程

这样一来，先前关于食物里程对碳排放量的影响似乎说不通了。艾德里安·威廉姆斯告诉我说："如果你关心环境，那就要支持在最适宜作物生长的地方种植作物，至少要在比它们现在的种植地更适宜的地方。”在最适宜的地方种植作物和种植对我们有益的作物比食物里程重要得多。

在将当地的、有机的食品或者手工食品与冷链和全球化食物体系做比较的时候，我们又一次提到了道德。但是我们还是没有弄清楚这之间的利害关系：种植一种本地生产的、美味的和有机的西红柿是发达国家所面临的问题；而发展中国家面临的问题则是种植足够多的西红柿，能够满足60亿（很快就会变成90亿）人的需要。

100年前，世界面临着迫在眉睫的马尔萨斯危机[1]：农民受到土地生产力的严重制约。哈伯－博施法[2]生产的人工合成化肥，使世界粮食供应增长了4倍，从而避免了这一危机，并引发了我们所熟知的绿色革命[3]。现在世界正面临另一危机。联合国曾提出，在未来的40年里，食物产量必须翻番才能满足90亿人的衣食和能源需求。全世界仅剩的可耕种土地一半以上分布在非洲和拉丁美洲。第一次绿色革命引入了化肥和杀虫剂，但生产这些产品需要用产生大量二氧化碳的化石燃料。现在要多养活30亿人，我们就必须进行第二次绿色革命。

支持农业可持续和有机化发展的人相信这完全是可能的，但是这必然离不开饮食结构的调整。迈克尔·波兰指出：“当今世界农业的平均产量严重低于现代可持续发展农业的平均产量。”密歇根大学的研究者最近发现：把国际食品产量提高到美国的有机农业水平将会提升50%的食品供应。但是波兰不同意这种观点，他认为产量并不意味着一切。用来充当牛饲料或者用来生产玉米糖浆的玉米种植，与作为食品的玉米种植是不同的。波兰说：“我们可以期望这样一个食物体系，它的产量虽然少，但是食品质量很高，只有这样我们身体才能更加健康。而且这种食物体系的碳排放量也相对较低。”

---

〔1〕 马尔萨斯人口论认为，人口是以几何级数增长的，而粮食和其他生产却是以数字级数增长的，因而人口增长的速度永远超过粮食同其他生产增长的速度，由此推出，人类必须控制人口的增长。否则，贫穷是人类不可改变的命运。

〔2〕 20世纪初发明出来，是用氮、氢和催化剂在高温高压下直接合成氨的方法生产氮肥。

〔3〕 发生在20世纪50年代初，其主要特征是把水稻的高秆变矮秆，另外辅助农药和农业机械，从而解决了19个发展中国家粮食自给问题。

因此我们的方案就是建设更多、更好的农场，而且要逐渐形成以蔬菜为主的饮食结构。美国有足够的土地，但世界上其他地方呢？也许特里·莱希在本地商品和全球化商品之间的选择是错误的，也许他所摒弃的非洲农场是未来更好的选择。对此，特易购似乎也这样认为。英国的土壤协会为英国70%的有机产品颁发许可证书，提议扩大有机食品的范围并部分禁止空运花卉和作物时，特易购通过游说成功地使这项议案被否决了。当被问及原因时，这个英国最大的零售商的解释是：它更倾向于把非洲的商品带到英国市场，而不是将其拒之门外。

对于非洲的产粮地区，牛津大学的保罗·科利尔（《被掠夺的星球》和《最底层的十亿人》两本书的作者）规划了一条非常清晰的道路。2008 年年底，当全世界都处在金融危机的恐慌中时，他发表了一项可以避免全球饥荒的计划。他注意到全球物价 3 年间上涨了 83%，并引发了 30 个国家和政权的动荡（包括海地政府）。其原因有很多：亚洲正在增长的中产阶级不断改善他们的饮食，大量购买肉类食品而不是大米，这就促使了肉价上涨。虽然经济衰退会暂时抑制消费，但是经济的再次增长和每桶高达 85 美元的原油价格将会使物价再度飙升。有一些经济学家担心油价过高，但科利尔担心的是食品价格会过高。

他指出："真正的问题出现在食物链底端：在城市的穷人中，最有可能挨饿的是儿童。就算他们没有因饥饿而死亡，也会一辈子遭受因饥饿引起的生理和心理上的问题。生长障碍不可逆转……有的研究甚至发现它会遗传给下一代。尽管在大多数发达国家，过高的食品价格早已成为过去的事情，但是如果在接下来的几年里食品价格一直居高不下的话，这将会成为发展中国家的噩梦。"

如果解决问题的方法是生产更多的粮食，那么就要从非洲开始。根据世界银行和联合国粮农组织的报告，几内亚大草原上十几亿公顷的土地是地球上仅剩的未充分开发的土地之一，那是一片新月形的狭长区域，向东横跨非洲直到埃塞俄比亚，向南穿过肯尼亚到刚果（金）和安哥拉。这里之所以还未充分开发，是因为非洲大陆的农业发展严重落后于世界上其他地区。即使在饥荒期间，农民也在不断减少耕种，因为他们无法负担农药的费用（而土地的未充分利用使他们的农产品越来越有机化）。按照现在的趋势，非洲的食品进口量有望在未来的25年里翻番。而非洲又是第一个受气候变暖影响的地区，这使得情况更加糟糕。这片大陆将变得越来越热，降雨越来越不稳定，发生干旱的可能性也会逐渐增加。科利尔说："对于其他地区来说，气候变化带来的挑战主要在于减少碳排放，然而对于非洲，这种挑战主要在于改进农业，提高其适应性。"

他呼吁进行"生物革命"取代绿色革命。当然，非洲连绿色革命也从来没有过。如果能够得到新的投资、新的种植方式和新的技术，非洲就能够解决自身的粮食问题，进而为世界提供粮食。化肥当然不能再用了，撒哈拉以南的非洲地区现在唯一的希望就是使用转基因种子。这些种子美国农民可以用来播种，在欧洲却被禁止使用。但是削减粮食补贴、取消欧洲禁令、研究和扩大农场规模这一系列措施需要几年的时间。在这期间，他认为提倡发展商业农场是推广创新成果并为几百万人提供就业机会的最好方式。肯尼亚的玫瑰庄园就是这方面的典范。它们把荷兰培育的新种子迅速运到赤道附近栽培，之后将花卉运回史基浦机场。玫瑰庄园大约有100万人从事园艺工作，几乎占全国总人口的3%。若没有空运或阿斯米尔鲜花拍卖市场，那里的农场就不会存在。

科利尔告诉我说："非洲要发展，就必须走出农民个体生产的模式。如果故步自封的话，没有人能够成功。非洲需要大规模的商业组织和全球化的市场。因为这二者相辅相成，大规模的农场有利于打开国际市场，然而农民却最不擅长这一点。"

他特别瞧不起那些"农民式农业"的倡导者，并认为小规模的有机农场是"被淘汰的技术"。他提倡建立的非洲食物链，包括规模、投资、研发和多样化出口，正是土食者所反对的。

他说："每个人都把碳排放量归结到空运食物上，但这并不是事实。即使空运真的使碳排放量增加（其实有证据证明并非如此），难道人们就真的希望剥夺非洲人那为数不多的生存机会，来解决全球变暖的问题吗？我们明明知道农业生产是非洲目前唯一的出路，这可以为他们创造工作机会。在全球化制造中争得地位与市场份额是很难的，中国已经控制了这个市场。现在我们又赶上了经济危机，非洲人想进入国际市场就更难了。园艺是非洲能够在全球市场上站稳脚跟并且不因激烈的成本竞争而遭受挤压的行业之一。仅仅因为对气候不利，就剥夺非洲农业的发展机会是一种可耻的行为。”

（卡萨达代表泰国的渔民与农民向世界银行提交了相似的建议，但世界银行不为所动。他后来问我：“我们就这样取消他们的资格吗？出口是他们摆脱贫困的经济阶梯。我们为什么要摧毁这个阶梯，让希望变成绝望，甚至是不稳定或者暴力呢？”）

反对食品供应链全球化的一个原因是：这些国家外包了本该属于当地农民的农业生产。事实上，园艺只能依靠低成本劳动，比如非洲人、拉丁美洲移民等，其中最为典型的是西欧的波兰人（迈克尔·波兰曾经很吃惊地发现，在加利福尼亚有机农场里有移民工人）。依靠肯尼亚、乌干达和埃塞俄比亚获得新鲜蔬菜和玫瑰属于外包，而国内的农民则将农业种植内包给移民工人，唯一受损失的是移民。

加雷思·爱德华兹·琼斯以及他在威尔士班戈大学的同事进行的一组研究表明：那些在商业农场工作的成百上千的非洲人比他们国家的其他人更加健康。同时，英国有6.5万流动劳工，他们比英国当地人更有可能遭受健康问题的困扰。一项研究显示，随着乌干达农民收入的增加，他们能买得起蚊帐了，这降低了他们感染疟疾的可能性。这是一个良性循环：农民越富有就会越健康，反之亦然。然而对于英国的移民工人来说，这却是恶性循环，他们收入较低，工作环境比较危险，再加上思念家乡，这些因素导致他们的健康状况不断恶化。

另外，研究者比较了英国、西班牙、乌干达和肯尼亚农场工人的健康状况，其中乌干达和肯尼亚发展了国内商业出口农场。结果显示，欧洲工人的健康水平下降了，而非洲工人的健康水平却有所提高，其中最显著的是肯尼亚出口农场的农民。爱德华兹·琼斯告诉我，这些研究得出的结论是：“买英国莴苣会使波兰人生病，而买肯尼亚莴苣则会使肯尼亚人更加健康。”这些交易的好处不容置疑。他把反对食物运输里程的观点归结为“食品焦虑”。他对我说：“那些喋喋不休发表意见的阶级对于应该建设什么样的农场有他们自己美好而又模糊的理论。他们肯定不喜欢公司规模过大。地方主义在很多方面都是和全球化相悖的。”

除了暴乱，经济危机带来的另一个影响就是诸如俄罗斯、阿根廷以及越南等主要粮食出口国决定减少粮食出口量，以此来降低国内粮食价格，进而抑制动荡的局面。这直接导致了食品供应紧张，粮价进一步飙升，从而给本来就深受“食品安全”困扰的发展中国家敲响了警钟。当世界上大多数国家都在应对经济危机时，亚洲一些国家则开始在非洲攫取土地。韩国、科威特和埃及人拥至苏丹，购买成千上万公顷的土地，这些大约是苏丹可耕地的1/5。沙特阿拉伯人曾经决心使他们的沙漠绿树成荫，但后来他们发现自己正在一点点耗干唯一的地下蓄水层。他们现在想要投资数十亿美元在马里、塞内加尔、苏丹和埃塞俄比亚建设种植园。

韩国大宇集团曾经与马达加斯加政府签订协议获得其1/3的土地，而且承诺与政府分享收益，但是后来却一无所获。由于一场政变，当时签订协议的总统被赶下台，这项交易也因此取消了。中国政府购买了50亿美元的非洲粮食，同时减少在刚果（金）和赞比亚的交易以建造庞大的使用生物燃料的种植园。加蓬与印度和新加坡签署了价值45亿美元的协议，为其生产棕榈油和木材，作为回报，印度和新加坡则为加蓬建设公路和房舍。甚至连肯尼亚也与卡塔尔进行了会谈，要把尚处于原始状态的特纳河谷的土地租给卡塔尔。

自2006年以来，用来竞标的土地总面积已经相当于整个法国的国土面积。外包业务已经掀起了第三次浪潮，前两次分别是20世纪80年代的制造业和20世纪90年代的计算机发展。至少到目前为止，大部分的交易还是围绕食物和生物能源进行的。但是《经济学人》指出：“非洲的大农场仍然很穷，那些经营状况较好的农场正不断把主营产品由粮食转变为花卉或水果等高价值产品。”在埃塞俄比亚，那些由阿拉伯投资者控股并由荷兰农民经营的商业农场已经开始生产西红柿、胡椒、西兰花、西瓜以及其他产品，这些产品大部分都被空运至沙特阿拉伯和迪拜。

在这些非常不平衡的交易中非洲国家得到了什么呢？那就是保罗·科利尔强调的、这些国家迫切需要的投资和专业技能。撒哈拉周边的这些非洲国家在农业研发上的支出均低于印度。自1980年以来，他们的产量增长率还不足1%，是迄今为止世界上农业增长速度最缓慢的国家。而让亚洲国家入股苏丹则能够使投资额增长10倍，由3年前的7亿美元增长到今年的75亿美元，占这个国家总投资的一半。据统计，中国在这片土地上已经建立了11个研究站，并与非洲达成了30个合作项目，涉及200万公顷的土地，而用来购买化肥的贷款也是这项交易的一部分。

非洲所付出的代价则远比看起来的要多。2010年夏天，媒体获得了一份未发表的世界银行报告，署名为“全球土地热”。该报告描绘了整个土地开发的形势，很多国家和私人投资者都将目光放在了这些政府管理不善而又急缺投资的国家上，有时甚至会对当地的自然资源造成严重的破坏。几年前，一家赞比亚商业农场宣称，在英国航空公司以当地航油价高为由中断货运航班后，它每周要损失将近10万美元。这家农场拥有3 500名员工，是赞比亚最大的商业农场之一。当时，花卉和新鲜蔬菜是这个国家出口增长最快的行业，每年能够创造6 000万美元的收益。

在《最底层的十亿人》中，科利尔提出：非洲摆脱经济困境的唯一途径是对外贸易，但不是与同样发展缓慢的国家进行贸易往来，而是向发达国家出口。目标是出售制造业产品，而不是农产品。然而，花卉和食品是非洲除了日益减少的石油和矿藏之外唯一的经济支柱了。对于这些坐落在贫穷国家和撒哈拉沙漠之间的国家，“空运给他们提供了一个打入欧洲市场的机会，”他写道，“最重要的出口产品可能就是高价值的园艺产品，所以欧洲的贸易政策至关重要。”

他对我说：“肯尼亚已经占据了欧洲青豆市场40%的份额，而且占据了70%的英国市场份额。”总之，英国几乎有一半通过空运进口的农产品来自撒哈拉以南的非洲地区，而英国人每天能够消费价值超过100万英镑的非洲农产品。英国第二大连锁超市阿斯达的经理告诉我：“他们计划将3 000万英镑的采购额转向非洲法语国家，那将是一个重大举措。”（2010年6月，里希将特易购交到自己亲手栽培的继任者手中。这位继任者就是特易购的国际总监，他每年有30周都是在飞机上度过的。)

食物供应链的全球化，需要有全球化的道德规范和全球化的影响力。非洲的食品和花卉农场与我们所认为的“可持续的”生活方式有所不同，它们只能使一个乌干达家庭免受疟疾的困扰，或者使未婚的肯尼亚女性能够使用水泥地板和自来水。国际乐施会建议将所有的因素考虑在内，用“公平里程”代替食品里程。乐施会重申了迈克尔·波兰的名言，“我们要吃食物，但不要吃太多，而且要以蔬菜等植物为主”，他还补充道，“购买发展中国家的产品，少开车，少浪费”以及“少吃肉类和奶制品”。如果我们真的十分关心环境和社会并且想要拯救地球、非洲以及我们的生活方式的话（很明显非洲应该置于该序列中），那么也许我们就应该像荷兰的花农那样将农场搬到赤道附近。

农业历史学家、《仅仅是食品》的作者詹姆斯·E. 麦克威廉姆斯曾经说：“世界上大部分的人口增长和农业扩张都出现在水资源紧缺的地区。对于发达国家自然条件良好的地区，他们追求本地生产和消费的目标，这很好。但是作为地球环境的保护者，我们最不愿意看到的就是这种做法的普及。毕竟，可持续发展需要世界上超过半数的地区都从别的地区进口食品。”

最后，麦克威廉姆斯构想了一个全球化的绿色食物网：“在这个绿色网络中，气候和地质决定了当地和外地市场的中等生产规模，同时人们采用绿色、节能的运输方式。而贸易，通常是远距离贸易区，会受人们青睐。但是绿色网络中的每个环节都必须不断地提高效率。”在这个过程中，还可以为上百万人解决就业问题。

或许帮助非洲农民最好的方式就是为他们的产品提供市场。目前，我们的援助是不完善的，包括科利尔在内的经济学家纷纷表示外国援助会使非洲国家产生依赖性，从而阻碍非洲国家改善管理和加快发展。卢旺达总统保罗·卡加梅曾表示，他会让他的国家彻底摆脱对援助的依赖。同时，他还跟星巴克和好事多签订协议，优先给他们提供卢旺达的咖啡。与此同时，卢旺达也向阿斯米尔鲜花拍卖市场提供花卉。

卡萨达跟他的工商管理硕士强调：“公共政策，究其根本，就是价值观的选择。对于一项政策，可能有的人非常拥护，而有的人却认为那是完全错误的，其最终能不能被采纳不是依靠经验来衡量，而是取决于人们的价值观、哲学观和意识形态。”

我们关于美德的讨论永远不会终止，因为我们永远不必终止这种讨论。在我们这样的社会里，信念会演变为喜好，而道德会演变为生活方式，因而所有的美德都是平等的。我们将会一如既往地用我们的钱为美德投票。想象一种可能很快就会发生的情景吧：我们要从摆好的菜单里做出选择，包括本地生产的、有机的、可持续的以及公平贸易等，甚至还可以考虑农民的家族历史以及他们的耕作方式。像成交网[1]这样的小额贷款网站已经给予了贷款人选择借款人的权利。把钱借给谁更值得呢？是多哥的木匠，塔吉克斯坦的大农场主，还是布朗克斯的五金商店店主？他们都值得，但是他们中的谁更吸引你？

在 2009 年 7 月，沃尔玛宣布有望构建自己的可持续发展指数。与特易购将碳排放量和食物里程作为出发点所不同的是，沃尔玛要对其出售的每一件商品进行生命周期分析，不仅考虑温室气体，还会考虑杀虫剂、包装、水耗、废物、资源的可持续利用以及加工厂的因素。几年之后，沃尔玛分析的结果会出现在记分卡上，或者用颜色表示，或者用其他的方式以引起顾客的注意。沃尔玛总裁李·斯科特说：“我们必须改变我们制造和销售产品的方式，使消费本身变得更加明智，更加可持续。”换句话说，更加有道德。

绿色倡导者非常认可这一决定，认为这是走向供应链可持续发展的第一步。从规模和销售网点的覆盖率来说，地球上没有任何一家零售商或者公司能够与沃尔玛相媲美，而其每年 4 000 亿美元的收益也让人望尘莫及。供货商们将别无选择，只能采用沃尔玛的指数，其他的零售商也是如此，其中包括规模为沃尔玛 1/4 的特易购。

如果支持这种做法，那么未来我们就会对我们所有产品的生命周期了如

---

〔1〕 成交网（Kiva）：非营利私对私小额贷款机构，致力于向发展中国家的创业者提供小额贷款，实现消除贫穷的目标。

指掌。至于由谁以何种方式来答谢它们的美德，那就取决于我们每个人的选择了。很快，我们就能追踪莴苣和西红柿的来源和销售过程了，这会比我以前通过阿斯米尔的冷链去追踪为母亲购买的郁金香更加容易。

没有必要去问，一切信息都会在标签上注明。

The Big Bangs

8 大爆炸

泰国总理请卡萨达来建设一座完美的航空大都市。由于腐败，这个目标最终未能实现，但是曼谷以机场为基础的医疗旅游中心还是成了世界手术室。

跳岛战术

不管是帆船还是波音747，如果说交通运输决定了城市的形态，那也一定影响着城市的经济发展。殖民地属于那些拥有大量战船和武装人员、足以控制航道的国王和企业。伦敦、里斯本和阿姆斯特丹的码头边，成排的账房清点着帝国的财富和工业原材料，包括金银、棉花、咖啡、茶叶，并将成品运往其垄断的海外市场。

美国在南北战争之后面临两种选择，要么重建南方，要么向西拓展。无论选择哪种，铁路都是必需的，它可以贯通南北，连接东西海岸，可以将所有地区统一为标准时间。作为一个以国内市场为主导的国家，美国主要由纽约的血汗工厂、堪萨斯的牲畜养殖场、圣路易斯和芝加哥的铁路站场提供商品和服务。西尔斯－罗巴克的货物目录常超过1 000页，并承诺可以将商品从其“遍布世界的仓库”快速运送至国内的每个农场。铁路将煤和矿石运至密歇根州的红河。在那里，亨利·福特制造了数百万辆汽车，与此同时也使铁路依托型城市逐渐过时。20世纪里，美国大陆上货物的运输成本下降了90%，这使得美国人开始迁往西部和南部的阳光地带。

作为世界上最后一个成功发展的区域，环太平洋地区不具备以上优势，这儿没有强大的帝国，没有富饶的资源，也没有广阔的经济腹地。初期的亚洲四小龙都是岛屿，或相当于岛屿：韩国，是从曾被西方人称为隐士之国的朝鲜半岛分裂出来的一部分；香港与台湾，与中国大陆实行着不同的政治体制；还有新加坡，马来半岛最南端分离出来的城市国家。日本也是如此，既有神风敢死队的保护，又有200多年幕府的闭关锁国政策。

喷气式飞机使跳岛和跳洋战术不再是什么难事。太平洋战场上的二战是一场空中大战，战争的主力是航母，取得胜利的决定性武器是洛杉矶制造的、驻扎在中途岛基地的轰炸机。从珍珠港事件到广岛的原子弹爆炸，日本是第一个领会到空中力量的巨大作用的国家。

二战结束后，美国投资数十亿美元，以防止后来的亚洲四小龙落入共产主义的手中。以台湾为例，其收到了“小马歇尔计划”贸易协定，高科技发展蓝图以及资助在高等院校培养数以千计的工程师计划。由于缺少自己的工业及发展规划，台湾将最大的盟友作为客户，对美出口量迅速翻了两番。不久之后，台湾成了电子信息产业方面的强者，出口额仅次于美国和日本。与雷蒙德·弗农曾预测的一样，同样的情况也出现在了新加坡和马来西亚，只是规模略小。

整个电子信息行业跳岛之后，美国公司暗中进军中国大陆市场，台湾是门户，香港是中间商。这一连串关系演化成了今天的“准时制”供应链，供应链上，宏碁或苹果笔记本电脑的零部件来自十几个不同的地方，然后在另外一个地方组装，再销往海外市场，到达顾客手中。这一体系颠覆了福特最高效工厂的地位，而它的实现则必须通过空运。

在喷气式飞机发展的过程中，环太平洋地区发生着变化，如同铁路将纽约与芝加哥和堪萨斯连接到一起那样，飞机将亚洲四小龙联系起来，又将它们与中国大陆联系在了一起。早期发明的飞机使得美国的区域经济实现了一体化，而大型喷气式飞机则将亚洲经济融入全球经济体系之中，直接与硅谷相连。这也表明，亚洲国家斥资数十亿美元制造飞机，并在人工岛上建设新机场，成为卡萨达理论的推崇者，这一切并非偶然。中国台湾、香港，韩国，越南，马来西亚和泰国都在建设航空大都市。中国大陆和印度正在建设的航空大都市甚至多达上百个。

地理限制的不复存在改变了区域间的竞争规则，人们不会再因为自然阻隔而无法进入一个地区。基础设施、成本和专业人才决定了哪些产业的哪些环节会在哪里落户，也决定了谁能获利。泰国早期力争最大限度地利用新规则，修建 B－52 轰炸机基地，对越南进行地毯式轰炸，这却明显属于不义之举。

沼泽地

在曼谷，泰国政府决定建造新机场。机场选址在首都和曼谷湾之间的一片沼泽地，称作北榄府挽拨县，意为柯布拉沼泽地。至今人们仍不理解为什么会选择这里。当时的泰国领导人是陆军元帅沙立·他那叻，他虽然专断却不乏远见。他选择在此地建设一个熠熠生辉的国际机场，作为国家步入21世纪的桥梁。沙立的美国顾问当时正在准备战争，很希望可以再多一个机场，然而机场的选址也令他们疑惑不解。如今看到了城市的阿米巴式增长，才明白曼谷机场的最初选址是合理的。当曼谷人口增长到原来的5倍，达到1 000万时，沼泽地是机场的唯一选择。但是当时沙立为什么会如此坚决地要将机场建在沼泽地呢？

一位曾经因质疑选址的合理性而受到指控的专家这样对我说，“我们不知道真相是什么，也没人知道。一切都只是猜测而已。整个沼泽地属于两个十分显赫的家族”，想必他们对整件事有重大影响。

在一本关于机场历史的书中，曼谷朱拉隆功大学的经济学教授巴素·蓬拜集这样写道：“关于这一场址是否合适，没做过任何论证，也没有备选场址，这一选址引发了小规模的土地投机热潮。”

机场的建设不是一朝一夕的。1963年，陆军元帅突然逝世，导致整个项目被搁置。后来他们请来了南加利福尼亚州的福利机构——诺斯罗普公司，由它负责机场的设计、建设，并享有20年运营权，这才使机场建设项目得以继续。巴素指出：“国会三次否决这个项目，直到军队里的实力派于1971年取消了国会，恢复了独裁统治，此事才最终确定。”军政府在柯布拉沼泽购买了3 200公顷土地，学生将此事作为军政府腐败的证据，并以此为借口进行了声势浩大的游行。1973年10月14日，游行演变为骚乱。军队动用了坦克和直升机对付手无寸铁的抗议者，骚乱演变为一场屠杀。当时统治泰国的普密蓬国王对此感到震惊，当晚下令流放军阀，并在次日早晨任命了一名平民首相。（至高无上的泰国国王，正如《国王和我》所展现的，名义上统治了独立的、未被殖民化的泰国7个世纪。）政府因建设机场而垮台，这已经不是第一次了。

这个昔日及未来的枢纽被尘封了20年，直到1991年的又一场政变，泰国军阀重新掌权，机场建设才得以重启。这一次，军阀们向总理阿南·班雅拉春展现的是温和的一面，而机场重建之后则成为独立部门。这使得内部斗争愈加激烈。巴素曾说："空军与阿南·班雅拉春政府的各文职部长就由哪一方来管理和任命机场人员的问题展开了论战。"此后的10年间，机场建设项目历经数届政府，举步维艰，在规模和范围方面不断调整，反映出泰国政府不同时期的理想与抱负。巴素说：前一项规划将机场定位为"东南亚地区的枢纽机场"，后一项规划又称"受经济危机影响，如此宏伟的计划不得不缩减规模。他信执政期间，机场的规划超过了此前种种"。

巴素总结道："推动该项目的主要因素是独裁统治的复苏，独裁统治在项目漫长开发过程中的每一个重要阶段都留下了印记。"

2006年9月，在曼谷城郊边界上蜿蜒的沼泽地里，一座金光闪闪、价值40亿美元的国际机场终于开航了。新机场是已夭折的航空大都市的中心。泰国的亿万富翁总理兼极具抱负的独裁者他信·西那瓦接过了陆军元帅的指挥棒，完成了空中桥梁的建设，并将机场更名为素旺纳普，寓意"黄金大地"。可惜的是他信没能亲眼看到机场的落成。就在机场启用的前一周，他在泰国自1932年以来的第18次政变中被军队废黜。

将军们将他信政府的倒台归咎于"贪污猖獗"以及他信密谋独揽大权。他们出示的第一份证据就是素旺纳普机场。他信在其执政不力的时候，试图强行通过法案，将机场设立成一个直接隶属于他的特殊省份。该法案一经提出，他信便淹没在了流言蜚语与受贿和收受回扣的指控中。机场开始建设之前，众多政府官员、与他关系好的商人，甚至连他的一个妹妹都购买了附近的土地，专门用于修建高尔夫球场和货运站，从而参与组建在柯布拉沼泽之上的新的"东方威尼斯"。试想30年之后，一座拥有300万居民、比威尼斯大10倍的城市将横空出世。那么，在大运河尚未投入建设之前，如果有机会在沿岸买下大片的土地，谁又能不心动呢？

他们的藏宝图是一项规划，他们中的许多人已经秘密参与了机场规划。许多参与者都在笔记本上记录下了购地的位置。事实上，机场规划的主创者便是卡萨达，该规划名称是“素旺纳普航空大都市发展计划”。卡萨达吸收了其在孟菲斯和苏比克湾所见到的一切，并综合了他所知道的关于管理与竞争的全部知识，将之付诸实践，便诞生了这项计划，也是他送给泰国人民的一份大礼。在柯南民营企业研究所的曼谷办公室为泰国的经济发展工作 15 年之后，他更加热爱泰国人民。卡萨达将航空大都市视为泰国与周边虎视眈眈的马来西亚、印度尼西亚和越南等国抗衡的保障。

可惜航空大都市的规划并未得以通过。自他信被罢黜后，素旺纳普成为他信道德堕落的证据。如今该规划已被搁置，湿地已成禁区，机场周边的土地也被各种各样的违章建筑侵占。从未建成、未来也不大会建成的素旺纳普航空大都市悲剧的原因在于：国家领导者的动机是好的，却一再地恶意行事。卡萨达的初衷是好的，他的错误就在于坚持武装泰国人民打一场他们没有能力发动的经济战争。20 年前，卡萨达怀着拓展柯南民营企业研究所全球业务的使命来到泰国。卡萨达解释道：“我坚信 21 世纪是亚洲的世纪，所以我们必须去亚洲。”卡萨达的目标是建立一个阵地，可以长期示好于美国人，在那里可以加入学术、商业和政治的各界，并且十分安全，还可以享受异国风情。“作为当时经济增长速度最快的国家，泰国是最理想的选择。”

亚洲柯南民营企业研究所成立于 20 世纪 90 年代，获得政府特许，充当美国公司和泰国公司的中间人，着眼于美国公司对泰国的投资。当时，已是半退休状态的阿南·班雅拉春出任主席，董事会成员皆是泰国的名流，各大公司的首席执行官和国家各部前任部长都名列其中。如此豪华的阵容一经公布，便被媒体称作“阿南第三任期”，暗指阿南若是竞选连任第三届总理的话，这些人员便是他的内阁。自此，卡萨达实现了融入泰国政坛的目标。

利用建立起来的新关系，卡萨达开始谋划国际枢纽港的建设，想将其构建为全球准时制航空运输网络的下一个节点。此前，泰国曾将一项机场军转民的规划（就是把越战时期美国轰炸机基地转为民用机场）束之高阁。此次卡萨达获得了如此良机，他自然不会放过，在接下来的6年时间里，卡萨达绘制了国际枢纽港的蓝图，并试图说服当时的泰国总理。后来，整件事受亚洲金融危机影响而未果。

1985年到1996年，泰国是全球经济发展最快的国家，年均增长速度达到9%，甚至超过了今天的中国和印度。改革大幅度削减了关税，向外国投资者敞开了大门，其廉价的劳动力吸引了日本丰田汽车公司和美国三大汽车公司纷至沓来。这些外国公司带来了泰国的工业繁荣，使得人均国民收入翻了一番，促使合资企业和企业家不断吸收海外贷款。泰国企业的外债随之激增，最终因泰铢无力承担，1997年，政府被迫切断了泰铢与美元的自由汇率机制。自此泰铢暴跌，货币贬值，资产负债表严重失衡。外国投资者纷纷撤资，作鸟兽散，不仅仅逃离了泰国，而且逃离了整个亚洲，从而引发了印度尼西亚、韩国和马来西亚一连串的货币崩溃。泰国的经济也江河日下。

泰铢的贬值使得劳动力和原料的价格随之减半，这又使得泰国对出口商更具吸引力。泰国别无选择，只能接受自己作为跨国公司，尤其是汽车制造商和计算机硬件制造商海外工厂的角色。硬盘作为每一个电脑必不可少的组成部分成为泰国的独家产品。希捷、日立和富士通等公司，从爱尔兰等地空运散件和成品磁盘至中国的工厂，在那里组装成笔记本电脑后，再通过飞机运往美国。不久，他们便雇用了数十万泰国人，生产数以千万计的硬盘。危机过后的10年间，泰国的出口增加了两倍，对外贸易依存度几乎翻了一番，增长率高达150%。外贸拯救了泰国，却也无情地将其拖入了卡萨达所言的快者竞争的全球舞台。一切都已无路可退。

那空－素旺纳普航空大都市

他信·西那瓦就任总理以后，做出的第一份承诺是“再创辉煌”。2001年，他信在选举中以压倒性优势胜出。他信的财富在泰国可谓首屈一指，当时他只利用了家族些许财富，就构建起了电视和通信的王国。他放弃了曼谷的知识精英身份，转而以白手起家的平民主义者形象参选，从而赢得农村贫苦农民的全力支持。

他承诺民众要实行新经济政策，确保民众普遍享受医疗保健、公共设施服务、小额信贷以及政府对村庄的拨款，这一承诺十分有效地赢取了群众的选票。在早期的演讲中，他信宣布将引领泰国摆脱“东亚经济模式”，即“过度依赖外来技术和外来投资者，主要依靠廉价劳动力的低附加值产品的出口”。但事实证明，全面改变经济发展模式是不太可能的。在引发外来投资者一阵小小的恐慌之后，他信改变了立场，煞费苦心地说明了自己所追求的是“双管齐下”的策略：一方面自力更生，另一方面也要扩大出口、吸引外资和扩大旅游业规模。一旦中国于2001年加入世界贸易组织，亚洲邻国将缺乏海外资本，该策略也将不再有效。

他信意识到，他所领导的政府必须在国内消费，尤其是大规模基础建设方面做出成绩。2002年，他加快了正在进行的机场项目的建设进度，将其列为重中之重。他承诺，机场将在2005年9月，他第四次连任时开放。2003年，他承诺：“政府将让泰国民众摆脱资本主义的奴隶地位，即使无法完全摆脱资本主义，我们也能够提升自身的竞争力。”

在发生经济危机到机场复苏的那几年间，卡萨达形成了关于航空大都市的理论体系。当他信的首席代表打电话请教他新机场的事宜时，他早已守在了电话旁。不久，他就投入那空－素旺纳普航空大都市的规划设计中了。

2003年12月，那空－素旺纳普航空大都市最终规划报告发布，尽管报告中对卡萨达只字未提，但到处都有他的痕迹。在“机场的角色”这一标题下，以往一贯的对游客、乘客或是航空公司的论述，都被“培养商业和国家竞争力”“机场作为办公、商务和专业人士的集中地”等字样所代替。结论就是：“将建设一种全新的城市模式——航空大都市”。许多内容都是报告执笔人从搜集到的卡萨达的论文中剪切、复制、粘贴过来的。报告还承诺，从零开始建设那空－素旺纳普航空大都市，将全面推动泰国的出口贸易，吸引更多资金流入，“将成为泰国提升全球竞争力的主要动力，并且规划将那空－素旺纳普航空大都市打造成为21世纪城市发展的典范”。

该规划与卡萨达的理论极为相符。根据他的规划，机场呈长方形，南北两侧的噪声隔离带将航空大都市整齐地一分为二。跑道的一侧是街市、高楼大厦、别墅区和空调办公区，另一侧则是自由贸易区、工厂和分销中心，按其对中心机场的需求呈环状向四周延伸，直达农村。中间由林荫大道和6条“航空车道”将航空大都市两个城区衔接起来，并由造价高达5亿美元的高速列车（卡萨达之前所说的航空列车）将素旺纳普机场和城市连接起来。规划者们考虑周全，面面俱到：公园，受保护的湿地，甚至还为佛教庙宇预留了空间。

规划极其大胆，他们凭空设想了湿地上浮动的办公园区和经由运河而非道路连接的住宅小区。规划师们希望曼谷赶超威尼斯，成为独创的“东方威尼斯”。但该航空大都市廊道正好穿过曼谷城中最贫穷的区域，这使得航空大都市的美好和生命力受到了影响。规划者所描绘的航空大都市就像一个破旧、简陋的出口机器，比起自己先辈们创建的城市，更像精简版的亚洲“新加坡”。就像40年前新建的新加坡与殖民时期的新加坡毫无相似之处一样，素旺纳普和新加坡两个城市与所有的航空大都市一样，完全按照跨国公司和外来投资方的奇思妙想而规划，是他们展示自身竞争力的产物。规划师们最看重秩序与可控性，这与曼谷的本色可谓格格不入。要建成航空大都市，规划师们需要把曼谷的过去抹掉。

幸运的是，规划师们的想法正中他信下怀。最具争议的建议在综合报告中只字未提：通过法律程序将那空－素旺纳普设为泰国第77个省，直属于内政部长，也就是他信的妹夫，实质上就是直属于总理本人。新省份将曼谷市区的一些地区和周边省份分离，吸纳了现有的若干城市，占地约384平方千米，相当于半个新加坡大小。卡萨达说：“在美国随处可见各市政部门之间的纷争和官员的惰性，我们有必要采取措施以避免这一现象在泰国出现。解决的关键在于将规划和区域划分的权力归于一人之手，以指导其发展。如果我们任由6个不同的政府部门独立经营，将永远无法实现顺利整合，只会导致没完没了的争执。任何一个部门都不愿失去对其管辖权的控制，因此他们对他信的提议置若罔闻。”所有涉及的利益相关者，在选举时都坚定不移地给他信投了反对票。

地方长官怀疑那空－素旺纳普航空大都市充其量不过是选举政治中的无聊之举，最坏也就是一种土地侵占行为。一位颇有势力的泰国人很直接地告诉卡萨达："航空大都市不过是他信敛财的手段罢了。这与机场建设一样，从一开始就会陷入贪污腐败的泥潭当中。"规划者们也不禁开始担忧，腐败在他们的规划汇报过程中已初露端倪。部长、将军和他信家族齐聚一堂，听取规划者们关于航空大都市草案的汇报，结果在会后的几天或几周时间里，这些听众便购买了尚在讨论中的土地。当内政部长颂猜·翁沙瓦告诉新闻媒体，土地价格肯定会飙升，也许会飙升上百倍的时候，他的话其实是一种自我期许。更有甚者，他信的妹妹英禄·西那瓦（另一个妹妹瑶瓦帕嫁给了翁沙瓦）在既没有兴趣也没有经验的情况下创建了自己的物流公司。

2003 年 12 月，就在总规划完成的前一个月，他信家族控股的集团与马来西亚的亚洲航空公司，双方就成立泰国首家低成本航空公司达成协议，此消息一出即成为报纸的头版头条。新成立的航空公司与他信政府所有的泰国航空公司都将在素旺纳普机场运营，并展开竞争。为此，泰国航空公司必须出售 1/4 的股份赞助机场建设。惊人的利益纷争使规划举步维艰。一名规划者说："泰国能拥有低成本航空公司确实是好事，但遗憾的是这家公司是他信的。"

他信的兄弟姐妹们只顾贪婪地炒作地产，到处捞实惠。机场停车场的承包商在一次录音中声称，自己为获得该承包合同付给他信的妹妹 2.5 亿美元。民众一片哗然。在随后出现的第二盘录音中，他又声称自己并没有付给他信的妹妹任何钱财，并将之前所说的话全部收回；而他信的妹妹则不断对受贿一事予以否认。有后台有关系的开发商，有权有势的家族，还有机会主义者开始纷纷抢购大片土地，为淘金热的到来做准备。

一名规划师抱怨说："政客对我们的建议不理不睬，他们不仅将土地全部买下，还开始建造房屋。"我在美国加利福尼亚州尼古湖看到过几个这样的门禁社区，与当地风景相得益彰，却无法理解为什么会有人愿意在沼泽边缘、飞机低空飞过的地方居住。他还说："本该出面调查此事的当局，却对此不闻不问，所以造成现在有两万人需要重新安置。想想这么做得耗费多大成本啊！”

更重要的问题是，他信自己是否理解航空大都市的理念，抑或是单纯地将航空大都市作为其核心集团的一种敛财手段。政变后，卡萨达多次提出采访要求，都被他信拒绝了，所以直到现在，他建航空大都市的动机仍然不为世人所知。但根据经验，他应该是完全理解的。但他并不在乎这些。

某个与他信打过交道的人告诉我：“他信所做的每件事都是非常有策略的，但航空大都市的破产则是缺乏沟通和交流所致。他从未试图将航空大都市卖给人民。许多外国人错误地理解了这一点，直接去找他信让他卖掉航空大都市。他们从未让民众理解航空大都市的理念，民众更不清楚航空大都市的成本和优势。即便是到了现在，民众对此仍一无所知。”

2005 年，他信以压倒性的优势获得连任，但机场却没能在他自己设定的最后期限完工。到了 9 月份，机场仍未有丝毫竣工的迹象，但仍然举行了开幕式。而机场实际的启用日期则被一推再推，先是定在次年 7 月，随后又推迟到秋季。总体规划早在两年前就已完成，只等着《素旺纳普法案》通过审核。可惜不久之后，一切都成了泡影。

2006 年 1 月，他信家族将其在泰国 Shin Corp（一家电信公司）公司 49.6% 的股份出售给新加坡淡马锡控股公司。就在同一天的早些时候，政府将外国投资者在泰国的所有权限制提升到 49%。他信本人亲自签署了这一法律，以便将自己的公司出售。他的所作所为比买主还恶劣。淡马锡是新加坡的国有投资机构，拥有自己的港口、机场和新加坡航空公司，外加遍布亚洲的几十家公司。向泰国本土的主要竞争对手出售股份这一行径，就如同美国总统奥巴马提议将美国炼油公司埃克森－美孚出售给委内瑞拉总统乌戈·查韦斯（现已去世）和委内瑞拉一样难以想象。更为恶劣的是，他信家族还为这笔 23 亿美元的意外之财避税。泰国最高法院随后裁定此次出售为非法行为。

这正是他信的反对者们期待已久的机会。他信在执政之初就树立了死敌。有些人将其视为篡权者，还有些人将其视为煽动者，甚至有人担心他会谋划

"取国王而代之"。他信在其残忍的"禁毒之战"和警方可以先斩后奏的工作方法上，并未为自己赢得支持。据相关组织估计，在他执政的前3个月中就有2 275人死亡，多数人在未经正当法律程序、不经司法审判的情况下即被处死，在后来的调查中发现有半数受害者与毒品交易毫无干系。更为糟糕的是，他信的工作人员在针对南部穆斯林分裂分子实施的一场反暴动行动中，搞得一团糟，血洗了一座清真寺。与淡马锡的交易就成了压死骆驼的最后一根稻草，民众已忍无可忍。

几周时间内，10万多泰国人走上街头，游行示威，要求他信辞职。抗议持续了一个月，直到他信做出巨大让步，解散了国会下议院，承诺于4月2日举行临时选举，民众方才罢休。此次临时选举，遭到他信在民主党的对手们的联合抵制，他们拒绝参加。又过了一个月，最高法院宣布此次选举无效。一直自称"代理总理"的他信决定以候选人身份再次参加10月份的改选。

一个月后，也就是在6月，内政部向他信内阁提交了那空－素旺纳普航空大都市规划，原则上算是批准了该规划，这只是向国会批准迈出的第一步。（当然，要等新政府再次召集国会。）他信被迫离职，因在各省份划分选区时弄虚作假，以及未经审查就擅自批准一项数十亿美元的大型工程。一名规划师告诉我："他领导的政府做得太过分了，在短短几周时间内就试图通过立法，民众对此自然极力反对。"我问道："何必冒这个险呢？就不能等到10月大选之后吗？"他白了我一眼说："当然是受经济利益的驱使啊！"

9月份他信启程访美时，机场仍未启用。9月19日的一场政变，他信被废黜，和在泰国发生的大多数政变一样，这次也是一场不流血的政变。（卡萨达说过，当翩翩起舞的女孩们将鲜花放入枪筒走出时，你就知道政变已经结束了，每次都是这样收场。）将军们委派了一届过渡政府，该政府冻结了他信的账户，剥夺了他的从政权，并解散了其政党。他信流亡到了伦敦，计划着下一步的行动。

一周后素旺纳普机场对外开放。这座拥有当时世界上最大单体航站楼的机场，出自德国设计师赫尔穆特·雅恩之手，此前他还设计过芝加哥奥黑尔机场的中央大厅。雅恩初期的草图因缺乏泰国特色而备受批评。为此政府委派专门委员会，以确保最终设计能包含恰当的装饰，包括使用钢化玻璃管来装饰木质宝塔。整体的审美效果是后人类风格，如同一艘开始星际旅途、寻求新家园的庞大宇宙飞船，而进港区却很简单，就是传统混凝土铺就的。

就是这混凝土结构让机场的新主人头疼不已。飞机滑行道的最底层渗水，随即出现裂缝，其实将机场建于沼泽之上出现这种情况本是预料之中的事。政府看到这种情况，便大肆宣扬，将此作为他信腐败和机场建设是豆腐渣工程的证据。机场工程师回应说，多数损毁可在24小时内修复，这场闹剧才得以收场。但这一事件却为之后的事态定下了基调，在从财政预算中清理他信的形象工程时，素旺纳普自然首当其冲。

他信在位时，卡萨达及其公司可以轻易摆平诸多异议，如今这些异议又报复性地再次浮出水面。航空大都市离跑道太近，太挤、太吵、太潮，还太贵。他信被废黜后的几周时间里，大片大片的土地被重新划分为湿地，打破了当地的房地产泡沫。一个月后，新任副总理宣布自己坚决反对机场建设。他气势汹汹地说："世界各地的机场都是远离居民区而建的，现在机场已经启动运营了，还在周围建居民区，这是何用意？机场的噪声就够他们受的了。"曼谷的官员们则附和说："建一座机场会引起两座城市的水患，还不如还原其沼泽的本来状态呢。"

卡萨达竭力说服大家，保证以上问题绝不会出现。人们拒绝再进行规划，致使机场周边的地区变得非常糟糕。素旺纳普将不可避免地走向"城市化的困境"。规划者们尽管时刻小心行事，实时监控，他们仍然留意到不断有人搬进"黄金国度"。一名规划者抱怨说："现在我们正和2万民众打交道，但也可能变为4万。想象一下要说服大家全部搬走得费多大功夫。至少得按合理的市场价格补偿他们。我确信其间一定会产生腐败。"当然还有公然的敲诈勒索。泰国打造"空中新加坡"的机会正在悄然溜走。政变一年后，我给泰国内政部打电话，打听航空大都市的烂尾工程进展情况。电话另一端一个和蔼的声音略带歉意地解释道，目前并没有任何进展，估计在2007年12月份举行大选之前也不可能有任何动静。那时距离大选还有4个月。

选举时，当权者自以为军方不会对其不管不顾，预言自己的胜出将易如反掌。但令他们震惊的是，他信的政党又紧密团结在他的旧部周围，他们树立了新旗帜和领袖，并在选举中获胜。穷困的农村地区是他信的大本营，他再次拥有了话语权。反对派谴责新政府是他信的傀儡，并试图废除此次选举的结果。数万名自称为人民民主联盟的抗议者发动暴乱，决心将他信的傀儡逐出政坛，永绝后患。人民民主联盟的“黄衫军”于2008年8月攻下政府机关，并占领了那里数月。当发现行动仍不奏效时，“黄衫军”决定从机场入手将整个国家封闭。“黄衫军”的同盟军已先后占领了泰国最大的岛屿普吉岛，以及喀比府和合艾等地，自此泰国的海滩度假地陷入瘫痪，上千场地被搁置。政府被扳倒不过是几天的时间，人民民主联盟已成功找到泰国经济的命脉，现在要做的不过是死命地扼紧罢了。

2008年11月25日夜，数百名带着匕首、铁棒和棍子的“黄衫军”封锁了素旺纳普机场入口，猛攻航站楼，使得数千名乘客惶惶不安。一帮蒙面人冲破防暴警察的抵御，攻占了机场的控制塔台，要求正要飞往秘鲁参加峰会的总理颂猜·翁沙瓦立即返航。当夜，颂猜的专机先在曼谷的廊曼机场安全落地，随后又起飞前往清迈。其他航班均被取消。“黄衫军”挖壕固守，随后又有数千名援军加入。人民民主联盟的领导者声称：此次“广岛行动”是与他信的傀儡殊死搏斗的最后一战。速度经济时代的革命常采取中断空中交通的形式。颂猜命令泰国皇家军介入调停，但总指挥官礼貌地拒绝了他的命令，并建议颂猜立即辞职。

两天后，又有一伙“黄衫军”夺取了廊曼机场，关闭了数百千米内最后一座国际机场。自此，拥有1 625万人口、占全国人口1/4的泰国首都与世界中断了联系。人民民主联盟从反面证明了机场对于泰国经济的重要性。

在泰国的游客首先注意到这一事件。危机发生时，估计有30万游客受困于泰国，无法离开。另有200万游客取消了前往泰国的旅程，给泰国最大的产业旅游业造成了巨大的损失。在宾馆等待危机过去的游客，眼睁睁看着早餐配备的水果取消了。接着，来自澳大利亚的牛奶、新西兰的奶酪和空运过来的鲜鱼都没有了。但大厅里满是兰花，因为栽培者面临着任其腐烂弃之于街道，或是以接近原价1/3的价格售到国外的两难抉择。

接着是工厂纷纷关闭。过去的10年中，低成本的电子设备制造已在泰国发展成40亿美元的龙头产业。产自泰国的配件在苹果公司的音乐播放器和谷歌公司的服务器上被广为采用，开拓出了巨大的市场。突然之间，曼谷附近的工厂因无法运入配件和运出成品而停产。仅在前两天就有30家工厂停止了生产，20万工人被遣散回家。与此同时，惠普、苹果、戴尔、三星和联想等公司纷纷屏住呼吸，静观其变。

准时制制造业的特点就是直到最后一刻才允许原材料进厂，这就意味着中国的个人电脑和零配件工厂手头只有不到几天的存货。曼谷危机持续越久，中国工厂耗尽产自泰国的硬盘和半导体组件的概率就越大。一旦出现这种情况，发生在曼谷的生产停滞将产生连锁反应。届时全球的生产线都会停产，损失会不断增加，甚至整个行业都将受到冲击。

之前也发生过类似的事件。1999年，台湾发生的一场地震使其半导体工厂停产一周，从而引发了由硅谷蔓延到华尔街的一系列反应。2000年，位于新墨西哥州的飞利浦电子半导体工厂遭雷击，摧毁了爱立信公司最新款手机关键芯片的唯一供应链。手机制造商别无选择，陷入僵局，眼睁睁地看着其股票价格狂跌了50%。而今电脑行业的知名品牌正盯着又一场灾难的发源地，不同的是此次是人为所致。你几乎可以听到这些巨头，在东京和硅谷的会议室中，下定决心说再也不在泰国投资。

民主为何就无法在泰国扎根呢？在过去的5年里，泰国经历了一次政变、两场选举和大规模骚乱，还有3次政府倒台。似乎每个人都难辞其咎，但真正的原因还是贫穷——尽管泰国正在创造大量财富。社会学家称之为“相对性匮乏”。20年来，泰国的贫困率已从之前的70%降到了25%，但社会不公平现象则与日俱增。唯有达到一定阶段，民主和资本主义方能并行不悖，携手前行。

纽约大学的亚当·普热沃尔斯基发现唯有人均年收入超过6 000美元，民主政治方能在“任何情况下幸存”。超出这一水平的富裕民主从未被废黜过。泰国的人均年收入明显低于这一水平，2006年他信政府被推翻时，人均年收入不过3 170美元。普热沃尔斯基还发现，贫穷民主在危机之下会更加脆弱，徘徊在泰国收入水平上下的国家，在经济萧条时更可能破产，经济恢复繁荣的可能性也更小。

或许那空－素旺纳普最具讽刺意义之处就在于，其设计初衷本是为防止泰国经济萧条。卡萨达在向世界银行寻求财政支援时强调，花卉、鱼类和半导体组件的出口将更多地帮助贫穷的农民、渔夫和那些在生产线上工作的年轻妇女，而非统治阶级，但世界银行的人对此置若罔闻。

混乱当中，卡萨达开始回过头来与各部部长协商谈判，利用他之前的各种关系准备从头再来。曾经聘用过他的副总理在颂猜的内阁中重新露面，但是被一群愤怒的暴徒赶出了议会。曼谷机场抗议事件开始后的第 8 天，泰国最高法院终止了这场危机。作为对选举舞弊的惩罚，最高法院解散了执政联盟，解散了 3 个政党并禁止总理颂猜·翁沙瓦从政，使他面临与其姐夫同样的命运。人民民主联盟宣告胜利并返回家中，由下一届更合民意的政府来收拾烂摊子。

泰国的贸易损失则是一场彻头彻尾的惊人灾难，完全是自作自受。泰国中央银行把收入损失限定在 83 亿美元，相当于每天 10 亿美元。短短一周时间内，泰国的损失高达国内生产总值的 3%，这使泰国一下陷入经济衰退，这是自 10 年前泰铢暴跌以来，第一次出现这样的情况。游客数量减少了 28%，比 2003 年非典肆虐和 2004 年印度洋海啸所产生的后果更严重。外商投资减少了一半。最糟糕的是各个航空公司开始纷纷绕开素旺纳普机场，将近 1/3 的航班改道香港、新加坡和马来西亚。亚太旅行社的管理者说："这一事件虽仅历时 10 天，恢复却要花大概 10 年的时间。"

泰国人民可等不了太久。6 个月后，他们卷土重来，这次他们的角色颠倒了过来。和人民民主联盟一样，支持他信的"红衫军"围攻政府大楼，迫使新任总理调派更听话的部队。他信从迪拜打来电话，宣称"既然军方已经将坦克开上街头，也该到了人民起来革命的时刻了"，并承诺出面领导此次革命。

他信仍置身事外。（一条指控其从事恐怖主义事件的逮捕令已经颁布。）2009 年春天，革命在没有他信的领导下继续着，"红衫军"在曼谷市中心设起路障，和警察展开殊死搏斗，事实上已挑起内战。其中一次冲突，以抗议者向行进的士兵“敬献”莫洛托夫鸡尾酒（燃烧瓶）开始，最后以双方握手言和并互换手机号码而结束。一名官员用拳头捶打着胸脯说道：“这样的局面让我心痛，我是不会命令部队开枪射击的。我们可不想泰国人自己窝里斗。这起事件如何收场并不由我们说了算，而是由他信决定的。”

窗户正在关闭

一天晚上，我大步走进索坤逸路（曼谷首屈一指的购物中心和红灯区）上的宾馆大厅，差点撞到苏瓦特博士。他略带尴尬地退避着，用柔和的目光看着我。他和我以前见过的大腹便便的官员或高高在上的顾问完全不一样。（在类似的一次碰撞中，一头小象从我身边走过，我不得不走出驾驶室步行走完剩下的路程。）苏瓦特博士流露出一股父亲般的镇定，穿着简朴，上身是一件胸部缝有“NESDB”字母的黄色高领毛衣，那是他在泰国中央规划部门——国家经济与社会发展委员会的制服。

苏瓦特曾是卡萨达的拥护者，是那空－素旺纳普航空大都市指导委员会的实际领导。如果说尚有人了解他信对机场建设是否出于好意，或者说航空大都市的规划是否还有指望复苏的话，那这个人便非他莫属。苏瓦特博士提出让我随他到索坤逸路上走走。我俩沿途躲闪着机动三轮车，然后登上轻轨站台。站台就像为烟雾弥漫的街道搭起了一座结实的顶棚。轻轨是曼谷城市规划的典型方式，其最初设计以温哥华为典范，但是政府随后取消了该合同，转而把资金投给了快速路。后来，由于潜在的新道路需求被释放出来，交通拥堵愈加严重，最终轻轨还是由私人承建，作为营利体系和曼谷地铁展开竞争。

乘轻轨坐了几站，我们在暹罗广场下车，穿过亚洲最大的购物中心，走到对面，跳上一辆缓缓驶过、散发着臭味的柴油汽车，之后走过弯弯曲曲的小巷，来到了曼谷市中心最高的建筑——305 米高的拜约克塔。顶层环绕着天台，可以看到曼谷的全景，下面一层是快餐店。我们首先朝天台走去，他解释说："在我们谈论曼谷的未来之前，得先看看曼谷的现状。"

即便从 305 米的高处观看，曼谷仍无法给人留下秩序井然的印象，其规划如同没有方位感的 6 岁孩童在方格纸上画的线一样。在我看来，这座城市就像一块毛毯，上面是犬牙交错的高楼大厦、公园和停车场，一边是河流环绕，另外几边则是地平线。没有中心，没有集群，没有视觉方面的暗示，丝毫看不出设计的用意何在。脚下就是贫民窟，按摩院和花岗岩的办公大楼紧邻。作为装饰，十二座"鬼塔"锈迹斑斑的残骸刺破天空，10 年前金融危机期间，赞助商垮台后"鬼塔"便无人问津。（最近又增加了几座。）一位居民惊叹道："你将看到最美丽的房子被住在平房里的人们所围绕。要问'怎么会这样'，我来告诉你，那是因为住在平房里的人们很友好才会如此。他们从不偷窃。这确实匪夷所思，但这正说明，在这里没人知道规划是什么。"

在我们看风景时，苏瓦特博士侃侃而谈。这座城市的第一批用地规划是在他的注视下签署的，20 年前才开始生效。他说那时现代曼谷的 70% 已经建成。在我们脚下，繁忙的车辆在街道上川流不息，在红绿灯前结成一片。漆黑的画面当中，那银色的一抹是未来机场高速列车的轨道，终有一天我们站立的正下方会成为其终点站。他指着东方说道："轨道的尽头就是素旺纳普机场。"我顺着同向的公路极目望去，那条路就如同连接"黄金国度"的金线。

2006 年春季，我和苏瓦特博士曾在另一个地方有过交谈。当时他信在临时选举中胜出，大家都满怀希望，相信航空大都市将获得批准。那时他就说："航空大都市是泰国今后 5 年发展的关键所在，其他项目无法与之比拟。航空大都市的落成将为这一地区引入来自马来西亚、新加坡，甚至是中国南方的高科技公司。泰国届时将和这些公司直接竞争，甚至还会与韩国和日本竞争。"

当天的晚餐并不丰盛。我们刚找到一个无人打扰的清静角落，我便迫不及待地问他，他信是否了解机场建设事宜。

苏瓦特博士斟词酌句地说："我想他了解航空大都市的用地规划。我们的规划和新加坡的某些地方相似，他很喜欢这份规划，并且认为规划非常合理。他视察过航空大都市，看出了这些相似之处。可我清楚他并不懂城市规划。我曾被委派为新议会大楼选址，当时我向他提交了一份方案，他却不理解我选址的意图何在。

“你知道吗，国王曾要求他信建设一座新城，但他并没有这么做，因为他不理解这么做的意义。我个人认为泰国应当建一座新的首都，就如同巴西的巴西利亚一样。”

听了他的这番话，我不禁睁大了双眼。1960 年，卢西奥 · 科斯塔在偏僻的地方规划建设巴西的新首都，如同在白纸板上造巨兽一般。按照构想，新首都作为枢纽，呈现一架飞机的形状，广阔的露天广场代表双翼。但新首都的选址，偏僻到连水泥都要空运过去。50 年后，巴西利亚成为败笔，工作效率低下，城市毫无人情味。那儿能买得起机票的人都在周末逃到里约热内卢和圣保罗去。（卡萨达告诫道：“千万别在周四乘飞机外出或在周日返回，那两天的机票早已预订一空。”这可是他的经验之谈。）

苏瓦特博士换了个说法：“或者像吉隆坡和其新机场那样，将交通枢纽和政府所在地合于一处？曼谷与它相差太远了。”他说起了泰国南部的近邻马来西亚的首都，就像是 20 世纪 90 年代末巴西利亚的翻版：耗资达 200 亿美元建成的多媒体超级走廊。这一“杰作”由马来西亚独裁者马哈蒂尔 · 宾 · 穆罕默德打造，这个“多媒体超级走廊”及其分支成了马来西亚的“创举”，并试图建成亚洲的硅谷。苏瓦特将其称为“献给信息时代的全球性礼物”，而事实上那里只不过是一个办公园区。马哈蒂尔计划将微软公司吸引至此，期待微软的先进技术能够带动马来西亚的公司，即所谓的技术转让过程。若是该计划实现，马来西亚的经济将一跃而起，从而避免其低成本、低技术的工厂被其他国家的公司蚕食，成为亚洲的下一条巨龙。但若是该“多媒体超级走廊”在起步阶段即土崩瓦解，用不了多久，马来西亚就会遭到其他人力资源更廉价、更高效的对手的排挤。泰国也和马来西亚一样，面临着相似的困境。

自市区出发一个小时，横穿橡胶园，就到了“多媒体超级走廊”的最南端，这里是新落成的吉隆坡国际机场，也就是使“多媒体超级走廊”成为世界上首座国际航空大都市的机场。但工程尚未竣工，危机即已袭来。当时马来西亚的经济已经复苏，承包方选择印度完成外包业务，其他事宜均交给中国工厂。我问道：“这种规划算得上成功吗？”苏瓦特博士说：“长远来看肯定是成功之举。建设一座城市需要花费 50 年的时间。比如华盛顿特区耗费了 150 年才创造出今日的辉煌布局。”这还只是保守的说法。

苏瓦特还说：“至少要有规划，不仅仅是防止交通堵塞。如果你的建设要考虑到今后的 10 年、20 年，就必须制订规划。如果我们全力支持素旺纳普机场，我想其进度会更快，这一点你也很清楚。但我不得不在各个派别之间奔走斡旋。因为我的专业是交通运输，我总将交通运输和城市规划合二为一。如果不考虑用地计划，就无法规划交通运输。如果不知道铁路或高速公路的作用，就没法确定它们的走向。”

苏瓦特博士显得闷闷不乐，吃得很少。全部泰国人，上至总理下至平民，似乎都对规划无能为力。这一点倒让我回想起卡萨达之前对我说的一句话：泰国人虽然是糟糕的规划者，却是优秀的执行者。对此苏瓦特博士并不否定。但他和卡萨达的出发点有所不同：苏瓦特力图通过各种方式将曼谷建设得更加美好，而卡萨达则坚持为一个拒绝移植的宿主移植一个极具杀伤力的武器。

苏瓦特博士摇着头说道：“泰国人不喜欢高科技。大多数人都非常非常保守。我认为他们不想走高科技的道路。我热爱高科技，为之精心设计，却进展缓慢。泰国人从未经历过殖民统治，从未经历过内战。人民生活舒适，终年吃吃喝喝，欢唱取乐。实际上，我认为越南更有可能脱颖而出。”

并不是只有他一个人这样认为。第二天早上，我和汤姆・里斯坐到了车的后排，他的车备有专职司机。汤姆是美国国际开发总署驻泰国的前任负责人，多年之前，曾赞助了卡萨达航空大都市的最初计划。我和苏瓦特博士要去看由他管理的工业园区。该园区位于机场南部，面积如城市般大小。但车还没开上路，他就开始向我介绍他刚刚在越南获得的特许经营权。在胡志明市以东，圈出了几千公顷的橡胶园，正位于市区和明年即将启用的新机场中间，将来橡胶园旁边会建一条 10 车道的公路。

在泰国经历一场又一场政治危机的时候，越南正在对 2015 年之前新建、改建 24 个机场，从而形成机场网络的计划进行论证。这一计划预期花费 72 亿美元。枢纽机场将建在胡志明市，设计运力将超过希思罗机场和奥黑尔机场。作为国家战略部署中的一环，越南的机场网络，正是为了削弱中国的亚洲低成本制造商地位。如果不能出口成品，越南充足的廉价劳动力供应也就失去了意义。

里斯解释道："具体思路是这样的，假定先不考虑泰国和越南，如果你要在中国开设工厂，而且产品要出口，你就需要进一步斟酌工厂到底开在哪里。如果开到中国内陆，你会面临物流这个大问题。而开在中国沿海地区，成本又实在是太高了。"在中国与东南亚一些国家之间，形成了一项自由贸易协定，这促使双方比以往更容易将对方的工厂和工作岗位吸引过来。当汽车行驶在素旺纳普机场公路上时，里斯说道："一旦越南建好公路，解决了连通问题，其他问题也就迎刃而解了。泰国要抓住这几年的发展机遇，到 2012 年以前，最好能实现所有的规划。"

在工业园区品尝水果甜点的时候，苏瓦特博士有点悲观。他并没有看到素旺纳普机场成为卡萨达预想的枢纽。他说："你知道的，光靠泰国人自己是做不到的。我们没有足够的专业人员，而且我们也不擅长。因此，如果我们想要做成这件事，就必须让外国人来帮忙。有时，我们喜欢他们帮忙。而有时，说不出任何理由，我们就是不喜欢他们帮忙。我们主动与他们合作，有时是新加坡人，有时是日本人，有时是美国人。泰国和美国的关系非常近，但有些时候我们觉得不应该完全模仿他们。"

那么素旺纳普的优势到底在哪里呢？他猛地咬了一口西瓜，说道："事实上优势就是游客。"

这个微笑之国主要依赖陌生游客的善心，而游客们已经被这个国家的种种混乱和危机严重伤害了。在 2007 年，游客为泰国的经济贡献了 170 亿美元，远远高于卡萨达对此的预测。20 世纪 60 年代以来，曼谷一直是旅游的胜地。这得益于当时从越南出来休假的大量美国士兵，他们涌入泰国的沙滩，还有按摩院。此后 40 年里，游客的数量增长了近 40 倍，这个奇迹般的增长主要归功于波音 747 强大的载客量。这一机型的规模、速度和航程，引领着以旅游包机为特色的大规模国际旅游新时代，泰国由此形成的旅游中心地位，可以与马来西亚工业城镇槟城（这里曾是戴尔所有笔记本电脑的生产地）相提并论。

全球范围的旅游业在最近半个世纪里发生了转型，曼谷是一个代表。这一时期，人们收入增加，机票价格下降，加上政治自由等因素共同造就了一大批世界旅行家。全球旅游业收入在50多年中增长了30倍，这一增长带动全球GDP提高了5%到10%。据联合国世界旅游组织估计，在未来20年，旅游业的收入将再增长两倍，这与国际航空运输的发展步调几乎一致。数据显示，旅游客运已经占到全部航空客运量的75%，其实我们只接触到这个潜在群体的一小部分人，全球有能力负担飞行旅游的人中，只有7%的人将其付诸实践。这个数字增加两倍，比你想象的还要简单。在这个不断发展的时代，手机的使用覆盖率在最近12年间，爆炸式地从零增长到50%，而现在全球有40亿个手机用户。根据卡萨达的理论可以推断，这一增长趋势也会在空中交通运输方面出现。毕竟不断涌现的中产阶级还没开始度假呢。

在像泰国这样的发展中国家里，旅游业已经成为比纺织业或者农业更大的产业。通过吸引游客到穷乡僻壤参观原始的荒野，旅游业有效地为没有一技之长的人提供了就业岗位，因此联合国将振兴旅游业加入其“千年发展目标”中。2005年，时任联合国秘书长的安南在针对航空业的发言中，这样描述旅游业：“旅游业可以使其他经济部门和小企业获益，例如传统农业、食品制造业、手工业和纺织业等。作为旅游业中增长最快的部分，生态旅游在极大促进农村发展的同时，加快了偏远地区环保基础设施的发展。”正如联合国世界旅游组织的领导人所说的：“旅游业是迄今为止人类开发出来的最好的外商直接投资体系。”

在过去的半个世纪中，旅游业已经遍地开花。1950年，15个国家（其中多数是欧洲国家）就吸引了国际上97%的游客，而现在这部分国家仅能吸引不到一半的世界游客。世界经济论坛发表的一篇报告称，这些旅游国家有一个共同点，那就是形成了一套便捷的、高品质的空中交通网络，以及与之配套的公路、酒店和银行。

上述行业间的互通性一旦达成，其效力将极为强大，即使出现腐败或浪费，其发展潜力仍然很大。曼谷的规划可能失败了，但是那里的机场仍然像它最初运营时一样发展势头良好。在没有动乱的好年景里，每年4 000万的旅客吞吐量比新加坡、吉隆坡或印度的机场都要多。泰国模式——服务人员迷人的微笑和良好的教养，以及低于市场价的人力资源——对于某个正在寻求以打造的新式旅游胜地的人来说，的确是个明智的选择。这个人就是卡萨老朋友，一位叫鲁本·托拉尔的人。

医疗旅游

鲁本·托拉尔一边带我参观，一边说：“这看起来不像是一家医院，更像是一家酒店或高档商场。”

在康民国际医院金碧辉煌的大厅转了一两分钟后，我开始同意这种说法了。穿着短裤的美国人斜躺着，穿着白色或黑色飘逸长袍的阿拉伯夫妇从他们身边走过，引人注意的是这对夫妇还拎着名牌手袋，戴着太阳镜。8 月份的曼谷，大街上的沥青散发着恶臭，医院大厅角落里的星巴克传来似有若无的咖啡香气。

托拉尔在这儿的工作是负责接待国际客户，这些客户离家数千千米到这儿就医，或是为了膝关节置换，或是为了接受心脏搭桥手术，或是仅仅为了体检。托拉尔说，在他 2001 年来到康民医院担任市场部经理前，“这家医院只是泰国的一个社区医院。而现在，我们成为一家国际性医院，让人惊奇的是这家医院居然在泰国”。

即使今天，托拉尔仍然感到吃惊，那些从未上过飞机，更不用说持有护照的人会乘坐 24 小时的飞机，就是为了来这里接受护理，而他们甚至连医院的名字都叫不出来。根据他的观察，来自海外的患者数量增长了一倍多，达到 43 万，占这家私立医院全部收入的一多半。托拉尔说，“来这儿的患者有中学食堂的工作人员、个体经营者、医生和律师。他们告诉我，他们算过账，觉得支付不起每月 1 200 美元的保险”，所以他们来到这里。

“医疗旅游”一词最初是指提前退休者飞到曼谷或班加鲁鲁做个丰胸手术，然后去海滩疗养。这种现象并不全部出现在今天的旅游者身上。2010 年有多达 100 万的美国人拥向国外，寻找能承担得起髋关节置换或前列腺手术费的地方。他们出国并非为了术后在海滩疗养，而是为了省钱：相比美国国内医疗可以省去90%的费用。在美国，有4 700万人没有医保，支付不起背部疾患或血管阻塞的手术费用。有些人虽有医保，但外科手术中，不在医保范围内的项目却越来越多。这些人逃离的是世界上最昂贵并且费用还在不断上涨，而医疗质量却在不断下降的医疗体制。

托拉尔说："你要在两者之中做出选择，要么在美国支付5万到6万美元，要么到这里来支付8 000美元，二者的差别就像走向破产和把钱存入信用卡一样。"

来康民医院就诊绝不是掉进了某个第三世界国家的医疗地狱。有证据显示，康民医院在闻名世界之前，就是一所世界级的医院（这在很大程度上要归功于托拉尔在《时事60分》上的精心策划）。管理人员花了15年时间，获得了国家最先进的技术，增加了病床数量，将泰国在外的医生吸引回国。数年前，康民医院已经用国产的全数字化系统取代了纸质记录，而这是美国高级别医院多年来一直致力研究的方向。

康民医院的门诊比我在曼谷住的五星级酒店的酒吧还要时尚。在这里不是由护工，而是由24位护士照顾说着不同语言的患者。来自中东和亚洲其他国家的患者分住在不同的楼层，这样能让他们有宾至如归的感觉。餐厅配备的厨师是从曼谷最好的饭店招来的。医院里甚至还设有一个旅行社，代办签证延期手续，以应对出现并发症等患者需要多待一段时间的情况。康民医院位于旅游中心，这一独特的地理位置使其具备了对手根本无法比拟的优势，从而使其有机会成为世界上第一个真正的全球性医院。

大厅里三三两两的阿拉伯人，并不是等待接受贵宾礼遇的石油王国的贵族。他们只是普通的公务员，从利雅得和迪拜成批地坐船而来。因为托拉尔与他们的政府达成了协议，将他们的手术外包到这里。托拉尔告诉我，医疗旅游只是一个开始，下一步将是医疗全球化，数以百万计、完全投保的美国患者将被接到曼谷、新加坡和印度的医院接受治疗。患者属于蓝十字蓝盾公司或联合健康集团，也可能与你同属一家保险公司。如果托拉尔得偿所愿，也许在康民医院下一个接受心脏、膝盖或脑手术的患者就是你。

鲁本·托拉尔是一个双重局外人。他是泰国一家医院里的外国人，又是医生、经营者或保险人。这或许能解释，他在描述自己为那些专业人员所设想的前景时，并未让人感受到那些专业人士常常带有的恐慌和愤怒。

托拉尔出生于北卡罗来纳州（师从卡萨达），他在咨询了杜克大学生活中心之后，开始从事与医疗相关的工作。20 年前他来到泰国成立了西方人“卫生与健康”退休村。这从侧面说明，他更愿意将健康看作一种生活方式。在他看来，健康并不是对抗死亡和疾病的全面战争。托拉尔的坦率和流畅的声音，使我想起一个叫乔治·克鲁尼的人，他解释了世界到底是如何运转的。在他心中，卫生保健未必是社会契约或普遍的权利，却是一种需要包装并合理定价的高品质产品：他承认患者都是精明的消费者，这点医生并没有想到。

在美国，每年的医疗开支已达到 2 万亿美元，其中大约一半来自私人，一半来自公共资金。这一令人咋舌的数字占到美国 GDP 的 16%，几乎是其他发达国家平均值的两倍，占全球医疗开支的一半以上。尽管医疗体制改革在尽量改善这一状况，但医疗开支仍在以几何级数增长，随着 8 000 万生育高峰期出生的人在未来 25 年内步入老年，花费数额仍会大幅上升（即所谓“银色海啸”）。单单这些人的医疗需求，就可以保证从波士顿到班加鲁鲁的每个医生，在半个世纪内都拥有富足的生活。更糟糕的是，这些老年人当中相当比例的人几乎支付不起医保范围外的开支。正如托拉尔所直言的那样：“上帝阻止年收入只有 5 万美元的人拥有四口之家，否则就会受到诅咒。”

一些经济学家支持我们这种极端的医疗开支，称其为以服务业为基础的后现代美国经济的中流砥柱。在他们看来，医院和一直以来支撑医生、管理者、保险公司的体系，将继续作为这个国家最大的工作岗位提供者（截至目前是 200 万个职位）。而现在，这种情况特别适用于美国的老工业区（中西部和东北部），以及其他制造业移民大量拥入的地区。唯有医疗和教育这两个行业能让克利夫兰这类城市在萧条时期保持经济正常运行。

令人发疯的是，惊人的成本已经阻碍了美国医疗体制的医保完全覆盖的尝试，并且损害了美国企业的国际竞争力，还导致数百万家庭破产。奥巴马总统曾说过：“对美国卫生财政威胁最大的不是社保体系，也不是在这次经济危机中拯救我国经济的投资问题。在很大程度上，是飞涨的医疗成本，这是威胁我国收支平衡的最大因素。并且医疗成本的上涨还在继续。”

在泰国康民医院，一次冠状动脉搭桥手术的费用为 15 500 美元，这其中包括支付给医生、护士、麻醉师的费用共 4 800 美元，手术费 5 000 美元，住院一周的食宿费用 850 美元。往返两地的机票费用另算，不过从美国飞到泰国的航班票价已降至1 000 美元。这样算来，与在自己国家（美国）做同样的手术花费的 5 万到 6 万美元相比，在这儿（泰国）的费用实在微不足道。那些病例的实际成本其实并不为人所知，患者对医生、医院和保险公司搞的一系列障眼法式的折扣、回扣、返利等伎俩知之甚少。

泰国康民医院和美国大众医院之间的约 3 万美元的差价比你预想的更让人费解。尽管泰国的人工便宜，不过，这些医生都是在美国培训、获得相关机构认证的正规医生，并不是乡村医生。造成差价的一个重要原因是，同样的设备在美国的批发价格达到五位数，而在亚洲只需花费 1/10 的费用。像美敦力公司这样的制造商在亚洲是通过打折和捆绑产品来扩大销售的。此外还有规模经济的因素。例如素有“心脏手术领域的亨利・福特[1]”之称的印度知名医生德维・谢蒂，他将心脏手术的费用降至令人难以置信的 2 000 美元。德维・谢蒂在班加鲁鲁的王牌医院的床位数量是美国医院平均水平的 6 倍，该医院的外科医生做心脏手术的次数是很多美国同行的两倍。可见，问题的关键并不是为什么外科手术在印度或泰国这么便宜，而是为什么外科手术的费用在美国那么高。

对于托拉尔这样的人，医疗产业的大规模发展将引发一系列的产业革新。他将这一前景称为“医疗界的丰田化”。就像日本汽车制造商丰田公司在与美国对手竞争的过程中，逐步从廉价走向高质，亚洲的外科手术发展也会走同样的道路。在托拉尔看来，医疗旅游正成为一种全球性医疗，国内的连锁医院可以通过多种方式，如并购、合作联营，或者整体卖给像康民医院这样的国外竞争者，共同为全球的患者建立一个航空网络，以此帮助患者跨洲挑选

〔1〕 亨利・福特是世界上第一个使用流水线大批量生产汽车的人，此处是指德维・谢蒂运用规模经济原理来经营医院。

质优价廉的医院。保险公司也将有机会大幅降低保费，并给投保者提供更多的选择。企业经营者也迫切想达成这一目标，他们会通过将省下的部分钱返给员工的方式，吸引员工参与进来。

托拉尔强调，以后我们都会习惯坐飞机去国外做手术，就像我们在比较了丰田凯美瑞和通用雪佛兰后，逐渐喜欢上前者一样。尽管全球化进程让我们的汽车城底特律备受煎熬，但不必太纠结于此，毕竟它给我们带来了更廉价、更安全的节能型汽车，还助力日本、韩国进入发达国家行列。托拉尔认为，全球化对于我们的卫生事业也会起到同样的作用（对于印度和泰国更是如此）。医药行业一直以来只受地区性经济因素驱动，很少跳出自己的小圈子去探索：我们这个行业如何实现全球化。托拉尔这么说的时候，我们看到翻译们正流利地用几十种语言为患者办理入院手续。托拉尔继续说道："我们现在所关注的还只是被赋予的权利，这是初级阶段，患者通过出国治病的实际行动来为我们投票。"

如果那些以营利为目的的美国重量级医院连锁系统，如 HCA（年收入 300 亿美元）、特尼特（年收入 90 亿美元）、南方保健公司（年收入 19 亿美元），能意识到医院可以像新加坡百汇集团或印度阿波罗连锁医院那样，在全球供应链上并不构成竞争，而是成为不同分支，就像曼谷市郊的汽车工厂一样，那么医疗全球化的发展过程将会提速。医疗中心将成为同一生产线上的不同节点：巴西和南非做整形手术，墨西哥和匈牙利负责牙科，哥斯达黎加两种都能做一点，东南亚国家负责心脏外科、器官移植和整形外科等。患者如需移植骨盆或心脏，他们的医生会首先送他们去海外，这和时下患者去做医疗旅行是一样的道理，整个流程安全性高、费用低、规模化。而这一道理普适于任何领域的全球化进程。

在曼谷的一个晚上，托拉尔带我出去吃饭时做出了这样的规划："你住的地方附近，将拥有基本保健网络和紧急救助中心，将来还会有海外外科中心，而最重要的是，我们拥有这些机构！"

他接着说，为了确保医疗的连续性，你永远不会离开这一医疗体系。告诉一个美国患者，他们要去海外的一家美国国有医院接受治疗，有什么能比这更好的呢？他们会发现，这样就具备了供应链整合优势，就像丰田创建准时制生产那样。我们将做同样的事，为患者提供准时服务。医院在通过该体系转移患者时，不会花多余的时间和金钱。医院把患者吸引过来，把他们送入这一全球平台，还要负责把患者接回来。现在的问题是，如何在保证质量、提高效率、保持价格不上涨的前提下快速、高效地实现这一切？就如卡萨达告诉我的，这是典型的制造业和物流业问题。

但在这种情况下，供应链的组成是人，而且可能还是重病患者。我们的全球医疗装配线的流程就像比尔·弗洛泽所经历的一样。我和他聊天时，他正因背部疾患在曼谷接受康复治疗。这是他第三次到康民医院，此前这里的医生为他做过心脏瓣膜修复手术。而这次他飞到这里是为了接受为时 14 小时的脊柱穿刺手术。他星期天到医院，星期一开刀，周二就在宾馆做术后检查了。他说："这就像一次含早餐的短期旅行，只不过中间穿插了一次手术而已，我先卧床休息几天，之后也许会去海滩休养几天，然后就飞回家了。"

弗洛泽对泰国并不陌生，因为冬季在落基山果园没有多少事情可做，他飞去泰国度假的次数多达 15 次。将手术外包给地球另一侧的国家，并没有表面上看起来那样充满异国情调，它其实只是一个地点的变化。每个小镇都有自己的医院，可以享受当地医生提供的上门服务，而我们既要考虑经济因素，又希望得到优质的治疗，所以我们选择去大城市的医院。那时人们会问，为什么要驱车几小时只为做一个手术？然而现在他们的问题更可能是，为什么人们愿意飞几小时去曼谷做手术呢？答案一如既往：因为看护更好，费用更低。托拉尔给我讲述了一个公立学校的食堂工人飞到曼谷治疗背部疾患的故事。他感叹道："她连护照都没有，天啊，也许她的生活圈子从没出过周边那两三个州，她说起这件事一直在笑，全部手术费加起来只有 7 000 美元，一年后她又回来做了子宫切除手术。万里之外的我们，就这样一下子成了她的医生，太难以置信了。"

更加令人难以置信的是，几乎一夜之间，美国就从最佳医疗旅行目的地变成了最大的"医疗难民"输出国。过去几十年间，美国的医院一直为全世界所钦羡，并始终向所有外来人员开放。"9·11"事件之后，国土安全部实行严格的签证政策，对某些国家的人来说，去美国几乎是不可能的。最明显的是，一年之间，美国作为中东人最大医疗旅行目的地的地位急转直下。而其间的受益者，正是印度、新加坡和泰国。医疗供应链几乎是在一瞬间改变流向的。

谁将在这一轮全球医疗整合中脱颖而出，目前还不清楚。不过，多家美国公司拥有在海外办医院的经验，随着一些顶级医学院，如哈佛大学和约翰·霍普金斯大学的医学院通过协议，在海外开设多家医院并进行相关教学，海外办院的势头更加强劲。哈佛在孟买、首尔、伊斯坦布尔、新疆和伊斯兰堡等地都有合作伙伴。哈佛大学国际医学院的顾问和前院长罗伯特·克罗恩说："在美国医疗体制下，医疗机构将不得不创造性地思考他们参与全球合作的方式，这一神奇的方式正等待人们去开创。"

猎手和猎物的角色还没有明确的定义，但是在托拉尔的规划中，赢家和输家将在随后几年中逐渐显现出来，这是毫无疑问的。最大的输家是美国的医生，特别是心脏外科和整形外科的医生。他们面临着自信心、社会地位和薪金方面的极大打击。突然之间，他们就会从手术室内的"摇滚明星"成为"光荣的装配线上的机械师"，要怪也只能怪他们自己。海外的患者回到家乡后，通常会极力夸赞泰国、印度的医生对他们无微不至的照顾。根据卡萨达所说的互通定律，患者在去诊所之前通常会先与医生通话或用电子邮件联系。(一旦有一个医生全程为你服务，美国医疗无敌的神话就不攻自破了。)

东西半球皆是如此，行业里最大的赢家，是具有前瞻性的医院和医院的所有者。他们坚持从太平洋这一侧削减巨额成本从而充分获利，同时在太平洋彼岸的重组中作为新的营利中心而获利。据麦肯锡估计，美国4 000万患者中20%将受惠于越洋医疗，这种潜在的流失（或者说节省，这取决于你的立场）每年高达1 900亿美元，超过了新加坡全年的GDP。这对于在美国工作的外籍医生非常有利，最终他们会选择离开美国回到自己的祖国，以世界级的医疗水平为患者提供服务，从而吸引患者主动前来。

当然，托拉尔整个发展规划的前提是保险公司愿意承保。他们一定会愿意的。联合健康保险集团的全球分支——联合健康国际公司的首席执行官奥利·卡雷夫告诉我："一旦保险公司意识到这么做的好处，你会看到大公司争先恐后制定政策，保证投保人能在海外接受治疗，我想你会发现我们中的大多数人都在探讨这个问题。当天我们就能达成共识。"

但是，即使保险公司愿意削减成本，增加更多的选择，同时医院也会举双手赞成，因为他们也能得到好处，可现在的问题是：患者愿意吗？

如今，在提供更好的医疗服务方面，泰国和印度的医生完全可以与他们的西方同行分庭抗礼。这听起来似乎让人不舒服，但是事实比你认为的更糟：在美国的医院，每年死于可以避免的医疗事故的人数就超过 10 万，这一数字超过了死于艾滋病、乳腺癌和车祸的人数总和。而在曼谷医院，一个成立仅 5 年的心脏病诊所（实际上是独资医院），每年治疗了约 1.5 万门诊患者，在那里干细胞疗法已成为心脏移植手术的替代疗法，主要用于治疗严重的心脏病。

在充满艺术气息的办公室里，这家诊所的理事基德·阿罗姆博士跟我说："多数患者的病史已经很长了，患者到这儿的时候，都感觉对自己的病症无能为力。他们要么等待器官移植，要么等死。"在接受了把干细胞注入心肌组织的治疗之后，很多患者迅速康复，甚至自己就能离开诊所了。但这种治疗手段在美国还存在很大争议，不允许实施。据阿罗姆的观察，这家诊所已淘汰了开放式的心脏手术，转而采用新型微创、最小侵入性介入医疗手段。罗伯特·克罗恩在观摩完班加鲁鲁的这种手术流程之后，兴奋地表示："这里接受治疗的患者疾病复发率极低，而且几天就可以出院。这项技术革新是由获得美国有关机构认证、训练有素的外科医生，在这种压力较小的环境下完成的。正是这项革新为提供高于现今美国的医疗服务水平创造了可能性。"阿罗姆说得更加明确："这取决于人们的意愿。"

患者会支持这一观点，并同意飞往国外治疗吗？一种看法认为，应向患者公开治疗的真实成本，并主动将成本结余让利于患者。例如，在美国，人造膝盖置换手术的成本是 45 000 美元，如果没有保险，费用会更高。而在海外手术的费用折扣极大，因此不难理解，这些患者会最先出国让泰国医生为他们安装（膝盖）。当然保险公司不用大棒政策反对患者出国，而是用胡萝卜政策强化患者在本国就医的行为。

联合钢铁工会曾将这一问题诉诸美国国会，并给每名会员发了一封信，声称："我们有在自己国家获得安全、可靠、有保障的医疗的权利，并且没有任何理由被剥夺，尤其不能为了增加公司投资者的利润额而迫使我们放弃权利。"美国劳工联合会网站的一篇文章标题这样写道："公司老板先是把你的工作转给了外国。猜猜看？下一个被送走的就是你。"

联合钢铁的约翰逊董事用老式的拖长音，在电话中清晰地高声表达："送人们出国治疗这一方案带来的问题是：谁会去？这是自愿的吗？有时候未必吧？你会决定把自己从没离开过家 80 千米的 80 岁奶奶送到印度吗？你会让她坐飞机、轮船去一家听不懂她说话、不理解她的文化，且条件不确定的医院吗？"

我问过约翰逊，像托拉尔这样的人是否夸大了医疗旅游的效果，或者仅仅是在欺骗大众，他表示医疗旅游离正规化还有很长一段路要走。约翰逊答道："下面有两个原因，也许其中之一就能解释清楚这一问题。很明显，有些人仅从赚钱的角度看待一个重要机遇。而另一些人则认为单靠竞争就能完善制度。但我可以确定无疑地说，他们的视野都不够开阔。"

托拉尔则感觉这种思想中有别的东西在起作用。几个月前他似乎预见性地驳斥了约翰逊的观点。他声称："这是保护主义和诽谤。"如果你改变医疗模式，人们就会被调动起来。有人会问，你会让中国医生为你手术吗？你需要印度医生为你手术吗？你能够相信这些人吗？当然相信，这些医生在你们的学校学习，并且掌握你们的语言，他们原本就有自己的医学体系。现在，他们又掌握了和你一样的技术。

托拉尔讽刺地说："他们会说，'这是服务外包，你们正努力把患者赶走'。赶走患者的不是我们，而是美国的医疗体制。我的产品像 5 年甚至 10 年以前一样好，唯一改变的是你们。高额医疗费让患者囊中羞涩，望而却步。此外还有 4 700 万人没有医保。是你们制造了这一数字！"有一次，在曼谷的晚餐期间，托拉尔激动地宣称，在美国和曼谷或者新加坡之间已建起一条患者渠道，这可以解决困扰医疗业的最棘手的费用问题，这里是将手术费、住院费和管理费合并计算的。他说："在那儿，你可以节省总花费的 40%，美国医疗业面临的压力顷刻间就会灰飞烟灭，因为国外已经解决了最头疼的问题。"

以医疗服务数量增长、质量上升、成本下降的标准来衡量，真正有意义的改变真的能靠自由市场解决吗？托拉尔坚持的观点是对的：14 小时的飞行、印度医生、不知怎么读的医院名字，实际都是为了转移注意力而使用的托词。问题的关键是，这种方法是真的最终解决了我们的医疗体制问题，还是只是简单地将我们的体制弊端延伸到地球另一侧的国家。约翰逊的观点也是正确的：近代医疗体制改革的最大特点，就是患者选择权的制度完善，然而这一改革最终僵化为残酷的现状。约翰逊简单地说："在此之前，就有 1 美元医疗费这种事，然后是 HMO 医保计划的'奇迹'，但这种'奇迹'很快就不是自愿的了。接下来就是 PPO 医保计划一类的东西出台，还有医疗机构想出的其他新花招。"试问，关于现金回馈的承诺就这样消失，并被潜在的威胁取代了吗？我们的选择权也一并就这样消失了吗？

很难想象保险商最终会想出其他什么办法，让我们选择去曼谷就诊或者在国内自己负担医疗费。值得注意的是，他们的说法是"相信我们"。

现在患者有了选择，他们选择离开。在国内治疗的昂贵花费，可能就是他们飞往海外的原因，但是这不能解释为什么他们最终去了曼谷和印度。人们首先需要了解康民、阿波罗或者百汇这些外国医院的信息，之后才能把它们当成国内高昂医疗费用的"减压阀"。在这些医疗集团登上《时事 60 分》之前，人们是怎么想到这些医院的呢？

印度最大的医疗机构富通医院的首席执行官维沙尔·贝利回答了这个问题。在拉斯韦加斯举行的医疗旅游大会上，我碰到了他，他对已经发生的潜在变化侃侃而谈："这全归结于卡萨达的理论。整个现象根本上说始于连通性，包括虚拟的和实体的，虚拟的连通是网络。患者是网上的消费者。他们不只是全球医疗保健现象的一部分，也是基于消费本身的一种现象。当人们在网上使用易趣，购买 iPod、电脑、衬衫和鞋子的时候，他们只是将其虚拟愿望转化为实体。他们也希望获得服务。全球范围内，人们通过网络预订旅馆房间、预订机票，现在他们通过网络寻求医疗服务。他们就是这样找到我们的。"

另一个因素是最近几年才提到的空中连通性，是通过坐飞机旅行实现的。通过航空，国家间的连通方式已经发生了巨大改变。在过去的几年里，尽管油价上涨，坐飞机旅行以及这种连通的实际成本却有所下降，这一趋势是由印度国内和全世界航空公司间日益激烈的竞争造成的。距离的缩短，不是因为有更多的飞机或更多的座位，而是因为价格的降低，这也是为什么越来越多的人愿意到其他的国家去接受医疗服务，因为旅行的实际成本已经下降了。

贝利说："这种现象不仅发生在印度，其实它是全球性的。有时供应确实能创造需求。从1家航空公司发展到10家，由此产生的巨大竞争使人们不仅能买到更低廉的国内机票，也能买到国际机票。如果我们看一下10年前从印度到美国的机票价格，然后再看一下相同路线现在的机票价格，就会发现票价已下降了25%到30%。印度医疗旅游发展的主要原因就是坐飞机旅行变得更便宜，并且更普遍了。这是由于印度和中国的中产阶级数量不断增长，加之亚洲快速的工业化进程。从全球角度看，许多人正在穿越世界，世界文化日趋融合，距离在真正缩短。"

这一切都始自印度外包服务的兴起。10多年前，麦肯锡预计，到2010年，印度的外包业务会成长为资产500亿美元的产业。这与真实的数据很接近，实际达到了470亿美元。这一数字还将不断刷新，麦肯锡预计再过10年，数字将增加不止2倍，达到1 750亿美元。卡萨达的理论告诉我们，印度和美国之间数据流通的巨浪，最终会带来航空领域的同步上升。因接受医疗救治而去过富通医院的商务旅行者，提供了重要的口碑信息。贝利总结道："所以首先是虚拟连通，接着是航空连通，最后是私人连通，我们两个国家之间的这类连通刺激了全球性的医疗旅游业。"

贝利说，在2009年，富通医院吸引了来自国外的9 000多名患者。其中超过半数是美国人，大多数患者聚集在孟买和班加鲁鲁两个城市。选择孟买是因为它是大城市，去班加鲁鲁则因为它是印度全球连通性最好的城市。在他看来，真正的机会来自那些巴基斯坦、阿富汗、孟加拉国、斯里兰卡和非洲的患者，因为对于这些地区的人来说，为了医护服务而来到印度并不是必要的选择。这更多的是一种不得不做的事情，因为他们没有更好的医护服务。或者可以说，他们与印度最好医院的连通性比与他们自己国家的医院更好。风险在于其他人会以低廉的费用和直达航班（更好的连通性）把他们吸引走。

因此刚开始引领产业发展的时候，短期工程肯定是不行的。

航空业的圣城

鲁本·托拉尔在成为康民医院的市场部经理后不久，有一次飞到印度开会。在新德里吃早饭的时候，他遇到了一个多年不见的朋友。他的朋友有一个心存已久的打算：忘掉曼谷，忘掉新德里，甚至忘掉城市。如果你想为旅客开一家医院，他说，为什么不把医院直接开在机场呢？对了，就叫健康之港。这个想法把托拉尔都震住了，之后他告诉我说这才是真正的及时医疗。他朋友的心中已经有了理想的机场——海得拉巴市郊的新拉吉夫·甘地国际机场，这里是印度继班加鲁鲁之后的第二个硅谷。这个机场是根据卡萨达“海得拉巴航空大都市”的方案设计的，这是印度10年里的第一个绿色机场，也是印度少数几个拥有国际航线的机场之一。

朋友告诉他说，这个项目我们已经研究了一段时间（这里的“我们”是指GMR集团，印度最大的基建集团之一），却不知道怎么去做，你感兴趣吗？“当然！”托拉尔回答，但他还没去过这个机场。他的建议很简单，就是把机场建得更好。他说：“这是因为对印度最大的抱怨主要是机场经常出问题。”

几个月后，他亲眼看到了这个机场，当时印度已正式确立这个项目为航空大都市。托拉尔评价说：“这地方比以前好了千万倍，但是这里的地面还是未经装饰的石板，几千公顷的地方有待开发。”GMR集团还没有回复他，但是他想知道GMR是否清楚他们的发展方向。“他们想的是‘这是我们的机场，我们拥有这里的所有土地，我们正考虑在这儿建城市’。没错，他们正在建航空大都市，但是他们还没有想清楚具体该如何去做这件事。”

GMR实际的业务是基础设施建设，航空大都市仅仅是它最新的业务而已。这家公司主要建设与天然气、煤、水能有关的能源工厂，铺设道路，修建机场。公司的口号是“为印度做好准备”，也就是说，准备处理他们的总部经营者和办公室精英们没摆平的任何地方。印度在过去10年间始终以9%的速度迅猛增长。

如果没有 GMR 的贡献，这个速度是不可能达到并且持续保持的。这个公司以它的创办者 G. M. Rao 的名字命名。此人是个“自负”的家伙，白手起家，靠卖麻布赚到人生第一桶金。他是印度航空大都市之父，走进位于海得拉巴市郊的航空大都市雏形，就仿佛进入了他打算建设的现代印度的展厅。

在市中心通往机场的路上，你会看到各式交通工具：小汽车、公交车、出租车，以及喷着柴油黑烟、晃晃悠悠的助力三轮车。车在街道穿行时，你会看到破旧的商店，像遭了轰炸似的破烂街区，到处是山羊、公鸡和无家可归的人们。还要钻过建了一半、未加装饰的过街天桥，印度差不多一半的公共建筑项目都是这个样子，全部建好要等到下辈子。

进入机场区域后，一切都变了。汽车沿着平坦、开阔的柏油路快速行驶，旁边有一个巨大的停车场，有 3 500 个停车位，两边的棕榈树郁郁葱葱。玻璃装饰的航站楼和顶棚堪比西方任何地方的机场，带给人舒适的感觉，这也正是 Rao 的本意。如果他做旅行团的导游，他将不遗余力地告诉大家，这儿的园艺是香港设计的，灭火装置是从澳大利亚引进的，饮水机是美国制造的，而员工都是在雅典和新加坡接受过训练的。他的自豪有目共睹，这个飞机场就像他自己的孩子，是 GMR 集团王冠上的宝石。这还不仅仅是对出色完成工作感到满意。他拥有这里，拥有这里的一切，从大理石和柚木建成的航站楼到火炬形状的塔台，以及旁边正在建设的几千公顷内设学校、购物中心、酒店、医院的航空大都市。这里的医院也有像鲁本·托拉尔这样的人。

“我想把海得拉巴建成航空业的圣城。”Rao 信誓旦旦地告诉记者，接下来他还要建 100 个类似的航空大都市，因为印度有这方面的需要。海得拉巴先进的航空基础设施反衬着这个城市无数条颠簸、怨声载道、令人抓狂的车道。在 1948 年规划、现今已拥挤不堪的街道上，所有车辆挤来挤去，穿行在这个 50 万人的穷乡僻壤。该市人口从 1948 年到现在已增长了 20 倍，直到经济危机出现，印度航空业一直增长得很快。在这方面，印度人从起跑姿势一下子达到了冲刺速度，没有人能占领由这些充满激情的印度人把持的天空。

直到 1993 年，法律才允许私人航空公司在这里运营，印度的天空在国家经济改革的大潮中开启了一丝缝隙。同年，印度捷特航空在此落户，尽管首次飞行就落错机场，但该公司在短期内就超过了国有的印度航空公司，一跃成为该国最大的国内航空公司。但印度还没有成功吸引来美国西南航空或捷蓝航空这样的公司，直到10年后，德干航空公司开始为内陆地区提供服务。在印度地位相当于西南航空那个叼着雪茄的赫伯克·勒赫的纳思机长——熟悉的人都叫他“Gopi”——对一次飞行中看到的小泥屋上冒出的电视天线印象深刻，这是中产阶层的最初标志。

亨利·福特曾宣称“要让每个美国人都能买得起汽车”。受此启发，这个机长想成立一家低成本航空公司，保证每个印度人一生至少可以坐一次飞机。印度有11亿国民，这其中哪怕只有1%的人乘坐飞机，航空公司就有足够的发展空间。同时，中产阶层，定义为全部人口的5%，约5 000万人，到2025年预计将增加11倍，达到约6亿人。普通家庭的收入同期也将增加两倍，而旅游支出占总支出的百分比也将从1995年的5%上升到10年后的11%。印度人比以往任何时候都拥有更多的可支配收入，他们花在飞行上的费用将越来越多。

印度新的移民模式对国家机场的磨损，与现代海得拉巴的交通对城市独立街道的磨损并非完全不同。德里英迪拉·甘地国际机场定位为印度的第一门户，4年前其旅客吞吐量为2 000万人次，预计到2020年，机场的旅客吞吐量将升至6 300万人次，到2036年升至1.12亿人次。令人吃惊的是，这里看起来已经破破烂烂了。孟买机场的规划更糟，1/3的土地拥有者对机场进行了过度开发。飞机准备在贾特拉帕蒂·希瓦吉国际机场着陆时，竟然神奇地飞过了电影《贫民窟的百万富翁》中的那个贫民窟。

当德干航空公司创始人纳思和印度的SpiceJet、Kingfisher、GoAir、IndiGo等航空公司的效仿者为争夺旅客发起低价混战时，整个印度航空体系近乎崩溃。在从繁盛到连续下跌的危机中，印度储备银行报告说，抑制印度经济的重要因素——基础设施的瓶颈效应已经开始显现。这并不仅仅局限于机场建设。印度全国年度基础设施的开支占GDP的比例在2003年降至最低，仅3.5%，210亿美元。在喜马拉雅山脉的另一侧，中国正在铺设8万千米双向8车道的公路，他们还要再建100个机场，每隔几个月，城市规模就会多出一个达拉斯，这些建设的投资每年达到1 500亿美元，占GDP的10.6%。

印度粗暴的民主是混乱的。总理曼莫汉·辛格（20 世纪 90 年代印度经济转型时期的总设计师）已将基础设施建设列为首要任务，升级机场、铁路就需要 550 亿美元。但其领导的政府又承诺削减国家财政赤字，为个别邦的预算超支买单，还要保留公众的汽油补贴，所以这笔钱从哪儿出还不清楚。

这时，Rao 加入进来了。他不属于次大陆的富二代——塔塔、米塔尔、安巴尼家族中的大多数年轻人都接受过英语教育，或是忙于增加已经相当可观的家族财富，或是忙于争夺家族财富。比起他们，Rao 更像他们的父辈或是祖父辈，如 J. R. D. 塔塔先生（塔塔集团的创始人）。塔塔集团在钢铁、茶叶与汽车等领域都有所涉猎，并且自主研发生产了价值 2 300 美元的、以塔塔先生自己名字命名的 T 型车“微型车之王”，塔塔先生还成立了印度第一家航空公司，并于 1932 年亲自完成卡拉奇与孟买之间的首飞。后来，该航空公司更名为印度航空公司，公司发展突飞猛进，于 1953 年被收归国有。

Rao 是一个传统型的投机者，善于经营。他从粗麻布行业攫取第一桶金后，又转战到其他行业，包括米业、啤酒业和银行业。当他听到禁酒令的风声后，立即从酿酒行业撤出，转而将资金投入到刚刚私有化的发电站。Rao 希望有机会真正地改造国家，为此他将全部股权变现，然后投资到了基础设施领域。

2001 年，Rao 进军机场业的机会到来了。海得拉巴市以公私合营的方式对一家新机场的建设权、运营权及所有权进行招标，Rao 成为中标者之一。市政府保留少数股权，中标者则掌控剩余的全部股权。GMR 和它的合作伙伴们信守诺言，斥资 5.6 亿美元投入建设，铺设了一条连接外环路和公路的高架快速路，并准备铺设一条保证单程时间在 25 分钟以内、全长 40 千米的通往市区的铁路。更重要的是，这些工程于 2008 年春季完工，比海得拉巴市预期完工时间提前了几个月，彻底打败了班加鲁鲁。当时班加鲁鲁市的做法成为一个活生生的案例，告诫人们绝对不要按照他们的模式建设机场，否则可能花费整整 17 年的时间，工程仍停留在制图阶段。

绝望之中为求转机，比海得拉巴市提前 3 年，班加鲁鲁市政府实现了机场的私有化，但是由于官僚政治混乱，工程依然停滞不前。终于到动工之时，机场建设方面的问题又层出不穷。

虽然当地人拿旧机场与灰狗长途公共汽车（一种便宜的长途交通工具）站相比较（显然，大家对旧机场颇为不满），但至少旧机场还有一个优势，那就是毗邻市中心，与“电子城”以及印度从事外包业务的巨头们所在的封闭式社区相距不远。然而新建的班加鲁鲁国际机场远离市区，与那些封闭社区的前门相隔 64 千米。如果能够建成一条新的快速路覆盖该段路程，这些倒也构不成问题。但是国家公路局拒绝为这段路程建设快速路。32 家部门之间的诉讼和冲突此起彼伏。如将已有的公路拓宽，则需要数年时间。在你读到这本书时，很有可能工程还没有竣工。最终决定建设一条高速铁路，目前工程还在进行中。

就在班加鲁鲁新机场准备开始运营之时，一直以来都支持它的高科技公司的主管人员，也开始请求政府官员推迟旧机场的停运时间。他们惊愕地获知，班加鲁鲁新机场的所有者们，想用一个投资还不到 5 亿美元的新机场取代老机场。正如预期，新机场运营的第一天，交通状况如同一场灾难。整个交通路线嘈杂混乱，让人精疲力竭，并且如海得拉巴机场沿线一样脏乱，从“电子城”到机场整整花了 3 小时。“超过了绝大多数笔记本电脑电池的待机时间。”一名忧心忡忡的记者这样形容。从本市到海得拉巴市或金奈市的日间飞行，最多用时 45 分钟，却要提前五六个小时出来以应付交通高峰，这个时间乘以 2，都足够飞到伦敦了。那些主管人员对如此糟糕的交通状况感到恐惧，因此开始寻找理由待在家里不出门。

Wipro 和 Infosys 相当于印度本土的 IBM 和微软，每个月都新增 1 000 多名工程师，《经济学人》发表评论说，这座城市“惊讶于自己的成功”。然而新机场这次惨痛的经历则否定了这一评论。Infosys 公司的尼乐卡先生试图化解矛盾，声称“我们公司的主体在印度，但总部在纽约或者其他地方”。尼乐卡先生曾经对托马斯·弗里德曼说，随着班加鲁鲁中产阶层队伍的不断壮大，组织结构呈“扁平化”，“竞争环境正在趋于公平”。但是，弗里德曼由于沉浸于高尔夫球场或紧盯着视频会议的屏幕，错过了或者有意忽略了一组截然不同的画面，即私营公交车队载着工人们行驶在崎岖不平的道路上，驶向他们居住的如鸽子笼般的小房间，居住地的地下室里传出柴油发电机的嗡嗡声，一旦停电（这是经常发生的事）发电机就开始供电。

尼乐卡先生曾经因为重建基础设施所需要的资金和权限问题，与市政府的人员发生冲突，而现在他已不再致力于改善这座城市糟糕的现状了。他输给了一个省长，这个省长摒弃了前任省长实行的“城市优先”原则，倾向于农民的利益，他拒绝续写国家经济高速发展的神话。

建设班加鲁鲁新机场是冲突出现以后，印度 IT 行业亿万富翁做出的最大让步，现在他们必须爬进直升机后座，才能穿越这座城市。

班加鲁鲁新机场运营之后不久，新机场的基地航空公司所有者纳思开始使用直升机往返于新旧机场之间，尽管单程飞行时间仅 10 分钟，每个座位却卖到了 100 美元。我今天还算幸运的，抢到了一个座位。对于尼乐卡先生及其同事来说，班加鲁鲁几乎成为一个抽象概念，一个移动的点，仅供人们从数百米的高空进行研究。“班加鲁鲁的衰败速度也是独一无二的。”《经济学人》指出，甚至在新机场开始建设前，就已经开始衰败了，当然这也为后来的复苏留下了回旋余地。离港窗口可能已经关闭，“如今当地人都在议论，中国的那些效仿班加鲁鲁的中小城市，规划并建设出更好的机场只是时间问题。”一个记者如此写道。那些沮丧的拥护者还是对本国的发展持以观望态度。

在海得拉巴机场和班加鲁鲁机场拍卖若干年之后，直到 2004 年，印度才开始天空开放。2004 年春天，曼莫汉・辛格总理任命普拉富尔・帕特尔为印度民航部部长。帕特尔已经追随政府多年，一直等待着委员会的召唤。与此同时，他还是烟草业的显要人物，掌控香烟和印度首家尼古丁口香糖（一种实际上让人产生吸烟需求的食品）的售卖。帕特尔决定以相似的路线领导印度民航部。他要“以商业化经营方式开展业务”。他接管工作后的数日内，便正式批准低价出售德里和孟买的机场，以便有资金进行扩建。随后他又宣布了出售另外 15 家机场的计划。几个月之后，帕特尔为印度航空公司和印度人航空公司订购了 10 年来的首批新飞机（2007 年他又将这两家公司合并），并与美国和英国签署了“开放天空”协议。

Rao 抓住了这次机会，成功击败了阿尼尔・阿姆巴尼（亿万富豪阿姆巴尼兄弟中的一员）以及多个跨国公司，将德里机场纳入其投资范围。这里存在一个问题：虽然机场周边绝大多数地方已经没有贫民窟了，但是由于 95%

的区域是禁止涉足的，因此仅有 1 平方千米土地可供开发。为了收回自己数十亿美元的资金投入，Rao 需要将一些利润可观、极富诱惑力的东西卖给那些充满幻想、乐观的开发商。因此他宣布："我们将要把机场打造成一座城市，一个航空大都市。"

大喜过望的官僚们将这句话理解为 Rao 意欲打造另一个巴黎。其中一个官僚向媒体鼓吹，（这个机场内）"长长的街道两侧商场林立，出售各式各样的商品，从奶酪到开襟羊毛衫；咖啡网吧、医药护理中心、酒店、书店、安静的休息室、娱乐中心、行李托运柜台，一应俱全。"而实际规划并没有那么丰富多彩，只有数十万平方米的办公区域、公寓大楼、商务酒店、公寓式酒店，以及一条步行街。这就是 Rao 的一贯作风。富有创新性的"数学家"调侃说，这样一来，这个原来肮脏的航空大都市，在开放市场上的价值就远超过了 Rao 和他的合伙人对机场的投入。有了这件法宝，他们可以不花一分钱重建机场。

紧接着，在海得拉巴市也出现了一个航空大都市。这个航空大都市是按照卡萨达的设计建造的，在各个方面都进行了完善，包括信息中心，更多的酒店、商场、会议厅，还有一个保税区，对任何有兴趣拖着大包小包进入的人开放。Rao 和 GMR 有权建造他们喜欢的东西。截至目前，他们明确表示为 Wipro 和 Infosys 留出了 4 平方千米的土地，以备尼乐卡先生有朝一日放弃班加鲁鲁。

就在"航空大都市"这一名词问世的几个月前，卡萨达就被 Rao 亲自召回德里。毫无疑问，就如何建成航空大都市这一问题，Rao 急于想听听他的意见。在帕特尔以及印度民航部诸位部长和负责人面前，卡萨达进行了极为详尽的演说。在场的每个人都收到了卡萨达的幻灯片演示稿，看起来就像失传已久的吠陀经[1]。"航空大都市"这个词语于 2007 年春季被收录到（印度）国家词典，并且在短短几个月的时间里，更多的城市，如孟买、加尔各答以及 10 多个小城市，提出了打造"航空大都市"的计划。虽然实际数目接近 500 个，但帕特尔的理想是建成 1 000 个航空大都市。这也是 10 年后印度所需

[1] 印度最古老的宗教文献和文学作品的总称，在此形容卡萨达的幻灯片演示稿特别长，内容非常详细。

的机场数量，相当于现在全国机场数量的5倍。(与之形成对比的是，美国拥有5 000个大大小小、各式各样的机场。)

帕特尔预想在接下来的5年时间里增加50个航空大都市，包括在孟买再建一个，在金奈、果阿和浦那等城市都要建设航空大都市。其中一些将成为“商业型机场”，由私人所有并运营，完全按照航空大都市的构思进行设计。其中一个机场被命名为昌迪加尔机场。昌迪加尔是印度首个实行总体规划的城市，是20世纪50年代由勒·柯布西耶[1]亲自设计的宜居城市样板。另一些机场则被打造成“货运村”，这种孟菲斯风格的枢纽将为这个面积与西欧一样大、人口却比西欧多1.5倍的国家提供服务。首个货运村型机场将建在那格浦尔，国家的正中心。20世纪40年代，印度邮局曾在那里建立了一个“隔夜达”航空邮件中心，30年之后，联邦快递才开始起飞。

对于“谁会为机场建设掏钱”这个老生常谈的问题，帕特尔有一个简单明了的答案：Rao。不只是他一个人，还有成百上千个像他一样的权势人物愿意为此掏钱。帕特尔告诉他那些挤满教室的商学院学生，印度机场发展迅猛，能从叫嚷着希望有机会买进它的私人投资者手里收到1 500亿美元。他说：“这将是印度一个朝阳般充满生机的行业，就像IT行业和电信行业一样，它将重新定义国家的发展结构。”指望他们从零开始重建印度，现实吗？Rao指出：“我认为政府的这个问题并非多此一问，虽然公众具备这种技术方面的能力，但是并没有从速度上体现出来。我们正在加快速度。与此同时，我们还拥有世界上最先进的技术、最好的金融资产重整能力，以及最优秀的人才。”

不仅帕特尔相信Rao，政府部门也相信他，这使得政府部门在着手建设航空大都市时过于仓促，出现了一系列的问题，这又导致建设停滞不前。期望过高乃至失控，以至于在印度新闻媒体的社论上，卡萨达呼吁每个人都要冷静下来，毕竟不是所有城市都能像孟买或德里一样。他写道：“努力让大众的期待变得有保障，最基本的一点是，航空大都市不只是一个机场梦，不仅仅是把机场建起来人们就会来。成功要靠市场现实以及出色的航空服务。”但是

---

[1] 20世纪最著名的建筑大师、城市规划家和作家，被誉为“现代建筑的旗手”。原籍瑞士，长期居住在法国。

他的《梦想之地》在疯狂的民众中失去了指导意义。

2010年7月，在德里新机场3号航站楼的启用仪式上，帕特尔和Rao引领曼莫汉·辛格和印度国民大会党主席索尼娅·甘地以个人身份参观了仅用3年时间即建成的宏伟建筑，其用时之短堪称世界之最。对于这个新航站楼，甘地惊叹道："我们不仅有能力超越过往的一切，而且还能与世界最高水平一决高下。"印度民航业，从20世纪90年代的两家航空公司与100架飞机发展壮大到如今的10家航空公司与400多架飞机，辛格在提到此时，也同样深有感触。只有帕特尔的情绪没有那么高涨，他正在考虑为孟买再建一个机场。此前一天，他还公开谴责印度环境部门为了保护一片红树林而阻止工程的行为。他在印度电视节目中愤怒地说："我们不能过分纠缠于环境问题，我们不能将一片已经退化、只有20到40公顷的树林的重要性置于一个庞大的基础设施建设之上。"

美国40年的航空公司发展经验压缩成四点，分别是发展、爆发、拼命压缩成本、适度回归盈利，帕特尔应该更关注一下印度航空公司的现状。座位过剩和高油价的冲突，再加上经济危机，导致乘客的数量锐减。2009年，尽管印度国际航空公司只运载了全部旅客的2%，但是在整个民航业90亿美元的亏损中，该公司占据了近1/4。就在帕特尔和辛格准备彻底调查机构臃肿的印度航空公司时，承运人又采用遮遮掩掩、推脱逃避的策略。好在不久之后，不景气的日子结束了，航空业的机会又来了。世界银行预测，印度的经济在2010年以及未来的3年均会保持8%的增长。印度各航空公司的发展势头将比以往更强劲，保持两位数的高速增长。印度获得了一次喘息的机会，又可以发展它的航空大都市了。

Rao为公司设定的蓝图是："现在是我们的时代，是印度的时代。""将来我们不会再有这样的机会。一旦错失，将再也不会到来。"

The Aerotropolis Emirates

9 阿联酋航空大都市

迪拜拥有世界上第一座航空大都市，整座城市与航空公司和机场之间都有着紧密的联系。迪拜航空大都市的目标从来都不仅仅局限于 9 100 米之内，而是有着更为长远的期许。当迪拜为这个愿景努力的时候，阿布扎比、多哈以及其他地区都在着手建设自己的航空大都市，形成竞争之势。

“我们是这个国家发展的支柱”

7月的迪拜十分炎热。购物商场的广告几乎都在炒作它们的滑雪道和水族馆等设施，从而吸引消费者。这些设施绝对是夏天的必需品，堪称现代版的绿洲，只是这些绿洲在数日后全都会蒸发得一干二净。夜幕下，附近灯火辉煌。19万平方米的区域都在使用空调，简直近在咫尺，但我却在阿尔巴迪亚漆黑的小巷里迷失了方向，徘徊在死胡同里。样式统一的“别墅”，在道路两旁整齐地排列着，能容纳两辆汽车的车库面朝街道。迪拜的精英们就居住在这里。

当时我正寻找着阿塞姆和缇娜·哈姆扎夫妇。他们是黎巴嫩侨民，在最后一轮风波开始之前离开了贝鲁特。当我终于找到他们家的时候，缇娜目瞪口呆地问我：“你是走来的?”她又脱口而出道：“在迪拜是没有人步行的!”这也难怪我会汗流浃背！当我稍微恢复点精神，她丈夫给我倒了杯啤酒，可以说这是我在一周沙漠生活滴酒未沾之后（迪拜异常干燥）喝过的最可口的东西了。

阿塞姆是一位巧克力师。6年前他开始创业，并把迪拜作为自己公司的运营基地。他从比利时买了一些机械，建了一个小型加工厂。现在，为了制作精美的甜品，他每天都要从各地空运来可可豆、焦糖以及夹心用稀奶油等原材料。不久以后，他和他的厨师们会通过阿联酋航空将数吨的牛奶巧克力送往沙特阿拉伯和科威特的客户手中。他的目标是将其品牌打造成波斯湾的戈代瓦[1]。

谈到迪拜政府给自己提供的帮助，阿塞姆依然满怀感激。三天之内，政府公务员就处理好了他所需要的文件，既没索贿，也没有问任何多余的问题。一个星期之后，他的工厂就被“空运”了过来。在他的起居室里，阿塞姆说

---

〔1〕 戈代瓦（Godiva）是一家世界闻名的巧克力公司。

道："他们把我视为投资者，而不是逃难的难民。他们希望我留下来，虽然成本越来越高了，但是这个地方的交易总量、营业额和规模都很大，只要你努力工作，你就能得到你想要的。"在之前的4年里，阿塞姆的公司销售量翻了三番。

缇娜插话说："起初，我说我想把工厂建在黎巴嫩。因为在那里我们认识很多人，这对于我们做某些事情会更容易些。但是阿塞姆说'不，要建在迪拜'，现在看来，这太有先见之明了。"在黎巴嫩真主党火箭弹袭击事件和以色列的再次入侵之后，他们远在家乡的朋友更为支持他们的决定。在迪拜，黎巴嫩人比本地人还多，占到了阿联酋150万人口中的1/10。

第二天吃早餐时，马文·比比说："我们是这个国家发展的支柱。"他是哈姆扎夫妇的邻居，在迪拜断断续续地生活了30多年。他又解释道："因为战争，我们必须离开黎巴嫩。当1975年我第一次来到这里时，我只能步行穿越沙漠才能到家。即使在这样恶劣的环境下，迪拜仍有一个优势，即处在大陆间的交会地带，长期以来一直被视为贸易中心和供旅客休憩的地方。这里是连接印度、非洲以及伊朗的一个十字路口。迪拜的优势可以概括为简单快捷、交通发达、灵活方便。正因为此，在这里很容易赚到钱，还无须缴纳税款。"

最初，马文·比比是百事可乐公司在这个地区的核心成员。但他现在是一个自由代理人，实际上就是一个不折不扣的商人，从澳大利亚空运来药品和乳酪，然后再运送到波斯湾周边国家和地区进行销售。马文·比比说："在阿拉伯世界中，迪拜总是独树一帜的。这是因为，在这里聚集了许多受过良好教育的精英，他们都来自周边国家和地区，并有着相同的期许，渴望通过迪拜这个十字路口找到新的发展契机。"他还说："这里为跨国公司的建立提供了专项支持，同时这种支持又可以反过来支持创立新的公司。"马文·比比的父母都是难民，他的父亲是巴勒斯坦人，从生到死一直都在异国他乡。而马文·比比的女儿却上了哈佛大学，现在就职于谷歌公司。"我可以生活在任何地方。"他自豪地说。在这条贸易路线上经历了数年的打拼之后，他已经在各地拥有了许多房产，可以支撑整个家业。但是他还说，迪拜所给予他的不单单是这些，还包括到达其他任何地方的一种方式，即通过迪拜这个枢纽，可以让他去阿拉伯国家推销货物、去澳大利亚度假、去加利福尼亚看望孙子。

哈姆扎夫妇短期之内是不会离开的。当我和他们告别时，缇娜说："在这里，我们已经有了自己的事业，孩子们也都适应下来了。"说这话的同时，她又望了望正在看电视的两个孩子，此时的缇娜正怀着他们的第三个孩子。阿塞姆插话道："说实话，我十分喜欢迪拜这座城市。对于我而言，这里太棒了。我所指的绝不单单是哈利法塔或者棕榈岛。"

当走在回程的湿热的路上时，我突然意识到，或许我已经从哈姆扎夫妇那里看到了迪拜真正的模样，也就是一个被替代的中产阶级的文化熔炉，在被极端超现实主义冲刷干净的阿联酋社会经济图谱上，他们已经占据了一席之地。图谱上更大一部分的色带，都被其他超现实的极端占据着，如一头是沙特阿拉伯皇家贵族、俄罗斯政治首脑、狂欢买醉的英国人，另一头是为这个国家的建设付出辛劳的印度"客籍工人"。但是批评家们往往忽略了这种"地狱天堂"层次型变化，在这里，并不是所有的白种人都唯利是图，这个地方也不是石油套利者和人贩子汇集的小镇。迪拜是要在其股票狂跌之前，建造一个前所未有的都市，而不仅仅是靠让群岛排列在一幅世界地图之中来扬名四海。

以前，这里曾是一片沙漠。当时，我就站在哈姆扎夫妇别墅矗立的地方，望着一群工人在黄昏下踏上返程的汽车，经过一段长途跋涉之后，才能回到他们在沙漠中的休息营地。当时，他们刚刚用推土机把沙丘堆成了陡壁。等我再次去的时候，陡壁上都已经装饰上了进口的大鹅卵石。阿尔巴迪亚山庄是当时区域里最新的建筑，六座被赐予《一千零一夜》主题的公寓，隐蔽于壁岩之下。此项工程虽然尚未竣工，但是租赁销售中心已经开始对外营业了。我花了一个周末的下午，坐在那里看那些新租赁者办理入住手续，他们大多数都是亚洲家庭，选择此地多是冲着附近的国际学校而来的。这所国际学校的规模已经扩大了 1 倍，学生数量已经达到了 600 多人，现在学生的国籍数也是之前的 3 倍，从原来的 20 个增至 65 个。这所学校的校长是新西兰人，他告诉我说："阿联酋还在不断扩大其招生规模，因此会吸引巴西人、墨西哥人和太平洋岛上的居民来到此处。”

其他则是来自全世界、希望能找到一个临时休憩地的流动人员。其中有一个美国的石油工程师，他拒绝透露自己和雇主的名字。另外一位是来自印度的女销售员，10 多年前从孟买移居到此，据说那时候工资不像现在这么高。第三个人是 30 多岁的德国妇女艾克斯·克拉斯克，她效力于大众汽车公司，使得她长期游走于世界各地，以至于她现在都已经忘记了家乡的样子，而迪拜也只是她暂时的“栖息地”。一天晚上，艾克斯一边收拾出差的行李一边对我说：“对我而言，迪拜不是一个城市，更像是一个研究案例。酋长的愿景在这里都实现了，我们都是他商业案例中的一部分，这就是这里最吸引我的地方。地球上还能有其他地方让你能成为案例中的一部分吗？我喜欢这里，并不是因为这里风景有多优美，也不是因为有很多历史性建筑物，实际上这里也根本没有。我曾经在中国生活过，那里有屹立了几千年的长城，我已经被美景和古迹宠坏了。”

黄昏时分，我跑到了山坡上，偷偷地躲过了安保检查，然后艰难地爬到屋顶上。在那儿，我看到的不是整个迪拜，而是迪拜节日城，这座城中城坐落在整个迪拜大沙漠中一片只有几平方千米的小沙漠上，西部是一个环抱城市自然港的巨型购物中心，南部是一个四季高尔夫球场。从理论上来说，阿尔巴迪亚山庄及其附属物将会越来越多，直至它们把公路围绕起来。除此之外，现在所能见到的还只是一片沙漠，但将来这里也许会被开发成更高的公寓区。当迪拜节日城建完后，它将成为哈姆扎夫妇、比比和艾克斯等数万人的家园，这里将会建起他们自己的学校、商场、码头，以及沿着港湾建起的办公大楼。

从此向北 1.6 千米，就是迪拜国际机场的塔台，机场整体看上去像一个金龟子，两个侧翼就是两个圆柱形的航站楼，向尽头方向逐渐变细。从这个距离望过去，它们就好像是穴居在这个沙漠之中的巨大沙虫。迪拜节日城实际上就是一个航空大都市的城中城，是阿联酋自身的缩影。迪拜城里的每个人、每样东西，无论是奢侈品、劳动力、建筑师，还是口音甚至是理想，都是从别的地方集聚来的。

真实版的“上帝七日创世”

迪拜节日城仅仅是城市地图上的一个小点。这种被“冷落”的待遇与规模大小无关，却与政治有着很大的关系。对于类似于迪拜节日城这样为数不多的大型项目来说，无论是真实的也好，想象的也罢，在谢赫·穆罕默德·本·拉希德·阿勒马克图姆执政下的迪拜，是不可以仅由一家公司来控股主导的。众所周知，谢赫·穆罕默德是将阿联酋视为一个国有集团来运营的。大家可以大胆地设想一下，倘若国防部在设立初期，就像美国哈利伯顿公司（于 2007 年将总部转移到了这里）一样受到特许，那结果会是什么样呢？

迪拜节日城另一个相对而言不引人注目的原因，在于它很低调。它从来不像同时期的其他城市那样，宣称自己拥有世界上最大的或最具代表性的东西。当地的一个投资人，一个亿万富翁，决定发一份声明书，反驳同期建设的其他城市，他认为那些宣传事实上毫无意义。他家的一个用人曾经说过：“在迪拜没有最好，只有更好，总会有人在不断地赶超你。”

短期内，不可能有什么建筑会超过哈利法塔的高度了。这座世界上最高的建筑外形修长，以银色塔尖封顶，高度是帝国大厦的两倍。塔内是一家阿玛尼酒店和一个 100 层的公寓。这些公寓只限售给收到邀请函的人，结果两天之内就全部销售一空。哈利法塔底层是迪拜购物中心。如果把前面所提到的水族馆也算上的话，迪拜购物中心可以称得上是世界上最大的购物中心了，其广告牌上大胆地写着“地球有了一个新的中心”。开发商棕榈岛集团一直等到最后一部分建造完，才揭开了高塔的面纱。哈利法塔高约 1 000 米，2010 年完工。棕榈岛集团之所以闻名遐迩，不仅仅是因为其完成了棕榈岛和世界岛的建设，更在于其采用高效的融资模式完成了这一切。棕榈岛的高管们曾说:“自‘世界岛’之后就不会有什么作为了。”现在看来，他们似乎是对的。

金融危机前，曾有人说世界上 1/4 的起重机都集中到了迪拜，这个说法似乎是有道理的。据统计，当时阿联酋在建项目7 000多个，项目总额达到了1.3万亿美元。随后，迪拜的市值下降了50%，这使3 300亿美元的新项目被搁置或取消。于是，这些起重机被转移到拥有丰富石油和天然气资源的城市，如多哈和阿布扎比，它们还能支付得起空白支票。而迪拜的情况却大相径庭，它已经贷款800亿美元（或者更多），来为那些海岛的日常运营和财政支出买单。

2009年，信贷紧缩导致了一系列的恶性循环，如破产、销售疲软、裁员等，这差点使迪拜破产。暗藏已久的危机终于在11月份爆发出来。当月，迪拜最大的国有企业集团迪拜世界请求债权人允许其“暂停”偿还债务，这相当于承认它不愿或没有能力偿还债务。一时间，似乎整个阿联酋都要违约了。好在阿布扎比于11小时后就开始向迪拜发起援助，各地银行也纷纷同意削减其债务，但是整个事件已经对迪拜的信用产生了严重影响，没有人还会在毫不过问的情况下借钱给迪拜了。这个严重的后果，日后只能靠它自己去解决。

自那以后，迪拜世界进行了重组。谢赫·穆罕默德对其副手们进行了人事大变动，一些备受瞩目的开发商也因欺诈而锒铛入狱。金融市场正提心吊胆地等待着最后的结果，而迪拜的高参们，却正在研究如果想得到阿布扎比的援助，究竟要付出何等的代价。（谢赫·哈利法·本·扎耶德·阿勒纳哈称付完首付之后，哈利法塔将会重新命名。）

事后想来，大肆炒作以及过度举债造成了今天这种不可估量的后果。这种举步维艰的境地，让世界原本对它的敬畏变成了一种幸灾乐祸。曾经有许多记者不远万里飞到此处，屏息赞美这个地方的每一寸角落；现在他们故地重游，却做了截然不同的报道。这次，他们以雪莱的诗《奥西曼底亚斯》作为暗喻：“哈利法塔不仅是人类贪婪的牺牲品，还成为愚蠢建筑的牺牲品。”有人在《卫报》上做了一番冗长的预言：“它们的电梯和室内设施，需要很高的成本来维护，这最终将使其瘫痪；它们巨大外墙上的玻璃终将碎裂，沙土将从与主体分离的支柱周围涌入。”事实上，迪拜的根基并不像传闻所说的那样不堪一击。

繁荣时期，谢赫·穆罕默德所选择的方法就是将“上帝七日创世”变成现实，而且不用费心去阅读《圣经》。这里一共有两个区域：城中城以及散落在城中城之间的自由区。前者是外来人员的聚集地，后者则是这些人选择在这里创业的原因。任何东西都可进入这个自由区，即便是伊斯兰教规里禁忌的东西，也只需在门口稍做检查。在这里没有关税，没有公司所得税或个人所得税，没有审查制度，也没有人窥视你的信息。人们可以根据实际情况酌情使用当地法律。

最大的自由区是杰贝·阿里自由区。它占地面积 133 平方千米，所跨区域包括了从海湾最繁忙的杰贝·阿里港到迪拜世界中心机场（迪拜希望将其打造成世界上最繁忙的机场）之间的所有区域。自由区内有 5 000 多家外国公司从事商业活动，使其成为世界上最繁忙的商业中心之一。在迪拜，还有许多类似于此但规模较小的自由区，每个中心都关注于某一个具体的行业。一个在这里独自创业的美国人曾经对我说："这些'绿洲'的美妙之处在于，它们确实是国中之国。你可以在这里做任何你想干的事，甚至可以发放属于你自己的签证。所有的活动都是纯粹的商业活动，但是在迪拜最大的风险就是竞争太过激烈。"

迪拜的城市结构也具有同"模拟城市"相似的色彩。很多项目并非在完成之后才显现出那种不切实际的设计，而是在建造过程中用一种栩栩如生的穿梭飞行的表现手法，或许在不经意间就能找到与其相似的真实物体。它们的命名就如同游戏一样。你也许生活在湖泊区、温泉区、牧区、风景区、礁湖区或者是花园区，你也许在互联网城、多媒体城、健康护理城、摄影城、汽车城、工业城工作，或者更不济在外包区工作，你还可以在知识村或学术城学习。这些不同区域使迪拜大规模地向外延展开来，最大的问题就是典型的都市主义成为单一文化。

那些踌躇着走进这里的西方建筑师们很快就发现他们和他们的客户一样，在机械地按着按钮。他们下令建造另一栋生动形象的建筑，这座建筑注定要么在片刻之后赢得赌注，要么在衰退时期被横扫出局。从理论上看，预计到 2020 年迪拜的人口将会是现在的 3 倍还多，相当于在现有城市人口基础上再加上柏林市的人口。建筑师雷姆·库哈斯在设计海滨城市时，几乎没有考虑这样一个问题：棕榈岛集团已经放弃了位于城中城的城市（迪拜世界债务中的抵押品）。他坦言道："人口稠密和空无一人现象会交替出现，你几乎不是为现有的人做建筑设计，而是为那些即将聚集过来的社区做设计。"他意识到："在这里谈人口密度，其实是很虚无的。因为几乎所有住在迪拜的人在其他地方也有住所……这个城市现在有人居住的房子其实只占了它最大人口容纳空间的很小一部分而已。"

这一观点渐渐成了一项标准。卡萨达认为，实际上这种"稠密人口"的问题不仅仅出现在迪拜，在伦敦、拉斯韦加斯、迈阿密都会出现这种情况，全世界有很多人在当地拥有住房却无意居住在此。我参观棕榈岛集团的陈列室时，卡萨达反复向我表达他的观点："去长街、南部海滩和上流住宅区走走，看看那些没有灯光的窗户。那些都是没有人居住的住宅区。"一天傍晚，那个让我进去的管理员正在忙着悬挂广告以及调整模特的造型，为第二天早上瞬间客满做准备。细细欣赏了一番棕榈岛的效果图之后，我发现一个年轻瘦削的英国人正在喝着芒果汁，于是我就上前问了几个问题，如棕榈岛是怎么靠6条交通线来应付7万人上下班的？他喝着果汁思考了片刻，细声说道："棕榈岛上从来不会出现堵车的现象。"的确，因为不会有人一直待在家里。一份关于买房者的统计报告证实了他的话：在全部购房者中1/3是阿联酋的本国居民或者海湾地区的居民，另外1/3是英国人（其中就有大卫·贝克汉姆），剩下的1/3则是德国人、俄罗斯人、印度人以及阿联酋国内典型的民族。对于他们来说，仅仅是因为怦然心动而购置了他们的第四套或者第五套房产。

世界中心的中心

哈利法塔折射出了迪拜现存的难题：尽管公寓销售一空，但是2/3的房子无人居住。这是有意为之还是人们头脑发热？阿联酋将最初定居于此的现代游牧民族（贝都因人）聚集起来，他们包括解除束缚的黎巴嫩企业家、不受任何拘束的跨国公司老板、英国银行家和来自沙特阿拉伯的投资者以及提着一大箱子现金过来购买公寓的俄罗斯人。在这个队伍之中，后面还有印度人、伊朗人、肯尼亚人和尼日利亚人，他们也都急切地希望在这里能买到最后一块地皮。（有人说“迪拜对印度来说是最好的城市，对其他地方来说更是如此”。）迪拜力争利用现有的资源，在沙漠上打造出一个特大规模的世界一流城市。谢赫·穆罕默德自己没有足够多的资源，而且他的石油也已经挖掘干净了，他只能通过打造出自己的海岸线，以解决海岸不足的难题。

阿联酋拥有世界上现已探明石油储藏量的1/12，足可供其开采近一个世纪，但这些石油绝大多数都埋藏在阿布扎比的地下。迪拜的石油资源已近枯竭，这并不出人意料，早在20世纪60年代，迪拜勘测出石油之后，谢赫·穆罕默德的父亲谢赫·拉希德就已经认识到了这一点。从那时起，迪拜今后的发展道路就决定了，即需要统治者进行多样化发展，并且要敢于想象，勇于创造。20世纪70年代，当阿布扎比放弃由黄玉和电气石建成的达拉斯风格的高塔时，谢赫·拉希德将其石油获得的暴利转移到基础建设上面。在他执政期间，迪拜建起港口、机场、干船坞、世界贸易中心以及首批银行和酒店，来迎合像马文·比比一样的商人。他留给后人最伟大的遗产就是杰贝·阿里港，这个有史以来最大的人工海港，其前身只不过是一片狭长的、空空如也的海滩。谢赫·拉希德对他的儿子说：“我之所以现在建这个港口，是因为日后你没有足够的能力来建造它。”

自“9·11”事件之后，迪拜发现了它最大的一笔财富并不是人们常常所说的石油，而是其优越的地理位置。这并不是由任何地图轮廓所决定的，而是根据现代客机飞行时间计算出来的。在迪拜周围6 400千米、飞机8小时航程以内，居住着大约35亿人口，占据了全球人口的一半。与此同时，人们也意识到整个世界是“平”的，几十亿最贫穷、最努力的人以及这个世界上的新贵们，全都穿戴整齐，却无处可去，他们都是油价上涨5倍、外购成本增加3倍后的既得利益者。位于十字路口位置的海湾地区，正好占据了欧洲发达国家和环太平洋国家之间的一大片经度位置，它曾经是法兰克福股票交易所与东京证券交易所之间的时区盲区。由于迪拜没有自己的腹地，这片沙漠中的孤岛就极力为那些国家（曾经落后的国家和地区，包括中国、印度、石油输出国组织的大部分成员以及非洲一半的国家）提供所需要的中心服务，将伦敦、迈阿密、拉斯韦加斯以及新加坡所具备的城市功能全部打包在一起，这就使其成为世界中心的中心。

实际上，迪拜就是一个巨大的套利游戏，一个完全靠资金注入的全球化实验室。一个小得什么都没有的城市——没有石油、极少的人口以及很低的受教育程度——想要通过一代人的努力成为世界的首都，在这个进程中必然会使其成为地球上最浪费的城市。（不然你认为怎样才能于一夜之间在沙漠里建立一种文明呢?）谢赫·穆罕默德庞大的计划就是企图控制世界上精英们的贪婪和贫穷者的绝望，让金钱、物资和能源源源不断地流入这个地区。这就是为什么这里的一切都如此之大的原因，包括迪拜的雄心抱负。

迪拜决定将其自身向航空大都市转型，从地面建设起家，以更好地运用天空优势。在远离市区的地方，正在兴建第二座机场。起初那里只是一个货运中心，但从现在的设计规模来看，未来该机场的旅客吞吐量要比希思罗、奥黑尔和孟菲斯三个机场旅客吞吐量的总和还要大。海湾地区的居民们从来都没有放弃飞行，他们总有一天会需要这个机场的。在之前的 10 年之中，迪拜上空的交通量扩大了 3 倍，即使经济泡沫破灭之时，这个数字也在稳步上升。这就是迪拜国际机场是中东地区最繁忙的机场的原因，这也是号称“家乡的搬运者”的阿联酋航空能够订购足够多的飞机，超过了它所有的竞争对手，成为最大的长途航空公司的原因。只有通过卡萨达的三棱镜去看迪拜，它才有意义。它是一座典型的航空大都市，一座专门为吸引世界财富而精心设计的中心城市。

以互联网城为例。该自由区于 2000 年正式对外开放，从拉斯科琳娜到史基浦，平时人们随处可见的公司，如今很多都在这里设立了总部，甚至包括微软、甲骨文、惠普以及 IBM。这里很快又成了上千个企业连接三大洲的天堂，它们将此作为新的发展基地。倘若你飞快地扫一眼电话本，就会发现，在这里阿拉伯和印度企业的名录要比世界 500 强的企业还要多。他们来到这里都归结于同一个原因，即简单快捷、交通便利、灵活方便。从迪拜出发，他们在几小时之内就可以到达任何客户的面前。正如广告里所宣传的那样，迪拜将会成为一座新型城市。它在250万平方千米的范围内吸引了10亿居民，让他们在这座城市的范围内度过他们人生中的部分时光。他们飞到此处，要么是为了欣赏风景，要么是为了住进他们在棕榈岛上的别墅，或者因为工作的缘故在自由区里生活上两年。当这些沙堡完成之后，半数的现在人口将会回到他们远在喀拉拉邦或者卡拉奇的家乡。它们为数百万人提供了生活的空间，那些人将会永远地离开巴格达和贝鲁特来到此地，在这里度过他们生命中的大部分时光。迪拜否定了我们原先对城市的认知：认为城市就只有一种群体、一种范围、一种身份。事实上，是它将沟通外界的能力延伸至极致。为了到达飞地[1]，与其绝望地在路上堵着，不如通过航空的方式与伦敦、悉尼、金奈、孟买和莫斯科更近一些〔迪拜的每寸土地都四通八达，令人难以想象；阿联酋航空公司令人窒息、密密麻麻的网络（航路）结构，使得迪拜与伦敦、莫斯科“天涯若比邻”〕。

经过数十年的努力，当迪拜的GDP以13%的速度（甚至超越了中国GDP的增长速度）增长时，它已不再需要石油。同时，它也不需要借鉴亚洲四小龙工业化的发展模式，因为它完全可以跳过这一步，利用最灵活的方式，如贸易、运输、旅游和服务，来建立一种新型经济发展模式。迪拜可以借用新加坡的发展蓝图，白手起家建立一个中转港，为速度经济时代量身打造一座航空大都市，但是由于经济泡沫中受房地产账面利润的诱惑，谢赫·穆罕默德和他的高管们迷失了方向。

但他们努力说服自己，认为其愚蠢行为也是必要的广告。一个银行高管若有所思地说：“如果没有哈利法塔、棕榈岛和世界岛，今天还会有人提起迪拜吗？人们不应该仅仅把这些工程看作疯狂之举，它们也是树立品牌的一部分。”有这样一个例子，一天早上，当我坐飞机去迪拜时，一个公司购买了一艘远洋定期客轮——伊丽莎白二世女王号，并计划将其停泊于棕榈岛沿海。

但是来自巴黎的紧急新闻并没有让这个故事登上报纸的头版头条。谢

[1] 某国家或地区的一小部分，与主要地域单元相分隔，被邻近国家或地区的土地包围的地区。

赫·穆罕默德那温文尔雅的叔叔，同时又是其得力助手的阿姆德·本·萨伊德·阿尔·马克吐姆在巴黎航展上宣布，在接下来数年内，迪拜将向航空业斥资820亿美元用于开拓航线、修建机场，以及使二者进行独创性的结合。这对于迪拜在2015年实现年旅游人数翻倍，达到1 500万人次的目标是至关重要的，这一数字意味着迪拜1/3的预算将用于基础设施建设。阿姆德·本·萨伊德·阿尔·马克吐姆表示，他和他执政的侄子一道，将全力以赴，把迪拜打造成为连接世界的关键点。作为阿联酋航空公司、机场以及最高财政委员会的主席，没有人会质疑他的话。为了凸显其决心，他决定追加购买8架空客A380客机，预计总价高达几十亿美元，这将会使阿联酋航空这种客机的总数达到58架。在此之后，他再次订购了32架，成为历史上最大的航空公司。据空客公司估算，未来空客能到达地球上95%以上人口居住的地方。在全部运营的空客超大型客机里，阿联酋航空占了总数的1/3，且至今还没有一架飞机订单被取消。

那天早上，阿姆德说道："今天，我们共同见证了世界航空史被改写，开创了全球航空业的新纪元。"一年之后，为了提醒大家当初购买这些飞机的目的，他在阿联酋航空公司年度总结会上说道："迪拜的未来就是阿联酋航空公司的未来。"迪拜亦希望如此。

自从第一匹骆驼踏过丝绸之路之日起，迪拜就一直在追逐一个令人心潮澎湃的梦想：正是这个梦想让马可·波罗不远万里东游至忽必烈的疆域，向世人揭开了东方大国的神秘面纱；也正是这个梦想驱动克里斯托弗·哥伦布不畏艰险向西穿越大西洋，发现了新大陆；也正是因为这个梦想，东方和西方连成了一个整体，实现了财富的交换、文化的交流。迪拜也许成功地做到了这一点，其他的阿拉伯国家却都失败了。

迪拜一直渴望成为丝绸之路在西端的终点，就像1 000年前的巴格达一样。8世纪巴格达的建造者曼苏尔曾这样写道："这里是东部底格里斯河和西部幼发拉底河之间的一座'岛屿'，是一座世界市场，日后它必将成为世界上最繁华的城市。"在此之后的500年时间里，巴格达的确做到了这一点。它不仅是阿巴斯王朝的国都，而且还是伊斯兰国家的商业和行政之都，巴格达的壮观景象吸引了百万移民，这其中就包括了波斯人、阿拉姆人以及希腊人。这些人带来了帮助欧洲走出了黑暗时代的数学、医学、天文学以及一系列发明。但是随着蒙古人的兵临城下，大肆屠杀毁坏，巴格达开始走向衰落。

通往亚洲的新的海上丝绸之路代替了原有的丝绸之路，这大大撼动了穆斯林作为贸易中间人的地位。在没有贸易与机会同其他文明交流的情况下，中东世界经历了一段阵痛期，只能通过石油来寻找一丝慰藉。400 年以后，富于英雄气概的迪拜正努力改写历史，重新打造一条丝绸之路，只不过这一次是在空中。迪拜立志成为 21 世纪的巴格达，重塑伊斯兰黄金时期包容、开放和多样化的时代特征，成为近东无可置疑的中心。迪拜已经收获了邻国的巨额财富，这些财富不是别的，正是来自黎巴嫩、伊拉克和伊朗等国的那些最优秀、最具智慧的流亡者。一个西方的外交官曾夸张地问我："你怎样靠流亡者、伊斯兰教和资本主义来建造一个社会呢？这是一项巨大的社会性挑战。"

如果在美国人眼里，迪拜看上去是极度奇特的、专横的、发展不可持续的，那都是因为我们共同的物质至上的美国梦——玻璃塔、豪宅以及越野车（会有 1 升汽油 0.26 美元补贴的那种）。尽管阿拉伯人赚取了我们的石油钱，"9·11"事件之后我们对阿拉伯世界又充满了恐惧，但这一切都与迪拜毫无关系。它关于航空大都市的建设仅仅是为了创造一个完全不同的梦。

不久之前，在我第一次到访迪拜的时候，我同城市人类学家帕科·昂德希尔进行了一次访谈。他是第一位系统研究人们如何购买以及为何购买的学者。我想知道为什么迪拜要建立一个规模如此庞大，连美国人都不敢想象的购物商场。他为了让自己更加了解迪拜，在这里花费了很多功夫，并希望我可以从一个迪拜人的视角来看待这座城市。

他说："尽管在迪拜到处都是游客，但是他们并不是平常意义上的游客，暂且称他们为经济游客。他们来自中东地区和非洲东部，来到这里就是为了发泄他们购物的欲望，因为在他们的国度没有任何东西可买。在西方我们见不到这种情形，因为我们的生活很富足；而对他们来说，物资是匮乏的。来迪拜的游客就像一大批观众一样，对这座城市满怀新奇，并不像我们一样早已厌倦了这种生活。"

他让我这样设想，假如迪拜处于一个巨大的财富盆地的底部，而盆地的边缘是阿联酋航空公司远程客机波音 777 所能及的地方，这将会是一个什么样子？如果迪拜处于这么一个盆地的话，就不会再有像巴黎、东京、上海这种国际性的大都市了，迪拜可以一次性地把所有城市都建立起来。倘若迪拜不建，放弃这个机会，它的邻居们也会建，例如多哈、阿布扎比、沙特阿拉伯，甚至伊朗也都会去模仿“迪拜模式”，这些都是有一定经济偿还能力的国家或地区。

这么来看的话，棕榈岛和世界岛上的那些空出来的房子开始变得合理起来。在西方不会有人想到要在堡礁上建临时住房提供给旧金山的居民来居住。如果迪拜想要为地球上 1/3 的人口奉上视听盛宴，那么所有这些酒店就是必不可少的。

从目前来看，这种方式还没有成功。但对于很多人来说，迪拜仍然是一个成功典范。在这片动荡的地区，它是一个相对和平的绿洲，为那些漂泊在外的人提供了一个避风的港湾。除了依靠石油之外，迪拜找到了一种新的生存方式（而阿布扎比和沙特阿拉伯仍在苦苦寻找）。对伊朗人来说，迪拜代表着一种自由、一条生命线；对印度人和非洲人来说，迪拜代表着机遇；对它的邻邦来说，迪拜就像一场噩梦；对阿拉伯国家来说，迪拜为人们指出了一条通往现代化的康庄大道。

作为美国人，我们希望“迪拜模式”失败，这是因为我们被自己不公平的现象、不可持续的发展、愚蠢和贪婪遮住了双眼。但是如果和我们料想的相反呢？如果这个投入了数万亿美元的中心成功了呢？

阿联酋王国

迪拜要想成为所有枢纽的中心，对其机场的再造是必然的。在机场建成最初的 25 年里，迪拜没有一家航空公司入驻。1960 年，迪拜酋长谢赫 · 拉希德为迪拜国际机场剪彩，这拉开了迪拜“天空开放”的时代。这与 50 年之后美国与欧盟共同签署的关于天空开放的条约迥然不同，迪拜的天空开放是毫无条件的，欢迎任何航班在任何时间降落。在为数不多的几个城市里第一个提供如此便利的方式，正印证了谢赫·拉希德的座右铭：“任何对商人有益的东西也都将对迪拜有益。”（另一句话表明了他对迪拜未来石油枯竭的担忧：“我的爷爷骑骆驼，我的爸爸骑骆驼，我开梅赛德斯－奔驰，我的儿子开路虎，我的孙子开路虎，而我的重孙子可能又要骑骆驼了。”）

自 1901 年起，迪拜就是一个自由港。在谢赫·拉希德主政时期废除了所有关税，同时也把此项措施作为对海湾竞争者——伊朗突然提高本地关税的回应。伊朗的商人大量迁移至此，构成了迪拜的第一批移民。天空开放还有另外一个影响——这 25 年来，移民的数量随着迪拜机场成为海湾地区最繁忙的机场而呈指数增长。这项政策最终使得迪拜陷入与海湾航空的冲突之中。海湾航空成立于 1973 年，是巴林、卡塔尔、阿曼、阿联酋的旗舰航空公司。海湾航空要求在迪拜享有其在其他枢纽所享有的保护，在航空工业中这是通用的惯例。当迪拜拒绝海湾航空的要求之后，海湾航空显著地削减航班服务以示对迪拜的报复。谢赫·拉希德和谢赫·穆罕默德并没有屈服于海湾航空的压力，相反他们成立了自己的航空公司以应对挑战。

因为大部分白领都在迪拜工作，新建机场的艰巨任务就交给了由英国航空前高管莫里斯·弗拉那根所领导的团队。在此之后，莫里斯·弗拉那根又成为该机场的运营商。他聘请明星雇员蒂姆·克拉克作为董事长。克拉克的主要任务是开辟新的航线。当 1985 年阿联酋航空成立之时，全公司只有几架旧飞机和一张 1 000 万美元的支票。克拉克将全部精力投入到那些被其竞争者忽略了的航线，例如拥有 8 500 万人口的巴基斯坦仅有一条国际航线，而几乎是其 10 倍大的印度也仅有一条国际航线。于是，阿联酋航空就开通了飞往卡拉奇的定期航班，随后又向德里、孟买提供航班服务。

不久之后，在那些欲飞往的目的站城市面前，阿联酋航空有点一厢情愿。因此，克拉克、弗拉那根及其新老板——年仅 26 岁的谢赫·艾哈迈德开创了一条通过交易获得新航线的方式。他们较小的机队规模、航线网络以及名称识别使其在谈判中占据了十分有利的地位，否则像新加坡那样一些比较偏执的政府，就不会欣然给予其着陆权。就在那一次，克拉克回忆说："在会议开始之前，我们就已经签好了协议，甚至离开去吃午饭了。"今天，令许多其他竞争者望洋兴叹的是，面对来自新加坡航空枢纽巨大的压力，阿联酋航空仍能每天保持10个班次飞往新加坡。截至1991年，阿联酋航空同许多诚信的伙伴（来自德国、泰国、英国、中国香港等）签订了类似的协议，这些地区都拥有速度经济时代发展所需要的各种资源：人力、理念、贸易、游客、货物，阿联酋航空可以把这些资源运回迪拜。迪拜通过飞往伦敦、法兰克福、香港和新加坡的航班，与世界金融中心紧密地联结在一起，而那些通往次大陆的航班将为本地区的发展提供源源不断的劳动力。

直到20世纪90年代，随着老酋长谢赫·拉希德的谢世、新酋长谢赫·穆罕默德的继任，关于建立迪拜世界和迪拜航空大都市的伟大计划才浮出水面。酋长斥资5亿美元在迪拜国际机场修建了一个新大厅，用6.5亿美元修建了迪拜帆船酒店和直冲云霄的哈利法塔。克拉克和莫里斯·弗拉那根得以购入一些全新的波音777飞机，这是一款双发动机远程大型客机，这种飞机相对于波音747飞行距离更长且油耗较低。随着这些洲际航空器的配置，阿联酋航空将肩负起重新将世界上A点与B点连接起来的使命。

例如，当阿联酋航空开辟大洋洲市场时，它就紧紧抓住这条获利颇丰，连接新西兰、澳大利亚和伦敦的"袋鼠航线"。由于这些城市相距太远，没有哪一架飞机可以在常规油量下完成飞行任务。因此当阿联酋航空利用迪拜枢纽来降低运营成本并提供廉价机票时，飞机就没有理由不在迪拜停留。这个战略的实施还产生了其他的影响：东西方城市之间的任何航班，如果不能保证直达的话（比如米兰到东京、法兰克福到曼谷），都可以通过迪拜将二者轻而易举地连接起来。而且通过迪拜枢纽的这个优势，还可以将以往从来没有联系的城市连接起来。例如，当阿联酋航空开通到上海的航班后，在飞机上你可以发现，到处坐满了背包旅行的埃及商人，他们打算去长江流域参观工厂区。从阿联酋稠密的航线网络中你可以发现，迪拜已然成了东方的奥黑尔机场，在那里，飞机可以实现高效率的起降，商人们可以享受免税待遇，毫无顾忌地从事商务活动。

阿联酋航空曾经一度规模超大，实现了规模经济，利润和旅客周转量居于高位，每3年或4年就会实现成倍增长。根据阿联酋航空的独立核算，该航空公司已经连续23年盈利，包括2009年获利9.64亿美元，这比全美所有航空公司盈利的总和还多，甚至运送的国际旅客都要比美国的航空公司还要多。

截至本书撰写完成之日，阿联酋航空的机队规模达到了141架，另外有200架飞机订单或者购买期权，订单总额近700亿美元。尽管迪拜面临着债务危机，但是融资对它来说一直都不是问题。这些订单包括空客A380以及超过100架空客A350XWB。与此同时，美国的航空运营商陷入了一个恶性循环中。经济萧条之下，居高不下的燃油价格使其陷入深深的现金危机中：既没有更多的资金去购买节能的飞机，又无法摆脱老化机型高油耗的现状。

澳大利亚航空公司首席执行官抱怨道："任何一个能够掌控航空公司、政府政策以及机场的人都可以赚很多钱。"而谢赫·艾哈迈德恰恰就可以做到这一点。在美国被认为是社会主义的东西，在迪拜却被认为是最好的实践。迪拜领导人的第一个举动是让机场一直处于运营状态，每天清晨都会有大量的进出港航班。当其竞争者"沉睡"的时候，阿联酋航空就已经赚取了上百万美元的收入。也就是说，当其竞争者的飞机停靠在停机坪贬值的时候，阿联酋航空的飞机却在空中赚钱。阿联酋航空最大的优势除了人力成本低之外，还在于不用向主管机构缴税。阿联酋航空通过雇用非洲和南亚的劳动力来充当地勤及机组成员，大大降低了人力成本（该项支出仅为美国西南航空或德国汉莎航空同项支出的一半）。此外，迪拜还在最贫穷的地区为航空配餐员工提供住宿。

就像迪拜本身，阿联酋航空能取得今天的成就，与那些劳动者辛勤的工作是密不可分的。这里的工人每月工资只有175美元。当ipad的组装被外包给中国深圳，然后再通过航空运送回美国时，在这个过程中，工人本身看似外包给了迪拜，也同时被迪拜内包。迪拜如此玄幻，是因为在迪拜你可以同时看到发展中国家的场景和发达国家的场景——玻璃的一边是皮肤白皙的白领，另一边则是晒黑了的工人，双方都被说服到这里来获取劳动果实，然而双方所受到的待遇截然不同，工人们受着极不平等的对待以及被驱逐的威胁。

谢赫·穆罕默德的管理风格可以被描述为“开明的专制”。在“9·11”事件后，记者们在探访“迪拜的黑暗面”时发现，前人的描述并没有抓住重点：迪拜的第一笔财富是靠向印度走私黄金赚取的，曾一度垄断了世界1/5的市场。

在迪拜最让人厌恶的就是那些外来务工人员所受到的非人道待遇。这些外来人员占迪拜人口的1/3。据悉，当沙漠里极度肮脏的生活营地被报道之后，就连阿联酋劳动部长都深感震惊。但是迪拜仍能给这些工人提供他们在家乡无法得到的工作机会，却是一个不争的事实。比如，对于一位来自印度的无技能劳工来说，在迪拜艰辛的劳动就是他在家乡通往中产阶级的车票。印度是接收海湾地区侨汇最多的国家，2007年，汇入印度的总额达到了270亿美元。

阿联酋航空就是迪拜的映射和延伸，也是迪拜的一种战略性武器。莫里斯·弗拉那根说道：“这是巨大的良性循环，离开了谁都不会成功。”拥有5.5万雇员的阿联酋航空集团创造了迪拜1/4的GDP，它也是迪拜最大的公司。再也没有哪座城市或者国家能够像迪拜一样如此大力度地投资于交通运输事业。随着规模经济的不断扩大，阿联酋航空未来的发展将会越来越好。

2008年时，莫里斯·弗拉那根曾说：“从7月份开始，我们每月将接收两架大飞机，这种现象要不间断地持续58个月，且到那时也不会结束。”现在这个进程还没有结束。到2020年为止，阿联酋航空的机队规模预计将达到400架，它将成为世界上最大的航空公司。但其仍不满足于此。弗拉那根想将机队规模扩大到600架，但由于迪拜国际机场机位有限，因此他不得不将预定规模缩小些。也许，这就是迪拜建设第二机场的原因。

阿布扎比的象牙塔

能够撼动迪拜航空大都市主导地位的竞争者正在北海岸形成：一个是距

离迪拜1小时航程的卡塔尔首都多哈，另一个是距离迪拜1小时车程的阿布扎比。两个城市都在建造自己的航空大都市，且都签订了数百架飞机的大订单。它们幸灾乐祸地研究了邻邦迪拜的境遇，希望有一天有机会取代它成为海湾地区的中心。

阿布扎比是阿联酋最富有、最有影响力的酋长国，也是迪拜的最后一根救命稻草。人们都认为，阿布扎比这项高达250亿美元的紧急援助，看重的不单单是高额的利息，更具有可以结束迪拜在阿联酋中长久独立性的作用。有些人预估，要想赎回迪拜航空大都市将花费300亿美元。

但对于阿布扎比来说，已经有一家航空公司了，由另外一个酋长的王储穆罕默德·本·扎耶德·阿勒纳哈扬所有。2003年，在他宣布成立阿提哈德航空之初，就斥资80亿美元购置飞机。随后的几年里，他又追加投资200亿美元，这是近50年里一项新的纪录。曾在阿联酋航空激烈竞争下生存的阿提哈德航空，现如今呈现出惊人的增长态势，每个月都会增加一些新的航点（如巴格达、名古屋、恩贾梅纳），其规模每隔一年就会扩大两倍。将其惊人的增长速度与阿联酋航空的增长速度结合起来，人们不禁会有这样的疑问：对于这些相距不过96千米的城市来说，各自拥有举世瞩目的航空公司，这有意义吗？他们为什么不能实现合作共赢呢？兼并或许更有意义些。谢赫·艾哈迈德坚持说，他们从来没有讨论过诸如那些他们为什么不强调航空业如何重塑世界版图的问题。在他们看来，各酋长国之间可能有一条无法跨越的心理鸿沟。但双方都认为航空大都市是可以推动其向前发展的唯一因素。

格特·博芬在阿布扎比曾解释道："飞行技术的进步，促使中东成为航空旅游的中心。从这里，我们可以连续飞行19小时到达世界的各个角落。也正是因为如此，客流量正以新的路径被运送到世界各地。"这位慈祥的老人在加入阿提哈德航空前，曾在荷兰皇家航空公司工作了18年。他曾被指控窃取了荷兰史基浦机场的部分数据，现已带着数据离开了迪拜。

他继续说道："如果在以前，我们看到欧洲航空公司都很忙碌，完全是因为科技的原因。看上去航班是从阿姆斯特丹飞往澳大利亚的，但实际上需要在阿布扎比和曼谷进行两次技术经停，才能到达最后的目的地，因此给人留下了他们都很忙碌的印象。现在的世界被分成了东西两个部分，而我们这里在他们的中间，这个世界的中心，因此我们要融入这大潮流中，控制它们。”

阿布扎比 70 亿美元的机场扩建计划中包括：使现有机场的面积扩大至两倍，使其吞吐能力实现指数增长。在成立阿提哈德航空公司之前，阿布扎比机场就像俄克拉荷马州的机场一样死气沉沉。而机场改扩建之后，几乎能与曼谷机场相媲美。但同时博芬也表达出了他对机场业主们的忧虑：“是阿提哈德航空在财政和文化方面成就了阿布扎比，使其成为著名的旅游目的地。我们已经是‘阿布扎比国际’的一部分了，我们与其有着无法割舍的联系。”

阿布扎比作为阿联酋的首都被世人熟知。它是世界上最富有的城市，海外投资规模达到了 1 万亿美元，且地下还储藏着可供开采近一个世纪的石油资源。其日渐成熟的航空业是由辉煌的绿色海滨大道围绕着的黎明时分的太阳。你可能认为谢赫·穆罕默德不能向世界证明这一点，但是与他同名的人却做到了这一点，将世界的目光吸引到了邻近地区（迪拜）。当然他想夺回这份殊荣。一位曾和谢赫有着紧密工作往来的美国建筑师说道：“阿布扎比渴望在世界舞台上能占有一席之地，他们有足够的钱可以买到这个地位。他们有多种方法可以让世界关注它，但是他们应该三思而后行，考虑是否为了实现国际化而放弃原本属于自己的个性。”如何抢了迪拜的风头却不会沦为迪拜的下场，这是一个值得思考的问题。一位旅游官员曾这么说过：“迪拜是美国的拉斯韦加斯，而阿布扎比就是美国的棕榈泉[1]”。

阿布扎比需要一个战略，而成立阿提哈德航空公司就是这个战略的第一步。2005 年，阿布扎比的总体设计蓝图问世。在那之后两年，阿布扎比向世人揭开了其神秘的面纱。在萨迪亚特岛（不是人工岛）上，将会遵循迪拜的模式——豪华酒店、游船码头、高尔夫球场、玻璃房子，建造一个名为“文化区”的博物馆和由世界顶级建筑师设计的大型建筑群。古根海姆博物馆[2]

---

〔1〕美国棕榈泉位于科罗拉多沙漠的 Coachella 山谷以内，是沙漠旁的绿洲城市。有棕榈泉航空博物馆、印第安峡谷等观光景点。

〔2〕古根海姆博物馆是全球性的一家以连锁方式经营的艺术场馆，总部是设在纽约的美国古根海姆博物馆，由美国建筑大师弗兰克·劳埃德·赖特设计。

将在这里建成，它是弗兰克·盖里[1]的钛合金螺壳体在此地的超大型重现；而让·努维尔花费了10亿美元的特许经营费，才获得了罗浮宫在海外的第一家分支机构的经营权。

在认真阅读酋长国宫殿酒店（世界上最奢侈的酒店）计划时，我吃惊地发现没有任何一位来自阿拉伯的建筑师入选。但更让我吃惊的是，这些建筑并不是为阿拉伯人所建造的，而是为全球富有的旅行者建造的，这些人无论到纽约、毕尔巴鄂[2]或者阿布扎比，都希望看到古根海姆和盖里的建筑。在阅读计划细则的时候，我看到了托马斯·克伦斯的“成本收益”分析（价值产出=直接收益，房地产收益……）。古根海姆的前董事被称为是“毕尔巴鄂效应[3]”的教父，这个词用以解释一个西班牙老工业区在现代建筑的光环下，是如何把自己重新标榜成为创新中心的。从那以后，毕尔巴鄂的做法成了很多城市效仿的对象。后来，因为董事会听腻了所谓的古根海姆“商标”，也看腻了他的帝国建筑，克伦斯最终被排挤出了董事会，但他本人却一直坚持维护自己的作品，直到阿布扎比的谢赫·穆罕默德酋长找到他，与他谈起建造“文化终点”的构想。

克伦斯回忆道：“最主要的问题是，如何获得一种有效的临界力量，可以使得阿布扎比成为世界文化的终点。仅仅依靠一个简单的、毕尔巴鄂式的建筑，在这个背景下是毫无意义的。”他们所需要的和获得的应该是一个毕尔巴鄂式的组合体。如果迪拜想垄断主题公园和建造人工岛的市场，那么好吧，就让他们去做吧；阿布扎比将花费数十亿美元来占领博物馆和艺术双年展市场，吸引来自世界各地的艺术家、收藏家和游客，从迈阿密到伦敦，再到威尼斯，再到巴塞尔。在这里，他们将会得到在迪拜不曾有的待遇：等级。

在萨迪亚特岛蓝图上最显著的细节是机场和海岛之间将横亘一条高速公路，而且是完全绕过城市的高速公路。所以上百万的游客也许没有踏上真正

---

[1] 生于加拿大的美国著名建筑师，20世纪90年代曾设计了位于西班牙毕尔巴鄂市的古根海姆博物馆，该馆外形以异常复杂的螺旋状曲线构成，外表覆以钛合金板。

[2] 西班牙港口城市。

[3] 西班牙的一个衰败的城市由于一座美术馆——古根海姆博物馆而彻底复兴，从而改变了这个城市的命运。

意义上的阿布扎比，这些都在谢赫的计划之内。据他预计，城市的规模到2030年将会是现在的3倍，城市中心将从内陆迁移到机场附近。跑道的南侧将会是新的中央商业中心和资本聚集地，阿联酋的国会大厦也将坐落在此。再向西走，在去往古根海姆的路上会看到亚斯岛，那里有一级方程式赛车的跑道和法拉利世界（法拉利的主题公园）。阿布扎比将一些通过石油获得的财富用于各种商业活动，如入股维珍银河航空，为终极大赛提供赞助，为建设克莱斯勒大厦、马斯达尔城投资，号称要在人均碳排放量最高的国家建立一座零碳排放的城市。

设想测试每一种可再生能源，利用太阳能电池为个人单轨汽车充电从而使其代替汽车，马斯达尔城的做法就是对迪拜不可持续发展的最有力的回击。它的支持者们相信，“总有一天，所有的城市都会这样”，暗示了一个数万亿美元的产业即将诞生。阿布扎比为了吸引清洁技术企业在此入驻，开出了2.5亿美元的基础基金和无税收、无监管这样的优惠政策。但迄今为止还没有几个接受者，因此这个对外开放的日期不得不推迟到2020年，此外，整个城市的发展计划也要被重新审查。

也许到最后阿布扎比的定位既不是文化中心，也不是无碳中心，而是大学中心。这里的一流学校包括巴黎大学和英国伦敦皇家学院的分校，以及位于萨迪亚特岛的纽约大学（以同样的标准录取当地学生，学生毕业后能够取得和美国学生一样的大学文凭），这是纽约大学首次在海外完整复制其在本土的教学组织结构。纽约大学的校长曾这样表示：“纽约大学渴望在一个真正意义上的世界城市建立一所真正意义上的世界大学。也许你可能认为，纽约大学在曼哈顿的分校已经实现了这个愿望，但事实上已经不是那样了。”

在“9·11”事件以前，每年有近50万来自发展中国家的学生向美国提出留学申请。在像约翰·霍普金斯大学这样的名校的研究生中，就会有很多发展中国家的学生。但在那次事件之后，美国提高了入境审查的级别，来美国留学的学生，由原来的每年增加2万人，降到了每年增加2 000人，这是30年以来增幅首次下降（来自海湾地区的学生数量下降幅度最大）。并不是因为他们在国内没有更多更好的选择，而是因为美国拥有全世界1/3的高校和众多全世界最好的老师。

就像医疗旅游的游客会选择去曼谷康民医院，而不是去梅奥或者克利夫兰的诊所一样，来此地的人们也会拥向附近的世界一流医疗机构。后来印度和美国的医疗机构才意识到，复制或者购买一个分支机构要比重新建立一个快捷简单许多。卡塔尔是最先想到这一点的。多哈建立了“教育中心”，这里有卡内基·梅隆大学、美国得克萨斯州大学、乔治城大学、康奈尔医科大学分校。而阿布扎比通过另一种更有效的方式斥资5 000万美元购入一所世界一流的大学和两所大学的分校，并承诺支付之后所有的运营开支（难怪萨迪亚特岛的预算上有出入）。

原来中东或者印度优秀的人才需要通过艰苦的长途跋涉到纽约、巴黎或是伦敦求学，现在只需搭乘阿提哈德航班或者阿联酋航班到海湾地区就可以实现求学的梦想。这里的纽约大学一开班就收到了超过500份的提前申请，录取了来自中国、埃塞俄比亚、匈牙利、印度、约旦、俄罗斯的学生。纽约大学专管学生入学事宜的副教务长回忆道：“每个学生用英语或者自己喜欢的语言介绍自己，他们说着法语、俄语、阿拉伯语、匈牙利语等各种语言，并说着‘我花了大约30小时来到这里’‘我从来没有坐过飞机’之类的话。说话之时，他们的兴奋之情溢于言表。”

纽约大学从这种设置中获得的好处，是别人无法撼动的。校长约翰·塞克斯顿坦诚地表示，笼罩在“9·11”事件的阴影之下，他希望在世界各地都可以看到全球化大学的分校。他说：“自那天起，我们不得不面对21世纪的关键选择。我们对待另一个学校的态度会是什么？是文化的碰撞，还是给世界的一个大礼？”

其他的问题不需要考虑那么多，酋长的战略要比美国的任何一个机构都“狡猾”得多。将美国的纽约大学移植到海湾地区，东方的孩子们就可以在不受西方思想影响的环境下学习到西方的知识，这其实不是简单的复制，更是一种胜利。这就是让美国最后一个最大的竞争优势资源——无与伦比的大学，与自身对立起来。阿布扎比想依靠哈佛大学和耶鲁大学进行品牌管理和跨国公司的经营，而不是依靠本国培养的人才。但他们好像忘了一点，那就是：

他们的大学在匆忙走向国际化过程中的做法与美国不尽相同，美国的繁荣是通过吸引全球的有识之士来到本土，并且劝说他们留在美国一段时间铸就的。

阿布扎比的纽约大学改变了原有的等式。这已经不是纽约大学和阿布扎比大学的竞争了，而是曼哈顿和阿布扎比的竞争，前者与国土安全部隔海相望，而后者拥有大量的石油资本，并可以为大学的建设提供任何需要的便利。对于一位来自金奈[1]的有抱负的软件工程师来说，这二者似乎并没有什么紧密的联系。但正是如此，阿布扎比还是从西方吸引了很多人才。

沙特阿拉伯也特批建立新大学，并将此列入国内兴建六个城市计划的一部分，这一项总投资将达到700亿美元。其目的是在沙特阿拉伯建立一个硅谷，在10年里创造100万个就业机会，并且在10年之内创造50%的非石油产业GDP。显然，这些“经济城市”是为了安置和雇用500万17岁以下的沙特阿拉伯人而建的。大部分没有接受过教育的劳动力通常被称为“人类的定时炸弹”，而这些城市的使命就是防止这颗炸弹被引爆。在数千千米之内的沙漠之中，每一座城市都将会是航空大都市。沙特阿拉伯正在花费数十亿美元来改建扩建其国内的27个机场，提高其服务水平，并在吉达新建一个通往麦加的航空大都市。

据统计，海湾地区的机场2015年旅客吞吐量将达到2.8亿人次，几乎包括了世界上任何国家的居民。预计每天发送旅客77万人次，足可以坐满1 500架空客A380，这就意味着每家航空公司都可以实现既定的增长目标。换句话说，那增幅让人难以置信。正如迪拜世界的子公司敢和其母公司相互竞争，还将他们的哈利法塔或棕榈酒店作为赌注。卡萨达将此称为“航空领域的自相残杀”。

无论谁成为最后的赢家（阿联酋联合航空依然是竞争中的佼佼者），庞大的飞机订单都将促使他们充分地利用当地的土地资源。为了实现这个目的，阿布扎比机场一直忙于扩建，而多哈则在距原有机场1.6千米以外的地方修建了新的机场。与此同时，迪拜国际机场虽然同希思罗机场和洛杉矶机场相

---

[1] 印度第四大城市，位于印度南部，东濒孟加拉湾。

比显得有点空旷，它的第三航站楼的容量要比肯尼迪机场大很多，但是通往航站楼的道路在一天之中总是处于拥堵状态。有一次，为了不错过航班，卡萨达不得不跳下汽车步行到机场。

迪拜建设第二机场毋庸置疑，问题是什么时候建设。原计划要在2020年建造，但谢赫·穆罕默德认为要等这么长时间太久了，于是在2005年，迪拜宣布建设阿勒马克图姆国际机场，地址选在了靠近阿布扎比的沙漠上，而且为修建五条机场跑道留了足够的空间。这个机场建成之后，每年将运送旅客1.2亿人次，货物周转量将达到1 200万吨——比目前纽约市三个机场的总周转量都大。环绕着这个机场的将是一个全新的航空大都市，被命名为“迪拜世界中心”。首期关于基础设施的建设将投入330亿美元，这比美国在伊拉克重建时的初始投资还要多。

不难想象，当石油被开采完后，这片沙漠重新变成机场跑道时的壮观景象。正因为这幅图片经常在脑海中浮现，在我工作开始不久就跑去参观了这个沙漠之中的“迪拜世界中心”，心想着一幅古埃及奴隶式的劳工们在炎炎烈日之下辛苦劳作的场景。我觉得不虚此行。

支柱之城

我们一行四人驱车从高速公路上驶向沙漠。途中要通过一个悬臂式的门，就像我们在铁路交叉口会通过的门一样，不同的是，这里没有铁路，没有公路，除了道路两边的岩石和沙子外什么都没有。大门打开了，我们疾驰而过，通往那远处的起重机。我们的向导驾车，我和穆罕默德坐在后座，他的侄子在副驾驶位子上东倒西歪。

那天早上，穆罕默德的侄子开车来接的我，他身穿一件白色大袍。在我上车时，他温和地朝我笑了笑。在我们快驶出停车场的时候，他打开了迪拜的一个hip-hop台，流利地跟唱着杰斯的歌曲：“如果你找女朋友有困难，我替你难过，我有99个这样的问题，但是这个放荡的女人不算在内。”直到我们困于交通堵塞中，他才问我是否介意他吸烟，他一边拿着点燃的打火机，一边滑稽地噘起嘴唇。我点头表示同意后，他从袖子深处拿出一根烟，点燃，然后深吸一口并吐出，这时候他咯咯地傻笑起来。

可能穆罕默德的侄子都这样吧，一些酋长的侄子会做有偿的 VIP 司机。这也是穆罕默德最棘手的问题，因为他们是这个"保姆国家"被惯坏了的一代。也正因为如此，这个国家不论从航空公司建立之初，还是最后的运营，从上到下都需要从国外引进人才。政府就此也开展过一项名为"阿联酋化"的运动，旨在为本国人民创造更多就业机会，但是日常的经营工作仍然需要依赖外来务工人员。

穆罕默德·穆斯塔法在泽耶德街的迪拜世界中心总部门前耐心地等着我们。他高高的个子，黝黑的皮肤，整齐地穿着连裙三件套。真不敢想象，这么热的天气以他这样的着装是怎样穿过停车场的。他出生于苏丹，曾做过测量员，还花了几年时间在达尔富尔建设学校。那是在贾贾威德民兵组织出现并开始屠杀之前的 10 年。当我们在车上向目的地疾驰的时候他痛苦地回忆道："那时候你担心的是强盗，而不是难民。"那项工作在 20 世纪 90 年代中期由于预算被削减而被迫停滞了，然后他就来到了迪拜。他现在仍坚持道："我还是更愿意留到那里。"尽管他承认那个工作已经在大火中毁于一旦。他的新任务是完成一项"毕生的工程"或者"几世的工程"。他笑着说道："我们死后，可能我们的孩子要继续完成这项工程。"

我们的向导在营地的时候就已经准备好了吉普车。穆罕默德在顺风的方向准备好了一个 GPS 接收器。当我们驶离了高速公路，他的电脑会随着我们的行程而追踪到我们的位置。他的地图将很多东西都呈现了出来，这其中就包括玻璃塔、高尔夫球场、飞机库，这完全就是一个在沙丘上建立起来的海市蜃楼。我们在沙漠上画出一个方格，插上一根篱笆桩，把它命名为"商业城"。

你可以在谷歌地图上找到这个地方，输入"迪拜"之后，由南向西南找，直到找到两个棕榈酒店的中间（剩下的部分都是被遗弃的），可以看到海岸线上有一个倒 F，这就是杰贝·阿里港，它的周围就是与其同名的杰贝·阿里自由区。再远的地方就是正在建设当中的航空大都市——迪拜世界中心，其余的地方都是荒无人烟的沙漠了。那个石油地质的鲁卜哈利沙漠就在离这里不远的地方。

用迪拜世界总裁的话来说，“迪拜世界中心”将会是“最后的关口”，这里将成为迪拜最大的建筑。这项工程将会持续到2050年，这里将会向世人呈现出27世纪的景象。这张宏伟蓝图构想了这样一座商业城市，在机场跑道一侧有800座塔和50万居民，它紧邻着高尔夫城和航空大都市。

机场对过儿是会展城（会议中心和酒店）和住宅城，这里专门为来迪拜工作的人们提供住宅。鉴于迪拜的地产已濒临崩溃的边缘以及较高的住宅空置率，这些“城”可能永远不会或者至少不会很快建起来。

阿勒马克图姆机场于2010年6月就开始运营了，开始只起降货运航班，定期客运航班2011年春季才开始。其意向承租方——阿联酋航空预计将转场日期推迟到2030年。届时，倘若阿布扎比和迪拜合并成为一座城市的话，迪拜世界中心将会成为这座新城市的中心。人们还会很容易地联想到阿提哈德航空与阿联酋航空未来的合并问题。要是正如前面所料想的那样，把阿勒马克图姆机场作为枢纽机场，对于这两座城市都是等距的。毕竟，类似的事情就曾发生在达拉斯-沃思堡机场和达拉斯机场之间。

如果可能的话，这一切也将是几年之后的事情了（如果阿勒马克图姆机场达到了它最大的设计规模，它将会成为世界上最繁忙的机场——亚特兰大机场的竞争对手）。曾经，除了陷在沙漠中的机场之外什么都看不到，或许这就是这片土地的荒凉之处。

在数千米之内，尽管被黑色的布覆盖着，我们还是能够看到控制塔的基座，一些钢筋突兀地矗立在那里。穆罕默德随意地说道：“这将会是中东最高的建筑。”然后他的眼睛亮了一下补充道：“当然，这里是迪拜。”这些锈迹斑斑的货运站大梁被一根根地吊起，就像精心重组恐龙肋骨一样。我所到之处，都有杂物堆积在路旁，而且都用抗磨塑料包裹起来。所有的建筑都开始动工了，只不过一些办公建筑还空着而已。有16万名工人昼夜工作着，他们从头到脚都包在连身服、安全帽和护目镜中以抵挡推土机扬起的风沙。当看到一个小组的工人消失在风沙之中时，我们变得沉默了，突然意识到我们正坐在一艘玻璃底的船上游览地狱。

开着吉普车沿路行驶，我们来到了一片插着钢柱的水泥工地上，这是临时基地的地基。考虑到这里在挖掘了30米深的沙砾之后仍然触不到基岩，别无选择只好重新再来。看到这些被沙子湮没的柱子，我想到了千柱之城，那个在数个世纪之前被鲁卜哈利沙漠吞没的城市，阿拉伯的劳伦斯将其称为“沙漠中的亚特兰蒂斯”。

最后我们来到了跑道上，它在酷热中“波光粼粼”，像浅油湖一样闪闪发光。一排压路机在上面工作着。我们慵懒地开车绕着圈子，偶然间发现三只无鞍骆驼也在公路上绕着圈子，一个工头正在呵斥着驱赶它们。当我们再次从它们旁边经过并沿公路缓慢前行时，那个领头的骆驼轻蔑地看着我们。穆罕默德似乎也在沙丘中寻找着什么，他喃喃地说：“这些骆驼的主人一定就在附近。”在快速衰退的沙漠边缘还有贝都因人的露营地，这一切将消失在停机坪的下方。

最后的门户

他们没有询问卡萨达就做出了此项计划。他仅仅是在开工建设之前才被总部召唤过一次，那个地方也许本是“招待”犯人用的。他们的航空大都市的模型占据了屋子的中心，由透明的人工树脂做的模型代表着办公大厦。身穿长袍的酋长围着模型转了一圈，这是一个重要的细节。在一个由外籍人员运营的城市中，他们的排斥心理就传递出了这样一个信息，那就是太重要的信息是不能留给外国人的。

卡萨达坐在众多来自商业城、高尔夫城、航空大都市、会展城以及住宅城的高管面前，他很快就意识到，这个项目在很大程度上就是迪拜的一个缩影。就像谢赫·穆罕默德的高管们身兼迪拜世界的数个要职一样，每一个坐在桌边的人都将他的“城市”视为私有领地，并且每一个进入的人都要相互公开竞争。但是，他们很明显地将卡萨达视为一个闯入者。（他们中的一个人转动着自己的眼睛对我说："我想他已经对这个项目感兴趣了。"）从那以后，卡萨达就再也没有收到他们的来信。

当迪拜政府换届之后，他又因为新机场的项目被重新邀请了回来，最主要的原因是航空大都市在发展之初就陷入了停滞状态。物流城是一个巨大的综合货物处理中心，它的规模是孟菲斯机场联邦快递枢纽的4倍。这是它1990年模型的翻新；一开始，它被称作"迪拜超公园"。在头脑中想象一下忙碌的货运站、传送带、工厂以及配送中心，每笔精确订单都要流经它们。每一平方分米都被合理分配，每一道工序都完整独立出来，最后实现自动化和流水化作业。你不能仅仅在这里购买一块土地然后开店，你需要上交一份商业企划，以证明你需要靠近枢纽中心。如果申请没有被审核通过，你就会被划入一份待选名单当中。就在这份名单当中，也许还会有几百人排在你之前。一旦申请被批准，你就可以选择建设你梦想中的仓库或者翻新已有的商铺。无论何种方式，在30年之内要是有更大更好的项目到来，一支拆迁小组将会拆毁你现有的仓库，这是为了保证能够稳定供应优质地块而采取的措施。卡萨达将其称为"功能性重构"。一架跨越阿联酋公路的立交桥将机场和物流城与杰贝·阿里自由区和杰贝·阿里港联结在了一起，所以任何来自中国的货物要想向非洲转运，都可以利用该线路，并且全程是免税的。联结水运和航空运输的一切（迪拜物流走廊），在设计时都会特别注重一点，那就是要比海湾地区的其他枢纽都更为快捷简单。如果做到了这一点，就可以考虑经济性的其他方面了。鉴于这种情况，卡萨达建议机场和迪拜政府不要把精力放在房地产上，而是将注意力回归到本地的旅游业、贸易和物流枢纽上来。即便是现在，迪拜仍然比印度吸引了更多的国际旅客，并且仍然领先于法兰克福和上海，跻身世界顶级商业中心之列。卡萨达表示不能小觑迪拜，他很看好迪拜的前景。他说："相对于大多数人所意识到的，作为超级枢纽在连接方面拥有领导力、创造力和弹性。迪拜手上还握着两张王牌：一个是阿联酋航空，另外一个就是杰贝·阿里港和杰贝·阿里自由区。"

谢赫·艾哈迈德开诚布公地向记者透露：迪拜一直都有一个恢复计划。他说："这才是推动迪拜发展的原因，而不是过去的7年中在房地产市场上所发生的一切。”最终，迪拜又实现了经济增长，仅在2010年的上半年贸易量就增长了18%。卡萨达建议迪拜不要用通过发展房地产的方式来吸引世界，而是要成为一个世界性投融资机构的蓄水池。对于这么一个富有的国度来说，这是多么耻辱的一件事啊。不过，谢赫·穆罕默德会静下心来好好想想，为什么新加坡和香港会成为东方大型转口港。

迪拜要做一些深刻的自我反省。海湾地区是否应该反省自己的行为，以安抚保守的邻邦兄弟，因为他们拿着支票，这仍是一个有待解决的问题。这就好像迪拜的黑暗面正好符合阿布扎比的目的一样。但是由于非计划性公寓的可压缩性，迪拜在急于吸收世界过剩的流动资金时，失去了一些能够吸引像马文·比比、阿塞姆、缇娜·哈姆扎这些人的品质。这些人所崇尚的绝对朴素已经被傲慢的官僚主义所代替。数以千计的外籍人员之所以离开这里，不是因为逃离债务，而是因为如果找不到工作他们就无法获得签证，或者是因为迪拜那出了名的宽容统治者，像“晚期精神分裂症”患者一样，正试图通过一种消极的态度来平衡一些保守人士。外籍人员和迪拜居民同样需要在此长期居住，一些迪拜公司会破产，这样经常可以将政府置于同企业家竞争的地位，这将是有帮助的。

一旦那些问题得到解决（假设它们可以被解决），在海湾地区周边将会有大量闲散资本。较高的油价使迪拜邻邦的盈利实现了大幅度增长，这意味着他们有能力将法拉利主题公园和他们自己的人工岛的建设变成现实。作为地区性的枢纽中心，迪拜很有信心成为他们的主导者。如果发生社会动荡（以色列空袭、伊朗核危机），迪拜或将成为他们的避风港。

卡萨达也认为迪拜将是海湾地区通向非洲和印度的门户，就像迈阿密一直是拉丁美洲的门户一样。印度是紧随中国之后阿联酋最大的进口来源地和出口目的地（不包括石油贸易）。对于那些无法拿到西方签证的非洲劳工来说，迪拜已经成为他们新的目的地。在他们看来，迪拜要比埃及、埃塞俄比亚、肯尼亚以及尼日利亚的任何城市都要好，这绝对是一个拥有4亿人口地区的中心城市。

如果迪拜做好了所有的事，将重启通往中国的丝绸之路。“9·11”事件以后，美国不仅限制阿拉伯的医疗旅行者入境，也限制阿拉伯商人入境。在被袭击之后，美国马上推出了签证限制令，再加上各种流言，这使得前往美国的阿拉伯人数量下降了1/3。同一年，中国加入了世界贸易组织，这就可以要求美国放松对中国的旅游限制。

两年之后美国入侵伊拉克，使得石油价格飞速上涨，使上万亿美元流入海湾地区。中国需要石油来维持工厂正常运转，沙特阿拉伯就用石油同中国交换商品，供给中国的石油要比供给美国的多很多。因此，当美国提高了巴格达地区的经济壁垒时，对中国却降低了几分。不久之后，来自开罗、大马士革和安曼的货机途经迪拜飞往上海。

最初的丝绸之路并不是只有一条路，而是通往亚洲的四通八达的网状贸易道路。从古罗马时代开始一直到蒙古人统治时代，前前后后约 1 500 年。而新的丝绸之路才兴起没几年，这是一条空中通道。贝哲民可能成为新丝绸之路的马可·波罗，他是苏格兰皇家银行的首席中国经济学家。一次从广州起飞的航班上，他惊奇地发现自己坐在一群罗马尼亚老太太旁边，她们身穿黑裙，牙齿镶金……在随后的一趟航班中，又坐在一位埃及鞋商的旁边，他是一位基督徒，脖子上戴了个硕大的黄金十字架项链。这位埃及鞋商在开罗之外有一家工厂，但是却无鞋可售，现在他正从中国义乌进口一批鞋。他摊开手无奈地说："没有办法，我也得生活，从中国进口鞋子要比在当地生产鞋子便宜多了。"

这些搭乘飞机的商人们，是使中国出口到阿拉伯世界的商品总额从 60 亿美元增长到 2009 年的 600 亿美元的原因之一，并且这一总额超越了美国。正如贝哲民指出的，美国出口到中东地区的波音飞机和通用的引擎大部分都被阿联酋航空、阿提哈德航空和卡塔尔航空公司买走了。这使得这些航空公司的定期航班来往于新丝绸之路上。同时，也是靠着它们，新的丝绸之路得以向着非洲延伸。

10 年内，中国同欧洲大陆的贸易额已经从 20 亿美元上升到了 1 000 亿美元，贝哲民告诉我说："中国同非洲 35% 的贸易是要通过北非的，这也难怪中国会把注意力集中在迪拜而不是约翰内斯堡。如果想在世界某地建立一个区域性的集散地，那就非迪拜莫属了。中国的公司和私人股份对迪拜兴趣很大，是因为他们能在那里获得廉价资本。”

航空大都市会是全球化的下一个发展趋势吗？那将是我们未来的生活方式吗？如果卡萨达说的是正确的，即航空大都市是城市在规模、范围、结构上的突破性发展，那么，迪拜已经建设的规模应该是可变化的，而不是附加产物。这将使机场、港口和物流三者融合为一体，将会带来更多的收益，而不是仅仅局限在旅游和货物上的稳定收入。谢赫·穆罕默德想重新开通丝绸之路，但这是不是意味着其他人（如哈姆扎、比比）要在他的影响下奋斗呢？

快者生存

在开辟非洲航线的众多企业中，有一家名为速捷快运[1]的最引人注目，它将埃塞俄比亚大量的玫瑰运到欧洲、业洲和美洲各地。速捷快运进入花卉市场完全是因为一个偶然的机会——因为该公司不想让包机空仓从亚的斯亚贝巴返回，于是就决定运送花卉。没想到的是无意间收获了大的商机：一扇通往非洲的后门。因此一个看似低调的计划应运而生，通过空运的方式将货物运送至急需此类商品的世界各地。

这个计划既不是谢赫·穆罕默德本人也不是任何非政府组织提出的，而是由一位名叫艾莎·巴鲁克的乌干达移民提出的。在我们参观完植物展之后，在迪拜杰贝·阿里自由区的仓库里见到了他。巴鲁克体格健壮，留着 19 世纪总统们常留的胡子，他说：“我能进入这个产业完全是基于巧合。”19 岁时他为逃离乌干达伊迪·阿明的统治来到了迪拜，当过警察，但苦于薪水微薄，后来又加入了美国石油钻井公司。当时，麦克德莫特是地区经理。用巴鲁克自己的话说，每天都是强撑着度过的。常年在户外恶劣天气下工作，他已经磨炼成了意志坚强的人。后来他去了一家航运公司任职，1989 年离职创建速

---

[1] 非洲物流公司，总部设在迪拜。

捷快运时，已升职为该航运公司的总经理。

那时，巴鲁克声名鹊起是因为他提出了一套新颖的航运策略，这套策略让迪拜的基础设施与其独特的地理位置完美地结合在一起，并发挥了其潜在的优势。在他提出之前，将海运和空运这两种运输方式结合起来似乎永远不可能。因为集装箱船运输虽廉价但速度缓慢，而航空运输速度快却价格很高。巴鲁克把这两种运输模式相结合的运输方式称为海空联运。20 世纪 70 年代他就有了海空联运的想法，当时欧洲大陆和亚洲的航空运输只是现在的一小部分。那时，航空运输需要在香港或者曼谷中转，客户需要等待领空开放或者支付额外费用才能飞行，这样一来可能会耗时几周。面对这个问题，巴鲁克想到了先使用船舶运输货物到达迪拜，然后再装上飞机送到巴黎的方法。他认为这样的运输模式会加快速度而且还会降低成本。阿联酋有的是石油。20 世纪 70 年代末期，迪拜通过海空联运模式运送的货物只有 170 吨，10 年之后增至 2 万吨，又过了 10 年增至 4. 5 万吨。

直到 2006 年，海空联运模式才被引入非洲，这时以联邦快递为目标定位的速捷快运才发现它重要的价值所在。非洲许多国家的首都，如金沙萨〔1〕、卢萨卡〔2〕、基加利〔3〕、哈拉雷〔4〕和喀土穆〔5〕，大都贫穷潦倒且身居内陆，再加上运输成本太高，借助于传统的海运或者空运都不可能实现。撒哈拉以南的非洲国家通常都是通过前殖民者的载旗航空公司来进行货物运输的，相比之下运费昂贵，且一趟经常要花费一周的时间。巴鲁克说道："因为选择范围小，非洲式的运输备受限制且极不稳定。" 他为此同埃塞俄比亚航空公司进行了谈判，该公司拥有多架现代化的波音飞机和直达欧洲大陆的多条航线。

几年前，速捷快运同肯尼亚、卢旺达以及刚果（金）、津巴布韦、尼日利亚和乌干达有了业务往来，接下来是撒哈拉沙漠西南边缘的国家，包括尼日尔、乍得和马里。速捷快运在迪拜几乎是没有竞争对手的，它自己掌握着

〔1〕 刚果（金）首都。
〔2〕 赞比亚首都。
〔3〕 卢旺达首都。
〔4〕 津巴布韦首都。
〔5〕 苏丹首都。

80%的市场份额。一位美国的机会主义者曾告诉我："非洲对于迪拜来说至关重要。所有的基础设施、公路、电子通信、食品、水，所有的一切都依赖进口，这就意味着在这里到处充满了机会。"

巴鲁克解释道："我们专注于这些运输走廊，我不想在中东发展，因为每个人都在这样做。我们想把更多的精力投入到开辟非洲市场上，我们将很多货物运到了非洲，却很少从那里载回来。大家都在发展单线航空，我们需要的是平衡的贸易往来。我们起初关注花卉市场，后来又关注易腐品市场。我们主要将大量的花卉运往远东、北欧和北美地区。丹佛是另一个目标市场。在丹佛冬天下雪时，我们将大量的鲜花送往那里。"

对于非洲而言，运来的商品几乎都是中国制造的。巴鲁克和速捷快运就承担了完成新丝绸之路的最后一段行程的工作。他的客户大都是非洲贸易商人或者像他一样的商人，他们到迪拜或者到广州寻找廉价商品，然后将各地的商品一件一件地带回非洲：电脑、手机甚至丰田汽车。他将这些人称为"妈妈们"。

那天下午在速捷货运机场的门岗，我第一次看见了这样的人。在货运待装区，韩国的平板电视、惠普的激光打印机、冰箱和许多看不出里面是什么的包裹正在进行打板，她正在来回踱着步，光着的脚上满是尘土，戴着太阳镜，时不时停下来向助手喊出命令。两个赤膊的年轻人正在包裹盒子，从外观来看应该是黑色香奈儿钱包。她疲惫不堪地说："我是做女士手包生意的。"金沙萨那里有她固定的客户，他们是刚果（金）首都少量的"中产阶级"。这些硬包装盒可以通过老旧的螺旋桨飞机从城市运送到丛林中，运送到那些所谓的经济孤岛上。第二天她将会返回到迪拜的市场上，寻找并且用低价购买到赝品或者工厂废弃的商品。每个月会有1 000多位"妈妈"找到速捷快运来运货，其中绝大部分"妈妈"在中国和泰国的公司里工作。

一个月后，我在速捷广州分公司（由巴鲁克的弟弟贝拉姆负责经营）的会议室里采访到了一些正在等候室里的"妈妈"。他们面无表情、气质高傲，其中不乏一些看起来像骗子、性格急躁的男性。我们的访谈被一个人的到来打断了，他叫姆万杰·阿里，一位从乌干达来的商人，在中国已经两年了。

他主要将商品运往喀土穆。他说："那里建筑市场很繁荣，瓷砖、陶器、自来水管道、灯具和照明设施都很紧缺。不是因为非洲没有生产这些商品的原材料，而是在那里加工后的成品并不好。在中国可以找到高质量的产品，因为那里工厂之间的竞争太激烈了。"他接下来利用的是阿里巴巴商务平台，找到代理商销售积压的库存。他几乎所有的客户都在乌干达、赞比亚和坦桑尼亚。他还说："苏丹其实是最有潜力的市场，因为基本上他们什么都缺。真的是什么都缺。"

据估计，现在有 2 万非洲人在广州生活，以至于肯尼亚航空专门为此在中国大陆和非洲之间开辟了直飞航线，这是非洲同中国之间的第一条直飞航线。他们负责着广州城中近 1/4 的非裔清真寺和咖啡店。在那里，"妈妈们"同拉各斯[1]和卢萨卡来的顾客讨价还价直到深夜，因为这个时间与非洲时间保持同步。自中国加入世界贸易组织后，他们成群结队地来到这里，抛弃香港这个中间商，直接找到自己的供货商。在中国，他们已经开始做起了真正属于自己的生意。

香港科技大学的政治学教授巴里·沙伯力说："与西方媒体中报道的情况相反，现在大量的中国商品涌入非洲，并不是中国人在倾销，而是非洲人自己在购买这些商品。实际上，在非洲的中国商人抱怨非洲商人从中国带去的商品引起了竞争，非洲人也是这样想。但这毕竟推动了当地市场的良性竞争。"

通过海空联运模式，艾莎·巴鲁克找到了一条适合非洲的赚钱方式，虽然不能暴富，却可以慢慢地让非洲走向全球化。甚至在刚果（金）也可以采用这样的模式：他们需要，现在就需要，而不是一个月后他们的船才到达或者法国航空舱内才发现还有多余的空间。"妈妈们"的客户也不愿意苦苦等待，于是，速捷快运为他们找到第三条通道，可以绕开世界上较为拥挤的贸易港，取道迪拜，利用迪拜巨大的空港空间，他们将因此紧紧抓住全球经济的走向。

---

[1] 尼日利亚西南部城市，1991 年之前为首都。

我曾前往迪拜去考察何为海空联运模式。正好我去对了时间，当时速捷快运正在撒哈拉以南的非洲丛林地区开辟航线。巴鲁克想在亚的斯亚贝巴设立自己的办事处。虽然他与合作者埃塞俄比亚航空公司互相帮助，但其实他并不信任对方。后来就对方仓促购买大量冷藏设备用来储存玫瑰花的问题，巴鲁克跟他们分道扬镳。紧接着，速捷快运独立建立了办事处，那时我正好受邀访问新上任的站长沙居·尤尼赛恩，有幸目睹了海空联运的运作过程。

那天早晨我们办理登机手续时因为三位“妈妈”的出现被耽误了，他们带着非常大的立体音响设备、儿童车以及各种不同的行李。尤尼赛恩开玩笑说：“这简直就像个移动的货轮。”在我们转到另一队排队时，他被一名瘦弱的商人拦住了。他亲切地问道：“尼日利亚的生意怎么样？”那位商人看起来满脸的无奈。出于保护的目的，尼日利亚政府禁止进口任何家具。但在这个国家的精英们找到摆脱依靠石油发展的经济模式之前，刺激当地产业的发展是唯一的希望。尼日利亚有上千万饥民等待着安置。一旦他们改变了自己的想法，速捷和“妈妈们”就会立刻扑过去，抓住机会。14 年前，尤尼赛恩从德里来到迪拜，到他 20 岁的时候，他的叔叔和艾莎·巴鲁克相识，巴鲁克脸上到处都是圆圆的，他的光头、眼镜、下巴。他虽然已经有一张怒形于色的脸，但他还是愤怒无比，因为要在这里待上几天。习惯了准时化生产的他不得不面对不能变更的懒散的“非洲时间”。他和父母、祖母、妻子还有两个孩子住在沙迦，紧邻着酋长国。后来他的家人们又随他迁居到了亚的斯亚贝巴。

及时制造与非洲时间

亚的斯亚贝巴热得厉害，人仿佛就要熔化了一样，这并不完全是因为天气的原因，还因为其特殊的地理位置，因为它完全暴露在干燥的山区空气之中。除了少量新移民出钱外，这座城市的领空被占据了，像动物的尸体任人宰割。联合国的一项调查显示，99.4% 的埃塞俄比亚城市居民还居住在贫民窟中。在非洲地区，这个比例算是最高的。亚的斯亚贝巴的 300 万居民，还不能填满拉各斯或金沙萨巨大的棚户区的一半。

航空大都市的效应甚至影响到了这里。博尔是亚的斯亚贝巴南部边上的一个最近的机场。在那里，只有极少数的居民不住在贫民窟里。在那些年久失色的别墅群中，新建起了高楼大厦、大型购物中心、夜总会。这个机场也被称作非洲最现代的机场之一。仅仅 3 年的时间，货运楼的质量就像美国路易斯维尔的任何建筑一样结实，这真是令人刮目相看。同样，其内部设施也堪称一流。它的处理能力尤为引人注目，架子上摆满了 18 米高的板条箱，里面装满了各种零件。它们是用来组装奔驰汽车、冰箱、等离子电视以及亚的斯亚贝巴几家网络公司的个人电脑的。对很多美国人来讲，从没有想过在撒哈拉沙漠以南，3 亿人每天人均收入不到 1 美元的地方，会有如此之多的货物。还有用冷藏箱装得满满的玫瑰，它们将被运往阿斯米尔。

我们没有找到自己的货物。贝哈努·卡萨发现我们正喃喃细语着，便大喊道："它们已经被运走了。"他喘着气，咧着嘴大步朝我们走来。打过招呼之后，他充满自信地告诉我们，所有的货物都已经被早些时候的航班运走了，所以我们没有看见自己的货物。接着尤尼赛恩的眼睛一直盯在地板上，好像在寻找着什么，然后就开始抱怨了。

货物一定还在那里。如果采用空运的话，早就应该到了。在各种各样的包裹下面，有用灰色的绳子捆扎得很紧的两个包裹，上面都印有速捷快运的标记，其中一个包裹上还用潦草的字迹写着地址："Brenda Ghondo（布兰达·哥恩多），Lusaka - Zambia（卢萨卡赞比亚）"，另一个包裹盖着寄往坎帕拉[1]的邮戳。根据航空公司的记录，这批货物已经在这里停留了好几天。这时的卡萨像泄了气的皮球一样，代理也被叫来了，尤尼赛恩严厉地质问他们这是谁的责任。最后给出的结论是包裹太大了，碰撞点多而且所占空间太大，所以被延迟托运了。

尤尼赛恩脸色阴沉，大声呵斥道："这是优先货物！你们应该优先处理！"接下来，一场找寻"复活节鸡蛋"的搜索便开始了。我们中的两个人在屋子

〔1〕乌干达首都。

里进行号码比对，对寄往哈拉雷和罗安达的所有包裹翻来覆去地检查。一想到回到沙迦在门阶前被“妈妈们”质问的场景，尤尼赛恩就愤怒地自言自语：“哦，我的天！”他强硬地跟卡萨说道：“看看刚果（金）的货物到底去了哪里？”卡萨诺诺地答道：“老板，他们说货物昨天就到了。”代理们都把货物延迟推在迪拜的身上，这个理由简直太好了。有的包裹已经被拆开，然后又被封上了。很显然，这是官方的行为，因为用的是官方的封条。

最后，在经过多次抗议、威胁、让其做出承诺保证货物一定于明天发出之后，我们便在下午休息了一会儿。后来，我找了个借口，坐着出租车溜走了。我坐的是这座城市最古老的梅赛德斯汽车，在这座城市里漫无目的地兜着圈子，最后到了默卡托。城市的宣传册上把这条街道誉为“非洲最大的商业街”，可是这里却没有露天交易会——更像是 100 座城市被夷为平地，取而代之的是混乱的集市，到处是瓦砾，没有人清理，也没有人在意。7 000 个摊位挤在泥泞的街道和破碎的砖石上。最有名的就是这里卖的咖啡，因为这种咖啡早在 1 000 年前就种植在这儿的山坡上了。

在斯得申瑞大街上我进了一家小如隔间的商店，店主爱普瑞姆·恩达拉玛告诉我，在这里想要的商品应有尽有：从金属片到床垫，再到中国制造的“手工制品”。他是顶级奥菲斯公司在亚的斯亚贝巴的唯一销售商，他也为大使馆提供电话、墨盒等。商品来源主要通过“妈妈们”的帮助和供给，这些“妈妈”主要乘坐破旧飞机往返于本地与广州之间。

这里还出售埃塞俄比亚最易腐烂的商品，它是一种比咖啡更容易让人兴奋的叶子——阿拉伯茶。在吉布提，阿拉伯茶被视为一种毒品，主要是研磨成粉状，每日摄入量一定，不可多用。它跟可卡因相似，但是服用之后让人出乎意料地神志清醒。阿拉伯茶从树上摘下来 48 小时之后便会失去药力，其价格也会随之直线下降。每天下午，埃塞俄比亚航空公司载着阿拉伯茶飞往吉布提市，飞机着陆时等候在那里的商人们热情很高，几近疯狂。街道上拥挤不堪，如同撞车比赛，准备关门的商家也会延长营业时间，费尽口舌地重新游说顾客购买。虽然鸦片战争已结束一个多世纪了，但这里恶意和物流组织的混合推动了毒品的交易。

最后的呼唤

第二天吃早饭的时候，尤尼赛恩喜气洋洋，兴致很高。他笑着说道："他们在向我们说谎。"毫无疑问，他已经不像昨天那般不快了。总公司已经证实我们的货物已经滞留好几天了。1 小时后，我们大摇大摆地走进了机场航站楼，准备进行第二轮交涉。不出我们所料，卡萨没有出现。前方那里站着的几个代理，他们做着对他们来说早已习惯的事情，就是拦住我们。他们刚开始从桌子后面打量了我们一番，然后就坚称当时没有航班。其中一个代理蛮横地说道："航班在 29 日就已经走了。"尤尼赛恩的脸色阴沉了下来，更加愤怒了，双拳紧握。但是因为他也很疑惑，对情况并不熟悉，于是尽力压制着自己的情绪，装着一副公事公办的样子，质问道："为什么没有被运走？为什么不告诉我们？你们不尊重贸易吗？"

代理早晨已经饱受批评，心力交瘁，于是把我们带到了另一位经理那里。此人很消瘦，长着一双流泪眼，看起来要哭似的。尤尼赛恩尽力在劝说对方，让其做出承诺。他说："货物一定要在今天运出去，我们必须亲眼见到，就今天，我们的货物一定要运出去！"

卡萨再次出现在我们的面前，并且听到了我们一系列的要求。他说他会亲自护送我们去停机坪，但是需要花费几小时办理安全证明并安检。在此期间，我们"有幸"成为埃塞俄比亚航空公司首席营运人特伍德·吉布瑞马莲的听众。他坐在一张擦得铮亮的桌子后面接待了我们，他的办公室可以称得上是中世纪的时间舱。他晃来晃去的身体，看起来像是一个中世纪的时代文物密藏容器，他非常热情地向我们介绍了即将到来的波音 787 飞机。无独有偶，这跟 3 小时后一位阿拉伯的族长跟我们讲的话一样。他说："我们大家都知道波音 787 飞机可以连续飞行 10 小时无须降落，在 10 小时内飞行半径覆盖了地球上 60 亿的人口。这简直太了不起了！尽管我们一直把亚的斯亚贝巴看作非洲的最佳中心，但还可以利用此机会再移入 50 亿人让它变得更为强大。

作为一个内陆国家，航空货运就显得十分重要。但是与其说把非洲和全球化力量连接起来，不如说最终就是把人们都连接起来。波音 787 就是现行的全球化。”

最后一趟航班正在办理登机手续，机场的摆渡车把我们送到波音 737 旁边。在那里，我看到有 12 个工人在飞机的活动梯上紧张而繁忙地搬运着包裹。尤尼赛恩自言自语：“先运行李，再运海空包裹。”他的货物在防水布的后面，此时的天空灰暗阴沉，这是要下雨的征兆。这趟航班满座，舱里挤满了要运走的货物，要把货物分拣出来需要时间——这样做有必要吗？让尤尼赛恩满意的是，他的一个货物包裹被安全带绑着顶着舱边，占了很大的空间，拿走一个包裹，可以装下 12 个其他包裹。

下雨了，一开始还是淅淅沥沥的小雨。尤尼赛恩、卡萨和我三个人在机翼下的一个地方避雨。这时候又运来很多行李，能放行李的地方越来越小。夏季的暴雨很快倾泻而下，雨水击打在机场跑道上，停机坪似乎要被雨点和暴风撕碎了一样。我们在机翼下挤成一团，看着货物防水布上的水滴在纸板上滚动。根据记录，运往刚果（金）的货物有衬衫、皮带、牛仔裤、鞋子、玩具和手提包、电视和电视柜，电脑和“医疗设备”各一台，2 吨尿布，363 千克“橡胶制的字母表”。所有这些物品都将运往刚果（金）——一个 6 500 万居民中有 80% 的居民日平均收入仅有 50 美分的国家。

这趟航班将飞往安哥拉的首都罗安达，在那里，每 1 000 个新生儿中有 23 个死去，急需鞋子、衣服和 DVD 播放机。在赞比亚的首都卢萨卡，2/3 的居民还居住在窝棚里，急需 T 恤衫、电视，还有“家用影音播放系统”。拉各斯是世界上人口增长最快的大城市，在那里，有一半以上的居民每天的收入不足 1 美元，他们急需的 2. 27 吨的衣服、轻便电炉、移动电话、充电器、对讲机、DVD 播放机、手提包和女士皮鞋也在机上。

在哈拉雷——我刚知道它是津巴布韦的首都。我从未听说过什么东西运往津巴布韦，也不相信会有什么东西能运到那里。哈拉雷那时的物价已上涨了 1 万 ~9 万倍，一杯早晨喝的咖啡要 250 亿津巴布韦币，而也许前一小时才要 10 亿津巴布韦币。每次我看到这些货物被运到亚的斯亚贝巴、广州或者迪拜的时候，我都感到惊奇。在一寄一送的过程中，这些货物的价格可能会翻倍，开辟这些贸易航线的人实在太伟大了。哈拉雷超市的货架上以前是空的，没有肉，没有奶，没有面包，也没有燃油，什么都没有。但是自从有了航线，解决了这些问题——人类的欲望、虚荣和种种需求——这些都是来自天空的、旋转着的、最细长的生命线带来的。

The Sustainable Aerotropolis?

10 可持续发展的航空大都市?

今天的航空大都市是否会变成明天的鬼城？怀疑主义者称：高油价及人们对全球变暖的担忧，将抑制航空旅行的发展。卡萨达说：不必杞人忧天，我们将继续选择飞行，否则会给世界上最贫穷的地区带来灾难。

推迟的世界末日：鲸油危机和煤炭危机

150 年前，世界面临着一场称为“鲸油产出峰值”的能源危机。捕鲸是第一个真正意义上引发全球关注的问题。合恩角附近运茶船的船员会不时看到前往北极和南太平洋地区的捕鲸船队。到 19 世纪中叶，捕鲸业成为美国的支柱产业之一。以此为背景的小说《白鲸》成为美国经典之作。100 多年来，人们用鲸油中提取的油脂来照明，照亮了富人的厅堂，也照亮了穷人的贫民窟；人们还用它制作蜡烛、香水和润滑油。如果没有鲸油，西方的世界将会陷入黑暗之中。

捕鲸业的发展很快达到高峰。美国洋基捕鲸船的数量在经过 19 世纪 20 年代和 30 年代两次翻番后，在 1846 年达到顶峰，全世界约 900 艘捕鲸船中，有 735 艘是美国的船只。“鲸油产量”也随之达到高峰，随后几年中在白令海峡大量的鲸遭到捕杀，仅 1853 年就有 8 000 多只鲸被捕杀。鲸油的价格涨到每升 0. 66 美元，通货膨胀以后价格更是攀升到 15 美元。捕鲸者大发横财，而消费者则陷入惶惶不安之中。6 年后，人们意外地在宾夕法尼亚的泰特斯维尔发现了石油，鲸油危机解除了。美国人满怀感恩之情，从“黑黄金”中提取的煤油第一次照亮了美国。一个世纪后，第一架使用煤油的 707 喷气式飞机腾空而起。

石油的发现摧毁了新英格兰的捕鲸业，但另一方面也拯救了鲸。加利福尼亚的一个出版商写道：“如果不是发现了煤油，鲸这个物种将很快走向灭绝。估计再有 10 年的时间，整个鲸类族群将被人类赶尽杀绝。”

但人类并未就此摆脱困境。6 年后，英国的经济学家威廉 · 斯坦利 · 杰文斯预见了另一个长期危机的到来。《煤炭问题——难以忽视的真相》于 1865 年在英国出版。在此书中，杰文斯分析了英国的煤炭储量，同时参照英国对煤炭掠夺式的开采情况，颇具远见地预言了煤炭资源的枯竭。他预测英国将在未来不到 100 年的时间里消耗掉所有的煤炭资源，这将导致灾难性的后果：

"煤炭是国家的物质能源，使用广泛，不可或缺，几乎与我们做的每一件事都息息相关。拥有煤炭，一切丰功伟业都不在话下；失去煤炭，我们就将退回到出卖苦力的贫穷时代。"人们希望杰文斯对未来的预测只是危言耸听。

一旦煤炭资源消耗殆尽，英国将无法保持过去70年来每10年10%的人口增长率，因为人们没有能力种植或运输足够的食物。更糟糕的是，人们似乎找不到其他的替代能源。根据杰文斯的预测，蒸汽机效率的提高只会使煤炭的使用变得更加便捷和廉价，这反而刺激了对煤炭的需求，加速了煤炭资源的枯竭。

以上绝非一个不入流的理论家的胡说八道。杰文斯的冷静和睿智，堪比今天芝加哥学派里获得诺贝尔奖的主流经济学家。英国的众议院采纳了他的建议，时任英国财政大臣、后出任英国首相的威廉·格莱斯顿在1866年关于财政预算的演讲中就提到了可能出现的煤炭资源危机，由此引发了"炭恐慌"。蓝丝带皇家委员会奉命进行调查研究，并于5年后发表了第一份关于英国煤炭储量的详细报告，该报告巧妙地回避了杰文斯提到的煤炭资源枯竭的问题。公众的恐慌平息了。英国的煤炭资源没有消耗完，第一次世界大战之后，英国开始使用石油作为主要能源。

但"杰文斯悖论"[1]依旧困扰着我们：能源使用效率越高，消耗量就越大。换句话说，设备越完善，应用越广泛。目前为止，对于运输工具而言，没有比喷气式飞机更好的了。装载两个通用电气制造的可以产生1.02兆牛顿推力的GE90－115B涡轮风扇喷气式发动机的波音777，可以搭载400名乘客从纽约飞往伦敦，仅耗时6.5小时，相当于每位乘客每千米消耗0.04升的油。9.5万升的燃油在上层大气中燃烧，其总消耗量还是让人触目惊心的。经过50年的技术改进，飞机发动机在环保方面已经取得了长足的进步，但能效上的进步远远赶不上乘客的大幅增加。成本下降，飞机票价降低，这样的结果是必然的。

"杰文斯悖论"解释了为什么我们急需大量低碳环保的可再生能源，因为

〔1〕"杰文斯悖论"的核心是，资源利用率的提高导致价格降低，最终会增加资源的使用量。

能源利用率的提高仅仅是推迟了能源耗尽的时间。捕鲸业的历史告诉我们，依靠单一能源的生存方式会因为能源替代品的出现而在一夜之间改变或消失。如果你在1851年告诉赫尔曼·麦尔维尔，捕鲸业将在10年内退出历史舞台，取而代之的是一种由地下流出的黏性焦油，他一定会惊得目瞪口呆。在《白鲸》中赫尔曼·麦尔维尔写道，“一天，木板顺着混合着血和油的洪水漂流”，第二天，这一切消失了。他更想象不到原油还将带来光明、飞行、运动，并引发绿色革命。

捕鲸业消失了，并不是因为鲸的灭绝，而是由于失去了顾客。环保主义者埃默里·洛文斯调侃道，吉米·卡特[1]在白宫穿上羊毛衫之前，他本人就已经走在寻觅未来可使用的再生能源的旅途上了。石油危机将怎样终结?

最后的清算：石油峰值

2020年左右，也许这一幕将发生，1亿游客及商人把海湾地区变成了新的丝绸之路，这会是现实对“杰文斯悖论”噩梦般的演绎。任何密切关注油价和碳发展轨迹的人都可能合理地推论出，迪拜重塑的中东形象将演变成一场近在眼前的灾难。在活动家、能源分析家及飞行员中越来越多的人达成这样一个共识：无论是在伦理上还是在经济上，航空业都无法以当前的速度持续发展。

造成这种局面的原因可以归结为两点：石油峰值和气候变化，两者相互影响、相互纠结并一起走向灭亡。这种观点认为，廉价的充足的石油已经接近匮乏，因为目前，石油的消耗量在与日俱增，同时我们排放了大量的温室气体。油价上涨、气温上升，还可能造成两种灾难性后果：一种是冰川融化，海平面上升，农作物歉收，世界面临饥荒；另一种是井水枯竭，人类文明走向终结。哪一种灾难最先降临，我们拭目以待。更糟的是，两者联手形成了

[1] 吉米·卡特：美国第39任总统。

“中国指套”（用橡皮筋在手上做出各种图案的游戏）：我们越努力找到更多的石油，地球这个调温器的温度也就被拨得更高。亲爱的朋友，海湾地区的石油泄漏事件告诉我们，我们不能只是不断地开采，那样势必导致情况恶化。

航空旅行是石油峰值和气候变化的共谋，它使得关于食物里程的争论愈发突出：航空运输把原本可以在家乡附近生活的人们，以及可以在家乡种植的粮食运送到世界的另一端，这在道德上是无法站住脚的。航空的发展取决于当耗尽燃料时，我们能在短时间内找到合适的替代品。无论如何，支持这种观点的人相信，未来的航班应该并且终将被取消。

我们可以选择乘坐飞机出行，也可以不选择，但是从碳排放的角度来看，显而易见的选择未必是最有意义的，或许恰恰是最具破坏性的。记住，阳光普照的肯尼亚种植的玫瑰和荷兰在温室种植的玫瑰，在计算最低碳排放量时，需要的是微积分而不是简单的加法。

石油峰值的计算需要不同的方程式。当谈到石油峰值时，我们实际上谈论的是两件事。一件是哈伯特峰值，即这样一个时刻，那时全球石油供应达到最大量——每天 8 600 万桶或是更多，在此之后石油产量就会开始不可逆转的下降。哈伯特峰值是以 1956 年提出这一理论的地球物理学家 M. 金·哈伯特的名字命名的。他认为石油的产量遵循钟形曲线：开始时随着简易喷油井的修建使用，石油产量迅速增长；当人们不断发现并开发新的大油田以后，石油的产量趋于平稳；当油田被开采得所剩无几时，石油产量会下降，甚至难以恢复。在 20 世纪 50 年代，哈伯特预测美国自身的石油产量将在 1970 年达到峰值，之后将保持在这一水平上。他还预测，全球的石油产量将在 2000 年达到峰值。由于新油田的发现、效率的提升、替代能源的出现及非传统能源的使用（如加拿大的焦油砂），石油产量达到峰值的日子推迟了，但不管怎样，只要我们讨论的相关能源是有限的、不可再生的，达到峰值是不可避免的事。当全球的石油需求量在 2030 年达到每天 1.25 亿桶时，这一天也就不远了。

另一件事便是石油峰值测算。预言家警告，一旦石油产量达到峰值，不断增长的需求将永远得不到满足，我们将永远面临供不应求的局面，需求与供应两者之间不断扩大的差距将给全球经济造成空前的压力。1998 年，期货市场上原油的价格是每桶 8.5 美元，伊拉克战争爆发 1 年后，油价涨到每桶 30 美元。4 年以后，在沙特阿拉伯坚持称他们可以提高石油开采效率的情况下，原油价格仍曾触及峰值每桶 147.27 美元。一旦产量达到峰值，油价将不会下降。当生产成本、运输和消费变得异常昂贵时，最乐观的结果也是全球性的经济衰退，或许是大萧条。最糟糕的结果是，我们将追随《马路战士》里的麦德·麦克斯，和新野蛮人争夺最后一滴“宝贵的汽油”。

在航空业消亡之前，世界不会滑向第二个黑暗时代。2011 年春天，油价再次涨到每桶 100 美元，很多经济学家相信大量新需求将把油价推向每桶 200 美元甚至更高。目前甚至未来的 20 年，航空业都无法在承担如此高的油价的同时实现盈利。一位分析师预计，“在油价达到每桶 135 美元时，很多航空公司的商业运行模式将无法继续”，这一推测引起了广泛的关注。

2008 年，在前所未有的滞胀高峰及美元疲软造成的通货膨胀的双重影响下，美国航空公司不得不取消免费的行李托运、免费机票、机上用餐，裁减空乘人员，减少飞机数量及航线，甚至航空公司试图通过合并等一系列举措，来抵消燃油成本 80% 的涨幅。这次危机中，全球 25 家航空公司申请破产。与此同时，乘客也比以往更加“凄惨”，因为航空业要缩减开支获得利润，乘客不得不挤在更少的飞机上。

我们不能低估高油价对佛罗里达州中部市场造成的破坏性影响，但更可怕的问题是如此居高不下的油价将会给世界航空运输供应链造成什么样的影响。2005 年，时任加拿大投资银行加拿大帝国商业银行全球市场首席经济学家的杰夫·鲁宾，试图回答这个问题。他的首份报告《高涨的油价将使世界变得更圆》颇具说服力地论证：上涨的油价将会转化成高昂的运输成本，抵消掉 45 年自由贸易的总值。他声称，时代真正的需要是价格低廉的船运。从 1960 年起到 1973 年石油输出国组织（OPEC）实行石油禁运，这段时间出口蓬勃发展，产值超过全球 GDP 的 50%。在接下来的 12 年里，世界经历了第二次石油危机和相对较高的油价，出口几乎没有增长。直到 20 世纪 80 年代，石油供过于求，出口才再次猛增。

在20世纪70年代，逐渐消失的贸易壁垒和石油产量的稳定增长并没有起到刺激出口的作用。石油是未知因素，搭顺风车的时代结束了。杰夫·鲁宾写道："在原油每桶100美元的情况下，距离就意味着金钱。"运送12米的集装箱，从墨西哥到纽约要比从香港过去费用低很多。所以更多装有原油的集装箱不是从香港而是从墨西哥运往纽约。当运输成本猛增、廉价劳动力不再具有吸引力时，世界工厂也就无从谈起。

当油价接近有史以来最高点，即每桶147美元时，鲁宾再次提到这个话题。在一份研究报告的开头，鲁宾写着"全球化是可逆转的"。目前已有迹象表明美国整个行业开始离开它们的低成本制造地，重返家乡。一旦把海上运输的成本考虑进去，钢铁这一美国工业力量的象征，在美国锻压的成本比在中国要便宜得多。鲁宾估计，下一步美国有可能把家具业、服装及鞋类制造业、金属制造业及工业机械搬到墨西哥，而所有这些即使使用水路运输，成本也是2000年的3倍。鲁宾在离开银行后不久写了一本书《为什么你的世界将变小》，书名听起来不太吉利。

空运行业不景气、飞机停飞、供给链萎缩，以及炎热、干旱、圆球形的星球，这就是所谓的航空大都市时代？当你这样描述的时候，确实让人难以置信。一封给《快速公司》杂志的信中这样说道："在我看来，航空大都市就是投资数十亿美元建立起来的，以高度依赖石油的航空运输业为基础，建立全球的血汗工厂为沃尔玛提供便宜货的地方。而航空大都市在劫难逃。它以石油为燃料，与大企业财阀、军方和政府相互依存，他们就像恐龙一样疯狂地交配以求生存，产下的怪物就是航空大都市。这样一个噩梦般的项目，浪费我们宝贵的时间、金钱和精力，这是在犯罪，在发疯。"

假设航空业真的走到了尽头，航空大都市就剩下一些砖头瓦砾，我们还有什么替代选择？人们普遍认为，即便未来找到了清洁可再生的新能源，我们依旧没有任何替代选择。谈论这个问题的一篇论文用几句话就驳斥了空中旅行，一度局限于富人的飞行，期待悄悄地回到泛美航空空气稀薄的机舱中，能够在没有任何动荡的情况下安然降落。除了少数例外，航空业最坚定的批评家们或多或少地反对对于没有飞行世界的想象，可能他们还没有完全准备好接受这一点。

加拿大的交通运输专家安东尼·普尔和理查德·吉尔伯特，曾对石油峰值过后的景象做了详细的描述，那时人们仍在使用飞机。他们认为，到2025年，不断上涨的油价会削减国内40%的飞行，主要机场数量将由大约400个减少为50个。纽约和旧金山的整点航班将被取消，取而代之的是每日几架超大型喷气式飞机搭载800名乘客往返于两座城市之间。而美国其余的运输网络将转向火车、电车及可以用太阳能或风力驱动的混合动力车。生活仍然通过电子邮件继续，虽然卡萨达定律可能已经不再适用。

但是不要就此否定了航空大都市，航空业有能力重新规划版图，勾画出一个更加繁荣的世界。即便人们目前无法找到清洁、可再生的能源用于喷气式飞机，我们仍有必要重新安排过度依赖石油的文明，拯救人类文明。

关于飞行无法忽视的真相

2007年，英国促进可持续旅游业发展的非营利组织旅行基金会，对1 000名英国人进行了调查，问题是："根据你的所见所闻，你认为飞机排放的二氧化碳大约占二氧化碳排放总量的多少？"问题中的二氧化碳排放总量指世界所有地区各种形式二氧化碳的排放量，包括从中国的燃煤发电厂（每星期都有一家新的发电厂开业）到孟买日益严重的交通拥堵带来的碳排放，再到美国房地产泡沫蔓延所直接或间接造成的碳排放。换句话说，与其他形式的碳排放相比，飞机造成的环境破坏到底有多大？

近年来，低廉的飞机票价和气候变化之间的联系在英国一直是个热门话题，因此基金会担心受访者的答案会有些偏颇。1992年随着欧洲单一市场政策的推行，欧洲开放天空政策为瑞安航空、易捷航空及他们的模仿者诸多欧洲大陆的航空公司打开了市场。很短的时间内，这些航空公司就使得英国的蓝领们相信，周末乘飞机去西班牙游玩比搭出租车到希思罗还要省钱。当然他们不会选择从希思罗起飞，这些顾客很少能负担得起在阳光海滩度假的费用。他们的目的地是二三线城市，如穆尔西亚，一个曾经荒凉的西班牙城市，后来很快成为充斥海滨度假村、高尔夫球场、公寓和伦敦腔的城市（这里后来成为西班牙房地产崩盘的起点）。尽管当时油价还停留在每桶 130 美元，但是瑞安航空的单程机票平均价格只有 63 美元。

正如你所料，欧洲航空以城市间低廉的机票价格为诱饵刺激了旅游业的发展。从布莱克浦到尼斯、从布达佩斯到巴塞罗那的航班数量增加了一倍，并以某种方式再翻一番。在接近客流高峰的为期两年的运行中，乘坐欧洲廉价航班的人数，从 6 000 万增长到 1.2 亿，翻了一番。两年之后，仅瑞安航空、易捷航空及柏林航空运载的旅客就达 1.4 亿人。乘飞机抵达穆尔西亚的乘客人数 10 年间增长了 20 倍，由 1995 年的 8.8 万人增长为 2007 年的 190 万人。以碳排放标准计算航空繁荣成本，这些航班每年排放的二氧化碳为 110 万吨。如果一对夫妇放弃从利兹飞往地中海的度假计划而选择驱车前往英格兰湖区旅行，他们旅行造成的碳排放量将是飞往穆尔西亚的 1/70。但他们可能还是会选择去海边度假。

目前世界上拥有海外住宅数量最多的是英国人。与穆尔西亚相比，有钱人更喜欢选择法国南部的卡尔卡松，自从 1998 年瑞安航空开通了飞往这里的航线以来，当地已新增加了 3 000 多个就业岗位，同时也收获了大约 3.74 亿欧元的额外收益。据说，整个欧洲长达 10 年的旅游热潮（又名“瑞安效应”），为欧洲创造了 140 万个就业岗位和 850 亿欧元的经济效益。还有一些效应是无法量化的，例如波兰的医生周末飞往英国加班，周一再飞回家继续工作等类似情况。

但旅游繁荣对全球变暖造成了多大影响呢？欧洲环境局在 2008 年发表的一份报告中指出，航空业碳排放量的增长远远超过了其他任何方式，从 1990 年到 2005 年增长了 73%。我们不知道提供廉价航班的航空公司要承担多大的责任，但这一不完全信息引发一些组织如“愚蠢号飞机”的控诉，该组织因为在威斯敏斯特宫上方扬起了写有“WE FLY，WE DIE（我们飞行，我们完蛋）”的条幅而获得了好战的名声。

该组织还在自己的网站上争辩说：不管航空公司编造的神话多么美妙，

不可否认的事实是航空业的碳排放量占英国碳排放总量的13%……我们可以关闭每个工厂，不再使用任何汽车，将全国所有的灯都熄灭，但如果我们仍然像现在一样频繁地乘坐飞机，全球变暖的趋势将无法得到遏制。该组织还断言，多数的航空飞行都是不必要的（因为航线太短），它制造噪声，污染环境，从根本上破坏环境，在给英国带来沉重的税费负担的同时，回报的只有二氧化碳。

最重要的是，该组织还指责"廉价航班实际上是为特权阶层服务的"，能前往卡尔卡松享受周末假期的绝对不是这个国家摆弄扳手的管道工。这与英国航空业支持者的观点相同，尽管支持者的人数在减少，但他们坚持认为拿"气候变化"当借口是在掩盖真正的阶级歧视。正如瑞安航空那位精明的首席执行官迈克尔·奥利里所说："他们的解决办法只是限制老百姓和穷人乘坐飞机。还是让我们回到那个飞机属于富人的时代，那样一切都会变好的。你也看得出来，他们的解决办法都是胡扯。"气候变化在他看来都是谎话。

人们试图将这场辩论上升到阶级斗争的高度，可是努力并未见效。但不管怎样，欧洲人对飞行的抵触已经形成，类似于美国人对越野车的反感。欧盟已经进行投票，将航空业纳入限额交易体系，要求航空公司从2012年起为其所造成污染的15%支付费用，这对于一个刚能勉强保持收支平衡的行业来说是一个不小的负担。有三家美国航空公司提起诉讼要求豁免，美国、加拿大及墨西哥的政府也为了相同的目的一同游说联合国。一位麻省理工学院的研究员这样说："看看欧洲正在讨论的税收及收费政策，我们还是现在就申请破产了好。"

旅行基金会进行的这次调查不是哗众取宠，不是搬弄数据，不是政治作秀，1 000位英国人在采访中被问及：在全球的碳排放量中，飞行造成的碳排放量到底占世界碳排放总量的多大比重？顺便说一下，这些人在过去的一年里都到国外度过假。

将近1/3的受访者坦承他们对此没有概念；1/5的受访者猜测是40%或更多；还有一半的受访者认为至少是15%；其余受访者选择了5%或更少。

准确答案是：2%。

为什么受访者的答案会高出准确答案那么多?因为人们倾向于认为碳排放量大小是个人选择和个人道德修养的结果。人们会问“怎样做才能减少我们的碳消耗呢?”答案无非是开混合动力车,吃有机食物,做到资源回收。(当谈到飞行时,日本全日空航空公司会十分慎重地建议乘客在登机前,使用航站楼的洗手间,以减轻飞机载重节约燃油。)由此看来,乘坐跨洋航班可能是你做的对环境破坏最大的事情了。然而,在我们个人选择的背后是一张隐形的网络和体系,飞行只是其中一部分,产生的碳排放量仅占 2%,相比之下,我们日常生活中的其他方面对环境的影响更大。

住房 根据美国能源信息部的数据预测,全部温室气体的排放有一半来自房地产泡沫产生的温室气体。仅住宅建筑这一项就占了美国国家能源消耗的 21%,这一数字是在美国家庭平均住宅面积不断扩大的带动下产生的。目前美国家庭平均住宅面积是 223 平方米,是 1950 年的 1.4 倍。

食品 如前文提到的,联合国估计家畜业的碳排放量占全球温室气体排放总量的 18%,其中包括动物排放的甲烷以及喂养它们所需的化石燃料。即便农业历史学家詹姆斯·E. 麦克威廉姆斯这样同大众想法相反的人,也反对有机食物这样的标签,迈克尔·波兰也承认吃肉的代价太高了。

驾车 除了靠脚力或是风力驱动的运输工具,其他所有形式的运输工具造成的碳排放量占总排放量的 13%。航空只是这其中的一小部分,也就是飞机的排放量仅为内燃发动机驱动的交通工具的排放量的 1/6,这些交通工具包括汽车、卡车及其他车辆。当然,这是发展中国家每个人都拿到驾照之前的数值。

但航空业的发展速度是任何其他方式都无法企及的,而批评者正是盯上了这一点。与“杰文斯悖论”相呼应,尽管航空业正在努力,希望研制出新型、更轻便、更完美的飞机,更清洁的发动机,或是采用更平滑的降落,以便增加燃油效率,尽管航空公司也在不断更新技术,但这都赶不上航空业的发展速度。至少,美国由于采取强制性的节约政策,在过去 10 年的大部分时间,也就是 2000 年至 2007 年,飞机的实际碳排放量下降了 2.6%,尽管在这期间搭载的乘客和货物比原来增加了 20%。由于类似的原因,喷气式飞机的燃油价格在10年前，也就是“9·11”之前，就已经达到了顶峰。但是欧洲易捷航空很难改变对石油的依赖，加之中东和亚洲的恢复性增长，由飞行造成的碳排放量到2050年将占到总排放量的5%。

另外还值得注意的是，商用飞机是在平流层的底部（也就是温室气体聚集的地方）排放二氧化碳的。考虑到这个原因，联合国政府气候变化专业委员会将航空飞行对碳排放的有效贡献提高到3%，这个数字相当于世界所有高速公路碳排放量的1/4，或人类住宅碳排放量的1/2。即便达到估计的最高值，飞行也绝不可能取代驾车，成为全球温室效应的罪魁祸首，更不用说那些工厂和电动涡轮机了。所以我们为什么不集中精力来整顿那些污染大户呢？

中国是世界最大的烟囱，这与机场无关。中国的发电厂和工厂每年消耗世界1/3的煤炭资源——24亿吨，这个数字比起10年前已经涨了1倍，并且还在继续上涨。预计到2020年，中国道路上汽车的保有量将达到1.3亿辆，到2050年（或2040年）将比美国汽车保有量还要高。中国已经成为世界最大的污染源之一，部分原因是经济发展规模，但更主要的是因为浪费。从2009年冬天至2010年春天，中国6个月的碳排放量创造了世界之最。据世界银行估计，如果把污染和环境退化的成本考虑在内，奇迹般增长的中国经济成果将消失至少一半。如果中国的碳排放量以过去30年的速度继续增长，那么中国在未来30年的碳排放量将超过美国存在以来的排放总量。由于这些原因，中国开拓了世界上最大的电池、风能和太阳能国内市场，发展绿色科技，然后通过空运将美国的市场逼入困境。

当石油峰值与世界工厂碰撞，我们有必要再快速重申一下基本数据：全球商品总价值的1/3，也就是价值3万亿美元的货物要经过空运，而它们的重量只占全球货物总重的1%。在过去35年里，航空货运的增长是世界贸易增长的4倍，是过去全球GDP涨幅的9倍，这意味着越来越多值得制造和运输的物品（包括美国出口货物的一半）应该使用空运。在速度经济时代，卡萨达说：“石油没有速度值钱。”

与杰夫·鲁宾的断言相反，从20世纪80年代以来航空运输的实际成本并没有上升或下降多少。我们没有因为空运费用低廉而增加货物运量，我们选择空运是因为这些物品在过去的 30 年里已经变得更轻，却更有价值了。中国的生产制造商已经了解到，如果单等着航船来运输货品，尽管可能会降低成本，但商品会因滞销和过时而造成损失。油价的不断攀升，要求他们必须在油价超过劳动力、规模经济和时间成本之前，大步前进。

航空客运也是一样的。全球经济框架下，生产力的增长取决于活动范围、连通性和速度。占全球 GDP 的 10%、发展中国家 GDP 的 30% 的旅游业也是如此。当你把这种集中的速度和效率的乘数效应归结起来看，航空业短期内为我们带来的福祉要超过它对环境造成的破坏。这是用一种复杂方式来描述航空业利大于弊的事实，那么，我们为什么还要试图扼杀航空业的发展呢?

厄运终结者

卡萨达说:“如果没有了航空，我们会感到不方便；但是对于那些处于社会底层的民众来说，这将意味着失去生计。”对于肯尼亚的花农或是中国的工人来说，航空业的终结就意味着失业。那可是上百万个工作岗位，几十亿美元呀。我们可以通过开发新技术来应对环境变化，而不是停下发展的脚步，同时切断彼此的关联。在帕克和伯吉斯所建立的城市发展模式中，穷人要走出去，要获得更高的社会地位，但前提是社会在发展。没有任何证据表明发展会对人们造成伤害，事实上，所有的证据都会得出相反的结论。

如果需要证据，我只需要将目光转移到北京三环举步维艰的交通上。昨天夜里又有 1 000 辆新的小汽车进京，使得那天的交通拥堵与前一天相比更加严重。几个月后，这个城市将经历一次长达两周、100 千米长的交通拥堵，汽车尾气将一路飘到内蒙古。楼下，出席卡萨达主持的“航空大都市”会议的几百名中国和美国的官员正在研究怎样在自己的国家建立航空大都市。

卡萨达感叹道:“这场辩论几乎毫无客观性可言。失去客观性，政治将压倒经验数据。你会看到那些反应过度的人，他们严肃地宣称正在做事改变现状。问题是他们在做事前并没有评估这么做的成本，也没有看到我们所创造的效益。如果我们真正想将碳排放量减少到零，我们不妨回到石器时代，但这种解决问题的办法比问题本身更可怕。”

他补充道：“现在人们好像都是马尔萨斯主义的信奉者，托马斯·马尔萨斯认为食物供应会增长，人口也会增加，但人口增长更快，直到后者超过前者，那时世界会出现饥荒和灾难。但事实上，在过去的200年里，人口增长了，人们的生活水平提高了，寿命也大幅延长了。这里面的关键就是连通性和贸易。每项研究都表明更多的连通意味着更多的社会流动机会。批评者没有考虑到的是如果取消了航空业，就等于拆掉了经济阶梯的下层。他们没有意识到这些事情之间的关联性。”

我做了一个不切实际的假设，提出这样一个问题：假如我们停飞所有的飞机，其他事情照旧，世界将会怎样？那就想象一下火山灰危机永远持续下去的样子吧。卡萨达回答道：“很多食物会消失。新鲜的鱼类？新鲜的水果？不见了。全球供应链会断裂。从长远看，中国制造业的效率将会消失，我们习以为常的产品低价格也将成为历史。我们将面临严重的通货膨胀，利率也会随之上涨，整个经济都要遭到破坏。穷人将最先遭殃，因为生活成本将急剧上涨。”

有人说，石油危机让我们束手无策，他从前也听过这个故事：1968年，保罗·艾里奇写了《人口爆炸》一书，1972年罗马俱乐部出版《增长的极限》一书。两本书都在理性的分析后得出结论，到20世纪80年代，最迟到2000年，将有几十亿人死于饥荒和瘟疫。当然他们都错了，或许这一时刻还未来到？经济学家朱利安·西蒙（卡萨达年轻时的同事，曾给过他很多启发）挑战这些悲观的马尔萨斯主义者，驳斥了他们的论调，也为自己赢得了“厄运终结者”的别号。西蒙运用原始数据证明他们的观点是错的，因为我们在不断地创新，我们生活的世界会日益繁盛。过去的200年里，由于新技术的开发，生产效率的提高，以及总能及时找到替代品，所有商品的价格在全面下降，例如石油、铜、钢铁、铅、粮食、棉花。西蒙相信人口爆炸会带来社会繁荣。他争辩道：“资源来自人的大脑，而不是土地和空气，从经济上讲，头脑和手或嘴同样重要，甚至更重要。人类的生产总是大于他们的需求，也只能如此，否则人类就要灭绝了。”

从某种意义上说，西蒙是对的。他乐观地断言，在未来的70亿年里发展将持续，并且不用担心地球在那个时候会变得很拥挤。在他还未享受到互联网带来的便捷之前，他就将筹码压在了人类的创造力上。解读卡萨达定律的一个办法是将人类沟通的速度和频率替换成西蒙预测的数字。正如人类的意识不是未加工过的灰色物质，而是对神经元突触的刺激一样，卡萨达相信应对石油危机和气候变化的关键是不受时间和空间约束的合作。我们至少可以说这是违反直觉的，但相同的效果在一些城市里已经显现出来。圣达菲研究中心的研究员已经发现，城市在变大的过程中也变得更加智能化，进步更加迅速。他们写道：“几乎任何测量结果都表明，城市人口越多，平均每个人的创新和创造的财富就越多。”当人们之间的沟通在激增，城市的进步是“超线性”的。谁又能说这样的规律不适用于全球范围，不适用于过去的50年呢?

卡萨达说：“人们总是说，这一次情况不同，但是数据说明这种看法是错误的。如果将座位里程收入（一种测量乘客数量和航程的方法）和GDP联系起来，你会发现它们基本上是一对一的关系。当人们变得富有时，他们会更多地选择飞机出行。”因为人们越来越看重时间的价值。“然而，如果你把座位里程收入和油价联系起来，它们则没有关联。油价会继续上涨。”

他还补充说：“或者油价下调，或者航空公司要做出调整。而实际上总是航空公司做出让步。我们没完没了地谈论他们个人的损失，但是行业却在发展。所以如果油价回落到每桶100美元时会怎样？他们会适应，他们会重组，当然还有一些公司会倒闭。这对航空大都市意味着什么？这意味着商业将更加紧密地向大的交通枢纽会聚，因为那里与外界的连接是最丰富的。电子通信不会减少。从电话的发明到脸谱网的出现，通信领域的每一次进步都更大地激发了我们对旅游的热情。上万亿次的沟通联络所造成的流动的需求是过去不曾有过的。如果没有飞机我们该怎么办？依靠火车或是汽车？想一想铺设80千米的高速公路造成的碳排放量吧，想想高铁一路上造成的噪声，你要在哪里修铁路呢?

“航空批评者犯的错误在于他们认定技术不会再进步，或是技术进步的空间有限。那是很愚蠢的！第一次飞行是1903年在美国的基蒂霍克进行的，此后到1969年协和式飞机升空，我们见证了从莱特兄弟只能飞行几百米的飞行器的出现，到2倍于音速、可以横跨大西洋的飞机的问世。没有任何一种运输工具发展如此之快。生物燃料、新式发动机以及复合材料飞机，航空业的进步总是出人意料的。”

飞行在遏制气候变化方面的角色可以归结为经典的效率与公平之争。“愚蠢号飞机”组织要求公平，如果航空公司排放的温室气体占到2%、3%或5%，航空业要提出相应的解决方案。承担相应的责任意味着航空业要使用生物燃料，选择更轻便、更完善的机型，减少航班次数，或干脆取消飞行。支持“效率优先”的人喜欢摘下唾手可得的果子，用最快捷、最省钱、最有效的方法解决目前的问题，至于由谁来承担责任，谁来挑起重担，他们不管不顾。（正是因为这个原因，他们在政治上站不住脚，因为这不公平。）目前的问题是要在全球范围内减少二氧化碳排放，这意味着不一定要在希思罗寻找问题的答案。之前石油危机的结果告诉我们效率将赢得这场辩论。

20世纪70年代，高昂的油价是比气候变化更为紧迫的问题。可以用其他燃料替代的地方，石油都被替换掉了。煤炭、天然气及核能迅速投入使用，进行家庭取暖、工厂用电和发电。我们不能淘汰汽油，尽管人们争相购买日本的节油车，但是汽油依然持续为市场上95%的车辆提供动力，现在依然如此。结果，从1973年第一次石油危机开始到2008年石油峰值，交通运输的石油消耗以每年1.3%的速度在增长。但是，居民用量降低了2.1%，商业用量降低了2.4%，发电用量降低了4.8%。美国现在的人均石油使用量是1973年的一半。正如卡特总统所描述的“这是一场道德意义上的战争”，虽然10年的石油危机未能消除我们对化学燃料的依赖，但是，危机激励了我们提高能源使用的效率。

1973年石油危机之前，全球石油消耗每年增长8%。由于使用一些替代能源，这一增长速度降到了4%，但这个速度依然让当时的卡特总统担心。在1977年的炉边谈话中，他说：“这意味着，即使想要保持石油消耗增速不变，每年需要的石油量也相当于得克萨斯州一年的石油产量，或者阿拉斯加北坡9

个月的产量，再或者沙特阿拉伯 3 年的产量。显然，不能再这样继续下去了。”而事实也确实如此，随着伊朗革命引发的第二次石油危机，在新一轮寻求高效低耗技术的呼吁下，石油消耗增幅降到了 2%。从 20 世纪 80 年代到 90 年代，石油需求一直持续下降，直到接下来 10 年的经济增长才使其再次上涨。

正如 20 世纪 70 年代的石油危机使重工业和公共工程避免使用石油一样，最近出现的耗油高峰和气候变化对汽车也产生了同样的影响。美国人似乎终于准备用电力来代替石油了，而中国汽车制造商，如比亚迪公司已经计划完全换掉内燃式发动机。埃克森－美孚相信，美国已经度过了石油需求的巅峰期，由于燃料的高利用率和再生资源的出现，人们将减少对汽油的需求，推动汽油消耗量的下滑。国际能源机构认为发达国家的石油消耗也是如此。正如埃默里·洛文斯所预测的那样，世界上的几个超级石油公司，石油卖不完顾客就走完了。

最后依然需要使用石油的就只剩下航空公司了，因为飞机的起降需要大量的能量来对抗物理定律。从能效的角度讲，将交通碳排放量减半的最好方法，就是使用可再生资源为车辆提供电动力，而把剩余的石油留给航空使用。当总排放量减少时，航空碳排放量所占比例会显得越来越大。但尽管如此，依然不能否认总排放量在减少这一事实。

卡萨达在北京时告诉我：“人类被驱使着采用新技术，所幸的是我们有能力将技术很快地运用到社会中。但人们想法和信念的改变速度却远远跟不上科技发展的速度。在人类学中，这被称为‘文化滞后’，‘滞后’在这里指的就是，我们能够预见灾难，但无法预见未来。我们能找到替代燃料吗？绝对可以。当迫不得已时，我们总能找到解决问题的方法。”

不要盲目相信卡萨达的话。问一问美国宇航局首席气候学家詹姆斯·汉森就知道了，他也是气候变化毁灭论的主张者。他指导过美国前副总统戈尔，而且反击了布什政府让他保持沉默的几次尝试。他坚信地球已经到了毁灭的边缘，同时他也相信能效高于平等。在他看来，煤炭就是罪魁祸首，如此而已。他曾说过：“地球 80% 的问题都是由煤炭引发的。人们必须保持警惕，避免浪费精力。我们要永远记住，头号敌人就是煤炭。”他呼吁在20年内关闭所有的燃煤电厂。

他总是把运煤火车比作把濒临灭绝的物种送进炉子的死亡列车。曾有示威游行者占领了英国的一个燃煤电厂，后被判为非法破坏罪，于是他站出来为他们辩护。他告知法庭，示威者的行为是可以理解的，因为越来越多的二氧化碳排放会导致400种生物的灭绝。最终示威者被无罪释放。

希思罗机场第三跑道的反对者想获得詹姆斯·汉森的帮助，希望能让他做信誉证人，但他没有同意。他告诉伦敦的《观察家》：“我不认为取消航班有什么帮助，阻止修建第三跑道弊大于利。机场所需跑道的数量取决于客流量。由于缺少跑道，将导致飞机没有跑道着陆，而在空中盘旋和等待，从而消耗更多的燃料。”他强调，航空业在任何情况下都不是问题所在。

在那些愤怒的环保主义者的信件塞满了他的邮箱之后，詹姆斯·汉森澄清了他的评论，但并不收回这些评论。在一封长长的电子邮件中，他写道：“我想说的是，航空燃料并不是气候问题的主要原因。在最差的情况下，我们还能使用碳中性的生物燃料……对于全球航空，使用生物燃料的方法还是有的。”

这又让我们回到看似无法解决的石油峰值问题。不管我们怎么提高能源使用效率，“杰文斯悖论”现象迟早会出现。全世界的汽车都改用电力驱动至少还需要几十年的时间，到那时，只有航空公司和乘客为昂贵的油价买单。在经济衰退期间，主要出口国无法向闲置的生产能力投资，可能会造成石油价格的再次骤升。能效、可再生资源、节能型汽车可能为人类争取了一定的时间，但是新的石油消耗高峰依然在远处若隐若现。

实际上，我们可能已经站在了峰顶。国际能源机构虽然不是末日论者，但是根据其预计，按照目前的趋势，传统石油将在2020年达到消耗的峰值。而英国前首席科学家大卫·金爵士却将这个期限定在了2015年。（他声称，石油输出国组织多年来一直在增加其石油储备量。）科威特的研究员们表示同意，甚至打赌在2014年就会达到。麦肯锡认为，这取决于世界经济复苏的速度，也有可能是2011年。如果航空公司支付不起昂贵的“果汁”，我们也就不能奢望《疯狂的麦克斯》里面的场景了。

这时就需要一枚“魔弹”，一种与喷气式飞机使用的煤油燃料一样稳定的、可循环利用的合成燃料。这种燃料需要在燃烧的时候达到前者的温度，但清洁度是前者的10倍，以此来满足目前和未来碳贸易计划中碳排放量的限额。一些最常见的基础用料，如乙醇和生物柴油，都因为能效很低，且很有可能在1万米高空冻结而毫无希望地被排除。替代燃料一旦找到，就必须建造足够的“精炼厂”来提供每年2 080亿升的燃料，而且燃料费低于同行业的610亿美元，这时就需要请来理查德·布兰森爵士和他那长满绿藻的酿造厂了。

布兰森爵士、生物燃料与平衡

布兰森爵士是一位两鬓斑白的亿万富翁，像他这样的人世间难寻：他不仅是一位热心的环保人士，还恰巧是一家航空公司的老板，实际上是几家航空公司的老板，其中包括维珍宇宙飞船公司。这位维珍集团的总裁面对自己的双重身份做了真诚的忏悔。他痛苦地知道，自己也是污染环境的罪人，所以他说：“如果你经营的企业在污染环境，那么你就要为此付出代价，因为你在造成破坏。”

不久前，布兰森爵士还不关心环保。在戈尔找他之前，他一直对气候变暖抱着怀疑的态度。那天他坐着观看电视播放的纪录片《不能忽视的真相》。看完后，他的态度马上发生了转变，对环保产生了极大的热情。2006年，在第二届“克林顿全球倡议”上，他宣布将把自己在运输业（多数为飞机，少量为火车）中所获得的全部利润，用于开发可持续和可再生燃料。在阵阵热烈的掌声中，他说：“我们必须摆脱对石油的依赖。我们这一代人不但有知识和资金，最重要的是，我们有毅力把这件事做好。”慷慨陈词后，他总共捐了30亿美元，这是迄今为止所有单个企业捐赠的最大的一笔用于治理全球变暖的资金。

布兰森爵士出色地从一个精明的航空公司老总转变成了新的理想主义者。维珍航空的利润不是专门用于慈善的，而是用于研发。4 年后，维珍绿色基金为研究如何提炼用于替代喷气式发动机燃料的环保燃料投资了 4 亿美元，还为此做出了各种努力，并声称最终一定能为市场研发出一种替代燃料，并命名为自己的专利产品“维珍燃料”。如果他成功了，他的治理环境誓言将会给他带来比其航空公司的收益还要多的利润。

声明发表后一周，布兰森爵士在纽约又举行了一次新闻发布会，这次是以“维珍集团”的名义召开的。他依然清楚地感觉到，他的方法是航空业的救世主，所以他简要说明了其航空公司在地面和空中将要采取的一系列节能减排措施。这些措施包括减速平稳着陆，在肯尼迪和希思罗机场用拖车拉飞机进出跑道，以及通过碳纤维部件更换来减轻每架飞机的重量等。他把焦点放在减少二氧化碳的排放量上而不是放在省钱上，他强调，在每个机场使用拖车让飞机进出场，可以减少维珍集团在每个机场 90% 的碳足迹，而且还可以使他的每天往返于这两座城市的 12 架航班节省 2 吨燃料。他还说，如果整个航空业都照这样做的话，每年至少可以减少 1.5 亿吨的碳排放量，即减少民航年度排放量的 1/4。为了实现这个目标，他已经写信给数十个航空公司、机场以及管理部门，请求他们帮忙进行改革。然而他的竞争者都不愿意联合起来帮助他。

这跟维珍集团的说服力无关。事实上，它们得到了联合国环境组织、天气组织和旅游组织的赞同（虽然它们没有签名），两年后这些组织联合发表了一份报告，建议了很多维珍集团一直在采取的节能减排措施。这些措施包括使用更新的、更省油的飞机，且这些飞机能承载更多旅客，净重更小等。现在所有的航空公司都在逐步减少耗油的老式机型，快速引进新机型。波音 787 是第一批完全由轻型复合材料制成的新一代飞机，将燃料消耗（和二氧化碳排放）减少了 20% 甚至更多。发动机制造商罗 · 罗、通用和普惠正用“开放式转子”和“齿轮传动的涡轮风扇”进行改进，这有望降低 1/4 的油耗并降低一半的噪声。

记者招待会后布兰森爵士告诉我：“这些办法都不是产业的净成本。解决全球变暖的方法是提出让所有相关者都获得利益的办法。”布兰森爵士解决问题的典型办法就是：既要动之以情，又要晓之以理。这也是他阻止气候变化的整体方法。他不威胁也不祈求别人，而是告诉大家，这个全世界面临的最大挑战，也是实现利益和显示尊严的机遇。在我们的谈话中，他也承认了这一点。他说：“你若想有所成就，就要从事情各方面的特点出发。值得指出的是，如果他们不对此（气候变化）做些什么的话，他们的子孙后代是不会原谅他们的。但是，你也可以去触动他们的底线，让他们意识到事情的紧迫性，那样做会特别有用。”

航空业对气候变化仅仅停留于口头上的冠冕堂皇的承诺引起了环保人士的强烈不满。但布兰森爵士却与航空界人士截然不同，他真诚地应对气候变化。航空公司没有参与签订 1997 年的《京都议定书》（反正美国从来都没有认可这个协议），也没有受到哥本哈根大会的制裁。为了缓和越发高涨的反对声，航空业的贸易游说者国际航空运输协会提前做出保证，到 2050 年把航空业碳排放量减少到 2005 年的一半。它还愿意接受 50 亿美元的罚金以获准加入全球性的碳排放限额与交易计划。绿色环保组织指责这个计划是“绿色的粉饰计划”，就连一些中立的观察者也发现这一计划只是为参与者自身谋利的。

布兰森爵士在哥本哈根呼吁设定减排目标，但他谴责对碳排放征税。他告诉我：“政府可能认为全球污染极其严重，他们就准备推行强制措施，收取行业费用；而我们则要准备采取一种平衡措施。我们建议将航空业的碳排放量从 2% 减至 1.5%（或更接近）。同时，航空业还要为全世界贡献 8% 的 GDP。我猜想这大概是一个合理的平衡点。越洋旅行只能靠国际航线，但是我们要制造更加清洁环保的飞机，我们一定要竭尽全力来减少污染。”

布兰森爵士依赖空客和波音两家公司来制造完全由复合材料制成的轻型飞机，并让它们清楚地知道，燃油效率是维珍航空关心的首要问题。但是在燃油效率方面，布兰森爵士和他的同行也就只能做到这一步。如果在未来 20 年里乘客的增长像波音公司预测的那样恢复到之前 5% 的速度（大大超过世界人口或 GDP 的增速)，那么他们最美好的愿望将会被坐短途客机去海南打高尔夫球的旅行者毁掉。

但是，如果石油生产达到了峰值，而维珍燃料还没有上架，那么上面的情况也就无须担心了。布兰森爵士去年就告诫英国的部长们："未来 5 年我们将面临另一场危机——石油危机。这一次我们有机会做好准备应对危机。关键是如何准确把握时机。我们要以次贷危机为鉴戒，决不可让石油危机也给我们一个措手不及。"

研制完美的生物燃料的竞争正在几个科学小组之间展开，他们由生物化学家和分子工程师组成。这些科学家想在离开象牙塔、拯救世界的同时，获取一些专利权。由于农田提供的更多是食物而不是燃料，虽然所谓第一代生物燃料诸如玉米乙醇、生物柴油已经失败，但是这样的公司现在依然多如牛毛。食物链的下一步就是从不可食用的植物如巴巴苏棕榈树叶或麻风树种子中提取可以利用的油。

2008 年 2 月，维珍航空公司在它的一架从伦敦飞往阿姆斯特丹的 747 航班上，试用了一种巴巴苏椰油混合燃料。这次飞行成功了，这种（混合了煤油的）生物燃料没有冻结。之后，布兰森爵士被拍到从制作生物燃料的椰壳中喝这种混合燃料的照片，他勇敢地将之强咽下去。但是，他很快承认，这种椰油不是解决生物燃料的方法，甚至连个开始都算不上。他曾想过，既不需要照料又不需要提供养料的麻风树或许不错。但是，因为需要大量的这种树，这很不实际，希望也就破灭了。种植足够多的麻风树来替代每天 500 万桶的喷气式发动机燃料，将需要相当于现今法国国土面积两倍的种植面积。所以他只得放弃了这个想法。

布兰森爵士之后告诉我："那次飞行证明不改动发动机，我们也可以使用生物燃料。就在两年前，与我们交涉过的工程师们还发誓这是绝不可能的。既然证明了可能性，那么我们现在相信，突破点在海藻。"最常见的就是池塘上的浮藻或海草，海藻生长得很快，其生长速度是陆生植物的 30 倍，并且生存需要的养料很少，只需要阳光、二氧化碳和咸水而已。波音公司和布兰森爵士一样充满热情，波音公司相信世界上所有的航空燃油，都可以从跟比利时一样大小的一个池塘里萃取出来，这个池塘的面积比中国在刚果（金）建立的280万公顷的棕榈树种植园还要大一点儿，这个种植园紧挨着中国从赞比亚租来的200万公顷土地。

有一个更好的解决办法，或许可以从根本上解决问题。布兰森爵士把个人的希望放在了旧金山的Solazyme公司，其选定的海藻品种可以像加工厂一样消化糖类和纤维素，然后产出燃油。收获这种燃油有点像酿造啤酒，所以想要工业化规模生产的话，需要不锈钢的发酵室，而不是炼油厂旁边的湖泊。这种燃油的气味不像石油而像石蜡，这是因为它们都是由相同的长链碳氢化合物的分子构成的。

该公司宣称，这是他们拥有的唯一的一种无须混合其他燃料就可直接注入油箱中的生物燃料。美国的海军部已经订购了数千加仑的这种燃料。但是在扩大商业规模之前，Solazyme公司正在进一步改进该燃料，希望将其价格降至每桶60美元到80美元。该公司的总裁兼首席技术顾问哈里森·狄龙希望可以在两年内实现这一目标。与此同时，其他的竞争者像美国生物燃料公司Amyris和Sapphire Energy，也雄心勃勃地公布了他们各自产品的问世时间。

哈里森·狄龙在他们的实验室里告诉我："我们这里是一个创造石油的平台。我们可以利用任何一种植物原料，包括芒草、甘蔗、柳枝，甚至锯末，它们经过发酵后产出的不仅仅是燃料还有食物（比如菜籽油，而非原油）。现在需要足够的原料来生产上亿加仑燃料，而美国能源部估算，单在美国就有1.9亿立方米的原料。"在美国能源部提供2 180万美元的基金援助后，Solazyme公司就在宾夕法尼亚州建立了第一座实验提炼厂，并且已投入使用。

如果海藻提炼油听起来像杀出重围的救世主（不可思议的权宜之计，使我们感觉天无绝人之路），那我们也要记住，我们以前也是这么挺过来的。另一个生产绿色原油的竞争者是克雷格·文特尔，他的染色体合成公司已经联合了埃克森-美孚去制造一种通过DNA的增长产生石油的微生物。10年前，遗传学家文特尔教授击败了其他同行，在预算为30亿美元的人类基因组序列的测算计划中分了一杯羹。当基因组计划于1985年首次提出时，许多人认为这是不可能的，或者认为其成本将会和曼哈顿计划一样高昂。然而，文特尔教授在短短两年内就取得了显赫的成绩，且花费仅仅是预算的1/10。在此期间，就像摩尔定律所指出的，计算机的数据处理能力突飞猛进，每18个月计算能力的价钱就便宜一半，起初的举步维艰转变为乘风破浪。

2010年5月，文特尔教授用实验室的化学物质成功地合成了生物活细胞，这无疑是一个重大的进步。文特尔教授发出了欢呼："这个细胞叫'合成细胞'，它是世界上第一个由计算机创造的、能自我复制的生物。"这个生物的母亲是一台计算机。随着时间的发展，计算机也变得越来越能干与智能化了。测试人类染色体序列组所需的花费以每年10%的速度下降；IBM计划将单次费用降到每人100美元。我们有理由相信卡萨达的坚持，他认为人类的聪明才智，可以克服横挡在我们与我们的需求和欲望之间的障碍，可以用接近超音速的速度到达地球的另一边。我们已经拥有了这样的技术：更清洁、更长远、更快捷。

有关飞机、火车和高铁的谬论

飞行无疑是人类历史上一次大的飞跃，但我们很快、很容易地就忘记了这一点。20万年前，人类只能在地球上缓慢爬行；我们能在天空飞翔，也仅仅有百年的时间。也就是在一个世纪以前，1909年9月29日，威尔伯·莱特驾驶着莱特兄弟飞机在自由女神像上空盘旋，在哈得孙河翱翔，引得河畔数以万计的纽约人欢呼雀跃。

飞机场也已陪伴我们走过了大半个世纪，却很难发现有任何人会为它们喝彩。飞机场是一片拥有跑道、停车场和立交桥的荒地，那里布满了震耳欲聋的呼啸声，充满了喷气式飞机和柴油机释放出来的混合有毒气体。我们担心同样的事情会发生在航空大都市。

众所周知，机场是个又脏又吵的地方。机场就像是连接全世界的工厂，我们无法把它完全隐藏在小镇边缘那座高耸的小山背后。在城市中，类似的东西总是被建造在一起，这也导致了当前的杂乱局面，比如错乱杂陈的高速公路和毫无规划的城市扩张，一个又一个所谓优秀的机场被建在了城市的边缘，机场似乎成了城市规划的垃圾填埋场。

今天，我们还在为这些错误付出代价。它们在影响城市景观的同时，也在侵蚀我们的自然环境。但如果人类把航空大都市看作当今的城市大熔炉，即产生财富和新阶层的地方，那么它就应该是急需进行修缮的地方。我们需要的不仅是运送 90 亿人的清洁飞机和更干净的机场，我们也需要清洁的城市。航空大都市就是我们对城市进行建设及再建设的开端，也是一个全新的、绿色的、人口更加密集的、比目前城市周围运行的任何事物更能持续发展的城市。卡萨达强调："建设航空大都市与城市高效增长的目标是一致的，它们可以而且应该同时进行。"

但是机场本身还存在问题。它们始终还是要做一些带有污染性的工作，但它们可以进行清理和减噪之类的努力。从喷气式飞机时代开始，由于发动机设计上的不断改进，飞机在起飞时的噪声已经降低了 30 分贝，这种不同就好比周日早上有人拿着手提钻在钻你窗子的声音跟马路上的嗡嗡声之间的差异。只要有足够的跑道和深谋远虑，安宁和跑道是完全可以并存的。一些最繁忙的机场正把它们的噪声等值线拉低，而不是推高。

对于飞机燃油发出难闻气味的问题，理查德·布兰森可能偶然间想到了一个很简单的解决方法：关闭发动机，直至起飞。但是多项测试表明了这种方法对飞机起落架压力过大，所以维珍公司不得不放弃在跑道上用拖车拖动飞机的做法。维珍集团的首席运营官解释说："如果要这样做的话，就必须重建机场的停留港并做出一些其他改变。我们曾尝试这样做，事实证明，这种方法确实可以很大程度上减少污染排放。"减少量已经达到布兰森爵士原本承诺的 90%。从长远来看，燃烧生物燃料可以降低碳排放量，因为生物燃料来源于藻类植物，它们吸收的二氧化碳比它们释放的要多。但是使用生物燃料对于身边的人并不会有多大作用。如果机场想变成一个更绿色、更好的地方的话，就必须按一定的方式采用维珍所谓的"起步排位系统”。

机场也在尽最大努力。旧金山机场在房顶上安装太阳能电池板，奥黑尔回收了 90% 的因跑道扩张而产生的废石。包括巴黎、法兰克福、阿姆斯特丹、米兰、都柏林在内的 31 个欧洲枢纽城市，都宣誓成为碳中和城市。目前，斯德哥尔摩机场在这方面遥遥领先，其航站楼以刨花供暖，从而减少了 94% 的碳排放量。机场的出租车站借助混合燃料运转，公共汽车则以当地生产的生物柴油为燃料。

火车是更好的选择。但却引发了另外一个问题：为什么不用火车来取代飞机呢？高铁是日本和欧洲的重要支柱。穿梭于东京和大阪、巴黎和里昂之间的高铁比连接纽约和波士顿的达美航空运载了更多的乘客，并大大降低了碳排放量。奥巴马政府已经开始优先发展高铁，并分配了 80 亿美元的激励基金，在中西部、南部和沿海地区探索开发 10 条具有潜力的路线。副总统拜登解释道：“投资建设高铁系统将会降低我们对国外原油的依赖以及天然气支出，这会缓解拥堵的高速公路和空中航线，大大减少我们对地球的破坏。”然而，这并非全部。80 亿美元不过是建设高铁系统的“首付”而已。建立国内的“新干线”铁路网还需要更多资金的投入。

美国很多人支持高铁计划，但是至少也有同样数目的人反对高速铁路的修建：远距离，高成本，车站周围存在无计划扩张的可能，锻造所需钢材造成碳排放超标，以及作为列车动力来源的燃煤发电，更大的问题在于飞机和火车如何陷入自身的“杰文斯悖论”。火车不会取代飞机，但它们使飞行变得空前简单。火车在短途旅行中较为高效，远距离旅行还需要飞机。这就意味着，与飞机相比，高铁更像是城际地铁，而不是搭载乘客飞往数百千米之外的飞机。火车还可以将人们和机场连接起来。穿行于伊利诺伊或加利福尼亚的高速列车意味着斯普林菲尔德或弗雷斯诺的航班更少，但越来越多的乘客将从奥黑尔或洛杉矶出发飞往伦敦和东京。

听起来有悖常理，但确实如此。去问问那些在希思罗机场卷入同样争论的英国人吧。三个主要政党都支持从伦敦向各个交通枢纽修建高铁，但希思罗机场的所有者指出，在机场中转增加了修建第三个飞机跑道的需求，因为成千上万的人宁愿从格拉斯哥坐火车去希思罗机场，再乘飞机去美国，也不愿意去挑战世界上最拥挤的机场转机。火车可以释放人们对飞机的潜在需求。（或许，他们即将提出一套更加简单的解决方案。在最近的一项研究中，近1/3 的英国人认为，远距离交通的状况会在 10 年内得到改善。）

反对修建第三条跑道的人驳斥这一论点为“鼓吹宣传”，但这正是在西班牙所发生的事实。西班牙赶上了修建铁路的高潮，预计今后 10 年内将会再铺设 8 000 千米的高速铁轨。在动车运营的头两年里，马德里和巴塞罗那之间的空中交通运输量下降了 40% 仍未触底，但两座城市的机场都扩建了。马德里已经成为欧洲飞往拉丁美洲的门户，并且取代了荷兰的史基浦机场成为欧洲最繁忙的枢纽之一。巴塞罗那最近新建了一个航站楼，同时长途航线数翻了一番（包括布宜诺斯艾利斯和新加坡），还收购了本国最大的航空公司。不满足于西班牙第二大城市的定位，巴塞罗那正朝着国际性大都市的方向努力。

欧洲最繁忙的 5 个枢纽机场中的 4 个都位于高铁线上（希思罗机场除外），它们都经历了国内乘客的减少和国际乘客的增加。例如，史基浦机场已经成为方圆 160 千米内 1 000 万人口的交通门户。在铺设以芝加哥为中心向四周辐射的高铁网之前，我们应该先完成奥黑尔机场的扩建。

卡萨达认为，在这个飞速发展的年代里，机场是城市、地区乃至国家发展的竞争优势所在，或许奥巴马政府应该重新考虑一直被忽略的美国空中交通系统的建设。副总统所抱怨的交通拥堵的原因是 20 世纪 30 年代建立的空中交通管制系统。麻省理工学院的研究表明，每年因为空中交通管制系统的落后而导致的飞机延误所产生的损失高达 83 亿美元，比航空业亏损总额还多，而且乘客成本也增加了一倍。而这个问题完全可以通过用非常高效的新世代系统（Next Gen）代替旧系统而解决，新世代系统包括伞状卫星、全球定位系统，以及能够显示两点之间最近距离的座舱电脑绘图。实现系统更换只需 150 亿美元。然而，尽管空中交通管制系统已经落后 15 年，在接下来的 15 年里，也依然没有任何计划或资金用来启动这一改造进程。奥巴马已表明，将会给新世代系统投入大量的资金，作为他 500 亿美元基础建设计划中的一部分，但以何种形式投资依然有待商榷。

原有的激励基金中包括用于公路养护的 260 亿美元，高铁建设的 80 亿美元，而航空业只有 10 亿美元。同样，美国能源部给电动汽车和电池生产商发放了 250 亿美元的贷款，而对生物燃料的贷款只有不到 10 亿美元。阿拉斯加航空公司的测试表明，使用新世代系统能够降低燃油消耗，进而削减 35% 的碳排放量。这意味着，在我们因嫌弃空中旅行脏乱无序、延误时刻而放弃它之前，或许可以尽最大的努力加以修复。

但是，与建设绿色城市的需求相比，建设绿色机场的需求便黯然失色了。而建设航空大都市可将二者结合起来。世界城市人口预计在 2050 年要翻一番，增加的 30 亿人将进入像重庆这样的城市里。未来 40 年内，我们将建造更多的城市（和贫民窟），比过去 9 000 年人类兴建的城市总和还要多。联合国预计绝大多数人口将拥入非洲和亚洲（特别是中国）的城市。

当发展中国家正忙于控制迅速增长的人口时，发达国家却面临着如何在气候变化的考验中进行自我改革。抵抗全球变暖的这场战役最终会是一场全民的战争。排在世界前列的 20 个特大城市消耗了大量的能源。仅建筑物一项释放的温室气体就占了总量的 15%，超过了所有其他交通运输工具这类释放量的总和。

如果不首先改善城市状况，飞行的碳排放量就是个毫无意义的指标了。每周增加相当于一个费城大小的碳足迹，在这种令人难以置信的速度下，又怎么能从零开始建造绿色城市，40 年，够吗？

我们过去试图建造“速生城市”，因此引发了一连串因计划不周而导致的灾难，包括巴西利亚和昌迪加尔，这些城市的居民还比不上那些荒芜的广场和无法穿行的林荫大道重要。然而，由美国的建筑师、开发商、技术人员、工程师组成的团队，确信他们已经破译了创建一个绿色、人性化、密集、智能、可复制的城市的密码，其原型便是斯坦·盖尔耗资 350 亿美元建造于黄海之滨的航空大都市——松岛新城。

快捷城市

松岛新城并没有准备好成为一个环保的城市。它有着连卡萨达都会为之喝彩的建设初衷：一件贸易战争的武器。

亚洲金融危机后，国际货币基金组织向韩国提供了带附加条件的580亿美元的经济援助，其中一条就是要求韩国寻求外国投资。然而，那时韩国的制造基地正向中国迁徙，在接下来的10年中，有70%的工厂迁出韩国。在1980年，中国和韩国之间并不存在贸易往来，然而25年后，中国变成了韩国最大的贸易伙伴。随着韩国的工厂落址于中国，为了再次“跟上飞行的雁队”，韩国领导人决定将首尔打造成东北亚的金融和创造中心，围绕这个目标进行的争夺从来没有中断过。松岛新城是韩国的有力武器，是锋利的刀刃。

韩国首都首尔是典型的20世纪特大都市。自1950年以来，每10年左右其规模就会翻倍，现有的2 400万人口使它成为世界上仅次于东京的人口最多的第二大城市。但由于在朝鲜战争中遭受的严重创伤，首尔的风景都埋没于庞大的公寓街区和壮观的交通堵塞之中，无法保持一个可持续发展的局面。作为一个有抱负却稍嫌冷漠的城市，它对具有创新意识的阶层几乎提供不了什么帮助，远不如新加坡、香港等这些外籍专业人士任职的首选地。因此，韩国不得不依照他们的标准建立一个达到西方专业人士要求的新城市。

可是在哪儿建呢？首尔的两面被山包围，第三面是非军事区，另一面是黄海，它已经扩张到了极限。但是就像迪拜所证实的一样，海岸线也是可以制造的。在20世纪90年代，韩国决定在仁川海岸线外的填充陆地上建造一座国际化的机场，它相邻的港口就是当年道格拉斯·麦克阿瑟将军和他的海军陆战队向岸上进行猛烈攻击的地方。不仅如此，为了将来的发展，工程师们还另外建造了数千公顷的填海陆地。机场于2001年开始运营，而填海工程则一直持续到今天。

同年，韩国政府召集了一些美国人来建造这座在他们心中是极为出色但凭借一己之力无法建成的城市。政府的代理人偶然在网络上发现了斯坦·盖尔，而他的合伙人认为盖尔参与了一笔不确定的大交易，极力劝其放弃。他被告知“你不知道这个工程有多么大”。由于受到发展前景的吸引，最终盖尔决定接受委托，在6平方千米的泥浆中建造一个可容纳6.5万常住居民和日间30万人口的袖珍曼哈顿。该项工程预计耗时15年。

工程的总体规划于2003年完成，盖尔当初的预想就是一个典型的航空大都市，虽然那个时候他并不知道航空大都市的概念。

为了吸引跨国公司的喜爱和关注（以及直接投资），松岛新城有望比它的任何邻居更加美国化，这座说英语的岛屿配备了来自波士顿的预备学校，来自比佛利山庄的购物中心，以及一个由杰克·尼克劳斯设计的高尔夫球场。作为对搬入这样一个闭塞的城市，而不是去像上海、北京那样繁华都市的知识型员工的补偿，他们可以随时在4个小时之内搭乘航班飞往100个城市中的任何一个，还来得及回家吃晚饭。将松岛新城和机场联系起来的长约19千米、耗资10亿美元的大桥将使这一切成为可能。2009年，大桥开通，将松岛新城和机场之间的车程缩短为15分钟。

设计一座速生城市的任务落在了科恩·佩德森·福克斯建筑师事务所的建筑师盖尔和他的同行身上，盖尔光辉而漫长的职业生涯有很多大作，包括超高层摩天大楼和很多家大公司总部的设计，但是那些项目与松岛新城毫无相似之处。该项目的主要负责人是杰米·冯·克伦佩勒，与刻板的建筑师们华丽的语言风格正好相反，他更愿意用简单朴实的话语来描述自己的观点。

一天下午，克伦佩勒在位于曼哈顿的科恩·佩德森·福克斯建筑师事务所办公室里解释说，以前他们自身的理想主义妨碍了构建速生城市的尝试，那时我们也参观了他的助手们用泡沫板雕刻出的火柴棍儿似的摩天大楼模型。他说，为了设法勾画出完美的城市，建筑师们创作出了很多缺乏人情味的作品。克伦佩勒说：“文艺复兴风格的规划者会画一个圆，然后决定该区域道路的几何形状，有何种用途，以及圆内的理想顺序。”这样的思维仍然潜藏于像华盛顿和巴西利亚这样按照秩序设计的首都城市中。“这些城市住起来不是特别舒适。因此，我们特意避免了抽象的概念，而是选择了拼贴的方式。”

松岛新城优选了那些普遍受到人们喜爱的城市的鲜明特色，并把它们作为结构单元重复使用。松岛新城鼓吹自己是纽约、威尼斯和萨凡纳（美国港口城市）的混合体。实际上，这意味着它的街道、中央公园仿效的是曼哈顿，河道的设计灵感来自威尼斯，花园则出自萨凡纳。松岛新城是一个怪异但令人备感熟悉的混合体，是为那些具有思乡情怀的“上午在首尔开会而下午在北京开会的国际商务人士”量身打造的，克伦佩勒这样描绘松岛新城的未来定居者。

在我 2007 年第一次参观松岛新城时，它还是一堆泥巴。我蹒跚地走在将建设成为中央公园的漫滩上时，被蛤壳绊倒，这鲜明地提醒了我这个地方以前是位于水下的。两年后，在公园开放的那天，我在临水的一个有人工景观的茶馆里闭上眼睛，听蝉在树间鸣叫，孩子们骑着车呼啸而过，他们的笑声时不时被打桩机发出的敲击声所打断。公园有精心修整过的由松树林、巨石和花床构成的景观，有明显的人工痕迹。而且，中央公园的小山、人工湖和溜冰场也是如此。与所有完美的仿制品一样，它已经可以以假乱真了。

松岛新城还被设计成世界上最为绿色环保和节能的城市。就像它复制了各大城市的优势一样，同时还整合了各种最前沿的可持续发展技术，并规模应用，这种模式只有速生城市才能做到。比如，它所有的水和废物都能得到循环利用。雨水和可再利用废水将被收集起来用于冷却和灌溉，而固体废弃物将被焚烧用于供热和发电。反过来，这些热量通过一种名为“集中式区域供热”的方式被再次循环利用，又可以为松岛新城的建筑物供暖。松岛新城的设计目标是比同等规模的城市节省 30% 的水并使垃圾填埋场的废物减少 75% 。

城市建筑的屋顶将装上太阳能电池板，铺设草皮，装上釉彩玻璃窗，特别是用于放置供暖、冷却和通风设备的超高效的固定装置（如房间等）。甚至连建造房屋使用的混凝土也是绿色环保的，因为这种水泥减少了 20% 的石灰，也就是说生产水泥的耗电量下降了 20%。由于松岛新城预先安装了所有的基础设施，因此在城市尚未开放时，首尔—仁川地铁的三个站就已经投入运行。

最重要的是，松岛新城和曼哈顿在本质上都是绿色的。二者都是出于同样的原因：密度。若按平方米计算，最初的“终端城市”就像是一个由温室气体、垃圾、噪声和交通环境构成的切尔诺贝利；但如果按居民人数或家庭数量计算的话，松岛新城几乎可以被称为伊甸园。曼哈顿居民的汽油消耗率自 20 世纪 20 年代以来就保持在一个极低的数值上，这在美国是绝无仅有的，82% 的曼哈顿居民借助公共交通、自行车或步行上下班。如果所有美国人都像纽约人一样生活，我们的碳排放量将下降 71%。我们将不再需要对碳排放量设上限，因为靠自己就能够做到。

《绿色大都市》的作者大卫·欧文提出了一种观点：人口密集的市中心为治愈世界上由于环境引起的最严重的疾病提供了一种为数不多并且可行的治疗方案。借助计算机系统中的专业术语，人口稠密的城市是可以升级的，而杂乱无序的郊区则难以升级。目前，我们猛烈抨击非再生资源使得我们面临着环境方面的挑战，但出路不在于如何使我们熙熙攘攘的城市变成纯净的乡间，而是如何使其他的定居城市变得更像曼哈顿。松岛新城精确地做到了将 6.5 万永久居民塞到 6.5 平方千米的土地上，使得该城的人口密度几乎与曼哈顿一样。

结果令人大开眼界。如果一切都按计划进行，松岛新城的碳排放量将是同等规模城市的 1/3，这在减少碳排放量以防止全球变暖方面又迈进了一大步。当然，在过去的湿地上建造可持续发展的城市对环保来说有些荒唐，但是克伦佩勒却认为比起铲平大山来说这将是一个更好的选择。

松岛新城不仅仅要成为绿色城市、航空城市，更要成为“智能城市”。如同 IBM 和思科这样的技术公司宣讲的那样，互联网将成为下一个最有用的东西，它能够将事物都链接起来。如果你把城市连接到适宜的传感器和软件上，城市便有了思想，谁知道会显现出什么样的效能呢？当建筑物、电线、煤气管道、道路、手机、住宅系统等都能够互相交谈时，就会暴露出种种被隐藏的浪费形态以及找出避免浪费的办法。联网可以使公司运作变得更加高效、灵巧，联网城市也许能够像电网一样，梳理清楚网络电路的效率。松岛新城将第一个在全市范围内试验这一点。

尽管距离完工还有很长一段路，这座新兴的袖珍之城在韩国仍可能是最宜居的城市。似乎韩国人自己也这么认为，因为即使是在房地产不景气期间，松岛新城的公寓楼还是在顷刻间销售一空。不仅是首尔，亚洲的各个城市也都面临着人口压力，松岛新城采用多学科方法解决问题的模式，可能会成为所有将要出现的速生城市的模板。斯坦·盖尔已经召集了一支由建筑师和技术人员组成的梦之队来确保计划的成功。盖尔整合了思科公司的智慧、明尼苏达矿务及制造业公司的环保材料、美国联合技术公司的工程师以及福克斯建筑师事务所的设计蓝图，直到他可以用比中国节省一半的时间批量建造城市时，才会心满意足。

事实上，松岛新城的第一个复制品已在重庆的市郊破土动工，重庆是中国西南部一个正在以超人一样的速度发展的城市。这个复制城将是松岛新城的两倍大，但是在人口密度、智慧水平和绿色环保方面将一如既往。盖尔沿着机场推进绝非巧合。这些城市以及后继城市将依据他们之前的建设经验而被标准化：所有的灯架、交通信号、电梯、燃料电池、空调和传感器都是标准化的。为应对潮水般涌现的新居民，这是唯一适时建造它们的方法。

思科公司的首席全球执行官维姆·埃尔福瑞克说："我们正试着去复制城市，但是我们没有标准，每个城市都是一个新的项目、一个新的过程、一个新的界面。"在松岛新城他告诉我说，他对城市复制的低效率感到惊讶。他认为不应该在电梯上花费时间，也不应该在照明上花费时间，时间应该用在规划下一步的行动上。总之，盖尔的进度表对于思科来说太慢了，思科公司已经与沙特阿拉伯、印度和卡塔尔的速生城市签署了协议，这些城市都将会是航空大都市。

埃尔福瑞克承诺道："一切都能连接起来，事事都能做到环保。"他的客户渴望这都是真的。一个可持续发展的世界，可以容纳65亿人口，或者在40年后是90亿。这些人可以像美国人一样生活，不给这个星球带来任何不利后果。这是对不可持续发展的生活方式的限定，也是不掠夺、不毒害健康发展的庄严承诺。斯坦·盖尔和卡萨达都倡导复制城市应该与规模相匹配，绿色环保，互相连接。这反映了速度经济时代的竞争需要，即要在促进繁荣与避免引发石油、食品和其他危机之间找好平衡点，这无异于在走钢丝。因此很多人呼吁更为简单、本土的生活方式，以减缓对石油的空前消耗和气候变暖的速度。

Go West.
Go Out. Go.

11 西部转移，走向世界，加油！

中国现在的成功建立在庞大的出口额上，满载的波音 747 飞机正飞往世界的各个地方。中国的中产阶级已准备好跟随中国制造的商品畅游世界，同时中国也在修建数以百计的新机场为他们送行。这是过程，还是开始进入尾声？

中国经济按照“中国制造，世界畅销”这种方式运营了30年，源源不断地供应着更好、更廉价的商品，而恰恰是我们这些人在购买。中国有1.4亿农民工，这几乎是全美制造业就业岗位的10倍。中国工厂帮助6亿农民脱离贫困，并创造出史上最庞大数量的新兴中产阶级。

其实，我们应该更密切地关注中国的销售，而不是生产。在此之前，很难想象中国会跃升为世界上最大的出口国，这并不是因为贫困或政治原因，而是因为创造“世界工厂”需要的基础设施尚不存在。中国的海港能够处理数量巨大、价格低廉的商品，如衣服、玩具或钢材等，但是随着中国工厂的精细化发展，越来越多的产品需要通过航空来运输，以满足产品在价值和紧迫性方面的需要。中国在铺设美国人十分羡慕的高速铁路的几年前，就已修建了各种打破纪录的机场，在还没把国内各城市连接到一起之前就先将工厂推向了世界。一部iPod经香港抵达美国，历经约13 000千米的旅程，所花费的时间不超过48小时；而组装线上的工人们，要回到几百千米以外的家乡则要花费更长的时间。

中国正在采取补救措施解决这个问题。除了修筑数千千米的公路和铺设数千千米的铁路之外，数以百计的机场和数十座航空大都市也正在建设。目前，中国还计划建设数以百计的城市，用于安置未来新增的4亿进城的农民工。这一切放在一起，勾勒出了中国未来的蓝图，这些建设甚至可以给最偏远的穷乡僻壤提供一扇了解世界的窗口。中国正在将卡萨达的航空大都市模型做到极致，达到世界水准。中国建筑工人已不满足在国内建设机场，他们正努力在非洲和巴基斯坦建设机场，沿着新丝绸之路设置航站，然后将石油和矿物资源带回中国，并转化成为商品。

走进“世界工厂”

从香港进入内地，好像从发达地区进入了发展中地区，从摩天大厦林立的城市进入到不断向外大规模拓展的工业城镇，从珠江三角洲一带一直向内陆延伸了160多千米。利亚姆·凯西像通勤一样往返于两种巨大差别之间。

两次通过边检站时，凯西的司机在递交我们的护照时，都会打开车门，以便值勤人员可以核对我们的姓名和长相是否与护照一致。正当我认为检查已经结束时，我这一侧的车门再次被打开，一位穿着中国人民解放军军服的士兵，一声不吭地用激光扫描仪在我的两眼之间扫了一下，同样也扫了一下凯西，然后娴熟地关上了车门。他这是在量体温，以防我们携带 SARS（非典）病毒。这种诡秘的病毒曾横扫珠江三角洲一带。

凯西被詹姆斯·法洛斯在《大西洋月刊》的一篇采访中叫作“中国先生”。他是第一个成功融入珠江三角洲那些隐蔽的工厂中的西方人。凯西和他的公司（PCH International）并不被西方公众所知晓。但是在他的客户中，那些从事笔记本电脑、MP3 播放器、手机、相机、服务器等销售的公司，以及几乎所有内部含有芯片产品的公司，提起他无人不晓。相反这些公司，他都叫不上来名字。

在凯西建在深圳的工厂里参观时，我见到了我那些宝贝的“出生地”。我在亚马逊网站上买的，从中国运到洛杉矶、孟菲斯和路易斯维尔的商品，源自凯西及其同行竞争者。

我们通过边检后，凯西便打开笔记本电脑，告诉我这些货物的真实成本。他设计了一个小的计算工具，可以把一切能想到的变量计算进去，如正在洽淡中的产品的重量、体积、价值以及数量，产品的采购和生产周期，运输时间，保质期，交付给供应商和自己收到货款之间的时间差，在此期间的资金成本和收益。换句话说，是在计算当下速度值多少钱。

计算结果是越慢越费钱。唯一比离开香港的联邦快递 777 货机更快的，是货币的流通速度，凯西最不愿为水路运输所花费的漫长时间买单。商品一离开工厂就开始陈旧、贬值，他称之为“收入蒸发”。凯西一边计算数字，一边嘀咕：“空运是个解决方式，我们喜欢生产可以空运的商品，我们在深圳制造，接着两天后它们就在纽约了。通常，我们的头号货币是时间，其次才是美元。”

过去的 20 年，中国的经历就是“次日达”航空快递的经历。以这样的速度、适当的零售价格，这里可以生产出任何商品，如所有型号的平板电视、计算机，再空运给任何一个地方的客户。所需的仅是一家工厂，或是一个像凯西这样的人来组织协调。如果中国像我们一样出口的是思想理念，那么未来 10 年中国将势不可当。全球经济不景气正在加速这种转变。被很多潜在的客户抛弃后，像凯西这样雄心勃勃的公司开始改革创新。

两个故事都是从深圳开始的。中国前领导人邓小平在其告别之旅途经深圳时说，致富光荣。若干年后，利亚姆·凯西于 1996 年来到了深圳。1980 年，深圳这个沉睡的渔村被选为中国第一个“经济特区”，邀请外国公司到此办厂。宽松的政策和低税率使珠江三角洲一带转变为“世界工厂”，促使深圳变为不夜城，发展速度是过去的 200 倍。如果说上海的环球金融中心摩天大厦象征着中国的未来，那么深圳则是中国典型的速造城市。

全球金融危机之前，珠江三角洲一带一直是世界最大的新兴发展地区，在这个不到中国总面积 1% 的土地上，涌入了全中国 5% 的人口，他们创造了全国 20% 的 GDP，40% 的出口量。仅一个坐落于深圳郊外的工厂——富士康，就负责生产、组装全世界大部分的 iPhone 手机、iPad 平板电脑、iPod 播放器、PS 游戏机、任天堂电脑游戏机、Kindle 电子书阅读器。显然你被希望最好不要了解这些。鼎盛时期，大约有 32 万名员工在组装线上忙碌，并在工厂提供的集体宿舍里休息。

对于像凯西这样规模相对较小的公司，富士康那样的业界巨头扮演着“竞争者、客户和供货商”的角色，他们为一些客户组装成品，同时又购买和销售其他人的产品。这是个非常错综复杂的网络。凯西很乐意带我参观他工厂内部的工作区，并向我说明所有产品是如何在这里生产出来的。

凯西的个人奋斗历程不同寻常。凯西现在 40 多岁，生长于爱尔兰西南部科克的农场，完成高中学业后便开始从事服装贸易，后又转到都柏林。他天生是一个商人，后来离开爱尔兰去了奥兰治。再后来，在台湾参加一个电子产品展览会时，他发现了中国。凯西把机会定位在了中国大陆，几个月后他搬到了深圳。他孩子气的脸上永远带着一丝微笑，凯西周围都是爱尔兰人，他的爱尔兰口音一如往昔。

他的货栈是我们的第一站，接近早上 8 点时这里的夜班达到高潮。对于曾经在孟菲斯看过提货、发货操作的人来说，这幅场景会非常熟悉：20 岁上下的女工们对一家来自美国知名品牌网上的订单物品进行检查、包装。这些订单来自波士顿、博尔德、旧金山等地，来自12、14和15时区以外的地区。几小时后，联邦快递会将密封好的箱子装机起运。若不考虑在海关经历的烦琐手续，这些包裹应该可以在安克雷奇赶上夜航，然后直达美国国内各个机场。就像所保证的那样，第一次确认下单后48小时，凯西的顾客会签收如期而至的包裹。

刚到中国的那段时间，凯西只是一名中间商，为给工厂生产的产品找到合适的海外买家而努力竞争着。做生意的需要使该过程十分不透明。他说："混乱是他们的竞争优势。"但这种优势不是他的。2003年，当中国以出口所带动的繁荣发展到达顶峰时，凯西判断他成功的唯一希望是，努力向价值链的高端环节爬升。于是他开了家自己的公司，并开始雇用工程师。

凯西的公司如今已拥有大约900名员工，年总收益达2.2亿美元，并且编织了一个由几百家相关工厂组成的松散的供应网络。凯西的员工不从事任何传统意义上的制造活动。他们为产品打包，为"延迟策略"提供服务，增加产品特色。公司诸多业务中有一项被他称作"包装外的购物体验"，这项业务意味着，凯西不仅仅为以上提到的那些知名品牌装运货物，而且还为他们进行包装设计。已有数百万的美国人撕开了由他设计的包装。

珠江三角洲一带的工厂和他们的客户用"延迟策略"来调整竞争的规模经济和速度经济。虽然对于工厂最有利的是保持组装线全速运行，并从投资中赚取最高利润，但是名牌商品的厂家却不愿意有库存，因此他们采用延迟策略，制造可塑的半成品。在最终装运前，由凯西完成最后部分的加工工作。

来上早班的女工们沿着传送带站到自己的岗位上。传送带开始传送另一家知名公司委托生产的计算机。凯西说，"这些是裸机"，没有商标。它们是从日本空运过来的。"我们不在这儿制造，只给它们增加特色"，女工们忙着安装外部存储器，安装Windows操作系统，或根据客户的个性需求对电脑进行配置。正常情况下，她们一天可以完成2 000台，一个月5万台。凯西评论说："在北卡罗来纳州，生产电脑成本太高，奥斯丁也是一样的。"这两个地方只是碰巧成为戴尔的美国工厂所在地而已，现在北卡罗来纳州的工厂即将关门，奥斯丁的工厂则已经停业。

凯西认为中国的优势不是廉价的劳动力，因为河内和胡志明市可以承受更低的工资，真正的优势是中国的劳动力和原材料资源更丰富。这为像深圳这样的城市提供了其他制造中心所无法比拟的“新陈代谢”速度。比起赛格电子市场，东京的秋叶原都黯然失色，这里像是硬件玩家的天堂。凯西的一位客户服务高级工程师在其博客中写道：最近一次旅行中，发现了一个从没见过的地方，十分令人震惊，“你可以想象一个市场，面积有体育馆的2倍，4层楼那么高，只卖手机的零部件（当然也组装手机）。我听说中国每年生产5亿部手机，直到漫步在这个市场里，我才确切地感受到这个数字一点都不夸张，能想到的制造手机所需的一切东西，这里都有，空白电路板、半装配品、外壳、测试仪器、集成电路片、电池、液晶显示屏、拆散的零件等”。

产业集群与航空货运的结合，创建了一个循环反馈机制，使得这些工厂覆盖整个珠江三角洲，可以为整个世界供应商品。世界上几乎1/3的记录磁头和1/6的键盘是在东莞制造的。东莞市位于深圳以北，20多年前是个渔村，现在比芝加哥还大。

这些快速形成的大城市的出现是必然的。即使不在这里，也会在其他地方出现。世界银行的研究显示，中国大城市的建设规模之大、建设速度之快，得益于规模效益的迅速增长。世界银行称，低廉的交通是这种增长变为现实的原因，而喷气式发动机是形成低廉交通的催化剂。预计这也许是迄今为止远程运输中最有意义的革新。

接下来，城市开始专注于供应链上的某一环节，形成集群，不断增大规模。在中国，这种集群的规模要更大些。世界银行推断，运输成本下降，规模效益增长，意味着生产可以在更大空间内布局。事实上，正是喷气式飞机成就了珠江三角洲经济区。如何成就的呢？世界银行提出一个公式：供应链+集群+空中实力=城市的生产力。多大规模算是过大规模，这个问题尚无明确答案，世界银行也不清楚是否有上限。但有一件事是可以确定的：城市变得越大，世界就变得越小。

例如，凯西提出了一个大计划：在中国满足他所有的美国客户的要求，不仅仅是通过互联网送达的个人订单，还有其公司供应链的所有末端。凯西将货品直接运到商店，而不需要仓库进行存储。他用深圳取代相隔1万多千米的孟菲斯。凯西耸了耸肩说："在深圳开展业务要比在孟菲斯便宜得多。"凯西自主研发了跟踪软件，可以敏捷地将 GPS 数据和条形码与运输货物的每一架飞机、每一艘轮船和每一辆货车实时对应起来。

凯西解释说："世界非常小。当空客 A380 投入运营后，将会有更多的空间用于运输，我们会占据其中的很大一部分。"对此他并没有等待很久。几个月后，股市大跌，工厂开始关闭，大批美国人失去了他们的家。经济危机最严重的时候，中国的出口额下降了 25%。亚洲航线的航班只有一半的载客量。当许多人担心公司旗下的全球工厂将陷入停产时，凯西却看到了机会。

凯西一直热衷于赚世界 500 强企业的钱，但同时，他也很支持那些有想法却没有工厂，或者不知道如何实现一个想法而只好在车库里奋斗的企业家们。每一个世界巨头（如惠普创始人比尔·休利特和戴维·帕卡）背后都有一个像美国汽车设计师普雷斯顿·塔克这样的人。塔克是一个天才的汽车制造商。1948 年，塔克设计制造了"塔克鱼雷车"，该车的发动机和安全性能的技术比那个时代其他车先进几十年。为了生产这种汽车，塔克在芝加哥租借了世界上最大的工厂——一个改建的 B－29 轰炸机生产厂。但是他尚未开始生产，便被美国三大汽车公司打垮了。塔克也许可以制造出更好的汽车，但是他没有发明出一条足够好的组装生产线。如果当时有凯西在身边帮他，他或许就不会被击垮。

我们来到凯西的办公室，他在地图上指出和他有业务往来的 900 多个工厂。如果你告诉凯西你想要什么，比如智能手机或你还没有发明出来的小装置，他就会找到能够生产这些产品的工厂。珠江三角洲不仅仅是工厂的集合地，更是一个巨大的黑箱，这里能够廉价地生产出你需要的任何东西，数量不限。两天后，产品就会出现在你客户的手中，你甚至不用考虑运输问题。

凯西解释说："如果你对产品已经有了理念，而且资金到位，我们会找一家工厂为你生产。我们会让我们的工程师团队设计产品，然后按照你的标准，在适合的、顶级的工厂生产出来。生产出的样品你一定会满意，在下订单后，我们就开始组织生产、包装产品，然后运给你的客户。对你来说，好处就是你不需要有分销公司，除了我们在中国的设备，你什么都不需要。我们将此称为'颠覆性商务'。你们有突破性技术，我们有颠覆性的供应链。把它们组合在一起，就是颠覆性商务。我们和一年前还不存在的新公司合作，在秋天他们就能发布产品。这就是你如何运用航空运输形成新生意的方式。”

凯西将要拥有一个新顾客：Chumby 公司，一个以圣迭戈为基地的电子小装置制造商。这家新公司表面上看起来像是生产小玩意儿的，实际上是制造软件和媒体工具的公司。该公司的 Chumby 产品与 iPod 相似，其外形优美，自动定时开关机，是唯一可以播放脸谱网和推特网最新动态消息的产品。Chumby 的内部构造并不特殊，都是一些现成的零件。Chumby 公司真正的商业目的不是销售这一商品，而是拥有可以传递信息的自有网络，该产品只是一种吸引公众注意力的工具。Chumby 公司的目标是运营 Wi-Fi 无线网络，与其浪费时间和金钱去组装这个设备，还不如交给凯西来干。邦尼·黄是 Chumby 公司唯一的硬件工程师，他在博客中提到，在 Chumby 最新版本的背后还有这样一个故事：

> 创意在 2009 年初就逐渐形成了。中国农历春节过后，我在 3 月下旬做出了第一个样机。5 月份，我们和一个工业设计商签订了设计草图的合同。到 6 月份时，我们拥有了基本成型的设计。我们第一个 3D 打印的产品原型，大约就是在那个时候产生的……7 月份时，我们签订了模具的生产合同。到了 8 月份，我们有了第一批塑料产品。9 月份我们改良设计，找出并纠正了一些差错。10 月份我们进行了更多的测试和改良，并且大幅提高了生产效率。现在是 11 月份，当我写下这篇博文时，第一批 Chumby 产品正在太平洋的万米高空之上飞往洛杉矶国际机场。

当我们对第一个产品原型进行赞赏时，凯西问我：“如果你是个只有几百万美元启动资金的新手，正在尽力开辟市场，是把资金投入工厂或仓库，还是投在设计者身上，或是投在新技术上，哪一种方式更好？”

起步不需要几百万美元，有的时候只要一张信用卡。我的一个老合作伙伴纳撒尼尔·怀斯，他以前是《时代》周刊的编辑。几年前他开发了一个叫“迷你分享”的交互设备，该设备可以使两台 iPod 不用电脑就能共享音乐。开始他们想要卖这个创意，但是没有买家，怀斯就用信用卡在珠江三角洲租了一家工厂。

凯西告诉我："中国是个好地方，就像住在一个附近有很多像金考公司这样的图文快印巨头的地方一样。你不必是个产品包装设计专家，附近有公司替你完成任务。也只有在中国，拐角处就一定有公司能打印出电路板。"想要找到这个公司，最快的方法就是登录阿里巴巴网站，该网站专为厂家和批发商提供服务，是中国最大的一站式电子商务服务网站。在这个网站上，搜索能给你生产产品的厂家，然后发出即时信息询问报价。阿里巴巴的聊天程序能进行英汉互译，语言也就不是问题了，你很快就能收到回复。

以"迷你分享"为例，每台装置上电路板、电池和备用零件的费用加起来大概是35美元。而每台的批发价是65美元，零售价是99.95美元，这意味着约1/3的价值出自中国，另外约1/3属于像SkyMall这样的电子商务零售商，剩下的就是属于发明者的纯利润了，发明者的个人贡献是富有弹性、心照不宣的。

"迷你分享"是"微笑曲线"理论的一个真实案例。当你用图表示中国制造的产品在整个生产周期上的附加值（利润）时，就得到一条微笑曲线。首先是品牌（如苹果），其次是理念（如平板电脑）、界面外观和工业设计，接下来是准备零部件、大规模生产、组装（如由富士康组装），然后是运输和管理，最后是销售和售后服务（如苹果公司或美国电话电报公司等）。如果你注意一下曲线上的利润分配，会发现开始时高，中间最低，到结束时再次升高，看着像个笑脸。美国的企业位于笑脸的酒窝位置，珠江三角洲就是嘴巴的最中间。还记得"Designed in California，Assembled in China（加利福尼亚设计，中国组装）"的说法吗？你更愿意处在笑脸的什么位置呢？

生产"迷你分享"等产品的过程中，美国的相关制造企业并没有受到影响，因为这完全是独创的。这些理念通过企业家勇气、珠江三角洲黑箱，以及两者之间的空中桥梁，最终才形成产品，否则可能永远不会产生成品。虽然有2/3的财富流回了美国，但珠江三角洲工厂的企业家们也是白手起家，创造了财富。

有人把这种发展称为由无形的组装线推动的"新工业革命"。事实上，这种发展是旧工业革命中规模经济的顶点，原来的规模经济已经消失在全球化中。没有研究指出中国将永远处在"微笑曲线"中价值最低的地方。事实上，中国的长期目标，就是通过政策培育自己的企业家和自主品牌，爬升到“微笑曲线”的两端。这是中国企业与西方集团建立合资公司的动机，也是中国对仿造品和低价品采取宽松政策的原因。这可以解释为什么联想集团购买了IBM在北卡罗来纳州的个人电脑业务，也可以解释为什么中国的汽车制造商雇用底特律的工程师，如比亚迪。波士顿咨询公司公布的“全球挑战者新100强”名单中，中国占据36席，超过了任何其他国家。

全球金融危机前不久，中国通过了新劳动法，这使得珠江三角洲的血汗工厂停业了。2007年，时任国务院总理的温家宝指出：中国经济存在的巨大问题依然是“不稳定、不平衡、不协调、不可持续”的结构性问题。事实上此前许多工厂就已决定要搬离这里了。地方官员称之为“腾笼换鸟”。经济危机只是加速了这一过程，使更多的厂商一同离去了而已。

深入分析雷蒙德·弗农的产品生命周期理论和“微笑曲线”你就会发现，其背后蕴含着同样的道理：重要的不是你生产什么，而是你处在“微笑曲线”的哪个位置。广阔的中国土地足以拥有曲线上全部的环节，包括理念、制造、消费者，这样还能缓解沿海发达城市和内陆贫困地区之间的差距。

凯西的办公室位于商业区的一幢摩天大楼的高层，我坐在这儿，快速地翻阅着一份关于一个世界知名手机品牌的报告。报告首先从预告新款和流行颜色开始，随后是新手机草图，结尾则列出了一系列以“跃动都市”或“50年代复兴”为主题的手机样品和配件。实际上，凯西是在谋求这个潜在的客户，想承接其在中国的设计和营销业务。桌子上所有的东西，包括手机样品和包装，都是在10天内完工的。他说：“这是在生产过程中加入智慧。实际上在中国将产品推向市场要比从该公司所在地要快。”

比起其他一些中国公司的发展目标，凯西的目标还不算大。金融危机是中国品牌和西方品牌近距离交战的机会。在珠江三角洲的时候，我参观了台湾电脑制造公司神达电脑旗下的一家工厂。我看到的生产线是神达最重要的经营业务——为戴尔焊接主板。神达电脑在上海附近还有一家工厂，生产它的自有品牌：宇达电通的手持GPS导航仪设备。凭借这一产品的销量，神达电脑被视为仅次于黑莓的全球第二大掌上电脑供应商。宇达电通最新的热销产品是可以通过 KITT（美国电视剧《霹雳游侠》中会说话的汽车）声音导航的“霹雳游侠”。拥有了它，你就拥有了一辆会说话的汽车。

20 世纪 90 年代初，神达电脑悖逆“微笑曲线”，营销自有品牌的电脑，结果难逃败局。吸取教训的神达转回生产 IBM 和苹果的零部件，并一直在探索出路。神达电脑董事长说：“我们意识到了数字地图业中没有微软。”于是就有了宇达电通。按照台湾的标准，神达电脑只是一个小角色而已。例如，除富士康以外，还有 5 家公司生产笔记本电脑，产量占到全球总产量的 90%。这 5 家公司是：广达、仁宝、英业达、纬创、华硕，有些甚至你都没听说过。

几年前，广达电脑签了一个合约，生产所谓的“百元电脑”。当时广达受非营利性组织的委托，完成“每个孩子一台电脑”的项目。后来，广达电脑的主要竞争对手华硕，或是受到该项目的启发，或是出于对这一项目的惊惶，也采用相同的方法设计了一款笔记本电脑，外观出众、手感光滑，标价是 349 美元，但是目标客户不是儿童，而是中国和印度的家庭。2007 年，第一批“华硕 Eee PC”冲击了台北购物广场，开始销售仅 30 分钟便被抢购一空，其他批次的产品则在圣诞前由欧美消费者一扫而空。

在开发一款具有中国风格、价格又可以为中国人接受的电脑时，华硕电脑并非一帆风顺。华硕开发的是上网本，是一款十分理想化的笔记本电脑，专门用于处理电子邮件、谷歌文件以及上网。华硕无意间满足了西方消费者的潜在需求，西方消费者曾下意识地问：为什么笔记本电脑要和二手车一样昂贵？事实证明并不需要这样。一年之后，各品牌在市场上争相推出自己的上网本。在上网本低价出售、彼此竞争的过程中，上网本的市场也越来越大。截至 2008 年年底，华硕自有品牌销售量超过 500 万台，占上网本总销量的 1/3。一年之内，上网本占据了全球整个笔记本电脑市场的 7%；第二年，这一数字翻番，笔记本电脑的销量第一次超过了台式机。在欧洲，无线运营商开始免费赠送上网本，以便吸引新的顾客。上网本无意间开始逐渐取代个人电脑。

华硕自行研发的不只是一种新产品，而是一类产品。在《创新者的窘境》一书里，克莱顿·克里斯坦森指出：这次那种廉价的、看似低端的仿造者，颠覆了现行的商业模式。在这个案例中，现行商业模式的唯一回应是雇用跳槽来的员工，并强制他们使用自己的模式。突然间，台湾公司及其大陆工厂开始在行业里制定规则。

平板电脑的研发使得上网本过时了。有预测指出，平板电脑销量到2015年将增至2 000万台。2010年，在苹果推出自己的平板电脑之前，富士康的“iwonder”已开始在中国销售，且售价仅为100美元。另一家生产平板电脑的厂商说，它要起诉史蒂夫·乔布斯侵犯其专利权，虽然他自己明显也是山寨机，且并未受到任何损失。（这就引发了一个问题：如果原型不存在的话，何来山寨？中国似乎决心要找出答案。）华硕科技包括两部分，一部分制造和销售自有品牌的手机、电子书阅读器和视频游戏，另一部分履行原有的合同代工生产。富士康打算在全中国开1万家商店，让自己的产品在货架上与苹果和其他客户的产品一起竞争。为了寻求可以超越其客户的优势，富士康甚至向在硅谷的新企业投资了几百万美元。

《连线》一书中，克里夫·汤普森说：“华硕证明真正有影响力的公司可以制造出市场需求，台湾笔记本制造商有黑客的智慧。这种智慧曾经是美国的特质，但现在已经随着美国的工业基地一起萎缩了。”10年前，美国对中国有280亿美元的高科技贸易顺差，该值到2007年已经萎缩成540亿美元的赤字。中国成功地改变了其在“微笑曲线”上所处的位置，美国公司在不经意间变得被动。

哈佛商学院教授史兆威曾对此进行了仔细研究。他指出，现在当我和中国企业家谈话的时候，他们会说，我们把品牌和销售都外包给了美国公司。

现在每天早上有10亿台电脑被打开，实现这一数值花了25年的时间，然而，再增长10亿台仅需7年，这一次包括平板电脑和其他类型电脑。珠江三角洲的黑箱很大，但还没有大到能够承受这样的发展速度。一个重要的问题就是：道路交通不足。仅在深圳，外环公路上每天会新增700辆汽车与大卡车争挤车道，与联邦快递的最后交货时间赛跑。

凯西在电脑上制作了一个地图，在好似得了“硬化症”的珠江三角洲交通图上标出了他数据库里的每家工厂。他随意选了两个工厂，指着东莞周边的一片路说：“1996年的时候，从这儿到这儿要4个小时。”点击了一下后一条高速路出现了。“2001年，要45分钟。”但是交通“堵塞”的速度超过了下“支架”的速度。“2003 年，又要两个小时了。现在又有一条新的高速路，只需要 20 分钟。”这次能撑多久，他也说不准。

神达电脑已经放弃了陆路，改走水路，将货物沿珠江顺流运下，到达入海口的香港机场。香港国际机场的建设耗资 200 亿美元，大部分建在人工岛上，隧道、桥梁、高速公路和铁路将其与九龙相连。如果不是金融危机让中国出口猝不及防，香港机场再多处理几千吨货物，便可超过美国的孟菲斯机场，成为世界最繁忙的货运机场，上海浦东机场紧随其后。但是与联邦快递总部不同的是，香港机场缺少夜间作业。它的货物悉数流往一个方向：西方国家。

有说法称香港机场要填海建造第三条跑道，但那可能至少耗时 12 年。香港的一位联邦快递主管告诉我：“作为出口门户，香港终将因容量和成本问题而衰落。”中国民航局的官员也认同这一观点。

中国民航局决心加快建造跑道这一进程，于是在 2005 年同意联邦快递的一个转运中心落户在珠江三角洲的广州白云国际机场。转运中心 2009 年 2 月启用，取代了在苏比克湾的转运中心成为联邦快递最大的海外基地。在转运中心尚处于搭建雏形阶段时，我去参观过，全部是钢梁和螺纹钢，工程师很忙碌。首先，他们要抽干遍布这里的水塘，这是这个地方没有兴建高楼大厦的唯一原因。然后，他们将河流改道，铺填湿地，将混凝土压入地下的陷坑。联邦快递同样也开始促进中国的法律变化，希望改变航空惯例及法规，以便让自己的航班数目不受限制。按照常规，这需要一年的反复磋商，涉及 100 多个承运商和政府机构。一旦获得“绿灯”，连接转运中心和珠江三角洲工厂之间的 6 车道高速公路，会在 6 个月内完成建设。

这个项目总支出预计达 3 亿美元，对于这个广州市北边 40 千米的卫星城而言，是个“大便宜”。整个规划区比香港、澳门加在一起还大，第一个路标从机场高速路上就能看到，一路延伸的高速路像杜勒斯收费公路一样。一位民航局官员在广州对我说，建造航空大都市有两种方式：一种是自然增长，机场只要吸引旅客就可以了；另一种方式是规划引导，现在我们正处在规划一个航空大都市的过程中，一个具有中国特色的航空大都市。

商店与工厂的竞争

社会学家费孝通将珠江三角洲形容为“前店后厂”：香港是商店，深圳、广州是工厂。但是，力量也在发生变化，现在商店在与工厂竞争，赢家将在世界舞台上担当主角。眼下，商店尚占上风。

中华人民共和国成立前，200 万难民拥入香港，许多人身上除了一件衬衫外一无所有，随后现代香港的城市结构就定型了。当时逃难的上海资本家承诺，支持香港首批纺织工厂的建设。纺织业是工业经济的底层。由于飞梭和珍妮纺织机的使用，英国的毛纺厂在 18 世纪首先实现机械化，并首先被美国的织布机仿效。香港紧随其后。1978 年邓小平提出改革开放后，香港大批的劳动力才被深圳更加众多的廉价劳动力所取代。

20 世纪 90 年代早期，新兴实业家已经在中国投资了 400 亿美元，占外资总额的 2/3。他们利用家族和老乡的关系，在 2 万家新建工厂雇用了 600 万工人，这与整个香港的人口差不多。香港这座城市也经历了转变，在 5 年内减少了工厂的一半就业岗位，取而代之的是贸易、银行和各种商业服务业的工作岗位。

除了金钱，香港没有制造出其他东西。这座城市由像凯西一样的中间商组成，他们将资金、零部件和客户揉到一起，揉成一件件成品，或者说揉成珠江三角洲的经纬线。结局与我们以前见过的巨型城市都不同：一幅由多座城市组成的丰富多彩的画面，每个城市都有自己的角色——店面、工厂，或者娱乐场（澳门）——这与莱茵河和硅谷两地的明显各自为政的城市迥然不同。香港协调其他城市的方式和凯西管理其工厂网络的方式几乎一样，凯西迫不及待地告诉你这种安排在这里不算新奇，因为生产业务外包是利丰集团的创始人李道明先生和冯柏燎先生发明的。

利丰完全是珠江三角洲的产物，建立于 100 多年前，其家族企业的成员是首批在海外经营的中国商人。创办人从广州出口瓷器、丝绸和茶叶，1949 年后，冯氏家族第二代开始经营服装贸易。冯氏家族第三代的冯国经和冯国纶兄弟在70年代初开始接手管理，那时“全球定额体系”已沿国境线打破了这一产业。此后不久，他们的竞争开始从本地转向台湾。

兄弟二人在利丰大厦顶层工作。利丰大厦位于九龙，由一个最密集地区的工厂改建而成。楼下是公司货品的陈列室，不只是服装和日用纺织品，还有玻璃产品、行李箱、家具和玩具，到处都是给像“塔吉特”“迪士尼”和“可口可乐”等公司供应的模型。利丰负责这些公司近期的纪念品的供应，供收集爱好者收藏，并陈列在亚特兰大可口可乐“博物馆”的玻璃罩下。

底层以前是“玩具城”（玩具城于2005年改造为公寓），每年春天所有玩具厂商都会聚于此。但是力量并没有完全转移。玩具业的中心已不在九龙，而第七大道仍然保留了原来的“时尚”。“不存在新的服装特区或玩具城，”冯氏兄弟在他们的管理著作《在平的世界中竞争》中写道，“你也许无法垄断技术市场，也不能将其固定在纽约的几个大厦之内，但你可以在世界中找到这种技术，你可以花钱租用它，也可以协调它。”利丰就是这样做的。

利丰自己一个品牌、一个工厂都没有，但它的收入却超过玩具反斗城和盖普服饰。“协调”意味着从40个国家的70间办公室对8 000个工厂进行管理。公司在全世界雇用的纺织工人约有200万——大约与沃尔玛员工规模相当——其中只有1万人是正式员工。

在另外一层楼，各个创意团队正在执行来自第七大道客户的任务——这样的任务凯西也希望从他的硅谷客户中得到。他们的小工作间里是齐膝深的零碎物件，人造偏光板、样张、面料样品等，你会发现它们塞满了设计师的工作室。每个团队都在严密地关注“Juicy Couture”“Tommy Hilfiger”等品牌的创意、生产、分销，但却从来不会干涉。一件外套可能在纽约设计，原料在泰国制好，拉链在珠江三角洲一带找到，最终在深圳加工缝纫，而每一个步骤都由香港掌控。

作为顶尖级的中间商，冯氏兄弟坚持认为，商业最基本的对立竞争是假象。真正的竞争就像卡萨达不断强调的，是供应链对供应链、网络对网络的竞争。在最残忍、最原始的行业——纺织业，即使成本减到最小也不如速度、智慧和韧性重要。一个主流品牌设计一条生产线，找好来源，生产制造，用船运到自己的商店，这通常需要1年时间，而庞大的工厂平行网络使利丰公司只需6周就能办到。时尚已经被“H&M”“Zara”“Uniqlo”“Topshop”这些“快速时尚”品牌所取代——这些品牌通常在利丰的协助下，从珠江三角洲空运补货。香港美国商会的一份报告称：“服装正逐渐被人们当作易坏商品。”

或者是一次性商品。无论是哪种，事实都是珠江三角洲又一次卡在了“微笑曲线”的底部，而这次香港在曲线两端都受益。香港首选大陆设立自己的工厂有一个原因——因为他们不用付钱。

大陆地区开始了沿“微笑曲线”向上攀升的“长征”。“长征”以2008年的提税为开端。到2012年，外资企业的税率从15%攀升到25%，而本土企业的税率降到与之相等的水平，唯一的例外是为高科技、高薪酬产业特设的免税区。一部旨在扫清血汗工厂的新劳动法，曾要求所有雇主签订书面劳动合同，限制加班时间，支付经济补偿金。由于金融危机的加剧，中国政府又收回了一些改革措施。但是，珠江三角洲的上升路径已经确定。

由于2008年年底出口的直线滑落，中国最高级别智囊团发布了《珠江三角洲地区改革发展规划纲要（2008—2020年）》。位列其清单之上的包括以电气化的比亚迪为首的特大型汽车制造企业新三巨头。珠江三角洲还要在风力发电、环境保护、干细胞研究、生物育种、一系列电器产品中领先，包括美国人家庭资产的显著标志：纯平电视。这并非偶然，该清单正好和哈佛的史兆威所列出的美国最具丢失风险的前沿技术清单相吻合，其中还包括：电子墨水、LED技术和薄膜太阳能电池。如果他们成功，此后的10年里，将会出现20多个像利丰一样规模的公司，它们将是全球知名的品牌，而不是躲在阴影里。

中国政府打算通过“淘汰一批落后企业，转移一批劳动密集型企业，提升一批优势企业，培育一批潜力企业”实现这一规划。这样的介入对于西方自由市场论者而言曾经无法理解。中国有很多的政策措施，包括5 860亿美元的经济刺激以及放松信贷政策。税务减免、银行国有化、政策刺激等都可以创造奇迹，中国却又一次采用它最擅长的：修路。经济刺激的大部分已经用来修建高速公路、高速铁路以及100多个新机场。（美国的经济刺激只支付给三者中的两项。）

广州和深圳已被指定为枢纽中心。白云机场和联邦快递的扩张将加速巩固其中心辐射地位并提高其国际竞争力。

上海将成为中国的金融中心，而广州将成为面向世界、服务全国的国际大都市。深圳则要继续发挥经济特区的窗口作用，完成其“中国特色社会主义示范市”的使命。不夜城香港则另有想法。

我到达九龙的那天上午，香港市民惊讶地获悉香港政府正在计划与深圳彻底合并〔1〕。此前，一位智囊团成员获香港行政长官支持，得出香港正在“和高于自己重量级别的选手对打”的结论。香港虽然很大——有 700 万居民，面积相当于“大伦敦”——却没有希望赶上隔壁的几个特大城市。显然，香港不具备“单独作战”的能力，这似乎验证了世界银行的调查结果——香港终将被发展呈指数增长的珠江三角洲所超越。然而，如果和深圳合并，它们就会在经济上领先广州（以及上海和北京），仅次于纽约、东京、伦敦。唯一的绊脚石就是香港的政治自治，被写入法律的“一国两制”的政策保证香港到 2047 年享有自治权。香港《南华早报》的一篇支持这一规划的社论认为，地域问题是一件“紧身衣”，“除了历史”，它阻碍了香港的发展。50 年来，香港最大的问题是离中国太近，现在看来还是离得不够近。

先不考虑那些过激的言论，要将二者融合成一个拥有 2 000 万人口的特大城市，智囊团首先考虑的便是将它们的机场结合起来，“创造一个香港 – 深圳超级空运中心，它将成为全球关注的焦点”。深圳又一次效仿邻居，计划修建一个直抵珠江三角洲的新机场，再通过高铁将其与香港机场连接。香港的机场已经是一个航空大都市了，用他们自己的话说：“香港机场是香港的心脏。”

香港在追赶伦敦商业区和华尔街的时候，澳门却越来越像拉斯韦加斯了。10 年前的澳门让人想起了 20 世纪 80 年代拉斯韦加斯的最低谷。那个时候，拉斯韦加斯从驻扎在马戏团里的休闲表演车上赚钱，从世界上利润最高的赌场赚钱。1989 年史蒂夫 · 韦恩建立了海市蜃楼大酒店后，情况发生了变化——此举开创了当前辉煌发展的局面：拉斯韦加斯大道上一个街区接着一个街区被毁掉，然后重新建立起设备齐全的度假村，吸引了大批的旅客乘飞机会聚这里。

和中国所有地方一样，澳门也在以超速度发展着。2002 年首批外资赌场

〔1〕 原文如此。这显然是无稽之谈。

被许可经营，5 年后，澳门超过拉斯韦加斯，成为全球博彩之都。开设了世界最大赌场“澳门威尼斯人”的亿万富翁谢尔登·阿德尔森的计划并不满足于此，希望在路氹金光大道（亚洲的拉斯韦加斯大道）上再建 12 个类似的赌场，选址则是在临近机场的填海陆地上。金融危机几乎毁掉了这个项目，也导致阿德尔森因为资金原因而濒临破产边缘。

如果让路氹金光大道获取更大效益，先不论预算，澳门就必须吸引住另外的赌客，而不仅仅是珠江三角洲各个工厂的工人，他们在“澳门威尼斯人”一晚上就要花掉半年的收入。阿德尔森和他的对手不得不动用几千万美元的资金将他们吸引过来——从孟买到马尼拉，还要招揽沿途各点的所有赌客。不仅是老虎机，赌场还希冀引入一种美国式的享乐主义——正派但又夹杂着一丝丝危险刺激，同时还利用其他类似的娱乐方式刺激消费，这些方式依次为购物、餐饮、休闲、博彩。

具有讽刺意味的是，阿德尔森在拉斯韦加斯的副手铤而走险，开始招揽挥金如土的赌徒。他们被吸引到配有牌桌的私人大型飞机上，用来消磨 14 小时的飞行。国际领海上空的赌局，如果赢了，那是免税的。

与澳门北部接壤的是珠海——深圳的小兄弟。虽然在另一个经济特区附近建立，但是在中国看来，珠海却从未腾飞过，在其规模相当于费城时就停止了发展。幸运的是，它能够拥有一个机场，但这个机场犹如一块白板，熠熠发光，却空空如也。十几年前，薛凤旋让卡萨达将目光转移到珠海，启发他重塑全球转运站中心的蓝图。薛凤旋向中国领导人力荐他们的计划，但是没有得到肯定。事实上，一致性意见已经在广州达成。一个面积是老机场 5 倍大小的新机场已于 2004 年启用，如今正在进行第二次扩建（扩建后的容量将超过奥黑尔机场）。这里是亚洲最大的航空公司——中国南方航空公司的中心，也将成为最繁忙的中心之一。

流动空间

“广州正在努力追赶，但我不会说这是个‘威胁’。”许汉忠说道，流露出对“威胁”这个词的不悦。许汉忠是香港机场的行政总裁及港龙航空前行政总裁——港龙航空是飞往中国大陆的十几家航空公司之一。那天下午，我们正在利丰大厦顶楼一边饮茶，一边等着冯国经。

很久以前，大哥冯国经放弃了他的日常职务，转而做了珠江三角洲的商务委员会主席。想象一下向奥巴马谏言的史蒂夫·乔布斯的中国版，那就是冯国经。在珠江三角洲长期繁荣的阶段，他担任香港机场管理局主席，后来受香港行政长官委任，成为“经济机遇委员会”成员，评估金融海啸对香港经济的影响并商讨应对方法。

看到冯国经和许汉忠两人，分别代表着香港“过去”和“现在”的灵魂人物，是很有意思的事情。虽然两人都是中国人，但许汉忠简短的话语和沉默颇具典型的英式风格，而长了一张娃娃脸的冯国经给我的印象却是“无为”式的美国人——这是他在哈佛商学院任教和学习的结果。

冯国经要传达的信息是，香港将会引导珠江三角洲，而不是珠江三角洲引导香港；同时，这会让双方都接触到贸易上的资金现状。“我们保持前端，后端在香港，劳动密集型的中期转移到内地。”他说，再次重复了“微笑曲线”，“这样，我们将剩下的并入我们称作‘生产性服务业’里面，”利丰公司的安排就做得很好。“美国也是服务集中型的，到处都是‘麦堡王’（麦当劳和汉堡包的混写）、零售业、房地产和消费者。”他的话一针见血。

“我们的经济靠人员的有效移动来维系，”冯国经说，“你应该这么想：如果你要生产什么，就去中国。如果你要安排货物流动，就在香港。我们要流动，其余的可以去中国。我们应该在机场招牌上挂一个大标志：‘流动’。货物的流动，人员的流动……”

“……物流，在某种程度上，”许汉忠打断道，“提供链条……”

“……所有和流动有关的，我们来安排；我们解除束缚它的羁绊……”

“……来来去去的贸易商……”

“……我们有越多流动越好，这当然全靠机场实现。如果你想要保存什么，在中国保存。我们值钱的土地应该致力于流动。”

他们的谈话让我想起了“流动空间”——空中若隐若现的飞机，就是全球化所在。社会学家曼纽尔·卡斯特在他的巨作《网络社会的崛起》中创造了这个词。流动空间就像“矩阵”一样——它围绕着我们，无所不在，甚至现在就在这个房间里。

“我们的社会是环绕着流动而建构起来的，”卡斯特写道，“资本流动、信息流动、技术流动、组织性互动的流动，以及影像、声音和符号的流动……流动空间乃是通过流动而运作的共享时间的社会实践的物质组织。”在英语中，流动空间是筹划社会网络和其他网络的方式，这种方式在解决定义我们是谁、如何生活的问题上所起的作用超过我们称为家的星星点点的物理空间。把这看作理解全球化的流程图吧。

卡萨达告诉我们，人们总是占据尽可能多的土地，建立尽可能多的同盟，而每一种新的交通形式都展现了先前日常生活的范围以及这一范围构成的我们的群体。但是，首先看到速度经济时代形成的人是卡斯特——网络是个隐喻。他的理论解释了为什么我们有航空大都市，因为“流动空间由其节点与核心所构成”，在这些地方无形变成了有形——全球化通过城市的形态变得有血有肉。卡斯特定义了一种正在出现的“新空间形式”：巨型城市。在《网络社会的崛起》一书中他以珠江三角洲为例，并附图清晰说明，香港在边缘，广州在中心。这些城市最显著的特点在于它们的“全球连接和地方脱节”。珠江三角洲可能是全世界的工厂，但这里生产的没有一样可供珠江三角洲外的农民购买——而这些农民离开自己世世代代居住的家乡，来到这里寻找财富。据估计有1.4亿农民已经离开家园，而贫富差距、城乡差距正在扩大。中国的解决办法是在大陆建起巨型城市，比如重庆——据官方统计，其面积有新泽西州3倍大，但密集程度却相同。中国在速度经济时代的最大挑战是将大陆连往全世界——并且将大陆连往流动空间。

香港已经在那里了。在金融危机前，《时代》周刊封面描述了一个故事，将纽约、伦敦和香港誉为世界三大金融中心。“这三个城市由远程飞机和光纤电缆连接起来，又整齐地分布在地球上——三个城市已经创建了一个金融网络（纯属巧合，没有人规划），并已能促进全球经济。而且，从另一方面看，它减缓了中国——我们这个世纪的巨婴——进入现代世界的速度。理解这个城市网络——我们叫它纽伦港——你就能理解我们的时代。”

冯国经说的话唤回了我的注意力：我们值钱的土地应该致力于流动。这就是用一句话说出的航空大都市的特质。香港国际机场及其价值200亿美元的人工岛就是一个流动空间。航天城实如其名，将香港最大的博览馆和最大的酒店与全球最大货栈合并在一起——“微笑曲线”在当地的开端和结尾。他认为是卡萨达给了他这个想法。“从博览馆展厅到货运商，这条链上的每一个人，”冯国经说，“都是对航空大都市的一个很简明的描绘。”

草拟规划时，机场穿越郁郁葱葱的旷野，位于香港界内遥远的西部边缘。城市的门户就是“东涌”，一座面积超过奥兰多的新城。那里的天际线是20幢比肩而立的70层公寓大楼，每一幢都能看到机场壮景。沿海岸线再远就是香港迪士尼乐园——沃尔特·迪士尼世界神奇王国的缩小版。

镜头拉得足够远时，你就会看见香港机场不只浮摇在香港边界，它也漂浮在珠江三角洲中心。尤其现在珠澳大桥[1]已经开始建设——这条28.8千米长、耗资55亿美元的堤道跨越珠江三角洲，接到香港在航天城的入口。卡萨达感叹机场的“四边性”——它结合了飞机、火车、汽车以及在上游各处往返的渡轮——也不难将香港想象为一个拥有超过1.4亿人口的巨型航空大都市的中心。如果让珠江三角洲的磁极扭转需要什么代价？你怎么能改变流动空间的方向？

茶叶和工厂

如果问卡萨达“航空大都市”这个词的来源，他会欣然承认这个词他是在珠海第一次听说的。雷姆·库哈斯是在他定期寻找“城市的乌托邦”的途中无意听说的。

“我们面对一个基础设施建设的新概念，”库哈斯干巴巴地说道，“曾经互为支持、互相融合的基础设施建设，竞争越来越激烈，愈来愈只顾本地利

[1] 现已成为港珠澳大桥的一部分。港珠澳大桥近50千米长，总投资超过700亿元人民币。

益……这个巨大系统的存在只是为了引发未来都市布局的连锁反应。基础设施建设不再假装成是为了创建多功能的整体，而是在分割有用的实体。”航空大都市建设便是如此。

城市外围原先的麦田将会变成一个航空大都市所在地，当然并非没有更好的选择。中国南方最大的城市还在稳步发展，并且忙于与佛山——另一个700万人口的工厂城市——合并成一个大都市圈。自然，机场周边地区增长会快些，但结果不容乐观。

航空大都市地区像桌面一样平坦，一般看来，它是一片空旷的地区，这也是它吸引力的精髓。“这块地方十分平坦，”这里的一个管理人员高度赞赏道，“易于规划、建设、使用。”粗略估算一下边界，从制图学上讲，最小也有87平方千米的开阔土地，比香港岛还宽广的一片石板路地区。联邦快递已经承认在孟菲斯的扩张是个失败，他们不想重复“美国航空大都市”或者巴黎市外戴高乐机场的欧洲转运中心的任何错误。“欧洲航空大都市”是法国前总统尼古拉·萨科奇预想的一个面积是香港两倍的大巴黎计划的一部分。

联邦快递又一次得到卡萨达的指导，他们现在决心要积极参与到位于中国广州“亚洲航空大都市”的太平洋中心的建设中。中国城市规划者严格地控制大都市的边界区域，在没有许可的情况下任何人不得进行建设。事实上这片区域几乎没有地方是空置的。

开车行驶在联邦快递枢纽站和机场的航站楼之间的沙石小道上，沿途我看到了简陋的棚屋、低矮的果园和废弃的公寓，水泥搅拌机正在倾倒水泥以用于兴建新的公寓。我的周围有一群骑着自行车的女学生，她们骑车前行，宛如一群好奇的鱼儿在游动。这片郊区的矮树丛将会被清理——到目前为止已经有8 000个家庭从这片区域迁出——留下的只有这些设施，这些设施会像“野葛”（珠江三角洲地区一种常见的植物）一样盘踞在这里。保留这片地方的唯一方法就是在此建造一座城市，等规划者想出了该地的用途后，再用法令的形式将其确定。

直到那时，对该区域的规划依然模糊，数字也只是一个大概的数字。政府对联邦快递枢纽站及其所在区域的用户做了限制，计划到2020年，其规模达到产值630亿美元，如果北京的电池制造商和风力发电机制造商能按预期设想的那样在此周围建厂的话，将会再增加数十亿美元的产值。毗邻枢纽站的是一个工业园区，该园区是模仿广州的经济技术开发区建成的。发展工业园区是为了发展中国的“瞬时城市”，正如发展“郊区”是为了发展美国的城市一样——这是推动经济发展最简单的法则。通常的战略是清理土地，以低于市场成本的价格卖给工厂主，通过减税给投资者以补贴。广州经济技术开发区率先使用了这种战略，它成为口香糖、牙膏和人造香味剂的世界工厂。而航空大都市有着更高的目标，它的目标在于地处苏比克湾的联邦快递的废弃枢纽站周围那些陷入困境的微型芯片和主板制造商。

在17世纪80年代，也就是距今300多年以前，珠江三角洲地区出现了第一批工厂，当时这个城市的名字是Canton（广州的旧称）。当时的十三行前边有店面，后面是仓库，他们是以国外代理人或者工厂管家的名字命名的。在1757年，乾隆皇帝为了抵制西方人对清朝的影响而关闭了所有的港口，唯独留下了广州，并将其称作“广州系统”。一夜之间，此地的码头成为中国所有的瓷器、丝绸和茶叶的唯一交易枢纽。

然后，中英之间接踵而至的贸易不平衡耗尽了英国的财政，正如当前的情况一样。英国甚至连印纸钞的钱都没有，英国皇室的代理人想出了一个好的办法：出口鸦片。如果清朝的皇帝不接受纺织品，英国就会持续地向中国出口让人上瘾的鸦片；清朝如果开始禁止鸦片进口，英国就会依惯例开战。1842年签订的《南京条约》迫使清政府彻底割让香港，同时解除了对广州的限制。广州的十三行被烧毁之后，清政府被迫同意开放更多的港口。昔日的资本家在这些港口做过尝试，未来的资本家也会如此，这些港口也在中国最初搞改革开放的城市之列。

茶叶贸易的开放催生了“航海时代”最后一次的繁荣：飞剪船带来的繁荣。这种船桅杆很高，船体较窄，而且船头有大幅度的倾斜，最初设计这些船是为了冲破封锁，后来它们被用来运输茶叶。纽约和广州之间航运的历史最高纪录是由一艘名叫“女海妖”的船创造的：74天零14小时，比正常航程缩短了一个多月的时间。美国人也第一次经历了廉价进口的商品过剩的局面。到1850

年，在塞勒姆和马萨诸塞州销售的商品中有1/5是由中国生产的。

茶叶属于易腐烂的货物，在潮湿的海洋空气中极易发霉。在远距离的运输途中，茶叶有变质和腐烂的风险。为了倾销7 700吨的腐烂茶叶，英国东印度公司被迫在1773年要求获得紧急援助。英国议会再次以征税的方式将钱借给东印度公司，这一做法激怒了波士顿茶叶党。美国第一艘发往伦敦的飞剪船是“东方号”，它经过了97天的航行后到达伦敦，其间一半的时间用在费力地移动大商船上，以便使其可以航行。

对于最新的东西人们有期待有狂热——不论是iPad、宇达电通产品还是“迷你共享”——供应本季节的第一批新茶已经成了伦敦的风尚。那时人们不用品牌或组成成分来命名茶叶，而是用运送茶叶的船只来命名它们，而且船速越快，越有名，品牌也就越好。竞争一下子变得非常激烈，争第一成为最重要的事情——成群的满怀期待的人会睡在码头上。他们的这种期望也驱使运茶船从广州一路直达福州港，福州港是一个通往产茶地区的开放港口。对于运输速度的奖励引发了持续20年的运茶船竞赛，1866年的“运茶大赛”达到了顶峰，40艘帆船在99天时间里快速航行25 600千米，最终停靠在泰晤士河上。

这样的竞赛几年后结束了。1869年苏伊士运河的开通和蒸汽轮船的到来宣布了飞剪船时代的结束，蒸汽船的速度结合便利的水路再次改写了世界航运的版图。因此，当联邦快递的创始人弗雷德·史密斯将他的波音777机队描述为“飞剪船”的时候，他显然不是在附庸风雅。他其实是勾画了一条跨越时空的航线，这条航线从中国的清代一直延续至今，这段历史中位于珠江三角洲的广州如今依然是著名的港口，而且，中国出产的一切也都和当年的茶叶一样新奇、快捷。

100个机场

确切地说，我第一次到访北京，是在2008年奥运会的前一年。我感觉很有必要在召开这场盛会之前一睹北京的风采。事后看来，花费了3亿美元打造盛大场景的奥运会开幕式已经被重新利用，这将是中国最后一次“狂饮作乐”，带着美国一贯的追求奢华铺张。开幕式的一个月以后，美国雷曼兄弟公司宣布破产，这也是近 10 年内的第 2 个值得记住的 9 月份，它将最近的历史划分为“昔日”和“未来”两个阶段。北京奥运会（和空空的鸟巢）属于不相关的“昔日”。

在美国的次贷危机之前，中国珠江三角洲地区的机器设备出口情况良好，然而美国的家庭负债的减少意味着中国“平板电视”出口的终止，或至少是暂时性的终止。中国政府没有错过任何的时机，一路绿灯，批准了所有准备就绪的计划，起初这些计划是为了防止经济增长过热的。中国开始了最大规模的基础设施建设，这是任何经济体都从未有过的投资。这以后的事情属于“未来”部分。

很不幸，我抵达的是首都机场三号航站楼。诺曼·福斯特曾经为中国香港设计过类似教堂的拱形玻璃建筑，如今首都机场航站楼也呈现出这样的景观。当我走出沉闷的二号航站楼时，我在中国第一眼看到的是星巴克。作家科特·安德森也犯过类似的错误，但他很快做了改正。他曾写道：“坐车从机场二号航站楼到三号航站楼的过程就如同在主题公园中的时光旅行一般。15 分钟的行程可以使人从落后的旧中国走到光明和闪烁的未来新世界。这也完美地演示了中国历史和建筑发展的速度，尽管‘老的’航站楼 1999 年才刚刚开放。”

福斯特设计的 1.6 千米长的龙头形的中央大厅足以容纳希思罗机场的五个航站楼，而且还有足够的剩余空间去容纳第六个。（这曾经是世界上最大的单体建筑，后来这个头衔给了迪拜的三号航站楼。）它能给人留下很深的印象，建筑评论家也为之狂喜。龙是北京首都机场的点缀，这也是卡萨达最新的心血结晶。北京首都机场的航空大都市坐落于围绕紫禁城的环形公路的西北方向[1]，它的面积要大于广州的航空大都市，其中设有“内陆自由港”以及供 10 万工作人员和 30 万居民使用的特殊区域。该航空大都市的效果图与素旺纳普的很相似，但关键是它又不来源于素旺纳普。北京的航空大都市是

---

〔1〕 西北方向：英文原文有误，应为东北方向。

很多正在建设中的大都市的样板，这也包括将于2015年竣工的首都新机场。

与其他任何国家相比，中国在航空业投下了最大的赌注。在美国发生次贷危机和中国出台一系列的刺激政策之前，中央政府就已经在“十一五”规划中指出，中国将在2020年之前新建100个机场，总花费将高达620亿美元。截至2009年，首批的40个机场已经建成。计划建设的大多数机场位于内陆地区的省会城市，以及比美国很多州首府都要大的二级城市。中国要在重庆和成都这样的西部枢纽地区和古都西安建设大规模的航空大都市，其他的机场计划建在类似长沙、昆明、杭州、沈阳和大连这种既是历史名城又是外包中心的城市。为了应对2010年世博会期间的人流，上海新建了两个机场，此次世博会成为史上上座率最高的一次。

在未来5年中，除了机场之外，中国还要大规模建设高速铁路，正如欧洲在过去20年中的做法一样。中国新增了4.8万千米的高速公路，这足以和美国的州际高速公路系统相媲美，而高速铁路的开通会使人们不再使用高速公路。中国的规划者吸取了美国在艾森豪威尔时代的基础设施建设急速发展的经验教训，这些规划者设计出了世界级的交通体系，使人员和货物可以在任意距离内快速、廉价和稳妥地运输，无论是当地范围内的高速公路运输、区域内部的铁路运输，还是全球范围内的航空运输。该计划的目的是将珠江三角洲地区的产业转移至数百乃至数千千米以外的内陆地区。没有任何事可以阻挡他们。

中国政府具有令人惊叹的决策魄力和执行能力。这也是福斯特的龙形航站楼在5年的时间内就可以建成的原因。它的代价是拆掉了1万间房屋。将这个数字乘以100，你就可以得出中国的航空大都市最初的人力成本。

美国也注意到这点。奥巴马总统在竞选期间就曾敲响过警钟。他在某一站的演讲中提到“考虑一下中国用于基础设施建设的资金数额”“他们的港口、铁路系统和机场都远远地超越了我们，这意味着如果你是正在考虑去何处投资的公司法人，那么‘北京看起来是一个不错的选择’”。有一件事情奥巴马弄错了：美国的企业正在寻找比北京更远的地方去投资。

美国通用电气首席执行官杰夫·伊梅尔特曾公开地讲，可以将中国的机场作为一张藏宝图，该图可以指出投资在电力、供水和铁路项目中的数千亿美元的流向。“中国已经开始将经济增长从北京、上海这样的大都市转向二线城市。”通用电气中国有限公司董事长庞德明指出，“我们发现在未来的 5 年时间里，中国政府将投入 2 万亿美元用于基础设施项目的建设。我们认为这其中的很大一部分，或至少一半的份额中会有通用电气的机会。”

中国的机场战略缓和了大陆与台湾的关系。两岸恢复友好关系的第一步就是经历了 60 年僵局之后，2009 年两岸恢复定期航班。台湾地区领导人马英九透露要筹建台北自己的航空大都市，计划用 10 年的时间，花费 130 亿美元来复制卡萨达的模型，该计划可以有效地使台湾机场的面积翻番。2010 年夏季签署的两岸自由贸易协议，将会给台湾经济注入更大的发展动力。现在台湾的人才和资本都流向了大陆的上海和珠江三角洲地区，台湾的未来要依赖对人才和资金流向的改变。

25 年前，中国的航线年旅客运输量为 700 万人次，这个数量仅相当于美国几天的旅客运输量。一年之前的年旅客运输量是 2.3 亿人次，中国民航旅客运输发展的目标是在 2020 年，达到美国年均 7.25 亿人次的运输量。中国的铁路运输将东部的特大城市联系到一起，同时中国希望依靠机场将东部和西部地区联系起来，然后把中国和世界联系起来。“除了北京、上海、广州枢纽，”中国民用航空局发展计划司副司长沙洪江解释说，“我们准备将中国南方和西北部地区的一些城市建成国际大都市。正如迪拜新建一个机场，将自己与世界联系起来，我们也会这样来做。”他并不认为中国有什么过激之处。他解释说，“实现这一计划后，我们将会拥有 250 个机场，但是美国拥有 500 个机场”，他总是会遇到一个两难问题：我们是应该扩建旧机场，还是干脆放弃旧的直接建设新机场？人们通常会选择后者。“过去我们往往低估了经济的发展。我们准备建设一个新机场，当它刚一建成的时候，就已人满为患。现在我们要高估我们的经济发展，而且要预测 5 年之后的发展形势。”

再从中国找出 5 亿旅客是很容易的事情。中国百万人口以上的城市数量在 125 到 150 之间。美国仅有 9 个，欧洲有 36 个。当中国快速发展的机场建设纷纷竣工后，年旅客处理能力在 3 000 万人次的航空枢纽，将会从现在的 3

个发展到 13 个，这样的旅客运输量要远超波士顿的洛根机场或者华盛顿的杜勒斯机场，这些航空枢纽未来都会发展成为航空大都市。等 2020 年全部机场竣工后，中国总人口的 82%，大约 15 亿人，都将生活在距机场 90 分钟的车程半径内，这一人口数量将是现在的 2 倍。

然而到底有多少人可以坐得起飞机？你可能还记得旅行的增长势必带来工资的增长。自从中国实行改革开放政策以来，中国人的收入已经增加了近 7 倍。世界银行研究局负责人马丁·拉瓦雷将全球的中产阶级定义为日收入 2 到 13 美元——这个数字介于美国的绝对赤贫和贫困线之间。以这一收入区间作为基本水准，他发现在 15 年的时间里，中国的中产阶级增加了 6 亿，从 1990 年的 1.74 亿增加到 2005 年的 8.06 亿。谁会知道 10 年之后中产阶级的人数会有多少？他们到底有多么富有？

长沙和昆明这样的二线城市一直没有通向世界的窗口，这也是它们和香港、广州的差距所在。西安例外。西安，这一丝绸之路的终点（在西方人眼中）和内陆中心城市与外面世界隔绝了千年之久。中国第一次也是最后一次的国外探险是由郑和率领的宝船舰队的探险，他们横跨印度洋的时间比葡萄牙人早了近一个世纪。舰队配备了 9 个桅杆的帆船，它相当于那个时代的“大型喷气式客机”，要远远超越当时欧洲的任何船只。1433 年是郑和第七次也是最后一次下西洋，明朝的皇帝突然中止了海外的探险，停止了对外贸易。他的训令得到了后来的皇帝的支持，这些皇帝下令禁止船只出海航行，并将其视为犯罪行为。1644 年清朝开始执政，他们采取了更加极端的封海措施，将 1 100 千米的海岸线划为禁区。这些法令达到了它的预期效果：使这个中土大国开始沉睡。

拿破仑曾说，中国是头沉睡的雄狮，一旦醒来，世界会为之震动。这个沉睡者于 1979 年苏醒，并在 20 年后开始让世界震惊，当时国家主席江泽民激励工厂的所有者“向西部进军”。他希望把发展重心转移到中国内陆的贫困省份，以缩小它们与沿海地区之间的差距。2001 年，在中国加入 WTO 前夕，江主席指示中国人要“走出去”，走向全世界。先是快速占用自然资源，接着大规模的商人和游客移民到中东和撒哈拉以南的非洲，大约有 100 万中国人在那里从事矿产、建筑、农业和他们所能掌控的任何领域的工作。

那么，中国会用数百个机场和几十个航空大都市做什么？它将会向中国西部、向外面、向全球进军。与世界上任何其他国家相比，中国更是把航空大都市作为一种武器，一部将城市打造成为强有力引擎的城市化机器。它将凭借这些在全球范围内发挥其最大的竞争优势——人口优势。

中国要将其西部地区向西方世界开放，中国劳动力会流向非洲、底特律或者类似于意大利的纺织工业中心普拉托等地方。

正如詹姆斯·金奇在《中国震撼世界》一书中所说的一样，在20世纪90年代，普拉托像一块磁石一样吸引着从中国偷渡过去的移民。“一个服装裁缝，每天工作15小时，一周工作6天，每月的薪水能有1 000欧元左右，”他这些钱积攒起来，日后可开一个颇具竞争力的工厂。从1992年到2001年10年的时间，在普拉托的中国公司由212家增加到了1 753家，今天已经超过了3 000家。越来越多的意大利公司将纺纱、编织、裁剪和缝纫的工作转让给中国的企业，他们新的竞争对手已经揭开了行业的秘密，并将这些秘密带回了家。不久以后，这些中国人便让他们以前的老板失业。2000年，普拉托大约有6 000家意大利的公司，到2005年所剩的已经不足半数。在大约20年的时间内，这些中国移民用他们的艰苦劳作和坚强意志打败了这个行业里的意大利对手。中国人一贯如此。

西部转移

按照“雁行模式”理论，中国已经从沉睡中苏醒。日本经济学家赤松要在20世纪30年代提出这一发展理论，目的是解释亚洲经济的发展。他认为技术革新会从雁队中的“领头雁”逐一向后延续和发展，再到第三、第四梯队的大雁。在这一理念提出后的数十年间，日本跑在最前面。亚洲四小龙正处在第二梯队，等待传递，如中国香港的纺织业和玩具制造业都是从欧美和日本传过来的。

亚洲四小龙从发展服装产业转变到发展汽车制造和计算机行业，他们在逐步退出无利可图的行业。提示企业进行产业转移的标志是工资的增长，迟早有一天他们会产业转移的，正如早期位于香港的工厂后来全部转移到深圳一样。我们不清楚他们的产业将最终落户到什么地方，但有一点很确定，一定是更廉价的地区，但必须具备一定的基础设施。珠江三角洲地区的世界工厂就是这样产生的，没有任何一个国家像中国一样如此快速地修建高速公路、港口和机场。根据中国国家统计局的数据，自从美国“9·11”恐怖事件发生之后，中国的经济快速发展，GDP 增加了 2 倍多，出口翻了两番，而真正的数字可能比这还要高一些。

是什么导致了这次经济危机？很难找到这次经济大萧条的根源，但是在宏观层面上，人们一致认为是“全球经济不平衡”造成的。中国的工人生产了太多的产品，却极少消费，而美国的情况却恰恰相反。在 2005 年，美国联邦储备局主席本·伯南克曾将这一现象称为“全球储蓄过剩”。历史学家尼尔·弗格森曾使用“中美共同体”这一概念，用以指出中美的这种结合是非常危险的，为了维持工厂的运转，中国坚持储蓄型金融政策，而美国坚持负债型经济策略。

在此之后，以弗格森为首的批评家呼吁解除“中美共同体”。因为全球经济亟待“重新平衡”。中国的消费者应该多买本国的商品，而不是将其出口到国外。为了加快这一步伐，弗格森断言，中国政府必须允许人民币对美元升值，迅速增加中国民众的财富，使进口更便宜。世界上其他国家也可以通过向中国出口的方式走出困境。但这也会给中国的出口带来影响，中国的出口商品会变得越来越昂贵。当中国本土的企业学会了像日本和亚洲四小龙那样沿着“微笑曲线”爬升，到那时中国的经济就会降温。此时，纺织业和玩具制造业将转移到越南和孟加拉国，那儿工资更低。加速飞行的大雁应将自己在雁队的位子让给其他随行的大雁。

在全球金融危机的紧要关头，中国决心要创造就业机会，将最大限度地发挥成本优势。在美元与欧元交易中，美元节节败退，人民币对欧元的汇率也在下跌，使得中国的出口品更加廉价。诺贝尔经济学奖获得者保罗·克鲁格曼估计中国在此次全球金融危机中让美国失去了 140 万个工作岗位，这中间的大部分属于奥巴马曾经承诺的“绝对不能外包”的绿色能源产业。短短两年的时间内，中国以跳跃式的发展超过了西方国家，成为全球最大的风力涡轮机和太阳能电池板的制造商，这些行业将会雇用100万名工人，且拥有每年10万人的增加速度。中国生产太阳能电池板的龙头企业，其95%的产品都出口海外。

当发达国家的经济在一次又一次的危机中举步维艰时，中国的经济却依然保持着两位数的增长速度。中国已经取代德国成为世界上最大的出口国，同时也成为美国最大的贸易伙伴。中国提供了世界进口总额的19%，这个比例十分惊人，中国占据世界货物贸易的1/10。中国的发展战略与20世纪70年代的日本一样：在美国陷入经济滞胀时，开始快速地大规模出口。这一战略仍然和当年一样有效，但是只咬到美国这块不断缩水的蛋糕中的一大块儿而已，和当年的日本一样。

中国央行发放了1.4万亿美元的无条件贷款，以刺激经济发展，弥补差额。用2万亿美元刺激货币流通。数十亿美元的资金流入房地产市场，使得一年之内中国的地价翻了一倍，上海的地价涨了200%，广州涨了400%。

这笔资金的很大一部分用于对世界工厂的再升级：中国的钢铁厂比欧洲、日本、美国和俄罗斯的总和还要多，水泥生产量超过全世界其他国家的总和。目前中国GDP的很大一部分来自基础设施建设，如制造飞机、火车和修建发电厂，这一比例要远远超过其他任何国家的历史纪录，已经接近GDP的一半。即使是遭遇原子弹轰炸的日本和经历“地毯式”轰炸的德国，他们在战后重建时的花费也赶不上中国目前在基础设施上的投入。

中国用于出口的资金数目太大，这让一些经济分析家寝食难安，他们或许无法给出准确的数目。曾经只有泰国长时间地保持了中国目前这么高的经济增长率，但是在保持了9年后，泰铢崩盘暴跌。如此看来，中国的经济需要谨慎发展。

最有名的怀疑论者吉姆·查诺斯，一位亿万富翁，他拆穿过一些公司繁荣的假象，投注巨资揭穿他们的谎言，也因此发财致富。安然公司的破产和美国的次贷危机都是他的业绩。现在，他把目光瞄准了中国，他认为中国出现了巨大的资产泡沫，并有破灭的迹象（当然，也可以延缓）。他说：“中国的楼市泡沫要比迪拜严重1 000倍，甚至更糟糕。”2010年在一次采访中，他说中国目前有27.9亿平方米的土地，打算筹建商业房地产项目，“这足够为每个中国人，包括男人、女人和孩子，分得一个2.32平方米的办公空间，这是一个可怕的数字”。查诺斯打赌说中国人永远都不会填满这些办公室的。

查诺斯将现在的中国比作20世纪90年代的亚洲四小龙，它们曾是快速发展的领头雁，但现在却停止了步伐。亚洲四小龙曾持续增加投资、兴建工厂，但经济增长率却不断下降，它们虽然很努力，但其发展却不科学，永远无法爬升到“微笑曲线”的两端。它们的收益不可避免地开始递减。它们越努力，经济下滑得越快。

查诺斯对吗？中美两方都有懂行的投资者。而且，事实也会说话的。

中国破纪录式的建设规模有一个突出的特点，体现在中国西部地区的变化上。几年前，中国政府的投资主要集中在沿海地区，尤其是珠江三角洲地区，以及上海和北京。

除了沿海大城市的规模，中国的城市化落后于同水平的其他国家。中国大约一半的居民生活在城市中，远低于发达国家80%到90%的水平。中国政府希望未来的20年内能将4亿农民移居到城市中，这将是历史上第二次大规模的人口迁移。为了响应江泽民“西部大开发”的战略，这些人口将从沿海的大都市迁移到内陆新崛起的大都市。对移民大量涌入和有可能出现贫民窟的担心，坚定了中国通过发展出口摆脱贫困的决心。中国，这只飞雁再次迁徙。

昔日曾经将业务外包给中国的诸如沃尔玛和英特尔之类的公司，如今开始在中国国内被继续转包。随着新机场的纷纷竣工，这些公司一方面把他们的总部和研发中心留在珠江三角洲地区，另一方面把公司的其他部门转移到西部地区，这些西部城市也就是航空大都市即将诞生的地方。这使得像西门子这样的公司把数十亿美元的资金投在了以前不发达的地区，例如武汉、重庆和成都。

香港的利丰公司对此也有同感。利丰公司的美国总裁解释说：“中国目前最大的产业转移是：南方地区曾是中国的工业中心，现在已经不是政府发展的重点。显而易见，中国政府正在以最快的速度将经济发展中心向其他区域转移。珠江三角洲地区会变成中国的硅谷，其他一切资源都将转向西部地区。”

麦肯锡的一名校友穆尼尔·玛虎库拉说：“工厂正在向被我们称为‘更

北’的地方移动。”在他的客户中包括 Zara 品牌，他告诉这些品牌商应该去哪里。他告诉我：“工业区已经规划好了，工厂正在被转移。以前唯一的问题是，你必须驱车三四个小时，从最近的机场到工厂；现在他们把机场建在工业中心的旁边。建设得和法兰克福或者纽约的一样好，但是很多人需要极大的勇气才敢离开香港。等他们有一天到了南京或者长沙，他们才发现原来这里并不差，这里照样有高耸的五星级酒店，机场也很便捷。”

重庆是中国内陆地区大都市发展战略最好的写照。重庆航空大都市的设计者是荷兰一位大师级的设计师，他将这个航空大都市比作“快速建造的匹兹堡”；两个城市都地处河流的交汇处（重庆是长江和嘉陵江的交汇处），两个地方天气的情况也相似。不同的是芝加哥已经到达发展的巅峰。詹姆斯·金奇这样写道：“芝加哥——被认为是世界上发展最快的城市——花了 50 年的时间，直到 1900 年它的人口增加了 170 万。重庆则以 8 倍于芝加哥的速度在发展。”其郊区位置已经增加了一片相当于匹兹堡规模的市区，以后每年可能都是这样的发展速度。

中央政府决心将重庆打造成人口 1 200 万的城市，成为“东方的芝加哥”，到 2020 年，政府会投资 1 470 亿美元使重庆的人口翻一倍。但是这位荷兰设计师不清楚政府怎么做才能达到这一目标。他坦白地说：“没人真正地了解重庆的经济，他们在一条接一条地建设着环形公路，制造火车，甚至在完成机场的建设之后，会继续对跑道进行扩建。但是当你站在高处，透过尘埃俯视这座城市时，你所看到的全都是高耸入云的摩天大楼，等灯全部熄灭后，这个城市给人的感觉就是一座空壳，然而，现在很多公司正在向中国的西南部地区转移。”像惠普这样的公司也不例外。2009 年，重庆市政府和世界上最大的个人电脑销售商惠普，签订了一份数额巨大的合同，惠普将在重庆生产便携式电脑、笔记本电脑、上网本、平板电脑和其他的产品并出口，预计年产量将达到 3 000 万台。就技术而言，惠普根本不具备如此大的产能，富士康才具备。

中国工厂的老板也面临着和郭台铭一样的难题。作为富士康公司以及该公司的母公司鸿海精密工业股份有限公司的创始人，郭台铭也不知道该怎么办。在制造业的圈子里，郭台铭就是一个传奇，但是即便是现在，很多西方国家的人对此仍一无所知。他以制造电视机上的塑料旋钮起家，他的资金是从台湾的父母那里借来的。20 年后，郭台铭在深圳创办了大型的工厂，他的几十个小工厂也遍布中国各地。鸿海的规模比他大部分客户的规模都大，这些客户包括苹果、微软和戴尔，即使 10 个竞争对手相加，也抵不上鸿海。在世界上最大的出口国家里，鸿海是最大的出口企业。据估计，全球一半的电子产品是鸿海生产的。郭台铭热衷于削减产品成本，他的一位助理曾幽默地说：郭台铭“身价中的 20 亿美元是从五分和一角的硬币堆里省出来的”。

2010 年，郭台铭遭遇了噩梦的困扰，当时富士康的数名员工自杀，这立刻吸引了世界的关注。郭台铭，这位向来不引人注目的人物，却被人们以经营血汗工厂的罪名起诉。别无出路的他承诺将员工的工资翻倍，并且要改变企业以前很奏效的经营模式。他说：“今天我们发展的速度很快，我们也在引领行业的发展，可一旦珠江三角洲地区工人的工资开始上升，那速度和势头会远超出人们的想象。”

但是郭台铭并不想将增加的成本转嫁给苹果公司，因为苹果很可能嘲笑这一做法。相反，郭台铭开始转移位于深圳的工厂。实际上，他不仅没有绝望，反而更看好中国的发展。他告诉记者，未来的 20 年里，中国必然会成为世界工厂，而且没人可以和它抗衡。他决定将员工的人数增加一倍以上，要雇用 150 万新员工，这些员工全部来自中国内陆地区。他决定给员工加薪几周后，就签订了数个合同，准备在天津和郑州扩建或者新建数个工厂，在那些地区他准备雇用 30 万工人。在成都投资 100 亿美元，雇用 10 万名以上的工人。珠江三角洲地区的劳动力成本增长太快，所以郭台铭也准备向中国西部地区转移。

在重庆，郭台铭将实施他最大胆的计划。他最后告诉记者，富士康 80% 的基本组装业务会在重庆完成，同时郭台铭和他的合伙人——前任的谷歌大中华地区总裁——准备仔细研究重庆的软件制造商，希望可以找到能够和脸谱网以及推特网这样的社交网站相抗衡的互联网公司。

郭台铭的老对手广达电脑有限公司和英业达公司，也在快速紧跟富士康的步伐，都在向中国内陆地区展开攻势。如果一切按计划实施，一年之后电脑生产就会取代汽车制造业，成为重庆的最大产业，会给 70 万进城务工人员提供就业岗位。3 年以后，重庆会实现它的目标，成为“亚洲最大的笔记本电脑生产中心”，年产值是 8 000 万美元，相当于目前世界市场份额的一半。

在最初的阶段，所有的产品都将会通过飞机来运输。重庆货运战略的设计者当然是卡萨达，他曾经指出，如果从重庆船运重达 30 万吨的电池、显示屏和电路板至 1 600 千米以外的上海，需花费一年的时间。所以答案是：每天起飞 10 架满载的波音 747 飞机用来运输，并且永远如此。而且，这还仅是笔记本电脑，他们期待在重庆制造更多种类的产品。这也是有报道称郭台铭正在考虑成立自己的航空公司的原因。

这位荷兰设计师是对的：重庆是一个空壳，它正翘首以待，等待大批农民工的到来，期盼从东部地区转移过来的公司。整个重庆，它的高速公路、快速崛起以及每年增加的柏油路都已经严阵以待，宛如打扮停当的待嫁新娘。而卡萨达的航空大都市就是重庆这新娘的夫君。

走向世界

有一点阻碍了中国想要比以往任何时候生产更多、销售更多的计划，那就是美国人已经停止购买。世界的消费者美国已经到达了自己的信贷限额。民意调查显示，美国人决心要像中国人一样勤俭节约，以便增加积蓄。换言之，中国产品的销售额已经超出了美国人的购买能力。2009 年初，“中美共同体”开始瓦解。美国总统奥巴马宣布：“美国人不能也不会以购买的方式换取世界经济的长期繁荣，任何国家都不应以对美出口的办法为自己国家的繁荣铺平道路。”对此，中国政府表现得十分坦然：如果美国人不买中国的商品，他们会思考并找到愿意买的国家。他们会重新开启丝绸之路。不仅仅是迪拜，2000 年至 2007 年，来华旅游的中东、非洲和拉美的游客人数增加了 4 倍。

为了拉动出口并提高人民的生活水平，中国所需要的不仅仅是石油和煤炭，还需要大量的木材、土地和矿产资源。中国已成为世界上最大的铜、铝和铁矿石进口国。在过去的10年间，非洲大陆和中国的贸易迅速增长，从20亿美元增长到1 000亿美元，中东和中国的贸易额与之相比就是小巫见大巫。

赞比亚的铜矿、安哥拉的石油，或者刚果（金）的稀有矿产，这些都是中非贸易的内容。这里大概有800多个国有企业作为代理商，这些企业的背后有成千上万的私营企业支持。中国政府通过宽松信贷、投资和援助等形式，通常是基础设施建设的一揽子项目，大批的中国工人在那儿忙着铺设轨道和高速公路，和国内工人的工作一样，他们在非洲还建设体育馆、铺设管道、建造宫殿和议会大厦。石油储量丰富的赤道几内亚将打造一个新的首都，在那里也会建设机场。

在打开了喀土穆的市场之后，中国继续进军罗安达。安哥拉的首都已经超越了沙特阿拉伯的首都利雅得，成为中国最大的原油供应地。每天从布鲁塞尔、莫斯科、休斯敦和北京起飞的直达航班上都有中国的石油开发商和官员去谈生意。

2006年，中国的航空公司才开通了非洲的航线，这是在胡锦涛指示南方航空公司可以在非洲条件合适的地方开设航线之后发生的事。南方航空公司迪拜分公司的经理姜楠选择了尼日利亚的最大城市拉各斯，它是昔日非洲最大的石油生产地，当地居住着5万中国人。现在居住在尼日利亚的中国人，比当年在此地的英国人还要多（原来这里是英国的殖民地）。

重庆机场向外派遣劳工的速度毫不亚于重庆吸引投资的速度。重庆进出口银行的负责人告诉贝哈尔，“为了让他们更好地在国外创业或工作”，他向这些农民提供销售机会、资金和技术支持。仅重庆来非洲的劳工就有1.3万人；2009年，中国输出的海外劳工总数是75万人。他们也是坐飞机出国的。正如南方航空公司的姜楠向塞尔日·米歇尔和米歇尔·伯雷炫耀的一样：“作为中国的公司我们有自己的竞争优势，我们可以吸收国内的剩余劳动力，你无法想象有多少中国人要来。”

中国经济学家许善达呼吁中国开始自己的“马歇尔计划”，去发展中国家寻找市场需求。中国人民银行行长周小川建议：使用中国2万亿美元外汇储备的一部分作为预付资金。官方说，他们的想法没有实现；非官方说，两个想法都已付诸实施。

2009 年 11 月，在埃及海滨城市沙姆沙伊赫举行的政府首脑会议上，时任中国国务院总理的温家宝承诺对非洲援助增加一倍，达到 100 亿美元，同时免除其先前贷款的债务。他对列席的 49 国首脑保证此举标志着和非洲国家关系进入一个新的发展阶段。一个月后，世界银行行长罗伯特·佐利克告诉《金融时报》，他已同中国商务部长陈德铭商讨，把中国的一些工作外包给非洲，比如，冶炼在当地开采的铜。但是陈德铭心中似乎另有打算。

类似情形不仅发生在非洲，还发生在对中国原材料的输入和制成品输出至关重要的任何地方。中国的一批劳动者正在巴基斯坦西南部新建立的港口城市瓜达尔附近建立航空大都市，在这里中国的运油飞机会装满伊拉克的石油和阿富汗的矿物。可能出现的“中国式迪拜”在当地引起了圈地热。瓜达尔开发局局长告诉他们：“一旦此地发展起来，也许你只需要签证就可以来这里。”

中国的新丝绸之路远及澳大利亚。2002 年与东南亚国家联盟签署的《自由贸易协定》终于于 2010 年生效，取消了与泰国、印度尼西亚、马来西亚、新加坡、菲律宾和越南交易的90% 商品的关税。如预期的一样，双方的贸易增长到原来的3倍，从 2003 年的 596 亿美元增长到 2008 年的 1 925 亿美元。虽然在金融危机中，中国的出口总量减少了，但是，令人惊讶的是，对东南亚国家联盟的出口却增长了 21%。把中国和东南亚国家联盟结合起来的话，就是一个拥有 19 亿人口的贸易集团——它在人口上是世界最大的，在总额上仅落后于欧盟和北美自由贸易区。但是，中国的领导者依然雄心勃勃：希望与印度、澳大利亚和拉丁美洲实现一体化。中国已经是巴西和澳大利亚的最大的目标市场。经济危机爆发后仅一年，中国仅凭与东南亚国家联盟和非洲的贸易就赶上了其与美国的贸易。中国确实是在重新调整，不是向着美国的方向，而是向着南半球。

贸易统计数字所不能预测的是，如果中国最后进入鼎盛时期，当它的公司发展一帆风顺、高额出口成为目标时，（或者他的经济时不时陷入停滞。）会发生什么。如果凯西、郭台铭、华硕的智囊团“为所欲为”，那么，你的下一部智能手机的背面可能印着“Designed in Shenzhen，Assembled in Chongqing

（深圳设计、重庆组装）”或“Designed in Taibei，Assembled in Wuhan（台北设计、武汉组装）”。一旦全中国的前方是商场，后方是工厂，我们还剩什么？为此目的，中国正在建设100个机场和部分航空大都市。

新丝绸之路已经成为人类旅行和商品运输的通道。近几年来，中国人的国际旅游激增，在2000年到2006年间增长了两倍，在2009年，有3 400万人出国，出国人数第一次超过了来中国参观的人数。这个事实值得重申：离开中国去游览世界的人数超过了外国人到中国游览的人数。到2020年，预计人数会再增长两倍，达到1.15亿人，与收入增长同步。一幅今后20年发展的画卷正在展开，中国的中产阶级——真正意义上的中产阶级，储蓄率达45%，人数是美国的两倍——向世界进发。他们会去哪里？更重要的是：他们会买什么？

一则建议是大萧条时期的“取消抵押品赎回权（止赎）之旅”，成群的百万富翁（中国有40万）挑选美国房地产市场的剩余物。其中的一个旅行者是长沙的房地产开发商，他在硅谷为女儿买了一幢100万美元的房子，想让她将来上斯坦福大学。房子原价是130万美元。这个买家承认：“价格现在很低，但房子周围的景色非常优美，所以它无疑会升值。”美国的下一个中国城可能是由豪宅构成的。

正如在20世纪80年代日本的旅行家阐释的（还记得工薪阶层及其家人的旅行以及他们手中咔嗒咔嗒响个不停的尼康相机吗?）中国人会是下一批站在纽约时报广场、特拉法加广场、巴黎圣母院和尼亚加拉大瀑布前，并通过他们的手机记录这些景色的人。在迪士尼，等到有1亿人在你前面排队的时候——你会发现，这个世界真的很小。

几百万中国人可能没有出过国，而且他们不需要出国。政府正在建造娱乐场所，其速度和建工厂一样快。在中国南海的海南岛上——一个面积和比利时相同、气候和夏威夷相似的岛屿——国务院正在进行一项测试实验，开发具有国际竞争力的旅游胜地。开发者们是从澳门建设“迈阿密”那里得到启发的。一个开发者正在独自修建22个高尔夫球场——从草地到沙地，再到效仿奥古斯塔高尔夫俱乐部——并且与购物中心和豪华别墅连接起来。从香港到这里乘飞机只需一小时，谁还需要去马里布？但如果你坚持要去，海南航空可以提供从北京到火奴鲁鲁（檀香山）的直飞航班。

不久以后，中国旅行者的人数会超过他们购买商品的数量。亚洲超过北美成为世界最大的航空市场，而它也是由中国领导的。分析家预测，从现在开始10年内，中国航空公司的机队会超过欧洲，并将稳稳地超过美国。这就是为什么在欧洲之外，空客公司在中国开设了它的第一家工厂，为什么中国正在建立自己的工厂，与空客和波音公司竞争。这些飞机多数会在亚洲范围内输送乘客，把他们的中产阶级带向天空，使中国和其他邻国紧密地联系起来，这比出口商品更行之有效。

在中国和东南亚国家联盟的贸易协定生效后不久，双方开始商议开放领空协议的最后细节。开放领空协议粗略规定：一个航空公司有权在两个国家的任何地点、任何时间飞行。20世纪90年代开放领空协议的诞生，可以认为是喷气式发动机发明之后航空史上最重要的里程碑。开放领空协议在国际上相当于美国20世纪70年代所实行的解除管制协议，不过它的范围更广泛。通过消除竞争障碍，开放领空协议增加了航班，降低了价格。它在欧洲的实行直接导致易捷航空和瑞安航空的最低票价的出现。（反过来，伦敦郊区的100万人也从中暗暗获利。）东南亚国家联盟和中国计划在5年内实施该条例，而且，东南亚国家联盟正在与印度和日本商讨类似的协议。日本于2009年和美国签署了一个类似的协议。

日本正在通过航空途径积极寻求解决经济发展停滞的方法。面对可能出现的第三个“失去的10年”，日本前首相鸠山由纪夫把贸易和旅游作为缓解国内经济停滞的中心政策。日本，作为“连接亚洲国家的桥梁”，为了把自己的命运和中国拴在一起，鸠山由纪夫呼吁在这个10年结束前建立一个广泛的太平洋自由贸易区。他的第一步是：解救日本航空公司，并把日本以前完全进行国内运输的羽田机场变为昼夜不停工作的国际中心。

这会起作用吗？卡萨达曾对开放领空协议和经济增长二者结合的紧密程度产生过疑虑。答案很简单：非常紧密。就如欧洲所显示出来的，解除管制释放了被压制的需求，反过来它又增加了新的联系。这就为投资和创造就业机会提供了一个良好的环境。地图可以被扔掉，经济地理将被重新书写。为此，他写道："国家应该把航线看作空中高速公路，公共载货的容量只受航线的数量和航线上运送乘客的座位和物品的载重量限制。"

波音公司倡议的模式更进一步，他们的问题是：如果在一些最有利可图的禁止线路上开放领空，会发生什么？中国的线路是其中之一。结果是明确的，流量会增长63%，"消流效应"会在旅游业和贸易业创造2 400万个就业机会。全球经济会增加4 900亿美元——相当于在地图上又出现一个泰国。如果日本需要另一种激励，这可以算是了。

中国已经过度地把航空公司看作公共物品。在某种程度上，中国的改革漏掉了航空业，因为直到2005年，中国的第一个私营航空公司——奥凯航空才开始运营。其余的航空公司则属国有或者在国家、省甚至市的控制之下。在中国，如果一个城市拥有机场并在寻找能为其服务的航空公司，那么该城市可以自己拥有航空公司。重庆是这样做的（重庆航空于2007年成立），上海、成都、昆明也都这样做了。（为运送所有的笔记本电脑，重庆正在考虑建立另一家航空公司。）中国中央政府拥有三家航空公司——中国国际航空公司、中国南方航空公司和中国东方航空公司——它们独立运营。也就是说，算起来，它们共计损失了几十亿美元。

如果说中国航空缺少什么，那就是标新立异、持不同意见的人，它使每个普通人都能乘坐飞机。每个主要的航空市场都有一个这样的人，无论是西南航空抨击威士忌酒的赫伯·凯莱赫或者瑞安航空健谈的迈克尔·奥利里。捷蓝航空的戴维·尼尔曼试图为巴西这样做。甚至印度的费尔南德斯机长用"点儿"装饰银色飞机的下半身。在中国还没有出现类似这样的人的迹象，但是自从奥凯航空开始飞行以来，还没有过去多长时间。我很好奇它的航班能把我带到哪里，我买了第一张飞向西部的机票。

我好， 你好

奥凯航空的首航从天津出发——这是一座拥有1 200万人口的城市，从北京驾车90分钟即可到达天津——航行目的地是湖南省的省会长沙。我自己也订了这条航线的机票。出发的前一天，航空公司的创始人兼董事长刘捷音邀请我去喝茶。

奥凯航空的中心在天津，但是它的总部在北京的工业区。董事长的办公室处于由仿造的大理石柱子支撑着的、像是荒废了的银行大厅的一角。里面除了有可能是从二年级教室回收的、少量的地图外，几乎没有装修。刘捷音穿着短袖衬衫和黑色裤子——休闲的工作服代替了官僚圈子里的毛式服装。他的眼镜不断从鼻子上滑落，凸显了他的职业身份。他几乎不是我想象中强硬的生意人。

刘捷音是中国航空业的行家，在中国民航总局完成了两个任期，在这期间，他定期去国外的瑞士航空公司。奥凯航空是他任职的第三家航空公司。第一家是中国联合航空有限公司，它作为中国人民解放军的官方航空公司于1986年开始飞行。（当时，军队的管理像是一个企业集团，它拥有宾馆、卡拉OK厅的股金和民用航空公司。）他工作的第二家航空公司，在政府的坚持下与上海航空合并，之后并入中国东方航空公司。他对我说，作为一名开拓者，这是他被人铭记的最后机会。

刘捷音的商业模式没什么先锋的感觉，他模仿西南航空并计划在全中国进行运营。由于交通拥挤的干线被禁止飞行，像北京—上海或北京—广州，工作情形对他很不利。所以，他绕开北京到天津，效仿西南航空的最初战略，开始飞大航空公司不飞的城市。这就是奥凯航空为何选择了比曼谷和德黑兰面积要大的烟雾弥漫的隐蔽地。从天津，奥凯开始飞像长沙和昆明这样的二线省会城市。他的飞机与西南航空的飞机型号相同，他的乘客也一样——少量的开辟处女地的道路勇士。

刘捷音说，对于他们来说，最关键的问题是要准时到达。如果你不能，就会有麻烦了。在延误过程中愤怒的乘客以骚乱和静坐闻名。“他们是农民！”他说，“他们以前从来没有乘过飞机，根本不知道会发生什么。”这些乘客的天真为他带来了商机。他给我讲了一个笑话，“飞机上一位女乘客非常激动，她说，‘天啊！这个航班真平稳真好。飞得这么高，地面上的人看起来就像蚂蚁！’然后她旁边的乘客说，‘女士，坐下吧，飞机还没有起飞呢。’”最好笑的是她正坐在他的航空公司的飞机上。

刘捷音解释，像这位女士一样的人有上百万。航空市场发展极快，中国民航总局正努力进行控制。奥凯航空作为中国第一个并且是最好的私营航空公司之一，是最后一个被允许独立自主做任何决定的航空公司。可能它的增长很快，如果政府解除对它的限制，增长可能更快。他相信很多中国人还没有开始飞行。“大多数中国人还没有去过美国，并不是因为他们不想去。一方面，近来美国无须对中国人的旅行敞开大门；另一方面，他们找不到航线。”

形势对刘捷音是不利的。政府的政策是即使国有航空公司会花费几十亿美元，依然支持它。筹集现款和席卷市场——如 10 年前，捷蓝航空在美国所做的那样——是不可能的。刘捷音说：“当银行听说你是一家私营航空公司时，他们就会拒绝你的贷款申请。”也不可能有外国投资，不可能在首次公开募股时筹集到流动股金。他一边努力向前发展，一边斡旋，当他能买到飞机的时候，便开设了航线。奥凯航空拥有 7 架 737 客机，但是为了形成赢利的规模经济，它需要 20 或 30 架。他认为在资产未受损的情况下，他可能需要三四年——也可能需要更长时间——才能退休。由于不顾一切的集资，他把一部分股权卖给了一家同样特困的私营航空公司。很快他与他的新投资者发生了冲突，这些投资者不能承担一年 1 000 万美元的损失。2008 年年底，在政府宣布东方航空于近期投放 10 亿美元紧急救助的几星期前，他们革了他的职。但是，两年后，有关所有权的另一次变动使他又重回奥凯。

向外拓展

北京和天津之间的道路连接着 1 500 万和 1 200 万人口的两个城市，双向 6 车道，排满了汽车长龙，有翻版捷达、大怪卡车和政府的黑色桑塔纳轿车等。与车道并排延伸的是新的京津城际铁路线，上面运行的是最高时速350千米的高速列车，这条高速线于2008年北京夏季奥运会前竣工，并把这两个城市连接起来。目的是建立北方的特大都市，与上海和长江三角洲周围的特大都市匹敌。

天津的面积超过了美国的任何一个城市，但是它的机场却和密西西比州的图珀洛机场一样大。2001年，机场每天仅有11架航班起落。后来，奥凯航空的运输量占据了天津运输总量的1/4，每年大约运送100万名旅客。一座航空大都市环绕着机场边上的空客总装线而建造，机场只是其中的一小部分。空客总装线每年能生产50架空客A320（就是萨利上校在哈德逊着陆时使用的那种载重喷气式飞机），其中一半计划在中国销售。为了应对A320，他们研制了C919飞机，最大航程5 520千米，可覆盖中国境内任意两点。

天津机场的老航站楼有6个登机口和1个登机手续办理柜台，柜台上面悬挂着一个出发航班公告牌，暗红色的灯光让人联想起年代久远的计算器。入口处的白板上潦草地写着登机时间。每当飞往深圳、青岛、合肥、大连的航班起飞后，白板上的时间就会被擦去重写。透过玻璃钢窗，可以看到新航站楼，它设计优美，面积是老航站楼的4倍。天津机场的旅客吞吐量每年增长20%，是全国增长速度最快的城市之一，但仍落后于成都和重庆。

这里没有分区登机，甚至都不排队登机，但是乘客似乎已经习以为常了，登机者包括显然没有一起坐过飞机的家庭，穿着Polo衫和熨平的卡其制服的养路工。我们似乎是飞向了佛罗里达州的坦帕市（全美首选的度假、退休疗养胜地）。

某种程度上确实如此。当我在长沙下飞机后，航班继续飞至昆明，昆明以其闻名遐迩的温暖日光吸引旅客。作为毗邻印度支那的云南的省会城市，昆明的战略地位对于中国铺设高速公路计划和从某个二级港口城市（像瓜达尔之类）铺设石油管道的计划十分重要。由于它重要的地理位置，它也是另一个计划建设航空大都市的地方。它的新航空中心于2012年开放，容量与史基浦机场的设计容量不相上下。

昆明的气候非常适合种植玫瑰。那里的日光和纬度可以与哥伦比亚和肯尼亚相媲美。昆明以山茶花、百合花、兰花和杜鹃花闻名全国，这里也盛产新种类的经济作物。山坡上建造了一些规模宏大的温室大棚，目的是解决上千万农民的工作问题。非洲和南美的种植者能够预见到玫瑰售价标签上低廉的“中国价格”；云南省的工资从每月 25 美元起，是埃塞俄比亚工资的 1/3，厄瓜多尔的 1/8。一年中时间不同，玫瑰的价格可能是肯尼亚任何玫瑰价格的一半。该市的计划是成为继荷兰之后世界上的第二大玫瑰出口地。

关于奥凯航空名字的由来，尽管我从中读出了谦虚低调的意味，但是刘捷音指出“奥凯”寓意“优秀”，而不是“说得过去”。崭新的波音飞机，机舱内部的真皮座椅，热气腾腾的饭菜，还提供免费的冰镇啤酒——这堪称我最满意的一次飞行。

坐在我后排的两个女孩子只有 20 岁左右，其中一个还戴着牙套。她们是天津大学环境科学专业的学生，趁暑假到昆明游玩。这是她们第一次乘坐飞机，也是第二次离开家；第一次是 3 年前坐了两天火车到长沙。我们今天的飞行只有 2 小时。戴着牙套的女孩坦言她非常害怕。她说：“这飞机太大了，比电视上的大多了。”飞行结束时，她们已经想好了下次的飞行计划，毕业后要飞到香港去疯狂购物。

过道对面是一个常坐飞机的人，他为一个假发制造商工作。他的主要工作就是采购人的头发。这是他第一次搭乘奥凯航空的飞机，感觉还不错。他说，能得到他的认可，这算是很高的评价了。8 年的商务旅行让他讨厌每个他搭乘过的航空公司。现在情况已经有所改善了。他说：“我刚开始坐飞机出差时，航班很少，从市里到机场要走好几个小时，很多小城市甚至没有机场。但现在坐飞机容易多了，现在我们富了，负担得起坐飞机的费用。”

坐在他后面的一个年纪较大的男人，却有着不同的看法。他是位教授，去长沙看望同事，20 年来他每个月都要坐飞机。刚开始坐飞机时是什么样子呢？他说："那时乘客很少，航班很少，条件很差，现在强多了。但是随着坐飞机的人越来越多，登机时间越来越长了，机场安检比原来更严了。但还是比美国的情况要好一点，美国国内航班吃什么东西都要花钱。"他认为中国人会像美国人一样毁了飞机旅行。"我们必须忍受越来越多的人乘坐飞机。竞争会更激烈，情况会越来越糟。"中国会慢慢发现，这两个人的观点都是正确的。

世界之窗

抵达长沙前的最后一段航程看到的是数千米长的稻田，还有农舍、谷仓，直到最后一秒才是机场。旧航站楼是天津机场的一半大，可能考虑到长沙600万人口，而天津1 200万人口，这样算来航站楼的比例也是合理的。新航站楼是旧航站楼的5倍大，是长沙航空大都市的中心。该航空大都市将服务于8个城市、4 000万人口构成的大都市区，这真令人难以置信。但是在我订票之前，我从没听说过长沙这个城市。

中国的第一代领导人毛泽东年少时在湖南第一师范学校学习，后来，这个学校在1938年被摧毁。城市的其他部分也在日军侵略中被毁灭，1949年重建。但长沙似乎一直处在建设中，城市中心到处都是起重机，中间夹杂着各种品牌的汽车。

中国政府规划内陆城市发展制造业时，长沙是合适的省会城市。作为二线城市、湖南省的省会，长沙比达拉斯－沃思堡市大。这里的劳动力价格比海滨城市的便宜1/3，所以制造商独占先机。外商投资额每年增长30%，几乎是全国平均增速的4倍。市政府官员还在期待更快的发展速度。在年生产能力达到25万辆的菲亚特汽车厂的帮助下，当地的汽车制造业规划2015年的规模是2007年的20倍。比亚迪汽车公司在长沙生产"电动大巴车"。长沙也成为生产电池、风车等绿色科技产品公司的首选之地。与此同时，成立两年的湖南神州光电能源有限公司生产的太阳能电池板和船舶几乎全部出口欧洲。与市中心相比，该市新规划的高新区离机场更近。成箱的 iPad 平板电脑从加利福尼亚到这里只需 3 天。

在为期一天的短暂停留中，我祭拜了利苍和他的妻子辛追之墓（马王堆）。这是长沙最著名的旅游景点。从周围山坡挖掘出的马王堆墓完好无损。公元前 2 世纪，汉高祖任命利苍为长沙王丞相。过了几代，皇帝的接班人又派使节张骞经过这里，出使西域探寻文明。张骞带回了关于印度和波斯的消息[1]，这些消息激励皇帝更加勇敢地带领军队西征，从而开辟了丝绸之路的最初路线。辛追是包裹着丝绸被埋葬的，这条路也因此得名。她的寿衣保存了 2 000 年，现存放在玻璃罩中，为人们讲述着辛追的灵魂从尘世经由来世到达天堂的过程。

我在去机场的路上，冒着错过航班的危险，再次停了下来看了“世界之窗”。几千米外的多年不见的亚历山大灯塔映入眼帘，它有着令人心醉神驰的粉色外壳，是真的亚历山大灯塔的同尺寸仿制品。世界之窗是一个主题公园，汇集了“未来世界”的模型，虽然它所展示的有些仿制品并不太像。正对着入口处的是罗浮宫的玻璃金字塔，两侧是被酸雨腐蚀了的希腊胜利女神像和米洛斯的维纳斯像。文明山上的美国国会大厦、泰姬陵、比萨斜塔的成比例模型，都没超过 6 米高。还有一个电子化的毛主席像展厅。公园的中心是一个池塘，埃及金字塔、狮身人面像、复活节岛的摩埃石像都矗立在那里。我正欣赏的时候，一辆推土机正慢吞吞地挖掘着池塘，因为是旅游旺季，公园仍旧开放。现在已经是黄昏了。我突然意识到，我已经一个多小时没在公园里看到人了，恐怕他们已经离开了。

[1] 原书记述有误：汉武帝派张骞出使西域是从长安出发西行的，并未经过长沙。

Epilogue: Opening Day

尾声：开幕日

顾问们已经拖着拉杆箱离开了，现在我也要离开了。8 小时后新赛季的第一投将会在 1 100 千米外的瑞格利球场掷出。与往日匆忙间搭乘航班探望亲友不同，今日时间还算充裕。肾上腺素泵入动脉，我变身旅途勇士：拔掉笔记本电源，将铝板、芝加哥小熊队队帽和机票一并塞进包里，冲个澡，换好衣服，吻别爱妻。半醒间的妻子嘟囔着："玩得开心，晚上见。"

清晨，布鲁克林区的人行道稀稀落落，只有活泼好动的雪纳瑞犬拖着睡眼惺忪的主人撒着欢地东闻西嗅。我挥手拦下一辆出租车，我们很快驶上快速车道，迎着朝阳向东驶去，接着转向北方，经过一片公墓和威廉斯堡昏沉的赶时髦者。拉瓜迪亚机场与我家之间的距离比首尔机场到松岛新城的距离近一些。一年前一个航班更改了时刻，因此一天早晨我抬头望见一架波音 737 在我公寓上空几百米处呼啸而过。

出租车司机错过了高速出口，我们掉头返回，经过富有装饰艺术风格的飞机机库，到达机场一个渐渐淡出脑海的角落——海空航站楼。我在此下车。1939 年，泛美航空公司为了运行飞艇航班在海岸处修建了海空航站楼；现在它已然是一个古老的建筑，比拉瓜迪亚机场的跑道还要历史久远。海空航站楼是现役航站楼中最为古老的一栋——它是航空黄金时代渐渐消逝的最后残影。

几年前，达美航空在这里为每小时一班飞往波士顿、华盛顿和芝加哥的航线添置了几个登机口。我缓缓步入候机大厅，这里如每一个圣洁的教堂般安详、肃穆。在墙壁的顶端，一块 3.6 米高、70 米长的富有大萧条时代壁画风格的航班时刻显示屏环抱着整个大厅，屏幕细节之处洋溢着如米罗、马萨乔、毕加索和米开朗琪罗般的大师之美，如同西斯廷大教堂的穹顶般震撼人心。

自希腊神话中伊卡洛斯粘羽而飞，莱特兄弟驾驶"飞行者一号"实现载人空中持续动力飞行，直到飞艇硕大如鹏鸟、翱翔九天之上，飞行之梦历经岁月洗礼，从未收起傲人的双翼，翩翩然进入了自己的黄金时代：臂戴徽章、娴熟操控飞艇的海军上校，装饰温馨豪华的私人卧室，满是美味大餐的空中餐厅，身着白色夹克的殷勤服务生，独立隐秘的男女更衣室，以及盛装出席的绅士淑女。只需购得一张价值 675 美元（约相当于今天的 1 万美元）的双程票，你即可获得从美国纽约，经停新布伦兹维克、纽芬兰岛、爱尔兰，到英国南安普敦长达 36 小时的豪华空中之旅。

汹涌血腥的二战一脚将商业运营仅 3 年的洲际飞艇踢下了历史舞台，本就寥寥无几的飞艇便如侏罗纪时代的恐龙般灭绝了。二战之后，更大更快的飞机源源不断地被战胜国生产出来。泛美航空总裁曾指出，航空公司当时面临一个艰难的选择：是将飞行打造成权贵的奢侈品，还是寻常百姓的日用品。他选择了后者。于飞行来讲，最重要的是速度，而不是奢华的享受；从这时起，速度本身就变成了一种奢华。从这个意义来讲，航空黄金时代是一个前无古人的时代；现在黄金时代已经到来，商业航班能够让你及时赶上芝加哥球赛的第一投，也能让你及时飞回纽约欣赏当天的《每日秀》。

现在，我们在 1 万米的高空，天空晴朗，阳光在客舱的每一个角落播撒着维生素 D。搭乘飞机去芝加哥与搭乘火车或长途汽车一样无聊，现今飞行只是一种大众旅行方式。今年全美所有航班服务的旅客人次将超过整个 20 世纪 60 年代的总和。

卡萨达预测，在未来的 20 年，航空旅行将会戏剧般地改变我们的生活，如同从飞艇向定期航班转变一样。如果他是正确的，我将怀念这次飞行，如一些人怀念州际公路之前的马路一样，那是混凝土在辽阔的原野之中铺就的一条巨大丝带，引领我们前往南方诸州所在的“阳光地带”，那里巨大的发展在仅仅 50 年前还是无法想象的——这样的未来看上去是不是和达拉斯或者迪拜一样？或者两者兼备？

卡萨达保证说：“随着航空业愈来愈紧密地将世界各地的人们联系在一起，我们会同时观察到全球一体化和本地多元化。时尚、美食、娱乐、小玩意儿、家人以及工作机会都会更快地传遍全球，在丰富不同地区产品和服务种类的同时创造出令人瞠目结舌的共同之处。”

卡萨达展望的未来给我们提供了几乎无数种可能性，在哪里生活，爱上谁，吃什么，做什么可能都会与现在不同。在这个世界里，政界领袖所许下的承诺将会实现，我们会更健康、更幸福、更高效。人们通过飞机、无线网络和高速铁路相互连通；每个人都能去参观迪士尼乐园、罗浮宫，去更远的地方漫游，更努力地工作，以更快的速度出行。没有人将会被出生或者成长的环境所羁绊。

这一切能实现的基础是航空业高度发达。就像高速的喷气式飞机使得布鲁克林道奇队搭乘飞机去往洛杉矶成为可能一样，卡萨达提醒我，在不远的将来，世界职业棒球大赛将会名副其实。有一天，联盟中的几支主要球队会以近似超音速的速度不断往来穿梭于东京、哈瓦那、墨西哥城之间，棒球这一全球盛宴将不会只属于我们自己。

当我在瑞格利球场观看小熊队比赛时，很难想象卡萨达的愿景。瑞格利球场自 1916 年起成为小熊队的主场。那时候，莱特兄弟的飞机对人们来说还是个新鲜事物。常春藤和记分板是 1937 年才有的，照明设备更是 50 年后才出现。除了凌空而过、惹人注目的波音 747，其他事物几乎没有什么变化。波音 747 划过天际的引擎声只有在消失的时候才让我们猛然察觉到它的存在，就好像一台突然停止运行的机器那样。

那台机器被称作全球化。那时喷气式飞机跨洋越洲，驱动着全球化，即使 35 年之后，互联网依然尚未出现。今天，我们用飞行时间丈量空间距离，用波音 747 腹舱中的货物将世界经济紧密联系在一起。我们也在思索，无论是否愿意，这台机器是否会因为金融危机、高昂的石油价格、气候变化等因素永远停止运转。然而，卡萨达坚信，全球效率将会增长，某些地区（尤其是最富裕的地区）渴望着一种“解药”，那就是在持续努力中复苏本地经济。他反驳道：“如果全球化不幸停止，那又能怎样？”这又不是我们所能决定的。

“每一种交通方式在诞生之初，只有极小部分人能够享受，随着成本的不断降低，这种交通方式才逐渐被大众接受。”卡萨达说，“航空业正是如此，现在有能力乘坐航班的人群正在从极少数一点点增加，这将对地域经济及社会产生巨大影响。亚洲旅客已经蜂拥而至，这不可阻挡。”

卡萨达竭尽全力使这条发展道路更加平坦。我上次见到他的时候，他辗转于北京、台北和班加鲁鲁的各种会议之间，时差与奔波使他疲惫不堪。所有的政党代表都乐意邀请他去描绘他眼中的世界蓝图，一个通过一系列航空大都市连接在一起的、满是会议中心和豪华酒店的世界。荷兰建筑师雷姆·库哈斯曾提出一个疑问："当代城市是否与当代机场相似？是否完全一样？"这个问题毫无意义，因为城市就是机场。

卡萨达告诉我："我总是告诉我的学生们，那些能读懂未来的公司、社区和国家将会获得巨大的经济成功。"中国和印度读懂了未来，读懂了卡萨达亲手描绘的"航空大都市"。他解释道，"这正是他们如此大规模建设的原因，机场、城市等主要的基础设施是他们参与21世纪国际竞争的重要砝码。与此同时，我们却认为基础设施建设是讨厌而有害的。如果我们还意识不到城市和机场的结合才是未来之道，那么竞争即将结束。从某种角度上讲，我们已经放弃了努力。"

他也许是对的。当母亲、弟弟和我一起坐在瑞格利球场的看台上时，我豪情万丈。一切皆有可能，没有距离是无法跨越的。即使飞行安全和航班延误令我苦恼，客舱里狭小的环境让人感到痛苦，但是如果我能偶尔在两个不同的城市间切换，在纽约过着自己的生活，同时与中西部的家人保持亲近，这一切都是值得的。这些纽带在当今瞬息万变的年代只会变得越发坚韧，因为我们创造新的方式去发现彼此，跟随彼此，缠绵彼此。今天是瑞格利球场的开幕日，明天是香港中国学生的 spring break（春假），迪拜伊朗人的团聚日，孟买上班族乘机回家度周末的日子。

航空大都市是一台时光机，而时间终究是一种有限的商品，它为我们做出的所有选择设置了不同的汇率。这台体积庞大、规模无限的机器通过更换可替代的零件不停地重复运转着。卡萨达的航空大都市与我们关系甚微，就像奥黑尔机场或者希思罗机场对于一个帆船上的游客一样毫不相干。但是，这两座机场不可否认地对于生活在金奈和芝加哥的人们来说，虽然平凡，却意义重大。

芝加哥小熊队赢了！他们的队歌《加油！小熊！》在整个球场回响，我和妈妈激动地前后摇晃，跟着歌声一起唱起来。1 小时之后，我已经搭上了回纽约的航班。又 1 小时后飞机进入了巡航高度。恍惚间我渐入梦乡，隐约听到一首歌在耳边哼唱，歌声描绘了窗外一幅熟悉的景象：走向田野，穿越栅栏，一幅城市的蓝图映入我的眼帘。

致谢

我们的合作经历令人非常愉悦，彼此都非常肯定对方所付出的汗水，也对双方在合作期间展现出的状态赞赏有加。对于我们来说，这是一个宝贵的学习过程。它让我们知道这个世界是如何运转的，让我们知道航空大都市这一理念是如何使跨越时空的共同合作成为可能。我们十分感谢来自 Jonathan Galassi，Paul Elie，Jeff Seroy，Sarita Varma，Jennifer Carrow，Stephen Weil，Marion Duvert，Karen Maine 的指导与支持。

约翰·卡萨达　格雷格·林赛

2011 年 1 月

我要向那些工作在柯南－弗莱格勒商学院、弗兰克·霍金斯·柯南民营企业研究所以及小威廉·兰德凯南基金会，并一直鼓励我们工作的人们表示感谢。特别感谢柯南民营企业研究所服务与知识管理部主任 Cynthia Reifsnider，他为此书收集了海量信息；特别感谢参与整个信息筛选的工作人员们（负责日常研究和管理工作的 Donna Polat，负责制作我们维基百科信息的实习生 Allyson Dyer，负责获取影像和版权许可的实习生 Lizzy Hogenson，还有长时间从事环境问题研究的实习生 Brian A. Schneider，以及为此书进行大量背景研究的实习生 Betsy Ronan Herzog，Gretchen Ptacek 和 Qianqian Rui）；还要感谢 Steve Appold 博士（副教授），是他在撰稿过程中为我们编译数据，并一直向我们提供极富参考价值的评论和见解；感谢执行助理 Ronda Ragan 为协调书稿各方面问题所做的努力；感谢信息系统部主任 Jack Walker，保障了我们工作有序进行；感谢执行董事 Raymond Farrow，为书稿提供了极具价值的反馈。

感谢来自世界各地的朋友和同仁们，能够在百忙之中抽出时间接受合著者格雷格·林赛的采访，并和我们分享他们自己独创的、前瞻的观点。

我还要把最诚挚的敬意送给格雷格，是他给我早前关于航空大都市的观点提出了很多有建设性的挑战。正是他批判性的鼓励与质疑，拓宽了我的思路。他为此书的出版付出了巨大的心血，做出了巨大的贡献。

我也要感谢我的妻子 Mary Ann。也许我们的婚姻无法与那些圣人大家相比，但从我们认识之初起，她就是我生活中最强大的后盾。

谨以此书献给我最爱的她。

约翰·卡萨达

如果没有 David Kuhn，本书就不能与读者见面。我也要感谢 Billy Kingsland 和 Jessi Cimafonte 的帮助，珍视我们之间的友谊。

许多优秀的报道都承载着 Will Bourne 无形的寄托，是他让我有机会走进《快速公司》，让我有机会负责几个章节的编辑工作。我很荣幸与 Bob Safian，Noah Robischon，Rick Tetzeli 这些顶尖的记者们共事。我欠 Charles Fishman 一个特殊的人情债，是他把我引入了航空大都市这一领域，然后又优雅地走开，在背后一直默默地支持着我。

卡萨达教授非常热情地同意了合著出书一事，并将他毕生的研究成果托付与我。作为合著者，他随时随地为我提供支持，引导我应该如何去表达，并鼓励我用我自己的话去表述。

Eric Gillin 的概念、建议和热情对于本书形成早期框架至关重要。许多人阅读了全部或部分手稿，并提出了宝贵的建议，包括：Paul Ingrassia，Daniel Safarik，Will Leitch，Douglas Kelbaugh，Paulina Kubiak，David Beeman，Emily Griffin，Melissa Junttila，Andrew Blum，Laura Sullivan，Erin Collier，Rachel De Nys，Lorelei Nikkola。同时，John Mantia，Drake Baer，Amber Greviskes，Erin Renzas 和 Claire Feeney 也提供了很多无价的帮助。

写作相对痛苦，讲述无比快乐。那些给我讲述故事的人包括：Frederick W. Smith，Daryl Snyder，路易斯维尔市长 Jerry Abramson，Mark Giuffre，Burt Deutsch，Linda Solley-Kanipe，Ilaiasi Ofa，“Sir，Alfred” Mehran Nasseri，Matthew，Jennifer Kelly，Jon Fine，Laurel Touby，Cal Fulenwider，Brian Tellinghuisen，Tom Gleason，Jon Ratner，Elizabeth Plater-Zyberk，Moshe Safdie，the late Amos Hawley，Dave Tyler，韦恩的首席行政长官 Robert Ficano，Maurits Schaafsma，Henk de Groot，Aard de Boer，Paul Collier，Adrian Williams，Gareth Edwards-Jones，Suwat Wanisubut，Ruben Toral，Vishal Bali，Phil McArthur，Assem，Dina Hamzeh，Marwan Bibi，Ram Menen，Geert Boven，Issa Baluch，Behram Baluch，Shaju Unnithan，Sir Richard Branson，Jonathan Wolfson，Harrison Dillon，Genet Garamendi，Stan Gale，Jamie von Klemperer，Wim Elfrink，Mary Lou DiNardo，Liam “Mr. China” Casey，Victor Fung，William Fung，Stanley Hui，Michael Pettis，Ching Wang，Dennice Wilson, Eddy Chan, Liu Jie Yin, Richard Behar。

我要感谢我的母亲 Skip Barrie，感谢她教会我商务会议是如何进行的；我还要感谢我的兄弟 Todd，感谢他帮我拿得了芝加哥小熊队的赛季球票；我更要感谢我的妻子 Sophie Donelson，感谢她的耐心、她的文字编辑能力和她的爱，没有她的陪伴，我无法度过那段艰辛的日子，完成这部作品。

谨以此书献给我最爱的人。

格雷格·林赛

中文版后记

自2004年起，我们与卡萨达教授便有了电子邮件往来，探讨临空经济、航空城等问题。2006年，受我们邀请，卡萨达教授参加了在北京顺义举行的“2006临空经济发展国际论坛”，自此卡萨达教授才了解了中国临空经济。

2007年7月，卡萨达教授作为航空大都市概念模型的提出者，为推进其新书《航空大都市——我们未来的生活方式》的创作工作，委托林赛先生（新闻媒体的专职记者）专程赴中国对我们进行了中国临空经济发展的专题采访。

2011年年初，《航空大都市——我们未来的生活方式》一书刚刚于美国问世之际，我便有幸托朋友购到了英文原本，翻阅之时便倍感该书亟须在国内编译出版。通过多次的沟通与交流，我们熟悉了卡萨达教授和林赛先生的语言风格。该书由林赛先生执笔，以对50多位人物的访谈为素材，以全球20多个城市的实践为佐证，阐明了航空大都市在人类当代和未来生活中正在和将要起到的重要作用。其中人物繁多，美国习语频出，带有美国历史文化背景的典故颇多，给阅读带来了一定的困难，更给翻译增加了难度。

前不久和卡萨达先生谈起翻译出版该书的时候，卡萨达先生指出，（在中国）真正懂航空大都市的专业人士很少，这类专业人士里英语好的亦少，英语好又能用中文真实传达原著者意图的更是少之又少。卡萨达教授向来严谨，他在说到书的翻译出版时，特意指出如果我们来翻译，他会比较放心，表达了对我们的期许之意。

翻译的过程是漫长而又艰苦的，从2011年4月开始着手，到最终出版历经两年多时间。翻译期间，曾有好几次打算放弃，但最终还是坚持了下来。

开始，我们搜集了卡萨达先生从 1988 年至今几乎所有的论文，共 100 余篇，一一阅读，以便深入了解卡萨达教授的理论脉络，并多次就某个具体的表达、某件事的具体细节与卡萨达先生进行书信咨询，他也一一详细解释。在经历了数不清的不眠之夜，每每想要放弃之时，一位长者弓着背、拖着行李、穿梭于全球各大机场的感人身影便浮现在眼前，卡萨达先生对航空大都市的热忱深深地鼓舞着我们，让我们坚持前行。如今，书就要出版了，翻译成果是喜人的，希望不负众望。

曹允春

2013 年 6 月

参考文献

Al Manakh 1. Vol. 12, no. 2. New York: Columbia University GSAPP, 2007.

Al Manakh 2: *Gulf Continued*. Vol. 23, no. 1. Amsterdam: Archis Publishers, 2010.

Ali, Syed. *Dubai: Gilded Cage*. New Haven: Yale University Press, 2010.

Altshuler, Alan, and David Luberoff. *Mega-Projects: The Changing Politics of Urban Public Investment*. Washington, D. C.: Brookings Institution Press, 2003.

Anderson, Chris. *The Long Tail: Why the Future of Business Is Selling Less of More*. New York: Hyperion, 2006.

Baluch, Issa. *Transport Logistics: Past, Present and Predictions*. Dubai: Winning Books, 2005.

Barrett, Raymond. *Dubai Dreams: Inside the Kingdom of Bling*. London: Nicholas Brealey Publishing, 2010.

Berry, Brian J. L., and John D. Kasarda. *Contemporary Urban Ecology*. New York: Macmillan, 1977.

Bidwell, Charles E., and John D. Kasarda. *The Organization and Its Ecosystem: A Theory of Structuring in Organizations*. Greenwich, CT: JAI Press, 1985.

Blalock, Hubert M., Jr. *Causal Inferences in Nonexperimental Research*. Chapel Hill: University of North Carolina Press, 1964.

Bode, Steven, and Jeremy Millar, eds. *Airport: The Most Important New Buildings of the Twentieth Century*. London: Photographers' Gallery, 1997.

Borsook, Paulina. *Cyberselfish: A Critical Romp Through the World of High-Tech*. New York: Public Affairs, 2000.

Brooks, David. *On Paradise Drive: How We Live Now (and Always Have) in the Future Tense*. New York: Simon & Schuster, 2004.

Burdett, Ricky, and Deyan Sudjic. *The Endless City: The Urban Age Project by the London School of Economics and Deutsche Bank's Alfred Herrhausen Society*. London: Phaidon, 2008.

Burgess, Ernest Watson. "The Growth of the City: An Introduction to a Research Project." In *The City*, edited by Robert E. Park, Ernest W. Burgess, and Roderick D. McKenzie, 47 – 62. Chicago: University of Chicago Press, 1925.

Button, Kenneth, and Somik Lall. "The Economics of Being an Airport Hub City." *Research in Transportation Economics* 5 (1999): 75 – 105.

Button, Kenneth, and Roger Stough. *Air Transport Networks: Theory and Policy Implications*. Northampton, MA: Edward Elgar, 2000.

Caro, Robert A. *The Power Broker: Robert Moses and the Fall of New York*. New York: Vintage Books, 1975.

Castells, Manuel, ed. *High Technology, Space, and Society*. Beverly Hills, CA: Sage Publications, 1985.

———. *The Rise of the Network Society*. 2nd ed. Malden, MA: Wiley-Blackwell, 2010.

Castells, Manuel, and Peter Hall. *Technopoles of the World: The Making of Twenty-First-Century Industrial Com-*

plexes. New York:Routledge,1994.

Ceruzzi,Paul E. *Internet Alley:High Technology in Tysons Corner*,1945 - 2005. Cambridge, MA: MIT Press, 2008.

Chanda,Nayan. *Bound Together:How Traders,Preachers,Adventurers,and Warriors Shaped Globalization*. New Haven:Yale University Press,2007.

Chung,Chuihua Judy,Jeffrey Inaba,Rem Koolhaas,and Sze Tsung Leong,*Great Leap Forward*. Cambridge,MA: Harvard Design School,2001.

Cobb ,James C. ,and William Stueck,eds. *Globalization and the American South*. Athens:University of Georgia Press,2005.

Collier,Paul. *The Bottom Billion:Why the Poorest Countries Are Failing and What Can Be Done About It*. New York:Oxford University Press,2007.

———. *The Plundered Planet:Why We Must—and How We Can—Manage Nature for Global Prosperity*. New York:Oxford University Press,2010.

Conway,H. McKinley. *The Airport City and the Future Intermodal Transportation System*. Atlanta:Conway Publications,1977.

———. *The Airport City:Development Concepts for the 21st Century*. Rev. ed. Atlanta:Conway Publications, 1980.

Cooley,Charles H. "The Theory of Transportation." *Publications of the American Economic Association* 9,no. 3 (May 1894):13 - 148.

Corn ,Joseph J. *The Winged Gospel:America's Romance with Aviation*,1900 - 1950. New York:Oxford University Press,1983.

Cwerner,Saulo,Sven Kesselring,and John Urry,eds. *Aeromobilities*. New York:Routledge,2009.

Dash,Mike. *Tulipomania:The Story of the World's Most Coveted Flower and the Extraordinary Passions It Aroused*. New York:Crown,1999.

Davidson,Christopher M. *Abu Dhabi:Oil and Beyond*. New York:Columbia University Press,2009.

———. *Dubai:The Vulnerability of Success*. New York:Columbia University Press,2008.

Davis,Mike. *City of Quartz:Excavating the Future in Los Angeles*. New York:Vintage Books,1992.

———. *Planet of Slums*. New York:Verso,2006.

Davis,Mike,and Daniel Bertrand Monk,eds. *Evil Paradises:Dreamworlds of Neoliberalism*. New York: New Press,2007.

Dempsey,Paul Stephen,Andrew R. Goetz,and Joseph S. Szyliowicz. *Denver International Airport:Lessons Learned*. New York:McGraw-Hill,1997.

Diamond,Jared. *Collapse:How Societies Choose to Fail or Succeed*. New York:Viking,2005.

Didion,Joan. *Where I Was From*. New York:Knopf,2003.

Dierikx,Marc. *Clipping the Clouds:How Air Travel Changed the World*. Westport,CT:Praeger,2008.

Dogan,Mattei,and John D. Kasarda,eds. *The Metropolis Era*. Newbury Park,CA:Sage Publications,1988.

Doganis,Rigas. *The Airport Business*. New York:Routledge,1992.

Duncan,Otis Dudley. *Metropolis and Region*. Baltimore:Johns Hopkins Press,1960.

———. "Social Organization and the Ecosystem." In *Handbook of Modern Sociology*,edited by Robert E. Lee Faris,37 - 82. Chicago:Rand McNally,1964.

Erie ,Steven P. *Globalizing L. A. :Trade,Infrastructure,and Regional Development*. Stanford:Stanford University Press,2004.

Erie ,Steven P. ,John D. Kasarda,and Andrew M. McKenzie. *A New Orange County Airport at El Toro:An Eco-*

nomic Benefits Study. Orange County, CA: Orange County Business Council, 1998.

Erie, Steven P., John D. Kasarda, Andrew M. McKenzie, and Michael A. Molloy. *A New Orange County Airport at EI Toro: Catalyst for High-Wage, High-Tech Economic Development*. Orange County, CA: Orange County Business Council, 1999.

Fagan, Brian M. *The Great Warming: Climate Change and the Rise and Fall of Civilizations*. New York: Bloomsbury, 2008.

Fallows, James. *Postcards from Tomorrow Square: Reports from China*. New York: Vintage Books, 2009.

Fishman, Charles. *The Wal-Mart Effect: How the World's Most Powerful Company Really Works—and How It's Transforming the American Economy*. New York: Penguin Press, 2006.

Fishman, Ted C. *China Inc.: How the Rise of the Next Superpower Challenges America and the World*. New York: Scribner, 2005.

Flamm, Kenneth. *Creating the Computer: Government, Industry, and High Technology*. Washington, D. C.: Brookings Institution Press, 1988.

Florida, Richard. *The Great Reset: How New Ways of Living and Working Drive Post-Crash Prosperity*. New York: Harper, 2010.

———. *The Rise of the Creative Class: And How It's Transforming Work, Leisure, Community and Everyday Life*. New York: Basic Books, 2004.

Flyvbjerg, Bent, Nils Bruzelius, and Werner Rothengatter. *Megaprojects and Risk: An Anatomy of Ambition*. New York: Cambridge University Press, 2003.

Ford, Henry. *Ford Ideals*. Dearborn, MI: Dearborn Publishing Company, 1922.

Frank, Thomas. *The Wrecking Crew: How Conservatives Rule*. New York: Metropolitan Books, 2008.

Friedman, Thomas L. *Hot, Flat, and Crowded: Why We Need a Green Revolution, and How It Can Renew America*. New York: Farrar, Straus and Giroux, 2008.

———. *The World Is Flat: A Brief History of the Twenty-first Century*. 1st updated and expanded ed. New York: Farrar, Straus and Giroux, 2006.

Friedmann, John. "The World City Hypothesis." *Development and Change* 17, no. 1 (January 1986): 69 – 83.

Fröbel, Folker, Jürgen Heinrichs, and Otto Kreye. *The New International Division of Labour: Structural Unemployment in Industrialised Countries and Industrialisation in Developing Countries*. New York: Cambridge University Press, 1980.

Frock, Roger. *Changing How the World Does Business: FedEx's Incredible Journey to Success—the Inside Story*. San Francisco: Berrett-Koehler, 2006.

Fung, Victor K., William K. Fung, and Yoram (Jerry) Wind. *Competing in a Flat World: Building Enterprises for a Borderless World*. Upper Saddle River, NJ: Wharton School Pub., 2008.

Gans, Herbert J. *People and Plans: Essays on Urban Problems and Solutions*. New York: Basic Books, 1968.

Garreau, Joel. *Edge City: Life on the New Frontier*. New York: Anchor Books, 1992.

Gilbert, Richard, and Anthony Perl. *Transport Revolutions: Moving People and Freight Without Oil*. Washington, D. C.: Earthscan, 2010.

Gleick, James. *Faster: The Acceleration of Just About Everything*. New York: Pantheon, 1999.

Goldmanis, Maris, Ali Hortacsu, Chad Syverson, and Önsel Emre. "E-Commerce and the Market Structure of Retail Industries." *The Economic Journal* 120, no. 545 (June 2010): 651 – 682.

Gordon, Alastair. *Naked Airport: A Cultural History of the World's Most Revolutionary Structure*. New York: Holt, 2004.

Gottdiener, Mark. *Life in the Air: Surviving the New Culture of Air Travel*. Lanham, MD: Rowman & Littlefield,

2001.

Gras, N. S. B. *An Introduction to Economic History*. New York: Harper, 1922.

Greis, Noel P., and John D. Kasarda. "Enterprise Logistics in the Information Era." *California Management Review* 39, no. 4 (Summer 1997): 55 – 78.

Greis, Noel P., Jack G. Olin, and John D. Kasarda. "The Intelligent Future." *Supply Chain Management Review* 7, no. 3 (May 2003): 18 – 23.

Güller, Mathis, and Michael Güller. *From Airport to Airport City*. Barcelona: Editorial Gustavo Gili, 2003.

Gutfreund, Owen D. *Twentieth-Century Sprawl: Highways and the Reshaping of the American Landscape*. New York: Oxford University Press, 2004.

Hall, Edward N. "The Air City." *Traffic Quarterly* 26, no. 1 (1972): 15 – 31.

Hall, Peter. *The World Cities*. 3rd ed. New York: St. Martin's Press, 1984.

Harvey, David. *A Brief History of Neoliberalism*. New York: Oxford University Press, 2005.

Hawley, Amos Henry. "Human Ecology." In *International Encyclopedia of the Social Sciences*, edited by David L. Sills and Robert K. Merton, 323 – 332. New York: Macmillan, 1968.

———. *Human Ecology: A Theoretical Essay*. Chicago: University of Chicago Press, 1986.

———. *Human Ecology: A Theory of Community Structure*. New York: Ronald Press, 1950.

———. *Urban Society: An Ecological Approach*. New York: Ronald Press, 1971.

Hoover, Edgar Malone. *The Location of Economic Activity*. New York: McGraw-Hill, 1948.

Hurd, Richard M. *Principles of City and Land Values*. New York: The Record and Guide, 1903.

Irwin, Michael D., and John D. Kasarda. "Air Passenger Linkages and Employment Growth in U. S. Metropolitan Areas." *American Sociologi cal Review* 56, no. 4 (August 1991): 524 – 537.

Isard, Walter. *Location and Space-Economy: A General Theory Relating to Industrial Location, Market Areas, Land Use, Trade, and Urban Structure*. New York: Wiley, 1956.

Issenberg, Sasha. *The Sushi Economy: Globalization and the Making of a Modern Delicacy*. New York: Gotham Books, 2007.

Jacobs, Jane. *Cities and the Wealth of Nations*. New York: Vintage Books, 1985.

———. *The Death and Life of Great American Cities*. New York: Modern Library, 1993.

———. *The Economy of Cities*. New York: Random House, 1969.

Jevons, William Stanley. *The Coal Question: An Enquiry Concerning the Progress of the Nation, and the Probable Exhaustion of Our Coal-Mines*. 2nd ed. London: Macmillan, 1866.

Kasarda, John D. "Aerotropolis: Airport-Driven Urban Development." In *ULI on the Future: Cities in the 21st Century*, 32 – 41. Washington, D. C.: Urban Land Institute, 2000.

———. Aerotropolis. com website, 2011.

———. "Air Routes as Economic Development Levers." *Global Airport Cities* 2, no. 3 (2008): 32 – 33.

———. "Airport Cities." *Urban Land* 68, no. 4 (April 2009): 56 – 60.

———. "Airport-Related Industrial Development." *Urban Land* 55, no. 6 (June 1996): 54 – 55.

———. "Aviation Infrastructure, Competitiveness, and Aerotropolis Development in the Global Economy: Making Shanghai China's True Gateway City." In *Shanghai Rising: State Power and Local Transformations in a Global Megacity*, edited by Xiangming Chen, 15: 49 – 72. Minneapolis: University of Minnesota Press, 2009.

———. "From Airport City to Aerotropolis." *Airport World* 6, no. 4 (August – September 2001): 42 – 45.

———. "Global Air Cargo – Industrial Complexes as Development Tools." *Economic Development Quarterly* 5, no. 3 (August 1991): 187 – 196.

———. "The Global TransPark: Logistical Infrastructure for Industrial Advantage." *Urban Land* 57, no. 4

(April 1998):107 – 110.

———. "The Implications of Contemporary Distribution Trends for National Urban Policy." *Social Science Quarterly* 61, no. 3/4 (December 1980):373 – 400.

———. "An Industrial/Aviation Complex for the Future." *Urban Land* 50, no. 8 (August 1991):16 – 20.

———. "Logistics & the Rise of Aerotropolis." *Real Estate Issues* 25, no. 4 (Winter 2000):43.

———. "Planning the Aerotropolis." *Airport World* 5, no. 5 (October/November 2000):52 – 53.

———. "The Theory of Ecological Expansion: An Empirical Test." *Social Forces* 51, no. 2 (December 1972): 165 – 175.

———. "Time-Based Competition & Industrial Location in the Fast Century." *Real Estate Issues* 23, no. 4 (Winter 1998):24 – 29.

———. "Transportation Infrastructure for Competitive Success." *Transportation Quarterly* 50, no. 1 (Winter 1996):35 – 50.

Kasarda, John D., ed. *Global Airport Cities*. London: Insight Media, 2010.

Kasarda, John D., and Charles E. Bidwell. "An Ecological Theory of Organi zational Structuring." In *Continuities in Sociological Human Ecology*, edited by Michael Micklin and Dudley L. Poston, Jr., 85 – 116. New York: Plenum Press, 1998.

Kasarda, John D., and W. Parker Frisbie. "Spatial Processes." In *Handbook of Modern Sociology*, edited by Neil J. Smelser, 629 – 666. Beverly Hills, CA: Sage Publications, 1988.

Kasarda, John D., and Michael D. Irwin. "National Business Cycles and Community Competition for Jobs." *Social Forces* 69, no. 3 (March 1991):733 – 761.

———. "Trade, Transportation, and Spatial Distribution." In *The Handbook of Economic Sociology*, edited by Neil J. Smelser and Richard Swedberg, 342 – 367. Princeton: Princeton University Press, 1994.

Kasarda, John D., and Dennis A. Rondinelli. "Innovative Infrastructure for Agile Manufacturers." *Sloan Management Review* 39, no. 2 (Winter 1998):73 – 82.

Kasarda, John D., Dennis A. Rondinelli, and John W. Ward. "The Global TransPark Network: Creating an Infrastructure Support System for Agile Manufacturing." *National Productivity Review* 16, no. 1 (1996): 33 – 41.

Kasarda, John D., and David Sullivan. "Air Cargo, Liberalization, and Economic Development." *Annals of Air and Space Law* 31 (May 2006):167 – 184.

Kasarda, John D., and Rambabu Vankayalapati. "India's Aviation Sector: Dynamic Transformation." In *Indian Economic Super Power: Fiction or Future?* edited by Jayashankar M. Swaminathan, 135 – 160. Hackensack, NJ: World Scientific, 2009.

Kilborn, Peter T. *Next Stop, Reloville: Life Inside America's New Rootless Professional Class*. New York: Times Books, 2009.

Kirn, Walter. *Up in the Air*. New York: Doubleday, 2001.

Koolhaas, Rem, Stefano Boeri, Sanford Kwinter, Nadia Tazi, and Hans Ulrich Obrist. *Mutations: Rem Koolhaas, Harvard Project on the City*. Barcelona: Actar, 2001.

Koolhaas, Rem, and Bruce Mau. *Small, Medium, Large, Extra-Large*. 2nd ed. New York: Monacelli Press, 1997.

Krane, Jim. *City of Gold: Dubai and the Dream of Capitalism*. New York: St. Martin's Press, 2009.

Krugman, Paul. *The Return of Depression Economics*. New York: Norton, 1999.

Kunstler, James Howard. *The Geography of Nowhere: The Rise and Decline of America's Man-Made Landscape*. New York: Simon & Schuster, 1993.

———. *The Long Emergency: Surviving the Converging Catastrophes of the Twenty-first Century*. New York: Atlantic Monthly Press, 2005.

Kynge, James. *China Shakes the World: A Titan's Breakneck Rise and Troubled Future— and the Challenge for America.* Boston: Houghton Mifflin, 2006.

Lang, Robert E. *Edgeless Cities: Exploring the Elusive Metropolis.* Washington, D. C.: Brookings Institution Press, 2003.

Le Corbusier. *The City of Tomorrow and Its Planning.* Trans. Frederick Etchells. Cambridge, MA: MIT Press, 1971.

Leinberger, Christopher B. *The Option of Urbanism: Investing in a New American Dream.* Washington, D. C.: Island Press, 2008.

Lenski, Gerhard. *Human Societies: A Macrolevel Introduction to Sociology.* New York: McGraw-Hill, 1970.

———. *Power and Privilege: A Theory of Social Stratifi cation.* New York: McGraw-Hill, 1966.

Leontief, Wassily. "A Multiregional Input-Output Model of the World Economy." In *The International Allocation of Economic Activity: Proceedings of a Nobel Symposium Held at Stockholm*, edited by Bertil Gotthard Ohlin, Per-Ove Hesselborn, and Per Magnus Wijkman, 507 – 530. New York: Holmes & Meier, 1977.

Logan, John R., and Harvey L. Molotch. *Urban Fortunes: The Political Economy of Place.* Berkeley: University of California Press, 1987.

Lovins, Amory B., et al. *Winning the Oil Endgame: Innovation for Profits, Jobs and Security.* Snowmass, CO: Rocky Mountain Institute, 2004.

Lynn, Barry C. *End of the Line: The Rise and Coming Fall of the Global Corporation.* New York: Doubleday, 2005.

Markusen, Ann R. *Profit Cycles, Oligopoly, and Regional Development.* Cambridge, MA: MIT Press, 1985.

McGregor, Richard. *The Party: The Secret World of China's Communist Rulers.* New York: HarperCollins, 2010.

McKenzie, Roderick Duncan. "The Concept of Dominance and World-Organization." *American Journal of Socio logy* 33, no. 1 (July 1927): 28 – 42.

———. "Industrial Expansion and the Interrelations of Peoples." In *Race and Cultural Contacts*, edited by E. B. Reuter, 19 – 33. New York: McGraw-Hill, 1934.

———. *The Metropolitan Community.* New York: McGraw-Hill, 1933.

———. *Roderick D. McKenzie on Human Ecology: Selected Writings.* Ed. Amos H. Hawley. Chicago: University of Chicago Press, 1968.

McLuhan, Marshall. *Understanding Media: The Extensions of Man.* Corte Madera, CA: Gingko Press, 2003.

McPhee, John. *Uncommon Carriers.* New York: Farrar, Straus and Giroux, 2006.

McWilliams, Carey. *California: The Great Exception.* Berkeley: University of California Press, 1999.

McWilliams, James E. *Just Food: Where Locavores Get It Wrong and How We Can Truly Eat Responsibly.* New York: Little, Brown, 2009.

Michel, Serge, and Michel Beuret. *China Safari: On the Trail of Beijing's Expansion in Africa.* New York: Nation Books, 2009.

Morrison, Steven A., and Clifford Winston. "The Effect of FAA Expenditures on Air Travel Delays." *Journal of Urban Economics* 63, no. 2 (March 2008): 669 – 678.

Mumford, Lewis. *The City in History: Its Origins, Its Transformations, and Its Prospects.* New York: Harcourt, 1961.

Murray, Sarah. *Moveable Feasts: From Ancient Rome to the 21st Century, the Incredible Journeys of the Food We Eat.* New York: St. Martin's Press, 2007.

Niemann, Greg. *Big Brown: The Untold Story of UPS.* San Francisco: Jossey-Bass, 2007.

Norton, R. D., and J. Rees. "The Product Cycle and the Spatial Decentralization of American Manufacturing."

Regional Studies 13, no. 2 (April 1979): 141 - 151.

Ogburn, William Fielding. *Inventions of Local Transportation and the Patterns of Cities.* Indianapolis: Bobbs Merrill, 1960.

———. *The Social Effects of Aviation.* Boston: Houghton Mifflin, 1946.

Owen, David. *Green Metropolis: Why Living Smaller, Living Closer, and Driving Less Are the Keys to Sustainability.* New York: Riverhead, 2009.

Pascoe, David. *Airspaces.* London: Reaktion Books, 2001.

Park, Robert Ezra. "The City: Suggestions for the Investigation of Human Behavior in the City Environment." *American Journal of Sociology* 20, no. 5 (March 1915): 577 - 612.

———. "Human Ecology." *American Journal of Sociology* 42, no. 1 (July 1936): 1 - 15.

Park, Robert E., Ernest W. Burgess, and Roderick D. McKenzie. *The City.* Chicago: University of Chicago Press, 1925.

Pasuk, Phongpaichit, and Chris Baker. *Thaksin: The Business of Politics in Thailand.* 2nd ed. Seattle: University of Washington Press, 2010.

Perloff, Harvey S., et al. *Regions, Resources, and Economic Growth.* Baltimore: Johns Hopkins Press, 1960.

Petrini, Carlo. *Terra Madre: Forging a New Global Network of Sustainable Food Communities.* White River Junction, VT: Chelsea Green, 2010.

Pettis, Michael. *The Volatility Machine: Emerging Economies and the Threat of Financial Collapse.* New York: Oxford University Press, 2001.

Porter, Michael E. *The Competitive Advantage of Nations.* New York: Free Press, 1990.

Pred, Allan. *City-Systems in Advanced Economies: Past Growth, Present Processes, and Future Development Options.* New York: Wiley, 1977.

Reshaping Economic Geography. Washington, D. C.: World Bank, 2009.

Rubin, Jeff. *Why Your World Is About to Get a Whole Lot Smaller: Oil and the End of Globalization.* New York: Random House, 2009.

Sachs, Jeffrey. *Common Wealth: Economics for a Crowded Planet.* New York: Penguin Press, 2008.

Sassen, Saskia. *The Global City: New York, London, Tokyo.* 2nd ed. Princeton, NJ: Princeton University Press, 2001.

Schaafsma, Maurits, Joop Amkreutz, and Mathis Güller. *Airport and City: Airport Corridors: Drivers of Economic Development.* Amsterdam: Schiphol Real Estate, 2008.

Schafer, Andreas, and David G. Victor. "The Future Mobility of the World Population." *Transportation Research*, Part A: Policy and Practice 34, no. 3 (April 2000): 171 - 205.

Schlichting, Kurt C. *Grand Central Terminal: Railroads, Engineering, and Architecture in New York City.* Baltimore: Johns Hopkins Press, 2001.

Simpfendorfer, Ben. *The New Silk Road: How a Rising Arab World Is Turning Away from the West and Rediscovering China.* New York: Palgrave Macmillan, 2009.

Specter, Michael. "Big Foot." *New Yorker*, February 25, 2008.

———. *Denialism: How Irrational Thinking Hinders Scientific Progress, Harms the Planet, and Threatens Our Lives.* New York: Penguin Press, 2009.

Starr, Kevin. *Golden Dreams: California in an Age of Abundance*, 1950 - 1963. New York: Oxford University Press, 2009.

Steiner, Christopher. $20 *Per Gallon: How the Inevitable Rise in the Price of Gasoline Will Change Our Lives for the Better.* New York: Grand Central Publishing, 2009.

Stewart, Amy. *Flower Confidential: The Good, the Bad, and the Beautiful in the Business of Flowers.* Chapel Hill, NC: Algonquin Books, 2007.

Stock, Gregory N., John D. Kasarda, and Noel P. Greis. "Logistics, Strategy and Structure: A Conceptual Framework." *International Journal of Operations & Production Management* 18, no. 1-2 (January 1998): 37-52.

Thompson, D'Arcy Wentworth. *On Growth and Form.* Cambridge: Cambridge University Press, 1917.

Thompson, Wilbur R. *A Preface to Urban Economics.* Baltimore: Johns Hopkins Press, 1965.

Toffler, Alvin. *Future Shock.* New York: Random House, 1970.

———. *PowerShift: Knowledge, Wealth, and Violence at the Edge of the 21st Century.* New York: Bantam Books, 1990.

Tomkins, J., N. Topham, J. Twomey, and R. Ward. "Noise versus Access: The Impact of an Airport in an Urban Property Market." *Urban Studies* 35, no. 2 (1998): 243-256.

Turner, Chris. *The Geography of Hope: A Tour of the World We Need.* Toronto: Random House Canada, 2007.

Ullman, Edward. "A Theory of Location for Cities." *American Journal of Sociology* 46, no. 6 (May 1941): 853-864.

United Nations Human Settlements Programme. *State of the World's Cities 2010/2011: Bridging the Urban Divide.* London: Earthscan, 2010.

van Lier, Bas. *From Green to Gold: An Illustrated History of the Aalsmeer Flower Auction.* Amsterdam: Meteor Press, 2005.

Vanderbilt, Tom. *Traffic: Why We Drive the Way We Do (and What It Says About Us).* New York: Knopf, 2008.

Vernon, Raymond. "International Investment and International Trade in the Product Cycle." *Quarterly Journal of Economics* 80, no. 2 (May 1966): 190-207.

———. *Metropolis 1985: Interpretation of the Findings of the New York Metropolitan Region Study.* Cambridge, MA: Harvard University Press, 1960.

Webber, Melvin M. "Culture, Territoriality, and the Elastic Mile." *Papers in Regional Science* 13, no. 1 (December 1964): 58-69.

Whyte, William H. *City: Rediscovering the Center.* New York: Anchor Books, 1990.

Wijk, Michel van. *Airports as Cityports in the City-Region: Spatial-Economic and Institutional Positions and Institutional Learning in Randstad-Schiphol (AMS), Frankfurt Rhein-Main (FRA), Tokyo Haneda (HND) and Narita (NRT).* Utrecht: Koninklijk Nederlands Aardrijkskundig Genootschap, 2007.

Wilson, Graeme. *Emirates: The Airline of the Future.* London: Media Prima, 2005.

Wingo, Lowdon, Jr., ed. *Cities and Space: The Future Use of Urban Land.* Baltimore: Johns Hopkins Press, 1963.

World Energy Outlook 2009. Paris: International Energy Agency, 2009.

Yergin, Daniel. *The Prize: The Epic Quest for Oil, Money & Power.* New York: Free Press, 2008.

Zakaria, Fareed. *The Post-American World.* New York: Norton, 2008.